DREI WITWEN

WEITERE TITEL VON PATRICIA GIBNEY

Detective-Lottie-Parker-serie

In Deutscher Sprache

Die vergessenen Kinder

Die geraubten Mädchen

Das verlorene Kind

Nie in Sicherheit

Sag Nichts

Tödlicher Verrat

Zerrissene Seelen

Begrabene Engel

Schweigende Stimmen

Kleine Knochen

Die schuldigen Mädchen

Drei Witwen

Die geopferten Mädchen

Ihr letzter Heimweg

In englischer Sprache

The Missing Ones

The Stolen Girls

The Lost Child

No Safe Place

Tell Nobody

Final Betrayal

Broken Souls

Buried Angels

Silent Voices

Little Bones

The Guilty Girl

Three Widows

The Altar Girls

PATRICIA GIBNEY

DREI WITWEN

Übersetzt von Veronika Kallus

bookouture

Die Originalausgabe erschien 2023 unter dem Titel
„Three Widows“
bei Storyfire Ltd. trading als Bookouture.

Deutsche Erstausgabe herausgegeben von Bookouture, 2024
1. Auflage Februar 2024

Ein Imprint von Storyfire Ltd.
Carmelite House
50 Victoria Embankment
London EC4Y 0DZ

deutschland.bookouture.com

Der gesetzliche Vertreter in der EEA ist Hachette Ireland
8 Castlecourt Centre
Dublin 15 D15 XTP3
Ireland
(email: info@hbgi.ie)

ISBN: 978-1-83525-226-0
eBook ISBN: 978-1-83525-225-3

Im Andenken an Louis Collins Senior
Ruhe in Frieden

PROLOG

Meine Hände sind voller Schlamm, die Fingernägel sind schon schwarz und meine Finger ganz braun und dreckig. Je tiefer ich grabe, desto nasser wird meine Kleidung. Meine Hände färben sich immer dunkler.

Moore sind wasserdurchtränkte, nährstoffreiche Gegenden, die Brennstoff liefern, sind ein Ökosystem, das die Lebensgrundlage für vielfältiges tierisches und pflanzliches Leben bildet. Und die ideale Stätte, um in einer so kalten und stillen Nacht wie heute eine Leiche zu vergraben.

Immer tiefer graben meine Hände, die Schaufel habe ich schon lange beiseitegelegt. Hier ist die perfekte Stelle, um die Leiche zu begraben. Ich hoffe, dass es einige hundert Jahre dauern wird, bis der Körper, den ich hier pflanze, entdeckt wird. Ich hatte mit dem Gedanken gespielt, die Leiche zu zerstückeln, damit ich sie leichter transportieren kann, aber der Gedanke, das ganze Blut aufwischen zu müssen, schmeckte mir überhaupt nicht. Stattdessen habe ich sie auf einen Handwagen, der eigentlich für den Transport von Kohlebriketts gedacht ist, gelegt, ein Brett gegen das Heck des Jeeps gelehnt, den Wagen mit seiner Fracht hinaufgefahren und umgekippt.

Den Jeep konnte ich nicht näher an die auserwählte Stelle für das Grab heranfahren, also muss ich den schmalen Pfad dorthin zurückgehen, wo ich ihn geparkt habe. Dann muss ich sie über den weichen Torf schleifen. Und das alles muss ich ganz alleine machen. Meine Arbeit. Mein Verbrechen. Meine Verantwortung.

Die Beseitigung ist Mittel zum Zweck. Um die Leiche loszuwerden. Um das ganze Leid zu vergessen. Weiterzumachen, während sie in ihrem wässrigen Grab langsam zersetzt wird. Ich tue, was getan werden muss. Habe die Welt von einem abgrundtief bösen Menschen befreit.

Mit dem Bösen kenne ich mich gut aus. Ich habe mit dem Bösen zusammengelebt. Es hat sich in meiner Seele eingenistet. Ich habe dagegen angekämpft. Ach, ich habe so sehr dagegen angekämpft, bis ich es nicht mehr aushielt, mich auch nur im gleichen Zimmer mit ihm aufzuhalten. Ich musste die Welt von diesem bösen Menschen befreien, der gute Menschen verletzte und mich zu seinem Komplizen gemacht hat.

Ich fahre mit meinem Werk fort, weil ich mir wohl bewusst bin, dass es in ein paar Stunden schon Tag sein wird. Hastig entferne ich das verbleibende, wassergetränkte Erdreich. Ein Bedürfnis treibt mich an. Das Bedürfnis, nach so langer Zeit einmal das Richtige zu tun. Das Bedürfnis, es auf die einzige Weise zu tun, die mir möglich erscheint – indem ich einen anderen Menschen töte. Und es fällt mir wahrlich nicht leicht, das Wort *Mensch* in Bezug auf diese Person, die ich umgebracht habe, zu benutzen.

Ich konzentriere mich. Ich grabe. Ich begrabe die Leiche in dem Sumpf. In diesem Augenblick fühle ich mich frei.

Ich habe nicht die leiseste Ahnung, dass es fast ein Jahr dauern wird, bis noch jemand ermordet wird.

EINS

Als ihr an der Tür zu Fallon's Lounge Bar der Geruch von Bier und Frittierfett in die Nase stieg, blieb Orla Keating kurz stehen. Aus einer Ecke dröhnte ein Fernseher. Ein paar Tische waren besetzt und am anderen Ende der Bar unterhielt sich ein gelangweilt dreinschauender Barkeeper mit einem Gast.

Als sie die anderen zum ersten Mal getroffen hatte, hatte sie damit gerechnet, dass alle schwarz angezogen sein würden. Witwen vom alten Schlag trugen angeblich schwarz, wenn sie um ihre verstorbenen Gatten trauerten – doch so ein Exemplar war ihr wohl noch nie begegnet. Aber was wusste sie schon, mit ihren dreiunddreißig Jahren. Ein als vermisst geltender Ehemann war kein toter Ehemann, auch wenn er schon seit über einem Jahr verschwunden war. Sie hatte gehofft, dass es ihr etwas bringen würde, sich dieser Gruppe anzuschließen. Die Polizei hatte kein Spur von ihm gefunden. Er war nicht an Bord dieses Flugzeugs nach Liverpool gewesen und sein Auto war auf keinem der Parkplätze, die zum Flughafen gehörten, abgestellt worden. Bis jetzt waren weder er noch sein Auto wieder aufgetaucht. Sie hatte sich selbst so weit gebracht, zu glauben, dass er tot war. Die anderen Witwen in der Gruppe, Jennifer, Éilis und Helena waren ebenfalls ihrer Meinung.

Zwei von ihnen hatten schon in einer Ecke Platz genommen, als sie eintraf. Das waren jetzt ihre Freundinnen.

Sie bestellte sich einen Gin mit kalorienarmem Tonic und wartete, während die junge Frau überlegte, welchen Gin sie nehmen sollte.

»Hendrick's«, sagte Orla.

»Alles klar.«

Wie lange dauerte das denn noch?

»Bitte schön.«

Orla blickte auf die großzügige Menge Gin in ihrem Glas, bevor sie die kleine Flasche Tonic darüber goss und dann mit Karte bezahlte. Sie drehte sich um und betrachtete die beiden Frauen, die sich mit zusammengesteckten Köpfen unterhielten, ohne dass ihnen jemand hätte zuhören können. Es war erst kurz nach sieben. Das Nachmittagsklientel war schon fort, auf dem Weg nach Hause, und die Nachtschwärmer wussten wahrscheinlich noch nicht, ob sie noch ausgehen oder doch lieber zu Hause bleiben sollten. Auf alle Fälle war es sehr ruhig im Fallon's.

Mit dem Glas in der Hand trat sie an den Tisch. »Hi, Ladies«, sagte sie. »Tut mir leid, dass ich zu spät bin.«

Helena lachte und schüttelte ihre kupferblonden Locken. »Das macht doch nichts. Jetzt bist du doch da, nur darum geht's.«

Éilis fügte hinzu: »Mann, siehst du gut aus. Der Rock gefällt mir sehr. Tolle Farbe. Steht dir.«

Orla war sich klar darüber, dass Éilis wusste, dass der Rock aus einem Charity Shop stammte und die Nase darüber rümpfte, aber, wie üblich, reagierte sie nicht darauf. Sie schob ihre Tasche unter den Tisch und setzte sich auf den gepolsterten Hocker. Mit dem bauchigen Glas in der Hand zwang sie sich zu einem Lächeln, um ihre Nervosität zu verbergen. Sie konnte nicht dagegen tun. Der Jahrestag von Tylers Verschwinden fiel auf das kommende Wochenende.

»Was habe ich verpasst?«

»Rein gar nichts«, sagte Éilis.

Orla hatte sich wirklich Mühe gegeben, eine gewisse Sympathie für Éilis zu entwickeln, aber sie waren sich einfach zu ähnlich, um jemals richtige Freundinnen werden zu können. Éilis war direkt, nahm kein Blatt vor den Mund. Genauso wie Orla. Éilis war die Gründerin des Life After Loss Kreises, den sie ursprünglich als Facebookgruppe ins Leben gerufen hatte. Ihr Mann, Oisín, war inzwischen seit fast drei Jahren tot und sie tat sich immer noch schwer damit, ihre beiden Kinder und ihre Arbeit unter einen Hut zu bringen. Orla wusste aber auch, dass sie eine verlässliche Babysitterin hatte – warum also immer diese Leidensmine? Dann wiederum – sie selbst war weder Mutter noch Witwe, woher sollte sie also wissen, was genau Éilis durchmachte?

»Hat sich Jennifer immer noch nicht gemeldet?«, fragte sie und lenkte das Gespräch auf ein anderes Mitglied der Gruppe.

»Ich habe kein Sterbenswörtchen von ihr gehört«, sagte Éilis. »Hoffentlich geht es ihr gut. Seit einem Monat hat sie sich schon nicht mehr gemeldet.«

»Hast du versucht, sie anzurufen?«

»Ein paar Mal. Aber anscheinend ist ihr Telefon aus.«

»Wir wollen sie ja nicht unter Druck setzen«, warf Helena ein und schob sich die widerspenstigen Locken aus dem Gesicht, bevor sie ihr Glas an die Lippen setzte. Orla hatte inzwischen mitbekommen, dass Helena sich ziemlich anstrengen musste, um einigermaßen die Kontrolle über ihren Alkoholkonsum und eigentlich ihr ganzes Leben zu behalten.

»Wahrscheinlich müssen wir ihr einfach Zeit geben«, sagte sie.

»Ich weiß noch, wie es war, als Damien starb. Damals ist ihr Leben erst einmal komplett aus den Fugen geraten«, erinnerte sich Helena und setzte ihr Glas ab. »Das passiert schnell, wenn man seinen Mann verliert. Sie kommt sicher zu uns zurück. Sie muss das alles nur erst verarbeiten.«

»Ich spreche nicht gerne über Leute, wenn sie nicht anwesend sind«, bemerkte Éilis spitz. Aber dann setzte sie schnell ein Lächeln auf. »Es ist schön, dass du heute Abend Zeit hast, Orla. Kommst du dieses Wochenende zurecht?«

»Dieses Wochenende?«, Orla zog eine Augenbraue hoch und blickte von einer zur anderen. »Ach so, du meinst wegen Tylor. Ja, alles in Ordnung, wirklich!«

»Es tut mir so leid für dich. Wir können wenigstens abschließen, unsere Ehemänner leben nun mal einfach nicht mehr«, sagte Éilis. Etwas leiser fügte sie hinzu: »Es muss schrecklich sein für dich, nicht zu wissen ...«

»Ich gewöhne mich daran.« Orla senkte den Blick und starrte auf ihre Fingernägel. »Die Einsamkeit ist das, was mir am meisten zu schaffen macht. Nur meine vier Wände leisten mir Gesellschaft.« Sie hoffte, dass sie einen leidenden Eindruck erweckte, denn insgeheim genoss sie die Stille in ihrem Haus.

»Das ist so traurig.« Éilis schob sich das dunkle Haar hinters Ohr, wobei der größte Smaragd, den Orla je gesehen hatte, an ihrer Hand funkelte. Er passte zu ihrem Outfit. Schrill und bunt. All der Aufwand nur für einen Abend im Fallon's?

»Wie lange ist es nochmal her, seit eure Männer gestorben sind?« Orla wandte sich an beide Frauen.

Éilis antwortete zuerst. »Bei meinem Oisín sind es drei Jahre, und bei dir, Helena, dein Gerald, wann war das nochmal?«

»Ach, das muss jetzt drei, nein, vier Jahre her sein. Mir kommt es vor, als wäre es gestern gewesen.«

Orla erwartete, dass gleich Tränen vergossen werden würden. Aber Helena war nicht der Typ dafür. Jennifer hingegen, bei der flossen die Tränen immer in Strömen. Alles brachte sie zum Weinen. Der Gedanke an ihren verstorbenen

Ehemann; ihre Arbeit; ein mit dem falschen Käse belegtes Sandwich. Sie war immer nahe am Wasser gebaut.

»Ich habe es zwar schon oft gesagt, aber es tut mir so schrecklich leid für euch beide.« Orla blickte auf ihren Gin, nahm das Glas aber nicht in die Hand. »Was meint ihr, sollen wir uns nach neuen Mitgliedern umschauen? Nach anderen Frauen, die ihre Männer verloren haben?« Als sie Éilis entgeisterten Blick bemerkte, fügte sie schnell hinzu: »Natürlich meine ich damit nicht, dass wir Männer ermorden sollen, um an mehr Witwen zu kommen …« Was genau *wollte* sie eigentlich sagen?

Éilis klatschte in die Hände und lachte. »Du bist so witzig. Dieser Kreis ist für Frauen gedacht, die verstehen, was es bedeutet, jemanden verloren zu haben – sei es durch Tod, Trennung, Scheidung. Nicht verloren im Sinne von sie können ihn nicht mehr finden. Oh, Verzeihung. Ich wollte damit nicht sagen, dass du deinen verloren hast wie …«

»Ist schon in Ordnung. Guter Witz.« Orla verzog das Gesicht.

»Ich wollte mich nicht über deine Situation lustig machen. Ich halte jetzt meinen Mund, nicht dass ich nochmal ins Fettnäpfchen trete.« Éilis nippte so vorsichtig an ihrem Drink, als wäre er mit Gift versetzt.

Helena wusste anscheinend auch nicht, was sie sagen sollte und nahm einen großen Schluck von ihrem Pint Guinness. Ein Pint! Wo ist bloß deine Klasse geblieben, dachte Orla im Stillen. Sie trug dunkelblaue Jeans und eine schwarze, tief ausgeschnittene Satinbluse, darunter anscheinend keinen BH. Wahrscheinlich trug sie Push-Up-Klebeband, um ihre ausladenden Kurven zu unterstützen. Und ihr Haar – wie ein Heiligenschein umgaben prachtvolle kastanienbraune Locken ihren Kopf. Bestimmt hatte sie den neuen Lockenstab von Dyson.

»Sollen wir vielleicht wieder mal einen Ausflug machen?«, fragte Orla. »So wie damals, als wir in den Zoo gegangen sind. Ein Besuch in der Hugh Lane Galerie in Dublin wäre doch mal was.« Sie wusste, dass Éilis das Spaß machen würde. Ganz im Gegensatz zu Helena.

»Ich halte das für keine gute Idee«, sagte Éilis und errötete, als sie sah, dass Helena der Mund offenstand. »Das letzte Mal, als wir mit Roman und Becky im Zoo waren – da ist es ja nicht so glatt gelaufen.«

»Natürlich. Entschuldige.« Gütiger Gott, sie fühlte sich wie auf der Beerdigung ihres größten Feindes.

Éilis fing sich wieder und ihre grünen Augen blitzten. »Mir ist klar, dass sie dich damals ziemlich geärgert haben, Orla. Die Kinder. Ich möchte nicht, dass das noch einmal passiert.«

»Sie haben mich nicht geärgert. Ich bin es nur nicht gewohnt, kleine Kinder um mich zu haben. Ich bin eher ein Katzenmensch.«

»Ach, du hast gar nicht erzählt, dass du eine Katze hast«, mischte sich Helena ein. »Wie heißt sie denn?«

Orla hatte keine Katze. Wäre es übertrieben, wenn sie jetzt sagte, dass ihr Name Pussy war? »Er heißt George und ist genauso rötlich wie Garfield.«

»Mein Noah liebt Garfield. Habe ich euch erzählt, dass wir einen Hund haben? Mutt. Mein Mann, Gerald ... mein verstorbener Mann ...« Beim Anblick von Helenas leidendem Gesichtsausdruck wurde Orla ein wenig schlecht. »Gerald hat ihn so getauft.«

»Das ist ein guter Name für einen Hund.« Orla täuschte ein Lächeln vor. Diese Unterhaltung war so unendlich langweilig. »Éilis, wie geht es deinem kleinen Fellknäuel?« Ihr Instagram Account war voll mit Fotos von einem weißen Hund, der vielleicht ein Terrier sein könnte.

»Mozart. Ihm könnte es gar nicht besser gehen.«

»Deine Kinder sind bestimmt ganz verrückt nach ihm.« Orla lehnte sich vor und versuchte, interessiert zu klingen. Éilis' Sohn war acht und ihre kleine Tochter fünf. Eine perfekte

Familie mit einem perfekten Hund. Pfui Teufel! »Hat den auch dein Mann getauft?«

»Ich habe ihn erst nach Oisíns Tod bekommen. Meine Therapeutin hat mir zu einem Hund geraten. Sie meinte, es würde den Kindern guttun, einen Hund im Haus zu haben.«

»Um ihren Vater zu ersetzen?«

Die Blicke, die die beiden Frauen ihr zuwarfen, machten mehr als deutlich, dass Orla zu weit gegangen war. »Das sollte nur ein Scherz sein. Verzeihung. Ich habe es nicht böse gemeint.«

»Das war ehrlich gesagt nicht besonders feinfühlig.« Éilis setzte sich gerade hin. »Du hättest sicher etwas dagegen, wenn ich so über deinen Tylor sprechen würde.«

Orla spielte an ihrem Glas herum und nippte am Gin, während sie versuchte, Tränen in ihre Augen zu zaubern. »Es tut mir so leid. Es ist nur ... wegen Samstag. Der Jahrestag seines Verschwindens ... wir haben ja schon darüber gesprochen.« Sie wollte jetzt nicht darüber sprechen.

»Würde es dir helfen, über dein Leben mit ihm zu sprechen?«, fragte Éilis.

War da ein Anflug eines wissenden Funkelns in ihren Augen? Orla war sich nicht sicher. Helena sah nicht auf. Sie fragte sich wahrscheinlich, wer als nächstes an die Bar gehen würde. Ihr Glas war leer.

»Ihr wisst, dass wir fünf Jahre lang verheiratet waren, und es tut mir leid, wenn ich so wirke, als ob ich mich kaum in eure Situationen einfühlen könnte. Aber ich bin einfach so durcheinander seit er weg ist, ich habe mein gutes Benehmen ganz verloren. Das hier ist das einzige Ventil, das ich habe, und es ist so schön, Zeit mit anderen Frauen zu verbringen, die mich verstehen.«

Es gelang ihr, eine Träne zu vergießen. Hoffentlich lief ihr auch Mascara über die Wange. Die trauernde Witwe spielen zu müssen, war wirklich extrem nervig.

Helena griff nach ihrer Hand. »Du bist eine von uns, Orla. Wir sind doch froh, dass wir sie haben, nicht wahr?«

Éilis öffnete ihre Lippen nur ganz leicht, als wäre ihr das fast schon zu viel, und sagte: »Natürlich.«

Und so schnell bin ich schon wieder aus dem Schneider, dachte sich Orla. »Noch ein Guinness, Helena? Und was möchtest du, Éilis? Einen Wodka?«

Éilis sah aus, als hätte sie in eine Zitrone gebissen, die ihr gleichzeitig noch im Halse stecken geblieben war. »Oh Gott, nein! Nicht so etwas Ordinäres. Ich möchte noch einen Sauvignon. Chilenisch. Weiß«, fügte sie hinzu – als wäre Orla eine absolute Anfängerin, was Alkohol anging.

Mit einem Schluck leerte sie ihren Gin und ging an die Bar. Sie war erleichtert.

ZWEI

Als sie ihr renoviertes Terrassenhaus betrat, zog sie als erstes die Schuhe aus. Draußen war es kalt gewesen, und die Wärme der Fußbodenheizung kroch an ihren Beinen hinauf bis zu den Knien. Das fühlte sich wohlig an. Sie bezahlte Bianca, die Babysitterin von nebenan, die hin und wieder als Kindermädchen einsprang, obwohl sie eigentlich einen Ferienjob in Dolan's Supermarkt hatte. Als das Mädchen gegangen war, sperrte Éilis die Haustür ab und hängte die Sicherheitskette vor.

In der Küche steckte sie ihr Telefon zum Laden ein und warf ihre Schlüssel auf die Anrichte. Dann legte sie noch einen Scheit Holz auf das Feuer im Wohnzimmer und zog die Glastür leise hinter sich zu. Von oben war kein Mucks zu hören. Roman und Becky schliefen tief und fest.

Sie setzte sich auf das gelbe Zweiersofa und schüttelte die orangen und weißen Samtkissen auf. Farbe tat ihr gut, deshalb gab es in ihrem Haus überall Farbkleckse. Mit der Fernbedienung dimmte sie das Licht und machte es sich so richtig bequem. Aber als sie spürte, dass ihr die Augen zufielen, beschloss sie, doch lieber ins Bett zu gehen, statt die Flasche

Sauvignon zu entkorken. Das könnte sonst gefährlich werden. Ganz gewiss wollte sie nicht den gleichen Weg einschlagen wie Helena. Sie schloss die Klappe des Kaminofens und ging nach oben.

Als sie ihren Fuß gerade auf den weichen gesteiften Teppich am oberen Treppenabsatz gesetzt hatte, hielt sie inne. Hatte sie unten gerade ein Geräusch gehört? Als sie angestrengt lauschte, hörte sie es noch einmal. Vielleicht waren das die Holzscheite, die im Feuer knackten? Die Eingangstür hatte sie zugesperrt. Hatte Bianca dasselbe mit der Hintertür gemacht? Das hatte sie nicht überprüft. Es konnte durchaus sein, dass das Mädchen zum Rauchen in den Garten gegangen war.

»Verdammt«, murmelte sie und ging die Stufen wieder hinunter.

Als sie durch ihre rot gestrichene Küche schritt, schaltete sie die Lichter wieder an. Dann ging sie in den großzügig gestalteten, nach oben bis zum Dachstuhl hin offenen Anbau. Zu viel Beschaulichkeit hatte sie noch etwas abgewinnen können. Daher leuchteten abstrakte Gemälde bunt und wildverstreut an allen Wänden. Wenn das Leben schon langweilig war, dann sollte man es sich wenigstens bunt einrichten, das war ihre Devise. Dass sie Raumausstatterin war, half dabei natürlich enorm.

Als sie an der gläsernen Schiebetür zog, öffnete sich diese. »Verdammt nochmal, Bianca.«

Sie verschloss die Tür und betrachtete ihre Reflektion in der Scheibe. Ein Knarren hinter ihr ließ sie auf der Stelle herumfahren. Der weite Raum war leer.

In dem Moment fiel ihr auf, dass sie, seit sie wieder zu Hause war, den Hund weder gehört noch gesehen hatte.

»Mozart?«, rief sie verhalten, da sie die Kinder nicht wecken wollte.

Anders als sonst kam der Hund nicht sofort angerannt.

Hatte Bianca ihn hinaus in den Garten gelassen? Er fühlte sich im Dunkeln nicht wohl und wäre wohl direkt wieder zurück ins Haus gekommen. Sie überlegte kurz, ob sie das Telefon mit nach oben nehmen sollte, aber es lud immer noch. Im Vorbeigehen schaltete sie die Lichter wieder aus.

Dann hörte sie es wieder. Oben. Roman und Becky!

Sie sprintete nach oben, nahm zwei Stufen auf einmal, wobei sich ihr Kleid um ihre Beine verhedderte und sie beinahe hinfiel. Angst machte sich in ihrer Magengrube breit. Ohne Rücksicht auf ihre schlafenden Kinder zu nehmen, stürzte sie in Beckys Zimmer und schaltete das Licht an.

Das kleine Mädchen setzte sich abrupt auf und blinzelte im hellen Licht. »Mami?«

»Es ist alles in Ordnung, meine Kleine. Schlaf weiter.«

Sie gab ihrer Tochter einen Kuss, deckte sie zu, schaltete das Licht wieder aus und ging zu Romans Zimmer. Dort steckte sie den Kopf durch die Tür und ließ lediglich das Licht aus dem Flur in den Raum fallen. Ihr Sohn schlief tief und fest. Sie zog die Tür wieder zu und ließ sich erleichtert zu Boden sinken. Das Blut rauschte in ihren Ohren. Dieses Geräusch hatte sie ganz schön aus der Fassung gebracht. Und wo war Mozart?

Erschöpft stand sie auf, hob den Saum ihres Kleides an und ging ins Schlafzimmer.

Da war er ja. Er schlief auf ihrem Bett. Der kleine Hund wusste ganz genau, dass er das eigentlich nicht durfte. Sie wollte ihn gerade aufwecken und nach unten scheuchen, als sie die negative Energie in dem Zimmer spürte. Es war zu spät, um wegzulaufen, also blieb sie wie erstarrt stehen, als eine Gestalt hinter der Tür hervortrat.

Sie wollte schreien, aber eine behandschuhte Hand legte sich über ihren Mund und zog sie rückwärts Richtung Wand.

»Kein Wort oder die Kinder sind tot.« Die Stimme wurde von der schwarzen, mundlosen Gesichtsmaske gedämpft.

Sie konnte weder schreien noch rufen. Die Hand verschloss unnachgiebig ihren Mund, beinahe auch die Nase. Sie atmete panisch und trat mit ihren Füßen nach hinten gegen die Beine des Angreifers. Die Hand griff noch fester zu, bedeckte jetzt auch die Nase.

Sie versuchte, mit dem Arm hinter sich zu schlagen, aber mit jedem Augenblick, der verstrich, wurde sie schwächer. Sie war so panisch, dass sie nicht einmal verhindern konnte, dass sich ihre Blase wie von selbst entleerte und ein Schwall warmer Flüssigkeit ihre Beine hinablief. Das schreckte ihren Angreifer jedoch nicht ab. Die Hand schloss sich noch fester um Mund und Nase. Angst hatte sich in ihrer Brust wie eine Bombe festgesetzt, die jeden Moment explodieren konnte.

Ihre Kinder.

Sie hatten doch schon ihren Vater verloren; sie auch noch zu verlieren – das durfte nicht geschehen.

Dann fragte sie sich, warum Mozart eigentlich nicht bellte.

Ihr blieb keine Wahl. Sie ließ sich von dem Entführer die Treppe hinunter und dann zur Haustür hinausführen. Sie spürte, wie sie in ein Auto gepackt wurde. Etwas Spitzes bohrte sich seitlich in ihren Hals.

Egal, wie sehr sie sich dagegen wehrte, sie würde ohnmächtig werden.

Sie konnte keinen klaren Gedanken mehr fassen, ihr Gehirn fühlte sich wie betäubt an. Sie konnte nichts dagegen tun, dass die Dunkelheit die Farbe in ihrem Leben auslöschte.

Der Hauch des Todes liegt über ihren Augen; zwei erlöschende Tümpel, mit Tränen gefüllt. Sie kann sie nicht mehr weiter aufreißen, nicht mehr stumm um ihre Freiheit flehen. Wenn es mir passt, dann werde ich ihr die Erlösung gewähren, die sie herbeisehnt. Aber niemals die Freiheit.

Was sie vielleicht hätte sagen wollen, kann ich nicht hören, denn mehrere Lagen Klebeband verschließen ihren Mund.

Die einem Froschquaken ähnelnden Laute, die sich tief in ihrer Kehle formen, können ihren Lippen nicht mehr entweichen. Es klingt wie Mäusepiepsen. Das regt mich auf. Geht mir richtig auf die Nerven. Bringt mich in Rage.

Ich mag es, wenn sich meine Beute ein bisschen wehrt, gerade genug, um schwachen Widerstand zu leisten, mich ein wenig herauszufordern. Die Betonung liegt auf schwach. Sie sind alle schwach. Ich betrachte meine zweite Eroberung. Sie schläft, aber nicht mehr lange. Nur lange genug, damit ich Zeit habe, mich dieser hier zu entledigen.

Während ich barfuß durch das Zimmer gehe, spüre ich, wie mich die Schwere Richtung Hölle zieht. Das macht mir nichts aus. Dem Himmel habe ich schon vor langer Zeit entsagt. Der Teppich unter meinen Füßen war irgendwann einmal weich. Jetzt ist er rau und verschlissen, versteckt unter einer Plastikfolie. Ich vertrödle Zeit, stehe am Kaminsims und betrachte die Bronzeornamente, die darauf platziert sind. Sie wurden hier in Ragmullin gefertigt. Früher hatte ich noch mehr davon, aber inzwischen habe ich die meisten einem Charity Shop in der Stadt gegeben. Nur diese beiden habe ich behalten. Aus gutem Grund.

Ich nehme die Figur in die Hand, die ein kleines Mädchen darstellt, das auf einem Stapel Bücher sitzt. Wahrscheinlich kann sie nicht lesen, sie hat nämlich keine Augen. Wo ihre Augen sein sollten, ist nur glatt polierte Bronze. Wollte der Skulpteur uns damit etwas sagen? Nichts Böses sehen? Darüber denke ich in einsamen Augenblicken manchmal nach. Ich stelle die Figur auf ihren Platz zurück – ein Kreis umgeben von einer dicken Staubschicht.

Als ich mich von dem nicht angezündeten Kamin abwende, sehe ich sie dort wie ein Skelett sitzen, an den Stuhl gefesselt. Sie hat ihren Zweck erfüllt. Es wird Zeit, dass ich mich für den letzten Akt umziehe. Ich greife nach der Plastikpackung mit dem weißen Schutzanzug. Es ist die letzte, und als ich sie aufreiße, schreibe ich in Gedanken Schutzkleidung unter das Klebeband auf meiner Einkaufsliste. Ich werde sie brauchen, soviel ist sicher. Ich habe bereits ein neues Ziel vor Augen. Und das erregt mich noch mehr.

TAG EINS

DREI

Am Kreisverkehr setzte der Fahrer den Blinker, um anzuzeigen, dass er mit seinem Sattelzug nach links abbiegen würde. Um sechs Uhr morgens war noch nicht viel Verkehr. Er wechselte den Gang und lenkte sein Gefährt Richtung Vertriebsdepot. Zu seiner Rechten war Laderampe dreizehn auch schon geöffnet und wartete auf eine Lieferung.

»Manche Leute haben eben einfach Pech«, murmelte er.

Bevor er auf das Betriebsgelände fuhr, schaute er nochmal über seine linke Schulter auf den kleinen Kreisverkehr, um sicherzugehen, dass der Weg wirklich frei war. Diese verdammten Kreisverkehre waren wie die Pocken über ganz Ragmullin verstreut. Irgendein Klugschwätzer beim Stadtrat, der sich Ingenieur schimpfte, hatte sich wohl einen Spaß daraus gemacht. Aber Graham Ward hatte nicht den geringsten Spaß daran. Seit er die Schnellstraße verlassen hatte, hatte er schon vier davon bewältigen müssen.

Er ließ seinen Blick über das unbebaute Land zu seiner linken schweifen. Etwas erregte seine Aufmerksamkeit. Ein Wimpel schimmerte gelb im Morgenwind. Wahrscheinlich ein Überbleibsel vom Rummel. Das war vielleicht eine Horrorwoche gewesen. Wohnmobile und Anhänger hatten die engen Straßen Richtung Vertriebsdepot gesäumt. Zweimal war er mit der hinteren Stoßstange des Lastwagens an einen Wohnwagen gestoßen, als er diesen Witz von Kreisverkehr zu passieren versucht hatte.

Er fuhr rückwärts auf die Laderampe, stellte den Motor ab, sprang aus dem Führerhaus und zündete sich eine Zigarette an. Mit dem Ent- oder Beladevorgang hatte er nichts zu tun. Deshalb schlenderte er über die Straße und blieb beim Zaun stehen. Als er einen tiefen Zug an seiner Zigarette nahm, sah er wieder, was beim Fahren seine Aufmerksamkeit erregt hatte. Er blies einen Rauchring.

Was war das? Irgendetwas Gelbes, ganz oben war es schwarz. Es sah wie Stoff aus. Er stieß mehr Rauch durch seine Nase aus. Plötzlich musste er trocken husten. Zwei Krähen erhoben sich von der gelben Erhebung und flogen ein paar tiefe Kreise, bevor sie verschwanden.

Graham drückte seine Zigarette aus und starrte auf die Erhebung. Die Luft stand still und die einzigen Geräusche waren das beständige Brummen vom Verkehr auf der Schnellstraße und das Surren der Hebebühne an Laderampe dreizehn.

»Scheiß drauf«, grummelte er und stieg über den feinmaschigen Drahtzaun.

Der Boden fühlte sich weich an und die Reifen der Fahrzeuge, die zum Rummel hier gewesen waren, hatten teilweise zentimetertiefe Furchen hinterlassen. Während des Rummels hatte es unablässig geregnet und auch wenn das Wetter jetzt gerade gut war, bauschten sich die Wolken schon wieder bedrohlich auf.

Als er sich dem Gegenstand seines Interesses näherte, stürzte sich noch eine Krähe herab und krächzte laut. Er scheuchte sie mit einer Handbewegung weg. Je näher er kam, desto schwerer fiel es ihm, ruhig zu atmen. Eine schlimme Vorahnung schickte ihm einen Schauer über den Rücken. Das konnte doch nicht sein, oder? Nein. Er wollte auf der Stelle kehrt machen und zu seinem Lastwagen zurücklaufen, schleunigst nach Dublin fahren und sich neben seine Freundin ins Bett legen. Vielleicht würde ihr warmer Körper das eiskalte Gefühl der Furcht vertreiben, dass sich in seinem Nacken festgesetzt hatte. Ihm standen sie Haare zu Berge.

Als er schließlich stehenblieb, griff er nach dem Handy in seiner Tasche. Wie ein Fächer umgab langes rotes Haar ihr porzellanfarbenes Gesicht, das, wie er erkannte, schlimm zugerichtet war. Von den Vögeln? Arme und Beine standen in grotesken Winkeln ab, so, als wäre sie aus einer großen Höhe heruntergefallen. Er konnte kein Blut entdecken, aber das bedeutete nicht, dass keins vergossen worden war. Er stand nicht nahe genug, um alles zu erkennen, aber gleichzeitig fühlte es sich viel zu nahe an. Jung. Ungefähr in seinem Alter? Graham war siebenundzwanzig und dieses arme Wesen wirkte nicht viel älter. Aber irgendwo hatte er einmal gehört, dass der Tod einem die Jugend wiedergab.

Das Gelbe, das er vom Lastwagen aus gesehen hatte, war ihr leichtes Baumwollkleid. Die dünnen Träger waren ihr die Arme hinuntergerutscht. Sie war barfuß. Die Füße waren dreckig, so, als wäre sie durch den Schlamm gelaufen. Oder war sie geschleift worden? Dann sah er das kleine runde Loch in ihrer Schläfe.

»Meine Güte«, murmelte er und wählte den Notruf. Seine zitternden, schwitzenden Finger blieben am Bildschirm kleben.

»Hallo? Ja. Hier ist Graham Ward. Ich habe eine tote Frau gefunden. Ich glaube, sie wurde erschossen.«

In dem Moment tat sich der Himmel auf und große, dicke Tropfen regneten auf ihn hinunter.

VIER

Lottie Parker wachte um fünf Uhr morgens auf. Nach einer kurzen Dusche zog sie sich an und überlegte, wie wohl das Wetter werden würde. Sie blickte aus dem Fenster. Es sah nach Regen aus, also zog sie Stiefeletten an, nur für den Fall, dass sie einen Tatort im Schlamm begutachten musste. Man sollte ja immer auf das Schlimmste vorbereitet sein.

Rose, ihre Mutter, war in der Küche. »Mutter, was machst denn du hier schon um diese Zeit?«

»Ich habe eine Ladung Wäsche gewaschen. Ich weiß doch, wie viel du zu tun hast.«

»Ich habe die Wäsche gestern Abend gemacht!«

»Ich musste mein eigenes Bettzeug waschen. Das sollte langsam fertig sein.«

Lottie schaute zu, wie ihre Mutter zur Waschmaschine ging und ein Laken, einen Bettbezug und Kissenbezüge herausholte. Tropfend nass. Sie hatte die Maschine falsch eingestellt und jetzt würden Lottie alles nochmal lange schleudern müssen.

»Ich mach das schon«, sagte sie gereizt.

»Ich weiß doch wohl, wie man so ein bisschen Bettzeug wäscht.«

»Warum machst du uns nicht eine Kanne Tee? Ich stecke inzwischen die Wäsche in den Trockner.«

»Ich bin sehr wohl dazu in der Lage, sie aufzuhängen, Missy.«

Lottie hasste es, Missy genannt zu werden. »In Ordnung.«

Sie konnte die Verärgerung in ihrer Stimme nicht verbergen, weil sie sich *wirklich* ärgerte. Es war halb sechs Uhr morgens – die einzige Zeit am ganzen Tag, die sie *für sich selbst* hatte – und sie hasste Konfrontation, vor allem so früh am Morgen.

»Wenn du es unbedingt tun möchtest, dann mach es doch.« Rose ließ den Korb fallen.

Als Lottie in aufhob, bemerkte sie, dass die Wäsche nach nichts roch. »Hast du Waschmittel hineingetan?«

»Ach, jetzt meinst du, dass ich auch noch dumm bin. Als ob den Verstand verlieren allein nicht reicht. Gib her.« Rose schnappte sich den Korb und marschierte nach draußen.

Lottie schaltete den Wasserkocher an und lehnte ihren Kopf gegen das Regal. Sie war sich nicht sicher, ob ihre Mutter mental weiter abgebaut hatte, oder ob ihre eigene Ungeduld die Spannung zwischen ihnen steigerte. Was immer es auch war, die Arbeit konnte nur besser sein als die Situation zu Hause.

Sie verzichtete auf ihren Kaffee, nahm ihre Tasche und wählte beim Hinausgehen Boyds Nummer.

Die Scheiben beschlugen im gnadenlos fallenden Regen, als sie und Detective Sergeant Mark Boyd im Auto vor Millie's Garage saßen. So viel also zu der Wäsche, die ihre Mutter draußen aufgehängt hatte.

»Was hast du denn für ein Sandwich?«, fragte sie mit vollem Mund.

»Davon bekommst du nichts ab, wenn es das ist, worauf du spekulierst«, antwortete er.

Sie schluckte und schüttelte betrübt den Kopf. »Kann ich denn heute niemanden irgendetwas fragen, ohne dass mir gleich der Kopf abgerissen wird?« Sie wickelte die Krusten in das fettige Papier und warf das Knäuel auf den Boden vor ihrem Sitz. »Und du bist wie eine Glucke, seit du aus Malaga zurück bist.«

Er blieb stumm.

Sie schaute den Regentropfen zu, die die Scheibe hinunterliefen. Das Wetter im Juli war schrecklich gewesen, und jetzt, Mitte August, war es nicht viel besser. Zwei Tage Sonnenschein, drei Tage Regen. Es war ganz normal in Ragmullin, an einem Tag vier Jahreszeiten zu erleben. Einfach nur frustrierend.

Als sie das Haus etwas früher aufgebracht verlassen hatte, hatte sie sich beim Hinausgehen einen von Seans Pullovern geschnappt. Aber als sie ihn sich dann im Auto angezogen hatte, hatte sie entsetzt festgestellt, dass darauf groß ein Bild von Batman prangte. Sie konnte schlecht den ganzen Tag mit überkreuzten Armen herumlaufen, also würde sie wohl einfach die höhnischen Kommentare über sich ergehen lassen müssen. Für Boyd würde es noch schlimmer werden, das war ihr klar – jeder würde ihn Robin nennen. Sie musste kurz schmunzeln, aber dann lastete die ernste Atmosphäre im Wagen wieder schwer auf ihren Schultern. Boyd ging es hundsmiserabel, und sie selbst war noch griesgrämiger als er, jetzt, wo ihre Mutter bei ihr wohnte. Sie waren ein richtiges Traumpaar.

Ein großer Fall musste her. Etwas, in das sie sich so richtig verbeißen konnten. Etwas, woran das Team mit Sorgfalt und höchster Konzentration arbeiten konnte. Alle hatten die Schnauze voll von Verwaltungsarbeit und Bürokram. Wenn sie nur noch eine Exceltabelle mit unausgeglichenen Haushaltszahlen sehen musste, würde sie schreien. Ein Fall würde ihr eine bona fide Ausrede bieten, um die Tabellen an jemand anderen abzugeben und sie außerdem von dem ablenken, was bei ihr zu Hause vor sich ging. Superintendentin Deborah Farrell war außerordentlich mürrisch, und diese miese Stimmung hatte sich bis zu den diensthabenden Polizisten ausgebreitet.

Sie schaute zu Boyd und sah ihm an der Nasenspitze an, wie gereizt er war. Und Boyd ließ sich nicht leicht reizen. Vielleicht wäre ein schöner gemeinsamer Urlaub besser als eine neue Ermittlung. Aber ihr Leben war kompliziert. Und ihr Leben war sogar noch komplizierter geworden, seit Boyd mit seinem achtjährigen Sohn Sergio aus Malaga zurückgekommen war. Er hatte erst ein paar Monate, bevor er ihn im Juni zum ersten Mal getroffen hatte, von ihm erfahren. Sie glaubte zu wissen, was ihm so an die Nieren ging. Sie wollte, dass er es zugab. Aber da es nicht so aussah, als ob das zeitnah passieren würde, beschloss sie, es selbst auszusprechen.

Sie drehte sich zu ihm und schaute ihn an. »Es ist wegen Jackie, nicht wahr? Hast du etwas von ihr gehört?«

»Meine Exfrau hat nichts damit zu tun.«

»Natürlich hat sie etwas damit zu tun. Ich bin doch nicht blöd. Sprich mit mir. Bitte, Boyd.« Er war so dürr wie eh und je. Die leichte Bräune, die ihm eine gesunde Ausstrahlung gegeben hatte, war wieder verblasst. Er reckte sein kantiges Kinn stur nach vorn, seine Ohren glühten. Und sie wusste nicht, wie sie ihn beschwichtigen sollte.

Er legte sein Sandwich zurück in die Packung, schlug es sorgfältig in Papier ein und klebte das Label wieder an seinen ursprünglichen Platz. »Du kannst es gerne haben, wenn du möchtest. Ich habe nur einmal abgebissen.«

»Lenk nicht ab.«

»Du machst dir viel zu viele Gedanken, Lottie Parker.«

Sie nahm das Sandwich entgegen und legte es aufs Armaturenbrett. Dann nahm sie seine Hand und drückte sie fest. »Sprich mit mir, wenn du so weit bist.«

Er entzog ihr seine Hand und starrte hinaus auf den Regen. Schweigen umschloss sie. Dann durchbrach er die Stille.

»Sie kommt nach Irland.«

»Scheiße! Ach verdammt, Boyd.«

»Ausgerechnet jetzt, wo sich Sergio bei mir eingewöhnt hat. Du und deine Familie, ihr wart so gut zu ihm, vor allem Chloe und Sean. Ohne euch hätte ich das nicht geschafft. Und jetzt schlägt diese verdammte Bombe ein.«

Seit sich Chloe tagsüber, wenn Boyd arbeitete, um Sergio kümmerte, war auch Sean, ihr siebzehnjähriger Sohn, wieder aus seinem Schneckenhaus, wie ihre Mutter es auszudrücken pflegte, hervorgekrochen.

»Die Kids haben den Rummel letzte Woche so genossen«, sagte sie, »und Sean hat Sergio sogar vor kurzem abends mit zum Hurling Training genommen. Das war das erste Mal seit Ewigkeiten, dass er zum Training gegangen ist. Sie tun einander gut.«

»Sie wurden ganz schön vom Regen erwischt«, erzählte Boyd.

»Das hat Sergio sicher gefallen.«

Er lächelte. »Er fand es urkomisch, als er meine winzige Wohnung komplett vollgetropft hat. Gerade gewöhnen wir uns an unser neues Leben, und schon taucht meine Exfrau auf und spuckt uns geradezu in die Suppe.«

Lottie grinste ihn an, aber innerlich schüttelte sie sich. Ranken der Angst hatten bereits Wurzeln in ihr geschlagen. Nur widerwillig stellte sie die Frage, aber sie musste es wissen. »Wann kommt sie an?«

»Ich habe keine Ahnung. Hab nur eine Nachricht bekommen, in der stand: ›Ich kann es gar nicht erwarten, meinen kleinen Jungen bald wiederzusehen.‹ Wahrscheinlich hat sie ihren Flug schon gebucht und kann theoretisch jeden Moment eintreffen.«

»Lass dir das nicht zu nahe gehen. Sie kann ihn dir nicht wegnehmen.«

Jetzt drehte sich Boyd auch zu ihr. »Aber genau das ist es doch. Sie kann es Und sie wird es auch tun.«

»Aber du hast doch den DNA-Test, der beweist, dass er dein Sohn ist.«

»Aber welcher Richter nimmt der Mutter, die sich acht Jahre darum gekümmert hat, ihr Kind weg? Sergio war seit dem Tag seiner Geburt bei ihr. Und bis vor ein paar Monaten wusste ich nicht einmal, dass es ihn überhaupt gibt. Was zeigt das denn? Zu was für einer Art Vater macht mich das?«

»Zu einem guten. Deine Exfrau hat sich in der Vergangenheit immer wieder mit Verbrechern umgeben, und sobald du von Sergios Existenz erfahren hast, bist du nach Spanien geflogen, um ihn kennenzulernen.« Das war ein schwaches Argument, aber irgendwie musste sie ihm doch gut zureden. »Mach dir keine Sorgen. Bestimmt will sie nur Geld.«

»Und woher soll ich das Geld nehmen? Ich möchte eine größere Wohnung – und jetzt erzähl mir nicht wieder, dass ich bei dir einziehen kann. Da hast gerade genug zu tun mit Rose, deinen drei Kindern und mit deinem Enkel.«

»Generationenübergreifende Patchworkfamilien sind gerade ganz groß in Mode«, sagte sie mit einem gequälten Lächeln.

Schwermütig schüttelte er den Kopf. »Danke für das Angebot, Lottie, aber du hast auch so schon genug am Hals.«

Sie lehnte sich zurück, verschränkte die Arme und stützte einen Fuß auf dem Armaturenbrett ab wie ein zorniger Teenager.

»Kaum zu glauben, dass wir fast geheiratet hätten. Jetzt können wir nicht einmal eine normale Unterhaltung führen.« Das klang härter, als es sollte, aber es musste einfach einmal gesagt werden.

»Vielleicht macht uns das ja einem wirklich verheirateten Paar ähnlicher.«

»Wir streiten weiß Gott genug.«

»Es tut mir leid, Lottie. Damit muss ich alleine fertig werden. Kannst du mir das zugestehen?«

Konnte sie? Der Druck auf sie zu Hause wurde mit jedem Tag stärker. Sie wollte Boyd auch zu Hause an ihrer Seite haben, genauso wie bei der Arbeit, aber daraus würde so bald nichts werden. Sie hatte lange genug gebraucht, um zu akzeptieren, dass sie ihn liebte. Und jetzt lief sie Gefahr, ihn zu verlieren. Und das nur wegen seiner verdammten Exfrau.

Sie hatte schon ihren Mund geöffnet, um eine Tirade loszulassen, da rettete sie das Funkgerät, das plötzlich zum Leben erwachte.

Die frühmorgendliche Yogastunde half Orla Keating normalerweise dabei, den Kopf frei zu bekommen. Heute hoffte sie, dass sie ihr dabei half, die Kopfschmerzen, die sich wie stechende Nadeln hinter ihren Augen festgesetzt hatten, zu vertreiben.

Als sie von ihrer Wohnung in der Nähe des Friedhofs in Richtung des Studios am anderen Ende der Stadt marschierte, schaute sie sich immer wieder um. Ihre Nackenhaare waren wie elektrisiert. Da war niemand hinter ihr. Um diese Zeit war noch kaum jemand unterwegs. Sie ging gerne zu Fuß. Dabei konnte sie sich gut Klarheit im Kopf schaffen und Gedanken loswerden, mit denen sie sich lieber nicht belasten wollte. Das Gehen gab ihr die Möglichkeit, all ihre Sinne zu nutzen.

Auf ihrem Umweg am Kanal entlang atmete sie tief ein und aus. Sie hatte noch genügend Zeit und betrachtete in Ruhe den Himmel, die Blumen und dann das Unkraut unter den Hecken.

Das sachte Plätschern des Wassers und das Zwitschern der Vögel in den Bäumen gefiel ihr besonders gut. Sie blieb kurz stehen und berührte das Schilf, dann lehnte sie sich nach vorne, um den frischen Duft in sich aufzusaugen – in diesem Moment öffnete der Himmel seine Schleusen. Mit über den Kopf gezogener Kapuze ging sie den Hang hinauf, über die Brücke und auf die Straße.

Als sie an Millie's Garage vorbeikam, fielen ihr zwei Leute auf, die in einem Auto saßen und etwas aßen. Wie konnte man nur etwas aus einer Tankstelle essen, noch dazu um diese Uhrzeit. Als sie die Friar's Street entlang ging, schaute sie sich noch einmal um.

Hör damit auf! Niemand verfolgte sie. Aber sie wurde dieses seltsame Gefühl einfach nicht los. Orla wusste, dass sie wachsam und empfänglich für äußere Reize war. Wenn sie also etwas spürte, dann musste es auch einen Grund dafür geben.

Schaudernd hievte sie ihre Yogamatte von einer Schulter auf die andere und rückte den Beutel mit Handtuch und Wasserflasche auf ihrem Rücken gerade. Obwohl sie Kopfschmerzen hatte, fühlte sie sich in ihren lila Lycras und den neuen Asics Laufschuhen an diesem Morgen ziemlich gut. Tyler hätte von ihr verlangt, sie zurückzuschicken – sie waren zu teuer. Aber Tyler hatte nicht länger die Kontrolle über sie. Heute verschaffte ihr dieser Gedanke allerdings nicht die Befriedigung, die sie eigentlich fühlen sollte.

In diesem Augenblick spürte sie es wieder. Jemand beobachtete sie. Als sie sich blitzschnell umdrehte, meinte sie, einen Schatten in die Gasse, an der sie gerade vorbeigegangen war, verschwinden zu sehen. Sollte sie stehenbleiben und warten? Nachschauen? Weglaufen? Nein, sie war schon oft genug davongelaufen, und das hatte ihr nie etwas genützt.

Ein Martinshorn heulte auf. Zwei Polizeiautos rasten an ihr vorbei und ließen das Wasser in den Pfützen in alle Richtungen spritzen.

Jemand war tot.

Da war sie sich sicher.

Sie spürte dasselbe seltsame Gefühl in ihrer Magengrube wie an dem Tag, an dem Tyler verschwunden war.

Er hatte mit dem Rücken zu ihr an der Spüle in ihrer kleinen Küche gestanden. Seine gebeugte Haltung hatte ihr verraten, dass er sein Handy in der Hand hielt.

»Wem schreibst du denn um diese Uhrzeit?« Sie hatte auf das Display des Herds geschaut. Fünf nach vier Uhr morgens.

Er hatte sich umgedreht. Das Licht der nackten Glühbirne, die trist in der Mitte des Raumes hing, hatte seinem Gesicht scharfe Konturen verliehen. Sie hatte vergessen, eine stärkere Birne zu besorgen.

»Was ich hier mache, geht dich überhaupt nichts an. Aber wenn du es wirklich wissen willst: ich habe nachgesehen, wann mein Flug geht.«

Sie zuckte kurz zusammen und schaltete den Wasserkocher an.

»Hast du überhaupt nachgeschaut, ob da Wasser drin ist?« Er starrte sie an, bevor er sich umdrehte und mit einer Hand ein Nachricht schrieb.

Der Wasserkocher fauchte, und sie realisierte, dass er recht gehabt hatte. Er war leer. Sollte sie jetzt den Wasserhahn aufdrehen, oder würde ihn das noch wütender machen? Wollte sie überhaupt eine Tasse Tee? Auf beide Fragen war die Antwort Nein. Sie könnte sich einfach wieder hinausschleichen und ihm weiter seinen geheimnisvollen Nachrichten überlassen. Oder ihre Frau stehen. Sie zitterte und wich zur Tür zurück.

»Füllst du ihn jetzt oder lässt du es bleiben?« Er drehte sich langsam zu ihr um. »Ich verstehe nicht, warum du um diese Zeit überhaupt schon wach bist. Ich war ganz leise.«

»Ich wollte dir nur eine Tasse Tee machen, bevor du los musst.«

»Damit ich auf der Autobahn anhalten muss, um zu pissen?

Geh wieder ins Bett und lass mich in Ruhe. In ein paar Tagen bin ich wieder da, und dann möchte ich, dass dieses Haus glänzt! Das hier ist ja ein richtiger Saustall. Nicht einmal einen Hund würde man so in seinem eigenen Dreck vor sich hin vegetieren lassen!«

Stumm schluckte sie ihre Tränen hinunter. Das war eine Sache, die sie in den fünf Jahren, die sie jetzt mit Tyler Keating zusammenwohnte, gemeistert hatte. Das Haus glänzte, und wie! Alles war ordentlich. Nirgendwo lag auch nur ein Körnchen Staub. Das wusste sie, aber trotzdem würde sie abwaschen und wischen und putzen, während er weg war. Es half nichts. Die Angst vor den Konsequenzen, wenn sie es nicht tun würde, war einfach zu groß.

Sie verabschiedete sich nicht, wünschte ihm keine gute Reise. Sie ging einfach aus der Küche und leise die Treppe hinauf ins Schlafzimmer. Als sie auf dem Bett lag, zählte sie die Minuten, bis sie hörte, wie er die Haustür schloss und den Motor des Autos aufheulen ließ, als er davonfuhr.

Inzwischen fragte sie sich, ob das nicht alles ganz anders gewesen war. War dieser Morgen wirklich so verlaufen?

Sie schüttelte sich, dann ging sie hastig die Straße entlang. Sie wusste, dass es unmöglich war, vor der Vergangenheit davonzulaufen.

FÜNF

Kirby hatte einen fürchterlichen Kater und schaffte es kaum, auch nur den Kopf vom Kissen zu heben. Noch immer hatte er den faden Geschmack des abgestandenen Whiskeys im Mund und fragte sich, wie er an einen Schluck Wasser kommen konnte, ohne aufstehen zu müssen. Es war unmöglich.

Er griff nach seinem Handy auf dem Nachttisch. Als seine Finger nach dem Gerät tasteten, beförderte er es ungeschickt auf den Boden. Mit nur einem geöffneten Auge schielte er über den Bettrand; beide zu öffnen hätte zu weh getan. Sein Handy war neben einem glänzend schwarzen Schuh gelandet. Ruckartig riss er beide Augen auf. Ein zweiter Schuh erschien in seinem Sichtfeld, und ein weißer Spitzen-BH.

»Was zum …?«

Jedes einzelne Wort pochte in seinem Schädel. Als würde jemand ungelenk auf eine Schreibmaschine eindreschen. Was für eine Qual. Er fühlte sich ganz schwindelig, und als er sich wieder aufs Kissen zurückfallen ließ, spürte er eine Hand, die verspielt über seinen runden Bauch strich.

»Hey. Du bist ja schon wach«, sagte sie.

Während der paar Sekunden, die er gebraucht hatte, um zu

realisieren, dass er eine Frau mit nach Hause gebracht hatte, hatte er insgeheim gehofft, es handle sich um die attraktive Garda Martina Brennan. Aber eigentlich war ihm klar, dass er kein solches Glück haben konnte. Außerdem hatte Detective Sam McKeown Martina mit Haut und Haaren an sich gerissen, obwohl seine Frau von der Affäre Wind bekommen hatte.

Er drehte sich um und erblickte einen blonden Schopf, der mit dem Gesicht nach unten auf dem Kissen lag. Langsam sah sie zu ihm auf.

Sie war eine absolute Schönheit.

Kirby schüttelte den Kopf, wodurch ihn ein neuer höllischer Schmerz durchfuhr.

»Guten Morgen«, brachte er irgendwie heraus.

»Du erinnerst dich nicht mehr an letzte Nacht, oder?« Sie schmunzelte, und sofort wollte er nichts lieber, als ihre vollen Lippen zu küssen.

»Ob ich mich daran erinnere? Natürlich!« Er log. Er hatte keinen Schimmer, wie sie in seinem Bett gelandet war.

Sie lachte und vergrub ihr Gesicht wieder in den Kissen. Ihre ausgestreckte Hand stellte ganz schreckliche Dinge mit Kirby an. Na ja, eigentlich waren sie nicht schrecklich, sondern eher fantastisch, aber er hatte das Gefühl, sich jeden Moment übergeben zu müssen. Er hatte zu viel getrunken, und ein fieser Geschmack stieg ihm in der Kehle auf. Whiskey! Nach allem, was er sich selbst geschworen hatte, war er ausgegangen und hatte wieder diesen verdammten Whiskey getrunken.

Er musste auf Toilette. Wie konnte er sich entschuldigen, ohne die Schönheit zu kränken? So sehr er auch wollte, dass ihre Finger weiter ihre magischen Kreise auf seiner Haut zogen, er musste pinkeln.

»Hey, ich muss schnell ins Bad. Kannst du ... du weißt schon ... kannst du hier auf mich warten?«

Ihr Lachen, das nun wieder erklang, war wie Musik in

seinen Ohren, und wenn es ihm gerade nicht so dreckig gegangen wäre, hätte er glatt angefangen zu tanzen.

»Ich werde nirgendwohin gehen«, sagte sie, drehte sich auf den Rücken und zog die Decke hoch, um ihre Blöße zu bedecken.

Ein Gedanke durchfuhr ihn wie ein Blitz. War die Bettwäsche sauber? War sie je sauber? Höchstwahrscheinlich nicht. Wann war er denn das letzte Mal in der Wäscherei gewesen? Und wo waren seine Unterhosen? Auf keinen Fall würde er mit seinem fetten, nackten Hintern durch das Zimmer watscheln.

»Mach dir keine Gedanken«, sagte sie. »Das habe ich alles schon letzte Nacht gesehen.«

Dennoch drehte sie sich weg und gönnte ihm das kleine bisschen Würde.

Im Badezimmer pinkelte er, betätigte die Spülung und wusch sich die Hände. Auf dem Boden fand er Boxershorts und zog sie sich schnell an, bevor er sich im Spiegel betrachtete. Das schlaffe rote Gesicht, das ihm entgegenstarrte, war definitiv seins, und das sonst so buschige Haar war ausnahmsweise in verschwitzen Locken flach an seinen Kopf gedrückt. Hatte er Zeit für eine schnelle Dusche? Nein, danach wäre sie womöglich fort.

Er putzte sich hastig die Zähne, spritzte sich etwas kaltes Wasser ins Gesicht und wusch sich den Schlaf aus den Augen. Nachdem er sich das Gesicht getrocknet hatte, suchte er im Badezimmerschrank nach etwas Wohlriechendem, mit dem er sich einsprühen konnte. Er musste diesen Gestank nach Alkohol, Schweiß und Sex loswerden. Als er eine Flasche Old Spice fand, die er schon ganz vergessen hatte, sprühte er sich kräftig ein und ging ins Schlafzimmer zurück.

Obwohl er nur zwei Minuten gebraucht hatte, saß sie schon angezogen auf der Bettkannte und steckte sich die Haare hoch.

»Bleib doch noch«, sagte er. »Wir könnten irgendwo Frühstücken gehen. Wie klingt das?« Scheiß auf den Job.

»Ich muss zur Arbeit, und wenn ich dein Telefon hier richtig deute, dann müsstest du auch irgendwo sein.«

Er spürte, wie er blass wurde. Hatte sie geschnüffelt? Er hatte zwar nichts zu verbergen, aber trotzdem wollte er den Leuten vertrauen können.

»Und ich habe nicht draufgeschaut, wenn du das denkst. Es hat nur unter deinem Bett unaufhörlich wie ein eierlegendes Huhn vibriert.«

»Oh Gott, das habe ich natürlich nicht gedacht. Mein Kopf ist nur noch etwas vernebelt.« Das Telefon konnte warten. Er war sich nicht sicher, ob er wieder auf die Beine kommen würde, wenn er erst einmal in die Hocke gegangen war, um es aufzuheben.

»Alles in Ordnung, Larry. Es war schön, dich kennenzulernen.« Sie hielt ihm die Hand entgegen.

Für einen Augenblick dachte er, sie erwarte eine Bezahlung. *So* dumm konnte er doch wohl nicht gewesen sein, oder? Dann ging sie auf ihn zu, schmiegte sich an ihn und hauchte ihm einen Kuss aufs Kinn. Sie war ja geradezu winzig. Kein Wunder, dass sie die hochhackigen Schuhe brauchte, die er auf dem Boden hatte liegen sehen.

»Wo sind meine Schuhe?«

Er zeigte darauf. Dann errötete er, als er ihren BH immer noch neben ihnen liegen sah. Sie hob ihn auf und steckte ihn in die kleine Handtasche, die auf dem Boden am Fuß des Bettes lag.

»Sehen wir uns wieder?«, fragte er.

Sie warf sich die Handtasche über die Schulter und schlüpfte in ihre Schuhe. »Du hast mich für Samstag zum Essen eingeladen, schon vergessen?«

»Ehrlich gesagt …«

»Mach dir keinen Kopf. Wir waren beide ganz schön hinüber. Ich habe deine Nummer.«

»Woher?«

»Du hast mich gestern gezwungen, sie auf meinem Handy zu speichern. Hoffentlich ist es die richtige; ich würde mir ganz schön dämlich vorkommen, wenn ich plötzlich einen anderen Typen in der Leitung hätte.«

Er grinste. »Hast du mir deine auch gegeben?«

»Ja. Ich schreibe dir später.« Sie ging Richtung Tür. »Falls du es vergessen hast, mein Name ist übrigens Amy.«

Kirby saß noch gute fünf Minuten, nachdem sie fort war, auf der Bettkannte und versuchte, sich an Einzelheiten des vergangenen Abends zu erinnern. Wie kurze Eingebungen kamen Bilder und gingen wieder. Fallon's Bar, Danny's und Cafferty's. Dann das Brook Hotel. Tanzen. Trinken. So viel Alkohol, und das an einem Donnerstag! Er war für den Rest der Woche pleite. Und dann – Filmriss. Er war definitiv an der Zeit, ein für alle Mal die Finger vom Whiskey zu lassen.

So wie das Bett aussah, gab es noch mehr, an das er sich erinnern sollte, aber jetzt musste er sein Handy checken und dann schleunigst zur Arbeit.

»Wie spät ist es eigentlich?«, murmelte er, hielt sich den Kopf und zog sein Handy unter dem Bett hervor. »Heilige Scheiße!«

Siebzehn verpasste Anrufe und neun Textnachrichten. Jetzt hatte er wirklich ein Problem.

Aber dann lächelte er. Heute würde er mit allem fertig werden, was der Tag ihm so zu bieten hatte.

Er legte sich zurück, machte es sich bequem und schloss die Augen. Zum ersten Mal seit Ewigkeiten, wahrscheinlich seit seine Freundin Gilly umgebracht worden war, war er nahe dran, sich glücklich zu fühlen. Und das nur wegen dieser winzigen Frau namens Amy.

SECHS

Im Ballyglass Business Park gab es gläserne Autohäuser, Fitnessstudios und das landesweit größte Vertriebsdepot für Supermarktware. Wenn man darauf blickte, lag zur Rechten ein Stück Brachland, das schon lange auf die Genehmigung gewisser Bebauungspläne wartete. Vorläufig war das der auserwählte Ort, an dem sich üblicherweise der Zirkus oder der Rummel einfand, um die Einwohner von Ragmullin zu unterhalten.

Der Regen ließ nach, aber Lotties Stiefel sanken trotzdem tief in den aufgewühlten Boden. Dann entdeckte sie die Trittbretter, die von der Spurensicherung ausgelegt worden waren, und hüpfte schnell darauf, bevor jemandem ihr Fehltritt auffallen konnte.

Grainne Nixon leitete die Spurensicherung. Trotz des Gewichts eines Metallkoffers, in dem sich ihre forensische Ausrüstung befand, holte sie Lottie ein.

»Guten Morgen, Inspector.«

»Hallo, Grainne. Sie werden es nicht glauben, aber ich habe mir herbeigewünscht, von einer weiteren Woche Kopf zermarternder Schreibtischarbeit erlöst zu werden. Aber ich wollte wirklich nicht, dass dafür jemand ermordet wird.«

»Ich bin gerade erst gekommen. Ist es ganz sicher Mord?«

»Der inoffizielle Bericht lautet: Schusswunde am Kopf.«

»Scheiße.« Grainne stellte den Koffer auf eines der Trittbretter und schob sich ihr wallendes rotes Haar unter die Kapuze. Dann legte sie ihren Mundschutz an. »Ist Detective Boyd auch dabei?«

»Er zieht sich gerade die Schutzkleidung an. Nach Ihnen.«

Lottie trat einen Schritt zurück, damit die Leiterin der Spurensicherung das Zelt betreten konnte. Es war auf die Schnelle über der Leiche errichtet worden, um eine Kontamination etwaiger Spuren durch den Regen zu verhindern. Dafür war es wohl ein bisschen spät, dachte sie.

Ein weiteres Mitglied der Spurensicherung stand am Kopf der toten Frau und wartete auf Anweisungen von Grainne. Es war nur das Prasseln des Regens zu hören, der gegen das Zelt schlug.

»Sie ist nicht hier getötet worden«, sagte Grainne sofort.

»Weil es hier kein Blut gibt?« fragte Lottie.

»Genau.« Grainne kniete sich auf die Plastikfolie.

»Könnte es nicht sein, dass das weggewaschen wurde?«

»Vielleicht. Heute Nacht hat es geregnet, und jetzt gerade gab es wieder einen Schauer. Aber ich würde trotzdem erwarten, dass der Boden wenigstens eine leichte Verfärbung aufweist.«

Lottie lehnte sich über Grainnes Schulter, um das Opfer zu betrachten. Das Gesicht der jungen Frau war auf subtile Art ganz hübsch. Und an ihrem Körper gab es kein Gramm Fett zu viel. Sie war knochendürr. Ihr Hals war lang und dünn und von Blutergüssen übersät. Vielleicht hatten sie ja Glück und würden dort DNA-Spuren finden. Ihr Kleid war tief ausgeschnitten und sie trug offensichtlich keinen BH. Das rote Haar erinnerte Lottie sofort an Grainnes Locken. Die beiden Frauen hätten Schwestern sein können.

Lange betrachtete sie das versehrte Gesicht des Opfers. Vögel hatten auf die Haut eingepickt und es sah so aus, als wären beide Augäpfel aus ihren Höhlen gerissen worden. Sie spürte die Galle in ihrem Hals hochsteigen und schluckte schwer.

»Anfang bis Mitte dreißig, würde ich schätzen«, sagte sie. »Mein Gott, ist das fürchterlich. Das hier ist eine Tochter, eine Schwester, eine Partnerin oder eine Ehefrau von jemandem. Vielleicht sogar eine Mutter.« Ihr tat die Familie dieser Frau jetzt schon leid, noch bevor sie überhaupt von diesem Albtraum erfahren hatte.

»Eine Schusswunde. In der linken Schläfe. Wenn ich mich nicht täusche, dann sind beide Arme und ein Bein gebrochen.«

Lottie waren die seltsamen Winkel, in denen die Gliedmaßen abstanden, und die eingerissene Haut aufgefallen. »Ist sie irgendwo heruntergefallen? Oder wurde sie geworfen? Gestoßen?«

Grainne schaute sie an. »Sie müssen warten, bis die Rechtsmedizin …«

»Ja, ja, ich weiß.« Sie war ungeduldig. »Aber eins ist sicher. Sie ist nicht hier herausspaziert, hat sich auf den Boden gelegt und darauf gewartet, dass ihr jemand eine Kugel in den Kopf jagt.«

»Ihre Füße sind zerkratzt und aufgeschürft«, sagte Grainne.

Lottie ging in die Hocke und betrachtete die kleinen, zarten Füße. Wahrscheinlich Größe sechsunddreißig. Grainne hatte recht. »Könnte es sein, dass sie jemand gezwungen hat, hierher zu gehen, um dann ihre Gliedmaßen zu brechen und sie schließlich zu erschießen?«

»Wie ich schon sagte, es gibt keine sichtbaren Blutspuren. Sie könnte hierher gezerrt worden sein. Aber der Boden hier gleicht inzwischen eher einem Sumpf, und nach dem Rummel ist er auch noch von jeder Menge Reifenspuren zerfurcht.«

»Was ist das da um ihren Mund herum?« Lottie betrachtete die klebrigen, schwarzen Spuren rund um die Lippen und auf den Wangen des Opfers eingehender.

»Ich würde sagen, dass sie mit Klebeband gefesselt war. Vielleicht mit Gewebeklebeband, aber aufgrund der schwarzen Reste würde ich eher auf Isolierband tippen. Wer weiß, wir könnten Glück haben und auf dem Rest noch Fingerabdrücke finden.«

Kurz bevor sie sich wegdrehte, sagte Lottie: »Das Kleid sieht nach einem leichten Baumwollstoff aus.«

»Ein Partykleid?«, mutmaßte Grainne.

»Ein Sommerkleid.« Boyd betrat das enge Zelt. »Sie wurde woanders erschossen?«

»Sieht danach aus«, sagte Grainne und öffnete ihren Koffer, um mit der Arbeit zu beginnen.

Lottie ging nach draußen und nahm ihre Maske ab. Dann holte sie tief Luft und atmete die feuchte Morgenluft ein, um den Geruch des Todes aus ihrer Nase zu vertreiben.

Boyd gesellte sich zu ihr. »Bei dem Depot dort drüben gibt es Videoüberwachung, aber alle hochauflösenden Kameras befinden sich auf der uns abgewandten Seite des Einkaufszentrums.«

Sie steckte ihren Kopf noch mal zurück in das Zelt. »Grainne, haben Sie eine erste Vermutung, wie lange sie schon tot ist?«

»Vielleicht fünf oder sechs Stunden, und sie liegt schon lange genug draußen, dass die Vögel sie verunstalten konnten. Die Rechtsmedizin wird eine genauere Antwort haben.«

Zusammen gingen Lottie und Boyd den Weg über die Trittplatten zurück. »Wir müssen herausfinden, wer sie ist. Damit hätten wir wenigstens einen Anhaltspunkt.«

»Warum hat man sie ausgerechnet hier abgelegt?«, fragte er. »Hat dieser Ort für ihren Mörder eine Bedeutung?«

»Sie wurde nicht hier getötet, soviel ist klar. Jemand hat sich die Mühe gemacht, ihre Leiche hierherzubringen und offen herumliegen zu lassen, damit sie gefunden wird. Warum?«

»Wir müssen auf den Autopsie –«

»Ja, ja.« Lottie erreichte das Ende der Absperrung. »Aber es kommt mir einfach so vor, als wäre sie hier gezielt platziert worden, damit man sie findet. Aber wer macht sowas?«

»Ein arrogantes Arschloch.«

Sie zog sich die Überschuhe aus. »Wo ist der Typ, der sie gefunden hat?«

Boyd zeigte auf einen Mann, der bei offener Tür auf dem Beifahrersitz eines Einsatzwagens saß und eine Zigarette rauchte. »Graham Ward, siebenundzwanzig. Lastwagenfahrer. Er ist schnurstracks vom Hafen hierher gefahren. Ist um zwanzig nach sechs hier angekommen. Dann hat er an Laderampe dreizehn geparkt, und ist hier herübergelaufen, um eine zu rauchen.«

Lottie ging zu dem Wagen. »Mr Ward, ich bin Detective Inspector Lottie Parker. Können Sie mir erzählen, wie es dazu gekommen ist, dass Sie die Leiche gefunden haben?«

»Ich habe nur eine geraucht. Da saßen Vögel auf dem Feld. Als ich husten musste, sind sie weggeflogen. Ich habe noch nie eine Leiche gesehen und das will ich auch in meinem ganzen Leben nicht noch einmal tun müssen. Es war der gelbe Stoff, wissen Sie? Den habe ich schon von meinem Lastwagen aus gesehen, als ich hier abgebogen bin. Und die Vögel ...« Er zitterte so stark, dass sein Körper verkrampfte. »Ich bin einfach dorthin gegangen, um nachzusehen, was das ist. Ich habe nicht erwartet ... Sie wissen schon ...« Er würgte. »Entschuldigung.«

Das Zittern in seinen Händen wurde so stark, dass ihm die Zigarette entglitt und zischend in einer Pfütze am Boden landete.

»Haben Sie sonst noch jemanden in der Nähe gesehen?«

»Nur die Männer, die den Aufzug bei der Laderampe bedienen. Die haben damit begonnen, den Lastwagen abzuladen und ich bin eine rauchen gegangen.«

»Kennen Sie sie?«, fragte Lottie.

»Die tote Frau? Die habe ich in meinem ganzen Leben noch nicht gesehen. Ist sie erschossen worden? Das sah mir nach einer Schusswunde aus.«

»Und eine Schusswunde würden Sie erkennen, ja?«

»Keine echte, so wie die. Aber so, wie man das eben im Fernsehen sieht. Sie glauben doch nicht wirklich, dass ich etwas damit zu tun habe?«

»Natürlich nicht, aber wir brauchen eine offizielle Aussage von Ihnen, sowie Fingerabdrücke und eine DNA-Probe. Damit wir Sie aus unseren Ermittlungen ausschließen können.«

»Ich habe sie nicht angefasst. So etwas ... so etwas könnte ich nie tun. Ihre Arme und Beine ... mein Gott, das ist einfach nur fürchterlich.«

»Ich weiß, Graham«, sagte Boyd. »So etwas kann einen völlig aus der Bahn werfen. Wir lassen Sie auf die Wache bringen, damit Sie Ihre Aussage machen können.«

»Und was ist mit meinem Lastwagen?«

»Sie werden wieder hierher zurück gebracht.« Boyd wandte sich an den Garda-Fahrer und wies ihn an, Ward auf die Wache zu bringen.

Als sie allein waren, sagte Lottie: »Er war es nicht.«

»Den Eindruck habe ich auch. Wie lautet deine Begründung?«

Sie zuckte mit den Schultern und schaute um sich. »Die Überwachungskameras des Depots haben seine Ankunft bestimmt aufgezeichnet. Wenn wir sowohl den Todeszeitpunkt als auch sein Bewegungsprofil kennen, dann wissen wir es sicher. Lass dir das Material aushändigen. McKeown soll es sich ansehen.«

Detective Sam McKeown war derjenige in ihrem Team, der sich am besten mit Videoaufzeichnungen auskannte. Er war eine ziemliche Nervensäge, aber er machte seinen Job gut.

»Wo ist denn Kirby heute Morgen?«, fragte Boyd.

»Das gleiche habe ich mich auch schon gefragt«, erwiderte Lottie.

Ich finde es höchstinteressant, aus der Ferne zu beobachten, welche Folgen mein Verbrechen nach sich zieht. Aus sicherer Entfernung sehe ich der Armee der treuen Gesetzeshüter, die sich auf diese kleine, brachliegende Fläche ergießt, zu.

Das ist der perfekte Ort, um eine Leiche zu entsorgen. Der Gedanke kam mir, als ich letzte Woche hier vorbeifuhr. Hunderte, wenn nicht gar tausende von Leuten stampften hier über diese Wiese. Kinder wie Erwachsene. Hier war alles voller Anhänger, Wohnwägen und Wohnmobile. Unglaublich schwere Geräte. Ein Albtraum für jede Spurensicherung. Außerdem wollte ich mein Werk ja zur Schau stellen. Ihnen ein Rätsel vorsetzen, während sie sich über meine Motive klarzuwerden versuchen. Für diese Ameisenhirne bin ich doch viel zu schlau.

Ich stehe vor einem Autohaus am anderen Ende des Gewerbegebiets und bewundere Autos, die ich gar nicht kaufen möchte. Der Laden hat noch nicht geöffnet, aber es sind auch schon andere Leute da, und es fällt mir leicht, genauso wie einer der potenziellen Käufer zu wirken, die sich einfach unverbindlich umsehen.

Während ich die Polizisten und die Spurensicherung unauffällig im Auge behalte, frage ich mich, wie lange es wohl dauern wird, bis sie merken, dass sie es mit einem Genie zu tun haben.

Ich habe meine Gründe, warum ich töte. Werden sie die jemals herausfinden?

Für das Töten habe ich einen großartigen Platz. Den werden Sie nie finden.

Mein nächstes Opfer befindet sich bereits in meiner Gewalt. Hoffentlich wird ihr Verschwinden bemerkt, bevor die Leiche gefunden wird. Es ist viel aufregender, gejagt zu werden, während ich selbst noch auf der Jagd bin. Einfach großartig.

Aber als allererstes muss ich einen neuen Ort finden, an dem ich die Leiche platzieren kann.

Vermutlich werde ich keinen Ort finden, der spurensicherungstechnisch so ideal ist wie dieser, aber ich werde mir Mühe geben.

SIEBEN

»Ja wen haben wir denn da! Es ist schön, dass Sie uns wenigstens für einen Teil des Tages Gesellschaft leisten, Amy.«

Amy war wirklich nicht in der Stimmung für Luke Bray. Was bildete der sich eigentlich ein? Obwohl er erst zweiundzwanzig war, spielte er sich auf wie vierzig. Sie wusste, dass sie zu spät war. Sie hatte erst noch nach Hause gehen, duschen und sich die Arbeitskleidung für Dolan's Supermarkt anziehen müssen. Und obwohl ihr die schwarzen Hosen und T-Shirts zum Hals hinaushingen, schonte sie so wenigstens ihre eigene Kleidung.

Sie entsperrte ihre Kasse und öffnete die Durchgangssperre.

»Guten Morgen, Mr Rodgers«, sagte sie und scannte seine Zeitung und die Packung Milch. »Brauchen Sie heute sonst noch etwas?«

»Ein Rubbellos für zwei Euro. Schön, Sie so fröhlich zu sehen, Amy.«

»Ich bin immer fröhlich.«

»Ich habe Ihnen doch gesagt, dass Sie mich Kenny nennen sollen«, sagte er und zwinkerte.

Sie wusste, dass er in Wirklichkeit John hieß, deshalb lächelte sie. Bis gestern Abend hatte sie gedacht, dass sie nur noch Achtzigjährigen wie Mr Rodgers gefiel; aber jetzt konnte sie dieses warme Gefühl nicht unterdrücken, dass sich in ihr ausbreitete. Man musste es ihr sogar ansehen können.

»Und wer ist der Glückliche?« Seine Augen funkelten, als er mit der Karte zahlte. Ja, dachte sie, man sieht es mir an.

»Sie kennen ihn nicht, Mr Rodgers.«

»Der hat aber ganz schönes Glück gehabt. Bis morgen, Amy.«

»Der und Glück?« Luke lehnte sich von seiner Kasse aus zu ihr herüber. »Sie haben Glück gehabt, nicht der arme Tropf, den Sie abgeschleppt haben.«

»Halten Sie doch einfach mal die Fresse.« Sie verstand einfach nicht, warum er immer so grob sein musste. Er war ein absolutes Arschloch.

»Habe ich Sie jetzt beleidigt, Sie Heulsuse?«

Eine junge Frau hatte sich wegen seiner unangemessener Bemerkungen in ihrer Gegenwart über Luke beschwert. Jetzt versuchte er natürlich, seine Art zu verschleiern, aber er hatte sich keinen Deut gebessert. Die Frau arbeitete inzwischen im Büro. Vielleicht wäre eine Beschwerde gar nicht so schlecht.

»Kundschaft, Luke.«

Dieser Wicht würde ihr die gute Laune nicht verderben. Als sie begann, den nächsten Einkaufskorb zu scannen, überlegte sie, was Detective Larry Kirby wohl gerade machte. Und das war nicht nur beiläufiger Gedanke. Es interessierte sie wirklich.

»Inspector!«, rief Grainne aus dem Zelt. »Ich brauche Sie hier noch einmal einen Augenblick.«

Lottie schlüpfte in frische Überschuhe und eilte erneut über die rutschigen Trittplatten.

»Was ist los?«

»Das Opfer ist sehr zierlich. Kleiner als eins sechzig, Schuhgröße 37; Kleidergröße wahrscheinlich 34.«

»Dem stimme ich zu«, sagte Lottie.

»Das Kleid, das sie trägt, ist Größe 40. Drei Nummern zu groß. Es ist mit Stecknadeln festgesteckt, damit es passt.«

»Vielleicht hat sie es sich geliehen?«

»Ich dachte nur, dass das vielleicht wichtig sein könnte.« Grainne senkte enttäuscht ihren Blick.

»Es war richtig, mich darauf aufmerksam zu machen. Achten Sie darauf, dass Gerry alles fotografiert, bevor die Leiche fortgebracht wird.« Lottie blickte auf die tote Frau. »Haben Sie etwas gefunden, womit wir sie identifizieren könnten?«

»Nein. Weder Handtasche noch Schuhe noch irgendetwas anderes. Tut mir leid.«

Als Lottie ins Auto stieg, sagte sie zu Boyd: »Die Leiche wurde hier abgelegt, um uns zu verwirren.«

»Weil hier letzte Woche dieser Rummel war?«

»Ja. Der Boden ist aufgewühlt. Überall liegt Abfall. Da ist es schwer, auszumachen, was Beweisstücke sein könnten, und was schon vorher hier war.«

»Die Forensiker werden Zeitabfolgen erstellen und –«

»Das dauert zu lange«, unterbrach sie ihn. »Ich glaube, dass wir es mit einem hochintelligenten und arroganten Mörder zu tun haben.«

»Die Arroganz außen vor, aber du bist intelligenter.«

»Ich weiß nicht, ob das ein Kompliment sein sollte, aber machen wir uns an die Arbeit!«

ACHT

Schnaufend betrat Kirby den Raum, in dem die morgendliche Einsatzbesprechung stattfand, und Lottie war klar, dass er hoffte, unbemerkt eintreten zu können. Man durfte ja noch hoffen.

»Du siehst aber verkatert aus!« flüsterte Garda Martina Brennan ziemlich laut. Als er sich neben sie setzte, reichte sie ihm ein Minzbonbon. Er lächelte dankbar.

»Nett, dass Sie uns auch die Ehre erweisen, Detective Kirby«, sagte Lottie und deutete auf ein Foto, auf dem man das Opfer an der Stelle sah, wo der Mörder die Leiche abgelegt hatte. »Wir müssen herausfinden, wer das ist. Hat die Suche über die Vermisstendatenbank etwas ergeben, Detective McKeown?«

»Wir haben niemanden gefunden, dessen Merkmale mit ihren übereinstimmen. Ich habe eine landesweite Suche veranlasst. Bis jetzt noch nichts. Aber wir fangen gerade erst an.«

»Sie sieht aus, als wäre sie zwischen dreißig und vierzig. Jane Dore, die Rechtsmedizinerin, hat am Fundort eine erste Einschätzung abgegeben. Wahrscheinlich ist die Schusswunde am Kopf die Todesursache. Eine vollständige Autopsie wird uns

Gewissheit liefern. Das Opfer ist brutal misshandelt worden und es gibt Hinweise darauf, dass sie an den Hand- und Fußgelenken gefesselt gewesen ist, möglicherweise mit einer dünnen Nylonschnur. Allerdings wurde weder an ihr noch in ihrer näheren Umgebung etwas Derartiges gefunden. Die Suche vor Ort dauert aber noch an.«

McKeown grummelte etwas und wischte sich mit der Hand über seinen kahlen Schädel. »Nach einer Woche Rummel ist es richtig schwer, festzustellen, was von Bedeutung ist und was nicht.«

»Darüber bin ich mir im Klaren.« Sie fragte sich, wann er endlich den Teufel, der ihn ritt, abschütteln würde. Mit Ausnahme von Martina Brennan stand er mit allen im Team auf Kriegsfuß, weil er davon überzeugt war, dass einer seiner Kollegen seine Frau über seine Affäre in Kenntnis gesetzt hatte. Detective Maria Lynch and Kirby waren seine Hauptverdächtigen, aber das hatte ihn nicht davon abgehalten, die Affäre weiterlaufen zu lassen.

»Zu irgendeinem Zeitpunkt war ihr Mund mit Klebeband zugeklebt worden. Vielleicht haben wir Glück und finden noch DNA-Spuren auf den Resten.«

»Das kann dauern«, sagte McKeown.

»Wir kennen ihre Augenfarbe nicht. Beide Augen wurden ... Sie wissen schon ...« Diese Tatsache nahm sie so mit, dass sie es kaum in Worten ausdrücken konnte. »Es kann sein, dass es das Werk der Vögel ist, die auch auf ihrem übrigens Gesicht herumgepickt haben.«

»Das ist grauenhaft«, sagte Kirby und sah aus, als müsste er sich gleich übergeben.

»Das Videoüberwachungsmaterial der Gegend muss gesichtet werden. Ich möchte wissen, wann die Leiche dort abgeladen wurde. Das ist Ihr Job.« Sie nickte McKeown zu.

»Könnte es sein, dass der Fundort auch der Tatort ist?«, fragte Kirby.

»Die Spurensicherung sagt Nein.«

»Warum?«

»Wenn Sie ans Telefon gegangen wären, dann wären Sie vor Ort gewesen und wüssten, dass trotz einer Schusswunde kein Blut gefunden wurde.« Lottie biss sich auf die Zunge. Es tat ihr im Herzen weh, so kurzangebunden mit Kirby sein zu müssen, aber er hatte sie heute Morgen ziemlich hängenlassen.

»Tut mir leid, Boss. Mein Handy war auf stumm geschaltet.« Er wurde rot bis unter die feuchten, ungekämmten Haarspitzen.

Sofort tat er ihr leid. Kirby war einer ihrer treuesten Detectives. Aber trotzdem musste sie nachsetzen: »Vielleicht würde es nicht schaden, sich einen Wecker anzuschaffen.«

McKeown gluckste hämisch.

Lottie warf ihm einen bösen Blick zu.

»Das gelbe Kleid gehörte vielleicht nicht ihr, es war ihr drei Nummern zu groß. Wenn wir herausfinden, wo es gekauft wurde, dann könnten wir vielleicht ... Ja, Martina?«

»Ich hatte das Gefühl, dass es ein Kleid von Zara ist, also habe ich online gesucht. Da gab es dieses Kleid im Schlussverkauf. Hilft uns also wohl leider nicht weiter.«

»Forschen Sie noch weiter nach. Sie hatte weder Schuhe an noch eine Handtasche bei sich. Wo sind diese Sachen? Die ganze Umgebung des Fundorts muss danach abgesucht werden. Wir müssen herausfinden, wer sie ist und wo sie sich vor ihrem Tod aufgehalten hat. Das könnte uns zu ihrem Mörder führen.«

»Stand sie unter Drogen oder war vielleicht betrunken?«, fragte Garda Lei.

Lottie bewunderte den Neuzugang der Gardawache Ragmullins. Lei war Teil der Fahrradeinheit, ursprünglich aus Longford, und sein Vater war chinesischer Einwanderer der zweiten Generation. Er war recht klein und drahtig und voller Begeisterung für seine Arbeit. Sie fragte sich, wie lange es wohl dauern würde, bis ihm das ausgetrieben wurde.

»Der toxikologische Bericht wird noch dauern. Janes erster Eindruck war, dass sie nicht länger als sechs Stunden tot war, bevor die Leiche gefunden wurde. Also irgendwann nach Mitternacht. Die Autopsie heute sollte den Todeszeitpunkt genauer eingrenzen. Diese Frau ist irgendwo gefangen gehalten worden. Bevor sie erschossen und entsorgt wurde, wurde sie misshandelt. Aber wahrscheinlich war sie nicht lange dort.«

Boyd meldete sich zu Wort. »Dass wir keinen Eintrag über sie in der Vermisstendatenbank finden, könnte bedeuten, dass sie erst gestern Abend entführt worden ist. Es könnte einfach noch niemandem aufgefallen sein, dass sie verschwunden ist.«

Lottie ließ sich das durch den Kopf gehen. »Oder sie hat alleine gewohnt und niemand vermisst sie. Wir können einen Aufruf starten, beschreiben, wie sie aussieht, und sagen, dass wir sie finden müssen.«

Garda Lei hob die Hand. »Ähm, Entschuldigung, aber wird das nicht die Presse anfeuern? Entweder machen sie eine Story daraus, die aus ihr das Opfer macht, oder eine, bei der sie die Mörderin ist, die wir im Zusammenhang mit dem Verbrechen suchen. Die Pressemitteilung müsste ganz behutsam formuliert werden.«

»Da stimme ich Garda Lei zu.« Superintendent Deborah Farrell marschierte in den Raum. »Ich arbeite mit dem Pressebüro zusammen. Einmal kein Medienrummel würde uns wirklich guttun. Finden Sie so schnell wie möglich heraus, wer sie ist. Gibt es dem noch etwas hinzuzufügen, Inspector?«

Lottie hatte nicht bemerkt, dass Farrell das Besprechungszimmer betreten hatte, und wand sich für einen Moment unter ihrem Blick. Aber sie fasste sich schnell wieder. »Nur das, was ich schon gesagt habe. Sie wurde misshandelt, erschossen und auf dem Brachland entsorgt. Zwei gebrochene Arme und ein gebrochenes Bein. Die Autopsie wird weitere Verletzungen offenbaren, sofern es sie gibt. Die Körperverletzung war brutal und andauernd. Sie war gefesselt. Wir wissen, dass ihr das Kleid angezogen wurde, nachdem sie erschossen worden ist, weil kaum Blut auf dem Kleid war, und außerdem ist des Kleid wohl nicht ihr eigenes, weil es ihr zu groß ist.«

»Was ist mit dem Typen, der sie gefunden hat?«

»Laut den Aufzeichnungen des Vertriebsdepots ist der Lastwagen von Graham Ward um zwanzig nach sechs angekommen. McKeown sichtet das Videoüberwachungsmaterial, um das zu bestätigen. Wir sind gerade dabei, das Videomaterial der gesamten Umgebung sicherzustellen.«

Superintendent Farrell rückte ihre Clipkrawatte zurecht und wandte sich an die versammelte Truppe. »Ich will, dass Sie sich als Team voll und ganz auf diesen Fall konzentrieren. Arbeiten Sie mit Ihrer leitenden Ermittlerin zusammen, und arbeiten Sie so schnell wie möglich.« Sie warf Lottie einen Blick zu, der ausdrückte, dass sie sie nur notgedrungen zur leitenden Ermittlerin machte. »Wir werden noch heute Vormittag einen Aufruf starten und für fünfzehn Uhr habe ich eine Pressekonferenz festgesetzt. Geben Sie mir bis dahin etwas in die Hand. Und ich will das Bild der Toten nicht im Internet wiederfinden.« Sie sah sich noch einmal mit einem warnenden Blick um, bevor sie das Zimmer verließ.

Lottie stöhnte innerlich auf. Hielt ihre Chefin sie für eine Zauberin? Dennoch sagte sie: »Ich möchte, dass sich jeder voll und ganz auf diesen Fall konzentriert. An die Arbeit!«

Als sich das Zimmer leerte, drehte sie sich zur Wandtafel um und betrachtete das Foto der toten Frau. »Wer bist du? Warum wurdest du ausgewählt? Wo wurdest du gefangen gehalten? Sprich mit mir.«

»Die Toten reden nicht«, sagte Boyd hinter ihr.

»Jane ist wie ein Ventriloquist, sie bringt sie zum Reden, aber sie beginnt mit der Autopsie frühestens um drei. Was kann ich Farrell für ihre Pressekonferenz liefern?«

»Sie könnte die Bevölkerung dazu aufrufen, nach ihren

Verwandten und Freunden zu sehen. Hoffentlich meldet sich jemand mit dem Namen des Opfers.«

»Da draußen muss es jemanden geben, der noch nicht weiß, dass ein geliebter Mensch tot ist. Ein Ehemann oder eine Mutter, ein Freund.«

»Sie trägt keinen Ring.«

»Was?«

»Du hast von einem Ehemann gesprochen, aber unser Opfer trägt keinen Ehering.«

»Das gibt uns aber auch keinen eindeutigen Hinweis.«

Sie beobachtete Boyd, der das Foto des Opfers betrachtete.

»Es gab überhaupt keinen Schmuck, obwohl sie Ohrlöcher gestochen hat«, sagte er. »Wenn sie ausgegangen ist, würde sie dann nicht Schmuck tragen?«

»Also ich nehme meine Stecker nie heraus.«

»Weil du wahrscheinlich nur das eine Paar hast.«

»Ich habe alles verloren, als mein Haus abgebrannt ist. Worauf willst du hinaus, Boyd?«

»Darauf, dass der Umstand, dass das Kleid vielleicht nicht ihr gehört, dass sie keinen Schmuck und keine Schuhe und keine Tasche bei sich hatte, und dass es Anzeichen dafür gibt, dass sie gefesselt war, durchaus darauf hindeuten könnte, dass sie irgendwo für längere Zeit festgehalten worden ist. Und falls dem so ist, warum hat sie dann niemand als vermisst gemeldet?«

»Da ist was dran.«

»Weißt du, dieses Bauchgefühl, von dem du immer sprichst, Lottie? Es sagt mir, dass diese Frau länger als nur eine Nacht verschwunden war.«

»Hoffentlich irrst du dich, denn das würde uns die Arbeit nicht gerade erleichtern. Lass uns einen Kaffee trinken und eine Kleinigkeit essen, und dann finden wir heraus, wer sie ist.«

NEUN

Der Aufruf ging schnell viral und rief sofort Reaktionen hervor.

»Boss, wir haben hier vielleicht etwas.« Detective Maria Lynch tippte unaufhörlich auf ihrer Tastatur. »Vor ein paar Minuten kam ein Anruf rein von einem Frankie Bardon von der Smile Brighter Zahnklinik. Nachdem er die Nachrichten und unseren Aufruf gesehen hatte, hat er sich gemeldet, um zu sagen, dass er sich um eine seiner ehemaligen Mitarbeiterinnen Sorgen macht, eine Zahnarzthelferin namens Jennifer O'Loughlin. Die hat wohl vor einem Monat ihre Kündigung eingereicht, was für ihn sehr unerwartet kam. Er sagt, dass sie seitdem mit niemandem aus der Belegschaft mehr Kontakt hatte.«

»Hat er versucht, sie selbst zu kontaktieren?«

»Das weiß ich nicht. Er hat uns ihre Adresse gegeben: 171 Riverfield Road. Das ist in der Nähe vom Friedhof, oder?«

Lottie beugte sich über Lynchs Schulter und versuchte, den Bericht auf dem Bildschirm zu lesen. »Rufen Sie ihn zurück. Fragen Sie ihn, ob er uns noch mehr Informationen geben kann.«

»Wird erledigt. Er hat uns auch ihre Telefonnummer gegeben.«

»Versuchen Sie, sie anzurufen.«

Lynch wählte die Nummer und schüttelte den Kopf. »Das Telefon scheint aus zu sein.«

Lottie wandte sich an Boyd. »Lust auf einen Ausflug zur Riverfield Road? Hoffentlich geht es Jennifer O'Loughlin gut und wir fahren umsonst dorthin, aber wer weiß.« Sie streckte sich.

»Ich könnte hinfahren«, bot Lynch an.

»Ich brauche Sie hier, um die Rückmeldungen zum Aufruf im Blick zu behalten. Und arrangieren Sie ein Treffen mit diesem Frankie Bardon, nur für den Fall, dass diese Jennifer O'Loughlin tatsächlich unser Opfer ist.«

Sie holte ihre Tasche und Jacke aus dem Büro und forderte Boyd auf, ihr zu folgen. Sie erwischte ihn dabei, wie er Lynch einen bedauernden Blick zuwarf. Mit einem knappen Kopfschütteln ging sie weiter. In ihrem Alter brauchte sie keine Gnade mehr walten zu lassen. Lynch konnte gut mit dem Computer umgehen, genauso, wie McKeown gut im Analysieren von Videoaufzeichnungen war. Sie musste dafür sorgen, dass jeder im Team die Aufgaben übernahm, in denen er am besten war.

»Wohin ist Kirby denn jetzt schon wieder verschwunden?«

»Keine Ahnung«, sagte Boyd und zog seine Jacke an.

»Er benimmt sich in letzter Zeit ziemlich seltsam. Diese Stimmungsumschwünge von hoch zu tief und von laut nach leise.«

»Es geht ihm gut.«

»Er trinkt zu viel. Und das sagt jemand, der sich mit dieser Form der Selbstzerstörung bestens auskennt.« Lottie machte sich Gedanken darüber, wie sie auf Kirby zugehen und mit ihm darüber reden konnte, was mit ihm los war. »Boyd, könntest du …«

»Nein, ich könnte nicht mit ihm sprechen. Das ist seine Sache. Und wenn es seine Arbeit in Mitleidenschaft zieht, dann musst du mit ihm sprechen, nicht ich.«

Sie biss sich auf die Zunge. Es brachte nichts, mit so einem Stinkstiefel zu streiten. Aber trotzdem ...

»Nimm ihn doch mal zur Seite. So unter Freunden.«

»Auf gar keinen Fall, Lottie. Jetzt komm, ich fahre.«

Auf dem Weg nach Riverfield scrollte Lottie durch ihre Social-Media-Kanäle. Wenn Jennifer O'Loughlin irgendwo ein Onlineprofil gehabt hatte, dann hatte sie es gelöscht. Sie schien auch keine digitalen Spuren hinterlassen zu haben. Falls es sich bei ihr wirklich um die ermordete Frau handelte, dann würde sie Gary von der Technik noch einmal darauf ansetzen müssen.

Das Haus, in dem sie wohnte, war ein freistehendes Gebäude aus rotem Backstein in einer augenscheinlich sehr beschaulichen Siedlung. Die Häuser waren erst ungefähr dreißig Jahre alt, und die Gegend wirkte sehr ruhig. Keine Kinder waren auf den Wegen zu sehen. Das Gras war schon eine Weile nicht mehr gemäht worden und bildete einen Kontrast zu den benachbarten Gärten, die ordentlich gepflegt waren. Die rote Eingangstür war stabil und die Jalousien der Fenster waren geschlossen. In der Auffahrt stand ein silberner Toyota RAV4 Hybrid.

Boyd bewunderte den Wagen. »Hübsche Kiste.«

»Cool«, sagte Lottie.

Boyd hob eine Augenbraue. »Das hätte Sergio auch gesagt.«

Sie grinste ihn an und drückte entschlossen auf die Türklingel. Man hörte sie im Inneren des Hauses schallen, aber abgesehen davon blieb alles still. Sie probierte es noch einmal, doch erhielt dasselbe Ergebnis. »Ihr Wagen ist da, aber niemand ist zu Hause.«

»Vielleicht ist sie spazieren oder in der Stadt. Wir können

mit den Nachbarn sprechen, wenn du möchtest. Aber wenn wir uns über sie informiert hätten, bevor wir aus der Wache los sind, dann wüssten wir vielleicht, ob sie Freunde oder Familie hat.«

Lottie antwortete nicht, als sie um das Haus herum ging. Das hölzerne Tor ließ sich leicht öffnen und führte in einen überwucherten Garten. Auf einer erhöhten Terrasse standen Korbmöbel. Der Betonboden war grün verwittert. In den Pflanzenkübeln musste dringend wieder einmal Unkraut gejätet werden. Und so wie auf der Vorderseite des Hauses, waren auch hier alle Jalousien heruntergelassen.

Ein Blick durch die Milchglasscheibe der Hintertür verriet ebenfalls nichts – sie konnte rein gar nichts erkennen.

»Sie ist nicht zu Hause«, sagte Boyd. »Lass uns wieder gehen.«

Doch bevor sie sich wieder umwandte, drückte Lottie den verchromten Türgriff nach unten. Als die Tür nach innen aufschwang, fiel sie fast vornüber. Sie warf Boyd einen fragenden Blick zu.

Er schüttelte den Kopf. »Wir haben keinerlei rechtliche Handhabe, ihr Haus zu betreten.«

»Ihr Wagen steht vor dem Haus, die Tür ist offen, sie ist seit einem Monat nicht mehr gesehen worden und wir haben ein Mordopfer, das noch nicht identifiziert werden konnte. Unter dieser Umständen empfinde ich es als gerechtfertigt.«

Sie trat in einen großen Hauswirtschaftsraum, der mit allerlei hochwertigen elektronischen Geräten ausgestattet war. An einer Reihe Kleiderhaken hing nur ein Mantel und eine dunkelblaue Regenjacke, und darunter stand ein Paar schlammverkrustete Stiefel. Sie öffnete die weiter ins Haus führende Tür und fand sich in einer zum Sterben schönen Küche wieder, weiße Arbeitsplatten aus Quarz und enteneiblaue Schränke inklusive.

»Wir sollten wieder gehen.« Boyd trat von einem Fuß auf den anderen.

»Beruhige dich. Die Tür war offen.« Sie würde nicht gehen, bis sie sich nicht gründlich umgeschaut hatte. »Es gibt Grund zur Annahme, dass Jennifer O'Loughlin unsere Tote sein könnte. Handschuhe.«

Er reichte ihr ein Paar Handschuhe, bevor er sich selbst auch welche anzog. »In Ordnung. Zwei Minuten, aber dann fahren wir.«

Er ging Richtung Flur und über die mit Teppich ausgelegte Treppe nach oben. Lottie betrat das Wohnzimmer und schaltete das Licht ein. Es war überraschend farbenfroh eingerichtet.

Alles war weich und bunt. Die Bilder an der Wand waren nichts als abstrakte Farbkleckse auf Leinwand, die von ihrem Enkel Louis stammen könnten, aber sie nahm an, dass Jennifer wahrscheinlich ein Vermögen dafür ausgegeben hatte. Die Couch war ausladend und einladend zugleich, und auf dem niedrigen Couchtisch aus Glas und Chrom stapelten sich glänzende Bildbände, die nicht zum Lesen, sondern nur zum Bewundern gedacht waren. Es war ein wunderschönes Zimmer, aber es wirkte unbewohnt. Kein einziges Foto war zu sehen.

»Hast du was Brauchbares gefunden, Boyd?«

Er kam die Treppe wieder herunter.

»Auf mich wirkt alles sehr unpersönlich. Nichts, was viel über die Frau aussagen würde.«

»Minimalismus ist in Mode.« Aber sie war seiner Meinung.

Zurück in der Küche öffneten sie ein paar Schränke und Schubladen. Keine Briefe, keine Rechnungen. Sie schaute in den Kühlschrank. Eine Flasche Wein, eine Zweiliterflasche Mineralwasser und eine Packung Milch.

»Als ob sie eine Tasche gepackt und einfach fortgegangen wäre«, sagte Boyd.

»Schau dir die Milch an. Nein, nicht dran riechen! Die ist vier Wochen alt.«

»Vielleicht will sie das Haus ja verkaufen.«

»Schau mal online nach, ob es auf dem Markt ist.«

Während er sein Handy aus der Hosentasche fischte, öffnete sie den Vorratsschrank. Da waren nur unverderbliche Lebensmittel. Abgesehen von dem Garten glich das Haus einem Vorführraum.

»Soweit ich sehen kann, steht es nicht zum Verkauf«, sagte Boyd. »Wir müssen mit den Nachbarn sprechen. Vielleicht wissen die, wohin sie gegangen und seit wann sie weg ist.«

»Hängt in den Schränken Kleidung? Gibt es im Bad Hygieneprodukte?«

»Ein bisschen was.«

Sie ging nach oben, um es mit eigenen Augen zu sehen.

In den Kleiderschränken befand sich eine exquisite Auswahl an Kleidung. Hochpreisige Mode, die den Stil des Hauses widerspiegelte. Es war deutlich ersichtlich, dass Jennifer niemals in einem Kleid aus dem Schlussverkauf, dass ihr drei Nummern zu groß war, anzutreffen sein würde.

Irgendetwas stimmte nicht. Es war unmöglich, zu sagen, ob eine Handtasche oder ein Paar Schuhe fehlten. Oder was Jennifer wohl getragen hatte, als sie das Haus verließ, oder gar, ob sie die Ermordete war.

Ihr fiel die Auswahl an Kosmetik auf der Kommode auf. Alles teure Marken. Die Fliesen im Bad zeigten eine Dschungellandschaft in lebendigen Farben und die Armaturen in Dusche und Waschbecken waren schwarz verchromt. Alles war makellos. Im Wandschrank fiel ihr nichts Ungewöhnliches auf. Paracetamol und irgendwelche pflanzlichen Beruhigungspillen. Zahnpasta und eine elektrische Zahnbürste. Von Smile Brighter. Wo auch immer sie sich jetzt aufhielt, entweder hatte Jennifer eine Ersatzzahnbürste oder sie war ohne Zahnbürste aufgebrochen.

Nachdem sie sich kurz bei den Nachbarn umgehört hatten, trafen sie sich wieder beim Auto. Eigentlich sollten das wirklich uniformierte Beamte erledigen, aber Lottie musste schnell wissen, was los war und ob es sich bei Jennifer O'Loughlin theoretisch um die Tote handeln konnte.

»Irgendwas Nützliches?«, fragte sie Boyd.

Er startete den Wagen. »Um diese Uhrzeit sind nicht viele Leute zu Hause. Die, mit denen ich gesprochen habe, haben sie schon seit einigen Wochen nicht mehr gesehen. Niemand kann sich genau daran erinnern, wann sie sie zum letzten Mal gesehen haben. Sie hat anscheinend niemandem gegenüber erwähnt, dass sie wegfahren wollte. Es ist aber wohl auch nicht so, dass sie sich oft mit jemandem unterhalten hätte. Und bei dir?«

»Das einzige Beachtenswerte, das ich herausgefunden habe, ist, dass sie Witwe ist. Ihr Mann ist vor zwei Jahren gestorben. Einer der Nachbarn hat mir erzählt, dass sie das Haus nur einen Monat nach seinem Tod komplett neu eingerichtet hat.«

»Das ging aber ziemlich schnell.«

»Jeder geht anders mit Trauer um.« Sie wusste, was Adams Tod mit ihr angestellt hatte, und fühlte sich Jennifer verbunden.

»Wie alt war ihr Mann, als er starb?«

Lottie warf einen Blick auf ihre spärlichen Aufzeichnungen. »Laut eines Nachbarn war Damien O'Loughlin ungefähr fünfunddreißig, als er an Speiseröhrenkrebs starb.«

»Glaubst du, dass diese O'Loughlin unser Opfer ist?«

Sie schirmte ihre Augen von der Sonne ab und schielte zu dem Haus. »Es ist möglich. Aber falls dem so ist, wo war sie dann den letzten Monat über?«

»Gute Frage«, sagte Boyd.

»Und warum war die Hintertür nicht verschlossen?« Ihr Telefon vibrierte in der Tasche. »Was gibt's, Lynch?«

»Jennifer O'Loughlin ist ganz sicher das Opfer. Frankie Bardon hat gerade das Foto aus ihrer Personalakte gemailt. Die Haarfarbe ist anders, aber sie ist zweifelsohne unsere Tote.«

»Sehen Sie, was Sie über sie und ihren Mann Damien herausfinden können. Er ist vor zwei Jahren gestorben.« Sie legte auf und sah Boyd an. »Wir brauchen die Spurensicherung.«

»Du hättest Lynch ruhig danken können.«

»Willst du andeuten, dass es ein Problem mit meiner Einstellung gibt?«

»Nein, aber du solltest an deiner zwischenmenschlichen Kompetenz feilen.«

»Feil doch du an deiner eigenen scheiß Kompetenz« Beleidigt verschränkte sie die Arme.

ZEHN

Es war nicht das erste Mal in den dreiunddreißig Jahren ihres Lebens, dass Helena McCaul ziemlich orientierungslos auf einem Fußboden aufwachte. Sie schaute durch ihre gespreizten Finger, um sich zurechtzufinden. Sie war im Zimmer ihres Sohnes. Panik ergriff sie und ihr Brustkorb zog sich wie in einem Schraubstock zusammen.

Sie stemmte sich auf die Knie hoch, entdeckte die Wodkaflasche und wurde sich ihrer Lage mit einem Schlag bewusst. Mit einem tiefen Seufzer hob sie die Flasche auf und versteckte sie hinter dem Winnie-Puuh-Teddybär oben auf dem Kleiderschrank.

Sie hatte einen bösen Albtraum gehabt, erinnerte sich an dieses scharfe Ausatmen direkt an ihrem Ohr. Hatte sie zusätzlich zu allem anderen auch noch Wodka getrunken? Sie schaute sich die Flasche noch einmal an. Sie war noch zu drei Viertel voll. Ein Viertel fehlte also. Vielleicht war das schon an einem anderen Abend passiert. Ihre Erinnerung versagte. Aber immerhin ging es ihr einigermaßen gut. Sie musste sich diesen süßlichen, abgestandenen Geruch von ihrem Körper waschen und ihre Zähne mindestens fünf Minuten lang putzen.

Der kalte Wasserstrahl ließ sie zusammenzucken. Sie erhöhte die Temperatur und wartete darauf, dass die Wärme ihre Gänsehaut vertrieb. Eine Erinnerung kämpfte sich ihren Weg nach oben.

War sie derart betrunken gewesen, dass sie halluziniert hatte, jemand habe sie gepackt, gewürgt, ihr Mund und Nase mit der Hand zugehalten? Ihre Mutter, Kathleen, hatte schon immer gesagt, dass sie eine lebhafte Fantasie hatte, dass sie Wahnvorstellungen hatte. Vielleicht stimmte das ja.

Es gelang ihr nicht, sich an mehr Details der Nacht zu erinnern. Sie wusste nur noch, dass das Licht im Zimmer gebrannt hatte und es dann auf einmal dunkel geworden war. Sie musste das Bewusstsein verloren haben. Sie musste ihr Leben wirklich wieder in den Griff bekommen, sonst könnten solche Aussetzer zur Norm werden.

Als sie aus der Dusche trat, wickelte sie sich in ein Handtuch und wischte den beschlagenen Spiegel ab. Wasser tropfte von ihrem sich kräuselnden Haar, als sie sich im Spiegel betrachtete. Auf ihrer Haut gab es keine Spuren, keine Fingerabdrücke, nur ein paar von der Hitze gerötete Stellen. Es war reine Einbildung gewesen. Sie sollte unbedingt wieder ihre Medizin nehmen. Das bedeutete, dass sie nicht trinken durfte. Aber sie musste trinken, um ihren Schmerz zu betäuben.

Mit nassen Füßen stürmte sie zurück in das Zimmer. Sie holte die Flasche aus dem Versteck, trug sie ins Bad und kippte den Inhalt in die Toilette. Es reichte. Sie musste ihr Leben wieder in den Griff bekommen, oder sie würde, im schlimmsten Fall, an einer Alkoholvergiftung sterben. Manchmal wünschte sie sich das sogar. Sie schüttelte diesen morbiden Gedanken ab und überlegte, was sie heute alles tun musste.

Sie musste mit Éilis sprechen.

Auf gar keinen Fall konnte sie weiter an diesen Donnerstagabend-Treffen mit Éilis, Jennifer und Orla teilnehmen. Die waren eine Weile ganz nett gewesen, hatten ihr geholfen, zu vergessen. An diesen Abenden hatte sie immer zu viel getrunken, aber sie hatte sich selbst eingeredet, dass das ja nur ein Abend in der Woche war, und was war daran schon so schlimm? Aber dann hatte sie auch zu anderen Gelegenheiten getrunken, um die Erinnerung auszulöschen. Aus Donnerstagabend wurde dann auch Freitag und schließlich das ganze Wochenende. Die einzigen Tage, an denen sie tatsächlich nüchtern war, waren Montag, Dienstag und Mittwoch, und sogar dann wartete sie schon sehnsüchtig auf Donnerstag. Das bedeutete, dass sie an vier von sieben Tagen ihr Leben im Alkoholdunst lebte. Das musste aufhören. Sie konnte den Alkohol nicht mehr länger dazu missbrauchen, ihre Vergangenheit auszublenden. Sie musste sich ihr stellen, und wenn das bedeutete, dass sie das Geheimnis der Witwen aufdecken musste, dann war das eben so. Schnell zog sie ihre schönste Unterwäsche und ein blaues, mit gelben Schmetterlingen verziertes Baumwollkleid an. Sie band ihre Haare zurück, um die krausen Locken zu bändigen, und schlüpfte in ihre bequemen Nero Giardini Sandalen. Die machten sie gute fünf Zentimeter größer. Als sie fertig war, verspürte sie eine solche Lust, noch einen Schluck zu trinken, bevor sie das Haus verließ. Kein Wasser. Keinen Kaffee. Sie wollte einen richtigen Drink, ein Glas bis zum Rand gefüllt mit reinem Alkohol.

Helena McCaul hatte die Wahrheit so lange in Trugbilder gehüllt, dass sie sich nicht einmal sicher war, ob sie ein Alkoholproblem hatte oder nicht.

ELF

Éilis Lawlors Kinder, der achtjährige Roman und die fünfjährige Rebecca, saßen am Tisch. Kelloggs Sugar Puffs lagen überall verstreut herum. Milch tropfte auf den Boden, weil Becky sie verschüttet hatte, als sie sich welche in ihre Frühstücksschale gießen wollte.

»Roman, wo ist Mama?«, fragte Becky.

Ihr Bruder seufzte. Er wollte seiner kleinen Schwester keine Angst machen, aber warum war Mama nicht da? »Ich weiß es nicht. Soll ich Bianca anrufen? Vielleicht weiß sie, wo sie ist.«

»Sie bleibt nie die ganze Nacht lang fort. Sie kommt immer heim.«

»Hör auf zu schniefen. Iss dein Frühstück, und dann rufe ich Bianca an.«

Er sah sich um und überlegte, wo er die Nummer der Babysitterin finden könnte. Dann sah er das Handy seiner Mutter, das zum Aufladen auf der Anrichte lag. Er stand auf und zog das Ladekabel heraus. Die PIN kannte er – seine Mutter hatte sie ihm gesagt, für den Notfall. Jetzt fühlte es sich nach Notfall an.

»Das Handy gehört Mama«, schrie Becky. »Warum ist es da und sie nicht?«

»Wahrscheinlich hat sie es vergessen. Warte mal einen Moment.«

Roman drehte sich von seiner Schwester weg. Es brachte nichts, ihr noch mehr Angst einzujagen. Er ging auf die Schiebetür zu und sah, wie die Sonne auf die Korbstühle auf der Terrasse schien. Sein Dad hatte die Terrasse gefliest. Roman erinnerte sich an den Tag. Es war so heiß gewesen und sein Vater hatte darauf bestanden, dass er so einen schlaffen Sonnenhut aufsetzte. Igitt! Das war wahrscheinlich schon gewesen, bevor Becky auf der Welt gewesen war, denn er konnte sich nicht daran erinnern, dass es seine kleine quengelnde Schwester da schon gegeben hätte.

Er scrollte durch die Kontaktliste auf dem Handy und fand Biancas Nummer. Er wollte sie schon anrufen, aber dann fiel ihm etwas ein. Er drehte sich zu Becky um, die Sugar Puffs in den Haaren hatte, und fragte: »Wo ist eigentlich Mozart?«

Sie ließ ihren Löffel fallen, sprang auf und rief nach dem Hund. »Mozart! Wo bist du? Mozart!« Dann schaute sie Roman an. Sie hatte Tränen in den Augen. »Ich weiß nicht, wo er ist.«

»Wahrscheinlich ist er bei Mam. Warte.« Er wählte Biancas Nummer und hoffte, sie würde schnell abnehmen. »Hallo Bianca. Weißt du, wo unsere Mammy ist?«

»Bist du das, Roman? Du rufst von ihrem Handy aus an. Ist sie nicht zu Hause?«

»Ihr Telefon war in der Küche, aber wir finden sie nicht. Und Mozart auch nicht.«

»Vielleicht ist sie mit ihm Gassi gegangen und ist noch in den Laden, um Milch fürs Frühstück zu kaufen.«

»Wir haben Milch. Wir frühstücken gerade.«

»Okay. Ich frage meine Mutter, ob sie weiß, wo eure ist. Dann komm ich vorbei. In Ordnung, Kleiner?«

Normalerweise hasste er es, wenn sie ihn so nannte, das war ein Name für Babys, aber jetzt gerade fühlte er sich genauso hilflos wie ein Baby. »Beeil dich. Rebecca hat Angst.«

Er legte auf und setzte sich an den Tisch. »Wir frühstücken besser fertig und machen den Tisch sauber. Wir wollen doch nicht, dass Mam mit uns schimpft, wenn sie mit Mozart zurückkommt.«

»Roman, sie nimmt Mozart doch nie zum Einkaufen mit.« Becky brach in Tränen aus.

Vor Angst stellten sich ihm ein paar Härchen in seinem Nacken auf. Er beugte sich zu seiner schluchzenden Schwester hinunter und nahm sie in den Arm. Er hatte ein schlechtes Gefühl. Ein richtig, richtig schlechtes Gefühl.

ZWÖLF

Kirby ging in den Hinterhof der Wache und zündete sich eine Zigarre an. Nachdem er ein paar Mal hastig daran gezogen hatte, hustete er heftig und überlegte, Amy eine Nachricht zu schicken. Er wollte sie am Abend treffen. Er brauchte eine Verbündete, das perfekte Gegenmittel für einen beschissenen Tag in der Arbeit. Dann fiel ihm auf, dass er gar nicht wusste, wo sie arbeitete. Er wusste rein gar nichts über sie. Die Hochstimmung, die er gefühlt hatte, als er neben ihr aufgewacht war, war verflogen.

Er kappte seine Zigarre und steckte sie in seine fleckige Hemdtasche. Dann atmete er tief durch, bevor er wieder hinein ging. Hoffentlich würde ihn niemand beim Hineinschleichen erwischen.

Wie es das Schicksal wollte, war ausgerechnet Sam McKeown der Erste, der ihm begegnete. Er stand vor einem der Fotos an der Wandtafel, an dem die Informationen zum Fall zusammengetragen wurden.

»Sie war eine richtige Augenweide«, sagte McKeown.

»Sie sollten keine Bemerkungen über ihr Aussehen machen. Das ist unangemessen.«

»Aus Ihnen wird langsam ein alter Griesgram, Kirby. Sie sollten sich mal wieder flachlegen lassen.«

Kirby grinste. Wenn McKeown nur wüsste. »Sie müssen gerade reden. Frau und Kinder sind Ihnen nicht genug, Sie müssen sich auch noch an junge Frauen heranmachen, die hier arbeiten.«

»Ich kann Ihnen wirklich nicht helfen, wenn Sie auf mich und Martina neidisch sind.«

»Und was ist mit Ihrer Frau? Denken Sie nie daran, was Sie ihr damit antun?«

»Das ist Ihr Problem, Kirby. Sie können es nicht ertragen, dass sich zwei tolle Frauen für mich interessieren, während Sie nicht einmal eine einzige abkriegen.«

Kirby machte auf dem Absatz kehrt. Diese Unterhaltung war auf dem besten Weg, sich unter die Gürtellinie zu verlagern, und er war nicht in der Stimmung für Faustschläge. Er befürchtete, dass er das mit Amy ausplaudern könnte. Und auf keinen Fall würde er zulassen, dass McKeown sie mit seinen engstirnigen Standards, die nur nach dem Aussehen urteilten, schlecht machte.

An der Tür angelangt konnte er sich dann aber doch nicht zurückhalten. »Sie sollten aufpassen, McKeown. Sie sollten Ihr Glück nicht zu sehr ausreizen, auch diese Straße geht ihrem Ende zu.«

McKeowns kahlrasierter Kopf lief rot an und seine Lippen wurden zu einem dünnen Strich. Dann presste er durch zusammengebissene Zähne hervor: »Hören Sie auf meinen Rat, Kirby. Nehmen Sie sich in Acht. Wenn ich Sie wäre, dann würde ich in meiner Gegenwart nicht zu vorlaut sein.«

Kirby konnte spüren, wie ihm das Blut in den Kopf stieg und sich seine Muskeln anspannten. Seine Hände verkrampften sich zu Fäusten. Einmal so richtig zuschlagen, und McKeown auf seinen Hosenboden befördern! Aber McKeown war größer und fitter. Kirby würde sicherlich den

Kürzeren ziehen. Also ging er stattdessen zur Tür hinaus und schlug sie so fest hinter sich zu, dass die Fensterscheiben klirrten. Was er jetzt brauchte, war ein starker Kaffee. Mindestens einen dreifachen.

Orla war doch nicht zum Yoga gegangen. Der Klang der Sirenen und die quietschenden Reifen der Einsatzwagen, die durch die Stadt rasten, hatten sie ganz nervös gemacht.

Sie war bis zum Ballyglass Business Park gelaufen – dem Ziel der Fahrzeuge – und dann wieder zurück in die Stadt. Ziellos bummelte sie durch ein paar Läden, bevor sie Fayne's Café betrat. Sie nahm sich einen Stuhl am Fenster, warf ihre Yogatasche auf den Boden und schaute dabei zu, wie der Tag an ihr vorüberzog. Als sie einen Schluck von ihrem starken Kaffee trank, bemerkte sie, dass jemand neben ihr stand. Sie nickte dem Mann zu, der mit den Augen zu fragen schien, ob er sich setzen durfte. Er war stämmig und schwitzte, aber er roch angenehm. Sie kannte ihn, auch wenn er sie offensichtlich noch nicht erkannt hatte. Vielleicht war er aber auch einfach nur abgelenkt.

»Ist ja noch recht schön geworden, nach dem ganzen Regen«, bemerkte er, während er seinen Kaffee schlürfte.

Sie blieb stumm. Anscheinend kam die Botschaft an. Aus dem Augenwinkel sah sie, dass er mit stummeligen Fingern durch sein Handy scrollte. Ein Schweißtropfen fiel von seinem wuschigen Haar auf das Display und er wischte ihn weg.

»Geht es Ihnen gut?«, fragte sie, als sie nicht mehr anders konnte. »Sie sind nicht krank, oder?«

»Nur verkatert«, antwortete er lächelnd.

Er hatte ein richtig hübsches Lächeln; es brachte sein Gesicht zum Strahlen. Trotzdem sah sie seinen blutunterlaufenen Augen an, dass er am Abend zuvor zu viel Alkohol konsumiert hatte.

»Ich auch«, sagte sie. »Habe heute Morgen sogar meine Yogastunde geschwänzt. Übrigens kenne ich Sie.«

»Wenn Sie gestern Abend in einem Pub waren, sind wir uns vielleicht über den Weg gelaufen.«

Das war der verdammte Detective, der für die Ermittlungen zum Verschwinden ihres Mannes zuständig gewesen war, und er erinnerte sich nicht mal mehr an sie.

»Erinnern Sie sich nicht an Tyler Keating? Den Mann, der verschwunden ist?«, fragte sie.

Er schürzte die Lippen und kniff die Augen zusammen, um sich ein Gesicht vor Augen zu rufen. Dann schien er darauf zu kommen. »Natürlich! Und Sie sind seine Frau. Orla, nicht wahr? Ihr Mann ist vor … zwölf Monaten verschwunden? War Richtung Flughafen unterwegs und wurde seitdem nicht mehr gesehen.«

»Ganz genau.«

»Leider gibt es immer noch keine Neuigkeiten. Wir haben weder seinen Wagen gefunden, noch ist er an Bord der Maschine gewesen. Wir haben getan, was wir konnten. Es tut mir leid.«

»Er ist ja anscheinend in der Liste Ihrer Prioritäten weit nach unten gerutscht.«

»Die Akte ist noch nicht geschlossen, wenn Sie das meinen.« Er fuchtelte mit den Händen in der Luft herum und stieß dabei fast seine Kaffeetasse um.

»Tyler ist für Sie wohl nur ein Teil der Statistik.« Sie hoffte, dass sie überzeugend klang, denn sie wollte nicht preisgeben, dass ihr Leben ohne ihren tyrannischen Mann um einiges besser war als mit ihm.

»Wie ich schon sagte, die Akte ist noch nicht geschlossen. Wenn es etwas Neues gibt, dann hat der Fall wieder Priorität. Ich nehme an, Sie haben nichts Neues für mich?« Er legte ihr die Hand auf den Unterarm, was sie zu einem scharfen Blick veranlasste. Er nahm sie sofort wieder weg und rückte von ihr fort.

»Keine Neuigkeiten«, sagte sie. »Gar nichts.«

»Wir haben bei der Suche nach ihm wirklich nichts unversucht gelassen. Es gab einfach nicht die geringste Spur von ihm. Es ist und bleibt ein Rätsel.«

»Glauben Sie, dass er tot ist?«

»Es wäre nur logisch, das anzunehmen, aber wo ist sein Auto? Falls er – und verzeihen Sie mir, dass ich das ausspreche – sich umgebracht hat, dann hätten wir wenigstens seinen Wagen finden müssen. Er hätte irgendwo eine Spur hinterlassen. Falls er entführt oder gekidnappt wurde, dann hat sich nie jemand deswegen mit uns in Verbindung gesetzt.« Er wandte sich ihr zu und sie hielt seinem Blick stand, während er sie betrachtete. »Was denken *Sie* ist Ihrem Mann zugestoßen, Mrs Keating?«

»Ich habe nicht die geringste Ahnung. Er könnte es sich genauso gut in irgendeinem exotischen Land gutgehen lassen.«

»Wir haben Fluggesellschaften und Fähren überprüft. Sein Pass wurde nirgends kontrolliert«

»Vielleicht hatte er ja falsche Papiere. Tyler wusste sich zu helfen. Der Wagen? Vielleicht hat er den einfach irgendwo verscherbelt. Ihn irgendeinem Schrotthändler unter dem Tisch verkauft. Sie wissen schon, was ich meine.«

»Das tue ich. Gab es einen Grund zur Annahme, dass er das getan haben könnte?«

»Nein.«

»Soweit ich mich daran erinnere, haben Sie ausgesagt, dass sie eine glückliche Ehe geführt haben. Stimmt das?«

»Wir kamen gut miteinander aus. Er hat nie angedeutet, dass er weg will. Ich habe gerade zwar gesagt, dass er es sich vielleicht irgendwo gutgehen lässt, aber in Wirklichkeit denke ich, dass er tot ist.« Sie brachte es zustande, ein paar Tränen vorzutäuschen, und wischte sie sich dann hastig fort. »Ich habe ihn vor einem Jahr zum letzten Mal gesehen, und ich will einfach endlich abschließen können. Das ist mir noch nicht gewährt worden.«

»Hören Sie, Mrs Keating ...«

»Orla, bitte.«

»In Ordnung, Orla. Ich schnappe mir seine Akte, wenn ich wieder auf der Wache bin. Dann schaue ich mir das noch einmal mit neuen Augen an und melde mich dann bei Ihnen.«

»Das würde ich sehr zu schätzen wissen. Danke.« Sie lächelte freundlich. »Ich muss jetzt los. Ach übrigens, was war da eigentlich vorhin los? Die Sirenen haben ja geheult wie bei einem Luftangriff.«

»Wir haben draußen am Ballyglass Business Park die Leiche einer Frau gefunden.«

»Das ist ja schrecklich! Wer ist es?«

»Das wissen wir noch nicht.«

»Und wie ist sie gestorben?«

»Wir stehen noch am Anfang der Ermittlungen. Ich sollte jetzt auch besser los. Ich muss einen Mörder suchen.«

Orla stand auf und griff nach ihren Sachen. »Dann wünsche ich Ihnen mehr Glück bei der Suche nach diesem Mörders, als Sie es bei der Suche nach meinem Mann hatten. Auf Wiedersehen, Detective.«

DREIZEHN

Bei Bowen Solicitors ging Madelene Bowen in ihrem Büro auf und ab. Sie war gerade sechzig geworden und trug die maßgeschneiderten Kostüme und Seidenblusen mit einem gewissen Stolz. Dank der vielen Stunden, die sie im Fitnessstudio verbrachte, hatte sie ihre gute Figur und ihre körperliche Fitness behalten. Besonders mochte sie an sich auch ihre schulterlangen Haare, die, rein zufällig, gerade auch noch in Mode waren. Platinblond war der letzte Schrei unter den jungen Frauen heutzutage.

Sie tastete ihr Jackett nach ihrer E-Zigarette ab, fand sie und zog gierigen daran. Sie schmeckte nach Karamell. Für eine richtige Benson hätte sie sich in diesem Augenblick den rechten Arm ausgerissen, aber ihre Gesundheit war wichtiger. Warum lag ihr überhaupt so viel daran? Nach allem, was geschehen war. Warum nur?

Sie sah sich in ihrem Büro um und stellte sich ans Fenster. Von dort aus blickte sie auf die Rückseite von Apartments und Geschäften. Hauswände und Beton. Im übertragenden wie im buchstäblichen Sinne auf allen Seiten von Mauern umgeben. Ein Klopfen an der Tür riss sie aus ihren Gedanken.

»Ms Bowen, ein Anruf für Sie.« Ihre persönliche Assistentin wedelte mit einem Post-it-Zettel herum. »Ich habe versucht, durchzustellen ... Ah, das Telefon liegt nicht richtig auf.« Sie ging zu Madelenes Schreibtisch und legte den Hörer auf seinen Platz. »Ich stelle jetzt durch.« Sie verließ das Zimmer so schnell, wie sie hereingekommen war, ohne eine Antwort abzuwarten.

Keine zehn Sekunden später würde die Stille von einem Klingeln gestört.

Madelene ließ es ein bisschen läuten, bevor sie vom Fenster wegtrat und den Anruf entgegennahm. Egal, wie sie sich fühlte, arbeiten musste sie trotzdem. Sie musste es einfach. Damit sie nicht den Verstand verlor.

»Guten Morgen, Madelene Bowen am Apparat, wie kann ich Ihnen helfen?«

»Hier ist Orla Keating. Ich möchte mich erkundigen, was ich machen muss, um meinem Mann für tot erklären zu lassen.«

Madelene setzte sich auf ihren Stuhl, zog an der E-Zigarette, und hörte aufmerksam zu.

Der Duft von Gewürzen und Kräutern hieß Helena in ihrem kleinen Laden willkommen. Sie band sich die roten Locken mit einem Haargummi zurück und sog die Luft tief ein, spürte ihren Sinnen nach. Aber das Gefühl der Erleichterung, dass sie in diesem Moment normalerweise immer empfand, wollte sich heute nicht einstellen. Ihr war etwas flau im Magen. Und obwohl sie mit einer Stunde Verspätung öffnete, wartete niemand auf dem Gehweg vor ihrem Geschäft, als sie die Rollläden hochzog und die Eingangstür aufsperrte.

Jeder Schritt durch den Laden wurde von dem Pochen in ihrem Kopf begleitet. Im Gehen schaltete sie die Lampen ein und war jedes Mal geblendet von der Helligkeit. Der Laden war klein; sie mochte die intime Atmosphäre, die das schuf, sehr. Sie hatte schon immer davon geträumt, ihren eigenen Laden zu betreiben, und Herbal Heaven war ihr Zufluchtsort geworden. Eine Flucht vor der Dunkelheit, die ihr Leben bestimmt hatte. Sie schaute nach dem Wechselgeld in der Kasse, aber vor Augen hatte sie nur das Bild ihres Sohnes Noah und ihres Mannes Gerald.

Obwohl es schon lange Spannungen zwischen ihnen gab, war sie dennoch dankbar für die Hilfe ihrer Mutter. Manchmal nahm Kathleen ihr die Luft zum Atmen, dann wieder schien sie so fern, dass sie genauso gut hätte unsichtbar sein können.

Helena wusste nicht, welche Art von Mutter ihr lieber gewesen wäre. Aber sie wusste, dass es ohne das Geld ihrer Mutter diesen Laden nicht geben würde.

Das bereitete ihr schlaflose Nächte. Der Laden brachte nicht genug Geld ein, um sich über Wasser zu halten. Aber sie brauchte ihn, um die Dämonen der Vergangenheit in Zaum zu halten, um sich selbst zu erden. Also, was stand für heute an?

Bei den verderblichen Waren musste das Haltbarkeitsdatum überprüft werden. Beim Weizenbrot und der Ziegenmilch. Aber irgendwie war ihr heute alles etwas zu viel. Wenn sie bis Mittag noch keine Kundschaft gehabt hatte, dann, und das schwor sie sich, würde sie zusperren, nach Hause gehen, und sich bis zum Abend schlafen legen. Sobald sie diesen Beschluss getroffen hatte, fühlte sie sich noch erschöpfter. Sie stützte ihre Arme auf dem Verkaufstresen ab und legte ihren Kopf darauf. Nur einen Augenblick, sagte sie sich. Nur einen Augenblick, und dann fange ich mit der Arbeit an.

Kathleen Foley musste ständig an ihre Tochter denken. Helena hatte schon wieder eine schwierige Phase, und so, wie sie sich aufführte, war gerade alles möglich.

Sie strich sich etwas Butter auf ihren Toast und tastete unter dem Stapel Zeitungen nach einem Löffel, um ihren Tee umzurühren. Ihre Küche war nicht aufgeräumt, und es war warm. Nach dem Regen am Morgen hatte sie das Gefühl, dass es trotzdem ein richtig heißer Tag werden würde.

Vielleicht sollte sie mit dem Aufräumen anfangen. Aber das schien ihr heute ein bisschen zu viel Aufwand, ihr Kopf war sowieso schon ganz überarbeitet.

Sie fand keinen Löffel und schob den wässrigen Tee beiseite. Als sie von ihrem Toast abbiss, hörte sie ein Geräusch, das vom Briefkasten kam. Sie schaute nach und fand einen Umschlag auf ihrer Fußmatte – die Art war ihr nun schon wohlvertrauten. Kein Absender. Keine Adresse. Weder Briefmarke noch Stempel. Hastig sperrte sie die Tür auf und schaute hinaus. Da war niemand. Wer auch immer den Brief eingeworfen hatte, war sofort wieder verschwunden.

In der Küche öffnete sie den Umschlag und nahm ein Foto heraus. Als sie das erste Foto bekommen hatte, war sie noch zutiefst erschrocken gewesen, aber mit der Zeit war die Erinnerung verblasst. Der erste, fürchterliche Schreck hatte nachgelassen. Dem Foto war nichts beigefügt, es wurde keine Forderung gestellt. Es war nur der Beweis, dass jemand wusste, was los war.

Hätte sie es verbrennen sollen? Nein. Es erinnerte sie daran, was sie getan hatte. Sie sah sich das Foto an, das sie gerade bekommen hatte. Darauf war wieder die gleiche Szene abgebildet. Sie legte es in die alte Keksdose und knallte den Deckel darauf.

Es überraschte sie, dass sie nicht mehr schockiert darüber war, dass jemand sich die Mühe machte, Fotos zu machen und sie ihr vor die Tür zu legen. Sie musste erst noch herausfinden, ob das eine Drohung sein sollte.

VIERZEHN

Detective Maria Lynch hatte die Portraitaufnahme von Jennifer O'Loughlin an der Wandtafel befestigt. Das Foto war ihnen von der Smile Brighter Zahnklinik, in der Jennifer gearbeitet hatte, zur Verfügung gestellt worden.

Lottie betrachtete erst ihr zartes, kindliches Gesicht, dann wandte sie sich dem Foto vom Fundort zu. Für sie gab es keinen Zweifel daran, dass es sich um ein und dieselbe Frau handelte, auch wenn zwischen den Aufnahmen einige Jahre lagen und die Haarfarbe eine andere war. Jennifer war eigentlich blond, aber hatte sich die Haare wohl irgendwann Kastanienbraun gefärbt. Und ihre Augen waren braun. Lottie lief ein Schauer über den Rücken, als sie auf das Gesicht starrte, in dem die Augen fehlten.

»Ich werde mit diesem Frankie Bardon persönlich sprechen. Wir müssen, so viel wie möglich über Jennifers Leben herausfinden. Ob sie Feinde hatte. Sie wissen ja, wie es läuft.«

»Klar, Boss.«

»Boyd, informiere das Team über ihr Haus und darüber, was die Nachbarn gesagt haben. Und schicke ein paar Gardaí vorbei, sie sollen von Haus zu Haus gehen und Aussagen aufnehmen.«

Bevor sie aufbrach, warf sie noch einen kurzen Blick auf ihre E-Mails. In dem Moment klingelte das Telefon. Es war Jane Dore.

Ohne Vorrede begann die Rechtsmedizinerin: »Ich konnte sofort damit anfangen, mir die Leiche anzuschauen. Ich habe auf der Wache Bescheid gesagt, aber du hast die Nachricht anscheinend nicht bekommen.«

»Tut mir leid. Ich war damit beschäftigt, die Identität des Opfers herauszufinden. Wir kennen jetzt den Namen. Jennifer O'Loughlin. Einunddreißig Jahre alt. Zahnarzthelferin hier in Ragmullin.«

»Ach ja, deshalb hat sie so gute Zähne. Die sind auch so ziemlich das Einzige, was noch heil ist, ehrlichgesagt.« Jane war für einen Augenblick still, und Lottie fragte sich, was sie gleich hören würde. »Sie war stark unterernährt und dehydriert. Kein Gramm Essen in ihrem Magen. Ich würde sagen, sie hatte seit mindestens fünf Tagen nichts mehr gegessen, und in den Wochen vorher wahrscheinlich auch nicht viel.«

Wahrscheinlich vier Wochen lang, dachte Lottie entsetzt. »Das könnte bedeuten, dass sie entführt wurde und dann hungern musste. Kannst du mir sonst noch etwas sagen?«

»Das würde auch zu etwas anderem passen. Sie war gefesselt, und zwar ganz schön lange. Ihre Hand- und Fußgelenke weisen deutliche Spuren auf. In ihren Wunden habe ich mikroskopische Nylonpartikel gefunden. Außerdem war ihr Mund eine Weile mit einer Art von Isolierband zugeklebt, das um den ganzen Kopf gewickelt war. Am Hinterkopf scheinen Haare zu fehlen. Vielleicht wurden die mit ausgerissen, als das Klebeband entfernt wurde.«

»Gefesselt und ausgehungert. Die arme Frau.« Lottie verstand nicht, wie man zu einem anderen Menschen so grausam sein konnte. Was das Opfer alles durchgemacht hatte, konnte sie sich kaum vorstellen. »Wenn man einen Hund so behandeln würde, käme man dafür ins Gefängnis. Ich fürchte mich fast, die nächste Frage zu stellen.«

»Es gibt keine Anzeichen für sexuelle Gewalt.«

»Gut. Wurden noch andere Fasern außer die von der Nylonschnur gefunden?«

»Ein paar an der Innenseite des Kleides. Ich habe sie ans Labor schicken lassen zur Bestimmung und Analyse. Sahen nach Fasern von einem Teppich aus, aber sicher wissen wir es erst, wenn sie eindeutig bestimmt wurden.«

»Die Spurensicherung ist gerade in ihrem Haus«, sagte Lottie. Die Treppe war mit Teppich ausgelegt. Ich veranlasse, dass man das mit deinem Fund abgleicht.«

»Du solltest auch wissen, dass sie, schon bevor ihr die Glieder gebrochen wurden, geschlagen worden ist, vielleicht mit einem Stück Holz. Vielleicht einer Art Vierkantholz. Ihre Waden sehen aus, als wäre sie filetiert worden – und das meine ich nicht als medizinischen Fachausdruck. Selbst in den Muskeln habe ich winzige Holzsplitter gefunden.«

»Mit was für einem Arschloch haben wir es hier zu tun, Jane?«

»Mit jemandem, der nicht das geringste Mitgefühl hat.«

»Irgendwelche Hinweise darauf, wo sie festgehalten worden sein könnte?«

»Irgendwo, wo es sehr kalt war. Sie hatte Erfrierungen an ihren Fingern und Zehen.«

»So etwas wie eine Gefriertruhe?«

»Oder ein kalter Lagerraum.«

»Wurde sie umgebracht und dann eingefroren, bevor sie draußen abgelegt wurde?«

»Das bezweifle ich. Ich glaube, dass ihr die Schusswunde am Kopf beigebracht wurde, kurz bevor sie auf diesem Feld abgelegt wurde.«

»Verdammt. Und was ist mit dem Kleid, dass sie trug? Irgendetwas, abgesehen von den Teppichfasern?«

»Es war brandneu. Ich habe es zur weiteren Analyse geschickt. Da kann ich dir vorläufig nichts Weiteres zu sagen. Ach, nachdem sie erschossen wurde und bevor man ihr das Kleid angezogen hat, wurde sie gewaschen.«

»Scheiße«, sagte Lottie.

»Nicht besonders gründlich gewaschen, aber genug, um die Chancen, DNA vom Mörder zu finden, deutlich zu schmälern.«

Lottie ließ sich das für einen Augenblick durch den Kopf gehen. »Die Pistole. Welche Marke?«

»Glock. Neun Millimeter. Ich habe die Kugel aus ihrem Gehirn entfernt. Lottie, bevor du auflegst ... Ich habe das Schlimmste noch nicht erzählt. Ihre Augen.«

»Vögel haben auf ihrer Leiche herumgehackt, als sie gefunden wurde.«

»Ich weiß, welche Spuren Vogelschnäbel verursachen können. Aber die Vögel haben ihre Augen nicht entfernt. Sie wurden chirurgisch entfernt.«

»Du meine Güte! Mit was für einem kranken Arschloch haben wir es hier zu tun?«

»Ich werde mein Möglichstes geben, um jede noch so kleine Spur zu finden, die dir hilft, ihn zu schnappen.«

»Jane, ich möchte es eigentlich gar nicht wissen, aber hat sie noch gelebt, als ihre Augen ...?«

»Nein, sie starb kurz zuvor durch die Kugel.«

»Danke. Schick mir deinen vorläufigen Bericht so schnell wie möglich.«

Lottie legte auf und dachte kurz über das Gespräch nach. Die Augen waren chirurgisch entfernt worden.

Das machte die ganze Sache noch deutlich grausamer und löste eine tiefgehende Übelkeit in ihr aus.

FÜNFZEHN

Frankie Bardon war so anders, als sie sich einen Zahnarzt vorstellte, dass Lottie einen Moment brauchte, um sich zu sammeln. Über eins achtzig groß, sonnengeküsstes blondes Haar und ein Lächeln, dass ihn wahrscheinlich gut zwanzigtausend Euro ärmer gemacht hatte. Aber jetzt, wo sie darüber nachdachte – er hatte es wahrscheinlich umsonst bekommen.

»Entschuldigen Sie, dass ich Sie habe warten lassen. Ich musste einem Kind Spangen anpassen, und das war etwas kompliziert. Das Kind wollte nicht, aber die Mutter hat darauf bestanden. Sie können sich die Situation sicher vorstellen.«

»Die einzigen Spangen, die ich als Kind kannte, waren die, mit denen sich meine Mutter die Haare nach hinten gesteckt hat.« Das war eine Lüge, aber sie dachte sich, Smalltalk würde es ihnen leichter machen, ins Gespräch zu kommen. »So braun sind sie aber nicht in Ragmullin geworden, oder?«

Er lachte. »Nein, ich habe einige Jahre in Australien verbracht. Wegen einer Hautkrankheit, aber jetzt habe ich eine Höhensonne zu Hause, falls die Schuppenflechte wieder aufflammt.« Er nahm seine Brille ab und lehnte sich mit verschränkten Armen an die Tischkannte. War das eine Abwehrhaltung? »Wie kann ich Ihnen helfen?«

»Ich bin wegen Jennifer O'Loughlin hier. Sie haben auf der Wache angerufen, um uns mitzuteilen, dass es sich bei der gesuchten Frau vielleicht um sie handeln könnte.«

»Haben Sie sie gefunden?«

»Es tut mir leid, Ihnen das mitteilen zu müssen, aber sie wurde ermordet.«

»Oh mein Gott. Wie? Warum? Das kann ich nicht glauben. Ist sie diese Frau, von der ich gehört habe?« Er ging um den Tisch herum, um sich zu setzen, und stieß dabei gegen einen Stapel Schachteln, der bedenklich wackelte, aber nicht umfiel. »Als ich angerufen habe, hatte ich keinen Gedanken daran verschwendet, dass sie tot sein könnte. Es war nur wegen der Beschreibung in dem Aufruf, die traf einfach zu.«

»Was können Sie mir über Jennifer erzählen?«

»Glauben Sie mir, ich würde gerne einiges rückgängig machen, was ihre Kündigung betrifft. Ich bereue manches, aber ehrlich gesagt war ich auch etwas erleichtert, als sie gegangen ist.«

»Warum ist das so?« Lottie studierte ihn genauer. Hatte er ein Problem mit seiner ehemaligen Angestellten gehabt?

»Jetzt, wo sie tot ist, fühle ich mich schlecht dabei, über sie zu sprechen.«

»Sie müssen sich nicht schlecht dabei fühlen. Ich muss einfach so viel wie möglich über sie herausfinden.«

Er nickte. »Jennifer konnte manchmal recht schwierig sein. Ich glaube, sie hatte noch immer mit ihrer Trauer zu kämpfen. Wissen Sie, ihr Mann ist vor zwei Jahren gestorben. Und ich glaube, sie wurde damit einfach nicht fertig. Ich halte mich für ziemlich verständnisvoll, aber sie tat sich selbst wirklich keinen Gefallen.«

»Haben *Sie* ihr irgendwie geholfen?« Lottie erinnerte sich daran, wie schwierig es gewesen war, als Adam gestorben war.

Egal, wie sehr sich jemand bemühte, für sie da zu sein, sie hatte alle ausgesperrt. Bis Boyd zu ihrem Herzen durchgedrungen war.

»Wir waren keine engen Freunde, falls Sie das andeuten wollen. Ich habe ihr vorgeschlagen, eine Trauertherapie zu machen, aber sie hat nicht auf mich gehört.«

»Also hat sie keinerlei Therapie in Anspruch genommen?«

»Ich kann es nicht sicher sagen, aber falls doch, dann hat ihr das nicht besonders geholfen. Sie kam immer unpünktlich und ihre Arbeit hat darunter gelitten.«

»Sie haben meiner Kollegin, Detective Lynch, gesagt, dass Jennifer verwarnt worden war, bevor sie gekündigt hat.«

»Das stimmt. Es ging ihr schon eine Weile nicht gut, aber dann dachte ich, dass es einen Lichtblick gab. Sie schloss sich so einem Kreis für Witwen an.«

»Einem Kreis für Witwen?« Lottie war selbst Witwe, aber von so etwas hatte sie noch nie gehört.

»Ich glaube, da treffen sich Frauen, die sich in ähnlichen Situationen befinden, um über ihre Trauer sprechen. Als Jennifer mir davon erzählte, hatte ich wirklich gedacht, dass ihr das guttun würde. Aber was auch immer sie an diesen Abenden gemacht haben – sie wurde davon immer mürrischer und meistens erschien sie am nächsten Tag gar nicht zur Arbeit. Um das zu überspielen, habe ich ihre Schichten umgelegt.« Er hielt inne und schaute kurz zur Decke, bevor er sich wieder Lottie zuwandte. »In letzter Zeit schien sie jegliches Interesse an ihrer Arbeit verloren zu haben. Machte bei einigen Kunden Fehler. Vor ein paar Monaten habe ich ein ernstes Gespräch mit ihr geführt; und eine mündliche Verwarnung ausgesprochen. Dann schneite ihr Kündigungsschreiben herein.«

Lottie beobachtete Bardon, der sich mit dem Zeigefinger zwischen den Augenbrauen kratzte. War er angespannt, oder versuchte er, mit seiner Geschichte nicht durcheinander zu kommen?

»Sie haben gesagt, dass sie einen ganzen Monat nichts von ihr gehört haben. Warum haben Sie sie nicht wenigstens angerufen, oder sie besucht, oder eine Vermisstenmeldung gemacht?«

»Sie hatte gekündigt. Ich wusste nicht, dass sie vermisst wurde, bis ich heute Morgen diesen Aufruf online gesehen habe. Da habe ich sie dann angerufen, aber ihr Handy schien aus zu sein.«

»Was würden Sie anders machen, wenn Sie könnten?«

Er setzt sich die Brille auf, dann nahm er sie wieder ab. »Ich habe nach Vorschrift gehandelt, aber möglicherweise würde ich ihr mehr Zeit gewähren, um ihr Leben wieder auf die Reihe zu bekommen. Ich führe hier ein Unternehmen, Inspector, und ich habe wirklich so lange gewartet, bis es nicht mehr anders ging.«

»War sie mit bestimmten Kollegen näher befreundet?«

»Nicht wirklich. Aber Sie können gerne mit allen reden.«

»Wir werden heute die Befragungen durchführen. Außerdem brauche ich Einblick in Ihre Kundenkartei und muss mit den Patienten sprechen, mit denen Jennifer im Laufe des letzten Jahres Kontakt hatte.«

Er schüttelte bestimmt den Kopf, seine blonden Haare fielen ihm in die Augen. »Tut mir leid, aber das geht nicht. Diese Informationen sind –«

»Kommen Sie mir nicht mit Datenschutz. Ich kann einen gerichtlichen Beschluss besorgen. Aber ich könnte mir die Arbeit sparen, wenn Sie mir die Namen aller Personen nennen, die vielleicht bei der Aufklärung behilflich sein könnten.«

Er stand auf und machte ein paar Schritte. Er kam ihr unangenehm nahe, also stand sie ebenfalls auf. Mit dem Ellbogen stütze er sich auf den wackeligen Stapel Schachteln, dann rümpfte er die Nase.

»Ich kann Ihnen ihre Personalakte mailen lassen, aber unsere Kundenkartei leider nicht.«

Damit musste sie sich wahrscheinlich zufriedengeben, aber

ganz gab sie noch nicht auf. »Muss ich Sie daran erinnern, dass eine Ihrer früheren Mitarbeiterinnen brutal ermordet worden ist?«

»Jennifer war keine Mitarbeiterin mehr. Ich schicke Ihnen die Akte und eine Kopie ihrer Kündigung.«

»Ich hätte gerne den tatsächlichen Brief.«

Er seufzte. »An Ihnen beißt man sich ganz schön die Zähne aus, wenn ich das so sagen darf. Hoffentlich kränkt Sie das nicht.«

»Nicht im Geringsten.«

Er ging zum Aktenschrank, zog eine Akte heraus und reichte sie ihr.

Irgendwie hatte Lottie gehofft, sie wäre ein wenig dicker. »Können Sie mir noch ein bisschen mehr über Jennifer erzählen? Was war sie für ein Mensch?«

»Sie war wie ein verletzter Vogel. Ein kleines Vögelchen mit einem gebrochenen Flügel. Sie hatte das Fliegen verlernt und war nicht gewillt, es noch einmal zu lernen. Verstehen Sie, was ich meine?«

Seine Worte überraschten sie. »Ich denke schon.«

»Der Tod ihres Mannes hat sie schwer getroffen und sie wollte oder konnte sich nicht selbst helfen. Ich hatte wirklich so gehofft, dass diese Gruppe ihr helfen würde …«

»Sprechen Sie weiter.«

»Am Anfang blühte sie ein bisschen auf. Dann merkte sie, dass der Alkohol ihr dabei half, ihren Schmerz zu vergessen. Eine Schande. Ich musste die Fehler, die sie machte, so oft überspielen.«

»Warum habe Sie das gemacht?«

Sein Lächeln wurde traurig und er setzte sich wieder. »Auch ich habe jemanden verloren, der mir nahe stand. Ich weiß, wie es sich anfühlt, wenn die eigene Welt in Scherben liegt und man nicht mehr weiß, wie man sie jemals wieder zusammensetzen soll. Ich verpachtete meine Praxis und zog mit einem Arbeitsvisum nach Australien. Auf dem Rückweg bereiste ich Indien. Das war die beste Entscheidung meines Lebens.«

»Wenn Sie ihre Fehler gedeckt haben, dann müssen Sie etwas für Jennifer empfunden haben.«

Sein Blick wurde traurig. »Vielleicht war es meine Schuld, dass sie gegangen ist. Ich habe ihr gesagt, dass ihr ein Ortswechsel guttun würde; mal aus Ragmullin rauskommen. Ich habe ihr geraten, irgendwo anders auf der Welt wieder zur Ruhe zu kommen. Die Erinnerungen haben sie gequält. Egal, wo sie eingekauft oder etwas getrunken hat, an jeder Straßenecke und in jeder Gasse – überall begegnete sie Damien. Ich wusste, dass sie ihrem Schmerz nie würde entfliehen können, wenn sie hier blieb. Sie musste fort. Das war mein Rat, und als sie kündigte, war mein erster Gedanke, *gut gemacht, Mädchen.*«

Lottie war nicht vollends überzeugt. Sie warf ihm einen prüfenden Blick zu. »Um so einen Einfluss auf einen trauernden Menschen auszuüben, muss man befreundet sein. Haben Sie sich mit ihr auch außerhalb der Arbeit getroffen?«

Die Frage schien ihm unangenehm zu sein und er rutschte auf dem Stuhl hin und her. »Ein paar Mal. Wir sind spazieren gegangen und haben uns unterhalten. Meistens am Kanal entlang. Ich finde Wasser so beruhigend.«

»Wurde mehr aus diesen Spaziergängen?«

»Nein, ganz sicher nicht. Ich wollte ihr helfen.«

»Ihr Tod scheint Sie nicht zu schwer zu belasten.«

»Doch, das tut er, aber gleichzeitig bin ich froh, dass sie endlich frei ist.«

Lottie wusste nicht, was sie von diesem Mann halten sollte. »Sie würden ihr doch sicherlich nicht den Tod wünschen?«

»Natürlich nicht, aber Jennifer hat so gelitten. Wenigstens fühlt sie jetzt keinen Schmerz mehr.«

Weil sie diese Argumentation beunruhigend fand, hakte Lottie nach: »Haben Sie ihr dabei geholfen?«

Seine tiefblauen Augen verfinsterten sich. »Ich spreche von ihrer Seele. Ihre Seele ist jetzt frei.«

»Sind Sie religiös?« Dieser Typ hatte sich eigenhändig zum Tatverdächtigen Nummer Eins befördert. Wenn ihm ihr Seelenheil so sehr am Herzen gelegen hatte, warum hatte er dann nicht bei ihr vorbeigeschaut? Andererseits, wenn er ihr etwas angetan hatte, warum hatte er dann angerufen und den Namen des Opfers preisgegeben? Es ergab keinen Sinn.

»Ich bin spirituell. Auf dem Weg zurück aus Australien habe ich sechs Monate in einem Aschram in Indien verbracht.«

»Was ist ein Aschram?«

»Ich kann Ihren Zynismus heraushören, Inspector. Das ist ein spiritueller Ort. Man meditiert, man praktiziert Yoga, man beschäftigt sich mit dem Sinn des Lebens.«

»Alles klar.« Sie würde deutlich länger als sechs Monate brauchen, um sich über den Sinn ihres Lebens klar zu werden. »Waren Sie jemals bei Jennifer zuhause?«

»Nein.«

»Warum haben Sie sie nicht besucht, nachdem sie gekündigt hat?«

»Ich habe ihr den Raum gelassen, den sie brauchte.«

»Wann habe Sie sie zum letzten Mal gesehen?«

»In der Woche, bevor sie die Kündigung eingereicht hat, hat sie noch gearbeitet.«

»Also haben Sie sie dazu gedrängt, einen Arbeitsplatz mit gutem Einkommen aufzugeben? Warum?«

»Ich kann niemanden zu etwas zwingen.«

»Aber warum würden Sie ihr überhaupt zu so etwas raten?« Sein Blick wurde noch finsterer und sie spürte, wie es in ihm brodelte.

»Sie war vom Weg abgekommen. Diese Frauen, mit denen sie sich da traf, waren nicht gut für sie, weder für ihre Gesundheit noch für ihre Seele. Sie haben ihr nicht geholfen.«

»Was können Sie mir noch über diesen Kreis sagen?«

»Nichts, außer, dass sie sich ihm angeschlossen hat.«

»Wer war sonst noch dabei?«

»Sie hat jemanden namens Helena erwähnt. Ihr gehört ein Kräuterladen in der Stadt.«

Lottie machte sich im Geiste eine Notiz. »Haben Sie Jennifer nochmal außerhalb der Arbeit getroffen, bevor sie gekündigt hat?«

»Wir haben uns mal am Hafen getroffen, ich kam von der Arbeit und ging am Kanal entlang. Sie wollte in die Kathedrale gehen. Eine Kerze anzünden und ihren Gott um Hilfe anflehen.«

»Und stattdessen wurden *Sie* ihr Gott. Richtig?«

»Ich kann Ihre Abneigung geradezu körperlich spüren. Sie sollten ihre Energie nicht an mich verschwenden. Ich könnte keiner Fliege etwas zuleide tun. Ganz zu schweigen von Jennifer.«

»Sie zündete also eine Kerze an. Und dann?«

»Wir sind in den Außenanlagen der Kathedrale spazieren gegangen. Ich erzählte ihr von den Erfahrungen, die ich im Aschram gemacht hatte, und das schien sie zu begeistern. Sie sagte, dass sie sich darüber informieren würde. Wir gingen am Kanal entlang wieder zurück und verabschiedeten uns. Dann ist sie in ihr Auto gestiegen und weggefahren. Das war das letzte Mal, dass ich sie gesehen oder mit ihr gesprochen habe.«

Lottie war klar, dass man das nicht beweisen konnte. »Würden Sie mir Ihr Handy zur Untersuchung überlassen?«

»Was wollen Sie damit?«

»Nachschauen, wann Sie sie zum letzten Mal angerufen und wann Sie ihr das letzte Mal geschrieben haben.«

»Das ist lächerlich. Wenn ich sie kontaktieren wollte, hätte ich doch genauso gut das Telefon hier im Büro benutzen können.«

»Sie weigern sich also?«

Er ging zur Tür und öffnete sie. »Sie vergeuden hier meine

Zeit. Sie sollten mit den Frauen in diesem Kreis reden.« Und dann marschierte er wie ein Besessener davon, und mit jedem klatschenden Schritt, den er auf dem auf Hochglanz polierten Flur machte, wurde seine Leutseligkeit kleiner und kleiner.

»Na, Sie haben mir wirklich Stoff zum Nachdenken geliefert, Frankie Bardon«, flüsterte Lottie. Er war schon durch die Tür nach draußen getreten, bevor ihr das letzte Wort über die Lippen gegangen war.

Für jemanden, der von Aschrams und Yoga schwärmte, strahlte er jetzt herzlich wenig Ruhe aus.

SECHZEHN

Bianca Tormey stand vor der Tür und wartete darauf, dass Roman Lawlor ihr öffnete. Sie mochte die Lawlor Kinder gerne. Sie bereiteten ihr nie viel Stress, aber viel lieber wäre sie jetzt gerade mit ihren Freundinnen in der Stadt unterwegs gewesen. Freitag war der eine freie Tag, an dem sie nicht zu ihrem Ferienjob im Supermarkt musste. Éilis rief sie in letzter Zeit immer öfter an. Wenn sie ein Kindermädchen brauchte, dann sollte sie jemanden anstellen, und sich nicht ständig darauf verlassen, dass Bianca für kleines Geld einsprang. Doch immerhin musste sie anerkennen, dass Éilis eine gute Mutter war. Ständig tänzelte sie um ihre Kinder herum, schaute, ob im Garten mit ihnen alles in Ordnung war, ob sie genug zu essen und zu trinken hatten. Oder vielleicht ging es dabei um den Hund?

Sie klingelte noch einmal.

Mit ihren sechzehn Jahren war Bianca groß und schlank und sie kannte mindestens drei Jungen, die sie toll fanden. Luke Bray, ihren Arbeitskollegen, zählte sie nicht mit dazu. Der war ein schleimiger Egel und sie tat ihr Möglichstes, ihm nicht über den Weg zu laufen. Ständig redete er über ihre Tattoos, hörte gar nicht auf, davon zu sprechen, dass er sich auch eins stechen lassen wollte, das zu ihren passte. Der konnte ihr gestohlen bleiben.

Sie liebte ihre Tattoos, auch wenn ihre Mutter fast einen Herzinfarkt bekommen hatte, als sie sich das erste hatte stechen lassen. Seither bedeckte sie die Tattoos zu Hause immer. Das Leben war zu kurz, um sich andauernd Strafpredigten anzuhören. Sie konnte den Tag gar nicht abwarten, wenn sie sich auch den Hals und die Handrücken tätowieren lassen konnte. Es tat ihr gut, zu wissen, was unter ihrer Kleidung verborgen war.

Sie war nicht leicht aus der Ruhe zu bringen, aber der entsetzte Gesichtsausdruck, mit dem Roman die Tür öffnete, ließ ihr kurz das Herz stehenbleiben.

»Ich weiß nicht, wo Mammy hin ist, aber wir haben Mozart gefunden«, sagte er, als sie in die Küche gingen.

»Wo war er?«

»Oben. Wir haben überall nach Mammy gesucht und er war unter ihrem Bett. Ich glaube, er schläft. Aber er schläft doch nie so lange und wir haben ihn gerufen. Glaubst du, es geht ihm gut?«

»Schauen wir doch mal nach dem kleinen Racker.«

Ihre Armreifen klirrten als sie, zwei Stufen auf einmal nehmend, die Treppe nach oben sprang und in Éilis' Schlafzimmer ging. Viel zu viel Pink und Rot für ihren Geschmack. Sie war eher für Schwarzweiß. Sie kniete sich auf den Boden und schaute unters Bett. Das weiße Fell des kleinen Hundes hob und senkte sich. Sie griff nach seinem Halsband und zog ihn unter dem Bett hervor. Er war bewusstlos. Wie konnte das sein? Sie nahm ihn auf den Arm und drehte sich um. Die beiden Kinder standen vor ihr und schauten sie mit großen Augen an.

»Macht euch keine Sorgen, Kinder, der wird schon wieder. Vielleicht hat er sich einen Virus eingefangen oder so was. Bei welchem Tierarzt ist er denn?«

»Animal Love«, sagte Becky.

»Alles klar. Wir gehen runter und rufen den Tierarzt an. Und dann rufen wir ein paar Freundinnen von eurer Mam an. Vielleicht wissen die, wo sie ist.« Aber ihre eigene Mutter, die sie schon gefragt hatte, hatte keine Ahnung gehabt.

Bianca trug den schlafenden Hund in ihren Armen und folgte den beiden Kindern nach unten. Ein Hauch von Unruhe stieg in ihr auf. Wo war die Mutter? Soweit sie Éilis kannte, ließ sie ihre Kinder nie allein. Als Raumausstatterin arbeitete sie von zu Hause aus, und sie ließ ja Bianca schon kommen, wenn sie nur kurz zum Einkaufen in den Laden an der Ecke ging.

Als erstes rief sie den Tierarzt an. Sie sollte dem Hund etwas Wasser geben, und etwas Futter. Und wenn sich dann noch nichts änderte, noch einmal anrufen.

»Wer ist denn die beste Freundin eurer Mutter?«, fragte sie.

»Ich kenne nur Helena und Jennifer«, sagte Roman. »Die sind beide in ihrer Donnerstagsgruppe. Da war sie gestern Abend.« Er reichte ihr das Handy seiner Mutter.

Bianca schürzte die Lippen. Die berühmten Witwen. Mehr als einmal hatte sie bis drei Uhr morgens bleiben müssen.

»Gut. Sehen wir mal, ob ich die Nummern finde.« Sie scrollte durch Éilis' Kontakte und war erleichtert, dass die Frauen unter ihren Vornamen aufgelistet waren; Roman war so aufgewühlt, dass er sich wohl kaum an ihre Nachnamen erinnert hätte.

Nachdem sie Becky auf den Schoß genommen hatte und Roman sich an den Hund gekuschelt hatte, rief sie als erstes Helena an. Während es klingelte, ermahnte sie das Kind: »Nicht am Daumen nuckeln, meine Kleine.«

Jemand ging ans Telefon. »Hallo, Éilis? Alles in Ordnung?«

»Hallo, Helena. Hier ist Bianca, Mrs Lawlors Babysitterin. Sie ist nicht zu Hause, und ihre Kinder machen sich Sorgen um sie.«

Als sie Helena zuhörte, begannen ihr Hände zu schwitzen.

Hätte sie nur das Kind nicht auf dem Schoß gehabt. Becky konnte jedes Wort hören.

Helena musste sich erst wachrütteln, bevor sie ans Telefon ging. Wie lang hatte sie hier auf dem Ladentisch schon geschlafen? Ganze zwanzig Minuten, wenn die alte Wanduhr richtig ging.

»Bianca?«, fragte sie. »Éilis spricht oft von dir. Sie sagt, dass du toll mit Kindern umgehen kannst. Ich habe heute Morgen nichts von ihr gehört. Ist sie gestern Nacht gut nach Hause gekommen?«

»Ja, das ist sie«, flüsterte Bianca. »Haben Sie eine Ahnung, wo sie jetzt sein könnte?«

»Vielleicht macht sie ein paar Besorgungen oder ist mit dem Hund draußen? Aber dann würde sie doch wahrscheinlich ihr Handy mitnehmen.«

»Der Hund ist hier. Und ihr Geldbeutel auch.«

»Geht es den Kindern gut?«

»Die machen sich nur Sorgen. Ich rufe Jennifer an. Die ist auch bei Ihrem Kreis dabei, oder?«

»Die haben wir schon seit über einem Monat nicht mehr gesehen. Gestern waren es nur Éilis, Orla und ich. Wir sind ungefähr um elf aus dem Pub los. Vielleicht ist Éilis hinterher noch wo hin? Du weißt schon ... Vielleicht hat sie sich noch mit jemandem getroffen ...« Sie hoffte, dass Bianca sich den Rest denken konnte.

»Nein, sie ist heimgekommen. Sie hat mir mein Geld gegeben und ich bin gegangen. Aber die Kinder sagen, dass sie heute Früh nicht hier war. Wirklich keine Ahnung, wo sie sein könnte?«

Grauen griff mit eisiger Hand nach ihr und vertrieb Helenas Kater. »Verdammt, Bianca, ich weiß es nicht. Vielleicht solltest du die Gardaí rufen?«

»Daran habe ich auch schon gedacht, aber wenn sie nur kurz spazieren ist und dann zurückkommt, und hier ist alles voller Polizei – da würde ich mich ganz schön lächerlich machen.«

Das Mädchen hatte natürlich recht, aber Helena wurde irgendwie das Gefühl nicht los, dass etwas Schlimmes passiert war. Ihr Wahrnehmungsempfinden war zwar vom Alkohol beeinträchtigt, aber trotzdem läuteten bei ihr die Alarmglocken.

»Ruf die Polizei, Bianca. Ich arbeite gerade und kann noch nicht weg. Ruf mich an, sobald es irgendwelche Neuigkeiten gibt. Okay?«

»Okay.«

»Und bleib bei den Kindern.«

»Natürlich, ich bin doch nicht blöd.«

»Entschuldige. Ich weiß, dass Éilis dir vertraut.«

Als Bianca auflegte, stand Helena auf und ging durch den Laden. Sie kaute auf ihren Fingernägel. Stopp! Sich Sorgen zu machen, hatte noch nie ein Problem beseitigt. Jedenfalls nicht in ihrem Fall.

Um sich von ihren irrationalen Gedankengängen abzulenken, begann sie damit, ein Regal mit Vitamin-D-Präparaten leerzuräumen. Als alle Röhrchen auf dem Fußboden standen, hatte sie das Gefühl, dass jemand sie beobachtete. Sie drehte sich so abrupt um, dass sie den Turm, den sie mühsam aufgebaut hatte, umwarf und hilflos dabei zusehen musste, wie alles umfiel.

Glücklicherweise hatten die Röhrchen kindersichere Deckel; wenn nicht, dann wäre sie jetzt eine Weile damit beschäftigt gewesen, Tabletten aufzusammeln.

Ihr war, als hätte sich auf dem Boden neben den Magnesium- und Schlaftherapie-Produkten etwas bewegt. Ein Schatten? Schritte? War jemand in den Laden gekommen, während sie geschlafen hatte? Sie sah sich um. Nein. Da war niemand.

Aber dann kam ihr die Tür hinter dem kleinen Lager in den Sinn, in dem sie ihre Tinkturen zubereitete.

In dem Moment hörte sie, wie die Hintertür zugeschlagen wurde und das Rolltor am Eingang klappernd zu Boden fiel.

Sie schrie.

Dann dachte sie: Wie dumm von mir. Hier kann mich doch niemand hören.

Sie war ganz allein.

Vielleicht war sie jetzt allein. Aber war sie das auch vor wenigen Sekunden gewesen?

SIEBZEHN

Lottie öffnete Jennifers Personalakte, die sie aus der Zahnklinik mitgenommen hatte. Mit behandschuhten Händen nahm sie das Kündigungsschreiben heraus. Sie steckte es in eine Klarsichthülle, machte eine Kopie und heftete die Kopie an die Wandtafel. Dann bat sie Lynch, das Original zur Analyse an die Spurensicherung zu schicken.

»Wir müssen wissen, ob Jennifer das selbst geschrieben hat«, erklärte sie. »In ihrem Haus war kein Laptop oder Computer. Keine Spur von ihrem Telefon. Heutzutage ist ein handgeschriebener Brief selten.«

»Vielleicht war das ihre Art, einen richtigen Schlussstrich zu ziehen?«, überlegte Lynch. »Fein säuberlich mit der Hand geschrieben, frankiert und gestempelt, und ohne eine Spur zurückzulassen – wie es bei einer E-Mail der Fall gewesen wäre.«

»Wenn sie es überhaupt selbst geschrieben hat.«

»Sie haben recht«, sagte Lottie. »Wir müssen die Schrift mit etwas vergleichen, das sie definitiv geschrieben hat.«

»Ihre Kollegen sollten dazu in der Lage sein«, sagte Boyd. »Gab es böses Blut auf der Arbeit? Was ist mit ihrem Boss?«

»Frankie Bardon kann ich noch nicht ganz einordnen. Auf den ersten Blick scheint er ein wirklich netter Mann zu sein. Aber irgendwas hat sich bei mir gesträubt. Er ist mit ihr spazieren gegangen, eine Woche, bevor sie gekündigt hat. Hat er sie dazu gedrängt? Auf dem Weg nach draußen habe ich mich kurz mit ein paar Mitarbeitern unterhalten. Keiner hat ein schlechtes Wort über ihn oder Jennifer verloren.«

»Dass sie das Haus einen Monat nach dem Tod ihres Mannes von Grund auf neu eingerichtet hat, ist etwas bizarr«, merkte Boyd an.

»Trauer stellt seltsame Sachen mit den Leuten an«, sagte Lottie. »Entschuldigung, seltsam ist nicht das richtige Wort. Schon eher zerstörerisch. Selbstzerstörung war mein Laster, nachdem Adam gestorben war. Die Mitarbeiter der Zahnklinik sollten offiziell befragt werden. Falls Jennifer vorhatte, die Stadt zu verlassen, dann müssen wir wissen, wohin sie wollte.«

»Ich kann mit den Mitarbeitern sprechen«, sagte McKeown. »Vielleicht erzählen sie mir mehr, weil ich so ein netter Gesprächspartner bin.«

Lottie ignorierte sein Grinsen. »Wir müssen ihre Angehörigen ausfindig machen. Irgendjemand muss über ihren Tod informiert werden. Vielleicht kann uns jemand einen Hinweis darauf geben, warum es ein Mörder auf sie abgesehen haben könnte.«

»Vielleicht war es ja ein Gelegenheitsmord«, mutmaßte Boyd.

»Das glaube ich nicht. Das riecht für mich nach einer geplanten Tat. Was ist mit diesem Witwenkreis?«, fragte sie.

»Ich versuche, etwas darüber heraus zu finden«, sagte Lynch.

»Machen Sie das.« Lottie blickte auf, als Kirby hereingewatschelt kam. »Und wo waren Sie dieses Mal?«

»Geraucht hat er, wenn man dem Geruch trauen kann«, murmelte McKeown vor sich hin.

Kirby warf ihm einen vernichtenden Blick zu. »Ich musste kurz frische Luft schnappen. Jetzt bin ich da.«

»Verkatert Zigarren rauchen.« McKeowns Stimme wurde lauter. »Der perfekte Cocktail für einen Herzinfarkt.«

»Das reicht jetzt«, sagte Lottie und wartete, bis Kirby sich gesetzt hatte. Das war ein anderes Schlachtfeld. Sie wandte sich an McKeown und sagte: »Wir müssen herausfinden, wo sich Jennifer aufgehalten hat. Von dem Moment, an dem sie das letzte Mal gesehen wurde, bis zu dem, an dem ihre Leiche gefunden wurde. Jemand hat sie dort völlig unverfroren abgelegt. Das gefällt mir überhaupt nicht. Hatten Sie schon Glück mit dem Videomaterial, das Sie durchforsten?«

»Nichts, das uns weiterhelfen würde. Die Läden sind alle am anderen Ende des Gewerbeparks, und die Kameras des Depots sind alle auf die Laderampen gerichtet. Aber Graham Wards Ankunftszeit ist bestätigt worden. Das Brachland ist ein ganz schönes Stück weit von der Straße entfernt, also bringen uns Aufnahmen der Verkehrsüberwachung auch nichts.«

»Sie ist dort nicht mit dem Fallschirm gelandet«, sagte Kirby.

Lottie stöhnte. »Ich muss einfach wissen, wie die Leiche dort hingekommen ist. Die Spurensicherung ist jetzt in Jennifers Haus. Hoffentlich finden sie dort etwas, das uns weiterhilft, auch wenn sie nicht dort getötet wurde.«

»Wissen wir, mit was für einer Waffe sie erschossen wurde?«

»Mit einer Neun-Millimeter Glock. Wahrscheinlich in illegalem Besitz und unmöglich zurückzuverfolgen. Aber ihre Leiche abzulegen war das letzte, das der Mörder getan hat. Was er vorher gemacht hat, ist reine Spekulation, bis wir weitere Spuren und Hinweise haben.«

Das Telefon auf dem Tisch läutete. Lynch ging ran. Alle warteten. Nachdem sie aufgelegt hatte, sagte sie: »Es sieht so aus, als wäre noch eine Frau verschwunden.«

ACHTZEHN

Lynch hatte Garda Lei mitgenommen. Es juckte ihr in den Fingern, das Martinshorn einzuschalten, um sich nicht sein unablässiges Geplapper anhören zu müssen.

»Jetzt, wo wir wissen, dass es sich bei dem Opfer tatsächlich um Jennifer O'Loughlin handelt, sollten wir Befragungen durchführen«, sagte er. »Was, wenn ihr Mörder auch diese Frau entführt hat?«

»Hoffentlich ist dem nicht so.« Sie parkte den Wagen vor einem Haus. Am Türbogen rankte sich eine Wildrose in die Höhe.

»Sie ist noch keine achtundvierzig Stunden verschwunden. Ich glaube nicht –«

»Es interessiert mich nicht, was Sie glauben, Lei. Sie müssen noch eine Menge lernen. Sie sind noch ganz grün hinter den Ohren, und gondeln hier herum wie ein Teenager mit Ihrem BMX –«

»Das ist kein BMX, und ich bin hier, weil –«

»Das ist jetzt genug. Klingeln Sie.« Vielleicht würde wenigstens ein paar Sekunden lang still sein, wenn sie ihm etwas zu tun gab. Falsch gedacht.

»Und ich gondle nicht rum.« Er drückte auf die Klingel. »Man muss ganz schön gut sein, um auf dem Rad so schnell unterwegs zu sein, wie ich es bin. Und die Fahrradeinheit wird in höheren Kreisen immer beliebter, also ...«

Er verstummte, als die Tür geöffnet wurde. Ein Mädchen im Teenageralter stand vor ihnen. Sie trug große Ohrringe und jede Menge Armreifen.

»Sie müssen Bianca sein«, sagte Lynch dankbar.

»Ich bin so froh, dass Sie gekommen sind«, sagte die junge Frau. »Die Kleinen sind fix und fertig. Ja, ich bin Bianca Tormey, und das ist die kleine Becky.« Sie zeigte auf das kleine Mädchen, das fest ihre Hand hielt. »Roman ist im Wohnzimmer und spielt mit seinem iPad. Aber die kleine Dame hier weicht mir nicht von der Seite. Gibt es was Neues von Éilis?«

Lynch wurde ganz schummrig. Bianca und Garda Lei redeten beide wie ein Wasserfall. »Das ist ein wunderschönes Zimmer.« Sie musste einfach eine Bemerkung über die Küche machen, als sie versuchte, die Stimmung etwas zu heben. Sie sah zu dem Hund, den das Kind in den Armen hielt. »Und wer ist dieser süße Kerl?«

»Mozart«, sagte Becky. »Er ist etwas müde.«

Wenn sie Biancas Blick richtig deutete, sollte Lynch besser schnell das Thema wechseln. »Der ist aber süß.«

»Wollen Sie sich setzen?«, fragte Bianca. »Es tut mir leid, dass der Tisch so aussieht. Die Kinder haben sich heute selbst Frühstück gemacht, und ich hatte noch keine Zeit, sauberzumachen.«

»Das macht doch nichts.« Lynch setzte sich umständlich an den Glastisch, gefolgt von Garda Lei. Auch Bianca nahm Platz und hob Becky auf ihren Schoß.

»Becky?«, sagte Lynch. »Möchtest du nicht ein bisschen mit deinem Bruder spielen, während ich mich mit Bianca unterhalte?«

»Er lässt mich nicht mitspielen. Ich will zu meiner

Mammy.« Das Kind biss sich auf die Lippe und konnte die Tränen nicht zurückhalten, die aus seinen Augen kullerten. »Wo ist sie? Könnt ihr sie suchen? Ich habe Angst.«

»Du musst keine Angst haben, Süße. Garda Lei und ich werden sie heimbringen. Wann hast du sie zum letzten Mal gesehen?«

»Sie hat das Licht an gemacht und mich aufgeweckt. Dann hat sie mir einen Kuss gegeben und gesagt, dass ich weiterschlafen soll. Und jetzt ist sie weg.«

Bianca streichelte dem Kind über den Arm. »Alles ist gut, Becky, hör auf zu weinen.« Sie sah Lynch direkt in die Augen und sagte: »Éilis kam gestern Abend ungefähr um viertel nach elf nach Hause. Ich habe auf die Kinder aufgepasst. Die beiden waren ganz brav. Haben beide um neun schon geschlafen. Sie hat mir mein Geld gegeben und mich vorne raus gelassen. Und dann hat mich vorhin Roman von ihrem Handy aus angerufen.« Sie sah zur Anrichte hinüber. »Ich habe es wieder dahin gelegt, wo ich es gefunden habe.«

»Kennen Sie die PIN?«

»Roman weiß sie«, sagte Becky.

»Kann du deinen Bruder holen?«

Das kleine Mädchen rutschte von Biancas Knien herunter und lief aus dem Zimmer.

»Ihre Handtasche ist auch noch da.« Die junge Frau beugte sich hinüber und nahm sie von der Anrichte. »Bankkarten und Bargeld. Ich habe nachgeschaut. Das ergibt keinen Sinn.«

Lynch nickte. »Und ihre Schlüssel sind auch noch da?«

»Ja, die sind in dem Schälchen, in das sie sie immer legt.«

Lynch stand auf und sah sich das Hochzeitsfoto an der Wand an.

»Ist das ihr Mann?«

»Ja, das ist Oisín. Er ist vor drei Jahren gestorben.«

Sie ging zurück zum Tisch und sagte: »Könnte es sein, dass

Éilis laufen gegangen ist und sich irgendwie verspätet?« Die Frau auf dem Foto sah aus, als hielte sie sich fit.

»Ich habe sie noch nie joggen sehen. Aber sie macht Yoga. Montag- und Mittwochabend babysitte ich für sie immer eine Stunde, wenn sie zu ihrem Unterricht geht.

»Wie heißt das Studio, in das sie geht?«

»Ich habe keine Ahnung.«

»Haben Sie mit Freundinnen von Éilis gesprochen? Vielleicht weiß eine von denen, wo sie sein könnte.«

»Ich habe ihr Freundin Helena angerufen. Die hatten sich gestern Abend getroffen, in Fallon's Bar, glaube ich. Éilis hat wahrscheinlich ein Taxi genommen, weil sie nicht selbst gefahren ist. Ihr Auto steht immer noch vor der Tür.

»Hat sie noch andere Freundinnen?«

»Ich habe sie immer nur über die Frauen reden hören, mit denen sie sich manchmal am Donnerstagabend trifft. Eine von denen heißt Jennifer, aber Helena hat gesagt, dass sie von der schon seit über einem Monat nichts mehr gehört haben.«

Lynch hatte eine Vorahnung. »Was für eine Gruppe ist das?«

»Da treffen sich wohl Witwen. Éilis hat so einen Kreis ins Leben gerufen, nachdem Oisín gestorben war. Eine Selbsthilfegruppe vielleicht? Manchmal gehen sie ins Kino. Einmal sind sie sogar in den Zoo. Aber normalerweise gehen sie ins Pub, ins Fallon's, und reden und trinken. Klingt ganz schön langweilig, aber ich bin auch erst sechzehn und die sind schon uralt, also was weiß ich schon.«

Lynn musste ihr Lächeln unterdrücken, als sie daran dachte, welches Alter dem Mädchen als uralt vorkam, und sie sagte: »Kennen Sie die Namen dieser Frauen?«

»Da ist eine Jennifer, und Helena erwähnte eine Orla. Also Helena McCaul. Ihr gehört der Kräuterladen gegenüber von Dolan's Supermarkt, wo ich Teilzeit arbeite. Ich habe Jennifer auch angerufen, aber ihr Handy scheint aus zu sein.«

Lynch zuckte zusammen. »Kennen Sie Jennifers vollständigen Namen?«

»Auf Éilis' Telefon ist nur der Vorname gespeichert. Aber Helena wird ihn kennen.«

»Könnte es Jennifer O'Loughlin sein?« Bianca zuckte nur mit den Schultern. »Macht nichts. Ich melde mich bei Helena und werde mit den Nachbarn sprechen, um herauszufinden, ob sie heute früh irgendwer gesehen hat, als sie das Haus verlassen hat. Kann ich mir ihr Zimmer ansehen?«

Bianca rutschte auf dem Stuhl herum. »Sie ist nicht da oben.«

»Ich muss nur nachsehen, ob irgendwas auffällig ist.«

»In Ordnung. Ich hoffe, ich mache mich hier nicht total lächerlich. Die Kinder machen sich nur solche Sorgen …«

Becky kam hereingerannt und hatte einen schlaksigen Jungen im Schlepptau. Er kaute auf seiner Lippe herum und warf Lynch argwöhnische Blicke zu, als sie ihn nach der PIN fragte, aber dann sagte er sie ihr.

Lynch schrieb sie sich auf und lächelte ihn an. »Das war eine große Hilfe, Roman. Kannst du für ein paar Minuten mit deiner Schwester spielen? Ich möchte mich kurz im Zimmer deiner Mutter umsehen.« Sie warf Bianca einen Blick zu, die sofort nach Romans Hand griff.

»Sollen wir Pfannkuchen machen?«, fragte sie.

Lynch ging schnell Richtung Tür und ließ Garda Lei etwas verloren stehen.

Im Wohnzimmer musste sie ebenfalls die lebendigen Farben bewundern. Éilis hatte ein gutes Auge und einen ausgezeichneten Geschmack. Das Zimmer wirkte beruhigend und gleichzeitig erfrischend. Das würde ihr in ihrem Haus auch gefallen. Aber so etwas kostete ein Vermögen. Geld, das sie nicht hatte.

Oben in den Kinderzimmern waren die Betten nicht gemacht. Alles andere war ordentlich, obwohl es so viele Spielsachen gab, dass die beiden niemals mit allen spielen würden können.

Sie drückte die Tür zum Schlafzimmer auf. Das Doppelbett war gemacht und über einer gelben Bettdecke lag ein herrlicher Patchworkquilt. Entweder war darin gar nicht geschlafen worden, oder Éilis war extrem ordentlich und hatte das Bett sofort gemacht, nachdem sie aufgestanden war. Sie bemerkte, dass der Quilt an einer Stelle etwas zerknittert war und entdeckte ein paar kurze Härchen. Der Hund musste dort gelegen haben.

Der Kleiderschrank stand offen. Er war voll mit verschiedenster Kleidung, und Lynch wusste, dass sie nie im Leben so etwas Buntes anziehen würde. Sie schaute sich gründlich um, doch stellte fest, dass nichts besonders ungewöhnlich aussah.

Als sie sich umdrehte, um das Zimmer wieder zu verlassen, bemerkte sie einen feuchten Fleck auf dem Teppich neben dem Bett. Sie ging in die Hocke und betrachtete ihn. Hatte der Hund hierhin gepinkelt? Sie rümpfte die Nase, wippte nach hinten und stand wieder auf.

Alles in dem Zimmer war so sauber, aber hier, direkt neben dem Fleck, bemerkte sie Schrammen auf dem blauen Teppichboden. Ob vielleicht die Kinder im Zimmer ihrer Mutter gespielt hatten? Sie würde sie fragen müssen.

Als sie wieder nach unten ging, konnte sie das Gefühl, dass in dem Haus etwas Schlimmes geschehen war, nicht abschütteln. Und die Tatsache, dass Éilis Lawlor Jennifer O'Loughlin kannte, machte das alles nur noch verdächtiger.

NEUNZEHN

Helena hörte nicht auf zu zittern, obwohl sie keine Hinweise darauf gefunden hatte, dass sich jemand im Lager aufgehalten hatte. Auch in der Gasse hinter dem Laden war niemand gewesen. Sie hatte nachgeschaut. Vorne am Eingang hatte sie festgestellt, dass sie das Rolltor nicht richtig befestigt hatte. Deshalb war es runtergekracht. Sie drückte auf den Knopf für den Mechanismus. Als es fest in Position war, nahm sie den Schlüssel aus ihrer Tasche und sperrte diesmal gewissenhaft ab.

Als sie wieder drinnen war, spürte sie, dass sie sich in ihrem Laden nicht mehr so sicher und geborgen fühlte, wie es normalerweise der Fall war. Ihr Herz klopfte wie wild. Sie machte sich einen Brennnesseltee und trank in kleinen Schlucken von der heißen Flüssigkeit. Ihre Hände zitterten immer noch.

»Ich werde nie wieder Alkohol trinken«, schwor sie sich.

Die kleine Glocke über der Tür bimmelte. Vielleicht würde Kundschaft ihre Anspannung ein bisschen lösen. Sie ging, mit ihrer Tasse in der Hand, in den Verkaufsraum.

»Ach, du bist es«, seufzte sie erleichtert.

Da stand Orla Keating mit einer Yogamatte und ihrer Sporttasche in der Hand. Sie trug Leggins, in die Helena im Traum nicht gepasst hätte.

»Wie steht's?« Orla sah sie an. »Du siehst genauso fertig aus, wie ich mich fühle.«

»Fix und fertig. Aber du hast anscheinend schon Sport gemacht.«

»Ich habe mich in letzter Sekunde gedrückt. Wollte nur mal vorbeischauen, um zu sehen, wie es dir heute geht.« Sie zeigte auf den Fußboden. »Was ist denn hier passiert?«

»Verdammt, das habe ich völlig vergessen. Damit war ich ja noch gar nicht fertig.«

Helena stellte ihre Tasse auf den Verkaufstresen und bückte sich, um die Döschen aufzuheben und zurück ins Regal zu stellen.

»Ich helfe dir.«

»Nicht nötig, vielen Dank. Ich muss mich ablenken.«

»Aber zwei Paar Hände schaffen mehr als eins.«

Dem konnte sie nicht widersprechen, ohne undankbar zu wirken, also sagte sie: »Die gehören hier in dieses Fach.«

Orla kniete sich neben sie auf den Boden. »Gestern Abend war schön. Aber heute zahle ich den Preis dafür, und zwar so richtig.«

»Ich bin heute tatsächlich auch etwas dünnhäutig.« Das Geräusch der Döschen, die ins Regal gestellt wurden, dröhnte regelrecht in Helenas Kopf. »Hat Éilis dir gegenüber zufällig erwähnt, was sie heute Morgen vorhatte?«

»Nein. Warum denn?«

»Du bist mit ihr zum Taxi gegangen. Ich frage mich nur, ob sie etwas gesagt hat.«

»Nichts, an das ich mich erinnere. Ich hab mich von ihr vor dem Danny's verabschiedet. Dort hat sie auf ein Taxi gewartet. Ich weiß nicht mehr, wie lange wir dort gestanden haben, und dann bin ich, betrunken wie ich war, einfach heimgelaufen. Nach dem Pub hat mir die frische Luft gutgetan. Warum?«

»Einfach so.« Warum widerstrebte es ihr, Orla von Biancas Anruf zu erzählen? Sie verengte die Augen und schaute die andere Frau verstohlen an. Orlas Outfit passte zusammen, obwohl es eigentlich gar nicht zusammenpasste. Éilis würde das gefallen. Verdammt noch mal. Sie erzählte Orla von dem Anruf.

»Verdammter Mist.« Orla setzte sich auf den Boden. »Das ist seltsam.«

»Ich habe zu Bianca gesagt, dass sie die Polizei rufen soll.«

»Auch wenn ich aus eigener Erfahrung sagen muss, dass die nicht besonders viel taugt.«

»Das tut mir leid.«

»Alles gut. Aber im Ernst, welche Mutter geht aus dem Haus uns lässt ihre Kinder freiwillig allein? So hätte ich Éilis nie eingeschätzt.«

Helena fing an, sich schuldig zu fühlen. Erinnerungen (waren es überhaupt Erinnerungen?) flackerten wie ein Störflimmern vor ihren Augen auf. Würde man sie so einschätzen? Nach der Sache mit Gerald hatte sie jeglichen Halt verloren.

»Du hast recht. So ist Éilis nicht. Ich mache mir Sorgen.«

Orla stand auf, stemmte die Hände in die Hüften und bewunderte die aufgefüllten Regalfächer. »Sieht gleich viel besser aus. Kann ich dir noch mit etwas anderem helfen?«

»Nein, vielen Dank. Das ist großartig so.«

»Du siehst aus, als ob du einen starken Kaffee vertragen könntest. Kann ich dir einen machen? Oder soll ich uns einen holen?«

»Ehrlich, es geht mir gut. Ich habe mir gerade einen Brennnesseltee gemacht.«

»Igitt. Wie kannst du das Zeug nur trinken?« Orla wurde rot. »Aber dein Laden gefällt mir. Diese orientalischen Gerüche. Das erinnert mich an ein nettes indisches Restaurant, in dem ich während meiner Flitterwochen war.«

»Du warst in Indien?«

»Gott, nein. Das war in London. Tyler musste in der Woche was für die Arbeit erledigen. Hatte gesagt, dass er da unbedingt dabei sein muss. Also habe ich den Großteil meiner Flitterwochen in einem Hotel in London verbracht, größtenteils allein.«

»Das war aber ganz schön scheiße von ihm. Entschuldigung. Das habe ich nicht so gemeint ... Ich habe eine Gabe dafür, in Fettnäpfchen zu treten.«

»Mach dir keine Gedanken. So war er eben. Er kam immer an erster Stelle. Ich kann eigentlich erst wirklich ich selbst sein, seit er nicht mehr da ist. Ich weiß auch nicht, warum ich dir heute mein Herz so ausschütte. Du weißt das alles ja sowieso schon.«

Helena lächelte. »Solltest du nicht bei der Arbeit sein?«

»Gleich. Ich hab meine Büroarbeit zu Hause etwas vernachlässigt und ich muss mich dringend um die Abrechnungen einiger Klienten kümmern. Ganz schön langweilig. Aber immerhin sitzt mir Tyler nicht ständig im Nacken. Scheiße, das klang schrecklich.«

Helena setzte sich auf den Stuhl bei der Kasse und hoffte, dass ihr Kopf endlich etwas klarer werden würde. »Gibt es was Neues von ihm?«

»Nein. Heute Früh habe ich in der Stadt sogar zufällig einen Detective getroffen und ihn nach Neuigkeiten gefragt.«

Helenas Herz schlug schneller, als sie fragte: »War das klug?«

»Was sollte ich tun? Er hatte sich einfach zu mir gesetzt.«

»Du musst vorsichtig sein. Wir alle müssen vorsichtig sein.«

»Dessen bin ich mir sehr wohl bewusst. Okay, wenn bei dir alles in Ordnung ist, dann gehe ich jetzt besser nach Hause und ziehe mich um. In diesen Klamotten sehe ich aus wie ein Elefant.«

»Du siehst fabelhaft aus.«

»Oh, danke schön. Aber nach gestern Abend fühle ich mich so aufgeschwemmt wie ein Stück Treibholz.«

»Also mich hättest du glatt getäuscht.«

»Ist dein Sohn heute immer noch bei deiner Mutter?«

»Mein Sohn?« Helena blinzelte heftig. Der plötzliche Themenwechsel verwirrte sie.

»Du hast gestern Abend erwähnt, dass sie auf ihn aufpasst.«

»Ja, klar. Sie ist großartig. Er war gestern dort und bleibt heute auch noch bei ihr.«

»Wir haben ganz schönes Glück, dass Éilis diese Gruppe ins Leben gerufen hat. Es tut gut, zu reden.«

»Man fühlt sich so einsam, wenn der Ehemann stirbt.« Helena wurde sich bewusst, was sie gesagt hatte. »Tut mir leid, ich meinte, wenn man jemanden verliert … Ach, ich halte jetzt einfach den Mund.«

Sie sah, dass sich Orlas Augen verengten und ihre hellblauen Iriden sich verdunkelten, wie Sturmwolken, die sich über einem See zusammenbrauten.

»Helena, wir *müssen* die Ruhe bewahren. Bist du dir sicher, dass du das kannst?«

»Natürlich.«

Orla ging einen kleinen Kreis ab. »Die Sache ist die. Wenn eine von uns redet, dann könnte das unser aller Tod bedeuten. Vergiss das nicht.«

ZWANZIG

In ihrem Büro konnte sich Madelene nicht konzentrieren. Es gab Gerüchte, dass die Leiche, die im Ballyglass Business Park gefunden worden war, Jennifer O'Loughlin war, die Witwe von Damien. Aber online konnte sie noch nichts finden. In den Nachrichten war nur von einer noch nicht identifizierten, weiblichen Leiche die Rede. Aber ihre allwissende persönliche Assistentin hatte den Namen aufgeschnappt.

Sie sperrte den alten Aktenschrank zu ihrer Rechten auf und holte die Personalakte von Damien O'Loughlin heraus. Für die zehn Jahre, die er in der Kanzlei gearbeitet hatte, war sie viel zu dick. Aber Damien war auch kein beispielhafter Jurist gewesen. Alles andere als das. Als sie durch die Akte blätterte, befürchtete sie, dass die Gardaí sie vielleicht sehen wollten. Wenn sie keinen Verdächtigen für den Mord an Jennifer fanden, würden sie ihre Aufmerksamkeit vielleicht ihrem verstorbenen Ehemann zuwenden. War das ein rationaler Gedanke? Aber sie wusste, dass bei Mord und Mordermittlungen nichts rational war. Die Gardaí würden sich wie übereifrige Hunde auf diese Angelegenheit stürzen.

Was auf dem Computer gespeichert war, war recht mager,

aber die leibhaftige Akte könnte Bowen Solicitors ganz schöne Probleme bereiten. Sie schloss sie und schlug mit der flachen Hand auf den Einband. Sie überlegte, wie sie vorgehen sollte. Aber musste sie wirklich darüber nachdenken? Sie wusste, was sie tun musste, auch wenn das gegen ihre Ideale verstieß. Es war unmoralisch. Aber Damiens Zeit bei ihnen war auch nicht besonders moralisch gewesen.

Sie hatte immer noch das Geräusch im Ohr, als die Tür nach ihrem letzten verhängnisvollen Streit zugeknallt worden war. Vier Monate später kam dann seine Diagnose: Speiseröhrenkrebs. Innerhalb von zwei Monaten war er tot. Und obwohl sie den jungen Juristen gerngehabt hatte, war Madelene erleichtert gewesen. Sie hatte geglaubt, dass alle ihre Probleme mit ihm gestorben waren. Dann war Tyler Keating verschwunden und Jennifer hatte begonnen, Fragen zu stellen.

Ohne weiter darüber nachzudenken, steckte sie Damiens Akte in ihre schwarze lederne Aktentasche und sperrte sie energisch zu, bevor sie sie neben ihren Füßen unter dem Schreibtisch abstellte.

Sie musste sich unbedingt mit Kathleen treffen. Ihre Freundin war die Einzige, die die Spannung, die sich zwischen ihren Schulterblättern breitmachte, lösen konnte.

EINUNDZWANZIG

Lottie starrte auf die E-Mail, die den vorläufigen Bericht der Rechtsmediziner enthielt. Die Augen chirurgisch entfernt. Gebrochene Gliedmaßen. Schusswunde. Erfrierungen. Sie hatte es mit einem Monster zu tun.

Boyd klopfte an ihre Bürotür und kam herein.

»Ich habe eine vollständige Befragung aller Anwohner in der Nachbarschaft von Jennifers Haus veranlasst. Wenn man nach den Meldungen geht, die eintrudeln, hat sie in letzter Zeit niemand gesehen.«

»Wenn niemand sie seit einem Monat oder so gesehen hat, heißt das, dass sie schon so lange irgendwo eingesperrt gewesen war? Und wenn ja, wo? Jane sagt, dass sie Erfrierungen hatte, also vielleicht in einem kalten Lagerraum. Um herauszubekommen, was passiert ist, müssen wir ihre Leben komplett auseinandernehmen.« Sie erzählte ihm, was Jane noch während der Autopsie herausgefunden hatte. Der Hunger. Die Misshandlungen. Die Augen.

Er schüttelte den Kopf. »Meine Gott. Sie ist durch die Hölle gegangen.«

»Dieses Arschloch hat ihre Leiche dort hingelegt, damit sie

gefunden wird. Er hat überhaupt nicht versucht, sie zu verstecken. Was hat der vor?«

»Vielleicht jemand, den sie online kennengelernt hat?«

Lottie rieb sich das Kinn und sagte: »Sie ist nicht in den sozialen Medien unterwegs. Vielleicht ein Patient der Zahnklinik.«

»Vielleicht.« Boyd wurde nachdenklich. »Ein Kollege?«

»Alles wäre möglich. Da wir so wenige Anhaltspunkte haben, fangen wir am besten damit an. Und dann gibt es da diese Selbsthilfegruppe für Witwen, bei der sie Mitglied war.«

»Wir sollten die anderen Mitglieder ausfindig machen und mit ihnen sprechen.«

»Ja, auf jeden Fall«, stimmte ihm Lottie zu, erleichtert, dass sie endlich etwas Konkretes zu tun hatten. »Ich wünschte, so etwas hätte es gegeben, als Adam gestorben ist. Es hätte mir gutgetan, mit anderen, die sich in einer ähnlichen Situation befanden, sprechen zu können.«

»Du hättest eine Therapie machen können.«

»Das habe ich versucht. Aber du warst für mich auf alle Fälle besser als jede Therapie. Schau mal nach, ob Lynch schon vom Haus dieser Frau zurück ist, die vermisst wird. Sie soll sich mit den Mitgliedern dieser Witwengruppe befassen.«

»Alles klar, Boss.« Er lächelte. Es war das erste echte Lächeln des Tages, soweit Lottie das beurteilen konnte.

Als er sich umwandte, um aus dem Büro zu treten, stieß er fast mit Lynch zusammen, die mit rotem Gesicht und außer Atem ins Büro stürmte.

»Diese Frau, die vermisst wird, Éilis Lawlor, sie war die Gründerin von diesem Witwenkreis, von dem wir glauben, dass Jennifer O'Loughlin auch Mitglied war.«

Lottie sprang auf, schnappte sich ihre Tasche vom Boden, und entrollte ihre Jacke, die zusammengeknüllt unter dem Schreibtisch gelegen hatte. »Wer ist in dem Haus?«

»Ich habe Garda Lei dort gelassen. Ich weiß, dass die obligatorischen achtundvierzig Stunden noch nicht vorbei sind, aber wir müssen eine Vermisstenakte öffnen und nach ihr suchen lassen.«

»Machen Sie das. Ich möchte mir selbst ein Bild vor Ort machen. Boyd, du kommst mit.«

In ihrer Eile bemerkte sich nicht Lynchs mürrischen Blick, weil sie wieder außen vor gelassen worden war.

Sie starren mich an. Die zwei weißen Kugeln mit den braunen Iriden. Werden sie blasser? Das sollte nicht passieren. Denn das Formaldehyd habe ich online besorgt und es sollte eigentlich funktionieren. Aber jetzt bin ich mir da nicht so sicher.

Ich wäre so gerne in der Nähe der Gardaí gewesen, als sie entdeckten, dass die Leiche nicht sehen konnte. Sie war tot, also natürlich konnte sie nichts sehen. Es war eine brillante Idee, ihre Augen zu entfernen. Ein Rätsel, an dem sie sich erst einmal die Zähne ausbeißen können.

Ich wende mich von dem Glas ab und fange an, den kalten Raum sauber zu schrubben. Jennifer war ein leichtes Opfer. Das hat gar keinen Spaß gemacht. Ihre Knochen zu brechen war anregend, aber trotzdem bin ich immer noch etwas enttäuscht. Die hier wird mich nicht um meinen Spaß bringen. Während ich schrubbe, überlege ich mir, welche Hinweise ich möglicherweise in ihrem Haus hinterlassen habe. Die Kinder haben fest geschlafen. Der Hund? Wer nennt seinen Hund schon Mozart? Dem Tier konnte ich nichts zuleide tun, ich bin nicht herzlos. Mit ein bisschen Chloroform war er ganz schnell im Traumland. Hoffentlich wacht er wieder auf. Er ist so klein, dass es ziemlich schwierig war, die richtige Menge zu kalkulieren.

Ein Scheppern dringt durch die Rohre zu mir. Sie ist aufgewacht. Gut.

Ich lasse die Scheuerbürste in den Eimer mit Bleichmittel

fallen, damit sie einweichen kann, und ziehe meine Handschuhe und die Schürze aus. Zeit für ein bisschen Spaß.

Aber dann fällt es mir ein.

Ich muss vorher noch ein paar Leuten einen Besuch abstatten.

ZWEIUNDZWANZIG

Kirby war sich nicht sicher, ob er den Anruf annehmen sollte, aber da er wieder im Hinterhof war, um schnell zu rauchen, ging er ran.

»Und, was macht der Kopf?«

Ihre Stimme war sanft und wohltuend. Ein Flattern breitete sich in seinem Magen aus.

»Hi, Amy.«

»Hast du einen schönen Tag? Wie geht's dem Kopf?«

»Also hab ich dir wirklich meine Nummer gegeben?«

»Und wie du das hast.« Sie lachte. »Ich konnte den Tag doch nicht verstreichen lassen, ohne zu sehen, wie es dir geht.«

»Stalkst du mich etwa?« Verdammt, warum hatte er das jetzt gesagt? Trotz einiger Tinder Dates hatte er noch nicht gelernt, einfach mal den Mund zu halten und nicht sofort jeden scheiß Gedanken auszusprechen, der ihm in den Sinn kam.

»Ich hätte wohl doch nicht anrufen sollen.« Ihre Stimme zitterte leicht. Verdammt.

»Ach verdammt, entschuldige bitte, Amy. Das hätte ich nicht sagen sollen. Der Tag fühlt sich jetzt schon so lang an. Es ist viel los. Ein großer Fall.«

»Das klingt anstrengend. Geht's dir gut?«

»Wenn ich es heute Abend in einem Stück ins Bett schaffe, dann ist alles gut. Und wie geht es dir?« Schon besser, dachte er sich.

»Der heutige Tag ist ein ziemliches Desaster, wenn ich ehrlich bin. Ich hab eigentlich angerufen, weil ich wissen wollte, ob du später Lust hast, etwas trinken zu gehen. Nach der Arbeit. Oder wann es dir sonst passt.«

Beim Gedanken an etwas Alkoholisches drehte sich Kirby der Magen um. Dann wiederrum, ein Drink wäre vielleicht genau das Richtige, um seinen Magen und seinen Kopf wieder einzurenken. Doch ein Drink würde unweigerlich zum nächsten Drink führen, und dann zu noch einem. Möglicherweise war der Plan doch nicht so gut.

»Ich würde mich sehr gerne mit dir treffen«, hörte er sich sagen. Dann schränkte er die Aussage doch noch etwas ein. »Aber für mich nur Kaffee.«

»Die berühmten letzten Worte.«

»Ich weiß. Ich bestrafe mich gerne selbst.«

»Mich zu treffen ist eine Strafe?«

»Gott, nein. So habe ich das doch nicht gemeint. Ehrlich, ich –«

»Hör auf, Larry. Das war ein Scherz. Du nimmst alles so ernst.«

»Das liegt an meinem Job.«

»Mach dir keinen Kopf. Passt es dir im Cafferty's?«

»Perfekt. Wann?«

»Schreib mir doch einfach, wenn du Feierabend hast.«

»Das mache ich. Und Amy, vielen Dank fürs Anrufen. Du hast meinen Scheißtag viel schöner gemacht.«

Er legte auf und überlegte sich, wie er sich heute Abend am besten aus dem Staub machen könnte. Sie standen am Anfang einer Mordermittlung, und alle Mann an Bord bedeutete genau das. Lange Arbeitszeiten und adrenalintrunkene Köpfe. Das war die wichtigste Phase. Aber das war auch das erste Mal seit Ewigkeiten, dass er jemanden auf Anhieb so mochte. Und sich selbst mochte. Er spürte, wie ihm etwas leichter ums Herz wurde. Und bei dem Gewicht, das er mit sich herum schleppte, glich dieses Gefühl einem Wunder.

Er kappte seine Zigarre, steckte sie sich in die Hemdtasche und ging wieder hinein, während er seine Chancen abwog, früher Feierabend machen zu können. Bis dahin würde er hart und konzentriert arbeiten.

Sein Bauch grummelte schon wieder, und gerade noch rechtzeitig schaffte er es auf die Toilette.

»Ich trinke nie wieder auch nur einen Schluck«, murmelte er bei sich, als er seinen Mund mit einer Handvoll Wasser aus dem Wasserhahn ausspülte.

DREIUNDZWANZIG

In Éilis Lawlors Wohnzimmer, direkt neben der reizenden nautischen Küche, stellte Lottie der jungen Babysitterin noch einmal dieselben Fragen, die ihr Lynch und Lei bereits gestellt hatten.

Da sie nicht Neues herausfinden konnte, fragte sie: »Wäre es möglich, dass du die Kinder für ein oder zwei Stunden mit zu dir nach Hause nimmst, Bianca?«

»Natürlich. Meine Mutter kann auch helfen. Aber warum?«

»Ich mache mir Sorgen um ihre Mutter. Sie sollen nicht noch mehr Angst bekommen, aber die Spurensicherung soll sich mal kurz im Haus umschauen. Garda Lei, können Sie mit ihnen mitgehen?«

»Klar«, sagte er.

»Becky und Roman?«, rief Bianca. »Wollt ihr ein bisschen mit zu mir kommen, während diese Dame versucht, eure Mum zu erreichen?«

Die Kinder wollten nicht so recht, aber schließlich nahmen sie ihre Hand und begleiteten sie nach draußen.

Lottie rief die Spurensicherung.

»Bist du nicht etwas voreilig?«, fragte Boyd, als sie aufgelegt hatte.

»Dieses Gefühl, das ich bei der ganzen Sache bekomme, gefällt mir überhaupt nicht. Unser Mordopfer, Jennifer, war auch Teil von diesem Witwenkreis, den Éilis Lawlor anscheinend ins Leben gerufen hat. Und jetzt ist Éilis verschwunden. Ich hoffe, dass ich mich täusche, aber …«

»Vielleicht ist sie spazieren gegangen und dabei jemandem über den Weg gelaufen. Dann hat sie ein Gespräch begonnen und darüber die Zeit vergessen.«

»Ein Mädchen aus der Nachbarschaft ist ihr Babysitter. Sie hätte Bianca wenigstens gefragt, ob sie kurz auf die Kinder aufpassen könnte.«

»Vielleicht hat sie einfach vergessen, anzurufen. Immerhin hat sie ihr Telefon auch vergessen.«

»Und was ist mit ihrer Geldbörse und ihrem Schlüsselbund? Komm schon, Boyd. Es ist schon nach Mittag. Keine Mutter *vergisst* ihre kleinen Kinder einfach so lange.«

Sie öffnete die Tür zur Terrasse mit behandschuhten Händen und ging nach draußen. Dann schritt sie zu der kleinen Holzhütte, die in einer Ecke des Gartens stand. Sie war nicht verschlossen und Lottie trat ein.

Auf den ersten Blick wirkte es so, als hätte sich niemand am Arbeitsplatz der Frau zu schaffen gemacht. Ein Apple Mac stand auf dem Schreibtisch. Sie bewunderte das Regal mit den fein säuberlich geordneten Musterbüchern. Tapeten, Stoffe, Holz, Bodenbeläge. Sie betrachtete die Quadrate verschiedener Teppichböden, die an die Wand geheftet waren, und überlegte, ob eins oder zwei dieser Muster vielleicht noch aus den Siebzigern stammten.

Ein reißbrettähnlicher Tisch stand in einer Ecke und darauf war eine Skizze befestigt. Ein Erdgeschoß; das Design war kunterbunt. Lottie gefiel es. Von so etwas konnte sie nur träumen. In einem uralten, baufälligen Gebäude zu wohnen, ließ ihr nicht viele Möglichkeiten. Und das fehlende Geld ließ ihr gar keine Möglichkeiten. Das machte ihr sehr zu schaffen, und sie dachte lieber überhaupt nicht darüber nach.

Sie stupste die Maus an, aber der Computer war aus. Falls es nötig sein sollte, könnte sich Gary von der Technik darum kümmern. Auf dem Tisch lag ein A4 Notizbuch, vollgestopft mit Fotos und Materialmustern. Sie machte ein Foto davon, dann nahm sie es an sich, um es sich später anzuschauen. Nichts schien fehl am Platz oder irgendwie verrückt worden zu sein, also ging sie ins Haus zurück.

»Hast du was gefunden?«, wollte Boyd wissen.

»Auf den ersten Blick nicht, aber die Spurensicherung kann sich das auch noch mal ansehen.«

»Was denkst du, ist passiert?«

»Diese Verbindung zu Jennifer lässt mich Fragen stellen, für die es noch keine Antworten gibt.« Sie zeigte ihm das Notizbuch. »Das sind ihre Arbeitsaufzeichnungen.«

»Ein bisschen altmodisch, oder?«

»Wahrscheinlich ist das ihre Art, Ideen mit ihrer Kundschaft zu sammeln. Sie hat auch einen Computer. Den soll Gary sich mal anschauen. Kirby oder Lynch können sich bei ihren Kunden umhören. Im besten Fall hatte Éilis einen Termin, den sie vergessen hat, und ist Hals über Kopf aus dem Haus, ohne Bianca vorher Bescheid zu sagen.«

»Ihre Sachen sind hier, und ihr Wagen steht vor der Tür. Sie hätte zu Fuß gehen müssen.«

»Das stimmt. Jemand hätte etwas bemerken müssen, außer, wenn sie mitten in der Nacht los wäre. Oder dann entführt worden wäre. Aber bleiben wir optimistisch.«

Als Boyd ging, um die Befragung der Nachbarschaft zu veranlassen, starrte Lottie noch eine Weile auf den Garten hinaus und versuchte, ihre Gedanken zu ordnen. Egal was sie gesagt hatte – sie war überhaupt nicht optimistisch. Ihr Bauchgefühl sagte ihr, dass etwas Éilis Lawlor entweder so einen

Schreck eingejagt hatte, dass sie auf und davongerannt war und ihre Kinder im Stich gelassen hatte. Oder, was wahrscheinlicher schien, dass sie entführt worden war.

Dann kam ihr ein schrecklicher Gedanke.

Was, wenn Éilis irgendetwas mit dem Mord an Jennifer O'Loughlin zu tun gehabt hatte? Vielleicht hatte sie am Morgen von der Entdeckung der Leiche gehört und beschlossen, das Weite zu suchen und alles zurückzulassen, was einen Verdacht auf sie werfen könnte. Das war eine Möglichkeit, die man nicht ausschließen konnte.

Kirby ging nach dem Gespräch mit Amy wie auf Wolken. Er hatte ein Date. Mit seinem Leben ging es wieder aufwärts! Endlich!

»Ich habe dich schon seit Ewigkeiten nicht mehr so fröhlich erlebt, Kirby. Was macht dich denn so glücklich?«, fragte Garda Martina Brennan, als sie einen Stapel Fragebögen mit den Aussagen von Jennifer O'Loughlins Nachbarn auf seinen Schreibtisch legte.

McKeown hob den Kopf und schaute sie finster an. »Er hat wahrscheinlich das Dark Web nach jemandem durchforstet, an dem er seinen Sexfrust auslassen kann.«

»Was redest du für einen Mist?«, fuhr ihn Martina verärgert an und knallte die restlichen Fragebögen auf McKeowns heißgeliebten iPad.

»Hey! Pass lieber auf, wo du die hinwirfst!«, knurrte er.

Kirby hatte die Schnauze voll von McKeown. Er stand auf und trat an seinen Tisch, wobei er sich diebisch darüber freute, dass er von einem unordentlichen Papierstapel bedeckt war. »So spricht man nicht mit einer Kollegin.«

»Was geht Sie das an?« McKeown stand auf.

Kirby fühlte sich wie ein Zwerg. »Sie sind ein chauvinistisches Schwein, das denkt, es könne alle Frauen wie den letzten Dreck behandeln.«

»Ganz genau,« sagte Martina und verschränkte die Arme.

»Verbündet ihr euch jetzt gegen mich? Was wollt ihr? Läuft da was hinter meinem Rücken?« Er brüllte die junge Garda regelrecht an.

»Das ist ganz schön gewagt von jemandem, der seine Frau andauernd hintergeht«, sagte Kirby. »Nicht jeder ist so sittenverdorben wie Sie.«

»Sie sind ein vorlautes fettes Arschloch.« McKeowns Spucke landete auf Kirbys Wange und er ballte die Hände zu Fäusten.

Kirby wischte sie weg. Er hat keine Angst vor dem kahlrasierten Hünen. Ganz im Gegenteil, er wartete geradezu darauf, dass McKeown ihm eine reinhaute. Auf die Art würde er ihn am ehesten loswerden.

»Genau!«, schrie Martina.

Lottie stand an der Tür zum Büro. »Was ist hier los?«

Kirby blieb stehen, wo er war, und McKeown öffnete seine Faust. »Gar nichts.«

»Das hat aber nicht wie gar nichts ausgesehen. Sie drei werden mir das erklären, wenn ich von meiner Besprechung mit der Superintendentin zurück bin.«

Martina trat einen Schritt von Kirby weg und ließ seinen Ärmel los. »Es ist alles in Ordnung, Inspector. Nur ein Missverständnis.«

»Stimmt das, Kirby?«

»Fragen Sie ihn.« Kirby entspannte sich und ging zu seinem Schreibtisch zurück, um die Fragebögen durchzublättern.

McKeown sagte nichts.

»So kann das nicht weitergehen«, sagte Lottie. »Eine Frau wurde ermordet und eine zweite ist verschwunden. Ich kann dieses Theater hinter meinem Rücken gerade wirklich nicht gebrauchen.«

»Kommt nicht wieder vor, Boss«, sagte Kirby. McKeown griff schweigend nach seinem iPad.

»Wollen wir es hoffen. Ich habe Sie im Blick, Detective McKeown. Ich sehe jeden Schritt, den sie machen. Und mir gefällt die Richtung nicht, in die Sie sich bewegen.«

»Ich kann nichts dafür, wenn er einen Streit vom Zaun bricht.«

»Zum Teufel nochmal. Wir sind hier doch alles erwachsene Leute!« Sie schleuderte ihre Tasche und ihre Jacke auf den Schreibtisch und marschierte zur Tür hinaus.

Kirby überlegte, ob sie der Superintendentin wohl von dem Vorfall berichten würde. Irgendwie hoffe er fast, dass sie es täte.

VIERUNDZWANZIG

Dieses Mal würde sich Lottie auf keinen Fall nachsagen lassen, dass sie irgendeine Information, die den Fall betraf, zurückgehalten hätte. Bei ihrem letzten großen Fall hatte sie sich schon genügend Probleme eingehandelt.

Sie klopfte an Superintendentin Farrells Bürotür.

»Herein!«

Als sie im Büro stand, musste Lottie sich zusammenreißen, um nicht mit den Augen zu rollen. Ihre Chefin hatte schon wieder die Möbel umgestellt. Das machte sie, um ihre Anspannung zu lösen. Aber es half wohl nicht viel dabei, ihre Gereiztheit zu lindern.

»Sie wollen mir hoffentlich mitteilen, dass Sie den Mörder der Frau schon festgenommen haben.«

»Leider nicht, aber wir befürchten, dass wir zusätzlich eine Frau haben.«

Farrell schlug sich mit der flachen Hand gegen die Stirn; etwas zu fest, vermutete Lottie, der auffiel, wie Farrell das Gesicht verzog.

»Wissen Sie überhaupt, wie man sich einer Mordermittlung annimmt, ohne sie sofort komplizierter als die Frage nach dem

Ursprung des Lebens zu machen? Geben Sie den Fall der verschwundenen Frau an ein anderes Team ab.«

»Es ist so … Sie wird noch nicht die obligatorischen achtundvierzig Stunden vermisst.«

»Meine Güte! Haben Sie noch nicht genug mit der Mordermittlung zu tun? Müssen Sie auch noch einen anderen Fall erfinden? Blühen Sie erst so richtig auf, wenn Sie von Wirrwarr und Chaos umgeben sind? Langsam bin ich davon überzeugt.« Farrell nahm ihre Krawatte ab und öffnete den obersten Knopf ihres Hemdes. Dann klemmte sie die Krawatte wieder fest.

»Bei allem Respekt –«

»Kommen Sie mir nicht mit *Respekt*, Inspector Parker. Ich habe Ihnen gesagt, was Sie machen sollen. Ich möchte, dass Sie meinen Anweisungen Folge leisten.« Farrell erhob sich und schob den Stuhl mit ihren Beinen nach hinten. Er knallte gegen die Wand.

»Éilis Lawlor«, beharrte Lottie, »Die Frau, die vielleicht verschwunden ist, hat eine Verbindung zum Mordopfer.«

»Haben die sich hin und wieder auf eine Kaffee getroffen, oder was?« Farrell machte sich lustig. »Oder sind sie vor zehn Jahren auf das gleiche College gegangen? Oder haben sie im Kindergarten miteinander Kaufladen gespielt? Eine Frau wurde getötet, und der Commissioner schwänzelt wie ein verdammter Bluthund um mich herum. Und die lokale Presse hat auch schon Fährte aufgenommen. Die reden schon von einer Totenwache für das Opfer, mit Kerzen und allem Pipapo. Ich brauche einen Verdächtigen, nicht noch ein Opfer. Geht das in Ihren Kopf?«

»Ja, das tut es, und es tut mir leid, aber wir müssen uns mit allen Aspekten von Jennifers Leben befassen und –«

»Sie haben noch nicht einmal ihre nächsten Angehörigen ausfindig gemacht, wie mir Detective McKeown mitgeteilt hat.«

»Dieses Arschloch«, murmelte Lottie leise. »Apropos Detective McKeown. Könnten Sie ihn nicht an anderer Stelle einsetzen? Wieder in Athlone zum Beispiel, oder woanders, wo er besser hinpasst?« Sie wurde nicht deutlicher. Irgendwohin konnte auch gerne Sibirien sein.

»Sie wollen Ihr Team doch bestimmt nicht jetzt verkleinern, wo Sie mir gerade erzählt haben, dass es vielleicht noch ein Opfer gibt?«

Warum formulierte diese Frau immer alles als Frage? Das nervte Lottie gewaltig. »Er untergräbt die Teamdynamik.«

»Ich gebe Ihnen Teamdynamik, wenn Sie mir den Mörder nicht auf dem Präsentierteller servieren. Heute noch!« Farrell ließ sich schwer auf den Stuhl fallen. »Wegen Ihnen bekomme ich noch einen Herzinfarkt. Einen verdammten Herzinfarkt!«

»Es tut mir leid.« Lottie versuchte, ihren Ärger hinunterzuschlucken und marschierte Richtung Tür. Dann drehte sie sich noch einmal um. »Wissen Sie was? Es tut mir überhaupt nicht leid. Ich habe die beste Erfolgsquote im Lösen großer Fälle im ganzen Land. Ich weiß, was mein Team zu leisten im Stande ist. Aber McKeown ... Er passt da nicht rein. Mit seinem dominanten Gehabe und seinen abfälligen Bemerkungen bringt er das ganze Team aus dem Gleichgewicht und ...« Sie war kurz davor, seine Affäre zu erwähnen, aber hielt sich zurück. »Superintendentin Farrell, ich beantrage offiziell, dass Sie ihn aus meinem Team entfernen. Ich werde Ihnen das noch schriftlich zukommen lassen.«

Sie machte auf dem Absatz kehrt und verließ das Büro, bevor sie Zeuge davon werden konnte, wie Farrell ihrer Wut Luft machte und in der Schublade nach ihren Beruhigungspillen suchte.

»Immer noch keine Spur von der Vermissten, Éilis Lawlor«, sagte Boyd und klopfte an den Türrahmen in Lotties Büro.

»Das ist nicht das, was ich gerne hören möchte. Wir haben

so schon genug zu tun. Haben die Befragungen in der Riverfield Road irgendetwas gebracht?«

»Garda Brennan hat die Fragebögen zusammengetragen«, sagte Boyd. »Kirby und McKeown gehen sie gerade durch, aber es sieht so aus, als hätten wir bis jetzt nur herausgefunden, dass Jennifer eine ziemliche Einzelgängerin war. Hat sich nicht unter die Leute gemischt und hat sich auch nicht in der Nachbarschaftshilfe engagiert. Ihr verstorbener Ehemann hat ein bisschen was beigetragen, aber sie hielt sich im Hintergrund. Ein Nachbar hat ausgesagt, dass sie fast unsichtbar war, seit ihr Mann gestorben ist.«

»Vielleicht hat sie sich allein gelassen gefühlt und sich diesem Witwenkreis angeschlossen, um etwas Gesellschaft von Gleichgesinnten zu bekommen. Das ist die Verbindung zu Éilis. Hat Lynch noch mehr über diese Gruppe herausgefunden?«

»Nein, noch nicht.«

Lottie schaute zur Decke. Es gelang ihr nicht, ihre Frustration zu verbergen. »Wie sieht es mit Jennifers Arbeitskollegen aus? Was haben die zu sagen?«

»McKeown und Garda Brennan haben mit einigen von ihnen gesprochen. Sie haben bestätigt, dass das auf der Kündigung ihre Schrift ist. Sie war ruhig, ist meistens für sich geblieben, war gut in ihrem Job und zu allen herzlich. Es gab keine Beschwerden.«

»Aber sie ist verwarnt worden.«

Boyd stieß sich vom Türrahmen ab und wollte wieder gehen.

»Einen Augenblick noch. Ich frage mich, ob Éilis Lawlor vielleicht mal Patientin in der Smile Brighter Zahnklinik war. Kannst du das für mich herausfinden, während ich mir ihre Arbeitsaufzeichnungen ansehe?«

»Möchtest du diese beiden Ermittlungen so behandeln, als ob sie zusammenhängen?«

Sie stützte das Kinn auf ihre Hand und überlegte kurz,

bevor sie antwortete. »Éilis gilt noch nicht achtundvierzig Stunden als vermisst, obwohl ich das Gefühl habe, dass sie ihre Wohnung nicht freiwillig verlassen hat. Aber hat sie etwas mit dem Mord an Jennifer zu tun?« Sie zuckte mit den Schultern. »Das Einzige, was diese beiden Frauen miteinander verbindet, ist dieser Witwenkreis. Warum sprichst du nicht mit …« Sie suchte in ihren Aufzeichnungen nach den Namen, die Bianca ihr gegeben hatte. »Helena McCaul. Jennifers Chef hat den Namen auch erwähnt. Und finde heraus, ob es noch andere Mitglieder gibt, von denen wir wissen sollten.«

Als Boyd gegangen war, zog sie ihre Handschuhe an und nahm Éilis' Notizbuch aus dem Beweismittelbeutel, zusammen mit dem Handy der Frau. Da sie noch keinen Zugang zu ihrem Computer hatten, hoffte sie, in dem Buch etwas über ihre Kunden herausfinden zu können. Eine Liste mit Telefonnummern würde es ihr zum Beispiel ersparen, diese auf dem Handy mühsam suchen zu müssen.

»Volltreffer.« Éilis war ganz schön Oldschool für eine junge Frau. Auf der Innenseite des Einbandes hatte sie eine Liste ihrer Kunden erstellt, sogar alphabetisch geordnet. Sorgfältig las sie alle Namen und wurde belohnt, als sie zu den ›O‹s kam. Jennifer O'Loughlin war mit aufgeführt. Sie sah auf Éilis' Handy nach und fand eine Reihe von Nachrichten über Termine. Im Notizbuch gab es einen Zeitplan mit Treffen zwischen den beiden, und die meisten stimmten mit den Textnachrichten auf dem Telefon überein. Der erste Kontakt hatte vor dreiundzwanzig Monaten stattgefunden. Ein Monat, nachdem ihr Mann gestorben war, hatte Jennifer eine Innenausstatterin angestellt. Éilis Lawlor. Und einen Monat später war eine Einladung gefolgt, sich dem Witwenkreis anzuschließen.

FÜNFUNDZWANZIG

Boyd zog die Schultern ein und öffnete die Tür zu Herbal Heaven. Ein Glöckchen bimmelte über seinem Kopf und er stieß sich fast am Türbalken an.

Orientalische Düfte stiegen ihm in die Nase und er blickte sich um. Der Laden war klein und wirkte etwas durcheinander, aber als er die Regale entlang ging, sah er, dass die Produkte nach einem ganz logischen Prinzip angeordnet waren.

»Kann ich Ihnen helfen?«

Ein Frau, deren Kleid bei jeder Bewegung mitschwang, tauchte hinter dem Verkaufstresen auf. Ihm bleib im wahrsten Sinne des Wortes die Spucke weg. Die Frau war außergewöhnlich schön. Das Haar hatte sie sich nach oben gesteckt, und kleine Löckchen, die sich gelöst hatten, brachten die porzellanartige Haut noch mehr zur Geltung. Sie hatte weiche Lippen und kleine Ohren, an denen große silberne Ohrringe baumelten. Er zwang sich, ihr in die braunen, durchdringenden Augen zu schauen.

»Ähm, hallo«, sagte er und musste sich Mühe geben, damit sich seine Stimme nicht überschlug. »Helena? Helena McCaul?«

»Das bin ich.«

Er streckte ihr seine Hand entgegen. »Detective Sergeant Mark Boyd. Gardawache Ragmullin.«

Ihr Händedruck war verschwitzt und recht flüchtig. »Sie sind wegen Éilis hier, oder?« Sie schaute zu Boden und presste die Lippen zusammen. »Haben Sie sie gefunden?«

»Nein, noch nicht. Wir sind uns noch gar nicht sicher, ob sie wirklich verschwunden ist. Soweit ich weiß, waren Sie gestern Abend mit ihr zusammen. Stimmt das?«

»Ja, wir waren zusammen. Stört es Sie, wenn ich mich setze?«

Sie drehte sich um und schlängelte sich wieder hinter den Tresen, wo sie sich auf einen hohen Hocker setzte. Boyd folgte ihrem Beispiel, der Duft in dem Laden betörte die Sinne; er fühlte sich tatsächlich etwas schwindelig.

»Was möchten Sie wissen?« Ihre Stimme klang lyrisch, wenn auch leicht verstimmt. Er vermutete, dass sie vielleicht geweint hatte.

Er konnte es nicht unterdrücken, sich von dieser Frau verzaubert zu fühlen. Er vermutete, dass sie Anfang dreißig war. Sie hatte etwas an sich, das ihm das Gefühl gab, sie trösten zu müssen, ihren Schmerz vertreiben zu wollen. Geradezu unvernünftige Gedanken, rief er sich zur Vernunft, aber Helena McCaul wirkte einfach so zart und verletzlich.

»Fangen Sie doch mit gestern Abend an.« Er hatte sich wieder gefangen. »Dann sehen wir weiter.« Er nahm sein Notizbuch aus seiner Jackentasche. Als er es öffnete, reichte sie ihm einen Stift.

»Wir gehen manchmal zum Essen oder ins Kino, aber gestern Abend lief es so wie an den meisten Donnerstagabenden und wir haben uns einfach in Fallon's Pub getroffen.« Sie erzählte ihm von dem Kreis, den Éilis ins Leben gerufen hatte, um Frauen zu helfen, die ihre Ehemänner verloren hatten; entweder durch Tod, Trennung oder Scheidung.

»Wer ist sonst noch in dieser Gruppe?«

»Nun ja, Jennifer O'Loughlin war eine von Éilis' ersten Teilnehmerinnen, aber seit vier, fünf Wochen kommt sie nicht mehr. Dann ist da Orla Keating, sie ist noch ganz neu dabei. Wir sind nur eine kleine Gruppe.«

Sobald er alles über Éilis Lawlor herausgefunden hatte, würde er noch mal auf Jennifer zurückkommen. »Bianca, die Babysitterin, glaubt, dass Éilis mit dem Taxi nach Hause gekommen ist. War sie allein?«

»Ich hatte angenommen, dass sie sich ein Taxi mit Orla teilen würde. Die beiden sind gleichzeitig aufgebrochen. Aber Orla ist vorher hier vorbeigekommen und hat mir erzählt, dass sie sich von Éilis an dem Taxistand vor Danny's Pub getrennt hat. Sie ist zu Fuß nach Hause gegangen, um einen klaren Kopf zu bekommen.«

»Der Name Orla Keating kommt mir bekannt vor. Ist ihr Mann nicht vor einem Jahr verschwunden?«

»Ja. Morgen ist es genau ein Jahr her.«

»Ach ja.« Ob das wohl von Bedeutung war? »Können Sie sich an irgendetwas erinnern, das gestern Abend ungewöhnlich war? Ist Ihnen etwas aufgefallen, das seltsam war, anders als sonst? Hat jemand Interesse an Ihrem Kreis gezeigt?«

»Nein, gar nichts. Die Stimmung war etwas gedämpft. Orla war nicht gut drauf. Das kann ich verstehen, weil sich Tylers Verschwinden morgen jährt ...« Sie verstummte. »Sehen Sie, wir alle haben einen Verlust durchgemacht, auf die eine oder andere Art. Wir verstehen uns und die Trauer der anderen. Aber die Stimmung ist nicht immer so gedrückt. Wir unterhalten uns über die Kinder und unsere Haustiere.« Sie lachte trocken. »Und außerdem komme ich so wenigstens einmal in der Woche raus. Als Jennifer noch dabei war, war es eine gerade Nummer und wir sind oft Essen gegangen.«

»Wie erfahren die Leute von diesem Kreis?« Er stelle die Fragen nach Jennifer immer noch hinten an.

»Éilis hat eine Facebookseite eingerichtet. Ich mache mir wirklich Sorgen um sie.«

»Worüber haben Sie sich gestern Abend unterhalten? Etwas Ungewöhnliches oder anderes als normalerweise?«

Helena schien zu zögern. »Das Gleiche wie immer. Ich hätte wirklich gleichzeitig mit den anderen aufbrechen sollen.«

»Und warum haben Sie das nicht gemacht?«

»Ich war etwas angeheitert. Ich bin nochmal rein und habe schnell noch etwas getrunken. Dann bin ich auch gegangen. Hab mir bei der Post ein Taxi genommen. Vorm Danny's waren um die Uhrzeit keine mehr.«

»Hatte Éilis eine Beziehung?«

Helena blieb der Mund offen stehen und sie riss die Augen auf. »Sie glauben, dass sie jemanden kennengelernt und sich bei Nacht und Nebel aus dem Staub gemacht hat? Und ihre Kinder im Stich lässt? Nein, das ist nicht die Éilis, die ich kenne. Nachdem Oisín gestorben ist, hat sie nur noch für ihre Kinder gelebt. Sie hat sogar ihr Büro neu eingerichtet, bei sich zu Hause anstatt in der Stadt. Sie wollte jederzeit in Reichweite ihrer Kinder sein.«

»Außer donnerstagabends.«

»Wir sind verwitwet, Detective, nicht tot.«

Er fühlte, wie ihm die Schamesröte ins Gesicht stieg. »Ich bitte um Verzeihung. Ich wollte damit nicht sagen, dass ...«

Sie griff nach seiner Hand. »Ich merke doch, dass Sie gestresst sind. Sehr gestresst. Da habe ich was für Sie. Warten Sie einen Moment.«

Er sah ihr nach, als sie durch eine Tür im hinteren Teil des Ladens verschwand. Das Kleid wehte ihr um die gebräunten Beine und an ihren Sandalen blitzte etwas in dem Licht, das durch die Eingangstür fiel, golden auf. Fast augenblicklich kam sie mit einer kleinen braunen Papiertüte zurück.

»Was ist das?« Er öffnete die Tüte. Darin befand sich feiner grüner Puder.

»Brennnesseln. Ich sammle sie selbst und dann mahle ich sie. Sie müssen ein Sieb benutzen. Probieren Sie es. Ich garantiere Ihnen, danach sind Sie nicht mehr so gestresst.«

»Das Einzige, das mich entspannen würde, wäre, wenn meine Exfrau einfach mit einem großen Knall verschwinden würde.« Verdammt, warum hatte er das jetzt gesagt.

»Sie sind witzig, Detective.« Sie musste das Fünkchen Ernst in seinen Augen gesehen haben, und fügte hinzu: »Bleibe stark, wenn du auf Gegenwind stößt. Das hat mein Mann, Gerald, immer gesagt, wenn ich mit meinem Unternehmen wieder gegen eine Wand gefahren bin. Ein paar Wochen, nachdem ich jeden Cent, den ich besaß, in diesen Laden gepumpt hatte, hat in der Stadt eine dieser Ketten einen Naturkostladen eröffnet. Gott sei Dank hat sich mein kleiner Rückzugsort entgegen allen Befürchtungen über Wasser gehalten.«

»Es ist schön, zu wissen, dass Ihr Laden gut läuft.« Er wedelte mit der braunen Papiertüte herum. »Was schulde ich Ihnen dafür?«

»Gar nichts. Das gibt es gratis.«

Boyd hatte das Gefühl, dass er sich so weit von dem eigentlichen Grund seines Besuchs entfernt hatte, dass er überhaupt nicht mehr wusste, wie er wieder darauf zu sprechen kommen sollte. Alles, was er von Helena bis jetzt herausgefunden hatte, war, dass Éilis das Pub zusammen mit Orla Keating verlassen hatte, deren Ehemann vor einem Jahr verschwunden war. Und er hatte Jennifer immer noch nicht erwähnt.

»Unter welchem Namen finde ich diese Facebookseite?«

»Life after Loss. Nicht besonders originell. Es ist eine private Gruppe, Éilis ist die Administratorin. Ach Mist.«

»Wir werden sie finden.« Er wappnete sich für das, was er jetzt sagen würde. »Helena, es gibt noch einen zweiten Grund für meinen Besuch. Haben Sie heute Morgen von einem Mord gehört?«

Sie hielt sich die Hand vor den Mund. »Das war doch nicht Éilis?«

»Nein. Leider wurde draußen im Ballyglass Business Park die Leiche einer jungen Frau entdeckt. Wir glauben, dass es sich dabei um Jennifer O'Loughlin handelt.«

»Nein. Nein. Sie irren sich. Bitte sagen Sie mir, dass das nicht wahr ist.« Sie wankte zurück zu dem Hocker.

»Leider ist es so. Kann ich Ihnen ein Glas Wasser bringen?«

Sie schüttelte den Kopf, wodurch sich noch mehr Haarsträhnen aus dem Knoten lösten. »Das ist ganz schön viel zu verarbeiten. Erst ist Éilis verschwunden, und dann erzählen Sie mir, dass Jennifer tot ist. Mein Gott!«

»Sie haben gesagt, dass Jennifer seit etwa einem Monat nicht mehr bei den Treffen war. Hat sie eine Andeutung gemacht, warum sie nicht mehr kommen würde?«

Helena biss sich fest auf die Lippe, so als wollte sie verhindern, etwas Unbedachtes zu sagen. Schließlich schien sie wieder in der Lage zu sein, zu sprechen. »Ich kann nicht klar denken. Sie war enger mit Éilis befreundet ... Mein Gott, das ist so schrecklich.«

»Hat sie jemals erwähnt, dass sie sich wegen etwas Sorgen macht, oder hat sie etwas gesagt, dass Ihnen Veranlassung zur Sorge gegeben hat?«

»Was meinen Sie damit?«

»Hat sie vielleicht gesagt, dass ihr jemand schaden wollte?«

»N-nein. Nein, ganz bestimmt nicht.«

»Was hat sie darüber erzählt, dass sie ihren Job kündigen wollte?«

»Darüber hat sie überhaupt nicht gesprochen.«

»Ich weiß, dass das alles erschütternd ist, aber ich brauche irgendeinen Anhaltspunkt, um mit der Mordermittlung richtig beginnen zu können.«

Helena wischte sich mit dem Handrücken über die Augen. Ihm fiel auf, dass sie nicht weinte.

»Sind Sie sicher, dass sie ermordet worden ist?«, fragte sie.

»Warum fragen Sie das?«

»Sie war immer noch depressiv, auch wenn es schon zwei Jahre her ist, seit Damien gestorben ist. Sie standen sich sehr nahe, waren einander ganz verfallen. Dann hat er Krebs bekommen. Es ging sehr schnell. Sie konnte nicht gut damit umgehen. Éilis gab ihr einige Tipps, wie sie ihr Haus umdekorieren könnte. So haben sie sich kennengelernt. Detective, ich ... ich kann gerade wirklich nicht darüber sprechen. Ich bin so geschockt.«

»Das verstehe ich. Hier ist meine Karte. Rufen Sie mich an, wenn Sie Zeit hatten, darüber nachzudenken.« Er schwenkte die braune Tüte mit dem Brennnesseltee. »Und danke dafür. Das werde ich auf alle Fälle probieren.«

Sie zog einen Aufkleber von einer Rolle ab und klebte ihn auf die Tüte, wobei sich ihre Finger berührten. »Meine Nummer steht hier drauf. Lassen Sie mich wissen, wenn Sie Éilis finden.«

Er steckte sein Notizbuch ein und nickte dankend. Das Glöckchen bimmelte wieder, als er den Laden mit seiner kleinen braunen Papiertüte in der Hand verließ.

Und ihm ging einfach nicht aus dem Kopf, dass Helena McCaul, obwohl sie so durch den Wind gewesen war, auf echt oder gespielt, keine Träne vergossen hatte, als sie von dem Mord an Jennifer erfahren hatte. Sie hatte keinerlei Fragen gestellt über das wann und wie und wo.

Helena verbarg etwas vor ihm.

SECHSUNDZWANZIG

Als Éilis erwachte, saß sie auf einem Stuhl und Spucke lief ihr aus dem Mundwinkel. Sie war völlig desorientiert. Warum war sie eingeschlafen? Das ergab keinen Sinn. Wo war sie? Wo waren Roman und Becky?

Eine Welle des Verzweiflung überkam sie und die Galle stieg in ihr hoch. Etwas klarer konnte sie sich nun daran erinnern, was in der Nacht zuvor geschehen war. Jemand war in ihr Haus eingedrungen. Hatte gedroht, ihrer Familie etwas zuleide zu tun, wenn sie nicht tat, was man ihr sagte. Sie war zu einem Wagen geführt worden. Dann musste sie das Bewusstsein verloren haben.

Waren ihre Kinder in Sicherheit vor diesem Monster, das sie verschleppt hatte? Warum eigentlich? Was hatte sie verbrochen, um hier zu enden? Und wo *war* hier?

Sie drehte den Kopf und stelle fest, dass sie in einer Art gepolstertem Zimmer war. Die Wände sähen so aus, als wären sie unbeholfen mit verschiedenen Kissen und Matten tapeziert worden.

Um den Raum schalldicht zu machen.

Was konnte sie in dem schummrigen Licht noch erkennen?

Der Raum war einmal ein Wohnzimmer gewesen. Man konnte am Boden noch einen fleckigen, verblassten orangefarbenen Teppich erkennen. Ein altmodischer Kamin. Eine Art Pfeifen war aus dem Schornstein zu vernehmen, auch wenn Verpackungsmaterial hineingestopft worden war. Sie konnte gerade so zwei Dekorationsgegenstände ausmachen, die auf dem Kaminsims standen. Die einzige Art von Dekoration oder Andeutung einer Empfindung im ganzen Zimmer. Waren die ihrem Entführer irgendwie wichtig? Könnten sie ihr Aufschluss darüber geben, wer sie entführt hatte?

Sie hörte, wie in einiger Entfernung Riegel zurückgeschoben wurden. Hoffnungsvoll pochte ihr Herz. Sie hielt den Atem an. Hoffte. Betete. Sie wagte zu hoffen, ihre Kinder vielleicht bald wiederzusehen.

Die Tür öffnete sich.

Der Geruch von Desinfektionsmittel und ein schwacher Lichtschein kündigten die Ankunft ihres Peinigers an. Wenn sie an den Entführer dachte, dachte sie automatisch an einen Mann. Sie konnte sich beim besten Willen nicht vorstellen, das eine Frau das einer anderen Frau antat. Aber sie konnte sich irren.

Der Lichtschein stammte von einer kleinen Stirnlampe. Ihr Entführer war von Kopf bis Fuß in einen zerknitterten weißen Overall gehüllt, so ähnlich, wie ihn Leute von der Spurensicherung in Fernsehkrimis trugen. Sie versuchte, das Gesicht zu erkennen. Es war unter der Kapuze des Overalls fast vollständig von eine Balaklava bedeckt, und die Augen waren hinter einer schwarzumrandeten Schutzbrille verborgen.

Vielleicht war das ein gutes Zeichen, dachte sie. Wenn er seine Identität verbarg, war es dann nicht logisch, anzunehmen, dass er einfach nicht wollte, dass sie ihn identifizieren konnte, wenn er sie wieder frei gelassen hatte? Dass sie diesen Alptraum überleben würde? Aber dieser Moment der Hoffnung war schnell vorbei.

Unter dem Arm der Gestalt steckte eine dicke Rolle Plastikfolie. Sie musste ziemlich schwer sein, denn ihr Gewicht schien ihn auf dieser Seite hinunterzuziehen. In der anderen Hand hielt er ein langes Stück Holz. Er ließ die Folie auf den Boden fallen und fing an, sie mit einer Hand auf dem fleckigen Boden auszurollen. Während er sich damit beschäftigte, streifte das Licht kurz das Stück Holz, das er immer noch festhielt. War das getrocknetes Blut?

Unkontrollierte Angst verdrängte die Hoffnung in ihr. Sie versuchte zu schreien, aber es kam nur ein Krächzen heraus.

Sie bäumte sich gegen ihre Fesseln auf, aber ihre Augen wichen nicht von ihrem Kidnapper, der in tödlicher Stille weiterarbeitete.

Als er die Folie bis fast an ihren Stuhl heran ausgelegt hatte, hielt er inne. Sie konnte an nichts anderes denken als an ihre Kinder und was mit ihnen passieren würde, wenn sie starb. Sie durfte nicht sterben. Sie musste wieder zu ihnen nach Haus. Sie hatten doch sonst niemanden, nur sie. Sie musste einfach überleben. *Roman und Becky, ich werde nicht zulassen, dass dieses Monster mich euch wegnimmt.*

Sie starrte ihren Entführer an. Starrte so sehr, dass Tränen in ihren Augen brannten. Er starrte zurück. Es war, als würden die Augen des Teufels ihr direkt in die Seele blicken. Sie waren so dunkel, dass sie alle Farbe aus ihrem Leben wegwuschen. Dann schwang er das Stück Holz über den Kopf.

SIEBENUNDZWANZIG

Als Lottie in den Einsatzraum kam, entdeckte sie Lynch bei der Arbeit.

»Maria, wir sollten uns auf diesen Frankie Bardon konzentrieren, ihm gehört Smile Brighter. Können Sie an seine Telefondaten gelangen, ohne dass wir einen Gerichtsbescheid brauchen?«

»Das wird schwierig, aber ich probiere es. Boss, die Facebookseite dieser Witwen ist eine private Gruppe. Ich muss erst um Aufnahme bitten, aber Éilis ist die Administratorin und ich komme nicht weiter. Ich muss das an Gary übergeben. Er wird das schneller hinbekommen. Warum soll ich mich auf Bardon konzentrieren?«

»Es ist wahrscheinlich, dass er Jennifer dazu überredet hat, zu kündigen, und er scheint nichts von diesem Witwenkreis gehalten zu haben.«

»Könnte er etwas mit dem Verschwinden von Éilis Lawlor zu tun haben?«

»Vielleicht. Das wäre zu schön, um wahr zu sein. Ich weiß nicht, warum, aber für mich sitzt er gerade ganz oben auf diesem Misthaufen.«

»Donnerwetter, der hat Sie aber wirklich auf dem falschen Fuß erwischt.« Lynch schüttelte den Kopf, bevor sie sich wieder an die Arbeit machte.

»Er würde sich auf alle Fälle mit chirurgischem Gerät auskennen. Haben Sie schon einmal von einem Aschram gehört?«

Lynch blickte auf und schien von den ständigen Unterbrechungen genervt zu sein. »Natürlich. Das ist sowas wie ein Ort zum Meditieren.«

»Ich bin diesem Wort heute zum ersten Mal begegnet. Ich muss mal ein bisschen mehr über den Tellerrand schauen.«

Lottie stellte sich vor die Wandtafel und betrachtete das Foto der toten Jennifer O'Loughlin. Sie hatten es mit einem völlig verkommenen Mörder zu tun, aber auch mit jemandem, der äußerst gut organisiert und schlau war. Vielleicht mit jemandem, der an den Schauplatz des Verbrechens zurückkehrte? Sie nahm das Telefon zur Hand und rief Grainne an.

»Gerry hat doch heute Morgen ein Video am Fundort gemacht, oder?«, fragte sie ohne Vorrede.

»Ja, das hat er.«

»Sagen Sie ihm bitte, dass er mir das zumailen soll. Sofort.« Sie ärgerte sich über ihre unangebrachte Forschheit und fügte hinzu: »Bitte.«

»Natürlich,«, sagte Grainne und legte auf.

Sie schaute auf das Ganzkörperfoto von Jennifers Leiche und fragte sich laut: »Was hat es mit diesem großen gelben Kleid auf sich?«

Sie setzte sich an einem der freien Tische an den Computer und wartete, bis ihr E-Mail-Postfach eine neue Nachricht vermeldete. Dann öffnete sie den Link zu dem Video, das die Spurensicherung heute Morgen gemacht hatte. Es war schwer zu glauben, dass immer noch derselbe Tag war.

Sie beugte sich vor und klickte auf Start. Gerry hatte die Kameralinse über die gesamte Gegend, die den Fundort der

Leiche umgab, schweifen lassen, als er sich der Leiche zum ersten Mal genähert hatte.

»Warum legst du ihre Leiche genau dort ab?«, überlegte Lottie. »Was für eine Bedeutung hat dieses Stück Brachland für dich?« Sie fragte sich, ob Jennifer an der Stelle mit Absicht oder aus einer Notwendigkeit heraus abgelegt worden war. War der Mörder in Eile gewesen? Oder hatte er den Ort ganz bewusst ausgewählt? Und wenn ja, dann war die Wahl wohl wegen des Rummels, der in der vorherigen Woche dort stattgefunden hatte, darauf gefallen.

Das Video lief weiter, aber anstatt sich auf Jennifers Leiche zu fokussieren, betrachtete Lottie den Bildausschnitt neben und hinter dem Opfer.

Sie konnte die verglasten Ausstellungsräume der Autohändler in der Ferne sehen und wieder das Vertriebsdepot, als Gerry die Kamera herumschwenkte. Als er mit der Kamera näher kam, sah sie sich das Opfer genauer an. Das gelbe Kleid flatterte im Morgenwind. Und wieder fragte sie sich, ob ihr etwas Wichtiges entging.

Als Boyd vom Herbal Heaven und seiner Unterhaltung mit Helena McCaul zurückkehrte, war es ruhig im Büro. Kirby saß an seinem Schreibtisch. Von McKeown war keine Spur zu sehen. Gut.

Er gab Orla Keatings Namen ins System ein und rief Kirby hinzu, als die Akte aufpoppte.

»Hey, Kumpel, du hast doch letztes Jahr den Fall eines Mannes bearbeitet, der verschwunden ist. Tyler Keating. Erinnerst du dich an den Fall?«

Kirbys Kopf fuhr herum. »Ist ja seltsam, dass du danach fragst.«

»Dein Lieblingswort«, schmunzelte Boyd. »Warum ist das seltsam?«

»Ob du es glaubst oder nicht, ich habe heute Morgen seine Frau getroffen. Sie hat mich gefragt, ob es etwas Neues gibt bezüglich des Verschwindens ihres Ehemannes. Das war genau morgen vor einem Jahr.«

»Du hast heute Morgen mit Orla Keating gesprochen?«

»Ja. Warum erkundigst du dich nach Tyler?«

»Ich habe im System nach seiner Frau gesucht, nicht nach ihm. Sie war gestern Abend zusammen mit Éilis Lawlor im Fallon's. Die beiden Frauen sind wohl gemeinsam zum Taxistand gegangen. Ich habe Garda Lei gebeten, mit den Taxifahrern zu sprechen, um herauszufinden, wer Éilis nach Hause gebracht hat.«

»Aber die Babysitterin hat doch schon ausgesagt, dass sie heil nach Hause gekommen ist. Ihre Tasche und ihr Handy sind dort.«

»Der Fahrer könnte etwas mitbekommen haben. Ein Telefongespräch zum Beispiel? Vielleicht ist sie später noch einmal aus dem Haus, um jemanden zu treffen.«

»Ihr Handy ist schon überprüft worden. Es war seit sechs Uhr fünfundvierzig gestern Abend nicht mehr benutzt worden. Da hatte sie sich ein Taxi kommen lassen. Dann sind keine Anrufe mehr aufgezeichnet. Erst wieder heute Morgen, als ihr Sohn Bianca angerufen hat.«

»War auf dem Telefon sonst etwas Interessantes zu finden?«

»Gary arbeitet noch daran.«

»Nochmal zu dem alten Fall. Was, glaubst du, ist mit Tyler Keating geschehen?«

Kirby weihte Boyd in die Sachlage ein und ersparte ihm so, sich die Akte selbst anschauen zu müssen.

»Wir stehen vor einem Rätsel. Keine Leiche. Kein Wagen.

Keinerlei Hinweise, weder bei ihm zu Hause noch in seinem Büro. Er ist nicht in das Flugzeug nach Liverpool gestiegen. Seine Kreditkarten wurden nicht genutzt. Rein gar nichts. Der Mann ist spurlos verschwunden.«

»Glaubst du, dass er tot ist?«

»Ich sehe keine andere Möglichkeit.«

»Er könnte einen falschen Pass haben und von woanders geflogen sein.«

»Wir haben uns das Videomaterial der Überwachungskameras vom Flughafen angeschaut. Er ist jedenfalls nicht am Flughafen Dublin gewesen.«

»Und was ist mit Knock oder Shannon? Cork? Oder sogar den Fähren?«

»Wir haben alles überprüft. Nichts an dem Tag, und nichts in den Wochen nach seinem Verschwinden.«

»Vielleicht war er ja schon weg, bevor er als vermisst gemeldet wurde. Hier steht, dass sich seine Frau erst fünf Tage nach seinem vermeintlichen Flug bei uns gemeldet hat.«

»Sie dachte, er wäre auf einer Konferenz in Großbritannien. Sie hat erst angefangen, sich Sorgen zu machen, als er nicht wieder nach Hause gekommen ist.«

»Hat sie während dieser ganzen Zeit nicht versucht, ihn anzurufen?«

»Ihre Handydaten zeigten, dass sie ein paar Mal versucht hat, ihn zu erreichen, er aber nicht ans Telefon gegangen ist.«

»Und sein Handy? Konntet ihr das orten?«

»Ich bin doch kein Idiot, Boyd. Wir haben alles überprüft. Er war zuletzt auf dem Langzeitparkplatz am Dubliner Flughafen eingeloggt. Aber wir haben ihn dort nicht gefunden, und sein Handy und seinen Wagen auch nicht. Und auch sonst nichts.«

»Hattest du seine Frau zu irgendeinem Zeitpunkt in Verdacht?«

»Sie war die Hauptverdächtige. Boyd, es bringt nichts, das

noch einmal durchzukauen. Sie wurde mehrmals verhört. Sie hat gesagt, dass sie mit Tyler gesprochen hat, bevor er weggefahren ist, und sich dann wieder hingelegt hat.«

»Aber du hast nur ihr Wort, dass er an *dem* Morgen auch wirklich zum Flughafen gefahren ist.«

Kirby fuhr sich mit der Hand durch seine wuscheligen Haare. »Wir haben gründlich und vollständig ermittelt.«

»Hatte sie für alle fünf Tage ein Alibi?«

»Sie hat von zu Hause aus gearbeitet. Sie war die ganze Woche dort.«

»Wie habt ihr das überprüft?«

»Meine Güte, du lässt wohl wirklich nicht locker.«

»Tu mir den Gefallen.«

»Gary hat sich ihren Computer angeschaut. Ihr Handy. Wir haben mit den Nachbarn gesprochen. Sie war in der ganzen Woche nicht weiter unterwegs als bis zum Tesco.«

»Ich finde trotzdem, dass wir den Fall noch einmal aufrollen sollten.«

»Warum?«

»Ich finde es komisch, dass genau an dem Tag, an dem wir eine ermordete Frau finden, Orla Keating wissen möchte, ob es etwas Neues von ihrem Mann gibt, der vor einem Jahr verschwunden ist.«

»Wir sind uns zufällig über den Weg gelaufen.«

»Vielleicht hatte sie etwas mit dem Mord an Jennifer zu tun. Und was, wenn ihr verschwundener Ehemann noch lebt, und etwas mit dem Mord zu tun hat?«

»Das ist die seltsamste Theorie, die mir je untergekommen ist.«

»Ich glaube, du solltest wirklich mal deinen Wortschatz etwas erweitern.«

»Verzieh dich, Boyd, und lass mich nachdenken.« Er nahm seine Zigarre aus der Hemdtasche und drehte sie zwischen den

Fingern, wobei kalte Asche auf seinen Schreibtisch rieselte, dann steckte er sie wieder zurück.

»Ich fahre zu ihr raus, um mit ihr zu sprechen. Kommst du mit?«

»Wenn es dir nichts ausmacht, verzichte ich.« Kirby senkte seine Stimme zu einem Flüstern. »Ich habe ein … ich meine, ich muss mich heute Abend mit jemandem treffen und bis dahin muss ich meine Sachen hier erledigt haben.«

»Lass das mal lieber nicht den Boss hören.« Boyd klopfte ihm gutmütig auf die Schulter.

»Was soll ich lieber nicht hören?« Lottie betrat das Büro.

»Nichts«, sagten beide gleichzeitig.

Boyd fügte hinzu: »Ich werde mit Orla Keating sprechen. Sie ist ein Mitglied dieses Witwenkreises und war gestern Abend auch im Fallon's.«

»Die Frau, deren Ehemann letztes Jahr verschwunden ist?«

»Genau.«

»Ich komme mit. Übrigens, Kirby, Sie müssen mit McKeown irgendwie einen Mittelweg finden. Bis auf Weiteres bleibt er, und ich brauche ein motiviertes Team, das sich nicht sofort an die Gurgel geht, sobald ich ihm den Rücken zukehre. Verstanden?«

»Natürlich, Boss.«

»Was ist mit den Information zum Fundort von Jennifer O'Loughlins Leiche? Haben Sie herausgefunden, worum ich Sie gebeten habe?«

»Ich habe damit angefangen, aber dann wurde ich abgelenkt. Ich setzte mich jetzt sofort wieder daran.«

»Das ist auch besser so.«

»Boss, wann denken Sie, können wir heute Abend Feierabend machen?«

»Sie müssen wohl dringend wo hin, oder wie?«

»Na ja, nicht direkt, aber –«

»Dann machen Sie so lange weiter, bis Sie erledigt haben, worum ich Sie gebeten habe.«

Boyd konnte sehen, dass Kirby darüber alles andere als glücklich war. Und er selbst konnte es auch kaum erwarten, Sergio zu sehen. Wenigstens hatte Kirby später ein Date. Das würde seinem Freund wahrscheinlich sehr guttun, vorausgesetzt, er konnte sich früh genug von der Arbeit loseisen. Aber so, wie Lottie gerade drauf war, würde er nicht darauf wetten.

ACHTUNDZWANZIG

Das zweistöckige Haus der Keatings lag leicht außerhalb der Stadt, in der Nähe des Friedhofs. Vor einer großen Siedlung standen drei Häuser auf ihren jeweils eigenen Grundstücken. Es war klar ersichtlich, dass die angrenzenden Grundstücke von Bauunternehmern aufgekauft worden waren. Die drei Häuser lagen etwas von der Hauptstraße zurückgesetzt und waren von hohen Hecken umgeben. Ein kleines Aufbäumen gegen die Expansion rundherum. Boyd parkte den Wagen vor dem Haus und Lottie ging die geschotterte Einfahrt entlang, wobei ihr Löwenzahn und Disteln auffielen, die zwischen Steinen wucherten. Das Haus selbst schien auch etwas baufällig zu sein.

Orla Keating öffnete die rotgestrichene Tür. Sie trug Jeans, und aus der weiten weißen, mit Taschen besetzten Bluse stachen ihre kantigen Schlüsselbeinknochen hervor. Ihre Füße steckten in klobigen schwarzen Sandalen, die ihre schwarzlackierten Zehennägel zur Geltung brachten.

Sie führte sie einen engen gekachelten Flur entlang in die Küche auf der Hinterseite des Hauses. Lottie war umgeben von einem Durcheinander an Kleidungsstücken, die an einem

Gestell hingen oder über die Rückenlehnen von Stühlen geworfen worden waren. Zeitschriften lagen auf dem Fußboden verstreut. Aber ihr Blick schweifte durch das Fenster hinaus in den Garten. Auf einem runden, erhöhten und von Steinen gesäumten Beet blühten Blumen, das Gras war gemäht, und die eingrenzende Hecke ordentlich getrimmt. Dahinter konnte sie erkennen, wie weitläufig die Siedlung war. Der Garten war sehr groß und sie stellte sich vor, dass man durchaus die Küche vergrößern könnte. Zu dritt fanden sie darin kaum Platz.

Als sie sich wieder umdrehte, saß Boyd an einem kleinen runden Tisch, von dem Orla gerade Tassen ins Spülbecken räumte.

»Sie haben es sehr schön hier«, sagte Boyd. Lottie hob eine Augenbraue.

»Klein, aber mein«, sagte Orla. »Oder, besser gesagt, mein und Tylers. Möchten Sie etwas zu trinken?«

»Nein, danke«, sagte Boyd.

»Ein Wasser wäre gut«, sagte Lottie. Sie zog sich einen Stuhl heran und setzte sich auf eine alte *House & Home* Zeitschrift.

Orla stellte ein Glas mit Leitungswasser vor Lottie auf den Tisch und nahm dann auf dem freien Stuhl Platz. In diesem Haus gab es nicht oft Besuch, wenn überhaupt, dachte Lottie.

»Verzeihen Sie, dass es hier so eng ist, aber es gab immer nur Tyler und mich. Und jetzt, wo er nicht mehr da ist, habe ich mir überlegt, fortzuziehen. Aber was ist, wenn er doch wiederkommt und mich nicht mehr finden kann?«

»Glauben Sie, dass er wiederkommt?«, fragte Lottie. Die Frau hatte nicht kummervoll geklungen.

»Seine Leiche ist nicht gefunden worden, also kann es immer noch sein, dass er lebt und eines Tages wiederkommt.«

Lottie bemerkte, wie es Orla unbewusst schauderte. »Wären Sie glücklich darüber, wenn er wiederkäme?«

»Inspector, was wollen Sie damit sagen? Dass ich nicht möchte, dass Tyler hierher zurückkehrt, wo er hingehört?«

»Das habe ich damit ganz und gar nicht gemeint.«

»Ich mache mir immer noch Sorgen um ihn. Erst heute Morgen habe ich mich bei Detective Kirby über Neuigkeiten erkundigt. An jedem Tag, an dem Tyler verschwunden bleibt, habe ich Angst, dass er vielleicht nie gefunden wird.« Orla hielt den Blick starr vor sich gerichtet, und Lottie fragte sich, ob sie das eher hoffte oder fürchtete. Sie sprach weiter. »Es nicht zu wissen ist schlimmer, als es zu wissen. Sind Sie hier, weil Sie neue Informationen zu dem Fall haben?«

»Es tut mir leid«, sagte Boyd. »Leider ist das nicht der Grund für unseren Besuch. Wir haben ein paar Fragen an Sie.«

Ihr Ausdruck entspannte sich etwas. »Schießen Sie los.«

Lottie fiel auf, dass die Frau die Augen ausschließlich auf Boyd richtete und sie komplett ignorierte. Dann konnte sie sie immerhin besser beobachten. Sollte Boyd ruhig das Steuer übernehmen.

»Sie sind gestern Abend mit Helena McCaul und Éilis Lawlor ausgegangen«, sagte er. »Stimmt das?«

»Ja. Wir haben uns im Fallon's getroffen. Mit der Menge an Gin, die ich getrunken habe, habe ich mir wahrscheinlich die Magenwand weggeätzt, aber das ist es mir wert, wenn wir uns treffen und unterhalten.«

»Sie gehen nicht oft aus?« Lottie konnte sich nicht zurückhalten.

»Nicht wirklich. Jedenfalls nicht zur Unterhaltung. Ich arbeite von zu Hause aus und mein einziges Ventil ist das Yoga.«

»Sie sind Buchhalterin, richtig?« So viel dazu, Boyd das Reden übernehmen zu lassen, aber etwas an dieser jungen Frau machte sie neugierig und brachte sie dazu, ihre Antennen auszufahren. Und nicht zu wissen, woran das lag, machte sie ungeduldig.

»Ja. Seit ich mit Tyler verheiratet bin, arbeite ich von zu Hause aus. Er meinte, die Ausgaben für ein Büro in der Stadt könnten wir uns sparen.«

»Und Sie sind qualifizierte Buchhalterin?«, bohrte Lottie nach.

»Das klingt so, als wären Sie überrascht.«

»Ich möchte es nur genau wissen.« Tatsächlich machte das unordentliche Haus nicht den Eindruck, dass es zu einer Buchhalterin gehörte. Obwohl sie davon eigentlich keine Ahnung hatte, da sie noch nie genug Geld besessen hatte, um sich eine leisten zu müssen. »Haben Sie viele Klienten?«

»Genug, um deutlich zu machen, dass ich gut bin.« Orlas Stimme hatte einen schneidenden Ton angenommen.

»Das ist toll«, sagte Boyd, bevor Lottie die Möglichkeit hatte, sie noch mehr zu verstimmen.

Sie war etwas enttäuscht. Ihr Bauchgefühl fuhr in diesem sonderbaren, unordentlichen kleinen Haus mit ihr Achterbahn.

»Ist Éilis schon wieder nach Hause gekommen?«, fragte Orla. »Helena hat mir erzählt, dass heute Morgen die Babysitterin bei ihr angerufen hat. Wo glauben Sie, könnte sie sein?«

»Wenn wir das wüssten, dann wären wir nicht hier«, sagte Lottie, bevor sie sich bewusst wurde, dass sie die Worte laut ausgesprochen hatte. Sie schüttelte den Kopf als die Frau sie mit offenem Mund anstarrte.

»Sie scheinen etwas gegen mich zu haben, Inspector.« Orla legte ihre Hände mit den Handflächen nach unten auf den Tisch. Lottie bemerkte das Fehlen eines Eherings und die Spuren eines halbherzigen Versuchs, den schwarzen Nagellack zu entfernen.

»Es war ein langer Tag.«

»Wie war das mit dem Taxi?«, fragte Boyd.

»Daran erinnere ich mich nur verschwommen. Da war ich wohl vom Alkohol vernebelt.« Orla lächelte ihn sehr freundlich an, als hätte sie eine verwandte Seele getroffen. »Wir sind zu Danny's gelaufen, aber dort war nur ein Taxi. Ich habe zu Éilis gesagt, dass sie es nehmen soll. Sie meinte, wir könnten es uns ja teilen, aber ich wollte lieber zu Fuß gehen und wieder einen klaren Kopf bekommen, um besser schlafen zu können. Wenn ich Alkohol trinke, kann ich immer nicht einschlafen.«

»Können Sie sich an das Taxi erinnern, in das sie eingestiegen ist?«

»Keine Ahnung. Für mich sehen die alle gleich aus und ich benutze auch fast nie eins. Ich versuche, so viel wie möglich zu Fuß zu gehen.«

»Hat Éilis noch irgendetwas zu Ihnen gesagt?«

»Wie was zum Beispiel?«

»Wollte sie sich heute mit jemandem treffen? Vielleicht etwas, das uns einen Hinweis darauf geben könnte, wo sie sich aufhält.«

»Sie hat leider nur über ihre Kinder geredet. Sie hat sich Sorgen gemacht, dass sie sie versehentlich aufwecken könnte, wenn sie nach Hause kommt.«

»Worüber haben Sie im Pub gesprochen?«

»Über dies und jenes.«

Lottie zog scharf die Luft ein. »Wir müssen ganz genau wissen, worüber Sie gesprochen haben.«

»Hören Sie, wir treffen uns einmal die Woche, um ein bisschen was zu trinken. Helena und Éilis sprechen über ihre Kinder und ihre Arbeit. Ich höre zu und spreche über Yoga. Und das ist auch schon alles.«

»Und worüber haben Sie gesprochen, als Jennifer auch noch Teil der Gruppe war?«

»Jennifer? Die kommt seit ein paar Wochen nicht mehr. Éilis hat gesagt, dass sie ein paar Mal versucht hat, sie zu erreichen. Wahrscheinlich ist sie im Urlaub.«

»Hat sie sich bei Ihnen gemeldet und gesagt, dass sie in Urlaub fahren wollte?«

»Nein. Wir sind nicht gerade die besten Freundinnen. Wahrscheinlich muss sie einfach mal den Kopf freikriegen.«

»In diesem Life After Loss Kreis, worüber hat Jennifer da gesprochen?«

»Nicht viel, an das ich mich erinnern kann.«

»Hatte sie Schwierigkeiten in der Arbeit?«

»Weiß ich nicht. Vielleicht.«

»Welche zum Beispiel. Hat sie über ihren Chef gesprochen, Frankie Bardon?«

Orla wurde rot. »Ich würde gerne wissen, warum Sie all diese Fragen stellen.«

»Wussten Sie, dass sie gekündigt hat?«

Irgendwo im Haus gab es einen lauten Knall, und Lottie fuhr herum.

Orla lächelte. »Das sind die Heizkörper. Dieser uralte Boiler und die Rohre müssen wirklich mal ausgewechselt werden. Immer, wenn sie sich einschalten, klingt es, als wäre eine Bombe eingeschlagen.«

»Ich dachte, das wäre ihr Haustier«, sagte Boyd.

»Welches Haustier?«

»Entschuldigung, da habe ich Helena wohl falsch verstanden.«

Ein Schatten legte sich über ihre Augen, bevor ihr Blick wieder klar wurde. »Ach, jetzt weiß ich, wovon Sie reden. Die beiden haben sich über ihre Hunde unterhalten, und ich habe behauptet, eine Katze zu haben, damit ich nicht so aus der Reihe falle.«

Lottie überzeugte diese nachgeschobene Erklärung nicht so ganz. Wenn sie über ein Haustier lügen konnte, worüber würde sie sonst noch lügen?

»Sie haben also ein imaginäres Haustier erfunden. Worüber haben Sie gestern Abend noch gesprochen?«, fragte sie. Irgendetwas ging vor in diesem Kopf, und sie hätte zu gerne gewusst, was.

Orlas Ausdruck wurde hart. »Je mehr wir getrunken haben, desto mehr haben die beiden über ihre Kinder und ihre verstorbenen Ehemänner gesprochen. Ich fühlte mich etwas ausgeschlossen, da ich weder das eine noch das andere habe.«

»Sie glauben nicht, dass Ihr Mann tot ist?«

»Ich weiß nicht, was ich glauben soll«, sagte sie ernst. »Ich möchte es einfach ein für alle Mal wissen, und dann könnte ich endlich mein Leben wieder auf die Reihe bekommen.«

»Und trotzdem haben Sie sich einem Kreis für Witwen angeschlossen?«, fragte Lottie.

»Der ist nicht ausschließlich für Witwen. Sehen Sie sich die Beschreibung auf Facebook an. Es heißt Life After Loss. Da sind Frauen, die geschieden oder getrennt sind, auch gemeint.«

»Aber zu den Gruppen gehören Sie auch nicht.«

»Mein Mann ist verschwunden. Sie haben mich nicht abgelehnt.«

»Können Sie sich Éilis' Verschwinden irgendwie erklären?«

»Wo auch immer sie ist – das hat nichts mit mir zu tun.«

»Nichtsdestotrotz ist Ihr Mann verschwunden, und jetzt sind Sie bekannt mit einer Frau, die ebenfalls ver–«

»Wie können Sie es wagen!« Orla stand so schnell auf, dass der Stuhl nach hinten kippte und die Kleidungsstücke, die über der Lehne drapiert gewesen waren, zu Boden fielen.

»Es ist alles in Ordnung, Orla. Setzen Sie sich, bitte«, sagte Boyd und tätschelte beruhigend den Tisch, so, als wäre sie ein erschrockener Welpe.

Ohne Lottie eines Blickes zu würdigen, hob sie die Kleidung auf, setzte sich wieder, und legte sie sich auf den Schoß.

»Haben Sie von der Frau gehört, die heute Morgen tot in diesem Brachland gefunden wurde?«, fragte Lottie etwas sanfter.

»Oh mein Gott. Das war nicht Éilis, oder?«

»Nein, aber jemand, den Sie beide kannten. Jennifer O'Loughlin.« In diesem Augenblick zeigte Orla zum ersten Mal echte Emotionen. Sie sah zutiefst erschrocken aus, wie vom Blitz getroffen, und legte den Kleiderhaufen auf den Tisch, ehe sie begann, sich den Ärmel einer Bluse geistesabwesend um die Hand zu wickeln. »Das kann nicht Jennifer sein. Sie ist bestimmt im Urlaub oder so.« Sie wurde leichenblass. »Glauben Sie, dass ich auch in Gefahr schwebe?«

»Glauben *Sie* das denn?«

»Es ist nur ... Keine Ahnung. Éilis ist verschwunden. Tyler ist verschwunden. Und jetzt erzählen Sie mir, dass Jennifer tot ist.«

»Haben Sie sich jemals bedroht gefühlt, weil Sie sich diesem Kreis angeschlossen haben?«

»Nicht, bis Sie mir diesen Floh jetzt gerade mitten in meinen Kopf gesetzt haben!«

Lottie hatte das Gefühl, sich einen Schlagabtausch mit einem gewieften Taktierer zu liefern. Für alles hatte Orla eine Antwort oder eine Gegenfrage parat. Sie beugte sich über den kleinen, vollgestellten Tisch und sah ihr fest in die Augen. Sie waren braungesprenkelt und hatten dunkle Streifen. »Wie gut kannten Sie Jennifer O'Loughlin?«

»Nicht besonders gut. Was ist mir ihr geschehen?« Orla verzog das Gesicht und Lottie fielen ihre geraden, weißen Zähne auf.

»Wir stehen noch am Anfang der Ermittlungen«, sagte Boyd.

»Sie hat bei Smile Brighter gearbeitet«, bemerkte Lottie. »Haben Sie sich Ihre Zähne dort machen lassen?«

»Ja, das habe ich. Frankie Bardon behandelt mich normalerweise. Er interessiert sich für Meditation und Yoga. Er ist es, der mir vorgeschlagen hat, damit anzufangen. Und es hilft mir, einen klaren Kopf zu bekommen.«

»Wie heißt das Yogastudio, dass Sie besuchen?«

»Warum wollen Sie das wissen?«

Mein Gott, Orla Keating war wirklich ein zäher Brocken. »Sind Éilis oder Jennifer auch dorthin –«

»SunUp Studio. Ich weiß, dass Éilis dort hingeht.«

»Danke.« Lottie stand auf und spürte, wie sich der Schweiß in ihrem BH sammelte. Sie wartete darauf, dass Body auch aufstand. Lag es an der engen Küche, dass sie Platzangst bekam, oder an der Frau, die hier wohnte? Irgendetwas war ihr auf jeden Fall nicht geheuer.

Boyd trödelte, als sie den schmalen Flur entlang zur Haustür gingen. Sie konnte hören, wie er mit Orla plauderte, und ihre Hände ballten sich fast automatisch zu Fäusten. Hastig steckte sie sie in ihre Hosentaschen. Gefahr gebannt.

»Vielen Dank, dass Sie sich Zeit für uns genommen haben«, sagte Boyd. »Hier ist meine Karte. Passen Sie auf sich auf.«

»Sie sind zu freundlich, vielen Dank.«

Lottie konnte an ihrer Stimme erkennen, dass Orla flirtete. So viel also zu ihrer Angst und ihrem Schrecken darüber, dass jemand, den sie kannte, umgebracht worden war.

Und wenn Boyd der gute Cop war, dann war sie der böse.

NEUNUNDZWANZIG

Als sie wieder auf der Wache waren, kam Lottie ihr Büro auf einmal gar nicht mehr so erschreckend chaotisch vor. Dafür hatte der Aufenthalt in Orla Keatings winziger Küche gesorgt. Sie zog sich die Schuhe aus, setzte sich hinter ihren Schreibtisch und klickte auf ein anderes von den Videos, die Gerry am Morgen am Fundort von Jennifers Leiche gemacht hatte.

»Was hoffst du zu finden?«, fragte Boyd, der an den Türrahmen gelehnt Eis aus einer großen Packung löffelte. Allein vom Zusehen bekam sie Appetit und merkte, dass sie geradezu am Verhungern war.

»Das weiß ich erst, wenn ich es sehe. Falls ich es sehe.«

»Ich muss Sergio abholen. Deine Chloe arbeitet heute Abend. Du solltest Feierabend machen.«

Er kannte ihre Familie besser als sie selbst. »Ich weiß nicht mal, wie spät es ist, also wie soll ich Feierabend ... sieh dir das an!«

Er löste seinen hochgewachsenen Körper von der Tür, warf die Packung in den Mülleimer und stellte sich hinter sie, wobei er einen Stapel Akten, die auf dem Boden gestapelt gewesen waren, umwarf.

»Denk nicht mal daran, die aufzuheben«, warnte sie ihn.

»Ich glaube, meine Zwangsstörung wurde geheilt.« Er grinste, als er sich zu ihr beugte. »Liegt wahrscheinlich an Sergio.«

Sie liebte es, dass Boyd über sich selbst lachen konnte.

»Was soll ich mir ansehen?«

Sein warmer Atem in ihrem Nacken, dort, wo sie sich die Haare nach oben gesteckt hatte, löste ein Kribbeln auf ihrer Haut aus, und sie musste sich zusammenreißen, um sich auf den Bildschirm zu konzentrieren. »Gerry hat mit der Kamera die gesamte Gegend gefilmt, inklusive dieser Ausstellungsräume, die man am Rand sehen kann.«

»So weit komme ich noch mit.«

»Siehst du dort? Da steht jemand und beobachtet ganz genau, was um Jennifers Leiche herum passiert.«

»Gaffer sind nichts Ungewöhnliches.«

»Dessen bin ich mir sehr wohl bewusst.«

Sie fühlte einen kalten Hauch im Nacken, als er sich wieder aufrichtete. »Das ist zu verpixelt, um jemanden erkennen zu können.«

»Aber diese Person wirkt völlig deplatziert, wie sie dort steht und starrt.«

»Das sehe ich nicht ganz so, aber ich bin zu müde, um mit dir deswegen zu diskutieren.« Er zwinkerte ihr zu und strich ihr über die Schulter.

»Zieh mich nicht so auf, Boyd«, sagte sie mit einem Lächeln. Sie freute sich über seine Berührung. »Du weißt ganz genau, was das mit mir anstellt. Bevor du gehst, kannst du noch bei dem Ausstellungsraum anrufen und herausfinden, wer heute Morgen dort war?«

»McKeown hat das Videomaterial der ganzen Autohäuser. Ihm ist nichts Ungewöhnliches aufgefallen.«

»Er hat auch nach jemandem gesucht, der die Leiche abgeladen hat, nicht nach jemandem, der uns bei der Arbeit zusieht.«

»Das muss bis morgen warten. Ich muss Sergio abholen, und für dich wird es auch Zeit, nach Hause zu gehen.«

»Wer bist du? Meine Mutter?«

»Kein Grund, gleich so unflätig zu werden! Ich sage McKeown, dass er sich morgen Früh bei dem Autohaus melden soll.« Er drehte sie zu sich und küsste sie auf die Lippen.

Sie entzog sich seiner Umarmung und schaute zur Tür, um sicherzugehen, dass sie allein waren. »Warum rufen wir das Autohaus nicht jetzt an?«

»Weil es sieben Uhr ist und die schon geschlossen haben.«

»So spät ist es schon? Verdammt!«

Aber sie sprach mit der leeren Luft. Boyd war schon fast draußen auf dem Flur.

Vielleicht war es *tatsächlich* Zeit, zu gehen. Sie musste nachschauen, wie es ihrer Mutter ging. Es war nicht fair, dass sich ihre Kinder um eine Frau kümmern mussten, bei der der Arzt erst vor Kurzem beginnende Demenz festgestellt hatte.

Sie leitete das Video an Gary von der Technik weiter, mit der Bitte, das vorgegebene Bild so scharf wie möglich zu machen.

Das reichte für einen Tag. Hoffentlich würde der nächste Tag ihnen ein paar Antworten bescheren.

DREISSIG

»Du bist nicht so lebhaft wie Jennifer es am Anfang war. Schade. Ich mag es, wenn man mir ein bisschen Contra gibt, weißt du?«

»W-was ist mit Jennifer? H-haben Sie sie entführt?« Der Gestank in dem Zimmer raubte ihr langsam den Atem. Es stank wie in einem Schlachthaus. Nein, auf keinen Fall. Sie verbannte den Gedanken und versuchte sich darauf zu konzentrieren, einen Ausweg aus dieser Situation zu finden. Erfolglos kämpfte sie gegen ihre Fesseln an.

»Ach, jetzt wehrst du dich.« Die Gestalt ging im Zimmer umher und hielt die Holzlatte fest in der Hand.

»Sagen Sie mir, was Sie von mir wollen. Ich tue alles. Aber lassen Sie mich gehen. Ich werde nichts sagen.«

»Dafür ist es zu spät. Du und diese anderen Schlampen, die ihre Nase überall hineinstecken müssen. Ihr dachtet wohl, dass ihr eure Geheimnisse gut versteckt habt. Aber sieht so aus, als wären sie nicht gut genug versteckt gewesen. Eine von euch hat sich verplappert.«

Verdammt, dachte sie. »I-ich habe keine Ahnung, wovon Sie sprechen.«

Der Schlag mit der Latte gegen ihre Beine verursachte ihr die schlimmste Qual, die sie jemals in ihrem Leben gespürt hatte, und ihr Schmerzensschrei hallte durch das Zimmer wie Donner. Ihr Geist war vor Schmerz wie leergefegt, bevor sich der Schleier hob, und in einem kurzen Moment der Klarheit fragte sie sich, ob das alles mit dem zu tun hatte, was Jennifer herausgefunden hatte. Der Grund, warum sie die Gruppe ins Leben gerufen hatten, um der Wirklichkeit eine Maske aufzusetzen, hinter der sich das Geheimnis verbarg. War sie deshalb hier? War die Erklärung so einfach?

Ihr Entführer verließ das Zimmer, und durch ihre Schmerzen hindurch versuchte Éilis, sich das Gespräch, das vor zwei Jahren geführt worden war, wieder ins Gedächtnis zu rufen.

»Kannst du das glauben?«, hatte Jennifer gefragt.

»Nein, nicht wirklich.« Éilis hatte versucht, sich auf die Abmessungen zu konzentrieren. »Jalousien würden, denke ich, sehr gut hier herein passen.«

»Aber was sollen wir machen, wenn es wahr ist?«

»Oder doch lieber Jalousetten? Was ist dir lieber? Ich kann für dich herausfinden, was die kosten.«

»Hörst du mir überhaupt zu?«

Éilis hatte sich vom Fenster abgewandt. Jennifer sah so winzig aus in ihrer riesigen schmucklosen Küche. Nachdem ihr Mann gestorben war, hatte sie einen Container kommen lassen und in einem Anfall von Verrücktheit, oder wohl eher von Trauer, die meisten Möbel und Küchengeräte weggeworfen. Jetzt stand sie da, umgeben von Nichts, ihre Haare so wild wie ihre Augen, und ihr Top und die Jeans voller Staub. Sie war barfuß, und Éilis hatte Angst, dass sie sich an einer Pflasterscherbe die Fußsohle aufschneiden würde.

»Jennifer, versteh mich nicht falsch, aber ich möchte damit nichts zu tun haben. Ich glaube, du musst dir Zeit zum Trauern nehmen. Die Sache ruhen lassen. Das rate ich dir wirklich.«

»Ich habe Damien davon erzählt, was ich in der Klinik zufällig mitbekommen habe, und er hat gesagt, er würde mit seiner Chefin darüber reden, was man machen könnte. Ich weiß nicht, ob er mit ihr darüber gesprochen hat, aber jetzt ist er tot und das frisst mich auf.«

Éilis war genervt. »Jennifer, du weißt doch gar nicht wirklich, was du da gehört hast. Ich sage dir, halt dich da heraus, sonst sucht dich das später vielleicht einmal heim.«

»Ich werde jetzt schon heimgesucht. Éilis, wenn es stimmt, dann ist das ein schreckliches Verbrechen und sollte bestraft werden.«

»Lass es bleiben. Du ruinierst dir deine Karriere.«

»Das ist mir egal. Ich hasse meine Arbeit bei Smile Brighter. Und Frankie Bardon ist so ein Heuchler. Ich muss ihn zur Rede stellen.«

»Mach nichts Unüberlegtes.«

»Ich werde mit Orla Keating sprechen. Wenn sie noch nicht davon weiß, wird es höchste Zeit, dass ihr jemand davon erzählt, meinst du nicht auch?«

Éilis nahm ihr A4 Notizbuch aus der Tasche. »Können wir jetzt über die Jalousien sprechen?«

»Es interessiert dich überhaupt nicht, oder?«

Mit einem Seufzer blickte Éilis Jennifer an und bemerkte die Tränen in ihren Augen. Sie legte ihr Notizbuch wieder hin und näherte sich ihr. »Ich weiß, dass du eine schwere Zeit durchmachst. Es ist nicht leicht, wenn man jemanden verliert, den man liebt. Nimm dir die Zeit, die du brauchst. Zeit für dich. Und dann, wenn du dir immer noch Gedanken machst, dann reden wir noch einmal darüber.«

»Ich glaube wirklich, dass ich es jemandem erzählen sollte.«

»Du hast es mir erzählt, und das reicht vorläufig. Ich denke darüber nach und überlege mir einen Plan. Aber bis dahin sollte das wirklich unter uns bleiben, denke ich. Können wir jetzt endlich über die Jalousien sprechen?«

Die schreckliche Wahrheit, die Jennifer, in der Zahnklinik zufällig aufgeschnappt hatte. Das hatte ihr keine Ruhe gelassen. Éilis hatte diesen Witwenkreis gegründet, damit man sich treffen und miteinander unterhalten konnte. Sie wusste, dass Jennifer eigentlich eine Therapie hätte machen sollen, aber sie hatte sich schlicht geweigert, ihre Trauer aufzuarbeiten. Und schließlich hatte sich Éilis dazu breitschlagen lassen, ihr zu helfen. Das war die falsche Entscheidung gewesen, Mrs Lawlor!

Weil sie sich eingemischt hatte, war sie jetzt hier, dessen war sie sich sicher. Und es war die schlimmste Erfahrung ihres Lebens. Und was war mit Jennifer? Sie hatte sie schon seit Wochen nicht mehr gesehen. Hatte dieses Monster sie entführt?

Sie ließ den Kopf hängen und weinte hemmungslos, unfähig, die Tränen fortzuwischen, weil sie immer noch gefesselt war. In einem Augenblickt der geistigen Klarheit begriff sie, dass sie diesen Raum vielleicht nie mehr verlassen und ihre Kinder nie wiedersehen würde. Und dieser Gedanke war noch schlimmer als jede physische Pein.

EINUNDDREISSIG

In Cafferty's Bar war es ziemlich dunkel, aber ein Lichtstrahl stahl sich durch den Türspalt und ließ die Verspiegelung an der Bar kurz aufblitzen, als Kirby eintrat. Er sah auf die Uhr. Kurz nach halb acht.

Er war etwas enttäuscht, dass Amy noch nicht da war und auf ihn wartete. Er hatte ihr vor einer halben Stunde eine Textnachricht geschickt, und sie hatte mit Daumen nach oben geantwortet. Er war davon ausgegangen, dass das bedeutete, dass sie sich treffen würden.

»Ein Pint bitte, Darren«, sagte er zum Barkeeper. Und nach ein paar Sekunden fügte er noch hinzu: »Und einen kurzen.«

Darren stellte ein Glas mit Whiskey auf den Tresen und machte sich daran, das perfekte Pint Guinness einzuschenken. Ein paar ältere Herren saßen unter dem laufenden Fernsehgerät in der Ecke und unterhielten sich. In einer der Nischen saßen zwei Frauen und sahen so aus, als hätten sie etwas Geschäftliches miteinander zu besprechen. Auf dem runden Tisch stand ein aufgeklappter Laptop. Ansonsten war die Bar leer.

Er nahm seinen Whiskey, bückte sich unter dem Bogen

hindurch und ging in die Lounge. Amy saß mit einer Tasse Tee oder Kaffee auf einem Tischchen in einer Ecke und schaute auf ihr Handy. Da wurde er sich des Glases in seiner Hand bewusst. Verdammt.

Sie blickte auf und lächelte, wobei sie das Handy in ihre Tasche gleiten ließ. Er setzte sich, bevor seine Knie nachgaben. Sie war so wunderschön. Ihre wie Schmetterlingsflügel geschwungenen Lippen und die tiefliegenden braunen Augen sorgten dafür, dass ihr zartes Gesicht wie das eines Hollywoodstars aussah, und ihr Haar schimmerte wie ein Heiligenschein.

»Amy«, sagte er und musste husten. Seine Stimme gehorchte ihm vor lauter Gefühl kaum. »Wie ich sehe, hast du mir einen Kaffee ausgegeben. Ich habe dir einen Whiskey mitgebracht.«

Sie grinste. »Du bist zum Schreien, Kirby. Ich kann heute keinen Schluck mehr trinken. Ich hatte gestern genug für einen ganzen Monat. Du siehst um einiges besser aus, als du am Telefon geklungen hast.«

»Ich bin heute schon hundert Tode gestorben, aber jetzt geht es mir viel besser. Und wie geht es dir?«

»Gut, danke.« Sie ließ sich wieder tiefer in das Leder sinken und nahm die Tasse in die Hand.

Er stöhnte innerlich. Reiß dich zusammen, ermahnte er sich selbst. Er hatte bereits mir ihr geschlafen, sie nackt gesehen. Auch wenn er sich nicht an viel erinnerte. Verdammt. Sie hatte *ihn* nackt gesehen. Er wurde rot bis zu den Ohren.

»Was ist denn los? Du wirst ja rot wie eine Tomate.«

»Ach, unwichtig, ich bin einfach froh, dass du mich nicht versetzt hast.«

»Lügner. Du hast an gestern Nacht gedacht.« Sie nahm einen Schluck von ihrem Kaffee. »Also an das, woran du dich erinnern kannst.«

»Erwischt.«

»Wir waren beide stockbesoffen.« Sie grinste wieder, und sein Blick blieb an ihren Lippen hängen.

»Da kann ich nicht wiedersprechen.«

»Es war eine tolle Nacht.«

Er wurde noch röter. *Verdammt nochmal, werd erwachsen*! Er verhielt sich ja wie ein Teenager.

»Sollen wir noch einmal von vorne beginnen?«, fragte er. »Einander erst einmal kennenlernen?«

»Wir haben gewissermaßen das Pferd von hinten aufgezäumt, nicht wahr? Ich heiße Amy Corcoran und bin fünfunddreißig. Früher habe ich in einem Büro gearbeitet, aber jetzt bin in Dolan's Supermarkt. Ich wurde als Kind in Pflege gegeben und möchte darüber nicht reden. Ich hatte eine richtig ernste Beziehung. Keine Kinder. Arbeit ist todlangweilig. Einer meiner Kollegen ist ein menschgewordenes Arschloch, aber die Kundschaft ist nett. Du bist dran.«

»Larry Kirby. Einmal verheiratet. Aber jetzt nicht mehr.« Er schaute zu ihr und sah, dass sie nickte. »Arbeit ist hektisch und stressig. Meine Chefin hat eine raue Schale, aber einen weichen Kern. Einer meiner Kollegen ist ebenfalls ein Arschloch. Mein bester Freund hat kürzlich herausgefunden, dass er einen achtjährigen Sohn hat. Jetzt ist er so zerstreut, dass ich Angst habe, ihn als Freund zu verlieren.«

Weitere Offenbarungen über sein Seelenleben blieben ihm erspart, weil Darren mit dem Pint an den Tisch trat.

»Danke, Dar.« Kirby reichte dem Barkeeper das leere Whiskeyglas. So viel dazu, dass er nie wieder Whiskey trinken würde. Ein paar Pints, und dann ab nach Hause ins Bett. Um zu schlafen, nichts anderes.

»Guinness habe ich noch nie vertragen«, sagte Amy.

Bei dem Thema fühlte er sich wohler. »Du weißt gar nicht, was du verpasst. Da ist viel Eisen drin.«

»Ich bleibe lieber bei Gin Tonic.«

»Ach, ich habe völlig vergessen, dich zu fragen. Möchtest du etwas trinken? Was Richtiges?«

»Alles gut, danke.«

Eine angenehme Stille breitete sich zwischen ihnen aus, und Kirby dachte angestrengt darüber nach, was er als Nächstes sagen könnte. Amy hatte die Hände auf den Knien verschränkt und starrte geradeaus.

Er kippte das halbe Pint hinunter, stellte das Glas auf den Tisch und wischte sich den Mund ab. »Das tut gut. Das beste Pint in ganz Ragmullin.«

»Larry, kann ich dich was fragen?«

»Schieß los!«

»Kannst du mir etwas über die Tote sagen, die heute Morgen entdeckt worden ist?«

»Oh. Nein, das geht nicht, Amy. Wir stehen noch am Anfang, und die Ermittlungsdetails sind streng geheim.«

»Ist das die offizielle Haltung?«

»Das ist die Wahrheit, aber aus dem, was sie in den Nachrichten sagen, kannst du dir schon einiges zusammenreimen. Schau einfach auf dein Handy.«

»Das habe ich getan. Und deshalb mache ich mir ja Sorgen.«

»Du musst keine Angst haben. Das ist nur ein Einzelfall. Wahrscheinlich war es jemand, den sie kannte. So ist es meistens.«

Sie beugte sich näher zu ihm und legte eine Hand auf seine. »Es ist nur so, ich glaube, dass ich sie gekannt habe.«

Ohne es zu wollen, zuckte er zusammen. »Warum denkst du das?«

»Als ihr ihre Identität klären wolltet, wurde eine Beschreibung verbreitet. Zart gebaut. Unter eins sechzig groß. Schuhgröße 37, rötliches Haar, blasse Haut. Die Bevölkerung wurde dazu aufgerufen, sich bei ihren Angehörigen und Freunden zu melden, um zu sehen, ob jemand vermisst wurde.«

»Das stimmt.« Er schielte zu dem Pint auf dem Tisch und befeuchtete seinen Lippen mit der Zunge. Sein Mund war trocken und er hatte das Gefühl, dass er nicht hören wollte, was Amy als Nächstes sagen würde.

»Ich zeige dir mal, was gerade auf Twitter die Runde macht.«

»Was hat das denn mit Jen... ich meine, mit der Toten zu tun?«

Sie setzte sich gerade hin und schlug sich mit der Hand aufs Knie. »Ich wusste es. Sie ist es.«

»Wer?«

»Die Frau, an die ich dachte, heißt Jennifer O'Loughlin.« Sie nahm ihr Handy aus der Handtasche. »Einen Moment. Ich muss es nur schnell suchen.«

»Amy, bitte hör auf, das hätte mir nicht herausrutschen sollen.«

»Keine Sorge, man findet das schon überall auf Twitter, mach dir keinen Kopf.« Sie schaute wieder auf ihr Handy. »Da! Hab ich doch gesagt. Da steht es schon.«

Kirby nahm das Handy und schaute aufs Display: #ihrNamewarJennifer. »Scheiße. Das verstehe ich nicht. Wie kann ...?«

»Vielleicht hat jemand, den ihr vernommen habt, den Namen geleakt. Oder ein Garda ist belauscht worden, in einer Bar oder einem Coffee Shop. Da kann man heutzutage nicht viel dran ändern.« Sie nahm ihr Handy wieder zurück und scrollte durch den Feed. »Die arme Frau. Wie ist sie gestorben?«

Kirby beobachtete, wie sie das Telefon zurück in ihre Tasche steckte und sich ihm dann erwartungsvoll zuwandte.

»Im Ernst, Amy, frag nicht. Du kann es bestimmt bald irgendwo nachlesen. Tut mir leid.«

Ihre Schultern entspannten sich. »Ich bin diejenige, die sich entschuldigen sollte. Ich verstehe, was dein Job ist, und ich sollte dich nicht aushorchen. Nur dann, wenn du Sachen tatsächlich mit mir teilen darfst. Klingt das fair?«

»Auf alle Fälle.« Er starrte auf das fast leere Glas in seiner Hand. Irgendetwas in diesem Gespräch hatte ihr Strahlen etwas getrübt. Er versuchte ein aufmunterndes Lächeln und sagte: »Also erzähl mal, Amy Corcoran, wer ist jetzt dieser Arbeitskollege, der so viel Stress macht?«

Da lachte sie wieder. »Das habe ich nur am Rande erwähnt, und genau darauf springst du an.«

»Deshalb bin ich Detective.«

»Also erzähl mal«, wiederholte sie seine Worte, »was wirst du tun? Luke Bray in Ketten legen und dann Waterboarding machen?«

»Wenn es das ist, was du willst, dann bin ich dein Mann.« Er konnte ein Grinsen nicht unterdrücken. Vielleicht würde ihm Amy wirklich guttun. Weiß Gott, er könnte jemanden in seinem Leben gebrauchen, der ihn hin und wieder zum Lachen brachte.

ZWEIUNDDREISSIG

Als sie vom Laden nach Hause kam, kickte Helena sich als Erstes die Schuhe von den Füßen. Dann ging sie ins Wohnzimmer und ließ sich auf die Couch fallen. Hätte sie bei Éilis vorbeischauen sollen, um zu sehen, ob sie inzwischen wieder daheim war? Nein, sie konnte sie ja auch einfach anrufen, nach einer ausgiebigen kalten Dusche. Aber zuerst ein Glas Wein. Die Kissen auf dem Sofa waren so bequem, dass es ihr schwerfiel, wieder aufzustehen.

Die Türklingel hallte schrill durch ihren Kopf und sie stellte fest, dass sie eingeschlafen sein musste. Sie schälte sich aus den Kissen und ging zur Tür, um sie zu öffnen.

Vom Flur aus konnte sie schon ein Gesicht erkennen, das durch die Glasscheibe schaute. Sie kreischte und das Gesicht zog sich zurück, aber da war immer noch ein Schatten. Mit der Sicherheitskette noch eingehakt, öffnete sie die Tür einen Spalt breit und atmete dann erleichtert auf.

»Mein Gott, Orla, hast du mich erschreckt.«

Sie schloss die Tür, löste die Kette und ließ die Frau herein.

Das war erst das zweite Mal, das Orla bei ihr zu Hause war,

und sie versuchte, nicht an das erste Mal zu denken. Damals waren sie alle hier gewesen. Vor sechs Monaten.

»Es tut mir leid, dass ich so unangekündigt hier auftauche. Ich wusste nicht, mit wem ich sonst sprechen könnte.«

»Möchtest du etwas trinken?«

»Ja, das Gleiche wie du. Ich kann nicht fassen, dass Jennifer tot ist.«

»Schrecklich.« Helena fand zwei saubere Gläser und holte die Flasche Wein aus dem Kühlschrank, dann führte sie ihren Gast ins Wohnzimmer.

»Dieser Raum ist so schön«, rief Orla. »Das letzte Mal, als wir alle hier waren, hat es nicht so geräumig gewirkt.«

»Éilis hat ihn mir eingerichtet.« Helena schenkte ihnen ein und setzte sich wieder auf die Couch. »Orla, was hältst du von der Sache mit Jennifer?«

»Es ist so schlimm, dass ich es mir überhaupt nicht vorstellen mag. Hör mir zu, zwei Detectives waren bei mir und wollten über Jennifer und Éilis sprechen. Und sie haben mich über Tyler ausgefragt.«

»Warum haben die denn nach ihm gefragt? Etwa, weil es fast genau ein Jahr ist, seit er verschwunden ist?«

»Damit hängt es wahrscheinlich zusammen, aber trotzdem bin ich jetzt etwas verunsichert. Was, wenn er noch da ist?«

»Wie kannst du das denken?«

»Ich weiß nicht, aber Jennifer ist tot und Éilis ist verschwunden. Wir wissen beide, dass Jennifer mit dem Ganzen angefangen hat, und vielleicht ist deshalb Tyler ja zu genau dem Zeitpunkt verschwunden. Vielleicht wollte er ja im Untergrund bleiben, aber was, wenn eine aus unserem Kreis was gesagt hat und er jetzt wieder da ist und Schaden anrichtet?« Orla nahm einen großen Schluck und jetzt begriff Helena, wovon sie sprach.

»Du glaubst, dass Tyler Jennifer umgebracht haben könnte? Das ist doch lächerlich. Hat er sie überhaupt gekannt?«

»Ich weiß, dass er bei Smile Brighter war, wo sie gearbeitet hat. Er könnte sie schon gekannt haben. Sie hat nie etwas gesagt. Vielleicht mache ich aus einer Mücke einen Elefanten.«

Helenas Wein schwappte über den Rand des Glases und sie trank schnell einen großen Schluck, bevor sie sagte: »Das tust du. Die Polizei wird noch viele Fragen stellen. Mach dir nicht zu viele Gedanken.«

»Es ist nur so, ich mache mir *wirklich* Sorgen. Falls Tyler ... Er war ein richtiger Kontrollfreak. Ich hatte Angst vor ihm. Was, wenn er sein eigenes Verschwinden nur vorgetäuscht hat, und wiederkommt, um mich zu quälen? Wenn er sich rächen möchte? Wir würden ja wissen, warum, oder nicht?«

»Das ist lächerlich, Orla. Wenn er noch da wäre, dann hätten wir ihn gesehen. Oder die Gardaí hätten ihn gefunden. Hör auf, dir Sorgen zu machen, und trink etwas.«

»Die arme Jennifer.«

»Das ist erschütternd. Glaubst du, wir hätten etwas tun sollen, als sie sich plötzlich nicht mehr gemeldet hat?«

»Vielleicht. Ja. Ich weiß nicht.«

»Und Éilis ist immer noch nicht wieder aufgetaucht.«

»Ich habe Angst, Helena.«

»Ich auch.« Sie wollte, dass Orla wieder ging. Sie wollte nicht darüber reden. Orla war so aufdringlich. Sie wollte einfach in Ruhe ein Glas Wein trinken und sich dann ins Bett legen. Morgen würde alles schon wieder ganz anders aussehen.

»Ist Noah nicht da?«

»Er ist bei meiner Mutter.« Sie war kurz davor, zu sagen, dass sie heute Nacht allein war, aber etwas in Orlas Blick veranlasste sie dazu, zu lügen. »Die beiden müssten jeden Moment da sein. Er fehlt mir sehr.«

»Tyler fehlt mir nicht. Ich wünschte, ich könnte mir sicher sein, dass er wirklich tot ist, dann könnte ich endlich zur Ruhe kommen.«

»Das meinst du bestimmt nicht so.«

»Und wie ich das so meine. Jeden Abend bete ich, dass sie seine Leiche finden.«

»Oh.« Helena wusste nicht, was sie sonst noch sagen sollte und stand auf. Sie wollte diese Frau am liebsten hinauswerfen. Aus ihrem Haus und aus ihrem Leben. Sie strahlte etwas Unangenehmes aus. Das war ... Sie suchte nach dem richtigen Wort. Als es ihr einfiel, erschauderte sie. War Orla wirklich heimtückisch?

»Schau doch morgen mal in der Arbeit vorbei. Ich muss hier noch etwas aufräumen, bevor meine Mutter kommt. Sonst hat sie in null Komma nichts den Staubsauger in der Hand und ich werde sie nicht mehr los.« Sie versuchte, zu lachen, aber es blieb ihr mehr oder weniger im Halse stecken und heraus kam nur ein heiseres Krächzen.

»Danke für den Wein.« Orla stand auf und stellte das Glas auf den Tisch. »Tut mir leid, dass ich dich gestört habe. Pass auf dich auf, Helena. Sei besonders wachsam. Und gib acht, dass du dein schönes Zuhause ordentlich zusperrst. Wenn mein Mann irgendwo da draußen unterwegs ist, dann gibt es nichts, was ich ihm nicht zutrauen würde.«

Als Orla gegangen war, überprüfte Helena jedes Türschloss und jedes Fenster, dann eilte sie in die Speisekammer und holte eine neue Flasche Wein aus dem Regal. Der Verschluss entglitt ihr, als sie sie überhastet öffnen wollte, und dann fiel die Flasche auf den Boden und zersprang in tausend Scherben. Auf den Knien versuchte sie, sie aufzusammeln. Als sie dachte, dass sie alle in den Abfall geworfen hätte, holte sie sich einen Wischmopp. Da bemerkte sie, dass aus ihrem kleinen Finger Blut tropfte. In ihrer Eile, zum Waschbecken zu kommen, rutschte sie auf dem Wein aus und spürte, wie sich winzige Glassplitter in ihre Fußsohlen bohrten.

Plötzlich schien alle Luft aus dem Raum gewichen zu sein und es schnürte ihr die Kehle zu. Sie schleppte sich zur Anrichte, lehnte sich an und blickte zum Fenster hinaus. Dann schrie sie, bevor sie merkte, dass es ihre eigene Reflektion gewesen war, die sie aus dem Fenster heraus angestarrt und so erschreckt hatte.

Aber dieses seltsame Gefühl bildete sie sich nicht ein. Sie bekam eine Gänsehaut. Und in diesem Moment wünschte sie sich, dass sie heute Nacht nicht allein in dem Haus wäre.

DREIUNDDREISSIG

»Also, du kannst ihn nicht leiden, diesen Luke?«, fragte Kirby.

»Nein, wirklich nicht. Wahrscheinlich ist er ganz harmlos, aber er ist mir nicht ganz geheuer.«, erwiderte Amy. »Er ist zweiundzwanzig, und manchmal benimmt er sich wie ein fünfzehnjähriger Schuljunge.«

»Das ist noch kein Verbrechen.«

»Das habe ich auch nicht behauptet«, konterte sie scharf. »Er ist einfach ... Ich weiß nicht ... Vielleicht etwas seltsam.«

»Seltsam in einer Welt, in der *jeder* etwas seltsam ist.«

»Damit hast du wahrscheinlich recht.«

»Was genau ist dir denn an ihm nicht so ganz geheuer?«

Sie kaute auf ihrer Lippe herum, als sie überlegte, ob sie ihm überhaupt etwas erzählen sollte.

Er hakte nach: »Ich würde gerne wissen, wie dich dieser Halbstarke verärgert hat.«

»Nicht so sehr verärgert. Es sind eher diese ständigen abfälligen Kommentare, die mir auf den Geist gehen.«

»Da erzählst du mir nichts Neues! Ich arbeite mit diesem Arsch aus Athlone zusammen und ich schwöre bei Gott, irgendwann poliere ich dem sowas von die Fresse.«

Bei diesen Worten lächelte sie, aber nur kurz.

»Einige vom Lukes Kommentaren sind ... Naja, eher sexueller Natur. Dabei fühle ich mich nicht wohl.«

»Ich nehme den Halbstarken zurück. Er klingt nach einem ausgewachsenes Arschloch.«

»Vielleicht meint er es gar nicht so, aber er müsste doch inzwischen mitbekommen haben, dass man heutzutage nicht mehr so reden darf.«

»Hast du mit deinem Vorgesetzten darüber gesprochen?«

»Ich möchte kein Aufsehen erregen. Aber ich bewerbe mich für jede Stelle, die irgendwo ausgeschrieben wird. Ich möchte dort raus.«

»Du solltest ihn anzeigen.«

»Ich habe keine Beweise. Es wäre Aussage gegen Aussage.«

Kirby überlegte einen Moment, dann sagte er: »Du könntest heimlich aufnehmen, was er sagt.«

»Ist das nicht illegal?«

»Wenigstens hättest du einen Beweis. Oder überrede jemanden, ihn zu belauschen. Einen Kollegen, dem du vertraust, oder einen Kunden? Einfach jemanden, den du magst oder dem du vertrauen kannst?«

»Da gibt es den alten Mr Rodgers, aber der ist mindestens achtzig.«

»Alles, was er tun muss, ist mitzubekommen, wie dieser Arsch Luke mit dir spricht. Und bis das soweit ist, sehe ich mal, was ich tun kann.«

»Ich möchte nicht, dass du dir meinetwegen Ärger einhandelst.«

»Du wärst der beste Grund, aus dem ich mir je Ärger einhandeln könnte.«

Er bemerkte, dass sie auf ihre Hände schaute, um zu verbergen, dass sie rot wurde. Dann erwischte er sie dabei, wie sie von unten zu ihm auf blinzelte. Sie nahm seine Hand, zog ihn näher zu sich, und küsste ihn auf die Lippen.

Und Kirby fühlte sich, als könnte er vor Glück platzen.

Als sie sich voneinander lösten, von ihren Getränken nippten, und sich tief in die Augen blickten, fiel keinem der beiden auf, dass sich die Tür zur Lounge öffnete.

Oder das jemand hereinschlich und unter dem Bogen hindurch zur Bar ging.

Oder dass sich diese Person an die Bar setzte, von wo aus sie sie beiden ungesehen und ungestört beobachten konnte.

VIERUNDDREISSIG

Farranstown House glich einer alte Ruine, fand Lottie, als sie die Einfahrt hinauf fuhr. Sie wandte ihren Blick vom Haus ab, um den Anblick der untergehenden Sonne zu genießen, die glitzernd im See versank. Die Blätter an den Bäumen rauschten im Abendwind und als sie dem Haus näher kam, wurde es in all seinem Verfall sichtbar. Das Haus war uralt, aber obwohl sie jetzt darin lebte, zusammen mit ihren Kindern und ihrem Enkel und ihrer Mutter Rose, hatte sie weder das Geld noch die Zeit, es zu renovieren. Es verfiel direkt vor ihren Augen weiter, und sie konnte nichts dagegen unternehmen.

»Wie war dein Tag?«, fragte Rose, ohne den Blick zu heben von was auch immer sie da am Küchentisch machte.

Lottie blieb stehen, ihre Hand schon an der Kühlschranktür. »Ziemlich hektisch«, sagte sie. Sie erkannte, was Rose da tat. »Machst du dir ein Sandwich?«

»Nach was siehst es denn sonst aus?«, fauchte Rose.

Lottie ging auf den Tisch zu und schaute auf den kleinen Becher Vanillesauce von Lidl. Der orange Angebotssticker klebte noch daran. Erstens war sie schon abgelaufen, und zweitens war das auch keine Butter.

»Ähm, Mutter, das ist Vanillesauce.«

Rose hielt in der Bewegung inne. Vanillesauce tropfte von dem Messer, das sie in der Hand hielt, auf den Tisch, und sie sah Lottie mit einem leicht glasigem, aber dennoch herausfordernden Blick an. Würde Lottie es tatsächlich wagen, sich einzumischen?

»Nun, mir schmeckts.« Sie machte weiter und türmte noch mehr Vanillesauce auf ihr Brot.

Lottie stand sprachlos vor ihr.

Rose nahm ein Stück Käse mit Rinde so hart wie Stein und legte es sich auf die zweite Scheibe Brot. Bitte, mach, dass sie das nicht auf die andere Hälfte legt. Aber genau das tat sie.

»Ich denke wirklich, dass du das wegschmeißen und –«

»Ich kann mir mein Sandwich schon alleine machen. Dein Vater kommt gleich nach Hause. Deck den Tisch für ihn.«

Als Lottie an ihren toten Vater dachte, wurde ihr schwer ums Herz. Ihre Mutter wurde von Tag zu Tag verwirrter und das machte ihr ungeheure Angst. Sie wusste einfach nicht, wie sie damit umgehen sollte.

Rose legte das Sandwich auf einen Teller und marschierte aus der Küche.

Kopfschüttelnd machte Lottie den Küchentisch sauber und warf den Ekel erregenden Vanillesaucenbecher in den Müll. Ihr selbst war der Hunger vergangen und sie wusch das Besteck im Waschbecken, bevor sie die Arbeitsflächen abwischte. Chloe war eine Zeit lang eine große Hilfe im Haushalt gewesen, aber jetzt kümmerte sie sich tagsüber um Sergio und abends arbeitete sie im Pub. Also wurde das Haus wieder einmal vernachlässigt.

Ein Klopfen an der Hintertür riss sie aus ihren Gedanken. Ohne auf eine Antwort zu warten, öffnete sich die Tür und sie lächelte, als Sergio hereingerannt kam.

»Hallo Lottie. Ist Sean da? Chloe hat gesagt, dass er meinen Nintendo reparieren kann.«

»Er ist in seinem Zimmer. Lauf hoch.«

»Danke.« Der Achtjährige lächelte glücklich und rannte nach oben.«

Boyd folgte ihm durch die Tür. Er hielt eine Flasche Rotwein in der Hand. »Er hat den ganzen Heimweg lang nur von seinem Nintendo gesprochen. Ich konnte nichts anderes machen, als umzukehren. Entschuldige wegen heute. Wir waren beide ganz schön gestresst.« Er küsste sie auf die Lippen und winkte mit der Flasche. »Ich habe auf dem Rückweg noch beim Laden gehalten. Kann ich ein Glas trinken, während ich warte?«

»Ich schließe mich dir an«, sagte sie trocken.

»Scheiße. Ich bin so ein Idiot. Daran habe ich überhaupt nicht gedacht. Ich dachte nur an mich selbst und –«

»Hörst du jetzt auf?« Sie lachte. »Alles gut. Also, das wäre es jedenfalls, wenn meine Mutter der Küche fernbleiben würde. Sie ist eine Gefahr für sich selbst.«

»Hoffentlich hat sie nicht zu viel angestellt. Wo ist der Korkenzieher?«

»Die hat einen Schraubverschluss.«

»Tatsächlich.« Er schaute so lange in verschiedenen Schränken nach, bis er ein Glas gefunden hatte.

»Ich habe keine Ahnung, wo ich die Weingläser hingetan habe«, sagte Lottie, »oder ob ich überhaupt noch welche besitze.«

»Zur Not trinke ich auch aus einem Schuh.« Er goss sich etwas von der roten Flüssigkeit ein und trank einen kräftigen Schluck, bevor er sich sofort nachschenkte. Diesmal langsamer.

Ihre Augen wurden feucht, als ihr der Geruch in die Nase stieg. Was sie nicht alles für einen kleinen Schluck von etwas Alkoholischem gegeben hätte. Sie war gestresst wegen Rose, aber auch Boyd machte ihr Sorgen. Sie wusste nicht mehr, wann er das letzte Mal so durch den Wind gewesen war oder wann er zum letzten Mal so viel getrunken hatte, so viel wie *sie* damals.

»Setz dich und erzähl mir, was dir wirklich so viel Kummer bereitet.« Sie setzte den Kessel auf, da sie sich mit einem Kaffee behelfen musste. »Es geht doch nicht nur um Jackie, oder?«

Mit dem Glas in der einen und der Flasche in der anderen Hand sah er sie an die Anrichte gelehnt an. »Es ist nur ... Ach, ich weiß nicht ... Vater sein ist ganz schön schwer.«

»Lässt Sergio wieder überall seine Klamotten herumliegen?« Lottie musste lächeln. Sergio strapazierte Boyds zwanghafte Neigung zu Ordentlichkeit übergebührlich.

»Ach, nein, das habe ich überwunden. Er ist ganz brav. Aber ich finde keine Schule, die ihn aufnimmt. Die Aufnahmebedingungen sind so verdammt veraltet. Haben seine Eltern diese Schule besucht? Wie lange wohnt er schon im Einzugsbereich? Nein, er hat acht Jahre in Spanien gelebt, weil seine Mutter mich nicht darüber in Kenntnis gesetzt hat, dass es ihn gibt. Besucht ein Bruder oder eine Schwester bereits diese Schule? Nein, er hat keine Geschwister. Jedenfalls keine, von denen ich weiß, aber darauf würde ich mich bei Jackie nicht verlassen.« Langsam entspannten sich seine Schultern, als der Alkohol zu wirken begann.

Sie stellte sich neben ihn, aber ohne ihn zu berühren, obwohl sie nichts lieber gemacht hätte, als die Sorgenfalten mit einem Kuss von seiner Stirn zu vertreiben. »Ich bin ungern diejenige, die es ausspricht, aber wenn Jackie kommt –«

»Sag nichts.« Er wirbelte herum und verschüttete Wein auf sein Hemd. Den Fleck ignorierte er, was untypisch für ihn war, und tigerte durch die Küche. »Ich möchte ihn bei einer lokalen Schule einschreiben. Ich möchte, dass er eine Schuluniform hat und einen Ranzen mit Schulbüchern. Ich möchte, dass er sich hier zuhause fühlt. Ich möchte es meiner Ex nicht ganz so leicht machen, ihn mir wieder wegzunehmen.«

Der Kessel pfiff und sie beschäftigte sich damit, Kaffeepulver in eine Tasse zu geben. Dann goss sie Wasser und Milch dazu. Am Tisch zog sie zwei Stühle heraus, setzte sich, und wartete darauf, dass er sich zu ihr gesellte.

»Ich glaube, ihr müsst euch aussprechen«, sagte sie. »Jackie ist seine Mutter. Sie hat sich seit dem Tag seiner Geburt um ihn gekümmert.«

»Mir hat keiner die Gelegenheit gegeben, mich um ihn zu kümmern. Sie hat mir so lange nicht von ihm erzählt, bis es ihr in den Kram gepasst hat.« Er stellte das Glas ab und drehte sich zu ihr. »Ich weiß nicht, was ich machen soll.«

Es war lange her, seit Boyd so verletzlich auf sie gewirkt hatte. Nicht mehr, seit er die Krebsdiagnose erhalten hatte. »Ich würde mit dem Zeug mal etwas langsam machen. Du musst noch nach Hause fahren.«

»Oder ich könnte mich betrinken und über Nacht hier bei dir bleiben.«

»Das wäre schön. Also nicht der Teil mit dem Betrinken. Aber jetzt musst du auch an deinen Sohn denken, und ich wäre nicht besonders glücklich damit, ihn in Seans Zimmer unterzubringen. Sean ist eine Nachteule und schläft immer erst kurz vorm Morgengrauen ein. Das setzt dem jungen Herrn ein schlechtes Beispiel. Und meine Mutter schläft immer noch im Wohnzimmer.«

»Hattest du ihr nicht ein Zimmer gegeben?«

»Ja, aber sie hat sich in den Kopf gesetzt, ihr Lager unten aufzuschlagen. Und ich kann sie nicht vom Gegenteil überzeugen. Sie ist einfach unmöglich.«

»Hat sie gesagt, dass sie zurück in ihr eigenes Haus möchte?«

»Ja, aber sie kann inzwischen unmöglich für sich alleine wohnen. Ich weiß wirklich nicht mehr, was ich machen soll.«

»Wir stecken wohl gerade beide in ziemlich verfahrenen Situationen.«

»Verfahren ist untertrieben. Bekomme ich einen Schluck?«

»Trink deinen Kaffee, Lottie!«

»Ja, Papa.«

Als er ihr den Arm um die Schulter legte und sie an seine Brust zog, fühlte sie sich geborgen. Wenn dieses Gefühl doch nur ewig andauern könnte. Aber sie hatte immer das Gefühl, dass sie nicht einfach mal nur glücklich sein durfte. So viele Versuche waren gescheitert, dass sie sich überhaupt nicht mehr vorstellen konnte, jemals wieder von Herzen glücklich zu sein. Inzwischen genoss sie jede noch so kurze Sekunde des Glücks in vollen Zügen, und jetzt gerade war so eine Sekunde. Niemand wusste, was die Zukunft bringen würde, und am wenigsten sie selbst. Und dann waren da noch die tote Jennifer und die verschwundene Éilis.

Boyd schob sie von sich. »Du denkst an den Fall.«

»Wir müssen Éilis Lawlor finden. Sie hat zwei kleine Kinder, die sich nach ihrer Mutter sehnen.«

»Morgen«, sagte er.

Dann legte er seine Finger unter ihr Kinn und küsste sie. Sie lehnte sich gegen ihn und erlaubte, dass ihr Herzklopfen die Gedanken in ihrem Kopf zum Schweigen brachte. Einen Augenblick, mehr will ich ja gar nicht, dachte sie gerade in dem Moment, als Sergio durch die Tür stürmte.

»Es geht wieder.« Der Junge tänzelte um den Tisch und hielt ihnen die Konsole unter die Nase. »Sean ist ein Genie!«

Und schon war der Moment wieder vorbei.

FÜNFUNDDREISSIG

Boyd liebte Sergio, den Sohn, von dem er bis Anfang des Jahres nicht gewusst hatte, dass es ihn gab, aus tiefstem Herzen. Aber er lebte in der ständigen Angst, dass seine Exfrau nach Irland zurückkehren könnte. Er war sich vollkommen sicher, dass sie versuchen würde, ihm den Jungen wieder wegzunehmen.

Sergio saß gerade vor dem Fernseher und aß eine Schüssel Müsli. Boyd musste gähnen. Er hätte noch ein Glas Wein vertragen, aber die Flasche hatte er bei Lottie gelassen, und in seinem Kühlschrank standen nur ein paar Heineken. Und er wollte kein Bier mit dem Wein mischen, den er bereits getrunken hatte. Aber ins Bett konnte er sich auch nicht zurückziehen, weil er auf der Couch schlief. Er hatte Sergio sein Bett überlassen, und die schmerzenden Hüften und der kneifende Rücken waren Zeugen dieses ungemütlichen Schlafarrangement. Seine Einzimmerwohnung war jetzt einfach nicht mehr das Richtige.

»Ist es gleich vorbei?«, fragte er hoffnungsvoll.

Sergio drückte einen Knopf auf der Fernbedienung. »Noch dreiundzwanzig Minuten.«

Dreiundzwanzig Minuten würde er überstehen. Oder?

»Du kannst in dein Bett gehen, Dad. Es macht mir nichts aus, hier zu schlafen.«

»Und die ganze Nacht lang fernsehen? Das könnte dir so passen, mein Sohn.«

»Okay.« Sergio schaufelte sich mehr Müsli in den Mund und lehnte seinen Kopf an Boyds Arm. Diese kleine Geste erfüllte ihn mit einem Gefühl der Liebe.

Nachdem die dreiundzwanzig Minuten vorüber waren, brachte er Sergio ins Bett und machte es sich mit Decke und Kissen auf dem Sofa bequem. Dann erinnerte er sich an den Brennnesseltee, den er von Helena McCaul bekommen hatte. Warum nicht, einen Versuch war es wert. Er kochte Wasser und gab die feingemahlenen Blätter dazu. Hatte sie nicht gesagt, dass er ein Sieb benutzen sollte? Zu spät. Er schüttete die griesartige Tinktur ins Spülbecken und wusch seine Tasse aus, bevor er sie abtrocknete. Als die kleine Küche ihm sauber genug erschien, legte er sich auf die unbequeme Couch und hoffte, dass er bald einschlafen würde.

Schön wär's. Eine Stunde später lag er immer noch wach.

Das Feuer im Kamin war nicht mehr viel mehr als Glut, als Kathleen Foley hörte, wie der Schlüssel im Schloss der Eingangstür umgedreht wurde. Das Feuer war nicht nötig gewesen, aber es machte das Zimmer etwas gemütlicher. Wenn sie es doch nur ein bisschen ordentlicher aufräumen könnte.

Ihre Besucherin eilte durchs Zimmer, und Kathleen ließ sich in ihre warmen Arme fallen.

»Ich dachte, du wärst schon im Bett.«

»Ich dachte, du würdest früher kommen.«

»Ich bin so schnell gekommen, wie es meine Arbeit zugelassen hat.« Die beiden Frauen küssten sich.

»Ich hasse diese Heimlichtuerei«, sagte Kathleen.

»Du kennst meine Meinung dazu, es öffentlich zu machen.«

»Ein Coming-Out meinst du?«

»Ich kann das nicht machen, Kathleen. Mein Ruf wäre ruiniert.«

»Vor ein paar Jahren vielleicht noch. Aber heutzutage doch nicht mehr.« Kathleen entzog sich der Umarmung.

»Du hast leicht reden. Du sitzt den ganzen Tag zu Hause und hast nichts anderes zu tun, als dir über deine gestörte Tochter Gedanken zu machen. Ich muss mich um mein Geschäft kümmern. Ich könnte mit dieser Scham nicht leben.«

»Scham? Du schämst dich wegen uns?« Sie konnte ihre Enttäuschung über diese herablassende Bemerkung nicht verbergen. Die Ankunft des letzten Fotos war ihr noch ganz frisch im Gedächtnis.

»Du weißt, was ich meine. Wir haben uns doch geeinigt. Das ist ein Vertrag, aus dem du nicht aussteigen kannst.«

Kathleen ließ sich in den Sessel fallen. »Ich glaube nicht, dass ich das noch lange durchhalte. Es passiert gerade so viel. Du weißt, dass ich keine Kontrolle mehr über Helena habe. Ich mache mir schreckliche Sorgen, dass sie Schaden anrichtet.«

»Dass sie sich selbst schadet oder jemand anderem?«

»Beides, tatsächlich.«

»Ich könnte mit ihr sprechen …«

»Ich kann mich selbst um meine Tochter kümmern, vielen Dank.«

»Kannst du das wirklich? Du kannst nicht ewig weiter für sie lügen.«

Kathleen stand auf. Dieser ewig gleiche Streit brachte nichts. »Ich gehe ins Bett.«

»Heute Nacht kann ich nicht bleiben.«

»Das ist okay. Ich bin müde. Ruf mich morgen an.«

Sie wurde wieder in eine warme Umarmung gezogen. Die Jacke der Frau war weich und luxuriös.

Die Frau flüsterte ihr ins Ohr: »Und denk nicht einmal daran, irgendjemandem davon zu erzählen.«

Kathleen wich zurück, sprachlos. Sie zitterte heftig, als sie Madelene Bowen nachblickte.

SECHSUNDDREISSIG

Jackie Boyd wollte ihren Exmann überraschen. Er musste nicht wissen, dass sie auf dem Weg nach Ragmullin war. Sie hatte nur den Hinflug aus Malaga gebucht. Es würde dauern, ihn zu bearbeiten und sich ihren Weg zurück in sein Leben zu bahnen, so dass sie endlich aufhören konnte, ewig davonzulaufen. Das würde nicht einfach werden. Sie liebten sich nicht mehr. Aber sie hatte noch nie an die Liebe geglaubt. Sie war sich bewusst, dass sie Leute ohne Bedauern oder schlechtes Gewissen dazu benutzte, ihre Bedürfnisse zu befriedigen, je nachdem, was das zu einem bestimmten Augenblick bedeutete. Und sie benutzte Boyd, um ihrem Sohn Sicherheit und Schutz zu geben. Die spanische Polizei war von ihrer Arbeit als Informantin – oder Spitzel, wenn man die Seite der Verbrecher fragte –recht angetan gewesen. Jedenfalls bis zu dem Zeitpunkt, an dem sie verschwinden musste, weil sie beinahe aufgeflogen war. Deshalb hatte sie auch Boyd von seinem Sohn erzählen müssen.

Vielleicht konnte sie jetzt den Gardaí helfen und dieser Lottie Parker das Grinsen austreiben. Sie grinste selbst, als sie ihren Leihwagen von der M50 auf die M4 lenkte und auf Automatik schaltete.

Sie konnte es gar nicht mehr abwarten, ihren kleinen Sohn wiederzusehen, aber fast noch weniger konnte sie den Ausdruck auf Boyds Gesicht erwarten, wenn sie ihm ihr Ultimatum stellte. Das Pauschalangebot. Wenn sie über ihren Plan nachdachte, dann musste sie einfach grinsen. Wenn er Sergio in seinem Leben wollte, dann würde er sie auch als Teil seines Lebens akzeptieren müssen. Entweder sie beide, Sergio und sie, oder Boyd würde seinen Sohn nie mehr wiedersehen.

Sie ließ die Scheibe herunter und ihr Lachen durchdrang die Dunkelheit.

Das darf doch wohl nicht wahr sein. Wie konnte mir so etwas passieren?

Diese blöde Schlampe ist mir nach ein paar Schlägen mit der Holzlatte einfach abgekratzt. Vielleicht war es ein Herzinfarkt, oder der Schock der gebrochenen Knochen. Ich bin kein Arzt, aber mir ist klar, dass sie tot ist.

Jetzt muss ich meine Pläne in einer einzigen Nacht abwickeln. Ich hatte so viel geplant für sie. Einige Zeit in dem Kühlraum. Ich wollte dabei zusehen, wie ihre Zähne klappern und die Augen immer größer werden. Dann hätte ich sie glauben lassen, dass ich sie gehen lasse, und dann ihre Arme gebrochen, damit sie zu den gebrochenen Beinen passten. Ich bin immer wieder erstaunt, wie viel Schmerz so ein menschlicher Körper ertragen kann, bis er sich dem Tod ergibt. Aber diese Schlampe hat mir das verwehrt. Sie hat mich ausgetrickst. Ich kann meine Wut kaum beherrschen. Ich nehme ihre Hände und trample mit voller Wucht auf ihnen herum. Blöde Kuh.

Eine Sache muss ich noch machen. Ich nehme das Skalpell und nähere mich damit ihrem Gesicht. Ich trage Handschuhe, und mit einem Finger schiebe ich ihr Lid zurück. Ich schaue in ihre toten Augen. Noch ein Paar für meine Sammlung.

Sobald sie in einem fest verschlossenen Glas sind, weiß ich, dass ich nicht viel Zeit habe, das zu tun, was ich tun muss.

Als ich die blutverschmierte Plastikfolie betrachte, denke ich an die Stelle, die ich als Ablageort für ihre Leiche gewählt habe. Kann das funktionieren, ohne genügend Zeit, es in Ruhe vorzubereiten? Auf alle Fälle kann ich sie nicht hier behalten. Ich kann jetzt schon den Verfall riechen, der Geruch strömt ihr bereits aus allen Körperöffnungen. Bald wird das Zimmer voller giftiger Gase sein. Der menschliche Körper ist so eine eklige Angelegenheit. Sie *ist so eine eklige Angelegenheit.*

In den Kühlraum? Nein. Es hilft nichts, ich muss die Leiche loswerden.

Und dann sehe ich dabei zu, wie die dummen Polizisten wie Schweine in der Scheiße wühlen. Diese Analogie gefällt mir. Ich bin viel zu schlau für die. Der ganze Ärger mit dieser Schlampe bedeutet nur, dass alles jetzt ein bisschen schneller geht.

Ich habe mein nächstes Opfer schon im Blick.

TAG ZWEI

SIEBENUNDDREISSIG

Helena hasste es, alleine aufzuwachen. Die Wände schienen ihr ihre Geheimnisse zuzuflüstern; sie hörte angestrengt zu, um dem Haus zu entlocken, was es vor ihr verbarg. Sie rieb sich die Augen und plötzlich waren ihre Finger voller Mascara. Sie war zu Bett gegangen, ohne sich abzuschminken. Schon wieder. Verzweiflung durchströmte sie und sie zitterte, obwohl die aufgehende Sonne ihre wärmenden Strahlen durch das Fenster schickte.

Sie stützte sich auf den Ellbogen und schaute auf die Uhr, bevor sie ihren Kopf behutsam wieder zurück auf das Kissen legte. Was, wenn sie den Laden heute einfach nicht aufsperrte? Aber wenn sie nicht in den Laden ging, dann würde sie heute nur den ganzen Tag im Bett liegen und völlig ihrer Anspannung ausgesetzt sein.

Sie wollte mit ihrer Freundin sprechen. Éilis würde sie nicht so mir nichts dir nichts hängen lassen. Sie dachte an Jennifer. Éilis hatte die Gruppe ins Leben gerufen, nachdem sie sie kennengelernt hatte. Als Helena sich ihnen angeschlossen hatte, hatte sie sich wie das fünfte Rad am Wagen gefühlt. Aus einem ihr nicht ersichtlichen Grund schien sie aus gewissen

Gesprächen ausgeschlossen gewesen zu sein. Hinter vorgehaltener Hand war geflüstert worden. Erst als Orla Teil des Kreises geworden war, war auch sie eingeweiht worden. Sie wurde ein Teil dessen, was sie jetzt als das tödliche Geheimnis bezeichneten. Jetzt, wo sie darüber nachdachte, war es eigentlich eher ein roter Detonationsknopf.

Und jetzt war Jennifer tot und Éilis verschwunden. Bedeutete das, dass auch sie in Gefahr war? Angst kroch ihr langsam den Rücken hinauf.

Das Gezwitscher von Vögeln auf einem Ast vor ihrem Fenster riss sie aus ihrem Selbstmitleid. Sie musste aufstehen, sich anziehen und aus dem Haus gehen. Das Leben wartete auf niemanden.

Wenn sie ihren Laden nicht am Laufen hielt, was bliebe ihr dann noch?

Nicht viel, sagte sie sich.

ACHTUNDDREISSIG

Als Boyd in Farranstown House eintraf, hatte er das Gefühl, mitten in eine kurz vor dem Scheitern stehende UN-Verhandlungen geraten zu sein.

»Das ist ein bauchfreies Oberteil, Gran«, sagte Chloe und stampfte barfuß über den Betonboden der Küche.

»Dein armer Vater würde sich im Grabe umdrehen, wenn er sehen könnte, dass du so aus dem Haus gehst.« Rose schlug wiederholt mit dem Küchentuch auf den Tisch.

»Aber ich gehe doch gar nicht aus dem Haus, oder? Es ist acht Uhr morgens, und wenn ich nicht auf Sergio aufpassen müsste, wäre ich noch gar nicht auf, und du machst hier so einen Krach, dass du Tote aufwecken könntest. Kannst du bitte damit aufhören, Gran?«

»Zu meiner Zeit sind junge Dinger zu keiner Zeit des Tages halbnackt herumgelaufen.«

Boyd betrat mit Sergio im Schlepptau die Küche. Bleiben oder wieder gehen? Er kam jetzt schon zu spät zur Arbeit, und er wusste niemand anderen, den er bitten konnte, sich um seinen Sohn zu kümmern.

»Guten Morgen, die Damen. Hoffentlich störe ich nicht.«

»Hallo, Sergio«, sagte Chloe schnell.

Boyd bemerkte, dass sie sich sehr anstrengen musste, um ein Lächeln vorzutäuschen. »Bist du dir sicher, dass ich ihn bei dir lassen kann?«

»Absolut.« Sie umarmte Sergio kurz, nahm ihn bei der Hand und führte ihn in den Flur. Sie deutete Boyd an, ihnen zu folgen. »Was mache ich nur mit Gran, Boyd? Es ist so traurig, aber wenn ich nicht zugestimmt hätte, mich um Sergio zu kümmern, dann würde ich am liebsten Tag und Nacht im Pub arbeiten.«

»Das ist echt hart«, sagte er. »Hab Geduld mit ihr. Es ist nicht ihre Schuld. Es liegt einfach daran, wie ihr Gehirn zurzeit funktioniert.«

»Das weiß ich ja alles, aber es tut so weh, dabei zusehen zu müssen. Ist es in Ordnung, wenn ich mit Sergio heute in die Stadt gehe? Nur um mal ein bisschen raus zu kommen.«

»Kein Problem. Ich habe sein Schwimmzeug eingepackt, für den Fall, dass du oder Sean später mit ihm zum See gehen wollt.«

»Das ist eine sehr gute Idee!« Sie lächelte, und er erkannte ihren Vater in ihren Augen.

»Achte darauf, dass jemand bei Rose ist. Sind Katie und Louis da?«

»Ich finde es raus. Mach dir keine Sorgen, ich lasse Gran nicht allein. Auch wenn ich manchmal …« Sie grinste und umarmte ihn. »Danke, Boyd.«

»Wofür?«

»Dafür, dass du mir deinen Sohn anvertraust. Ich bin ganz vernarrt in ihn.« Sie ließ ihn los und wuschelte Sergio durch die Haare. »Wie wäre es mit einer Scheibe Toast und etwas Orangensaft? Und später machen wir einen kleinen Ausflug.«

Sergio wirkte zurückhaltend. »Aber nur, wenn ich dir keine Arbeit mache.«

Boyd lächelte schwach. Sergio hatte das Gespräch zwischen

Chloe und Rose mitbekommen. Sein Sohn kam definitiv nach ihm.

Und er kam jetzt definitiv zu spät zur Arbeit.

Jackie hatte schon in schauderhaften Zimmern übernachtet, und daher war sie sehr froh über ihr schönes, sauberes Zimmer im Joyce Hotel. Obwohl es sehr überschaubar war, war es gemütlich. Das Fenster blickte auf die Straße hinaus und das Brummen des morgendlichen Berufsverkehrs weckte sie auf, obwohl sie erst so spät eingecheckt hatte.

Fünfzehn Minuten verbrachte sie unter der heißen Dusche, bis sich alle Poren geöffnet hatten. Erfrischt schlüpfte sie in weiße Jeans und ein weißes T-Shirt und in weiche Lederpumps. Spanisches Leder würde ihr fehlen, wenn sie wieder nach Ragmullin ziehen würde. Und die Sonne natürlich auch. Es sah ganz freundlich aus draußen, aber sie wusste sehr wohl, dass von den Seen her oft eine kühle Brise wehte. Deshalb nahm sie lieber noch einen marineblauen Pullover aus ihrem Koffer und bewunderte sich im Spiegel.

Dank ihrer gebräunten Haut sparte sie sich ein Vermögen, das sie nicht für das künstliche Zeug ausgeben musste. Ihr Haar war frisch geschnitten und fast platinblond. Sie war sehr zufrieden mit ihrem Aussehen, nahm ihre Tasche, wobei sie sich vergewisserte, dass sie ihren Geldbeutel und die Zigaretten dabei hatte, und ging aus dem Zimmer.

Zunächst wollte sie sich ein bisschen in der Stadt umsehen, bevor sie sich mit ihrem Sohn und ihrem Exmann traf. Mein Gott, das würde ein ganz schöner Schock für ihn werden.

Als sie das Hotel verließ, konnte sie sich des kleinen verschwörerischen Lächelns nicht verwehren, das ihre Lippen umspielte.

NEUNUNDDREISSIG

Weder Boyd noch Kirby waren auf der Arbeit erschienen, als Lottie beschloss, noch einmal mit den Kindern von Éilis Lawlor zu sprechen, um vielleicht noch irgendetwas herauszufinden. Die Mutter war immer noch nicht zu Hause aufgetaucht, und sie war auch nicht gefunden worden.

Sie parkte vor dem Haus und schaute auf dem Handy kurz ihre E-Mails durch. Das vorläufige Ergebnis bezüglich des Flecks auf dem Teppichboden war da. Urin. Menschlichen Ursprungs. Also nicht von dem Hund. Das Labor war ganz schön schnell gewesen, aber es lag noch kein Bericht der Spurensicherung zum Fundort der Leiche von Jennifer vor. Solange der Mörder noch frei herumlief und eine zweite Frau vermisst wurde, spielte die Zeit gegen sie.

Gerade, als sie das Haus der Lawlors betreten wollte, erreichte sie der gefürchtete Anruf. Am Ladystown Lake war die Leiche einer Frau gefunden worden.

So schnell sie konnte, fuhr sie hinaus und stellte den Wagen auf dem Parkplatz ab. Kurz blieb sie stehen, um ihre Gedanken zu ordnen, und schaute über die weite Wasserfläche. Am Ufer hatte es sich eine Schwanenfamilie bequem gemacht und wusste nichts von dem Grauen, dass sich unter den Bäumen weiter hinten abspielte. Der warme Sommerwind strich über das Schilf und der Duft des späten Sommers lag in der Luft. Sie musste sich regelrecht wachrütteln, um in ihren Arbeitsmodus umzuschalten.

Sie ging um das Absperrband herum, fast hundert Meter vom Ufer entfernt, und fand mit ihren Füßen kaum Halt auf dem schlammigen Untergrund. Seit gestern Morgen hatte es kaum geregnet, und sie fragte sich, warum der Boden hier so feucht war. Sie bahnte sich einen Weg durch die Bäume und stieß auf einen geteerten Weg. Jetzt kam sie besser voran. Sie hätte durch das Tor beim Parkplatz gehen sollen, aber jetzt war es zu spät.

Bei der inneren Absperrung herrschte geschäftiges Treiben, weil die Spurensicherung sich gerade an die Arbeit machte. Boyd war in ein ernstes Gespräch mit Grainne Nixon vertieft.

Sie schlüpfte unter dem Absperrband durch und näherte sich dem Team. »Was haben wir hier?«

Grainne deutete den Weg entlang, wo über einer großen hölzernen Skulptur ein Zelt errichtet worden war. Lottie war im Sommer mit ihrem Enkel Louis hier gewesen und erinnerte sich, dass entlang des Pfades eine Reihe von Figuren aufgestellt worden waren. Die lebensgroßen Skulpturen waren aus gefällten Bäumen geschnitzt worden und stellten Helden der irischen Mythologie dar.

»Die Leiche ist über die Statue von Fionn Mac Cumhaill drapiert worden«, sagte Grainne.

»Ich möchte näher ran, um zu sehen, wer es ist.« Lottie blickte durch das Blätterdach gen Himmel und betete, dass es nicht Éilis war. Sie zog ihre Handschuhe und ihre Maske an, stülpte sie Überzieher über ihre schmutzigen Schuhe und marschierte neben der Spurensicherung einher. Boyd folgte ihnen.

Als sie sich der Lichtung näherten, klopfte ihr Herz wie

wild. Sie musste das hier mit eigenen Augen sehen und sich selbst ein Bild machen. Das Zelt war kurz davor, in sich zusammenzufallen und Grainne nahm sich ihres Teams an, während Lottie vor der Skulptur stehen blieb. Sie konnte nicht viel von der Figur erkennen, denn der Körper einer Frau war tatsächlich, wie Grainne gesagt hatte, darüber drapiert worden.

Es sah aus, als würde die Tote schlafen. Ihre Arme waren um den Hals der Statue geschlungen, ihr Kopf ruhte auf der hölzernen Schulter und die Füße ragten nach hinten heraus. Der Rock des gelben Baumwollkleides flatterte im Wind und von einem überhängenden Ast wehte eine weiße Feder herab, die sich auf ihr Haar setzte. Lottie blickte hoch, aber sie entdeckte keine Vögel.

Sie wandte ihre Aufmerksamkeit wieder der Leiche zu. Ohne Zweifel, und ohne sich die Sache genauer ansehen zu müssen, war klar, dass beide Beine aufs brutalste gebrochen worden waren. Knochen durchbohrten das Fleisch.

»Derselbe Mörder?«, fragte Boyd. »Das Kleid, die Beine …«

Lottie zuckte mit den Schultern.

Sie, und auch keiner der anderen, konnte das Gesicht sehen, aber das flaue Gefühl in ihrem Magen verriet ihr, dass es sich um Éilis Lawlor handelte. Sie stellte sich die unschuldigen Gesichter von Roman und Becky vor, die sich auf die Rückkehr ihrer Mutter freuten. »Verdammte Scheiße. Ich habe doch den beiden Kleinen gesagt, dass ich ihre Mutter finden würde.«

»Gefunden hast du sie«, sagte Boyd leise.

»Aber nicht so, wie ich es gehofft hatte. Das ist fürchterlich.« Sie holte tief Luft. »Ich muss das genauer sehen.«

»Dann ziehen Sie sich besser das komplette Outfit an.« Grainne wühlte in ihrem großen Stahlkoffer und zog einen weißen Overall heraus.

Als sie entsprechend gekleidet war, ging Lottie über Trittbretter auf die Statue zu.

»Sie ist noch in der Totenstarre«, sagte Grainne. »Mindestens zwei Stunden tot; aber nicht länger als sechs, vielleicht acht. Die beiden gebrochenen Beine sind deutlich zu erkennen. Ihr rechter Arm eventuell auch, sonst könnte er diese Position wahrscheinlich nicht einnehmen.«

»Wurden ihr diese Verletzungen post mortem zugefügt?«, fragte sie hoffnungsvoll.

»Kann ich noch nicht sagen.«

»Ich sehe kein Blut.«

»Sie ist woanders getötet worden. Und bevor Sie fragen, ich habe keine Ahnung, was die Todesursache ist.«

»Ich muss ihr Gesicht sehen.«

»Wir können zur Rückseite der Statue gehen.«

Lottie wollte Grainne gerade folgen, als sie plötzlich schrie: »Stopp! Sie hat sich bewegt. Verdammt, sie hat sich bewegt!«

»Was meinen Sie?« Grainne starrte von Lottie zur Leiche. »Das war nur der Wind.«

»Ihr Arm hat sich bewegt. Sehen Sie. Nicht der, der um den Hals geschlungen ist; der, der um die Taille drapiert ist.«

»Der ist immer noch in der gleichen Position.«

Lottie blinzelte. »Jetzt, wo ich sie genauer betrachte, könnte es auch sein, dass nur der Träger von ihrem Kleid verrutscht ist.«

»Wieder ein Kleid, das der Trägerin zu groß ist.« Grainne ging weiter um die Leiche herum. »Bleiben Sie stehen, Inspector. Hier ist es ganz matschig; die Bretter sinken ein.«

»Können Sie ihr Gesicht sehen?« Lottie musste sich beherrschen, um der Leiterin der Spurensicherung nicht doch zu folgen; sie wollte nicht diejenige sein, die den Tatort kontaminierte, selbst wenn das Verbrechen an anderer Stelle begangen worden war.

Grainne schüttelte den Kopf. »Ihr Kopf ist der Statue zugewandt und muss bewegt werden, damit wir sie identifizieren können. Und das können wir nicht machen, bevor die Leiterin der Rechtsmedizin da ist.«

»Ich brauche sie jetzt, auf der Stelle.«

»Warum rufen *Sie* sie dann nicht an?«

Lottie biss sich auf die Zunge. Dann sagte sie: »Können Sie irgendwo eine Schusswunde entdecken?«

»Ich sehe auch nicht mehr als Sie.« Grainne schaute sich die Leiche noch ein wenig aus der Entfernung an, dann kam sie zurück zu Lottie. »Entschuldigen Sie bitte, dass ich so grob war, aber manchmal geht mir der Job echt an die Nieren.«

»Kein Problem. Das Gefühl kenne ich nur zu gut.«

»Haben Sie ein Foto der Vermissten? Oder wissen Sie von Muttermalen oder Tattoos, mit denen wir sie identifizieren könnten?«

»Nur ein Portraitfoto. Die Haare sehen ähnlich aus. Warum?«

»Da ist eine kleine Narbe am Zeigefinder ihrer rechten Hand. Es sieht so aus, als wäre dort vielleicht einmal ein Muttermal entfernt worden.«

»Ich erkundige mich. Noch etwas?«

»Alle ihre Finger sind gebrochen.«

»Herr im Himmel! Mit was für einem kranken Hirn haben wir es hier zu tun?«

»Meine Anfangsvermutung ist, dass es sich um dasselbe kranke Hirn handelt, das schon Jennifer O'Loughlin auf dem Gewissen hat.«

»Sobald Sie irgendeine Spur haben, die ich verfolgen kann, lassen Sie es mich wissen.«

»Natürlich. Und bitte lassen Sie die Rechtsmedizin kommen. Ich muss die Leiche so bald wie möglich bewegen, um zu sehen, ob ihr Angreifer irgendwelche Spuren an ihr oder auf der Statue hinterlassen hat.«

Das Kleid flatterte wieder, und der Träger rutschte den starren Arm noch weiter hinunter.

»Was ist das für ein Fleck dort?«, fragte Lottie. »Da oben unter ihrem Arm.«

Grainne trat vorsichtig etwas näher. »Das sieht auch wie eine Narbe aus. Von einer Operation vielleicht?«

»Okay. Immerhin noch ein weiterer Anhaltspunkt. Danke.«

Lottie ging zu Boyd zurück, der gerade mit einer nervösen jungen Frau sprach. Neben ihr stand ein Buggy, in dem ein Kind saß.

»Ich muss wirklich gehen«, sagte die Frau. »Sie haben meine Nummer, falls Sie mir noch weitere Fragen stellen müssen.«

»In Ordnung. Und danke für Ihre Hilfe.«

Die Frau eilte Richtung Absperrband und Lottie hob fragend eine Augenbraue. »Eine Zeugin?«

»Ja. Sie ist auf die Leiche gestoßen. Eine Lehrerin, die die letzten Tage der Sommerferien genießt. Sehr besonnen.«

»Ich sag ja immer, dass Lehrer die Geduld von Heiligen haben.« Lottie blickte auf. Grainne rief nach ihr.

»Was ist los?«

»Ich habe mich gewundert, warum der Boden hier so feucht ist, obwohl es letzte Nacht gar nicht geregnet hat.«

»Das habe ich mich auch schon gefragt.«

»Wir haben im Gras unter dem Busch dort drüben einen Schlauch gefunden. Aus dem ist ganz schön viel Wasser geflossen. Es kann nicht schaden, nachzuschauen, was auf der anderen Seite der Lichtung ist.«

»Das übernehme ich.« Lottie lief los.

»Nein, Inspector, Sie müssen außen herum laufen und sich das von draußen aus ansehen. Ich kann hier nicht noch mehr Fußabdrücke gebrauchen.«

Als sie außerhalb der Absperrung war, bat sie Boyd, sie zu begleiten und die Quelle des Wassers ausfindig zu machen. Sie behielt die Schutzkleidung an. Die Stelle, an der die Leiche gefunden worden war, lag neben dem Parkplatz. Durch die Bäume hindurch konnte sie die Leute der Spurensicherung in ihren weißen Anzügen wie eine Kolonie Ameisen emsig arbeiten sehen.

Ein Betonbau mit drei Wänden, die jeweils ungefähr eineinhalb Meter hoch waren, beherbergte einen Wasserhahn für kaltes Wasser, der an einer hölzernen Vorrichtung befestigt war. Zur Nutzung durch Badegäste. Ein grüner Schlauch war an den Hahn angeschlossen worden. Mit frischen Handschuhen drehte Lottie den Wasserhahn zu und ließ der Spurensicherung ausrichten, dass sie sich das ebenfalls anschauen und den Weg, den der Schlauch durch das Gras nahm, ganz genau untersuchen sollten, falls der Mörder doch irgendwelche Spuren hinterlassen haben sollte.

»Wir haben es mit jemandem zu tun, der höchstmotiviert und vor allem sehr clever ist«, sagte Boyd. »Besonders, wenn es darum geht, Spuren zu verwischen.«

»Wer auch immer es ist, geht extrem grausam vor.«

Zurück beim Wagen riss sie sich die Schutzkleidung vom Körper und stopfte sie in einen Beweismittelbeutel. Dann fuhr sie hinter Boyds Wagen her bis zur Wache. Sie fragte sich, warum er ihr nicht erzählt hatte, warum er zu spät zur Arbeit gekommen war. Er musste in absoluter Höchstform sein für diesen Fall. Seit er herausgefunden hatte, dass er Vater war, galt seine volle Aufmerksamkeit definitiv nicht mehr seinem Job. So konnte es nicht weitergehen.

VIERZIG

Nachdem Lottie das Team über den Fund der Leiche nahe des Sees in Kenntnis gesetzt hatte, kam Kirby durch ihre Bürotür geschlendert.

»Boss? Ich wollte fragen, ob es in Ordnung ist, wenn ich mir den Fall Tyler noch einmal anschaue?«

Sie brauchte ein paar Sekunden um zu verstehen, wovon er sprach.

»Ich habe gestern mit seiner Frau gesprochen, und sie kann uns definitiv nicht leiden.«

»Ich würde ihr deswegen keine Vorwürfe machen. Wir haben ihren Mann nicht gefunden. Vielleicht sollten wir uns den Fall wirklich noch einmal mit frischem Elan vornehmen.«

Wie ein Panther schlich Lottie um ihren Schreibtisch herum und stellte sich vor Kirby. »Nur für den Fall, dass Sie das Läuten nicht gehört haben, Kirby. In den letzten vierundzwanzig Stunden wurden zwei tote Frauen gefunden, wir haben einen ganzen Scheißberg von Büroarbeit zu erledigen, und Sie wollen ausgerechnet jetzt den Fall eines Mannes aufrollen, der vor einem Jahr verschwunden ist? Wie um Himmels Willen kommen Sie nur auf so eine Idee?« Außer

Atem ließ sie sich schwer auf ihren Stuhl fallen, wobei sie einen Behälter mit Stiften zu Boden stieß. Warum hatte sie überhaupt so einen Behälter? Daran waren bestimmt Boyd und sein zwanghafter Hang zur Ordnung schuld.

»Ich habe nur gefragt, weil mich seine Frau gestern um ein Update gebeten hat. Und dann habe ich herausgefunden, dass sie auch zu diesem Life After Loss Witwenkreis gehört. Ich brauche nur ein Ja oder ein Nein.«

»Die einfache Antwort lautet Nein. Das Budget unserer Abteilung ist voll und ganz aufgebraucht, aber bitte, lassen Sie sich nicht aufhalten, wenn Sie daran in Ihrer freien Zeit arbeiten möchten. Mir scheint es so, als könnten sie davon in naher Zukunft mehr als genug haben.«

Kirby kratzte sich am Kopf und Schuppen schwebten durch das flimmernde Licht. »Was genau meinen Sie?«

»Sie sind zwei Tage hintereinander zu spät zur Arbeit gekommen. Bitte machen Sie nicht auf diese Art weiter. Sonst obliegt das bald nicht mehr meiner Zuständigkeit und Sie könnten ganz leicht suspendiert werden.«

»Das ist verdammt unfair.«

»Ist es das? Da stehen Sie doch drüber, Kirby.«

»Ja, klar, Boss, was auch immer Sie sagen.«

Sie blickte ihm nach, als er mit hängenden Schultern und eingezogenem Kopf zurück zu seinem Schreibtisch schlich. Er schnaufte wie ein alter Mann. Er musste sein Leben wirklich wieder in den Griff bekommen. Boyd war derjenige, der sie zurzeit wirklich auf die Palme brachte, aber Kirby bekam den größten Teil ihres Ärgers ab. Sie schüttelte kurz den Kopf, folgte ihm und versuchte, etwas Heiterkeit in ihre Stimme zu legen. »Sie könnten es ja mal mit Yoga oder Meditation probieren. Das scheint heutzutage jeder zu machen.«

Er zog seinen Stuhl geräuschvoll unter dem Schreibtisch hervor und die Räder verfingen sich in Papier, das von einem Stapel auf den Boden unter seinem Tisch gefallen sein mussten. »Verdammte Scheiße noch einmal.« Er sah sie aus wässrigen, blutunterlaufenen Augen an. »Yoga brauche ich so nötig wie einen Nagel im Schuh.«

»War nur ein Vorschlag.«

»Ich mache es, wenn ich sehe, dass Sie es machen.« Er schenkte ihr ein schwaches Lächeln.

»So weit kommt es noch.« Sie grinste zurück.

»Sehen Sie? Das macht heutzutage wohl doch nicht jeder.«

»Wir müssen herausfinden, ob Éilis Lawlor Muttermale oder Narben hatte, anhand derer wir sie identifizieren können. Wir können mit Bianca, der Babysitterin, sprechen, und mit deren Mutter. Oder mit dieser Freundin, Helena McCaul.«

Boyd kam dazu. »Ich habe gestern mit Helena gesprochen. Soll ich das übernehmen? Ich kann sie anrufen.«

»Persönlich ist es besser. Ich komme mit.«

Die Türglocke bimmelte über Lotties Kopf, als sie Herbal Heaven betrat.

»Wow, das ist ja ein richtiges kleines Juwel«, sagte sie. »Ich komme hier so oft vorbei, wie kann es sein, dass ich den Laden noch nie bemerkt habe?«

»Hallo.« Eine Frau kam hinter dem Tresen hervor. Ein silberfarbener Rock umspielte ihre Beine und ein hautenges weißes Shirt betonte ihre Figur. Die hochgesteckten Haare setzten ihre klare Haut in Szene, genauso wie die runden müden Augen. »Kann ich Ihnen behilflich ... Ach, Sie sind es wieder, Detective.«

Flirtete die gerade mit Boyd? Lottie sah zu ihm. Er lächelte. Verdammt!

Sie stellte sich vor und beobachtete, wie die Frau reagierte. Helena McCaul schien in sich zusammenzufallen.

»Können wir irgendwo ungestört reden?«, fragte Lottie.

»Hier bin nur ich. Ich habe keine Angestellten.«

»Es ist wichtig.«

»Ich kann für ein paar Minuten zusperren, wenn Sie möchten.«

»Das wäre großartig. Es dauert nicht lange.«

Sobald sie wieder am Tresen war, lehnte Helena sich dagegen, als bräuchte sie eine Stütze. Boyd bezog neben Lottie Stellung. Helena richtete ihre Frage an ihn.

»Haben Sie Éilis gefunden? Ich kann immer noch nicht glauben, dass sie irgendwo hingehen würde, ohne jemanden gebeten zu haben, nach ihren Kindern zu sehen.«

Bevor Boyd antworten konnte, sagte Lottie schon: »Wir möchten noch ein paar Dinge über Ihre Freundin wissen. Soweit ich weiß, haben Sie sich über den Life After Loss Kreis kennengelernt, stimmt das?«

»Ja.«

Um Éilis' Leiche endgültig identifizieren zu können, brauchten sie mehr Informationen. »Hatte Éilis irgendwelche charakteristische Muttermale oder Narben?«

Helena schüttelte den Kopf. »Warum fragen Sie mich das? Ist sie –«

»Was ist mit dem Zeigefinger ihrer rechten Hand?«

Helena runzelte nachdenklich die Stirn. »Ach, das. Sie hatte ein Muttermal in dem Finger. Der Arzt hat es entfernt. Weil das sicherer sei, falls es krebsartig sein sollte.«

»Und war es das?«

»Das hat sie nicht gesagt. Ich weiß nur noch, dass sie damals fix und fertig war, weil sie Angst hatte, dass der Krebs zurückgekommen war.«

»Sie hatte schon einmal Krebs?« Lottie blickte zu Boyd, der sich ganz und gar auf die haselnussbraunen Augen der Frau konzentrierte.

»Das war lange, bevor ich sie kennengelernt habe. Ein paar Jahre vor dem Tod ihres Mannes, Oisín. Er hatte einen genetisch bedingten Herzfehler. Sie hat die Kinder daraufhin untersuchen lassen, aber dehnen fehlt nichts. Geht es Éilis gut?«

»Welche Art von Krebs hatte sie?«, bohrte Lottie weiter. Falls sie Brustkrebs gehabt hatte, dann hatte sie eine Mastektomie gehabt oder ihr war eine Lymphdrüse entfernt worden, was die Narbe seitlich am Oberkörper des Opfers erklären könnte. Und dann bestätigte Helena diesen Gedankengang.

»Brustkrebs«, sagte sie. »Sie hat mir erzählt, dass sie eine Mastektomie hatte.«

»Das könnte eine Narbe hinterlassen haben«, überlegte Lottie laut und wandte sich leicht Boyd zu. Er nahm es mit einem kurzen Kopfnicken zur Kenntnis.

»Sie haben sie gefunden, nicht wahr?« Helena blickte vom einen zum anderen. Sie war blass geworden.

»Wir haben die Leiche einer Frau gefunden, aber wir konnten sie noch nicht identifizieren.« Lottie wünschte, sie hätten die Leiche umgedreht, aber Grainne hatte darauf bestanden, auf die Rechtsmedizinerin zu warten. Allerdings hatte sie jetzt kaum noch Zweifel. Éilis Lawlor war tot.

»Oh mein Gott«, rief Helena. »Das ist fürchterlich.«

»Wir müssen noch eine formelle Identifikation vornehmen.«

»Wer kann das machen? Doch bestimmt nicht ihre Kinder ... Bitte lassen Sie nicht zu, dass sie eine Leiche sehen müssen, die vielleicht oder vielleicht auch nicht ihre Mutter ist.« Helena wirkte ehrlich schockiert über diesen Gedanken. Das Grauen stand ihr deutlich ins Gesicht geschrieben.

»Machen Sie sich keine Sorgen, so grausam sind wir nicht. Hatte Éilis noch Familie?«

»Eine Schwester, die in Dubai lebt. Die ist Lehrerin, glaube ich. Ich weiß nicht mehr, wie sie heißt.«

»Okay. Glauben *Sie*, dass Sie sie identifizieren könnten?«

»Was? Eine Leiche anschauen, die vielleicht eine Freundin war? Nein! Auf gar keinen Fall! Können Sie nicht ein Foto nehmen? Oder ... Oh nein! Ist die Leiche in so einem Zustand, dass Sie sie nicht identifizieren können?« Helena schaute sich panisch um, als könnte ihr etwas in ihrem kleinen Laden helfen. Als sie nichts fand, sagte sie: »In Ordnung, ich mache es, wenn Sie denken, dass es wichtig ist.«

»Vielen Dank«, sagte Boyd und legte seine Hand auf ihren Arm, um sie etwas zu beruhigen.

Vorsichtig sagte Lottie: »Es könnte entweder heute noch so weit sein, etwas später, oder vielleicht morgen. Passt das für Sie?«

»Das richte ich mir schon ein.« Ihre Augen wurden glasig, und Lottie dachte schon, sie wäre in eine Art Trance verfallen, bis sie sagte: »Mam kann sich weiter um Noah kümmern.«

»Noah?«

»Meinen Sohn.«

»Okay. Wir wissen es wirklich zu schätzen, dass Sie das für uns tun, Helena.«

Lottie tat es leid, dass sie ihr das aufbürden mussten, aber sie hatten keine andere Wahl.

»Das bedeutet, dass Sie davon ausgehen, dass es sich bei der Toten um Éilis handelt, oder?«

Lottie seufzte. Helena war ganz schön hartnäckig, das musste man ihr lassen. »Wir vermuten es, aber bitte sprechen Sie noch mit niemandem darüber.«

»Zuerst Jennifer. Jetzt Éilis. Was geht hier vor? Wie ist sie gestorben?«

»Das können wir derzeit noch nicht offenlegen.« Lottie konnte sowieso gar nichts offenlegen, weil sie noch nichts wusste.

»Wo haben Sie sie gefunden?«

»Das können Sie bald genug in den Medien lesen«, sagte Boyd sanft. »Also können wir es Ihnen genauso gut sagen. Heute Morgen wurde am Ladystown Lake die Leiche einer Frau gefunden.«

»Sie ist ertrunken?«

»Nein, soweit wir wissen, ist sie das nicht«, sagte Lottie. »Können Sie uns noch etwas über Éilis erzählen, das uns weiterhelfen könnte?«

»Sie glauben, dass sie ihren Mörder kannte, nicht wahr? Sie gehen nicht davon aus, dass sie von einem dahergelaufenen Psychopathen ermordet wurde.«

»Wir ermitteln in alle Richtungen. Sie kannten auch Jennifer O'Loughlin. Was können Sie mir über sie erzählen?«

Helena sackte in sich zusammen, als hätte ihr jemand ein schweres Gewicht auf die Schultern gelegt. Aber ihr Blick hatte sich verdüstert und das verwirrte Lottie.

»Jennifer war sehr ruhig. Konnte keiner Fliege was zuleide tun. Leise und sanft. Éilis war lauter und nicht so zurückhaltend. Die beiden waren grundverschieden und bewegten sich normalerweise in völlig unterschiedlichen Kreisen.«

»Soweit wir wissen, hat sich Jennifer außer in der Life After Loss Witwengruppe in gar keinen Kreisen bewegt.«

»Was ich damit meine, ist, dass Éilis selbstständig ist ... war. Jennifer hat in der Zahnklinik gearbeitet. Von dem bisschen, das sie uns erzählt hat, habe ich geschlossen, dass das kein besonders angenehmer Arbeitsplatz war. Aber ich könnte mich auch täuschen.«

»Ging ihr dort jemand besonders auf die Nerven? Fühlte sie sich bedroht?«

Helena wurde wieder blass. »Nein, nein. So hat sie das nicht gesagt. Aber andererseits, warum sollte sie sonst kündigen, wenn sie doch noch gar keinen neuen Job hatte? Das verstehe ich nicht ganz.«

»Seit wann wussten Sie, dass sie gekündigt hatte?«

»Ich ... was?«

»Hat sie Ihnen das erzählt?«

»Als sie nicht mehr zu unseren Treffen gekommen ist, habe ich bei Smile Brighter angerufen. Jemand dort hat mir gesagt, dass sie dort nicht mehr arbeitet. Daraufhin nahm ich an, dass sie einfach ihre Ruhe wollte und uns schon davon erzählen würde, wenn sie bereit dazu wäre.«

»Können Sie uns sonst noch etwas sagen?«

»Nein. Jennifer verstand sich besser mit Éilis«, sagte Helena und Lottie konnte geradezu dabei zusehen, wie sich Verwirrung über ihre Augen legte.

»Wie viel besser?«

»Éilis machte Designvorschläge für die Renovierung von Jennifers Haus. So haben sie sich kennengelernt.«

Davon hatte Helena Boyd bereits erzählt, also wechselte Lottie die Richtung des Gesprächs. »Ich habe gehört, dass Éilis Yoga gemacht hat. Jennifer auch?«

»Von Jennifer weiß ich das nicht, aber Éilis ging immer ins SunUp.«

»Können Sie sich vorstellen, warum eine der beiden umgebracht worden sein könnte?«

Helena schluckte hörbar, bevor sie sprach. »Bin ich in Gefahr?«

»Ehrlich gesagt, weiß ich es nicht. Wollen Sie noch irgendetwas hinzufügen?«

Helena senkte den Blick, Schweigen füllte den kleinen Laden. »Wenn mir noch etwas einfällt, dann melde ich mich bei Ihnen.«

»Vielen Dank für Ihre Hilfe, Helena.«

Lottie drehte sich um und ging Richtung Tür. Sie wunderte sich, dass Boyd ihr nicht sofort folgte. Sie ging nach draußen und wartete auf ihn.

»Was war jetzt das?«, fragte sie ihn, als er sich zu ihr gesellte. Ihre Stimme war schneidend.

»Es ging um Brennnesseltee«, sagte er nur.

Als sich die Tür hinter den Detectives geschlossen hatte, gaben Helenas Beine unter ihr nach. Sie sank zu Boden und lehnte ihren Kopf gegen das kühle Holz des Tresens hinter ihr, bis sich ihre Atmung wieder einigermaßen beruhigt hatte. Es war totenstill. Sie verschloss ihre Augen vor den Aufgaben, die sie im Laden zu erledigen hatte, und versuchte sich darüber klar zu werden, was vor sich ging.

Gestern war Jennifer tot aufgefunden worden, und nun sah es so aus, als wäre auch Éilis tot. Die Sache nahm Fahrt auf, und wenn sie nicht aufpasste, dann könnte sie die Kontrolle über sich und ihr Ziel aus den Augen verlieren; das Ziel, das sie verfolgt hatte, als sie sich den Witwen angeschlossen hatte. Sie konnte nicht zulassen, dass ihre Prioritäten sich jetzt änderten.

Sie fragte sich, ob sie den Detectives mehr über Jennifer hätte erzählen sollen. Dass sie von einem Geheimnis aufgefressen worden war. Wie sie im Stillen gelitten hatte, bis sie Éilis getroffen hatte. Wie Orla sie gewarnt hatte, dass sie vielleicht sterben würden, wenn sie das Geheimnis nicht für sich behielten. Das hatte Jennifer erzürnt. Aber jetzt waren zwei von ihnen tot. Hatte etwa eine von ihnen den Mund nicht halten können? War das der Grund? Hatte Orla von Anfang an recht gehabt?

Sie begrub die Furcht in ihrem Bauch, ging ins Lager und setzte den Kessel auf. Zerstoßene Brennnesseln bedeckten den Boden der Tasse und sie dachte an Detective Boyd. Was war mit seiner Chefin los? Es war eindeutig, dass da etwas im Busche war, und sie hatte genug zu tun, auch ohne sich darüber Gedanken zu machen.

Sie leerte die Tasse und spülte sie aus, bevor sie gut einen Fingerbreit Vodka aus einer Flasche eingoss, die sie in einem Wandschrank versteckt hatte. Sie hatte die Flüssigkeit schon geschluckt, bevor das Wasser überhaupt zu kochen begonnen hatte. Wenigstens ließ jetzt das Zittern in ihren Fingern nach.

Doch der Alkohol machte ihren Kopf nicht klarer, sie fühlte

sich ganz benommen. Sie verstand einfach nicht, was hier vor sich ging, und noch weniger, was ihre Rolle in dem Ganzen war. Hatte sie etwas gesagt oder getan, womit sie diese schrecklichen Dinge ins Rollen gebracht hatte? Passierte das alles ihretwegen? Hatte es etwas mit den Gelegenheiten zu tun, bei denen sie einen Filmriss erlebt hatte?

Nein, es musste an jemand anderem liegen, und jetzt, wo sie so darüber nachdachte, wusste sie ziemlich genau, wer schuld war.

EINUNDVIERZIG

Das Büro war immer dünner besetzt, als nach und nach jedem eine Aufgabe zugeteilt wurde. Kirby konnte nicht anders: Er öffnete die Akte Tyler Keating auf seinem Computer. Er las darin, während er sich die Packung Hähnchensalat auf machte, die er sich bei Wholesome Pantry gekauft hatte. Er hatte sich fest vorgenommen, seine Lebensweise zu ändern. Und anfangen würde er mit seinen Essgewohnheiten. Auf Nimmerwiedersehen, McDonald's. Hallo, Gemüse! Wenn er seine Augen schloss, war es gar nicht mal so schlimm. Wenn er seine Fantasie benutzte, konnte er sich vorstellen, dass er gerade frittierte Chicken Nuggets aß.

Tyler Keating war neununddreißig Jahre alt, Buchhalter mit MBA-Abschluss und nebenberuflich Lehrer am College in Athlone. An dem Tag, an dem er verschwunden war, sollte er zu einer Konferenz nach Liverpool fliegen. Seine Frau hatte ihn fünf Tage später als vermisst gemeldet. Das hatte Kirby damals gestört, und jetzt störte es ihn wieder. Warum hatte sie so lange gewartet?

Er überflog die Berichte und Befragungsprotokolle. Nichts, was ihm ins Auge stach. Alles war genau nach Vorschrift gelaufen. Aber trotzdem hatten sie, obwohl jetzt schon ein ganzes Jahr verstrichen war, nicht den kleinsten Anhaltspunkt, was mit dem Mann geschehen sein könnte. Die Akte war immer noch nicht geschlossen, nur inaktiv. In den letzten zwölf Monaten hatte es keinerlei neue Spuren gegeben, obwohl der Ermittlung regelmäßig Aufrufe gefolgt waren. Tyler hatte eine Schwester und einen Bruder in Mayo, die anfangs immer wieder angerufen hatten. Aber inzwischen schienen sie akzeptiert zu haben, was auch Kirby glaubte: dass ihr Bruder tot war.

Aber wenn das der Fall war, wo war dann seine Leiche? Wenn er Selbstmord begangen hätte, oder einen Unfall gehabt hätte, dann wäre sein Wagen irgendwo aufgetaucht. Der war jedoch auf keiner Fähre transportiert worden, und bis jetzt wurde er weder gesichtet noch geborgen. Es war ein Rätsel. War da noch jemand anderes beteiligt?

Eine Zeit lang hatten sie seine Frau Orla verdächtigt. Sie war überprüft worden, aber abgesehen davon, dass sie das Verschwinden ihre Mannes erst so spät gemeldet hatte, hatte man nichts gefunden, dass einen Verdacht gerechtfertigt hätte. Telefondaten zeigten, dass sie ihn angerufen, er aber nicht zurückgerufen hatte. Wenn sie ihn umgebracht hatte, dann hätte sie vielleicht das Auto zu einem Schrotthändler gebracht und es auseinandernehmen lassen. Sie hatten auch in diese Richtung Nachforschungen angestellt und die waren in einer weiteren Sackgasse geendet. Tylers Bankkarten waren auch nicht benutzt worden. Allerdings war das nun schon länger nicht mehr überprüft worden. Er würde mal bei der Bank anrufen und nachfragen, wie es mit den Konten des vermissten Mannes aussah. Und dann? Er spürte die Hoffnungslosigkeit, die immer dann kam, wenn er nicht wusste, was er noch machen sollte.

Er musste endgültig wissen, ob Tyler Keating tot war. Aber er musste auch die Tatsache akzeptieren, dass manche Leute einfach nicht gefunden werden wollten.

ZWEIUNDVIERZIG

Boyd stürmte in die Wache und ließ die Tür hinter sich geräuschvoll ins Schloss fallen. Lottie beobachtete ihn vom Auto aus und versuchte zu verstehen, warum er so unausgeglichen war. Sie musste noch jemandem einen Besuch abstatten, bevor sie wieder an ihren Schreibtisch zurückkehren konnte.

Hill Point war ein weitläufiger Wohnkomplex, der während der Hochphase des Celtic Tigers gebaut worden war. Die weiß getünchten Wände sahen inzwischen grau und schäbig aus, aber sie wusste, dass in den Wohnungen über der Ladenzeile kein einziges Zimmer mehr zu haben war.

Sie stellte den Wagen ab und ging in das SunUp Studio. Auf der Website stellte sich das Studio als edles, hochmodernes Luxusstudio dar, und da Lottie noch nie in einem Yogastudio gewesen war, passte für sie das Interior genau zu dem, was sie sich vorgestellt hatte. Es fühlte sich so an, als könnte man sich hier entspannen. Als ob sie jemals Zeit haben würde, um sich zu entspannen und in Achtsamkeit zu üben.

Grüne Zimmerpflanzen, die sich nach näherer Betrachtung als aus Plastik und völlig verstaubt entpuppten, säumten die Wände des engen Foyers. Die Stühle waren aus orangem Filz und Chrom. Und durch das Glas im unteren Teil der Rezeption konnte sie die langen Beine der äußerst attraktiven Frau sehen, die dort saß. Mit ihren ausgefransten Jeans und den Stiefeletten – sie hatte ihre Halbschuhe in der Eile am Morgen nicht gefunden – und Seans Batman Kapuzenpulli über einem verwaschenen weißen T-Shirt fühlte sich Lottie einmal mehr wie eine unterklassige Schauspielerin, die im falschen Studio erschienen war. Doch wenn sie sich so umsah, dann war sie überzeugt davon, dass das SunUp vorgab, etwas zu sein, was es nicht war.

Sie zeigte ihren Dienstausweis. Aus der Nähe betrachtet bemerkte sie, dass das Gesicht der Frau von einer dicken Schicht Make-Up bedeckt war. Wenn man das abnahm, wäre darunter wahrscheinlich eine ganz andere Person zum Vorschein gekommen. Sie gab Instagram Stars und ihren Schönheitsproduktkollaborationen die Schuld. Sogar ihre Töchter fielen auf die Marketingstrategien herein.

Die Frau öffnete ihre karmesinrot glänzenden Lippen und fletschte ihr schneeweißes Gebiss zu einem angestrengten Lächeln. Mit breitem Akzent sagte sie: »Sie wollen bestimmt mit Owen reden, hab ich recht?«

»Dem muss wohl so sein. Ist er da?«

»Wo soll er sonst schon sein? Das hier ist sein *verlorenes Paradies*.« Sie malte Anführungszeichen in die Luft.

Lottie erinnerte sich vage daran, einen Auszug aus Miltons Gedicht gelesen zu haben, als sie sich vor einer Million Jahren auf ihren Schulabschluss vorbereitet hatte. Der Fall der Menschheit, verursacht von Adam und Eva? Hm.

Die persönliche Assistentin drückte auf einen Knopf auf ihrer Tastatur. »Ein Detective ist hier für Sie, Owen. Ja, super, ok.« Sie legte auf und deutete auf eine Tür. »Er ist da. Seien Sie gewarnt.«

»Was?

»Er macht gerade eine Übung.«

Lottie klopfte und ging, ohne eine Antwort abzuwarten, hinein. Drinnen befand sich ein Mann – in schwarzen Leggins und ärmellosem Oberteil – gerade im Handstand.

»Noch dreißig Sekunden,« sagte er.

Während sie sich umschaute, lauschte Lottie der gedämpften Panflötenmusik. Neben ihm auf dem Boden lag ein Telefon, und aus ihrer Perspektive konnte sie seine Gesichtszüge nicht klar erkennen. Sie zählte im Kopf bis dreißig, und er hatte wohl dasselbe getan, denn plötzlich ließ er seine Beine nach unter klappen und stellte sich aufrecht hin.

Er streckte ihr eine verschwitzte Hand entgegen. »Owen Dalton. Wie kann ich Ihnen helfen?«

Lottie stellte sich vor und fügte hinzu: »Ich möchte mich über ein Mitglied von Ihnen erkundigen. Éilis Lawlor.«

»Wir haben so viele Mitglieder, ich kenne nicht jeden persönlich. Ich müsste in der Mitgliederdatei nachsehen.«

»Das wäre nett.«

Er ging geschmeidig um einen schmalen Schreibtisch herum und setzte sich auf einen Inversionsstuhl. Sie kannte die Art Stuhl von Leuten mit Rückenschmerzen. So viel zum Yoga, dachte sie.

Als er auf einem silbernen MacBook Pro ein Dokument öffnete, bemerkte sie, wie er die Stirn runzelte. Er hatte ein schmales, fast schon ausgemergeltes Gesicht, einen Ziegenbart und schwarzes, lockiges Haar. Seine Finger kamen auf der Tastatur zur Ruhe. Er blickte zu ihr auf. Aus blauen Augen, die so hell waren, dass sie fast durchscheinend wirkten, warf er ihr einen fragenden Blick zu. Sie schwieg geduldig, bis er schließlich das Wort ergriff.

»Darf ich fragen, warum Sie sich nach Mrs Lawlor erkundigen?«

»Sie hat sich seit über vierundzwanzig Stunden nicht bei ihrer Familie gemeldet. Ich glaube, dass Sie bei Ihnen Mitglied ist. Wann hat sie das letzte Mal eine Klasse besucht?«

»Brauchen Sie für diese Art von Information nicht einen richterlichen Beschluss? Ich brauche wenigstens ihre Einwilligung, Ihnen das zu sagen.«

»Ich habe keine Zeit für so etwas. Ich gehe davon aus, dass Éilis tot ist. Mord.«

»Oh Gott, das ist ja schrecklich. Und ich habe gehört, dass Mrs O'Loughlin gestern tot aufgefunden worden ist. Was ist nur in dieser Stadt los?«

»Also war Jennifer hier auch Mitglied?«

»Da sie nicht mehr unter uns weilt, kann ich bestätigen, dass sie Mitglied war, auch wenn ich glaube, dass sie schon eine Weile nicht mehr hier war.«

Ihr fiel auf, wie förmlich er von den Frauen sprach. Sie nannte Opfer gern beim Vornamen. Dadurch wurden die Tode spürbarer für sie, persönlicher. Sie schätzte Owen Dalton auf irgendwas zwischen fünfundzwanzig und fünfundvierzig. Sein Gesicht war ganz glatt, aber mit Botox und ähnlichen neumodischen Erscheinungen hieß das gar nichts.

»Wann war Jennifer das letzte Mal bei einem Kurs?«

Er neigte seinen Kopf, wobei ihm verschwitzte Locken ins Gesicht fielen, und tippte auf die Tastatur. »Ihre Mitgliedschaft endet Ende des Monats. Vor sechs Wochen war sie zum letzten Mal hier. Was ist mit ihr geschehen?«

»Wann war Éilis Lawlor zuletzt hier?«

Er schluckte. Drückte mehr Tasten. Sein anfängliches Zögern, mehr Informationen preiszugeben, schien verflogen zu sein. »Am Montag. Bei dem Kurs um halb acht.«

»Morgens oder abends?«

»Abends.«

»Wer leitet den Kurs?«

»Ich selbst.«

»Waren Sie auch Jennifers Trainer?«

»Ja.«

»Wie viele Trainer arbeiten hier?«

»Drei freiberufliche. Ich bin Vollzeit. Das hier ist ein hochwertiges Stu–«

»Also haben zwei Frauen aus ihrem Unterricht –«

»Kurs, nicht Unterricht. Mein Studio ist exklusiv, teuer und förderlich für meine Kunden. Glauben Sie mir, mir ist mein Geschäft viel zu viel wert, als dass ich etwas im Schilde führen würde, das auch nur ansatzweise als moralisch fragwürdig eingestuft werden könnte.«

»Sie denken, Entführung und Morden könnten als ansatzweise moralisch fragwürdig eingestuft werden?« Sie konnte die Schärfe in ihrer Stimme nicht unterdrücken. Er war viel zu ruhig, nervenaufreibend ruhig.

Er öffnete den Mund, doch schloss er ihn wieder. Dann senkte er seinen Kopf und starrte auf seine manikürten Fingernägel. Lottie hatte ihre abgeknabberten Nägel in ihren Hosentaschen vergraben.

»Hören Sie zu, Owen, ich beschuldige Sie nicht. Ich sammle nur Informationen.«

»Ich kann Ihnen nichts sagen, außer, dass beide Frauen hier Mitglied waren. Der Datenschutz –«

»Ja, okay. War eine von ihnen mit anderen Mitgliedern befreundet?«

»Nicht, dass es mir aufgefallen wäre.«

»Haben Sie gesehen, dass sie sich miteinander unterhalten haben?«

»Nein, aber das heißt nicht, dass sie das nicht gemacht haben.«

»Ist Helena McCaul auch ein Mitglied?«

Er schaute auf die Liste, die er auf seinem Bildschirm geöffnet hatte. »Nein.«

»Orla Keating?«

»Ja, die schon.«

Sie stand auf. »Können Sie mir bitte die Namen Ihrer freiberuflichen Mitarbeiter geben?«

»Warum müssen Sie auch mit denen sprechen?«

»Weil ich es muss«, sagte sie gereizt. Sie konnte ihn wirklich nicht leiden. Unter ihrem finsteren Blick schien er im Boden zu versinken, dann tippte er wieder auf der Tastatur herum. Hinter ihm sprang der Kopierer an und er wartete, bis das Blatt Papier zum Vorschein kam.

»Bitte schön. Wahrscheinlich breche ich irgendein Gesetz, wenn ich Ihnen diese Namen gebe.«

»Und *ich* bin dafür bekannt, dass ich ganz andere Sachen breche, also stellen Sie meine Geduld nicht unnötig auf die Probe.« Sie ging Richtung Tür, aber dann drehte sie sich noch einmal um. »Können Sie mir sagen, wo Sie sich von Donnerstagabend bis heute Morgen aufgehalten haben?«

»Brauche ich einen Anwalt?«

»Um Himmels willen …«

»Am Donnerstag war ich bis spätabends hier und habe meditiert, gestern war ich den ganzen Tag hier, auch wieder bis spät in der Nacht. Dann bin ich nach Hause und habe gegessen. Und dann bin ich ins Bett.«

»Kann das jemand bestätigen?«

»Wenn es sein muss, dann kann ich das bestätigen lassen.«

»Das wäre schön.« Sie gab ihm ihre Karte und ging.

Als sie vor ihrem Wagen stand, ließ sie die Unterhaltung nochmal Revue passieren. Dann stieg sie ein und startete den Motor. Sie konnte einfach nicht begreifen, warum sie so ein schlechtes Gefühl hatte. Entweder übersah sie etwas, oder es gab etwas Wichtiges, das er nicht gesagt hatte. Kopfschüttelnd fuhr sie zurück zur Wache. Da fiel ihr auf einmal ein, was sie vorher gestört hatte. SunUp wurde als ein exklusives Edelstudio beworben, jedoch schien es damit den Bach runter zu gehen.

DREIUNDVIERZIG

Von der Hitze im Büro hatte McKeown einen ganz heißen Kopf. Er hatte sich durch Webseiten geklickt und beim Gesellschaftsregister angerufen, und jetzt hatte er das Finanzamt in Athlone am Apparat. Seit fünfundzwanzig Minuten war er in der Warteschleife und sein Geduldsfaden war angespannter als sein Kiefer. Er war kurz davor, einfach aufzulegen, als er endlich jemanden in die Leitung bekam.

»Detective? Es könnte sein, dass ich etwas zu Jennifer O'Loughlin habe, jedoch unter ihrem Geburtsnamen, Jennifer Whelan. Allerdings glaube ich, dass ich Ihnen die Information nur unter Vorlage eines richterlichen Beschlusses geben kann.«

Mit wem sprach er gerade? Anne, Annette? »Da die Person, über die ich Erkundigungen anstelle, inzwischen verstorben ist – ermordet, wie ich hinzufügen darf – glaube ich nicht, dass Sie sich Gedanken darüber machen müssen. Es ist nur eine Spur, die wir verfolgen, Anne.«

»Ich heiße Annette. Okay, wenn Sie das sagen. Ich schicke Ihnen jetzt eine E-Mail. Bitte bringen Sie mich nicht in Schwierigkeiten.«

»Machen Sie sich darüber keine Sorgen. Ich weiß Ihre Hilfe wirklich zu schätzen.«

»Danke, Detective McKeown. Wissen Sie, ich kenne eine Mrs McKeown und –«

Scheiße. »Ich bin in Eile, verzeihen Sie, und nochmals danke, Annette.«

Er legte auf und starrte seinen Monitor an, wobei er alle paar Sekunden auf Neu-Laden klickte. Endlich kam die E-Mail an.

»Ich hab sie!« Er drehte sich um und merkte, dass er alleine im Büro war. Niemand, mit dem er seinen Erfolg teilen konnte. Er prüfte, ob alle Details auf seinem iPad waren und machte sich auf, um Garda Martina Brennan zu suchen.

»Du hättest jemand anderen mitnehmen sollen.« Martina saß wie eine aufgezogene Sprungfeder auf dem Beifahrersitz. Obwohl er Frauen wirklich gern mochte, vielleicht abgesehen von Lottie Parker, verstand er sie kein bisschen.

»Du und ich, wir sind das Team, Süße.«

»Ich bin kein Detective und ich weiß, dass ich alles andere als süß bin, also falle ich nicht auf dein Süßholzgeraspel herein. Wenn du einen kleinen Garda möchtest, der dein Ego streichelt, dann hättest du auch Garda Lei fragen können.«

»Sein Mund ist aber nicht so niedlich wie deiner, Prinzessin.«

»Du laberst so eine Scheiße.«

Er rutschte unbehaglich auf dem Sitz umher, als er den Wagen von der Wache weg und an der Kathedrale vorbei steuerte. »Welche Laus ist dir denn über die Leber gelaufen?«

»Du spielst mit den Gefühlen anderer Leute, Sam. Ich habe es dir schon einmal gesagt, mir gefällt nicht, wie du deine Frau und deine Kinder behandelst.«

»Meine Familie hat nichts mit dir zu tun.«

»Doch, das hat sie. Ich bin der Grund, warum du sie so behandelst.«

»Setz dich nicht auf ein zu hohes Ross. Wenn du es nicht wärst, dann wäre es jemand anders.« Verdammt! Jetzt hatte er Farbe bekannt.

Sie drehte sich um neunzig Grad auf ihrem Sitz und er konnte regelrecht fühlen, wie sich ihr Blick in seine Schläfe bohrte. Er wagte nicht, seine Augen von der Straße zu nehmen.

»Das war's, Sam. Aus. Ende. Ich mache noch diese Durchsuchung mit dir, und dann möchte ich nie wieder mit dir allein in einem Auto oder im Büro oder sonst irgendwo sein. Bei deiner Einstellung wird mir schlecht. Ich verstehe wirklich nicht, wie ich nur so blind sein konnte. Ich wurde ja oft genug gewarnt. Fahr einfach. Und sag nichts mehr zu mir. Sieh mich nicht mal an.«

Er hielt den Mund und versuchte, sein Temperament unter Kontrolle zu halten. Jemand hatte ihr ins Gewissen geredet. Und bestimmt nicht seine Frau, denn soweit die wusste, war die Affäre beendet. Nein, das musste Kirby gewesen sein. Er würde ihn windelweich prügeln. Er packte das Lenkrad so fest, dass seine Knöchel weiß hervortraten. Die Stille im Wagen bewirkte, dass seine Wut noch mehr brodelte und ihn fast zu verschlingen drohte.

»Wohin fahren wir überhaupt?«, fragte sie irgendwann. Er traute sich nicht, ihr zu antworten.

Das Gebäude war das kleinste von dreien, die auf einem quadratischen Stück Land etwas außerhalb von Ragmullin standen. Weniger als zwei Kilometer von dem Ort, an dem Jennifers Leiche gefunden worden war, dem Brachland beim Ballyglass Business Park. Zwei der Einheiten auf dem Grundstück beherbergten einen Möbelladen und ein Garten Center. Die Einheit, an der er interessiert war, wurde als Lager genutzt.

Er betrachtete das Rolltor und fragte sich, wo er wohl einen Schlüssel dafür auftreiben konnte.

Martina schnallte sich ab und sprang aus dem Wagen, bevor er auch nur den Motor abgestellt hatte. Er seufzte, streckte seine Beine aus und folgte ihr zu dem Möbelladen.

Sie sprach mit einem Mann hinter einem Schreibtisch in einem kleinen, von Glas umgebenen Büro.

»Und wie lange haben Sie Jennifer O'Loughlin schon nicht mehr hier gesehen, Ted?«, fragte sie gerade.

»Ach, das muss gute zwei Monate her sein. Aber hier draußen sehe ich nicht jeden, der kommt und geht. Dafür ist meine Frau die Expertin.« Er gluckste.

»Haben Sie zufällig einen Schlüssel zu dem Lager? Wir müssen es durchsuchen.«

McKeown hielt sich zurück, während Martina ihren Charme spielen ließ. Aber er war ziemlich übel gelaunt, immerhin war er es gewesen, der die Adresse herausgefunden hatte.

»Jennifer hat mir den Ersatzschlüssel gegeben, nur für den Fall, dass der Alarm losgeht, wenn sie in der Arbeit oder unterwegs ist. Ich sehe mal nach.«

Als er damit begann, Schubläden zu durchwühlen, trat McKeown nach vorn. »War Jennifer oft unterwegs, Ted?«

»Das weiß ich nicht. Ich musste jedenfalls nie nach ihrem Alarm sehen. Das könnte natürlich auch eine Attrappe sein. Um Möchtegerneinbrecher abzuschrecken.«

»Wann haben Sie sie zum letzten Mal gesehen?«

Der füllige Mann, der bestimmt über siebzig war, schnaufte, während er weiter suchte. »Ich habe Ihrer Kollegin bereits gesagt, dass das sicher schon zwei Monate her ist. Hab damals nicht gedacht, dass ich die junge Frau da zum letzten Mal vor Augen haben würde. Haben Sie denn schon eine Ahnung, wer sie umgebracht hat?«

»Gerade wollte ich Ihnen die gleiche Frage stellen«, sagte McKeown.

Der Mann stellte sich kerzengerade hin, die Adern an seinen Schläfen traten vor Wut hervor. »Das klingt ja wie eine Anschuldigung! Ich habe sie kaum gekannt.«

»Sie müssen nicht gleich in die Defensive gehen. Hat sie jemand belästigt? Hat sie Ihnen jemals gesagt, dass sie sich fürchtet?«

»Wir haben fast nie ein Wort gewechselt. Sie war wahrscheinlich meistens am Abend hier. Tagsüber habe ich sie, glaube ich, nur sehr selten gesehen.«

»Hier draußen muss es abends ganz schön finster sein.«

»Alle Einheiten haben Lichter mit Bewegungsmeldern an den Außenwänden.« Der Mann suchte immer noch und zog Terminkalender und Schraubenzieher hervor. »Wir haben ganz schöne Probleme mit Füchsen und Dachsen. Das Garten Center zieht alle möglichen Lebewesen an.«

»Wir sind an den zweibeinigen interessiert.« McKeown ballte seine Hände in den Hosentaschen zu Fäusten, um seine Ungeduld zu zähmen. »Noch keine Spur von dem Schlüssel?«

»Würde ich denn noch suchen, wenn ich ihn schon gefunden hätte?« Ted blickte auf, bevor er sich der nächsten Schublade zuwandte. »Ah. Danach habe ich gesucht.« Er nahm eine kleine Blechbüchse heraus. Sie war zugesperrt. »Meine Frau hat vielleicht den Schlüssel dafür. Ich hole sie schnell.«

»Geben sie her.« McKeown ging in das enge Büro und nahm Ted die Büchse aus der Hand. Dann griff er nach einem der Schraubenzieher, setzte an und stemmte das Schloss auf.

»Das werden Sie meiner Frau aber ersetzen müssen.« Die Büchse war voller alter Schlüssel.

»Welcher ist es?«

»Woher soll ich das wissen?«

»Mein Gott, Sie sind aber eine große Hilfe.« Er nahm ein paar Schlüssel zur Hand und schaute sie sich an. Zeigen Sie mir den, mit dem Sie ihren Laden aufsperren. Jennifers Schlüssel ist dem wahrscheinlich sehr ähnlich.«

Ted tat wie ihm geheißen. Nach einer weiteren Minute suchen war McKeown sich sicher, den richtigen Schlüssel in der Hand zu halten, und marschierte zu Jennifers Einheit, in der Gewissheit, dass Martina den Möbelmann besänftigen würde.

»Gott sei Dank«, murmelte er, als der Schlüssel tatsächlich passte und das Rolltor sich langsam hob.

»Du hättest nicht ganz so unhöflich sein müssen«, sagte Martina, als sie sich zu ihm gesellte.

»Dann hätte er nicht so viel Zeit damit verbringen sollen, dir auf den Busen zu starren.«

»Du bist so ein Arschloch, weißt du das eigentlich?«

»Das wurde mir schon öfter gesagt.« Er wartete, bis das Rolltor ganz oben war, dann drückte er die hölzerne Tür auf. Kein Alarm. Kein Schlüssel. Und das war ein Segen, denn wenn er nur noch eine weitere Schublade hätte durchwühlen müssen, hätte er Ted erwürgt.

Abgesehen von dem Licht, das hinter ihnen durch die Tür fiel, war es im Innern dunkel. Er suchte die Wand ab und fand einen Schalter. Zwei fluoreszierende Röhren erwachten knisternd zum Leben und erhellten mit einem Mal den Raum

»Heilige Scheiße«, entfuhr es Martina hinter ihm.

McKeown sagte gar nichts. Er war von dem, was er sah, wie gelähmt.

VIERUNDVIERZIG

Da keine Kundschaft kam und sie sich sowieso nicht auf die Arbeit konzentrieren konnte, sperrte Helena zu und ging. Als sie ihren Wagen erreichte, fragte sie sich, ob sie überhaupt noch fahren konnte. Aber es war ja nur der eine Wodka gewesen. Trotzdem, wenn sie bedachte, was sie an den letzten beiden Abenden alles getrunken hatte, war es vielleicht ein Fehler. Unentschlossen und mit dem Schlüssel in der Hand stand sie neben ihrem Wagen.

»Hallo, Helena!«

Sie zuckte zusammen und wirbelte herum. »Mein Gott, Orla! Du solltest dich wirklich nicht so anschleichen!«

»Oh, tut mir leid. Man könnte ja meinen, dass es stockdunkle Nacht ist, so wie du reagierst. Geht es dir gut? Du siehst etwas blass aus.«

Blass? Sie sah absolut scheiße aus. »Ich bin mit den Nerven völlig am Ende. Hast du die Nachrichten gesehen?« Sie lehnte sich gegen den Wagen, um ihr Gleichgewicht wiederzufinden. Vielleicht war sie immer noch betrunken.

»Welche Nachrichten?«

Orla kam ihr irgendwie argwöhnisch vor, wie sie da so

stand, die Hände tief in den Taschen ihres langen dunklen Blazers vergraben, und ihren Blick unstet über den Parkplatz schweifen ließ.

»Die Gardaí glauben, dass sie Éilis gefunden haben. Sie haben mich gebeten, eine Leiche zu identifizieren.«

»Was? Oh mein Gott! Sie ist auch tot? Helena, das hier ist tödlicher Ernst.«

Orla griff nach ihrem Ellbogen. »Soll ich dich begleiten?«

»Danke für das Angebot, aber die sagen, dass das noch etwas dauern wird. Die gehen immer noch irgendwelchen Hinweisen nach.«

»Was für Hinweisen?«

»Keine Ahnung, aber anscheinend haben sie die Leiche. Das ist ein Albtraum!«

»Du brauchst einen Drink und wir müssen uns unterhalten. Lass uns rüber zum Fallon's gehen.«

»Es ist mitten am Tag, Orla.«

»Das ist mir egal. Wir müssen das besprechen. Wir könnten als Nächstes an der Reihe sein. Keine Widerrede. Ich lade dich ein.«

Wider besseres Wissen – welches Wissen – ließ sich Helena über den Parkplatz und die Straße entlang Richtung Pub führen. Sie hatte kaum Zeit gehabt, sich zu wundern, warum Orla eigentlich so plötzlich wie aus dem Nichts aufgetaucht war, da hatte sie schon ihren zweiten Drink intus; und es war noch nicht einmal Mittag.

Jackie schaute erst nur kurz hin, aber dann konnte sie ihren Blick nicht mehr abwenden. Ihre Augen gaukelten ihr nichts vor.

Sie konnte nicht fassen, dass ihr Sohn gerade den gegenüberliegenden Gehweg entlang ging. Bei ihm war ein großgewachsenes junges Mädchen, die ihn an der Hand hielt. Der blonde Pferdeschwanz des Mädchens wippte auf und ab, als sie mit ihm sprach. Irgendwie kam sie ihr bekannt vor. Dann wusste sie es mit einem Schlag. Das war eine der Töchter von Lottie Parker! Dann hatte ihr Exmann es tatsächlich gewagt: Er hatte ihren Sohn der Obhut jemandes aus diesem Pack anvertraut.

Sie drückte den Knopf der Fußgängerampel an der Kreuzung und wartete, bis der Verkehr zum Stillstand kam, um ihnen zu folgen. Sie wollte Sergio in den Arm nehmen und küssen. Ihn der Familie Parker entreißen, aus diesem beschissenen Ragmullin fortbringen, und nie wieder einen Fuß in diese Stadt setzen müssen.

Dann hielt sie inne. Das wäre zu überhastet, oder nicht? Sie musste das richtig anpacken. Wenn sie eine Linie überschritt, eine sichtbare oder eine unsichtbare, dann könnte sie ihren Sohn für immer verlieren. Wenn der Fall vor Gericht ging, dann würde ihre Vergangenheit jedes Gericht negativ beeinflussen. Und wenn sie bedachte, dass Mark unter Lottie Parkers Einfluss stand, dann könnte das sehr wohl vor Gericht enden. Jackie wollte keinen Gerichtssaal betreten. Wenn Lottie involviert war, dann würde er ihren Deal niemals akzeptieren. Sie wollte ihren Sohn bei sich haben, aber sie brauchte Sicherheit. Und Mark Boyd könnte ihr beides garantieren.

Sie wartete, bis der Verkehr wieder rollte und beobachtete, wie die beiden ein Pub betraten. War das erlaubt? Ein achtjähriger Junge und ein Mädchen im Teenageralter, die mitten am Tag in ein Pub gingen? Sie könnte ein Foto machen. Das würde vielleicht helfen, Marks Ungeeignetheit, seine Vaterrolle auszufüllen, zu belegen. Und wieder trat sie sich selbst mental gegen ihr Schienbein, so wie sie es an jedem Tag getan hatte, seit sie ihm von der Existenz seines Sohnes erzählt hatte, auch wenn das Geständnis damals nötig gewesen war. Sie hatte unter Druck gestanden, da ihre Tarnung fast aufgeflogen wäre, als sie eine Drogenbande in Malaga auf der Spur gewesen war. Sie hatte Sergio nicht noch mehr in Gefahr bringen können. Also hatte sie den Schritt getan, den sie acht Jahre lang gescheut hatte, und ihren Exmann kontaktiert. Zu dem Zeitpunkt hatte sie das für das Beste gehalten, aber ihr Leben war nie in Gefahr gewesen, und jetzt war sie zurück in einer Stadt, die sie hasste, und musste ein Problem lösen, dass sie selbst geschaffen hatte.

Sie fasste einen Entschluss und folgte ihnen in Fallon's Pub.

Chloe holte zwei Schüsseln mit Suppe und brachte sie zum Tisch. Das Licht, das durch das Fenster fiel, machte das Pub so freundlich und hell, wie es am Abend, wenn sie hinter der Theke stand, nie war. Es wirkte wie ein ganz anderer Ort.

»Du musst blasen, Knirps. Die ist heiß.«

»So heiße ich nicht.«

Er sagte das in so einem ernsten Ton, dass es geradezu süß war. »Rate mal, wo wir Schönes hingehen, wenn du deine Suppe und zwei Scheiben Brot aufgegessen hast?«

»Papa hat mir das heute Morgen schon gesagt. Du gehst mit mir zum Schwimmen an den See.«

»Das wird bestimmt lustig. Jetzt iss auf. Sobald wir hier fertig sind, haben wir den ganzen Nachmittag Zeit für den See.«

Sie sah, wie er den Löffel zum Mund hob, aber dann auf einmal stoppte. »Warum hetzt du mich so? Magst du mich nicht, Chloe?«

»Natürlich mag ich dich. Du bist wie ein kleiner Bruder.«

»Aber du hast schon einen kleinen Bruder. Aber Sean ist nicht so klein, er ist nämlich größer als du, aber du bist älter, also ist er trotzdem dein kleiner Bruder, oder?«

Sie grinste. »Es ist viel lustiger, Zeit mit dir zu verbringen als mit Sean. Wir werden ganz viel Spaß am See haben, und heute Abend schläfst du wie ein Baby.«

»Ich will aber nicht wie ein Baby sein.« Er schlürfte einen Löffel Suppe. »Und du arbeitest wirklich hier?«

»Ja, meine Sünden büßen.«

»Welche Sünden?«

»Das sagt man nur so.«

Sie wollte ihm gerade den Ausdruck erklären, aber er nickte. Der Kleine war ganz schön clever, aber viel zu ernst. Genau wie sein Vater. Nicht wie *ihr* Vater. Der war ein richtiger Scherzkeks gewesen und hatte sie regelmäßig bis zum Umfallen gekitzelt. Der Gedanken daran, ließ sie lächeln.

Dafür, dass Mittag war, war ganz schön viel los im Pub. Ihr Blick fiel auf zwei Frauen, die in der Ecknische saßen und die Köpfe zusammensteckten, als ob sie eine Verschwörung planten. Waren die nicht kürzlich erst auch am Abend da gewesen? Online hatte sie gelesen, dass die ermordete Frau auch Teil dieser Gruppe gewesen war. Sie war neugierig geworden, und ohne es zu merken, aß sie ihre Suppe, während sie ihre gesamte Aufmerksamkeit den beiden schenkte.

»Kennst du diese Frauen?«, fragte Sergio.

»Nein.«

»Es gehört sich nicht, so zu starren.«

»Bist du fertig? Dann sollten wir uns beeilen, solange es noch warm genug zum Schwimmen ist.«

Sie wartete, bis er den letzten Löffel Suppe gegessen hatte, dann bat sie ihn, sitzenzubleiben und auf sie zu warten, während sie das Geschirr zurück zur Bar brachte. Dabei bemerkte sie eine Frau, die am langen Tresen saß und Sergio anstarrte. Was zur Hölle machte Jackie Boyd in Ragmullin?

Chloe bezahlte mit Karte und eilte zurück zu dem Jungen. Er musste hier raus, bevor sich Boyds Exfrau auf ihn stürzte. Sie überlegte, ob sie Boyd darüber informieren sollte; aber tief im Innern wusste sie, dass das keine gute Idee war.

FÜNFUNDVIERZIG

Die Einheit, die Jennifer gemietet hatte, war aus rohen Betonblöcken konstruiert und hatte ein verzinktes Dach. Eine ganze Menge Leinwände lehnten an den Wänden. Aber deswegen waren sie nicht wie erstarrt stehengeblieben.

»Was zu Teufel ist das?«, fragte McKeown.

»Könnte es vielleicht tatsächlich ein Auto sein?«, fragte Martina.

Der Sarkasmus in ihrer Stimme brachte ihn dazu, sich umzudrehen. »Wirklich? Und dabei habe ich verdammt nochmal gedacht, dass das ein Bus ist!«

Sie hatte ihr Handy gezückt und machte Fotos von dem Wagen. »Das einzige Fahrzeug, das auf Jennifer oder ihren Mann zugelassen ist, ist vor ihrem Haus geparkt.«

Er ging um den Wagen herum und spähte durch das Fenster auf der Fahrerseite ins Innere. »Wie hat Jennifer diesen weißen Hyundai hierher geschafft?«

»Handschuhe«, sagte Martina und reichte ihm ein Paar.

»Warum?«

»Weil er vielleicht in ein Verbrechen verstrickt ist. Der ist nicht umsonst hier drinnen versteckt worden.«

»Das stimmt«, gab er zu. »Gibt es schon was Auffälliges zum Kennzeichen?«

»Das muss ich erst noch durchgeben.«

»Warte damit noch einen Augenblick. Ich möchte mich erst umschauen.« McKeown ging um den Wagen herum und näherte sich der Rückwand des Gebäudes. »Hier gibt es noch ein Rolltor, viel größer. Der Wagen wurde hier durch hereingefahren.«

»Schauen wir uns draußen auch um?«

»Gleich. Ich möchte erst nachsehen, ob der Wagen verschlossen ist, und ob wir etwas darin finden.« Er zog die Handschuhe an und legte seine Finger um den Türgriff. Die Tür öffnete sich.

»Wir haben ja eine richtige Glückssträhne.« Martina lehnte sich zur Seite, um an ihm vorbeisehen zu können.

McKeown stieg ihr süßliches Parfüm in die Nase, bevor der Duft von einem anderen Geruch überlagert wurde. »Ich rieche Bleichmittel.«

»Es gibt nur einen Grund, warum jemand ein Auto mit Bleichmittel sauber machen würde.«

»Um etwas zu vertuschen. Ein Verbrechen?«

Er schaltete die Lampe an seinem Handy ein, um besser sehen zu können. Die Polster wirkten wie neu, aber der Geruch kam aus dem Fußraum.

»Wir müssen die Spurensicherung rufen. Es kann sein, dass hier drinnen Blut war.«

Er öffnete die anderen Türen und schaute sich die hinteren Sitze an. Der Geruch nach Bleichmittel war hier stärker. Es lagen weder Papiere noch Verpackungen oder anderer Schmutz herum.

»Eine Leiche im Kofferraum?«, fragte Martina.

»Das bezweifle ich.« Dennoch ging er vorsichtig um den Wagen herum, öffnete den Kofferraum und linste hinein.

»Keine Leiche.« Der Innenraum sah genauso sauber aus

und roch auch so. Er schloss ihn wieder und studierte die Reifen. In den Rillen waren weder Schlamm noch Steinchen zu sehen. Dann beleuchtete er mit der Lampe die Unterseite des Wagens. »Nicht einmal ein Neuwagen wäre so sauber.«

»Er wurde 2014 zugelassen.«

»Du weißt genau, was ich meine.« Er stand auf. »Warum ist er so aufwendig gereinigt worden? Und was zum Teufel macht er in einem Lager, das von Jennifer O'Loughlin angemietet worden ist?«

»Wir müssen herausfinden, auf wen er zugelassen ist.«

»Mach jetzt die Meldung. Ich schaue mich draußen um.«

Als Martina ihrer Aufgabe nachkam, schritt McKeown das Gelände ab, das von einer Hecke eingegrenzt wurde. Auf beiden Seiten führte ein betonierter Zugang zu einer befestigten Fläche hinter dem Gebäude. Es wäre ein Leichtes, einen Wagen nach hinten und dann durch das Rolltor in das Gebäude hinein zu fahren. Die Sicherheitstür war der am Eingang sehr ähnlich. Die Rückseite des Gebäudes wurde eindeutig dafür benutzt, um Dinge in das Gebäude hinein- und hinauszutransportieren. War der Wagen schon dort gewesen, als sie die Einheit angemietet hatte, oder hatte sie sie aus genau diesem Grund gemietet?

Wenn sie herausfanden, wem das Auto gehörte, dann kannten sie wahrscheinlich auch die Antwort auf diese Frage.

Als er sich umdrehte, stieß er fast mit Martina zusammen. An ihrem roten Gesicht konnte er ablesen, dass sie den Namen des Besitzers kannte. »Du wirst es nicht glauben«, sagte sie.

»Einen Versuch ist es wert!«

»Er ist auf einen Mann registriert, der vor einem Jahr verschwunden ist. Tyler Keating.«

»Ernsthaft? Ich war da noch nicht dabei, aber ich habe Kirby heute Morgen von dem Fall sprechen hören.«

»Die Sache ist: Genau wie Jennifer ist auch Tyler Keatings Frau Orla Mitglied bei diesen Life After Loss Witwen.«

SECHSUNDVIERZIG

Jane Dore, die Rechtsmedizinerin, war gerade erst wieder vom Fundort am See zurückgekommen und im Tullamore Hospital eingetroffen, als Lottie sie an den Hörer bekam.

»Hi, Lottie. Die Leiche ist noch nicht hier.«

»Konntest du ihr Gesicht sehen? Ich muss wissen, ob es Éilis Lawlor ist.«

»Garda Lei hat mir das Foto der Vermissten gezeigt. Sie ist es.«

Lottie stieß einen langen, tiefen Seufzer aus und sagte: »Ich wusste es, aber es ist trotzdem ein Schock. Ihre armen Kinder.«

»Ich möchte wirklich nicht in deinen Schuhen stecken, wenn du es ihnen sagst.«

»Ja, aber ich würde auch nicht mit dir tauschen wollen. Die Aktienkurse von Wick VapoRub würden ins Unermessliche steigen. Was kannst du mir schon sagen?«

»Noch nicht viel, bis die Leiche hier eintrifft. Ähnliche Verletzungen wie beim ersten Opfer. In ihren Wunden steckten wieder Holzsplitter. Ihre Augen wurden entfernt.«

»Oh, guter Gott. Wurde sie durch einen Schuss getötet?«

»Nein, ich habe noch kein Anzeichen dafür entdeckt, was sie umgebracht hat. Du musst auf die Autopsie warten.«

»Wie lange ist sie schon tot?«

»Es war warm, und wir wissen nicht, wie lange sie schon im Freien war. Vielleicht sechs Stunden, aber das ist nur eine Schätzung. Rein von außen betrachtet konnte ich keine Erfrierungen feststellen.«

»Soll das heißen, dass der Mörder vielleicht doch nicht derselbe ist?«

»Die Frage kann ich nicht beantworten, Lottie. Von den physischen Verletzungen her, die ich sehen konnte, würde ich sagen, dass sie von der gleichen Person getötet worden ist wie Jennifer O'Loughlin, aber bestätigen kann ich das erst nach der Autopsie.«

»Das reicht mir schon. Danke, Jane.«

Nachdem sie aufgelegt hatte, starrte Lottie einfach starr auf die Wand in ihrem Büro. Sie konnte an nichts anderes denken als an die bekümmerten Gesichter von Éilis' Kindern. In solchen Momenten verabscheute sie ihren Beruf. Sie würde noch abwarten, bis Helena die Tote identifiziert hatte, bevor sie Roman und Becky die schreckliche Nachricht überbrachte. Und sie hoffte, dass die Medien die Neuigkeit nicht schon früher veröffentlichten.

Sie musste mit ihrer Superintendentin sprechen. Und dafür brauchte sie Unterstützung.

»Boyd, komm mit.«

Superintendentin Farrell stand am Fenster und wandte ihnen den Rücken zu. Dann drehte sie sich um und bedachte Lottie mit einem scharfen Blick.

»Womit wollen Sie rechtfertigen, dass diese Helena McCaul Personenschutz braucht?«

Lotties Lagebericht war nicht so aufgenommen worden, wie

sie es sich vorgestellt hatte. Die Superintendentin war nur auf einen einzigen Aspekt fixiert. »Die beiden toten Frauen waren Mitglieder dieses Life After Loss Kreises, genau wie Helena. Sie könnte die nächste sein.«

»Glauben Sie das? Sie sollten noch etwas mehr über diesen Kreis herausfinden. Vielleicht ist unser Mörder ja jemand, der ein Hühnchen mit diesen Frauen zu rupfen hat. Finden Sie heraus, wer da sonst noch dabei ist. Da muss es noch andere Mitglieder außer dieser McCaul geben.«

»Jennifer war die Erste, die gestorben ist, aber Éilis hat die Gruppe ins Leben gerufen. Wenn man ihre Schlussfolgerung logisch weiterverfolgen würde, dann hätte sie als Erste umgebracht werden müssen.«

Farrell trat zu nahe an Lottie heran und sah zu ihr auf.

»Logisch? Bei dem, was Sie mir gerade erzählt haben, war nichts logisch.« Sie trat wieder einen Schritt zurück. »Aber mir ist sehr wohl bewusst, dass einer zurechnungsfähigen Person alles, was mit Mord zu tun hat, äußerst unlogisch vorkommen muss. Ich halte mich selbst für zurechnungsfähig, auch wenn Sie mich schon öfter an meine Grenzen gebracht haben, als ich zählen kann.«

»Ist das ein Nein?« Lottie schaute zu Boyd und war froh, dass er genauso verwirrt aussah, wie sich ihr Kopf anfühlte.

»Ja, aber kein endgültiges.«

»Was ist es dann?«, fragte Lottie, nun völlig perplex.

»Sprechen Sie mit dieser McCaul und finden Sie so viel wie möglich über diese Gruppe heraus, auch über ehemalige und aktuelle Mitglieder. Fertigen Sie ein Profil an. Und dann kommen Sie wieder her.«

»Es ist noch eine Frau in die Gruppe involviert, von der wir wissen. Orla Keating. Ihr Mann ist vor einem Jahr verschwunden. Er ist nie gefunden worden.«

»Meinen Sie, dass dieser Vermisste, der höchstwahrscheinlich tot ist, von seinem unbekannten Grab auferstanden ist und nun alle um ihn herum tötet?«

»Nein, das habe ich nicht gesagt. Ich wollte nur –«

»Sagen Sie den Frauen einfach, dass sie auf sich aufpassen sollen. Wegtreten.«

Sobald sie aus der Tür getreten waren, schüttelte Boyd den Kopf. »Ich verstehe es einfach nicht.«

»Ich auch nicht, aber wir müssen uns bei Orla Keating melden und nochmal mit Helena sprechen.«

»Wir haben doch gerade erst mit ihr gesprochen. Sie wird es mit der Angst zu tun bekommen, wenn wir uns schon wieder bei ihr melden.«

»Sobald die Leiche zur Identifikation freigegeben wird, ist das ein guter Grund, wieder mit ihr zu sprechen.«

»Das sehe ich genauso.«

»Wenigstens darüber sind wir uns einig.«

»Was soll das heißen?«

»Du musst wieder aufs Pferd steigen, Boyd. Du bist abgelenkt. Und jetzt haben wir zwei Tote und einen Mörder, der frei herumläuft. Ich brauche dich. Voll konzentriert.«

»Und *du* bist wohl immer voll konzentriert?«

»Ich versuche es wenigstens.«

»Du behauptest also allen Ernstes, dass ich mindere Arbeit abliefere? Das ist nicht fair, Lottie.«

Ihr fiel auf, dass seine Ohren weiter vom Kopf abzustehen schienen, wenn er wütend war. »Konzentriere dich einfach, okay?«

»Klar!« Er schob sich an ihr vorbei und hastete den Korridor entlang, dann knallte er die Bürotür hinter sich zu.

»Wie du willst«, murmelte Lottie vor sich hin. Sie fuhr sich mit der Hand durch ihr Haar, das dringend gewaschen werden musste, und fragte sich, ob sie gerade die letzte Brücke zwischen ihnen abgefackelt hatte.

Das Handy in ihrer Tasche summte. Chloe. Wahrscheinlich ging es um Rose. Da konnte sie nicht drangehen, bevor sie sich beruhigt hatte. Sie lehnte den Anruf ab und hoffte, dass Jane es einmal mehr schaffen würde, dass die Toten zu ihr sprachen. Wenigstens konnten Tote weder widersprechen noch Türen zuknallen.

Noch bevor sie die Nummer wählen konnte, leuchtete McKeowns Name auf dem Display auf.

SIEBENUNDVIERZIG

Im Treppenhaus stieß sie auf McKeown und ging mit ihm zusammen zum Büro.

»Bringen Sie mich auf den neuesten Stand.«

»Weil wir diese Kunstwerke in dem Lager entdeckt haben, und weil sie überhaupt nicht in den sozialen Medien unterwegs ist, habe ich geschlussfolgert, dass Jennifer eine Website haben muss.«

»Und?«

»Ich habe sie gefunden, unter ihrem Geburtsnamen, Whelan. Unter diesem Namen hat sie auch das Lager gemietet.«

»Dann hat sie es schon angemietet, bevor sie geheiratet hat?«

Er zuckte mit den Schultern. »Um das herauszufinden, brauchen wir wahrscheinlich einen richterlichen Beschluss, oder wir finden jemanden, der das zufällig weiß.«

»Vielleicht hat sie einfach vergessen, den Namen umschreiben zu lassen. Diese Spur führt ins Nirgendwo, McKeown.«

»Das stimmt nicht ganz.« Auf seinem Gesicht lag ein Grinsen, dass ihr ein wenig unpassend vorkam, angesichts der Tatsache, dass sie es mit zwei Morden zu tun hatten. »In dem Lager ist ein weißer Hyundai geparkt. Und der Wagen stinkt nach Bleichmittel.«

»Was zum Teufel ...?« Lottie versuchte, zu verstehen, was der Detective ihr gerade erzählt hatte.

»Ich habe jemanden von der Spurensicherung kommen lassen, um sich das genauer anzuschauen. Und zur Sicherheit habe ich zwei Polizisten vor Ort beordert.«

»Wissen Sie, wem der Wagen gehört?«

McKeown sah ungemein zufrieden mit sich aus. »Er gehört Tyler Keating. Der vor einem Jahr verschwunden ist.«

Kirby sprang von seinem Stuhl auf. »Das ist der Cold Case von dem ich gesprochen habe, Boss. Orla Keating ist Tylers Frau. Sie gehört zu diesen Life After Loss Witwen, genau wie die beiden Toten.«

»Sie sind also der Idiot, der den Fall bearbeitet hat?« McKeown grinste fies. Er konnte seine Schadenfreude nicht verbergen.

»Damals waren Sie noch nicht einmal hier stationiert«, brüllte Kirby, als Martina aufstand und sich zwischen die beiden Männer stellte.

An der Tür tauchte Lynch auf. »In welcher Runde sind wir?«

»Seien Sie still, und reizen Sie sie nicht noch mehr«, sagte Martina in einem Versuch, den Frieden wiederherzustellen.

»Beruhigen Sie sich, meine Herren«, beschwichtigte Lottie. »Wir müssen den Wagen untersuchen lassen. Vielleicht hilft er uns dabei, diese Mordfälle zu lösen.« Sie konnte das Testosteron im Raum fast riechen, während sie sprach. Sie sah Kirby an. »Heute Morgen haben Sie um Erlaubnis gebeten, den Fall nochmal neu aufzurollen. Aufgrund der neuen Informationen möchte ich ein kleines Team mit der Untersuchung beauftragen. Arbeiten Sie mit Martina zusammen. Schauen Sie sich alles noch einmal an, auch Tyler Keatings Bankkonten und Finanzen. Und finden sie heraus, was Jennifer O'Loughlin mit ihm zu tun hatte.«

Sie wandte sich McKeown zu. »Ich möchte alles über Jennifer wissen. Warum wurde sie schon über einen Monat vermisst, ohne dass es jemandem aufgefallen ist oder es jemand gemeldet hat? Wo war sie während dieser ganzen Zeit? Helena McCaul vermutet, dass es in der Zahnklinik Stress gegeben hat. Sie hat auch gesagt, dass Éilis und Jennifer die ersten Mitglieder des Witwenkreises waren. Sehen Sie, was Sie finden können. Und dann vergleichen Sie das mit dem, was Kirby gefunden hat und suchen nach Querverweisen.«

»Natürlich.« Dann, als wäre ihm plötzlich klar geworden, dass er sich eigentlich ärgern sollte, weil Martina seiner Nemesis zugeteilt worden war, fügte er hinzu: »Martina hat heute mit mir an dieser Sache gearbeitet. Deshalb sollte sie weiterhin mich unterstützen.«

»Das hätten Sie wohl gerne«, zischte Kirby.

Lottie durchbohrte die beiden mit einem finsteren Blick. »Würden Sie beide sich bitte zusammenreißen? Ich habe mich klar ausgedrückt, also machen Sie sich an die Arbeit!«

Als sie in ihr eigenes Büro marschierte, hörte sie, wie McKeown zu Kirby sagte: »Schauen wir mal, wie weit Sie bei ihr kommen. Sie ist nicht Ihr Typ.«

»Und was wäre dann mein Typ?«, schleuderte Kirby ihm entgegen.

»Die Art von Typ, die in Amsterdam in einem Fenster sitzt.«

Wenn Tyler da war, war die Atmosphäre im Hause Keating immer wie elektrisch aufgeladen gewesen. Jetzt konnte sich Orla eines Lächelns nicht erwehren, wenn sie durch die

Haustür trat. Jedes Mal breitete sich Wärme in ihrem Inneren aus. Sie fühlte sich sicher. Niemand konnte ihr hier etwas tun oder sie anschreien. Der Frieden tat ihr so gut.

Sie öffnete den Kühlschrank, um sich etwas Saft einzuschenken. Da kam ihr eine Erinnerung hoch, die sie zittern ließ. Sie konnte beinahe hören, wie Tyler sie wütend anschrie.

»Ich weiß wirklich nicht, warum du dieses teure Zeig kaufen musst. Die Eigenmarke von Lidl reicht doch völlig aus.«

»Tut mir leid, mir schmeckt dieser nun mal besser.«

Er riss ihr die Packung Tropicana aus der Hand und stellte sie wieder auf das Regal. »In Zukunft werde ich unsere Einkäufe erledigen.«

Sie hatte genickt, weil sie gut genug wusste, dass es nichts brachte, mit ihm zu streiten. Immerhin verdiente sie ihr eigenes Geld. Das konnte er ihr wenigstens nicht nehmen.

»Für eine Frau, die angeblich intelligent ist, bist du ganz schön dumm.«

»Das bin ich wahrscheinlich.«

»Das wahrscheinlich kannst du dir sparen.«

»Aber wir haben doch genug Geld. Eigentlich gibt es keinen Grund, am Essen zu sparen.«

Er schlug mit der Hand so fest gegen die Kühlschranktür, dass zwei Magneten mit Keramik zu Boden fielen und in tausend Scherben zersprangen.

»Wer hat hier etwas von sparen gesagt? Ich habe nur darauf hingewiesen, dass man das Geld nicht zum Fenster hinauszuwerfen braucht, wenn es wunderbar akzeptable Alternativen gibt. Das bekräftigt nur meine These zu deiner Dummheit.«

Jetzt war es Zeit, zu beschwichtigen. Sie schluckte ihren Stolz hinunter und sagte: »Du hast recht, Tyler. Manchmal bin ich wirklich zu dumm. Gut, dass es dich gibt und du mich darauf hinweisen kannst.«

Er trat näher an sie heran, und seine Spucke landete auf ihrem Gesicht. Er fuhr sie an: »Machst du dich über mich lustig? Ja, du *bist* dumm. Du solltest deinen Platz in unserer Ehe kennen.«

»Das tue ich. Wirklich, das tue ich.«

Sie versuchte, sich nicht wegzuducken, weil sie wusste, dass ihn das nur noch mehr dazu anspornte, sie zu demütigen. Und sie musste ihren Mund halten. Wenn sie ihn noch mehr reizte, dann lief sie Gefahr, auszuplappern, was sie über ihn herausgefunden hatte. Und wenn sie das tat, dann würde das sicherlich mit einer aufgeplatzten Lippe, wenn nicht sogar mit Schlimmerem enden. Einer der Gründe, warum er darauf bestanden hatte, dass sie von zu Hause aus arbeitete, war, dass so niemand die blauen Flecken zu Gesicht bekam, die er ihr regelmäßig beibrachte. Das passierte immer häufiger und die Schläge wurden immer härter. Aber das war nur einer der Gründe. Der andere war tödlicher.

Was sie wusste, würde ihn für sehr lange Zeit ins Gefängnis bringen. Aber sie musste erst noch abwarten, bevor sie etwas unternehmen konnte.

Mit einem Seufzer holte sie sich zurück in die Gegenwart. Obwohl er seit einem Jahr nicht mehr da war, fühlte es sich so an, als würde er sie ständig wie ein Schatten verfolgen; ständig schien ihr seine Stimme ins Ohr zu flüstern. Sie brauchte mehr Zeit, aber dieser Luxus war ihr nicht vergönnt. Jetzt, wo Jennifer und Éilis tot waren, waren es nicht mehr viele, die die Wahrheit kannten. Sie war eine davon. Auch Helena dachte, dass sie sie kannte, aber Orla wusste, das dem nicht so war. Helena! Scheiße!

Sie eilte zurück nach draußen zu ihrem Wagen.

ACHTUNDVIERZIG

Helena McCauls Laden war geschlossen und die Tür zugesperrt.

»Hast du ihre Wohnadresse griffbereit?«, fragte Lottie. Sie wollten die Frau abholen, um Éilis' Leiche zu identifizieren, und dann würden sie mit einer ernsten Befragung beginnen.

»Klar«, sagte Boyd.

Sie fuhren die Straßen entlang und die Stille im Wagen war beinahe greifbar.

Vor einem großen Reihenhaus in einer relative neuen Siedlung hielt er den Wagen an. »Keine Spur von einem Auto. Das sieht ziemlich verlassen aus.«

Lottie ging zur Tür, hob den verchromten Klopfer und ließ ihn schwer gegen das Holz fallen. Als ihr niemand aufmachte, öffnete sie das Gartentürchen und ging um das Haus herum. Der Garten war etwas überwuchert, aber es gab einige Hinweise darauf, dass ein Kind hier einige Zeit verbracht hatte. Ein kleines Spiderman-Fahrrad lag neben einem Sandkasten auf dem Boden.

Sie klopfte an die Hintertür, bevor sie durchs Fenster schaute. Wie ausgestorben.

»Hat sie nicht davon gesprochen, dass ihre Mutter sich um ihren Sohn kümmert?«

»Ja«, sagte Boyd.

»Vielleicht ist Helena dort, aber wir kennen den Namen von ihrer Mutter nicht, also können wir die Adresse nicht nachschauen.«

Wieder im Auto hängte sich Boyd an den Hörer und zog Erkundigungen ein. »Das ist sie wahrscheinlich. Kathleen Foley. Sie lebt in Ballinisky.«

Lottie schaute zu, wie er die Adresse auf ein Stück Papier schmierte. »Warum bist du heute zu spät gekommen?«

Als er aus der Siedlung fuhr, erklärte er: »Deine Mutter und Chloe haben gerade ziemlich gestritten, als wir aufgekreuzt sind.«

»Ach, verdammt.« Lottie schloss ihre Augen und versuchte sich die Szene nicht vorzustellen. »Es tut mir leid, dass du das mitbekommen musstest. Was soll ich nur tun, Boyd?«

»Es ist schwierig. Aber du musst Geduld haben. Rose kann nichts dafür.«

Sie drehte sich in ihrem Sitz um und schaute ihn ernst an, während er fuhr. »Das weiß ich, aber sie hat sich so verändert, sie ist nicht mehr die Frau, die ich kenne. Ihr Körper schrumpft, genauso, wie ihr Geist. Es ist so traurig.«

»Das nennt man älter werden.«

»Und es ist trotzdem schwer zu begreifen.«

»Versuche es erst gar nicht. Gib ihr Zeit und Raum. Kannst du dir vorstellen, wie sie sich fühlen muss?«

»Sie ist in dieser Zone, in die niemand vordringen kann, vor allem ich nicht, und sie möchte zurück in ihr eigenes Haus. Aber dort kann sie nicht mehr alleine leben, Boyd. Ich habe Angst um sie.«

»Du brauchst Unterstützung. Gibt es keine Agenturen, die du kontaktieren könntest?«

»Bei den meisten bist du mindestens sechs Monate auf der Warteliste.«

»Dann melde dich bei denen allen an.«

»Ich möchte ihr helfen, Boyd, aber sie stößt mich bei jedem Versuch von sich und ich werde immer frustrierter und wütender.«

Stumm fuhr er weiter und sie rügte sich dafür, zusätzlich zu seinen eigenen Sorgen auch noch ihre bei ihm abzuladen. Bevor sie noch etwas sagen konnte, parkte er den Wagen vor einem bunt gestrichenem Haus, in das eine moderne limettengrüne Tür mit passenden schwarzen Chromverschlägen führte. Dem Garten würde etwas Zuwendung guttun.

Die Tür wurden ihnen von einer großgewachsenen Frau geöffnet. Als sie heraustrat, glänzten ihre langen Haare rötlich im Sonnenlicht.

»Wie kann ich Ihnen helfen?«, fragte sie, als Lottie sie vorgestellt hatte.

»Ist Helena da?«

»Helena? Oh Gott, nein.« die Frau schaute auf die Uhr. Lottie nahm an, dass sie um die fünfzig war. »Um diese Uhrzeit ist sie in der Arbeit. Ich weiß nicht, wie oft ich ihr schon erzählt habe, dass sie dieses Geschäft aufgeben soll. Es treibt sie noch in den Ruin. Aber natürlich hört sie nicht auf mich. Mütter und Töchter!« Ihr Lachen wirkte angespannt und Lottie konnte spüren, dass sie hinter der Fassade verletzt war.

»Wann haben Sie ihre Tochter das letzte Mal gesehen?«

Kathleen wurde blass. »Steckt sie in Schwierigkeiten?«

»Nein, soweit wir wissen, nicht. Wir brauchen sie nur, damit sie die Leiche einer Freundin identifiziert.« Als Lottie sah, wie sich der Schrecken auf Kathleens Gesicht ausbreitete, fügte sie hinzu: »Sie hat sich dazu bereiterklärt.«

»Wessen Leiche? Doch nicht diese arme Frau, von der sie heute Morgen in den Medien berichtet haben? Oder diese Frau, die sie gestern gefunden haben?«

»Ich kann die Identität der Frau nicht preisgeben. Deshalb müssen wir mit Helena sprechen.«

»Die habe ich schon seit über einer Woche nicht mehr gesehen. Sie kommt nicht so oft vorbei. Aber ihr Laden fordert einfach ihre volle Aufmerksamkeit.«

Lottie schaute zu Boyd, der mit den Schultern zuckte und ziemlich verwirrt wirkte. »Damit ich das richtig verstehe, Mrs Foley«, sagte er, »Sie haben Helena seit über einer Woche nicht gesehen, aber sie kümmern sich gerade um ihren Sohn und ihren Hund?«

»Ihren Sohn? Da irren Sie sich. Ach, jetzt verstehe ich, Sie wollten wahrscheinlich zu jemand anderem.« Erleichterung spiegelte sich auf ihrem Gesicht wider. »Helena hat weder einen Sohn noch einen Hund.«

Boyd trat vor. »Sie hat ganz sicher gesagt, dass Sie sich immer um ihren Sohn kümmern, wenn sie am Donnerstagabend ausgeht, und auch, während sie bei der Arbeit ist.«

»Nein, sie irren sich.«

»Warum sollte sie so etwas sagen?« Lottie kratzte sich am Kinn, völlig irritiert über diese Information. »Ich kann ja verstehen, dass sie immer noch um ihren Mann trauert, aber warum sollte sie eine Geschichte erfinden, dass sie einen Sohn hat?«

»Jetzt bin ich überzeugt, dass sie die falsche Person haben. Helena ist nicht verheiratet.«

»Aber sie hat gesagt … Sie hat uns erzählt …« Lottie stotterte hilflos herum.

Boyd sagte: »Sie hat gesagt, dass ihr Mann Gerald hieß.«

»Meine Tochter ist nicht verheiratet und hat keine Kinder. Ich glaube, Sie sollten beide hereinkommen und eine Tasse Tee trinken. Wir müssen über Helena sprechen.«

NEUNUNDVIERZIG

Kirby hatte mit eigenen Augen gesehen, wie McKeown sich vor der Chefin in seinem Erfolg gesonnt hatte, und bei dem Gedanken drehte sich ihm der Magen um. Dieses beengende Gefühl, gepaart mit dem erst kürzlich verspeisten Hühnchensalat, führte dazu, dass ihm nicht besonders wohl war und sein Magen lautstark knurrte – er forderte seine übliche Ration Fett ein.

»Soll ich Ihnen was zu essen organisieren?«, fragte Martina.

»Nein, danke. Ich möchte mir den Wagen anschauen, den Sie gefunden haben. Können Sie mir einen Gefallen tun? Finden Sie heraus, ob es irgendwelche Verbindungen zwischen Jennifer O'Loughlin und einem oder beiden Keatings gibt.«

»Kein Problem.«

»Lesen Sie sich den Bericht durch. Das Dokument ist auf meinem PC gerade geöffnet.«

Er griff nach seiner Jacke und zog sie an. Martina schien froh über die Schreibtischarbeit zu sein, und er verließ die Wache und schrieb Amy eine Nachricht. Er hoffte, dass sie gerade Mittagspause hatte, denn dann könnten sie zusammen schnell eine Suppe und eins von Cafferty's Spezialsandwiches essen.

Er dachte sich, dass ihm die Bewegung guttun würde, und ging zu Fuß in Richtung Dolan's Supermarkt, als ihre Antwort kam. Er las sie und fluchte.

»Verdammt nochmal.«

Sie konnte erst in einer vollen Stunde Pause machen. Er ging weiter. Die Hitze machte ihm zu schaffen und er atmete schwer. Warum nahm man so leicht zu, und warum war es so verdammt schwer, wieder abzunehmen?

Amy stand gerade bei der Selbstbedienungskasse und sie strahlte, als sie ihn sah. Er spürte, wie ihm ganz warm ums Herz wurde, gerade so, wie wenn er ein Big Mac Menü verdrückt hatte.

»Hallo«, sagte sie. »Hast du meine Nachricht nicht bekommen? Ich kann hier noch nicht weg.«

»Kein Problem. Ich brauche sowieso ein paar Sachen. Für heute Abend, nicht für jetzt.« Verdammt, er machte sich schon wieder zum Idioten. »Wie ist dein Tag?«

»Ach, immer dasselbe.« Ihr Lächeln war ansteckend. »Wo ist denn dieser Arsch Luke, der dich immer so ärgert?«

»Psst. Mach keine Szene.« Sie blickte um sich, als wollte sie sich vergewissern, dass ihnen niemand zuhörte. Schämte sie sich für ihn?

»Oh Gott, sowas würde ich dir doch niemals antun«, sagte er.

»In Ordnung. Aber sei unauffällig. Über deine linke Schulter. Der Typ, der gerade mit dem Kerl vom Wachdienst spricht, das ist Luke.«

»Ich schau mir kurz mal die Bananen an, bin gleich wieder da.«

Er schenkte ihr ein warmes Lächeln, obwohl er sie viel lieber umarmt hätte, und wischte sich mit einem Tuch über die

Stirn, bevor er sich umdrehte und zur Obst- und Gemüseabteilung ging. Luke stand ganz nah bei dem Wachmann.

Kirby nahm eine Schale Erdbeeren und schaute sich den Typen unauffällig an. Er schien Anfang zwanzig zu sein, gestikulierte wild mit den Händen und sprach anscheinend gerade über ein Fußballspiel. Dunkles Haar fiel ihm in die Stirn, seitlich war der Kopf rasiert. Ein Fade-Schnitt, mutmaßte Kirby. Das war der neue Trendname dafür, wenn das Haar hinten und an den Seiten ganz kurz geschnitten war.

Luke hatte reine, blasse Haut, ein Augenbrauenpiercing und trug Spangen über seinen gelblichen Zähnen. Gekleidet war er in die schwarze Supermarktuniform, die ihn, in Kirbys Augen, ganz schön unheimlich wirken ließ.

Er sollte auf den rechten Augenblick warten, aber er wusste nicht, ob er seine Wut in Zaum halten konnte. Dieser aufgeblasene Arsch machte Amy das Leben zur Hölle.

»Verzeihung, sind die frisch?« Er ging hinüber und hob ein paar Fyffes Bananen hoch.

»Die sind auf alle Fälle noch gut«, sagte Luke. Er ließ den Wachmann stehen und nahm Kirby die Bananen aus der Hand. »Auf diesem Aufkleber steht das Mindesthaltbarkeitsdatum.«

»Ach, Danke. Das habe ich nicht gesehen.«

»Dann wären Sie wohl besser zum Optiker gegangen«, sagte Luke, und Kirby konnte den Hohn in der Stimme hören.

»Machen Sie sich über mich lustig?«

»Das war ein Witz. Haben Sie kein Leben, Alter?«

Das reichte. Kirby griff mit seiner freien Hand nach Lukes Handgelenk und zog den jungen Mann zu sich heran.

»Sie sollten mal an Ihren Manieren arbeiten, Bürschchen. Ich bin Detective und mir gefällt gar nicht, wie Sie hier mit den Leuten sprechen.«

Luke verzog den Mund. »Was ist Ihr Problem? Verstehen Sie keinen Spaß?«

»Sie belästigen nicht nur Kunden, sondern, wie ich höre, auch Mitarbeiter.«

Der überhebliche Ausdruck verschwand aus Lukes Gesicht und er trat einen Schritt zurück.

Aber Kirby hielt ihn fest und zog ihn wieder näher zu sich. »Halten Sie sich von Amy Corcoran fern, oder ich verspeise Ihre Eier zum Frühstück, haben wir uns verstanden?«

»Sie können doch nicht so mit mir reden!«

»Und Sie haben kein Recht, ihr Kollegen einzuschüchtern. Habe ich mich klar ausgedrückt?«

»Sie sollten sich entscheiden. Wessen habe ich mich angeblich schuldig gemacht? Belästigung oder Einschüchterung?« Luke verdrehte seinen Arm, um sich aus Kirbys Griff zu lösen.

Amy kam dazu, erregt und aufgelöst. Sie zog Kirby am Ärmel. »Was geht hier vor?«

Luke schaute von einem zum anderen, dann entwand er sich Kirby und lachte. »Ist das Ihr Dad? Er hat mir gesagt, dass ich die Finger von Ihnen lassen soll. Als ob so etwas wie Sie überhaupt mein Typ wäre.«

»Das reicht jetzt«, sagte Kirby. »Das habe ich nicht gemeint, und das wissen Sie ganz genau.«

»Larry, gib auf«, bettelte Amy. »Bitte geh jetzt. Ich melde mich später.«

Luke prustete vor Lachen. »Ach, jetzt verstehe ich. Das ist der Kerl, der Sie so scharf macht. Mein Gott, Amy, Sie hätten sich wenigsten jemanden in Ihrem Alter suchen können.«

Kirby erhob die Faust, aber die drückte seinen Arm wieder nach unten. »Larry, lass gut sein.«

Er wusste, dass sie versuchte, die Situation zu entschärfen. Am liebsten hätte er den Arsch mit einem Schlag zum Mond befördert, aber bei den Kassen hatte sich bereits eine Traube von Zuschauern gebildet. Alle murmelten und starrten, als wäre in der Gemüseabteilung gerade alles zum halben Preis angeboten worden.

»Kannst du jetzt Pause machen?«, fragte er. »Ich möchte mit dir reden.«

»Machen Sie nur«, sagte Luke immer noch grinsend. »Er bekommt sonst noch einen Herzinfarkt.«

»Halten Sie Ihr Maul, Luke.« Sie zeigte auf die Tür. »Warte draußen, Larry. Ich brauche ein paar Minuten.«

Mit einem Rempler gegen die Schulter ging Kirby an Luke vorbei nach draußen. Er fühlte sich, als wäre er der Böse gewesen, dem die Schuld für etwas zugeschoben wurde, das er nicht getan hatte.

Nach fünf Minuten war sie bei ihm, gerade, als er sich überlegt hatte, einfach zu gehen. Verärgert schüttelte sie den Kopf und zog ihn von dem Laden weg.

»Jetzt hast du es noch viel schlimmer für mich gemacht.«

Sie saßen im Cafferty's und hatten zwei unberührte Schalen mit Suppe und einen Berg Sandwiches zwischen sich. Beide starrten auf den Fernseher über der Bar, ohne wirklich etwas zu sehen.

»Er ist so ein eingebildetes kleines Arschloch. Den musste mal jemand runterholen«, sagte Kirby.

»Das kann schon sein, aber ich muss mit ihm zusammenarbeiten, und ab jetzt kennt der bestimmt keine Gnade mehr.«

»Melde ihn.«

»Ich schaff das schon, und es ist nicht nötig, dass du dich einmischst.« Sie wischte sich über die Stirn. »Ich hätte dir gar nicht erst von ihm erzählen sollen.«

»Ich dachte, ich helfe dir damit.«

»Das hast du aber nicht.«

Sie versanken wieder in Schweigen, und Kirby fragte sich, wann – und ob – er die Frauen jemals verstehen würde.

FÜNFZIG

Lottie fühlte sich fast schon klaustrophobisch, als sie in Kathleens vollgestelltem Wohnzimmer saß. Ähnlich wie im Zuhause von Orla Keating. Das Wort *sammelwütig* kam ihr in den Sinn. Eine Kanne Tee und drei Tassen tauchten auf dem Tischchen vor ihnen auf, gefolgt von einer Packung Milch und einer weißen Schale mit Zucker. Dankbar trank sie den Tee, der ihr dabei half, ihre Gedanken ein wenig zu sortieren. Sie hatte immer noch nicht die geringste Ahnung, warum Helena sie angelogen hatte.

»Warum hat sie sich diesen Witwen angeschlossen, wenn sie überhaupt keinen Mann hatte?«, fragte sie.

Bedächtig nahm Kathleen einen Schluck Tee, bevor sie die Tasse wieder hinstellte. Ihre Hand zitterte. »Helena ist ein Einzelkind. Sie hat immer nur schwer Anschluss gefunden, und wenn sie schließlich Freunde fand, dann hatte sie immer Schwierigkeiten, die auch zu behalten. Als Kind war sie immer einsam und ich glaube, sie hat sich mit Fantasiefreunden getröstet. Bei den Jungs hatte sie auch keinen Erfolg. In den dreiunddreißig Jahren ihres Lebens hatte sie immer Probleme mit Beziehungen. Um Ihre Frage zu beantworten, ich habe keine

Ahnung, warum sie sich diesem Witwenkreis angeschlossen hat.«

»Die Gruppe heißt Life After Loss. Könnte es sein, dass sie trauert, weil sie einsam ist?«

»Vielleicht. Es ist schwer nachzuvollziehen, wie sie denkt. Aber es ist einfach unvorstellbar, dass sie sich ein Kind ausdenkt, um Aufmerksamkeit zu bekommen.«

Das sah Lottie genau so, aber vielleicht erfand Helena ja einfach das Leben, dass sie sich erträumt hatte. Doch warum sollte sie sich trauernden Frauen anschließen? Das ergab keinen Sinn. Oder doch? Wollte sie vielleicht Mitleid?

»Sie nannte ihren Mann Gerald und ihren Sohn Noah. Hat es mit diesen Namen etwas auf sich?«

»Wie? Ich glaube nicht.«

»Was können Sie mir sonst noch über sie erzählen?«

Kathleen überlegte kurz. »Helenas biologischer Vater hat das Weite gesucht, als ich ihm erzählt habe, dass ich schwanger bin. Hat mich sitzen lassen. Eine achtzehnjährige alleinerziehende Mutter, die sich alleine durchschlagen musste. Hat mir noch gesagt, dass ich doch nach England gehen und abtreiben lassen sollte. Aber sogar, wenn ich das Boot nach Liverpool hätte nehmen wollen, um das wirklich durchzuziehen, hätte er mir keinen Penny gegeben, damit ich mir das hätte leisten können. Danach habe ich ihn nie wieder gesehen.«

»Und Helena kennt diese Geschichte?«

»Ja.«

»Vielleicht hat sie ja diesen imaginären Ehemann erfunden, um das Unrecht, das ihr Vater begangen hat, wieder gut zu machen«, spekulierte Lottie. »Dann ließ sie ihn sterben und wurde zu einer fiktiven Witwe.«

Kathleen war entsetzt. »Das klingt lächerlich.«

»Aber glauben Sie, dass es möglich ist?«

Sie nahm die Tasse und hielt sie mit beiden Händen fest.

Sie zitterte immer noch. »Ich nehme es an. Sie war völlig verzweifelt, als mein Mann, also ihr Stiefvater, gestorben ist.«

»Und Sie wissen nicht, wo wir Ihre Tochter finden könnten?«

»Nein. Aber sie verschwindet immer wieder mal für ein paar Tage. Sehen Sie, Helena, hat eine Affäre. Mit dem Alkohol. Sie war kurz auf Entzug, und ich hatte gehofft, dass sie über den Berg war, als sie den Laden eröffnet hat, aber ich habe mich getäuscht.«

»Und sie können mir gar keinen Anhaltspunkt geben, wo sie sich vielleicht jetzt aufhält oder wie wir sie finden können?«

»Nein, tut mir leid. Wenn sie sich meldet, dann sage ich es Ihnen.«

»Das würde ich sehr zu schätzen wissen.« Lottie trank den Tee aus und stand auf. Sie übergab ihre Karte mit den Kontaktinformationen.

Boyd blieb sitzen. »Kathleen, obwohl sie solche Probleme hat, versucht sie, das Beste aus ihrem Laden zu machen. Seien Sie nicht zu hart mit ihr.«

Kathleen lächelte schwach. »Ich finanziere den Laden. Immer wieder hole ich sie aus dem finanziellen Abgrund heraus. Nur so kann ich sie über Wasser behalten. Es schmerzt mich, dass zu sagen, aber Helena ist eine notorische Lügnerin und sehr sprunghaft. Sie hat mir mehr als einmal damit gedroht, mich aus ihrem Leben auszuschließen, und eigentlich meldet sie sich nur, wenn sie Geld braucht.«

»Sie sagen, dass Sie sie das letzte Mal vor einer Woche gesehen haben. Wie war ihre Stimmung da?«

»Sie bat mich um Geld, wie üblich. Brachte mir ein Gebräu von irgendwelchen Kräutern und weiß Gott was noch.«

»Haben Sie ihr gegeben, worum sie Sie gebeten hat?«, fragte Lottie.

»Sind Sie Mutter, Inspector?«

»Ja, das bin ich.«

»Dann wissen Sie, dass ich ihr mein letztes Hemd geben würde, wenn es sie glücklich machen würde.«

»Worüber haben Sie gesprochen?«

»Vor allem über den Laden.«

»Hat sie ihre Freundinnen erwähnt, Éilis oder Jennifer?«

»Sie müssen verstehen, dass Helena nur über sich selbst spricht.« Kathleen ließ den Kopf hängen. Als sie ihn wieder hob, standen Tränen in ihren Augen.

In der Tür wandte sich Lottie noch einmal um. »Wir waren bei ihrem Haus. Dort ist Kinderspielzeug im Garten. Würde sie so weit gehen, um sich vorzuspielen, dass sie ein Kind hat?«

»Das weiß ich wirklich nicht. Ich war noch nie in ihrem neuen Haus, obwohl ich einen Schlüssel für Notfälle habe.« Kathleen ließ den Kopf wieder sinken. »Vielleicht wollte sie jemand anderen davon überzeugen. Ich habe es aufgegeben, verstehen zu wollen, warum sie tut, was sie tut.«

Zurück im Wagen saßen Lottie und Boyd einige Minuten schweigend da, bevor sie sich einander zuwandten und die Köpfe schüttelten.

»Was denkst du?«, fragte sie.

»Ich weiß es nicht. Aber Lügen machen unsere Ermittlungen noch viel komplizierter.«

»Das kannst du laut sagen.«

»Lügen –«

»Nein, Boyd, sag es nicht. Fahr einfach.«

EINUNDFÜNFZIG

Madelene Bowen sah von ihrem Laptop auf, auf dem sie gerade ein besonders schwieriges Affidavit durchlas, und stellte überrascht fest, dass jemand vor ihr stand und sie anstarrte.

»Was machen Sie hier? Wie sind Sie an meiner persönlichen Assistentin vorbeigekommen?«

»Ich habe ihr gesagt, dass Sie mich unbedingt persönlich sehen und nicht gestört werden wollten.«

»Sie hätten nicht herkommen brauchen, wissen Sie? Wir hätten auch telefonieren können.«

»Ich muss Ihnen in die Augen sehen, wenn ich Ihnen die Frage stelle.«

»Und was für eine Frage wäre das?«

»Ach, Madelene, das wissen Sie ganz genau. Warum müssen wir lange um den heißen Brei herumreden?«

Die Anwältin schaute auf die verschlossene Tür hinter ihrem Besuch und dann auf das Telefon auf ihrem Schreibtisch. Sie war sich sicher, dass sie innerhalb ihres eigenen Büros sicher war.

»Sie wollen wissen, was ich über Damien O'Loughlin weiß, richtig?«

»Für jemanden, der angeblich so clever ist, sind Sie ganz schön schwer von Begriff.«

»Ich habe jetzt keine Zeit für sowas. Ich muss aufs Bezirksgericht und mich noch fertig machen.«

»Ich dachte, dass die Gerichte im ganzen August nicht tagen.«

»Aber nächste Woche ist schon September und ich muss noch jede Menge vorbereiten.«

Ihr Besuch zog sich einen Stuhl heran, überkreuzte die Beine und verschränkte die Arme. »Ich habe Zeit.«

»Was genau wollen Sie wissen?«

»Jennifer O'Loughlin ist tot, und ich glaube, dass auch Éilis Lawlor tot ist. Beide wurden umgebracht. Sagen Sie mir entweder, was Sie wissen, oder geben Sie mir die Akte.«

»Die Akte wurde vernichtet.«

»Das ist ein Lüge. Das würden Sie nie tun. Sie brauchen eine Absicherung, falls Sie erpresst werden sollten. Ach, jetzt tun Sie doch nicht so erschrocken. Ich weiß genau über Damien Bescheid und wie Ihre Firma da mit drin hängt. Ich hole sie mir selbst.«

Der Besuch stand auf, ging zum Aktenschrank und fuhr mit dem Finger über die alphabetische Beschriftung, bis er bei M-N-O hängenblieb. Er zog an dem Schubfach und schaute dann Madelene an.

»Da ist zugesperrt. Machen Sie das auf.«

»Ich versichere Ihnen, dass da drin nichts ist, mit dem Sie etwas anfangen können.«

»Sie wissen, welche Akte ich möchte. Sperren Sie den Schrank auf.«

Widerwillig nahm Madelene einen Schlüsselbund aus ihrem Schreibtisch und sperrte den Aktenschrank auf. »Bedienen Sie sich.«

»*Bedienen Sie sich.* Das klingt Ihnen so ähnlich. Sarkastische Schnepfe.«

Madelene lehnte sich zurück und schob die Aktentasche, in der sich die besagte Akte befand, tiefer unter ihren Tisch. Aus den Augen, aus dem Sinn.

Das Zuknallen der Schublade riss sie aus ihren Gedanken. »Wo ist sie?«

»Habe ich Ihnen doch gesagt, vernichtet.«

»Das hätten Sie nicht tun sollen.« Der Besuch trat um den Schreibtisch herum, beugte sich über Madelene und flüsterte ihr ins Ohr. »Zwei Frauen sind ermordet worden. Macht Ihnen das keine Angst? Mir macht es schon Angst, dass kann ich Ihnen sagen. Sie wissen vielleicht nicht, wie viele mehr Sie mit Ihrem Schweigen in Gefahr bringen, aber ich kann Ihnen garantieren, dass es definitiv mehr als diese zwei, die bereits gestorben sind, sein werden.« Ihr Gast richtete sich auf und stellte sich vor sie. »Diese Morde gehen auf Ihre Kappe. Und wenn die Polizei mich ins Visier nimmt, dann können Sie sich darauf verlassen, dass ich Ihren Namen mehr als bereitwillig in ihre Ermittlungen einfließen lassen werde.«

»Ist das eine Warnung?«

»Das ist eine Drohung. Sie haben bis heute Abend Zeit, um mir die Akte zu beschaffen.«

Madelene wartete darauf, dass die Tür ins Schloss knallte, aber der Besuch verließ das Büro so leise, wie er es betreten hatte. Erst dann atmete sie tief und erleichtert auf.

Sie musste die Akte noch einmal lesen. Und dann würde sie sie vernichten. Und dann würde sie dafür sorgen, dass weder an einem Computer noch auf dem Server auch nur die geringste Spur von etwas zu finden war, das ihre Firma in die Sache mit hineinziehen konnte. Irgendjemand hatte geredet und einen Mörder zum Leben erweckt.

ZWEIUNDFÜNFZIG

Kirby wurde von einem Mann angesprochen, der sich selbst als Ted der Möbelmann vorstellte.

»Haben Sie hier Videoüberwachung, Ted?«

»Ich habe ja kaum genug Geld, um ein ordentliches Schloss vor die Tür zu hängen.«

»Ist Ihnen in letzter Zeit jemand aufgefallen, der sich in Mrs O'Loughlins Einheit aufgehalten hat?«

»Ich kümmere mich um meine eigenen Sachen. Ich bin nicht neugierig.«

»Trotzdem danke.« Er wollte wieder gehen.

Ted hielt ihn davon ab. »Vielleicht wollen Sie mal mit der Missus sprechen. Der entgeht so schnell nichts.«

»Ist sie da?«

»Sie ist gerade hoch zur Tankstelle und holt ein Sandwich. Aber die ist gleich wieder da. Also außer, sie trifft jemanden, der sich ihr Geschwätz anhören möchte.«

»Hoffentlich erzählt sie nicht herum, was hier vor sich geht.«

»Das hat ihr niemand gesagt. Aber selbst, wenn, würde das

keinen Unterschied machen. Meine Missus hört auf niemanden, mich eingeschlossen.«

Er stapfte zurück in seinen Laden.

Kirby kratzte sich am Kopf und versuchte zu verstehen, was Ted ihm gerade hatte sagen wollen. Dann lächelte er. Er ging zu dem Lager und traf dort auf Grainne, die gerade an einen Kollegen übergab.

»Ich muss zurück zum See«, sagte sie.

»Wir brauchen Sie hier. Das hier könnte ein Tatort sein.«

»In dem Arbeitsbereich gibt es keinerlei Spuren von Blut oder irgendwelchen kriminellen Aktivitäten. Nur den Wagen, der anscheinend tiefengereinigt worden ist. Ich habe veranlasst, dass er zur weiteren Untersuchung mitgenommen wird. Vielleicht kann man etwas aus dem GPS ablesen.« Sie schloss ihren Koffer und sah zu ihm auf. »Jemand aus der Technik soll das machen.«

»Ist der Wagen schon lange da drinnen?«

»Das lässt sich nicht sagen. Die Reifen sind trocken. Weder an den Türen noch an der Unterseite kann ich Spuren von Schlamm oder Dreck entdecken. Er ist lupenrein sauber.«

»Haben Sie ihn auf Fingerabdrücke, Blut und dergleichen untersucht?«

»Ich weiß schon, wie ich meinen Job zu machen habe. Aber das Problem ist, dass das jemand anderes auch ganz genau weiß. Die Person hat Bleichmittel benutzt, und zwar im Innenraum, bei den Reifen, der Autounterseite, und bei dem Rolltor am Hintereingang der Einheit. Ich lasse ein paar Leute hier, aber ich muss wirklich …«

»… zurück zum See. Ein aktueller Fall ist wichtiger. Ich verstehe.«

»Ein aktueller Fall, wegen dem ein Mordopfer im Leichenhaus liegt.«

Grainne fuhr gerade durch das Tor, als Kirby Ted bemerkte, der ihn anstarrte. Er rettete sich in das Lager, zog sich Handschuhe an und ging auf den Wagen zu. Es gab keinen Zweifel. Das war der Wagen von Tyler Keating. Er hatte genug Suchaufrufe gestartet, um ihn auf Anhieb zu erkennen. Er kannte auch das Kennzeichen auswendig. Wer hatte den hierher gefahren? Wann, und warum? Aber es gab nichts, was er tun konnte, bis die Spurensicherung fertig war.

Er ließ sie ihrer Arbeit nachgehen und warf einen Blick auf die Leinwände, die an die Wand gelehnt waren. Ein paar davon schaute er sich genauer an. Farbkleckse, die für ihn keinerlei Bedeutung hatten. Als er hinter die größte Leinwand griff, am hinteren Ende des Stapels, spitzte er die Lippen in einem stummen Pfiff.

Drei Bankers-Archivboxen.

Hastig lehnte er die Leinwände an die gegenüberliegende Wand. Von der Anstrengung bildeten sich Schweißperlen, die ihm dann zu allem Überfluss auch noch in den Kragen liefen. Die Boxen schienen kein Label zu haben, das angezeigt hätte, was sich darin befand. Aber warum waren die hier versteckt worden? Er hob einen Deckel hoch. Eine Ansammlung von kleinen Pokalen und aufgerollten Urkunden. Er entrollte eine davon. Ein Schulabschlusszeugnis, das Damien O'Loughlin als besten Schüler des Jahrgangs auswies. Er zählte siebzehn Urkunden. Jede einzelne davon musste überprüft werden, um zu sehen, ob sie Aufschluss darüber geben konnten, warum Jennifer ermordet worden war. Aber es war eindeutig, dass sie hier die Sachen ihres verstorbenen Mannes aufbewahrt hatte.

Er setzte den Deckel wieder auf die Box und ging zur nächsten. Die Anspannung verwandelte sich in Erregung, als er sah, was sich im Inneren befand. Dicke braun eingeschlagene Akten. Er blätterte eine davon durch. Das schienen juristische Akten zu sein. Damien war Jurist gewesen. Waren das Kopien von Angelegenheiten, mit denen er zu tun gehabt hatte? Oder hatte er sie gestohlen?

In der dritten Box waren noch mehr Akten. Er musste sie

sofort auf die Wache bringen. Vielleicht hatten sie gar nichts mit der Ermittlung zu tun, aber vielleicht bedeuteten sie auch alles.

Nachdem er veranlasst hatte, dass die Boxen mitgenommen wurden, ging er nach draußen und dann zu dem Garten Center, um zu fragen, ob dort jemand bemerkt hatte, wie Tyler Keatings Wagen hineingefahren worden war. Er erfuhr nichts Neues.

Der Wagen war, genau wie die Boxen, ein verdammtes Rätsel.

DREIUNDFÜNFZIG

Nach ihrem Besuch bei Kathleen Foley, hatte Lottie eine Teambesprechung einberufen. Als sie im Einsatzraum eintrafen, stellte sie zu ihrer Erleichterung fest, dass schon alle da waren und auf sie warteten. Sie hätte eine Dusche und neue Kleidung dringend nötig gehabt, aber sie hatte ja noch nicht einmal zu Mittag gegessen – an Körperpflege war gar nicht zu denken.

»Wir müssen Helena McCaul finden. Sie ist nicht in ihrem Laden, nicht zu Hause und auch nicht bei ihrer Mutter. Sie kannte die beiden Ermordeten. Wie finden wir sie?«

»Sie könnte doch überall sein«, sagte McKeown. »Vielleicht ist sie nach Dublin zum Shoppen gefahren, alles möglich.«

»Sie könnte genauso gut schon in der Gewalt des Mörders sein«, konterte Kirby. »Aber zuerst, Boss, muss ich Ihnen von der Entdeckung berichten, die ich in Jennifers Lager gemacht habe.«

»Hey, ich bin derjenige, der den Wagen entdeckt hat, also halten Sie gefälligst das Maul, Kirby.«

»Es reicht!«, rief Lottie.

Unbeeindruckt plapperte Kirby weiter. »Hinter den Leinwänden waren drei Archivboxen aus Pappe. In zweien davon sind Akten. In der dritten sind einige persönliche Gegenstände von Damien O'Loughlin.«

McKeown sprang auf. »Verdammt nochmal, Sie müssen ihre fette Nase wirklich in jeden –«

»Setzen Sie sich wieder hin!« Lottie wartete, bis der großgewachsene Detective ihrer Aufforderung Folge leistete. »Wo sind diese Boxen jetzt?«

»Unterwegs hierher«, sagte Kirby.

»Gut. Und der Wagen? Gibt es schon eine Vermutung, wie er in diesem Lager gelandet sein könnte?«

»Nein, aber er wurde geradezu in Bleichmittel getränkt. Grainne meint, dass uns vielleicht die Auswertung des GPS weiterbringen könnte.«

»Halten Sie mich auf dem Laufenden. Und sobald diese Boxen da sind, möchte ich darüber in Kenntnis gesetzt werden. Zurück zu Helena McCaul. Irgendwelche Vermutungen, wo sie sein könnte?«

»Sie könnte überall und nirgends sein, aber vielleicht sollten wir in den Pubs nachschauen«, sagte Boyd. »Ihre Mutter hat erwähnt, dass sie Alkoholprobleme hatte. Éilis' Tod muss sie ganz schön hart getroffen haben, so bald nach Jennifers. Ich weiß, dass ich ins Pub gehen würde, wenn ich sie wäre.«

»Ich auch«, sagte Kirby.

»In Ordnung«, sagte Lottie. »Boyd, organisier ein paar Streifenpolizisten, sie sich unauffällig in den Pubs umschauen. Ich sorge mich um ihre Sicherheit.«

»Das ist lächerlich«, ließ sich McKeown vernehmen.

»In der Stadt gibt es sicher mindestens zweiunddreißig Pubs«, steuerte Kirby bei.

»Haben Sie die mal bei einem Pubcrawl gezählt, ja?«, feuerte McKeown zurück.

Lottie gab die Hoffnung auf, die beiden noch jemals an

denselben Tisch zu bekommen. McKeown *musste* einfach zurück nach Athlone versetzt werden.

Als hätte er ihre Gedanken gelesen, setzte er auf einmal eine ernste Miene auf. »Ich stimme Kirby bei dem, was er vorher gesagt hat, zu. Helena könnte von dem Mörder entführt worden sein.«

Er hatte das ausgesprochen, was Lottie schwer im Magen lag.

»Das hoffe ich nicht, aber wir können es nicht ausschließen. Wir müssen herausfinden, was sie seit unserer Unterredung gemacht hat.«

»Vielleicht war sie ja nur kurz weg, um Milch zu holen, und ist schon längst wieder in ihrem Laden«, überlegte Boyd und zückte sein Telefon.

Nachdem niemand abhob, sagte er: »Ich probiere es auf ihrem Handy.«

Das gleiche Resultat. Lottie konnte sich nicht daran erinnern, dass Helena Boyd ihre Telefonnummer gegeben hatte.

»Probieren wir es mal bei Orla Keating. Immerhin sind ja beide in diesem Witwenkreis.«

»Ich mache das«, bot Kirby an. Nach einem Augenblick sagte er: »Da geht niemand dran.«

»Es ist noch zu früh für einen Beschluss, um ihr Handy orten zu dürfen, aber ich mache mir verdammte Sorgen um sie und ihr seelisches Wohlbefinden.« Lottie erzählte, was Kathleen Foley ihnen über die Wahnvorstellungen ihrer Tochter gesagt hatte.

»Eine wahnhafte Lügnerin?« McKeown kratzte sich am Kopf. »Sind wir uns sicher, dass nicht *sie* die Mörderin ist?«

»Das Einzige, das ich sicher weiß, ist, dass zwei Frauen tot sind, also sprechen wir über die Morde.« Sie deutete auf die Notizen an der Wandtafel. »Ich wundere mich über die Wahl der Örtlichkeiten. Der Mörder hat Brachland und einen Wald an einem See ausgewählt. Warum diese willkürlichen Plätze? Sind die ihm wichtig, oder führt er uns an der Nase herum?«

»Sind Sie sich sicher, dass es sich um denselben Mörder handelt?«, fragte Lynch.

»Jane hat sie Autopsie noch nicht durchgeführt, aber Éilis hat ebenfalls gebrochene Gliedmaßen, genau wie Jennifer.«

»Éilis ist nicht erschossen worden.« Lynch war beharrlich.

»Das stimmt, aber beiden wurden die Augen entfernt.«

»Scheiße«, rief Lynch. Die anderen schnappten nach Luft.

»Warum nimmt man ihnen die Augen?«, fragte Kirby, der nervös seinen Zigarrenstummel zwischen den Fingern drehte. »Das ist ...«

»Warum bricht man ihnen Arme und Beine?«, unterbrach ihn McKeown.

»Der Mörder will uns etwas sagen«, überlegte Boyd. »Ich glaube, wir könnten einen psychologischen Profiler brauchen.«

»Und was für ein Budget soll ich dafür abgreifen?« Lottie ging vor der Tafel auf und ab. »Wir müssen hier wirklich unsere grauen Zellen einschalten. Die Opfer können uns vielleicht zum Mörder führen. Lynch, was haben Sie über Jennifer O'Loughlin herausgefunden?«

Lynch schaute auf die Menge an Notizen, die sie sich zu den schon durchgeführten Befragungen gemacht hatte.

»Jennifer hat bis vor einem Monat in der Smile Brighter Zahnklinik gearbeitet und dann ihre Kündigung eingereicht. Nachdem sie sich Life After Loss angeschlossen hatte, hat ihr Boss, Frankie Bardon, behauptet, dass ihre Pünktlichkeit zu wünschen übrig ließ und dass er den Dienstplan entsprechend geändert hat.«

Lottie nickte. »Er hat mir gesagt, dass er sie in der Idee, ihren Job zu kündigen, bestärkt hat. Wir wissen, dass sie in diesem SunUp Studio Yoga gemacht hat. Der Hauptguru dort, Owen Dalton, hat einen seltsamen Eindruck auf mich gemacht, und ich habe das Gefühl, dass ich etwas übersehe. Irgendwas zu den anderen Yogalehrern?«

»Keiner davon lebt in Ragmullin, und alle haben wasserdichte Alibis für die letzten paar Tage. Aber bis wir wissen, wann sie ermordet wurde, können wir natürlich auch die Alibis nicht endgültig klären.«

»Das ist wahr. Und bis Éilis' Autopsie nicht stattgefunden hat, werden wir nicht wissen, wann sie gestorben ist. Wir wissen, dass ihre Babysitterin, Bianca Tormey, sie gesehen hat, nämlich am späten Donnerstagabend. Und ihre kleine Tochter behauptet, dass sie in der Nacht aufgewacht ist und ihre Mum gesehen hat, aber diese Aussage ist unzuverlässig. Sie könnte auch geträumt haben. Éilis hat in einer ziemlich guten Wohngegend gelebt; gibt es Videoaufnahmen aus der Nachbarschaft, McKeown?«

»Ein paar Türkameras und Attrappen, aber die meisten Häuser haben Alarmanlagen. Ich habe nichts gefunden, das zeigt, wer Éilis entführt haben könnte oder wann.«

»Zurück zu Jennifer. Sie hatte ein Nebeneinkommen als Künstlerin. Wir müssen uns ihre Finanzen genau anschauen. Gibt es dazu etwas?«

Kirby meldete sich zu Wort: »Wir haben noch keinen Zugriff, aber ich habe mir die von Tyler Keating angeschaut, und -«

»Der Vermisste, dessen Wagen in Jennifers Lager gefunden wurde. Weiter.«

»Sein Frau hat Zugriff auf seine Konten, daher kann man nicht feststellen, ob sie oder Tyler sie genutzt haben.«

»Fragen Sie sie.«

»Das werde ich machen.«

»Irgendwann, nachdem ihr Mann vor zwei Jahren gestorben ist, hat Jennifer sich dem Kreis angeschlossen, den Éilis gegründet hat. Und dann kam Helena dazu, gefolgt von

Orla Keating, irgendwann im Laufe des vergangenen Jahres. Verbindet diese Frauen sonst noch etwas?«

Garda Brennan meldete sich.

»Ja, Martina.«

»Ich habe mich kurz mit dem Tyler Keating Fall vertraut gemacht, und ich glaube, wir sollten Orla fragen, ob sie oder ihr Mann für Jennifer oder ihren Mann Buchhaltung gemacht haben. Das könnte eine Verbindung sein.«

»Guter Gedanke. Wenn sie sich weigert, dann bezweifle ich, dass wir ohne jegliche Beweise für kriminelles Verhalten eine richterliche Befugnis bekommen werden, ihre Unterlagen einzusehen. Können wir das auf andere Art herausfinden?«

»Detective McKeown versteht sich sehr gut mit jemandem in der Finanzbehörde«, sagte Martina, bevor sie ihn kurz von der Seite anschaute und dann zu Lottie blickte. »Vielleicht könnte er dort nachfragen?«

Wenigstens hatte McKeown genug Anstand, zu erröten, bevor er sagte: »Ich werde sehen, was ich herausfinden kann. Jennifer hat diese Einheit unter ihrem Geburtsnamen gemietet, was ich etwas seltsam finde.«

»Ja, schauen Sie, was Sie darüber herausfinden können. Und Kirby, diese Akten, die Damien gehören …«

»Ja, ich sehe sie mir an, sobald sie hier sind.«

»Wann hören wir, was bei dem GPS des Wagens herauskommt?«

»Ich hatte noch keine Zeit –«

»Wir müssen schneller arbeiten. Wer hatte sonst noch Schlüssel zu Jennifers Lager? War der Wagen schon dort, bevor sie verschwunden ist, oder ist er erst danach dort hingebracht worden? Das muss doch jemand wissen. Ich möchte Informationen, keine Ausreden. Haben wir uns verstanden?

»Absolut«, sagte Kirby.

Sie hoffte, dass er das nicht sarkastisch meinte, auch wenn

es so klang. »Ich möchte, dass Helena McCaul gefunden wird. Und jetzt muss ich zwei kleinen Kindern sagen, dass ihre Mutter tot ist. Boyd, du kommst mit.«

»Aber ich muss Polizisten für die Pubs ...«

»Garda Brennan, das ist jetzt Ihre Aufgabe.«

»Ich soll mir doch den Fall Tyler anschauen und ...«

»Dabei kann Ihnen Garda Lei helfen.«

Lei meldete sich zu Wort. »Na klar, Boss. Das ist kein Problem.«

Lotties T-Shirt klebte ihr am Leib, als sie sich an den versammelten Truppen vorbei nach draußen drängelte, um auf dem relativ kühlen Korridor etwas Luft zu schnappen. Ihr komplettes Team schien sich untereinander in den Haaren zu liegen. War das ihre Schuld? Sie musste jedenfalls eine Lösung finden, bevor das ganz außer Kontrolle geriet. Wenn sie nicht alle in Topform waren, dann würde noch jemand sterben.

Manchmal musste man am Ende anfangen, um zu begreifen, wie man dort gelandet war, wo man sich gerade befand. Das hatte sie über die Jahre gelernt. Aber wenn man tatsächlich da anfangen musste, wo alles begonnen hatte? Würde das etwas bringen, oder würde es nur die Fehler, die man gemacht hatte, noch vervielfältigen? Sie musste versuchen, herauszufinden, worin sie verwickelt worden war.

Das Treffen mit Madelene Bowen hatte gar nichts gebracht. Sie brauchte diese Akte unbedingt. Darin lag der Schlüssel, der entschied, ob diese ganze Sache schlimm ausging oder alle ihre Probleme lösen würde, davon war sie überzeugt.

Als sie es sich in ihrem Auto bequem machte und die Klimaanlage einschaltete, dachte sie an Jennifer und wie das alles begonnen hatte. War das, was sie zufällig mitgehört hatte, wirklich wahr gewesen? Wenn ja, dann war Tyler Keating ein größeres Arschloch, als sie angenommen hatte.

Die Frau neben ihr stöhnte im Schlaf, also startete sie den Motor und fuhr los.

VIERUNDFÜNFZIG

Mrs Tormey, Biancas Mutter, schloss die Tür hinter ihnen, als sie wieder gingen. Lottie atmete tief ein und blinzelte auf dem Weg zum Wagen ihre Tränen fort.

»Ich will so etwas nie wieder tun müssen, Boyd. Dieser Schmerz in den Augen der kleinen Kinder …«

»Das stimmt, aber es kann doch nicht dein Ernst sein, den Sozialdienst ihretwegen einzuschalten, oder?« Er sperrte den Wagen auf und sie stiegen ein.

»Ich weiß, dass Mrs Tormey nichts dagegen hat, dass Roman und Becky bei ihnen bleiben, bis Éilis' Schwester aus Dubai kommt, aber es ist meine Pflicht, die staatlichen Einrichtungen zu informieren.« Sie verstummte und strich sich das tränennasse Haar aus den Augen. Es brauchte schon ein eiskaltes Herz, um über das Schicksal der Lawlor Kinder nicht bestürzt zu sein. »Ach, ich weiß nicht, was ich machen soll.«

»Ich sage es dir.« Er drehte sich zu ihr. »Du hast gerade mit den zwei Mordermittlungen so viel zu tun, dass du keine Zeit für irgendetwas anderes hast, und eventuell hast du einfach vergessen, dort anzurufen. Und ehe man sich versieht, ist die Tante aus Dubai schon da.«

Sie lächelte schwach. »Vielleicht hast du recht.« Sie zuckte mit den Schultern und fragte: »Hast du zufällig eine Zigarette?«

»Nein, und du brauchst auch keine.«

»Meinst du, Mrs Tormey hätte unser Angebot, einen Opferschutzbeamten zu schicken, annehmen sollen?«

»Sie ist überzeugt davon, dass es für die Kinder besser ist, nicht noch mehr fremde Menschen um sich zu haben. Ich muss ihr recht geben. Die machen sowieso schon so eine qualvolle Zeit durch. Auf gewisse Weise haben sie Glück, dass Éilis so tolle Nachbarn hat. Ich kann überhaupt nicht begreifen, dass keine anderen Freunde auftauchen, um der Familie zu helfen.«

»Das wundert mich auch«, sagte Lottie. »Weder Jennifer noch Éilis scheinen enge Freunde gehabt zu haben.«

»Éilis hat von zu Hause aus gearbeitet, da ist es vielleicht noch verständlich, aber Jennifer hatte doch so viele Kolleginnen auf der Arbeit. Hat niemand dort ausgesagt, dass sie sich nahe gestanden haben?«

»Niemand, außer du zählst Frankie Bardon dazu. Er hat den Eindruck vermittelt, als hätte sie ihm am Herzen gelegen. Er hat ihr geraten, zu kündigen. Er ist sogar mit ihr spazieren gegangen, nur eine Woche, bevor sie ihre Kündigung eingereicht hat.« Sie ließ sie Unterhaltung vor ihrem inneren Auge noch einmal Revue passieren, aber da waren ein paar Lücken, Einzelheiten, an die sie sich nicht mehr erinnern konnte. »Er hat etwas zu mir gesagt, das wichtig war, ganz bestimmt, aber ich weiß es einfach nicht mehr.«

»Du hast dir doch Aufzeichnungen von diesem Gespräch gemacht, oder?«

»Ich war alleine dort und habe mir nur ein paar Sachen notiert, als ich wieder im Auto war. Das schaue ich mir später noch mal an, vielleicht fällt es mir ja noch ein. Aber wen ich einfach nicht verstehe, ist Helena.«

»Wir müssen mehr über diese Gruppe herausfinden. Gibt es überhaupt noch andere Mitglieder?«

»Vielleicht haben sie sich mit jemandem zerstritten und diese Person verließ die Gruppe mit einem gewissen Groll?«

»Aber glaubst du, dass Life After Loss nur Frauen offensteht?«, fragte Boyd.

»Verwitwete, geschiedene oder getrennte Männer? Hm. Ich bin einfach davon ausgegangen, dass es nur für Frauen ist.«

»Du weißt, dass du niemals einfach von etwas ausgehen solltest?«

»Ja, aber wir sind auch davon ausgegangen, dass der Mörder ein Mann ist. Es könnte genauso gut eine Frau sein.«

»Dem stimme ich zu, aber es gibt noch eine Sache zu bedenken. Um die Leichen zu den beiden Stellen zu bringen, an denen sie gefunden wurden, muss man sie eine ganz schöne Strecke weit tragen. Deshalb glaube ich, dass wir es mit einem Mann zu tun haben.«

Lottie richtete sich auf. »Es könnte aber auch eine Art Rollwagen benutzt worden sein. Das Wasser, das wir um die Statue herum, bei der Éilis abgelegt wurde, bemerkt haben. Was, wenn damit Reifenspuren weggewaschen werden sollten? Und Grainne hat nahe bei Jennifers Leiche Spuren entdeckt.«

»Dort beim Ballyglass Business Park hat vor einer Woche ein Rummel stattgefunden, also ist der Platz übersät mit Reifenspuren und Furchen.«

»Wenn die Spurensicherung an beiden Fundorten noch einmal gezielt suchen würde, vielleicht haben sie ja Glück.« Plötzlich war sie aufgeregt.

»Einen Versuch ist es wert.«

»Auf jeden Fall.« Sie angelte sich ihr Handy aus der Tasche. »Ich rufe Grainne an, und dann versuchen wir, Helena zu finden. Lebend.«

»Sobald du mit Grainne gesprochen hast, sollten wir zu Orla Keating. Sie muss erfahren, dass der Wagen ihres Mannes aufgetaucht ist. Ich möchte sehen, wie sie reagiert.«

»Glaubst du, dass er noch lebt?«

»Vielleicht.«

»Lass uns einen Schritt nach dem anderen machen und sehen, wo wir am Ende ankommen.« Sie tippte Grainnes Nummer an und brachte ihr Anliegen vor.

Sie spürte Boyds Blick auf sich und drehte sich um.

Er lächelte und ließ den Motor an.

Jackie Boyd nippte an ihrer dritten Tasse Kaffee und überlegte, was ihr nächster Schritt sein würde. Sie hatte beschlossen, diesem Parker-Mädchen, dass anscheinend auf Sergio aufpasste, nicht zu folgen. Sie wollte ihrem Sohn hallo sagen, ihn umarmen. Aber Lottie Parkers Kinder kannten sie. War sie nicht einst maßgeblich dafür verantwortlich gewesen, Informationen herauszugeben, die dazu führten, dass eines der Mädchen aus der Gewalt eines Mörders befreit werden konnte? Und dann hatte es ihr Lottie Parker heimgezahlt, indem sie sich Mark unter den Nagel gerissen hatte. Sie kochte vor Wut.

Ihre Aufmerksamkeit war von zwei Frauen erregt worden, die zusammen in einer Ecke gesessen hatten. Sie hatte sie über den Barspiegel beobachtet und sich gedacht, dass die beiden ziemlich angespannt aussahen, wenn man bedachte.

Sie gaben ein seltsames Paar ab, wenn sie überhaupt eins waren. Eine wie ein junger Vogel, der aus dem Nest gefallen war, nur Haut und Knochen. Die andere hatte ungebändigtes rotes Haar und war für Jackies Geschmack etwas zu aufgedreht gekleidet. Ihr wehender silberner Rock und das enge Oberteil passten eher an die Costa del Sol als nach Ragmullin.

Sie nahmen ihre Taschen. Die vogelgleiche Frau hatte ein paar Scheine auf dem Tisch liegen lassen, um für die Drinks zu zahlen. Dann verließen sie Arm in Arm das Pub.

Jackie dachte wieder an Sergio und das Parker Mädchen. Vielleicht musste sie ihre Pläne ändern.

FÜNFUNDFÜNFZIG

Beim Haus der Keatings machte auch nach Lotties wiederholtem Klopfen niemand auf. Sie rief Kirby an, um sich zu vergewissern, dass das Haus im Zuge der Ermittlungen zu Tylers Verschwinden durchsucht worden war.

Als sie wieder weg fuhren, sagte Boyd: »Wir erreichen weder Orla noch Helena, und wir können sie auch nirgends finden. Findest du das nicht auch komisch?«

»Logisch betrachtet könnten sie einfach beim Einkaufen sein oder zu Mittag essen. Sie könnten zusammen sein, oder auch nicht. Ich mache mir allerdings mehr Sorgen um Helena. Nach dem, was uns ihre Mutter erzählt hat, glaube ich, dass sie emotional instabil sein könnte. So, als wäre in ihr drinnen etwas zerbrochen, und ihre Mutter hat jegliche Hoffnung, dass das je wieder gut wird, aufgegeben.«

»Das ist traurig.«

»Ja.«

»Mütter und Töchter«, sagte Boyd.

»Väter und Söhne.« Sie versanken wieder in Schweigen. Boyd bog Richtung Wache ab. »Hat Kathleen Foley nicht gesagt, dass sie einen Schlüssel zu Helenas Haus hat?«

Nachdem Kathleen, die ständig davon sprach, dass sie ihn noch nie hatte benutzen müssen, eher unwillig endlich den Schlüssel herausgerückt hatte, gab Boyd Gas.

Als sie in Helenas Haus am anderen Ende der Stadt angekommen waren, eilten sie den Weg zur Haustür entlang. Niemand reagierte auf ihr Klopfen, also benutze er den Schlüssel, um die Tür zu öffnen, und sie traten ein.

»Helena? Hier sind Inspector Parker und Detective Boyd. Helena?« Lotties Stimme verhallte. »Sie ist nicht hier.«

Die Kühle im Flur tat gut nach der Hitze draußen. Es war sauber und aufgeräumt, nicht überladen. Keine Jacken waren über das Treppengeländer geworfen worden. Das würde in ihrem Haus nie passieren. Dort ähnelte die Treppe eher der Garderobe einer Disco an einem Freitagabend mitten im Winter.

Sie folgte Boyd in die offene Wohnküche. Vom Wohnbereich aus hatte man einen schönen Blick in den Garten. Als sie den Raum gerade durchquerte, blieb sie auf einmal abrupt stehen.

»Nicht bewegen, Boyd.«

»Was?«

»Bleib für einen Augenblick dort, wo du bist.« Sie ging in die Hocke und schaute auf den Fleck, den sie entdeckt hatte. Sie sah sich um und bemerkte ähnliche Flecken überall auf dem Boden um sich herum. »Hier ist Blut.«

»Hier bei der Anrichte auch.« Er schaute sich um und verfolgte die Spur mit seinen Augen. »Es führt zu der Tür dort.«

»Zum Hauswirtschaftsraum? Verdammt. Ich hoffe, sie ist nicht –«

»Stopp, Lottie. Wir müssen das melden, bevor wir noch irgendetwas durcheinander bringen.«

»Sie könnte verletzt da drinnen liegen, oder ... Ich sehe nach.« Vorsichtig ging sie auf Umwegen zu der Tür, auf die Boyd gedeutet hatte.

»Handschuhe«, sagte er und reichte ihr ein frisches Paar in einer Tüte, die er aus seiner Jackentasche genommen hatte.

»Dafür ist es jetzt etwas spät«, sagte sie, aber sie zog sie umständlich über ihre schwitzenden Hände. Sie drückte die Klinke nach unten.

»Das ist der Hauswirtschaftsraum, er ist leer. Aber hier ist noch mehr Blut. Ich sehe mal oben nach. Du meldest es.«

Ohne auf seine Widerworte zu hören, ging sie zurück, vorsichtig darauf bedacht, ihren eigenen Schritten zurück zu folgen. Im Obergeschoss gab es vier Türen.

Die Tür zum Bad stand offen. Sie warf einen Blick hinein. Nichts Auffälliges. Der Abstellraum wurde wohl als eine Art Lager genutzt. Die nächste Tür war geschlossen, und als sie eintreten wollte, bemerkte sie, dass zugesperrt war. Interessant. Sie ging zu dem Zimmer, das sie für das größte hielt und von dem aus man auf den Vorgarten hinunterschauen konnte. In der Mitte stand ein ungemachtes Doppelbett. Auf dem Boden lag Kleidung verstreut. Und in den Mülleimer unter dem Schminktisch war ein blutiges Tuch gestopft worden. Zu ihren Füßen war eine solche Unordnung, dass es schwer zu sagen war, ob hier ein Kampf stattgefunden hatte oder nicht.

Als sie wieder vor der verschlossenen Tür stand, rief sie Boyd. »Ich brauche dich hier oben.«

»Hast du was gefunden?«

»Nicht viel mehr als ein unordentliches Schlafzimmer und ein mit Blut besudeltes Tuch in einem Abfalleimer. Kannst du diese Tür öffnen?«

»Wir brauchen einen triftigen Grund, warum wir sie aufbrechen.«

»Von Helenas Mutter haben wir den Schlüssel bekommen, um ins Haus zu kommen. Wir gehen davon aus, dass Helena von einer Person entführt worden sein könnte, die schon zwei Frauen auf dem Gewissen hat. Die Blutspuren, auf die wir unten gestoßen sind, geben uns genug Grund, dieses Zimmer zu betreten zu müssen.«

Er schnaubte, und sie wusste, dass er mit der Antwort nicht glücklich war. »Mach es einfach. Bitte.«

Er nahm ein paar Schritte Anlauf und rammte seine Schulter gegen die leichte Holztür. Ohne bemerkenswerten Widerstand flog sie auf.

Lottie stand in einem Kinderzimmer. Spielsachen, eine Decke, auf der Comicfiguren abgebildet waren, an den Wänden eine Winnie-Puuh-Tapete. Und eine halbleere Wodkaflasche auf dem Boden, am Fuße des Bettes.

»Hat ihre Mutter nicht gesagt, dass sie kein Kind hat?«

»In dieser Familie geht etwas Seltsames vor sich«, sagte Boyd.

»Eine von den beiden lügt. Dieser Raum hier ist definitiv ein Kinderzimmer. Und im Garten liegt auch Kinderspielzeug herum. Warum diese Lügen?«

»Das müssen wir herausfinden. Und wahrscheinlich ist Helena verletzt.«

»Ruf sie noch mal an.«

Das machte er. »Die Leitung ist tot.«

Nachdem Lynch eingetroffen war, um die Kontrolle vor Ort zu übernehmen, verließen sie das Haus. Es wurde sorgfältig durchsucht, während sich die Spurensicherung mit den Blutspuren befasste.

»Scheiße, Boyd«, sagte Lottie. »Das alles gefällt mir ganz und gar nicht.«

SECHSUNDFÜNFZIG

Kirby hatte Lotties Anruf bezüglich des Hauses der Keatings angenommen und verfluchte den Berg an Arbeit, der sich vor ihm auftürmte. Aus Ärger knallte er den Deckel des Kopierers zu und ging dann zu Martina, die laut auf ihrer Tastatur herumhämmerte. »Wer glaubt sie denn, wer ich bin?«, grummelte er. »Natürlich ist das Haus durchsucht worden.«

»Sie ist doch nur gründlich, jetzt, wo wir Tylers Wagen in einem Lager entdeckt haben, das von einem der Mordopfer genutzt worden ist.«

»Ich verstehe einfach nicht, warum der Wagen dort ist, oder seit wann.« Er ging zu Boyds Schreibtisch und setzte sich. Dabei bewunderte er wieder einmal, wie sein Freund es schaffte, dass sein Tisch immer so sauber und aufgeräumt war.

Martina fügte hinzu: »Er hat sich definitiv nicht schon seit dem Verschwinden Tylers dort befunden. Jennifer hat die Einheit nämlich erst vor elf Monaten angemietet.«

»Woher wissen Sie das?«

»Ich habe die Dame in der Vermietungsagentur bezirzt, und sie hat mir den Leasingvertrag zukommen lassen.«

»Wer hatte die Einheit vor ihr gemietet?«

»Augenblick.«

Er wartete, während sie den Anruf tätigte. Er nahm ein paar Stifte aus einem Behälter und verstreute sie über Boyds Schreibtisch. Da sah er, wie sie ihm andeutete, zu ihr zu kommen. Ihre Lippen formten ein O. Er schob sich hinter dem Tisch hervor und stellte sich vor sie.

»Was?« Er trommelte auf dem Tisch herum. Konnte sie sich nicht etwas beeilen?

»Moment«, formte sie mit den Lippen. »Okay. Vielen, vielen Dank. Schicken Sie mir die Einzelheiten bitte per E-Mail zu.«

Sie gab ihre E-Mail-Adresse durch und legte auf.

»Was haben Sie herausgefunden?« Kirby trat von einem Bein auf das andere und musste sich beherrschen, die Neuigkeiten nicht aus ihr herauszuschütteln.

»Das werden Sie mir nicht glauben.« Jetzt ließ sie es sich aber wirklich aus der Nase ziehen.

»Martina! Jetzt spannen Sie mich doch nicht so auf die Folter!«

»Okay, ist ja schon gut. Die Einheit war zuvor an niemand anderen vermietet als an Damien O'Loughlin! Jennifers Ehemann. Die Vermietungsagentur mailt mir die Einzelheiten durch.«

»Okay, aber ich verstehe es immer noch nicht so ganz. Bedeutet das, dass Jennifer wusste, dass der Wagen die ganze Zeit dort war? Und was war die Verbindung zwischen den Keatings und den O'Loughlins?«

»Vielleicht kannte sie Tyler«, überlegte Martina.

»Sollte McKeown nicht Damien O'Loughlin genauer unter die Lupe nehmen? Sagen Sie nichts. Er hatte seinen Kopf wahrscheinlich voller nutzlosem Videoüberwachungszeug.«

»Ich muss dann mal los. Ich soll ja in den Pubs nach Orla und Helena suchen.«

»Und warum machen Sie das nicht schon lange?«, fragte Kirby.

»Garda Lei wollte das übernehmen, also hab ich ihm die Freude gelassen.«

»Sehr gut. Sie sind uns hier von mehr Nutzen als auf einem Pubcrawl, wie McKeown es nannte.«

Kirby nahm die Zigarre aus seiner Jackentasche und steckte sie sich zwischen die Lippen. Er hatte nicht vor, sie sich im Büro anzuzünden, aber sie zwischen den Lippen zu fühlen bewirkte, dass er klarer denken konnte.

»Haben dieses Lager und der Mord an Jennifer überhaupt irgendetwas miteinander zu tun? Außerdem ist da auch noch der Mord an Éilis Lawlor.« Nachdenklich kratzte er sich am Kopf.

»Ja, ich weiß. Aber dieses Mietobjekt und die Boxen bedeuten, dass wir uns etwas ausführlicher mit Damien O'Loughlins Leben beschäftigen sollten. Als hätten wir nicht so schon viel zu viel zu tun.«

Als Polizisten mit den drei Schachteln im Büro auftauchten, lungerte Kirby immer noch unruhig herum. »Wir können gleich mit denen anfangen. Hoffentlich ist da etwas drin, das uns weiterhilft.«

»Wie was zum Beispiel?«

»Ich weiß es nicht. Aber es muss ja einen Grund geben, warum die dort versteckt waren.«

»Sind das Originalakten?«

Er schlug eine der Akten auf. »Anscheinend sind das Kopien.«

»Soll ich Ihnen zur Hand gehen?«

»Wenn Sie es schon anbieten, sage ich nicht Nein.«

Nach einer halben Stunde hielt Martina eine Akte in die Höhe.

»Tyler Keating hat sich von Bowen Solicitors beim Kauf seines Hauses vertreten lassen.«

»Wie lange ist das schon her?«

»Sechs Jahre.« Sie blätterte durch die dünne Akte. »Warum hatte Damien O'Loughlin eine Kopie davon?«

»Wir ermitteln hier in Mordfällen, nicht wegen eines unsauberen Immobiliengeschäfts.« Kirby tippte sich mit einem Stift gegen die Nase. »Das heißt nur, dass Jennifers Ehemann entweder beide Keatings oder wenigstens einen davon kennengelernt hatte. Jennifer hat nicht für die Kanzlei gearbeitet, also stehen wir wieder am Anfang.«

»Immerhin ein weiteres Puzzleteil.«

»Oder es könnte ein Teil eines anderen Puzzles sein, nur um uns so richtig an der Nase herumzuführen. Ich bezweifle, dass er irgendetwas mit der aktuellen Ermittlung zu tun hat.«

»Es könnte aber auch richtig viel damit zu tun haben.«

Am liebsten wäre er nach draußen gegangen, um sich die Zigarre anzuzünden. Und vielleicht kurz Amy anzurufen oder ihr wenigstens eine Nachricht zu schicken. Als er an den Kuss am Mittag dachte, wurde er rot. War es ein Fehler, sich in sie zu verlieben? Was wussten sie eigentlich voneinander? Nicht viel, wobei sie ihn wahrscheinlich googeln und so einiges über ihn herausfinden könnte. Ihm kam der Gedanke, nach *ihrem Namen* zu googeln. Nein. Das machte man, wenn man einen Verdächtigen erwischen wollte. Soweit es sie betraf, musste er aufhören, den Detective zu spielen. Denn das wäre der sichere Weg, sie zu verlieren, bevor die Beziehung überhaupt richtig angefangen hatte.

Er schaute zu Martina. Was war zwischen ihr und McKeown schiefgelaufen, abgesehen von der Tatsache, dass er verheiratet war? Aber das ging ihn auch nichts an, sagte er sich.

Sie hatte die Schachtel beiseite geräumt und den Bericht zum Fall Tyler Keating in voller Größe auf Kirbys Computer geöffnet.

»Ich glaube nicht, dass Sie da etwas finden werden«, sagte er.

»Da bin ich anderer Meinung. Mir ist vorhin etwas Seltsames aufgefallen, und ich versuche, es wiederzufinden.«

Er stöhnte. »Hoffentlich ist es nichts, für das unser Boss mich am nächsten Baum aufknüpft.«

Sie verdrehte die Augen und schnitt ihm eine Grimasse.

»Bitte, Martina, tun Sie mir das nicht an.«

SIEBENUNDFÜNFZIG

Alles begann mit Jennifer. So wie sie von dem Vorfall erzählt, ist alles noch ganz frisch und lebendig.

Jennifer öffnete ihre Jacke und zog sich die Schuhe aus. »Wo bist du?«, rief sie.

»Im Wohnzimmer.«

Von der Tür aus sah sie, wie ihr Mann auf dem Sofa saß, umgeben von geöffneten Akten und einem gelben Notizblock, und sich wie wild Notizen machte. Sie beugte sich über ihn, küsste ihn auf die Wange und wuschelte durch sein Haar. »Arbeitest du immer noch? Wie war das mit von-neun-bis-fünf?«

»So heißt nur ein Film.« Er legte die Arbeit zur Seite und zog sie auf seinen Schoß. »Du riechst gut. Wo bist du gewesen?«

Sie wusste, dass er das ohne Hintergedanken fragte, aber sie versteifte sich trotzdem. Sie hatte doch nichts zu verbergen, oder?

»Das ist nur die Mundspülung.«

»Hey, ich zieh dich doch nur auf«, beschwichtigte er sie, als er ihren Gesichtsausdruck sah.

»Das weiß ich doch, aber …«

»Komm schon, Jennifer, sag mir, was du auf dem Herzen hast.«

Sie löste sich aus seiner Umarmung und stand auf. »Du arbeitest zu viel. Dein Gesicht ist schon ganz grau. Ich dusche mich und dann mache ich uns etwas zum Abendessen.»

»Ich habe heute Früh einen Auflauf aus dem Gefrierschrank geholt. Der ist schon im Ofen. Noch eine halbe Stunde, und er ist fertig.«

»Womit habe ich dich nur verdient?«

Er lächelte sein schiefes Lächeln, dass ihn in ihren Augen immer wie einen Teenager aussehen ließ. Sein Haar fiel ihm in die Augen. »Ich habe dich so lange gejagt, bis du keine andere Wahl hattest, als meinen Antrag anzunehmen.«

Das war die Wahrheit, dachte sie. Aber der Gedanke, dass jemand wie Damien O'Loughlin sie wollte, sie sogar heiraten und jeden Tag auf Händen tragen wollte, hatte sie mit Selbstvertrauen erfüllt.

»Ich warte«, sagte er, schloss den Notizblock und schob ihn in den betagten braunen Lederbeutel, den er als Aktentasche benutzte.

Mit einem Seufzer erhörte sie seine Bitte und setzte sich neben ihn.

»So schlimm wird es schon nicht sein.« Er nahm ihre Hand in seine.

»Ich habe heute in der Arbeit versehentlich eine Unterhaltung mitbekommen, und die geht mir nicht mehr aus dem Kopf. Ich bin an einer der Arbeitsnischen vorbeigegangen, und ... Hör zu, ich möchte noch nicht sagen, wer es war. Ich weiß, ich weiß.« Sie hob vorsorglich die Hand als Reaktion auf etwaigen Einspruch. »Ich vertraue dir. Aber es könnte auch einfach nur Geschwätz sein. Dann wiederum, wenn es wahr ist, dann ist es wirklich verstörend.«

»Das muss es wohl sein, wenn du deswegen so durch den Wind bist.«

Sie überlegte noch, ob sie es für sich behalten sollte, aber seit sie es gehörte hatte, hörte ihr Kopf nicht mehr auf, zu dröhnen. Als sie die Worte aussprach, wurde seine Hand in ihrer erst eiskalt, bevor er unbehaglich auf der Couch hin und her rückte und schließlich aufsprang.

»Wem hast du davon erzählt?«

»Niemandem. Nur dir.«

»Bitte ändere daran auch nichts.«

»Sollte ich damit nicht zur Polizei gehen?

Er schüttelte seinen Kopf vehement. »Auf gar keinen Fall. Das ist nur ein Gerücht. Du hast keinerlei Beweise, dass ein Verbrechen vorliegt.«

»Damien, aber ich kann das doch nicht einfach so für mich behalten.«

»Du musst. Diese Informationen … die könnten dich umbringen.«

Jennifer spürte, wie ihr das Blut aus dem Gesicht wich, und ihre Hände unkontrolliert zu zittern begannen. »Das kann doch nicht dein Ernst sein.«

»Ich meine das todernst. Falls das stimmt, dann weiß Gott, was da vor sich geht. Vergiss es einfach.«

»Kannst du da nicht etwas machen? Vielleicht mit Madelene sprechen? Sie könnte mir raten, wie ich am besten weiter vorgehen soll.«

»Ich weiß ganz genau, was Madelene Bowen sagen würde.«

»Nämlich was?«

»Genau das gleiche wie ich. Gerüchte. Keine Beweise.«

»Und wenn ich einen Beweis erbringen kann?«

»Da darfst dich nicht selbst in Gefahr bringen. Lass mich ein bisschen darüber nachdenken.«

»Alles in Ordnung bei dir, Damien? Du siehst so grün …«

»Mir ist tatsächlich ein bisschen schlecht. Ich … Augenblick bitte.«

Er rannte aus dem Zimmer und sie hörte, wie er sich im

Badezimmer übergab. Das war nicht das erste Mal in den letzten Wochen, dass ihrem Mann übel gewesen war und er es verbergen wollte. Sie sollte ihre eigenen Sorgen vergessen und besser dafür sorgen, dass er zum Arzt ging. Das hatte Vorrang. Und dann, wenn sie wusste, dass mit ihm alles in Ordnung war, dann könnte sie immer noch entscheiden, was sie mit dem, was sie gehört hatte, anfangen sollte. Gerücht oder nicht, es hatte sie ganz schön erschreckt.

Bei dem Gedanken an das, was sie mir gesagt hat, zucke ich immer noch zusammen. Was sie dann getan hat, hat meine Mission ins Leben gerufen. Es werden noch viele sterben.

ACHTUNDFÜNFZIG

Auf dem Flur der Wache stieß Lottie auf Garda Lei, als sie gerade auf dem Weg zur Toilette war. Ihre Blase war kurz vorm Platzen, und sie wusste, wie lange seine Ausführungen üblicherweise dauerten.

»Können Sie kurz warten, bis ich wieder da bin?«

»Ja, natürlich, Entschuldigung, es ist nur, wissen Sie, Fallon's Pub ... Entschuldigung. Ich warte.«

Als der Name von Chloes Arbeitsplatz fiel, war jeder Gedanke an den Toilettengang vergessen. »Was ist mit dem Fallon's?«

»In Ordnung. Sicher. Der Barkeeper ... Der Mensch hinter der Bar ... Verzeihen Sie, ich weiß nicht, wie man korrekt sagt ...«

»Bitte, kommen Sie zur Sache.«

»Sie hat gesagt, mittags wäre ungewöhnlich viel los gewesen. Aber zwei Frauen sind noch vor dem großen Andrang hereingekommen und fast eine Stunde geblieben. Hatten sich an einem Tisch in einer Ecknische miteinander unterhalten. Sie erinnerte sich an die beiden, weil eine ständig etwas für die andere bestellte und weil sie den Tisch unbedingt gebraucht hätte. Von der Beschreibung her könnte eine der beiden Helena McCaul gewesen sein.«

»Waren die beiden Frauen allein?«

»Das hat sie gesagt, ja. Sie hat auch gesagt, dass Chloe und ein kleiner Junge dort mittaggegessen haben.«

Lottie riss vor Erstaunen die Augen auf. Sie war überrascht, dass Chloe ohne Zwang einen Fuß dort hinein setzten würde, wo sie arbeitete, geschweige denn, dass sie Sergio mitnehmen würde. Hoffentlich würde Boyd darüber nicht zu sauer werden.

»Im Fallon's gibt es Überwachungskameras. Gehen Sie nochmal hin und fragen Sie nach dem Videomaterial ab der Uhrzeit, zu der die Frauen das Pub betreten haben.«

»Ich mache mich sofort auf den Weg zurück. Entschuldigung. Ich hätte ... Wissen Sie ... Entschuldigung.«

Kopfschüttelnd sah sie Lei nach. Musste sie wirklich alles ausbuchstabieren? Genug Fragen, dachte sie. Sie wollte, verdammt noch mal, Antworten. Aber erst, nachdem sie in Ruhe auf der Toilette gewesen war.

McKeown war davon überzeugt, dass die Überwachungsvideos auf den beiden DVDs, die Garda Lei ihm auf den Tisch geknallt hatte, ziemlich wertlos sein würden. Selbst der letzte Idiot wusste, dass die Kameras in Pubs vor allem die eigenen Angestellten überwachten, nicht die Kundschaft. Mit den Aufnahmen vom Ballyglass Business Park, wo Jennifers Leiche gefunden worden war, hatte er auch kein Glück gehabt. Die zusätzlichen Aufnahmen von den Autohäusern, auf die die Chefin bestanden hatte, hatten rein gar nichts Interessantes ergeben. Der Gedanke, sich die grießigen Aufnahmen aus dem Pub ansehen zu müssen, langweilte ihn jetzt schon. Aber der sorgfältigen Arbeit willen und weil er der Chefin nichts in die

Hand geben wollte, womit sie ihn belangen könnte, überflog er die Videos.

Und er hatte Glück. Das erste zeigte die Tür zu den Toiletten an einem Ende der Bar, aber es zeigte auch den Tisch links davon. Und da waren sie. Zwei Frauen, die an einem kleinen runden Tisch saßen, die Köpfe zusammensteckten und sich anscheinend angeregt unterhielten. Definitiv Orla Keating und Helena McCaul. Er spulte vor, bis sie aufstanden und den Bildausschnitt verließen.

Dann legte er die zweite DVD ein. Darauf war die Nische am Eingang zu sehen, und er konnte beobachten, wie die beiden Frauen aus der Tür wieder hinaus ins Freie traten. Die Kamera war wohl genau über ihren Köpfen positioniert. Wahrscheinlich, um frevelhaftes Verhalten zu dokumentieren.

Er verfolgte, wie die beiden Frauen auf den Gehweg traten. Ihm fiel auf, dass Orla Keating die Hand auf Helenas Rücken gelegt hatte. Schob oder stützte sie sie? Das Bild war zu grießig, um sicher sein zu können. Als sie aus dem Pub kamen, bogen sie nach links ab. Helenas Laden war ganz in der Nähe, und dort war auch der Parkplatz. Er rief bei der Stadtverwaltung an und bat um alle Aufnahmen vom Parkplatz zu der relevanten Zeit.

»Ich brauche es praktisch schon vorgestern«, sagte er zu der gelangweilt klingenden Frau am anderen Ende der Leitung; dann, mit etwas sanfterer Stimme, ließ er seinen Charme spielen. »Innerhalb von zwei Tagen sind zwei Morde passiert. Ich möchte nicht, dass noch jemandem in Ragmullin etwas geschieht. Sie etwa?«

Nachdem ihm versichert worden war, dass sie das Material schicken würde, sobald sie es von der städtischen Datenbank heruntergeladen hatte, und einer Einladung zum Kaffee, legte er auf.

Sein Charme wirkte also noch. Kirby konnte Martina gern haben.

McKeown schaute sich schon nach was Neuem um.

Die Dame vom Amt schickte ihm die Aufnahmen innerhalb der nächsten Stunde.

Sie waren körnig und es war schwer, die Frauen zu erkennen, aber aus zusammengekniffenen Augen entdeckte er schließlich, wie die beiden in ein Auto stiegen. Er überprüfte das Kennzeichen. Der Wagen gehörte Helena McCaul.

Orla Keating setzte sich hinter das Steuer. Keine der beiden wirkte, als würde sie zu etwas gezwungen werden, oder besonders angetrunken, aber ganz sicher konnte er sich nicht sein.

Ihm fiel eine Gestalt auf, die am Zaun lehnte, als das Fahrzeug den Parkplatz verließ. Beobachtete sie das Auto? War die Gestalt weiblich oder männlich? Sie war ganz in schwarz gekleidet und ihm kam der Gedanke, dass sie im Supermarkt ähnliche Uniformen trugen. Der Supermarkt war genau neben dem Parkplatz. Was die Gestalt verdächtig erscheinen ließ, war die Tatsache, dass sie in dem Moment verschwand, in dem auch der Wagen aus der Bildfläche fuhr. Sie ging nicht auf den Parkplatz und auch nicht geradeaus weiter am Zaun entlang. Sie musste sich wieder umgedreht haben und dahin zurückgegangen sein, von woher sie gekommen war.

Konnte er sich sicher sein, dass diese Peron die beiden Frauen beobachtet hatte? Oder war es einfach jemand, der eine Zigarettenpause gemacht hatte? Oder jemand auf dem Weg zum Auto, dem noch etwas eingefallen war, das ihn wieder umkehren ließ?

Er stöhnte und fuhr sich mit der Hand über den rasierten Schädel, dann kratzte er sich genervt am Kinn. Wahrscheinlich war es völlig unwichtig.

Seine Aufgabe war es, herauszufinden, wohin die Frauen gefahren waren. Er musste die Verkehrsüberwachung in Kenntnis setzen und sich noch mehr Aufnahmen ansehen, um verfolgen zu können, wohin sie gefahren waren. Und um mehr über den möglichen Beobachter herauszufinden, musste er Überwachungsmaterial für den Fußweg zum Parkplatz und zurück ausfindig machen. Vielleicht sollte er das einfach verschweigen. Wem sollte das schon auffallen?

Er wog gerade noch dieses Dilemma in Gedanken ab, als das Telefon klingelte. Die Dame vom Amt.

Er lächelte und ging dran.

NEUNUNDFÜNFZIG

Da die Ermittlungen zu einem Stillstand gekommen waren, fuhr Lottie nach Hause. Aber nicht, ohne das Team vorher über die Einsatzbesprechung um sieben Uhr am nächsten Morgen zu informieren.

Kirby hatte sie bezüglich der Akten, die in Jennifers Lager gefunden worden waren, auf den neuesten Stand gebracht. Darin ging es um Immobilientransaktionen, unter anderem das Haus der Keatings. Warum versteckte man Kopien von Akten von seinem Arbeitsplatz? Warum hatte man die überhaupt? Sie wollte sich nicht in etwas verlieren, das vielleicht gar nichts mit den Morden zu tun hatte, aber trotzdem würde sie Bowen Solicitors am nächsten Tag einen Besuch abstatten und nachforschen, wie deren Akten ins Lager einer inzwischen ermordeten Frau gelangt waren.

Sie genoss den wunderschönen Anblick des Sees am Fuße des Feldes, der sich von ihrem Haus aus bot. Ihr wurde bewusst, in welcher wunderschönen Gegend sie lebte. Wenn das Haus nur nicht kurz davor gewesen wäre, um sie herum zusammenzubrechen.

Eine Eule, oder vielleicht war es eine Taube, rief in den

Bäumen; ein Hund bellte in der Ferne; das Gras raschelte zu ihren Füßen, und die ganze Szene war auf einmal nur eine verschwommene Kulisse für all die Horrorszenarien, mit denen sie bei ihrer Arbeit konfrontiert wurde. Mit einem Seufzen ging sie ins Haus.

Sie hängte ihre Jacke über das Geländer und fühlte sich auf einmal todmüde. Diese ganzen Sackgassen gaben ihr einfach den Rest. Sie riss sich die Stiefel inklusive der Socken von den Füßen und begann, ihre Fußsohlen zu massieren. Eine Leere erfüllte sie wie ein gieriger Schlund. Sie wollte nichts lieber als etwas Alkoholisches trinken. Warum jetzt? Lag es daran, dass das Zusammenleben mit ihrer Mutter sie so belastete? An den ständigen, sich wiederholenden Fragen von Rose? Oder lag es an Sergio? Es war nichts als die Wahrheit, dass er Boyds Aufmerksamkeit für sich beanspruchte. Aber sie war doch wohl nicht auf einen Achtjährigen eifersüchtig, oder? Woran auch immer es lag – sie tat sich schwer damit, sich an diese neue Lebensweise zu gewöhnen.

Ein Drink würde den Sturm hinter ihrer Stirn etwas beruhigen. Ein ganz kleiner. Niemand musste davon wissen. Das könnte doch wirklich nicht schaden, oder?

»Nana Lottie, warum sitzt du auf der Treppe?«

Sie lächelte, als Louis auf sie zu gerannt kam. Er setzte sich neben sie auf die Stufen und lehnte seinen Kopf an ihren Arm.

»Es ist kalt hier draußen, Nana.«

Sie nahm in fest in den Arm, versuchte die Gedanken, die sie gehabt hatte, zu verdrängen. Hoffte, dass der kleine Junge irgendwie diese gähnende Leere in ihr füllen konnte.

»Wo ist deine Mammy?«

Lottie wusste, dass Katie einen neuen Freund hatte, Benji oder so ähnlich. Wahrscheinlich war sie oben und schmierte sich Makeup ins Gesicht, weil sie heute zum ersten Mal seit

Ewigkeiten wieder mal ausging. Sie freute sich für ihre Tochter. Nach all den Schmerzen, die sie in ihrem jungen Leben schon hatte erfahren müssen, verdiente sie es, glücklich zu sein.

Louis hob fragend eine Augenbraue. »Mammy malt ihr Gesicht mit einem Pinsel an. Und ich darf ihn nicht benutzen. Das ist unfair.«

Sie musste das Kind einfach anlächeln. »Komm mit. Wir sehen nach, ob noch Cheesestrings im Kühlschrank sind.«

»Ja!« Der kleinen Junge klatschte in die Hände, dann sprang er auf und rannte vor ihr her in die Küche.

Rose saß am Tisch, völlig darin versunken, Butter auf Brot zu schmieren. Sie arbeitete wie am Fließband und hatte schon einen ganzen Turm von Butterbroten geschaffen.

»Was tust du da, Mutter?«

»Ich mache Sandwiches«, antwortete Rose.

»Dazu brauchst du nicht das ganze Brot.« Lottie nahm die Packung in die Hand. Nur die beiden Randteile befanden sich noch darin.

»Willst du mir sagen, dass ich nicht weiß, wie man Butter auf Brot schmiert?« Rose schleuderte das Messer auf den Tisch. Es traf einen Teller und fiel dann zu Boden. Alles war voller Butter.

»Ich sage nur, dass du nicht so viel Brot brauchst.« Lottie nahm einen Lappen und begann, die Sauerei wegzuputzen.

»Du meinst wohl, ich bin zu nichts mehr zu gebrauchen?«

Mutter klingt genau wie Louis, dachte sie.

Rose sprach weiter: »Ich will zurück in mein eigenes Haus. Hier bleibe ich nicht eine Sekunde länger.« Sie verschränkte ihre Arme und die Unterlippe bebte wie bei einem kleinen Kind. »Du bist so gemein zu mir.«

Louis schloss den Kühlschrank und kletterte auf den Stuhl neben seiner Urgroßmutter. Er reichte ihr den Cheesestring. »Kannst du mir das aufmachen, Nana Rose?«

»Was in Gottes Namen ist das?« Rose schaute die Packung geringschätzig an.

»Käse!« Er hielt ihn ihr hin.

»Nimm das weg von mir«, keifte Rose und schlug mit der flachen Hand auf den Tisch, als ob sie eine Fliege erschlagen wollte.

Louis kletterte wieder vom Stuhl herunter und nun zitterte auch seine Unterlippe.

»Nana Lottie?«

»Ich mach es dir auf, mein Schatz.« Als sie das Stück Käse aus der Packung genommen hatte, hielt sie es ihm hin. »Louis, geh und schau, wo Sean ist. Vielleicht lässt er dich ein Spiel auf seiner Playstation spielen.«

»Au ja!«

Sie schaute ihm nach, als er davoneilte, und wünschte, sie könnte auch so leicht entkommen.

»Warum erlaubst du diesem Kind, immerzu zu rennen?«, sagte Rose. »Weiß er nicht mehr, wie man geht?«

»Er ist erst drei.« Lottie wusch den Lappen unter fließendem Wasser aus. Es war kalt. »Ich bring Katie um, wenn sie das ganze heiße Wasser benutzt hat.«

»Zu meiner Zeit hat man Kinder nicht gesehen und nicht gehört. Er rennt hier herum wie eine Elektrolokomotive. Das geht mir auf die Nerven. Wo ist mein Mantel?« Rose stand auf und ließ den Stapel Butterbrote einfach liegen.

»Setz dich, Mutter. Ich mach dir eine Tasse Tee.«

»Wage es nicht, so mit mir zu sprechen, Charlotte Fitzpatrick. Warte nur, bis dein Vater nach Hause kommt, dann bist du in ganz schönen Schwierigkeiten, Missy.«

Sie ging aus der Küche. Lottie lehnte ihre Stirn an den kalten Rand der Spüle und legte ihre Hände um ihren Kopf. Wie sehr sie sich wünschte, dass ihr Vater noch lebte; er würde sie in den Arm nehmen und jeden Kratzer besser küssen, so wie er es immer getan hatte, als sie noch klein war; er würde sich um ihre Mutter kümmern. Wie sollte sie diese Phase ihres Lebens überstehen, in der Rose immer weiter abbaute, gerade jetzt, wo Boyds Gedanken ganz woanders waren?

Die Haustür fiel ins Schloss und riss sie aus ihrem Selbstmitleid. »Mutter?«, rief sie, als sie in den Flur rannte.

Roses Mantel hing am Haken, aber von ihr war keine Spur zu sehen. Als sie die Tür öffnete, sah sie sie die Straße entlang gehen, in nichts als einem leichten Baumwollkleid und Hausschuhen.

»Komm wieder rein«, schrie sie ihr nach. »Du holst dir noch eine Lungenentzündung.«

»Als ob dich das kümmern würde«, fauchte Rose zurück. Sie blieb stehen und drehte sich mit den Händen auf den Hüften um. »Dir wäre es sowieso am liebsten, wenn ich sterben würde, weil du dir dann direkt mein Haus unter den Nagel reißen könntest. Ich weiß genau, was du vorhast, Missy. Aber das sage ich dir, soweit wird es nicht kommen! Ich gehe heim in mein eigenes Haus. Und zwar jetzt auf der Stelle, verstanden?«

»Sicher, wie du willst. Wir können drinnen darüber sprechen. Bei einer Tasse Tee.« Lottie blieb stehen, wo sie war und schaute ihre Mutter flehentlich an.

Rose ließ die Schultern sinken. Mit leeren Augen starrte sie um sich. »Es ist so kalt.« Sie hob ihr Kleid an und befühlte den dünnen Stoff. »Warum trage ich keinen Mantel? Was mache ich hier? Eine Tasse Tee würde jetzt guttun. Wenn du sie mir machst.«

Sie nahm ihre Mutter am Ellbogen und umarmte sie kurz, bevor sie sie wieder zur Haustür führte. Sie hatte keine Ahnung, wie sie das alles schaffen sollte. Sie fühlte sich so hilflos.

Und ebenso hilflos musste sie den Tränen freien Lauf lassen, die sie einfach nicht mehr zurückhalten konnte.

SECHZIG

Kirby verbrachte gute zehn Minuten in der Dusche und schrubbte seine Haut, bis sie ganz rot war. Sein Haar pflegte er mit dem teuren Shampoo und der Spülung, die er auf dem Heimweg gekauft hatte. Dann stellte er das Wasser ab, und trocknete sich gründlich mit dem alten Handtuch, das an der Tür hing. Es war wirklich an der Zeit, das alte Ding wegzuwerfen und sich ein neues zu kaufen, dachte er sich. Und egal, wie sehr er sich auch bemühte, seine Haare wollte sich einfach nicht bändigen lassen. Also ließ er den Locken schließlich resigniert ihren Willen.

Von dem Stapel Kleidung, den er bei Wilfs erstanden hatte, nahm er frische Boxershorts und ein Hemd, von dem er gedacht hatte, dass es weiß war. Aber jetzt merkte er, dass es einen leichten rosafarbenen Stich hatte. Aber immerhin war es neu und hatte frische Bügelfalten. Amy würde denken, dass er es extra für sie gebügelt hatte. Die schwarze Hose saß wie angegossen; wie er sich bei der Anprobe im Laden gefreut hatte, als er gemerkt hatte, dass er am Bund eine Größe kleiner brauchte! Der Einfachheit halber ignorierte er die Tatsache, dass maßgearbeitete Kleidung besser passte als die, die er normalerweise bei Primark kaufte. Das neue Outfit war zwar teurer gewesen, als er es sich eigentlich leisten konnte, aber Amy war ihm das wert.

Er hatte einen Tisch im Amber Chinese Restaurant zum Abendessen reserviert. Martina hatte es empfohlen und gesagt, dass die Atmosphäre so gut war wie das Essen. Sie hatte einen leicht beleidigten Eindruck gemacht, als er ihr erzählt hatte, dass er ein Date hatte, aber sie hatte ihn schon so oft abblitzen lassen, dass sich sein schlechtes Gewissen in Grenzen hielt.

Jetzt, wo er anständig angezogen war, war ihm der Zustand seines Schlafzimmers extrem peinlich. Sein schon überstrapaziertes Budget hatte nicht mehr für neue Bettwäsche gereicht, aber er machte das Bett und hob die Kleidung vom Boden auf. Es sah ganz in Ordnung aus.

Er war etwas zu früh im Restaurant und bestellte eine Flasche Weißwein. Ein Pint Guinness hätte ihm zwar besser geschmeckt, aber einmal konnte er sich auch benehmen, dachte er. Sein Leben nahm auf einmal einen völlig anderen Lauf, und Amy gab die Richtung vor.

Er hatte die halbe Flasche geleert und zwei Runden Krabbenchips gegessen, bevor er sich eingestand, dass sie nicht mehr kommen würde. Sein Hochgefühl kam völlig zum Erliegen, als er gefühlt zum tausendsten Mal auf sein Handy schaute. Keine Nachricht. Keine verpassten Anrufe. Überhaupt nichts. Er war so ein Narr gewesen. Ein Idiot. Er war schlicht und einfach versetzt worden.

Die zierliche Bedienung kam wieder an den Tisch und das Mitleid in ihren Augen war fast zu viel für ihn. Er könnte genauso gut etwas essen. Nachdem er Schweinecurry und Knoblauchreis bestellt hatte, blieb sie immer noch am Tisch stehen.

»Essen Sie alleine, Sir?«

»Nein, er isst nicht alleine.«

Er spähte an der Bedienung vorbei. Da stand Amy, immer noch in ihrem Supermarkt Outfit, mit rotem Gesicht und unordentlichen Haaren.

»Ich nehme dasselbe wie er, und bringen Sie bitte noch eine Flasche davon.« Sie zeigte auf die Weinflasche im Eiskübel, woraufhin die Bedienung ihr ein Glas einschenkte.

»Ich weiß gar nicht, was ich sagen soll.« Sie schälte sich aus ihrer Steppweste und ließ sich in den Stuhl Kirby gegenüber fallen. »Ich wurde aufgehalten. Hatte keine Zeit, dich anzurufen. Es war Luke, er ... Ach nein, vergiss es. Ich möchte nicht über ihn reden. Ich hatte keine Zeit, nach Hause zu gehen, zu duschen und mich umzuziehen. Und jetzt schau dich an! Du hast dir so viel Mühe gegeben, und ich komme daher wie das Wrack der *Hesperus*. Es tut mir so leid.«

Sie schüttelte ihren Kopf, dann trank sie einen großen Schluck Wein. »Das habe ich jetzt gebraucht.«

Kirby lächelte erleichtert. »Du siehst wunderschön aus.« Und jedes seiner Worte war wahr. Ihre Augen strahlten und die haselnussbraunen Flecken darin glitzerten im Licht der Kerzen wie Gold.

»Das sagst du bestimmt zu allen Frauen.« Sie grinste schelmisch und er lachte aus vollem Herzen.

»Amy Corcoran, du bist Balsam für meine Seele.«

Sie verstummten und Amy bediente sich an der frischen Schale Krabbenchips, die die Kellnerin zusammen mit der neuen Flasche Wein auf den Tisch gestellt hatte.

»Erzähl mir von Luke«, sagte er, als sie wieder allein waren. »Was hat er jetzt wieder gemacht?«

»Er ist einfach ein kleines gemeines Arschloch. Weißt du, er hat bestimmt einen ganz kleinen du-weißt-schon-was und so weiter.«

Kirby lachte und es fühlte sich gut an. Dann wurde er

wieder ernst. »War es meinetwegen, weil ich mich heute Mittag so aufgeführt habe?«

»Er braucht keinen Grund, um sich wie der letzte Arsch aufzuführen.« Sie wischte sich die Hände an der Stoffserviette ab und beugte sich nach vorne. »Ich habe einer meiner Kolleginnen erzählt, dass ich ein Date habe, und er hat es zufällig gehört. Hat sofort angefangen, sich über mich lustig zu machen. Auf einmal wird diese riesige Ladung Baked Beans geliefert, und der Chef sagt zu mir, dass ich die Regale einräumen soll. Sie waren uns während der Woche ausgegangen und wir haben die Lieferung erwartet. Mr Rodgers – das ist ein Kunde – hat uns alle ganz verrückt gemacht. Wahrscheinlich lebt er nur von Baked Beans auf Toast. Jedenfalls nehme ich an, dass Luke ihm gesagt hat, dass ich die Regale einräumen soll, weil er dieses gemeine Grinsen im Gesicht hatte. Wie die verdammte Grinsekatze aus *Alice im Wunderland*.«

»Das ist ein falscher Hund, dieser Luke. Warum hast du denen nicht gesagt, dass sie dir den Buckel runterrutschen können?«

Langsam schüttelte sie den Kopf. »Das kann ich nicht machen. Ich brauche diesen Job. Ich habe um Überstunden gebeten, und dann, das eine Mal, wenn ich welche machen kann, passt es mir nicht. Was hätte ich machen sollen?«

»Du hättest mir eine Nachricht schicken können.« Sobald er das ausgesprochen hatte, biss er sich auf die Zunge. Sie senkte enttäuscht den Blick und lehnte sich zurück. Wenn sie jetzt aufstand und ihn sitzenließ, dann konnte er ihr das nicht verdenken. Schnell versuchte er, seinen Fehler wieder gut zu machen. »Aber es macht ja nichts. Ich bin hier und du bist hier. Ich weiß nicht, wie es dir geht, aber ich bin am Verhungern.«

»Ich könnte futtern wie ein Scheunendrescher.« Sie lächelte wieder und er spürte, dass er die Situation gerade noch gerettet hatte; vielleicht sogar den Abend.

»Ich möchte mehr über dich wissen, Amy. Erzähl mir von

dir«, forderte er sie auf. Er war sich wohl bewusst, dass sie mehr über ihn wusste als er über sie.

»Muss das sein?«

Ihr Blick verdunkelte sich und er drehte sich um, weil er fast damit rechnete, dass die Kellnerin mit ihrem Essen hinter ihnen stand.

»Nein, muss es nicht. Aber ich würde einfach gern ein bisschen was wissen, damit ich nicht wieder in irgendwelche Fettnäpfchen trete.«

»So wie mit Luke? Entschuldige. Das Thema hatten wir beendet.« Sie nahm ihr Glas und blickte in die schimmernde Flüssigkeit. »Ich habe dir gesagt, dass ich einmal eine Langzeitbeziehung hatte. Es hat nicht funktioniert. Er ist fort. Es hat kein schönes Ende genommen und damals hat es sich angefühlt, als hätte mir jemand das Herz herausgerissen.«

»Ach Scheiße, Amy, das tut mir leid. So etwas gab es bei mir auch. Eine dreckige Scheidung. Bist du jetzt darüber hinweg?«

»Er war kein guter Mensch. Aber ich kann ihm nicht die ganze Schuld zuschieben. Zu einer Beziehung gehören immer zwei, und so, wie wir miteinander umgegangen sind, konnte es nur aufs Ende hinauslaufen.«

»Hat er dir physisch weh getan?«

Sie presste ihre Lippen zusammen. »Darüber will ich wirklich nicht sprechen. Es sollte genügen, wenn ich sage, dass ich mir oft gewünscht habe, dass er tot ist. Das Seltsame ist, nachdem er weg war, habe ich ihn vermisst. Ich dachte, ich wäre an all dem, was er zu mir gesagt hat und was er mir angetan hat, schuld.«

»Bitte, Amy, gib dir nicht selbst die Schuld. Du bist ihn jetzt los, du bist frei.«

»Aber bin ich wirklich frei, Larry? Ich habe den besten Teil meines Erwachsenenlebens in dieser Beziehung verbracht, und ich fühle mich so, als hätte mich das für mein restliches Leben zeichnet.«

Er wusste nicht, was er antworten sollte. Da kam das Essen.

»Das sieht gut aus«, sagte sie. »Ich weiß nicht einmal, was du bestellt hast.«

»Dann hoffe ich mal, dass du Schweinecurry magst.«

»Jetzt gerade würde ich auch von der Tischplatte abbeißen.«

Sie lächelte ihn an und er entspannte sich. Er hatte gar nicht gemerkt, wie angespannt er gewesen war und wie sehr sich seine Schultern verkrampft hatten.

Während sie aßen, behielt er sie im Blick. Eine Frau ganz allein auf der Welt, und ein Halbstarker als Kollege, der ihr das Leben zur Hölle machte. Amy verdiente etwas Besseres. Aber verdiente *er* Amy?

Er kaute das saftige Fleisch und wollte genießen, wie sein Hunger langsam gestillt wurde, aber er konnte sich nicht so recht entspannen. Sein Schultern verkrampften schon wieder.

Was hatte diese Frau an sich, dass sie so eine Wirkung auf ihn hatte? Diese Frage konnte er sich nicht beantworten. Stattdessen bestellte er noch eine Flasche Wein.

Sie suchten sich gerade ein Dessert aus, als ihm etwas in den von Essen und Alkohol vernebelten Sinn kam, das sie im Laufe der Unterhaltung erwähnt hatte.

»Du hast gesagt, du hast einer Kollegin erzählt, dass du ein Date hast. Wer ist sie?«

»Wirst du die auch so angehen wie Luke?«, fragte sie in scharfem Ton.

Bestürzt wollte er sich schon entschuldigen, als er ein teuflisches Funkeln in ihrem Augenwinkel entdeckte.

»Ich habe mit ihr telefoniert, weil sie heute frei hatte. Sie ist noch ein Teenager. Aber sie hat mich angerufen und war völlig fertig. Ihre Nachbarin ist gestern verschwunden, und heute Morgen wurde sie tot aufgefunden. Vielleicht hast du sogar mit dem Fall zu tun.«

Seine Lust auf etwas Süßes verging ihm schlagartig. »Sprichst du von Bianca Tormey?«

»Ja.«

»Sie war die Babysitterin der Toten.«

»Ist das nicht so unendlich traurig? Die zwei Kleinen sind jetzt Waisen.«

»Hat Bianca je von einer Gruppe namens Life After Loss gesprochen? Éilis Lawlor hat sie gegründet.«

Amy war für einen Augenblick still, dann steckte sie keck ihre Nase vor. »Ich habe davon gehört. Hast du dich für etwas entschieden?«

Sie zeigte auf die Karte in seiner Hand, und ihm fiel auf, dass sie die ihre schon geschlossen hatte.

»Ich möchte nur einen Kaffee«, sagte er der Kellnerin, als sie an den Tisch kam.

»Jasmintee, bitte«, sagte Amy. Als sie wieder allein waren, sagte sie: »Ich hätte ein Glas Milch trinken sollen, vor dem ganzen Wein. Das ist eines der Mittel, einen Kater zu bekämpfen, bevor er sich überhaupt einnisten kann.«

»Amy, hat Bianca dir irgendetwas über Éilis Lawlor erzählt, dass uns vielleicht weiterhelfen könnte?«

»Im Ernst, Larry? Lass uns doch den schönen Abend nicht mit Gesprächen über die Toten verderben.«

Damit musste er sich zufrieden geben, und sie wechselte das Thema.

Das Hochgefühl, das ich empfunden habe, als ich Éilis' Knochen gebrochen habe, ist schon lange verflogen. Aber die Szene, die ich für die Gardaí entworfen habe, ist erste Klasse. Für die bin ich einfach viel zu schlau.

Jetzt habe ich verschiedene Opfer zur Auswahl, aber mir ist noch eins am Rande in den Sinn gekommen. Ich hatte sie vorher nicht in Erwägung gezogen, aber jetzt ... Ich muss mir gut überlegen, wer als Erstes sterben soll. Wer hat die besten Augen, die mich dann aus ihrem gläsernen Käfig heraus anstarren können?

Ich lasse mir Zeit.

Aber nicht lange.

Ich entscheide mich. Noch jemand wird sterben. Vielleicht schon heute Nacht.

EINUNDSECHZIG

Amy hatte eigentlich nicht vorgehabt, mit zu Larry nach Hause zu kommen, aber das späte Essen und der viele Wein hatten ihr Lust auf Sex gemacht. Danach hatte Larry ein Taxi gerufen, das sie zu sich nach Hause gebracht hatte. Sie hatte keine Ahnung, wie spät es war, und seufzte erleichtert, als sie bei ihrem Haus angekommen war.

Durch das Glas der Haustür konnte sie sehen, dass auf dem Flur das Licht brannte. Sie war froh darüber, dass sie es am Morgen aus Gewohnheit immer brennen ließ, nur für den Fall, dass sie spät nach Hause kommen würde. So konnte sie die Schlüssel leichter in ihrer Tasche finden. Sie fischte sie heraus, und nachdem sie zuerst den falschen Schlüssel probierte hatte, suchte sie jetzt am Bund aufmerksam nach dem richtigen.

Sie steckte einen anderen in das Schloss und drehte. Als sie die Tür öffnete, nahm sie einen seltsamen Geruch wahr, und etwas griff nach ihrem Arm. Ein Arm schlängelte sich um ihre Schulter und sie wurde in ihre Wohnung gestoßen.

»Was zum Teufel«, stöhnte sie und versuchte, sich umzudrehen.

Sie hörte ein Flüstern in ihrem Ohr, aber durch den Nebel,

der sich in ihrem Kopf breitzumachen schien, verstand sie nicht, was die Stimme sagte. Sie versuchte, sich zu entwinden, aber der Griff um ihren Arm und ihren Hals wurde nur noch fester. Die Ärmel ihres Angreifers waren schwarz, aber weil die Person hinter ihr stand, konnte sie sonst nichts erkennen. Sie versuchte, rückwärts gegen das Schienbein des Angreifers zu treten, aber ihr Körper war wie erstarrt.

Sie konnte sich nicht bewegen.

Sie bekam keine Luft.

Vor ihren Augen tanzten schwarze Punkte, die ankündigten, dass sie gleich das Bewusstsein verlieren würde. Warum war sie nicht bei Larry geblieben? Warum hatte sie so verdammt selbstständig sein müssen?

Ob sie ihm fehlen würde? Würde er nach ihr suchen, wenn sie seine Anrufe nicht beantwortete? Sie war sich nämlich sicher, dass sie in der Gewalt derselben Person war, die bereits zwei Frauen ermordet hatte.

Wenn sie gekonnt hätte, hätte sie geschrien, aber es ging nicht.

Als sich der Arm noch fester um ihren Hals legte, war Amy sich sicher, dass sie sterben würde.

ZWEIUNDSECHZIG

Nachts um zehn nach eins läutete es an der Tür zu Boyds Wohnung.

Vom Liegen auf den Couch schmerzte sein Rücken, als er aufwachte und instinktiv nach seinem Handy griff. War schon wieder eine Leiche gefunden worden? Keine Nachrichten oder verpassten Anrufe. Da läutete es wieder schrill.

Wenn er sich nicht beeilte, dann würde Sergio noch wach werden. Er schlüpfte schnell in eine Jogginghose, wischte sich über die schläfrigen Augen und öffnete die Tür, ohne erst auf die Sicherheitskamera zu blicken.

»Überraschung!«

»Jackie? Was machst du denn hier? Du hast gar nicht angerufen oder ...« Boyd konnte nur zusehen, wie seine Exfrau an ihm vorbei in die Wohnung flanierte. Ihre Absätze klapperten und sie hatte eine übergroße Tasche mit Leopardenmuster in der Hand. Sie wirkte noch mehr wie aus Plastik als damals, als er sie in Spanien kurz gesehen hatte. Ihre Haare waren in einer seltsamen Farbe gefärbt, und die Haut wirkte ledrig von zu viel Sonne und zu wenig Sonnenschutz.

»Wo ist mein Kleiner? Ich möchte ihn sehen.«

Sie setzte sich auf einen der Barstühle an der Küchenanrichte und ließ die Tasche auf den Boden zu ihren Füßen fallen. Wenigstens war sie nicht ins Schlafzimmer gegangen.

»Du hast mir nicht gesagt …« Er suchte nach Worten und versuchte, zu begreifen, was hier vor sich ging. »Du hast mir nicht gesagt, dass du kommst.«

»Hast du ein Bier im Kühlschrank?« Sie hüpfte vom Hocker und schaute selbst nach.

Er packte sie am Arm und zerrte sie weg. Scin Temperament war kurz vorm Überkochen und er hatte Angst, dass er die Beherrschung verlieren würde. »Du kannst nicht einfach so mir nichts dir nichts mitten in der Nacht hier herein gestürmt kommen.«

»Ich darf meinen Sohn jederzeit sehen. Du hast keinerlei legale Ansprüche.« Sie schüttelte ihn ab. »Ach, das gute alte Heineken. Flaschenöffner?« Sie schaute in Schubladen.

»Die letzte zu deiner Linken.« Er würde alles tun, damit sie aufhörte, so viel Krach zu machen und seine akribisch geordneten Schränke durcheinanderzubringen.

Sie öffnete die Flasche und trank einen großen Schluck, dann ging sie zum Sofa. Sie setzte sich auf die Bettdecke und sagte: »Ich bin froh, dass du Sergio das Bett gegeben hast. Du gewöhnst dich ans Vatersein, nicht wahr?«

Er setzte sich ihr gegenüber, verknotete eine Hände und biss die Zähne zusammen. »Was willst du?«

»Das hier ist nicht die ideale Umgebung für ein Kind, oder? Ich hatte damit gerechnet, dass du langsam mal in ein richtiges Haus ziehen würdest.«

»Du wohnst doch selbst in einer kleinen Wohnung. Wo ist der Unterschied?«

»Ich habe zwei Schlafzimmer. Was machst du, wenn du mal eine Freundin zu Besuch hast? Muss dann mein Sohn auf die Couch auswandern? Oder schickst du ihn zum Haus von dieser Lottie Parker?«

Ihm fiel auf, dass sie von Sergio ständig als ihrem Sohn sprach. Sie führte nichts Gutes im Schilde. Er war erschöpft und müde. Dieser Überfall war das Letzte, was er gerade gebrauchen konnte.

»Ich bin müde. Ich muss morgen früh raus. Es tut mir leid, aber du kannst hier nirgendwo schlafen. Kannst du bitte gehen? Wir treffen uns morgen und unterhalten uns in Ruhe.«

»Ich möchte hier sein, wenn mein Sohn am Morgen aufwacht.« Sie richtete die Flasche auf ihn und starrte ihn an.

Boyd spürte einen Adrenalinschub. »Du hast ihn in Spanien einfach im Stich gelassen. Du hättest mir nicht einmal von ihm erzählt, wenn es dir nicht gerade in den Kram gepasst hätte. Jetzt ist er bei mir und ich möchte das, was wir uns aufgebaut haben, nicht einfach so wieder zerstört sehen. Du hast dieses Chaos verursacht, Jackie, nicht ich. Du kannst nicht einfach hier auftauchen und Forderungen stellen. Ich möchte, dass du jetzt gehst.«

Sie stand auf und kaute auf ihrer Lippe herum, so, als müsste sie überlegen, was sie jetzt sagen sollte. Aber Boyd wusste, dass das alles genau einstudiert war. Sie war eine berechnende Schlampe.

»Also so wie ich das sehe, habe ich dir Sergio in Spanien für ein paar Wochen anvertraut und dir dann erlaubt, ihn mit hierher für einen Urlaub zu bringen. Und jetzt verweigerst du mir mein Recht, ihn zu sehen. Ich hole mir einen Gerichtsbeschluss, wenn es sein muss.«

»Ich verweigere dir überhaupt nichts, Jackie. Oh Gott, du drehst mir immer noch jedes Wort im Mund um. Es ist mitten in der Nacht. Komm morgen Abend wieder, und wir reden.«

»In Ordnung, ich gehe. Was auch immer du von mir hältst, ich will auf keinen Fall Sergio durcheinanderbringen. Aber um sieben Uhr morgens bin ich wieder hier. Du kannst zur Arbeit gehen und ich bleibe den ganzen Tag bei ihm. Dann können wir uns wie zwei Erwachsene unterhalten, wenn du nach Hause kommst.«

Das konnte er ihr nicht durchgehen lassen. »Ich habe schon Vorkehrungen dafür getroffen, wer sich tagsüber um ihn kümmert, und ab September ist er in einer Schule angemeldet. Du kannst diese Pläne nicht einfach so durcheinanderbringen.«

»Das kann ich und das werde ich.« Sie nahm ihre Tasche. »Sieben Uhr. Du solltest besser hier sein – du willst nicht sehen, was passiert, wenn dem nicht so ist.«

Noch lange, nachdem sie gegangen war, saß Boyd auf dem Sofa. Er nahm die Flasche, aus der sie getrunken hatte. Am liebsten hätte er sie mit voller Wucht gegen die Wand geschleudert. Doch stattdessen leerte er sie in einem Zug und holte sich eine zweite.«

TAG DREI

DREIUNDSECHZIG

Boyd hatte schon geduscht und sich angezogen und Sergio saß gerade an der Küchentheke und aß eine Schale mit Müsli, als Jackie wiederkam. Punkt Sieben. Sie rauschte herein und begrub den Jungen in einer Umarmung. Das war eine Seite, die sie während ihrer Ehe nie gezeigt hatte. Damals war sie kühl und berechnend gewesen. Hatte Sergio sie weich werden lassen? Aber es könnte alles nur Show sein, er musste wachsam bleiben.

Als sich Sergio aus ihren Armen befreit hatte, blickte sie zu Boyd, als wollte sie sagen, *Siehst du? Er hat mich vermisst.* Sie sah müde aus und er fragte sich, ob sie die ganze Nacht auf den Stufen vor seiner Wohnung gesessen hatte. Auch wenn es ihn eigentlich nicht interessierte.

»Geh zur Arbeit«, sagte sie. »Wir finden schon was zu tun, oder, Sergio?«

Der Junge nickte und sein Lächeln wurde breiter. Boyd umarmte seinen Sohn fest.

»Können wir kurz reden?« Er steuerte sie Richtung Flur und zog sich mit einem mulmigen Gefühl die Jacke an.

Sie sagte: »Ich weiß, was du denkst, aber du musst dir keine Sorgen machen.«

Ihr Ton. Der, der ihn immer in höchste Alarmbereitschaft versetzte. Der, der ihm immer sagte, dass er sich richtig Sorgen machen sollte.

»Du kannst ihn mir nicht wegnehmen, Jackie. Nicht jetzt, wo ich weiß, dass es ihn gibt und ihn so liebgewonnen habe.«

»Ich habe nicht die Absicht, ihn dir wegzunehmen.« Sie drehte sich um und blickte zu Sergio. »Wir haben viel nachzuholen, also iss dein Frühstück auf.« Sie ging auf Boyd zu und begleitete ihn zur Tür.«

Das Wissen, seinen Sohn vielleicht nie wiederzusehen, ließ ihn zögern. Aber hatte er eine Wahl?

»Ich warne dich, Jackie. Wenn du auch nur daran denkst –«

»Ich verspreche es dir, wir werden hier sein, wenn du nach Hause kommst.«

Versuchte sie, ihn mürbe zu machen? Spielte sie wieder die alten Spiele? Dieses Mal würde er nicht darauf hereinfallen.

»Ja, und ich weiß genau, wie viel deine Versprechungen wert sind.«

»Wann bist du nur zu so einem Zyniker geworden?«

Er hörte den Hohn aus dieser Bemerkung heraus und die Härchen in seinem Nacken stellten sich in böser Vorahnung auf. Sie führte definitiv etwas im Schilde.

»Hör zu«, sagte er und zog seine Jacke wieder aus. »Ich nehme mir den Tag frei und wir können über alles reden.«

»Im Ernst?« Sie hob eine Augenbraue. »Ich bezweifle, dass deine liebste Frau Inspector dir einfach so einen Tag frei gibt, wenn ihr gerade in zwei grausamen Mordfällen ermittelt.«

Damit hatte sie recht. War das das Dilemma, in dem sich Lottie tagtäglich befand? Ihre Verpflichtung und Loyalität ihrer Familie gegenüber mit ihrem Job in Einklang zu bringen? In diesem einen kurzen Moment wuchs seine Achtung vor ihr schier ins Unendliche.

»Okay«, gab er schließlich entgegen besseres Wissen nach. »Du hast meine Nummer. Ruf an, wenn du etwas brauchst. Und, Jackie?«

»Was?«

»Mach keine Dummheiten. Du weißt, dass ich dich bis ans Ende der Welt jagen werde.«

»Daran zweifle ich nicht eine Sekunde. Ich möchte dir einen Vorschlag machen. Ich bin hier, damit wir reden können, wirklich.«

Alle Alarmglocken in seinem Kopf schrillten, als er die Wohnung verließ.

Im Auto griff er sich an die Brusttasche, um sich zu vergewissern, dass er Sergios Pass eingesteckt hatte, dann schickte er Chloe eine Nachricht, dass er sie heute nicht brauchte. Hoffentlich hörte Lottie nichts von Jackies Besuch, bis er nicht selbst Gelegenheit gehabt hatte, mit ihr zu sprechen. Er liebte sie zu sehr, um sie wegen seiner Exfrau, sie dazwischen funken musste, zu verlieren. Und egal was geschah, seinen Sohn würde er auf keinen Fall verlieren.

Er würde das alles regeln. Es war sein Problem und er würde es lösen.

VIERUNDSECHZIG

Der Boss wollte wissen, ob Orla Keating oder Helena McCaul noch einmal gesehen worden waren, nachdem sie den Parkplatz am Tag zuvor verlassen hatten. Kirby, der schon wieder zu spät war, stellte sich schnell neben Garda Brennan, als McKeown gerade die Stimme erhob.

»Ich habe versucht, ihre Route auf den Überwachungskameras der Umgebung nachzuvollziehen. Das Wagen bog rechts ab, als er vom Parkplatz fuhr und war dann Richtung Kanal unterwegs. Bei der Kreuzung bogen sie links ab. Wir haben Aufnahmen von Millie's Garage, weil der Wagen davor bei Rot stehen geblieben ist. Als grün wurde, sind sie geradeaus weitergefahren. Dann kann ich nichts mehr finden. Keine von den beiden war zu Hause, als ich gestern Abend noch einmal vorbeigefahren bin.«

»Es soll noch mal jemand nachschauen. Die können sich doch nicht in Luft aufgelöst haben! Gibt es was Neues zu den Mordopfern?«

Lynch meldete sich zu Wort: »Wir haben viele Meldungen aus der Bevölkerung erhalten. Garda Brennan und Lei koordinieren die ganzen Informationen und leiten alles, was vielleicht weiterhelfen könnte, an mich weiter. Bis jetzt gibt es nicht viel zu berichten.«

»Bleiben Sie am Ball. Das gilt für alle.«

Als Lottie ihr Büro betrat und die Tür hinter sich schloss, eilte Kirby auf den Hinterhof und zündete sich eine Zigarre an. Er hatte Amy letzte Nacht noch eine Nachricht geschrieben, um sicherzugehen, dass sie gut nach Hause gekommen war, aber sie war wahrscheinlich direkt eingeschlafen, weil sie nicht mehr reagiert hatte. Jetzt hatte er ihr wieder geschrieben, und immer noch hatte sie nicht geantwortet.

»Verdammt nochmal!« Er rief sie an, statt noch einmal zu schreiben. Niemand hob ab.

Er schaute auf die Uhr und erinnerte sich daran, dass sie ihm gesagt hatte, dass sie heute Frühschicht hatte. Deshalb war sie auch nicht über Nacht geblieben. Er drückte seine Zigarre aus, aber diesen Anflug von Besorgnis, der ihm eine Gänsehaut verursachte, wurde er nicht so schnell los. Ein Mörder hatte sich in der Stadt innerhalb der letzten zwei Tage zwei Frauen geschnappt. Und jetzt erreichte er Amy nicht. Hatte er recht damit, so besorgt zu sein? Oder übertrieb er maßlos? Amy hatte von dem Life After Loss Kreis gewusst, das Thema aber im Keim erstickt. Er musste mit jemandem reden.

Wieder drinnen begegnete ihm Lynch im Treppenhaus. »Es gibt noch eine Frau, die von dieser Life After Loss Gruppe wusste. Amy Corcoran.« Er holte kurz Luft, bevor er weitersprach. »Das hat sie in einem Gespräch erwähnt, auch wenn sie nicht gesagt hat, dass sie Mitglied war. Bianca Tormey, Éilis Lawlors Babysitterin, arbeitet mit ihr zusammen in Dolan's Supermarkt. Ich kann Amy heute Morgen einfach nicht erreichen.«

»Langsam. Wovon genau sprechen Sie?«

Also erzählte er ihr von Amy und von ihrer Unterhaltung am Vorabend.

»Sie ist keine Witwe«, stellte Lynch fest.

»Nein, aber sie hat gesagt, dass sie eine schmutzige Trennung hinter sich hat.«

»Und was hat das mit den ermordeten Frauen zu tun?«

Lynch lehnte sich gegen die Wand und betrachtete Kirby. Der wurde unter ihrem forschenden Blick immer unsicherer.

»Das habe ich doch schon gesagt. Sie wusste von der Gruppe.«

»Aber es wissen doch sicherlich eine ganze Menge Leute davon.«

»Wenn wir davon ausgehen, dass der Mörder es auf Frauen abgesehen hat, die Mitglied in dieser Gruppe waren, dann glaube ich, dass Amy in Gefahr sein könnte.«

»Sie haben keine Beweise, dass Amy tatsächlich Mitglied war, oder?«

»Nein, aber –«

»Sie machen sich wegen nichts und wieder nichts Sorgen.«

»Ich habe ihr gestern Nacht ein Taxi kommen lassen. Ich erreiche sie nicht. Da ist dieser Typ, mit dem sie zusammenarbeitet. Luke Bray. Er hat sie in der Arbeit belästigt. Was, wenn er sie in seiner Gewalt hat und er unser Mörder ist?«

Lynch löste sich von der Wand und trat nahe an ihn heran. Er blickte auf die Hand, die sie auf seinen Arm gelegt hatte. »Kirby, ich kenne Sie jetzt wirklich schon ganz schön lange. Sie können ziemlich nerven, aber ich kann Sie gut leiden. Wir verstehen uns gut. Aber dieses Mal machen sie wirklich eine Mücke zum Elefanten.«

»Ich habe dieses seltsame Gefühl. Irgendetwas stimmt hier nicht.«

»Vielleicht ist sie in der Arbeit und hat einfach ihr Handy zu Hause liegen lassen, oder vielleicht gibt es eine andere, ähnlich einfache, Erklärung.«

»Vielleicht darf sie ihr Handy nicht benutzen, wenn sie an der Kasse sitzt«, sagte Kirby. »Das könnte sein, ja.«

»Schauen Sie doch schnell bei Dolan's vorbei, um nachzusehen, ob sie da ist. Wenn nicht, dann kommen Sie auf der Stelle zurück und wir schauen, was wir machen können. Ist das ein Angebot?«

»Sicher«, antwortete er. Aber er fühlte sich alles andere als sicher. Er eilte ins Büro, nahm seine Jacke und war schon aus der Tür.

In Dolan's Supermarkt war ganz schön viel los, obwohl es früher Sonntagmorgen war. Kirby drängte sich hinein, vorbei an einer Gruppe älterer Damen in Jeans, die sich darüber unterhielten, wie schön es war, dass heute ein junger Priester die Messe gehalten hatte.

Er sah sich nach Amy um.

Sie war an keiner der Kassen, aber er entdeckte Luke Bray. Das Piercing an seiner Augenbraue funkelte im grellen Licht. Er ging an der Schlange vorbei und beugte sich zu dem dunkelhaarigen jungen Mann hinunter. »Ist Amy heute da?«

»Sie ist nicht gekommen. Der Chef flippt bald aus, und ich muss eine Doppelschicht fahren. Dafür kassiert sie auf alle Fälle eine Verwarnung.«

»Wo wohnt sie?« Kirby erinnerte sich nicht mehr an die Adresse, die sie dem Taxifahrer gestern Nacht genannt hatte.

Luke stand auf und lehnte sich zu ihm hinüber, wobei er die unruhig werdende Schlange an Kunden ignorierte. »Das sollten Sie doch wissen. Immerhin ficken Sie sie, und nicht ich.«

Kirby bekam ein Stück Stoff vom T-Shirt des Jungen zu fassen und zog ihn näher zu sich heran. Luke ließ es geschehen, aber ein höhnisches Grinsen verwandelte sein Gesicht in eine Fratze.

»Man sollte Ihnen mal den Mund mit Seifenlauge auswaschen, Bürschchen. Wann haben Sie Amy zuletzt gesehen?«

»Ganz ruhig, Brauner. Sie war gestern Abend hier. Wollte sich schon früher verkrümeln, weil sie ein Date hatte, aber dann musste sie wohl noch Regale einräumen. Hat sie sich mit Ihnen getroffen? Vielleicht waren Sie ja die letzte Person, die sie gesehen hat. Wenn Sie wissen, was ich meine.«

Kirby ließ das verschwitzte Polyester los, wischte sich die Hand an der Hose ab und trat einen Schritt zurück. »Was wollen Sie damit sagen?«

»In Ragmullin sind in den letzten Tagen Frauen ermordet worden. Hoffentlich geht es Amy gut und es geht ihr nicht wie einer von denen.«

Sein Blut kochte vor Wut, und bevor er seine Karriere aufs Spiel setzte, weil er Luke Bray eine reinhaute, zog sich Kirby aus dem engen Gang bei der Kasse zurück und raste auf die Tür zu, auf der *BÜRO* geschrieben stand.

Dort brachte er jemanden aus der Buchhaltung dazu, ihm Amys Adresse zu geben und dann war er so schnell verschwunden, wie er gekommen war.

Amy wohnte in einer ruhigen Wohngegend an der alten Dublin Road in einem hübschen Häuschen. Er erinnerte Kirby an die Art Haus, die vielleicht ein Kind malen würde. Ein perfektes Quadrat. Die Haustür war, flankiert von zwei Fenstern, genau in der Mitte. Darüber waren drei Fenster zu sehen.

Mit quietschenden Reifen kam der Wagen auf der Auffahrt zum Stehen. Kein anderes Auto war zu sehen. Amy hatte ihres gestern Abend vor dem Restaurant stehen lassen. Oder hatte sie es heute früh geholt und war irgendwo hingefahren? Was auch immer los war, er hatte das beklemmende Gefühl, dass er sie nicht hätte nach Hause gehen lassen sollen. Wenn sie nicht da war, dann würde er bei der Taxiagentur nachfragen, ob sie auch an der richtigen Adresse abgeliefert worden war.

Bei der Haustür angelangt klingelte er erst einmal Sturm, bevor ihm auffiel, dass die Tür einen Spalt offen stand.

Dieses ungute Gefühl, dass er schon den ganzen Morgen gehabt hatte, wuchs ins Unermessliche. Er ging hinein.

»Amy? Ich bin es, Larry. Amy? Bist du zu Hause?«

Er blickte sich um und sah ihre Handtasche, die auf dem Boden des Flurs lag. Obenauf lag ein Schlüsselbund.

»Amy?« Er war jetzt vorsichtig, wurde mit jedem Schritt langsamer. Er rief nach ihr. Schweigen. Er war allein in dem Haus. Um sicherzugehen, schaute er in den Zimmern im Erdgeschoß nach, dann ging er nach oben, hetzte von Zimmer zu Zimmer.

Amy war nicht da.

In ihrem Zimmer hing Kleidung ordentlich im Schrank und auf der Bettdecke lag ein Buch. Das Bett sah nicht so aus, als hätte kürzlich jemand darin geschlafen. Die Kleidungsstücke, die sie am Abend vorher getragen hatte, konnte Kirby auch nirgends entdecken. Die Arbeitsuniform – das schwarze T-Shirt und die Hose.

Wieder unten zog Kirby, obwohl er so besorgt war, Handschuhe an, legte die Schlüssel zur Seite und nahm ihre Tasche. Ihr Geldbeutel war noch da. Auch ihre Bankkarten und das Bargeld. Ihr Handy auch. Das Display zeigte seine ganzen verpassten Anrufe und ungelesenen Nachrichten.

Vor seinen Augen tauchten die Bilder der Leichen von Jennifer O'Loughlin und Éilis Lawlors auf.

Vielleicht reagierte er völlig über, aber dass bewahrte den Damm nicht vor dem Brechen. Er rannte nach draußen und übergab sich auf den Rasen, bevor sein Körper anfing, unkontrolliert, zu zittern.

FÜNFUNDSECHZIG

Als Boyd mit dem Handy am Ohr auf der Wache eintraf, rief Lottie ihn sofort zu sich ins Büro.

»Mach die Tür zu.«

Er steckte das Handy in die Tasche und setzte sich.

»Boyd, ich brauche deine ungeteilte Aufmerksamkeit. Dir fällt vielleicht etwas auf, was wir übersehen, oder umgekehrt. Du musst dich voll und ganz auf diese Ermittlungen konzentrieren.«

»Schmeißt du mich raus?«

»Wann wirst du endlich erwachsen?« Sie rieb sich müde die Augen. »Was gibt es so Interessantes auf deinem Handy, dass du deswegen komplett das Interesse daran verlierst, unseren Mörder zu stellen?«

»Es tut mir leid, Lottie.«

»Du hast meine volle Aufmerksamkeit.« Plötzlich klang sie beinahe besorgt.

»Jackie ist gestern Nacht aufgekreuzt, und heute Morgen auch wieder. Sie hat darauf bestanden, heute bei Sergio zu bleiben. Ich habe so Angst, dass sie einfach mit ihm abhaut, während ich bei der Arbeit bin.«

»Und auf dein Telefon zu starren hilft?«

»Ich habe eine App, die mit dem Überwachungssystem an meinem Haus verbunden ist. Ich beobachte, ob sie die Wohnung verlässt.«

»Und dann was? Rennst du ihr dann durch die ganze Stadt nach?« Sie spürte, wie sich ihre Nasenflügel weiteten, und augenblicklich bereute sie, dass sie so wenig Mitgefühl zeigte. Aber verdammt nochmal, sie musste sich um zwei Tote kümmern, und zwei weitere Frauen waren wie vom Erdboden verschluckt.

»Sei nicht sauer, Lottie. In diesem Augenblick ist mir das Wohl meines Sohnes wichtiger als herauszufinden, wer dein Mörder ist.«

»*Mein* Mörder?

»Der Mörder. Wer auch immer es ist.«

Sie atmete frustriert aus. »Wo ist Sergios Pass?«

Er klopfte auf die Tasche auf seiner Brust. »Hier.«

»Dann brauchst du dir keine Sorgen zu machen. Ohne den kann sie ihn keinesfalls außer Landes bringen.«

»Du kennst doch Jackie. Sie hat überall Kontakte. Sie kann verdammt nochmal machen, was sie will.«

»Wir können ihren Namen auf die Beobachtungsliste setzten lassen. Dann kommt sie nicht weiter als bis zur Hauptstraße.«

Er lächelte bedauernd. »Danke. Aber sie würde andere Mittel und Wege benutzen. Sie ist so sehr in die kriminelle Unterwelt verstrickt, dass sie in einem Privatjet verschwinden könnte und wir nicht das Geringste davon mitbekommen würden.«

Lottie blickte über Boyds Schulter, als die Tür aufgestoßen wurde und Kirby in ihr Büro stürmte.

»Wo brennt's?«, hörte sie McKeown rufen, als sie und Boyd aufstanden.

»Es geht um Amy, Boss. Ich kann sie nicht finden.«

»Um wen? Wovon sprechen Sie?«

»Amy, sie ist jemand, den ich kennengelernt habe und wir waren gestern Abend zusammen, aber jetzt ist sie nicht zu Hause und nicht in ihrer Arbeit und ich weiß einfach nicht, wo sie ist!«

»Setz dich.« Boyd drückte Kirby auf einen Stuhl. »Tief durchatmen.«

Lottie legte ihm eine Hand auf die Schulter. »Noch mal von Anfang an, Kirby. Wer ist Amy?«

»Ich habe sie erst kürzlich kennengelernt und jetzt ist sie weg. Ihr muss etwas zugestoßen sein.«

»Warum denken Sie das?«

»Ich hoffe, ich reagiere nicht über, aber ...«

»Spucken Sie es schon aus.«

»Wir waren gestern Abend essen. Dann kam sie mit zu mir, und ein bisschen später habe ich ihr ein Taxi gerufen, das sie heimbringen sollte. Ihr Auto war noch vor dem Restaurant. Sie hat heute Morgen nicht auf meine Nachrichten und meinen Anruf reagiert, und dann bin ich zu ihr nach Hause. Die Tür war offen. Ihre Tasche, Geldbeutel, Schlüsselbund und Handy – alles war da, nur sie nicht. Sie kannte die Life After Loss Gruppe, Boss. Und sie ist eine Kollegin von Bianca Tormey, Éilis Lawlors Babysitterin. So ähnlich ist doch auch Éilis verschwunden, oder etwa nicht?« Er wurde kurz still. »Es ist nur so –«

»Hat Amy Familie, bei der sie vielleicht heute sein könnte?«

»Ich ... ich weiß es ehrlich gesagt nicht.«

»Versuchen Sie, das herauszufinden, und sobald Sie sie finden, konzentrieren Sie sich wieder auf diese Mordermittlungen.«

»Danke, Boss. Ich werde sehen, was ich tun kann.«

Lottie sah zu Boyd, der mit den Schultern zuckte.

Sie ging zu Kirby und kniete sich neben ihn. »Wir werden Ihre Amy finden. Geben Sie mir eine Beschreibung und alles, was Sie sonst noch von ihr wissen. Können Sie das für mich tun?«

»Natürlich, aber wir müssen uns auch einen ihrer Kollegen unter die Lupe nehmen. Luke Bray. Er hat sie belästigt. Der Schnösel hat heute Morgen hinter seiner Kasse große Reden geschwungen. Wir müssen ihn verhaften und rausfinden, was er getan hat.«

»Ein Schritt nach dem anderen. Haben Sie schon bei Freunden von ihr angerufen?«

»Ich kenne keine Freunde von ihr.« Seine Stimme wurde eine Oktave höher. »Ich habe sie doch erst vorgestern Abend kennengelernt.«

»Was *wissen* Sie denn von ihr?«

Sie schaute ihn an. Er hatte seinen Blick starr auf einen Fleck an der Wand gerichtet. Er war blas und seine Haare standen ihm zu Berge.

»Nichts. Ich weiß absolut nichts über sie.«

SECHSUNDSECHZIG

Nachdem sich Kirby ausreichend beruhigt hatte, um nach mehr Details zu Amy Corcoran zu suchen, blickte Lottie auf und sah Lynch im Türrahmen stehen.

»Gibt es was Neues?«

Lynchs Augen wurden schmal und Lottie hatte den Eindruck, dass sie besorgt wirkte.

»Garda Brennan hat mir eine Akte gegeben, an der sie mit Kirby gearbeitet hat. Sie hat mich gebeten, einen Blick darauf zu werfen.«

»Was für eine Akte.«

»Die Akte Tyler Keating.«

»Und?« Lottie band ihre Haare mit einem Haargummi zusammen, den sie aus dem Chaos in ihrer Schreibtischschublade geborgen hatte.

»Jennifer O'Loughlin hatte ungefähr eine Woche, nachdem Tyler Keating verschwunden war, eine Aussage gemacht.«

»Wirklich?« Lottie versuchte, sich die Abläufe in der richtigen Reihenfolge ins Gedächtnis zu rufen. »Hat Kirby ihr Bild oder ihren Namen nicht wiedererkannt?«

»Er hatte ihre Aussage nicht aufgenommen.«

»Was hat sie gesagt?«

»Nicht viel. Sie sagte, dass ihr Mann ihn gekannt hatte.«

»Hatte sie eine Vermutung geäußert, wo Tyler vielleicht abgeblieben war?«

»Nein. Sie hat sich von sich aus gemeldet. Wahrscheinlich nach dem Aufruf an die Bevölkerung. Aber sie hatte anscheinend keine anderen Informationen, außer, dass ihr Mann für Tyler gearbeitet hatte. Damien O'Loughlin ist an Krebs gestorben, ein Jahr bevor Tyler verschwunden ist. Und ...«

»Und was?«

»Jennifer hatte ausgesagt, dass sie Tyler das letzte Mal ungefähr drei oder vier Wochen vor seinem Verschwinden gesehen hatte.«

»Sie war Zahnarzthelferin, keine Juristin. Warum hat sie ihn getroffen, wenn doch ihr Mann schon tot war? Haben sie sich aus persönlichen Gründen getroffen?«

»Er hatte ein Bild von ihr bestellt«, sagte Lynch.

Lottie biss sich auf die Lippe und dachte nach. »Hatte Damien nicht etwas mit dem Hauskauf von Tyler zu tun?«

»Ja. Eine Kopie des Kaufvertrags war unter den Akten, die wir in Jennifers Lager gefunden haben.«

»Wir müssen unbedingt herausfinden, *warum* diese Akten dort gelagert wurden, zusammen mit Tylers Wagen.« Lottie tippte mit ihrem Stift gegen den Schreibtisch. »Wenn wir Orla finden, dann frage ich sie. Prüfen Sie, ob Éilis Lawlor oder Helena McCaul eine Verbindung zu Tyler Keating hatten außer der, dass seine Frau Mitglied bei Life After Loss war. Wir müssen herausfinden, warum diese Gruppe wirklich gegründet worden ist.«

»Denken Sie, dahinter könnte mehr stecken als nur trauernde Witwen, die sich hin und wieder treffen?«

»Ja, das tue ich. Aber wie kann ich es beweisen, wenn die beteiligten Frauen alle tot oder verschwunden sind?«

Lynch reichte ihr einen Ausdruck von Jennifers Aussage

und sagte: »Orla Keating ist im Zuge des Verschwinden ihres Mannes sieben Mal befragt worden. Sie hatte kein richtiges Alibi, aber es wurde nichts gefunden, das sie irgendwie belastet hätte.«

»Okay, Danke. Wo ist Boyd jetzt wieder?«

»Er hat etwas auf seinem Telefon gemacht, und dann ist er zur Tür hinausgestürmt. Er hat gesagt, es wäre ein Notfall.«

»Und das hier ist kein Notfall, oder wie?« Dann fiel ihr ein, dass es wahrscheinlich mit Jackie zu tun hatte. »Verdammt, hoffentlich hat sie nicht Sergio weggebracht.«

»Wer?«

»Boyds Ex ist wieder da.«

»Kann ich irgendwie helfen?«

»Das muss er wahrscheinlich alleine lösen.«

»Denken Sie nicht, dass Sie ihm folgen sollten? Vielleicht könnte er moralische Unterstützung brauchen.«

»Das sollte ich wirklich, aber ich glaube, er würde es mir nicht danken, wenn ich mich einmische. Lynch, wir haben immer noch keinen Verdächtigen. Das ist völlig inakzeptabel.«

»Da stimme ich zu.«

»Ich möchte, dass Sie sich die Verbindungen zwischen diesen Frauen vornehmen. Zwischen Éilis, Jennifer, Orla, Helena, und sogar Amy. Da muss mehr dahinter stecken, das ist nicht nur ein sozialer Sammelplatz für Witwen. Ist es Tyler Keating?« Sie wedelte mit der Aussage in ihrer Hand herum. »Ich möchte nicht herausfinden, was passiert, wenn wir die vermissten Frauen nicht finden.«

»Jennifer ist als erste gestorben«, sagte Lynch. »Sie wurde einen ganzen Monat von niemandem gesehen, bis ihre Leiche entdeckt wurde. Warum? Ist sie entführt worden, oder war sie freiwillig bei ihrem Mörder? Hat sich in seiner Wahrnehmung etwas so verändert, dass er sie umgebracht hat?«

»Die Autopsie hat ergeben, dass einiges darauf hindeutet, dass sie in einem Kühlhaus eingesperrt war, sie hatte Erfrierungen. Die gebrochenen Gliedmaßen deuten darauf hin, dass sie gefoltert worden ist. Hat vielleicht jemand gedacht, dass sie weiß, was mit Tyler Keating geschehen ist?«

Lynch gestikulierte lebhaft. »Das könnte der Schlüssel sein. Damit beginne ich.«

»Sagen Sie mir, wenn Sie irgendetwas Neues herausfinden. Wir brauchen mehr, bevor noch eine Leiche auftaucht.«

SIEBENUNDSECHZIG

Bevor er sich mit Amys Vergangenheit befasste, tippte Kirby Luke Brays Namen in PULSE ein, die polizeiliche Datenbank. Volltreffer. Bray war bereits einmal wegen Körperverletzung festgenommen worden, und das Bezirksgericht hatte ihn zu Sozialstunden verurteilt. Er musste noch mal mit ihm sprechen.

Vielleicht hätte er jemanden mitnehmen sollen, der ihm dabei half, sein Temperament unter Kontrolle zu halten, aber jetzt war es zu spät. Zum zweiten Mal an diesem Morgen betrat Kirby keuchend den Supermarkt. Auf seiner Oberlippe sammelten sich die Schweißperlen. Als er am Wachdiensthabenden vorbeiging, zeigte er kurz seinen Dienstausweis, und bevor überhaupt jemand realisierte, was vor sich ging, hatte er Bray schon am Kragen gepackt und hinter der Kasse hervorgezerrt. Er war sich kaum der Schlange von Kunden, die den Mund nicht mehr zu bekamen, bewusst.

»Das ist brutale Polizeigewalt«, brüllte Luke aus vollem Hals, als Kirby seinen Griff verstärkte. Ihm war jedes Mittel recht, damit der Kerl das Maul hielt.

Draußen auf dem Gehweg drückte er Bray mit dem Arm an

seiner Kehle gegen die Wand. Bevor er reagieren konnte, hatte Luke ihn in einer geschmeidigen Bewegung zu Fall gebracht.

»Was zum ...?« Ganz perplex brachte Kirby es kaum fertig, wieder auf die Beine zu kommen.

»Taekwondo.«

Luke streckte eine Hand aus, um ihm aufzuhelfen, aber Kirby drehte sich zur Seite und stand mit gewissen Schwierigkeiten ohne fremde Hilfe auf.

»Dafür werden Sie bezahlen«, keuchte er.

»Sie haben es nicht anders gewollt.«

Er beobachtete, wie Luke eine zerknautschte Packung Zigaretten aus seiner Hosentasche zog und sich eine anzündete. Er hatte sogar noch die Dreistigkeit, Kirby eine anzubieten.

»Stecken Sie sich die sonst wo ...« murmelte er. »Ich möchte wissen, wo Sie sich seit gestern Abend, als sie Feierabend hatten, bis heute Morgen, als Sie ihren Dienst wieder angetreten sind, aufgehalten haben.«

»Warum?«

»Beantworten Sie die Frage.«

»Ich war die ganze Nacht in meinem Bett.«

»Kann das jemand bezeugen?«

»Sie könnten meine Mutter fragen, aber die nimmt Schlaftabletten und würde nicht einmal mitbekommen, wenn das ganze Haus ausgeraubt wird, ganz zu schweigen davon, ob ich das Haus verlassen habe.«

»Also keine Zeugen?«

»Nein.«

Kirby wunderte sich, warum Luke jetzt so ruhig war. Vielleicht verbarg er etwas, oder er wollte einfach nicht in Schwierigkeiten kommen, weil er einen Detective tätlich angegangen hatte. Was auch immer der Grund war, für Kirbys Geschmack war der Knabe viel zu entspannt. Das brachte ihn auf die Palme.

»Vor einigen Jahren wurden Sie wegen Körperverletzung in

Gewahrsam genommen. Ich glaube, dass der Richter viel zu milde war.«

Luke trat seine Zigarette auf dem Pflaster aus. »Und?«

»Sie haben eine Frau angegriffen, die alleine am Kanal spazieren war und haben dafür nur Sozialstunden bekommen.«

»Was wollen Sie damit sagen, Alter?«

»Sie haben ganz schön viele Leute dazu gebracht, Ihnen eine positive Persönlichkeitsbeurteilung zu geben. Und das ist der Grund, warum so ein ernstes Verbrechen so milde bestraft wurde.«

»Ja und? Außerdem war ich das gar nicht. Ich wurde von Ihrer Bande übers Ohr gehauen.«

»Sie haben sich schuldig bekannt.«

»Da war ich achtzehn. Ersttäter, auch wenn es Sie nicht das Geringste angeht.«

»Es geht mich sehr wohl etwas an, weil mir Ihre Kollegin Amy Corcoran gesagt hat, dass Sie sie belästigen.«

»Das ist eine Lüge. Ich habe sie nicht belästigt.«

»Amy war überzeugt davon, und jetzt ist sie verschwunden.«

Luke zeigte keine Reaktion. »Ich habe sie nie angerührt. Und wenn sie verschwunden ist, sollten Sie sie dann nicht lieber suchen, statt mich hier zu *belästigen*?«

Im Stillen musste Kirby ihm Recht geben. »Wenn ich nur den geringsten Hinweis darauf finde, dass Sie etwas damit zu tun haben, dann landen Sie schneller im Mountjoy Jail, als Sie eine Tasche packen können. Haben wir uns verstanden?«

»Sicher, Alter.«

Aber Lukes Überheblichkeit schien Schaden genommen zu haben, und in seinem Gesicht zeichnete sich ein Anflug von Sorge ab.

Kirby schubste ihn aus dem Weg und ging zurück zur Wache.

Er hatte immer noch keine Ahnung, wo Amy war.

ACHTUNDSECHZIG

Als Boyd den Schlüssel im Schloss umdrehte, waren Jackie und Sergio schon wieder in der Wohnung.

»Wo seid ihr gewesen?«, fragte er atemlos, aber erleichtert.

»Eis kaufen«, sagte Sergio und nahm den Deckel von einer Packung Ben & Jerry's. Boyd nahm ihn fest in den Arm.

»Was ist los mit dir?«, fragte Jackie. »Lässt du mich überwachen?«

»Nein ...« Seine Stimme wurde leiser, als er bemerkte, wie lächerlich er sich machte. Er konnte ihr schlecht von dem Sicherheitssystem in der Wohnung erzählen. »Ich bin gekommen, weil ich mir ein sauberes Shirt holen wollte.«

»Aber das, was du trägst, ist doch sauber.«

»Ich brauche eins für später. Außerdem wohne ich hier.«

»Das ist mir durchaus klar.«

»Warum glaubst du, dass ich dich überwachen lasse?«

Jackie ließ sich auf seine Couch fallen und tauchte einen Finger in Sergios Eis. »Gestern hat es sich so angefühlt, als ob mich jemand beobachtet.«

»Gestern wusste ich noch nicht einmal, dass du dich überhaupt in Ragmullin aufhältst.«

»Ja, na ja ...«

»Du hast so viel Zeit in der Gesellschaft von Kriminellen verbracht, dass du schon ganz paranoid bist.« Er ging in die Küche und bedeutete Jackie, ihm zu folgen. Er wollte nicht, dass es vor Sergios Augen zu einem handfesten Streit kam. Er nahm sich ein Glas aus dem Schrank und füllte es mit eiskaltem Leitungswasser. Eine Dusche würde ihm guttun, um die ganze Anspannung abzuwaschen.

»Du hast Mordfälle zu bearbeiten. Um die solltest du dich kümmern, nicht um mich.«

»Das stimmt, aber ...«

»Aber du traust mir nicht. Ist es so?«

»Das hier ist meine Wohnung.«

»Für uns alle drei wird sie ein bisschen zu klein sein.«

Er knallte sein Glas auf die Anrichte. Das war es also, was sie vorhatte. »Das diskutieren wir nicht jetzt. Wir reden später. Ich bin um sieben zu Hause.«

»Hältst du dich heutzutage tatsächlich an die Arbeitszeiten?«

»Wenn du da bist, dann schon.«

»Schade, dass du das nicht schon so gehalten hast, als wir noch verheiratet waren. Dann wären wir jetzt vielleicht gar nicht in dieser Situation.«

»So brauchst du mir nicht kommen, Jackie. Wir beide wissen, an wem diese Ehe gescheitert ist.«

Er spülte sein Glas, trocknete es ab und stellte es zurück in den Schrank. Nachdem er das Geschirrhandtuch zusammengefaltet hatte, holte er sich ein sauberes Hemd, umarmte Sergio, gab ihm einen Kuss und verließ ohne ein weiteres Wort die Wohnung.

Da es keine neue Spur gab, die sie zu Orla und Helena führen könnte, beschloss Lottie, dass sie mit ein paar Leuten reden sollte, die man mit ganz viel Vorbehalt als mordverdächtig einstufen könnte. Da Smile Brighter am Sonntag geschlossen hatte, machte sie sich auf, um mit Owen Dalton zu sprechen. Die Tür zum SunUp Studio war fest verschlossen. Sie hämmerte mit der Faust gegen das Glas. Keine Reaktion. Sie probierte es noch einmal, dieses Mal fester und länger. Hier musste wohl auch geschlossen sein.

Gerade, als sie wieder gehen wollte, sah sie Daltons hochgewachsene Gestalt durch die Glasscheibe.

»Kommen Sie herein.« Er trat zur Seite, um sie an sich vorbei zu lassen. Der Griff ihrer Tasche verfing sich im Türgriff, und er befreite ihn. Dann sperrte er wieder zu.

»Wie kann ich Ihnen helfen, Inspector?« Er ließ sich schwer auf einen der Stühle am Empfang fallen.

Lottie setzte sich ihm gegenüber und sagte: »Ich brauche mehr Fakten. Vor allem möchte ich wissen, wie gut Sie Éilis Lawlor und Jennifer O'Loughlin kannten.«

»Ich kannte die beiden nur so gut, wie ich eben meine Kunden kenne. Mit beiden war es eine rein berufliche Verbindung, das kann ich Ihnen versichern.«

»Ehrlich? Sie waren nicht versucht, eine der beiden Witwen etwas besser kennenzulernen?«

»Nein, weil ich in einer festen Beziehung bin. Ich hatte mit keiner der beiden etwas zu tun.«

»Und warum sollte ich Ihnen das glauben?«

»Weil ich schwul bin.«

»Ach so.« Lottie brauchte einen Moment, um das zu verarbeiten. Verdammt. Lohnte es sich überhaupt, weiter mit Owen zu sprechen?

»Ich kann hören, wie das Uhrwerk in ihrem Gehirn rattert.«

»Können Sie das?«

»Die Energie, die Sie ausstrahlen. Sie stehen unter Spannung. Und größtenteils ist die Energie negativ beladen.«

»Das liegt an der Arbeit, die ich mache.« Wie konnte sie hier sitzen und mit diesem Mann über ihre psychische Verfassung sprechen? Sie hatte zwei Morde aufzuklären und zwei vermisste Frauen zu finden. Aber seine beruhigende Stimme spielte ihr eine falsche Sicherheit vor. Sie schüttelte sich und wandte sich ihm abrupt wieder zu. »Wann haben Sie Orla Keating zum letzten Mal gesehen?«

»Sie war für einen Kurs am Freitagmorgen eingeschrieben, aber ist nicht aufgetaucht.«

»Und was ist mit Helena McCaul? Sie haben ausgesagt, dass sie kein Mitglied hier ist, aber kennen Sie sie?«

»Ich glaube, ihr gehört dieser kleine Kräuterladen in der Stadt. Meinen Sie die?«

»Ja. Kennen Sie sie?«

»Nur, weil ich dort Kräuterpräparate kaufe.«

»Wann haben Sie hier am Donnerstagabend Schluss gemacht?«

»So gegen neun Uhr. Ich habe noch eine halbstündige Meditation gemacht.«

»Und was haben Sie im Anschluss gemacht?«

»Nichts anderes, als was ich Ihnen schon beim letzten Mal gesagt habe. Ich bin nach Hause gegangen.«

»Also waren Sie wann ungefähr daheim?«

»Gegen zehn.«

»Sie wohnen an der Canal View.«

»Genau.«

»Leben Sie allein?«

»Was hat das mit dem Ganzen zu tun?«

»Wahrscheinlich nichts. Ich lockere nur meine Gehirnwindungen.«

»Wenn Sie keine Zeit für Meditation oder Yoga haben, dann arbeiten Sie an Ihrer Atmung. Ich kann Ihnen eine

Stunde geben. Gratis.« Er lächelte, aber sie spüre, dass er es nicht ernst meinte.

»Sie haben gesagt, dass Sie beweisen können, wo Sie sich aufgehalten haben. Mit wem wohnen Sie also zusammen?«

»Mit meinem Mann.«

»Wie heißt er?«

»Wirklich? Sie wollen den Namen meines Mannes wissen? Was für ein Detective sind Sie denn?«

»Seinen Namen, bitte.«

»Er ist die Liebe meines Lebens. Durch ihn bin ich hierhergekommen, und er hat mein Leben erst vollständig gemacht.«

»Sparen Sie sich das Süßholzgeraspel, Owen.«

»Mein Mann heißt Frankie Bardon.«

Jetzt konnte Lottie das Uhrwerk, das er erwähnt hatte, in ihrem Kopf auch rattern hören, aber die Räder griffen nicht richtig ineinander.

»Möchten Sie, dass ich ihn Ihnen vorstelle?«

»Nein, danke.« Lottie stand auf und ging zur Tür. »Ich habe ihn schon kennengelernt.«

NEUNUNDSECHZIG

Kirby lehnte sich gegen die Wandtafel im Einsatzraum und fiel fast hin, als sie gefährlich wackelte. Er rückte sie wieder zurecht und ging zu Lynch. Sie schaute konzentriert auf ihren Bildschirm.

»Wissen wir schon mehr darüber, wo sich Orla oder Helena aufhalten könnten?«, fragte er.

»Rein gar nichts. McKeown schaut sich alle Aufnahmen von Überwachungskameras an, die er in die Finger bekommt. Wenn er Haare hätte, dann würde er sie sich wahrscheinlich inzwischen raufen. So eine Aufgabe macht einen fix und fertig.«

»Das geschieht ihm gerade recht.«

Lynch hörte kurz auf zu tippen. »Haben Sie Amy gefunden?«

Aus Angst, dass er zu weinen anfangen könnte, schüttelte Kirby stumm den Kopf. Dann sagte er: »Ich traue diesem Luke Bray nicht über den Weg, aber ich kann mir nicht vorstellen, dass er ihr etwas antun würde. Er hat ein vorlautes Maul aber nicht viel dahinter.«

»Hatten Sie nicht herausgefunden, dass er schon mal wegen Körperverletzung verurteilt worden ist?«

»Das war vor vier Jahren. Seitdem hat er sich nichts mehr zu Schulden kommen lassen, jedenfalls nicht laut PULSE. Außer, dass er Amy belästigt hat.«

»Hat sie ihn angezeigt?«

»Nein. Ich bin zu der Überzeugung gelangt, dass er nicht clever genug ist, zwei brutale Morde zu planen und auszuführen und möglicherweise drei Entführungen.«

Sie drehte sich kurz mit dem Stuhl hin und her, stand auf und streckte sich.

»Während allen der Kopf sonst wo steht«, sagte sie, »können wir beide diese Sache wenigstens logisch betrachten. Gehen wir es noch einmal durch.«

»Danke.«

Sie stellte sich neben ihn vor die Falltafel. »Gehen wir davon aus, dass eine der vermissten Frauen etwas mit den Morden zu tun hat?«

»Glauben Sie, dass eine von denen die Mörderin ist?« Er starrte sie ungläubig aus großen Augen an. »Denken Sie dabei ja nicht an Amy.«

»Kirby, Sie kennen Amy doch kaum.«

»Ja, aber ich habe eine gute Menschenkenntnis.« Er spürte, wie ihm das Blut in die Wangen schoss. »Meistens jedenfalls.«

»Okay, entspannen Sie sich. Schauen wir uns das an.« Sie zeigte mit ihrem angeknabberten Kugelschreiber auf ein Foto. »Zuerst haben wir hier Orla Keating. Sie haben die Ermittlungen im Fall ihres verschwundenen Ehemanns geleitet. Was hatten Sie damals für einen Eindruck von ihr?«

Kirby lehnte sich gegen einen Schreibtisch und verschränkte die Arme, damit seine Hände nicht so zitterten. Er wollte aktiv nach Amy suchen, aber Lynch hatte recht. Er musste logisch an die Sache herangehen.

»Orla machte auf mich den Eindruck, als ob sie sehr unter

dem Einfluss Tylers gestanden hätte«, sagte er. »Warum hat sie ihn erst nach fünf Tagen als vermisst gemeldet? Das habe ich von Anfang an nicht verstanden. Sie hatte ausgesagt, dass sie davon ausging, er wäre bei der Konferenz, und dass es keinen Grund gab, anzunehmen, dass er verschwunden sei. Und als er danach nicht nach Hause gekommen ist, hat sie das gemeldet.«

»Und während der Tage hat sie versucht, ihn zu erreichen, stimmt das?«

»Sie hat ein paar Mal angerufen, aber die Anrufe wurden nicht beantwortet. Sie ging davon aus, dass er beschäftigt war. Ich glaube, dass die Ehe auf der Kippe stand.«

»Denken Sie, dass sie ihrem Mann etwas angetan hat?«, fragte Lynch.

»Ich weiß es wirklich nicht. Sie sagte, dass sie, nachdem er nicht nach Hause zurückgekommen war, Nachforschungen angestellt hat, und dann herausfand, dass er nie in Liverpool eingetroffen war.«

»Das ist alles etwas seltsam, um ihr Lieblingswort zu verwenden.« Sie kaute auf ihrem Stift herum. »Was ist Ihnen sonst noch an ihr aufgefallen?«

»Dass sie, in Anbetracht der gegebenen Umstände, ziemlich ruhig geblieben ist.«

»Sie haben gesagt, dass Sie den Eindruck hatten, dass sie ziemlich unter der Kontrolle ihres Ehemannes stand. Warum dachten Sie das?«

»Als ich das erste Mal dort war, war das Haus pikobello aufgeräumt, es hat regelrecht geglänzt. Aber nach und nach schien sie immer weniger darauf zu achten, war immer weniger ordentlich. Eigentlich darf ich dazu nichts sagen, wenn ich mir anschaue, wie es bei mir aussieht. Es war einfach nur eine Beobachtung.«

»Vielleicht lag das auch daran, dass sie damit zu kämpfen hatte, nicht zu wissen, was mit ihrem Mann geschehen ist?«

»Ich glaube nicht, dass es daran lag.«

»Sie glauben, dass er sie sich sozusagen als brave Hausfrau hielt, und als er nicht mehr da war, hat sie sich einfach nicht mehr so viel gekümmert?«

»Vielleicht hat sie sich irgendwie freier gefühlt, ohne ihn.«

»Und wie kam es zu der Aussage von Jennifer O'Loughlin, die in der Akte hinterlegt ist?«

»Darüber habe ich auch schon nachgedacht. Als wir uns Tylers privaten Computer angeschaut haben, sind wir auf sehr viel Korrespondenz mit Damien O'Loughlin gestoßen, der für Bowen Solicitors gearbeitet hat. Ich kontaktierte sein Büro und mir wurde mitgeteilt, dass er ein Jahr zuvor verstorben war. Informationen darüber, was er für Tyler gemacht hatte, wurden mir verweigert. Deshalb rief ich Damiens Frau an, um zu sehen, ob sie Licht ins Dunkel bringen könnte. Sie stimmte einer Aussage zu.«

»Und Sie haben sie nicht erkannt, als wir die Leiche gefunden haben?«

»Ich hatte die Aussage nicht aufgenommen. Hab sie nie getroffen.« Er blickte betreten zur Seite. Natürlich hätte er die Verbindung knüpfen müssen, sobald der Name gefallen war. Doch seit der Nacht mit Amy war er bei der Arbeit einfach nicht mehr voll bei der Sache gewesen.

»Jennifer sagte aus, dass sie Tyler drei oder vier Wochen vor seinem Verschwinden zum letzten Mal gesehen hatte. Weil er ein Bild in Auftrag gegeben hat. Aber was hat Damien noch für ihn gemacht, außer dem Vertrag für das Haus?«

»Er war auf Eigentumsübertragungen und Testamente spezialisiert. Oder so was in der Art. Orla behauptete, nichts darüber zu wissen, und Bowen Solicitors gaben keinerlei relevante Informationen preis. Tyler wurde ja nur vermisst, er war nicht tot.«

»Aber jetzt ist ein Jahr vergangen. Vielleicht sagen sie Ihnen jetzt mehr.«

»Ich kann es probieren. Aber da sind immer noch die

Unterlagen aus dem Lager. Ich brauche Zeit, um mir . genauer anzusehen.«

Lynch seufzte. »Bei den Aussagen zu zeitlichen Abläufen sind mir in Orlas etwaigen Stellungnahmen Unstimmigkeiten aufgefallen. Ich weiß, dass sie nie ein wasserdichtes Alibi hatte, aber zuerst sagte sie, dass sie an dem Morgen, an dem er fliegen sollte, nicht da war. In einer anderen Aussage steht, dass sie im Bett war und nicht gehört hat, wie er gegangen ist. Ist Ihnen das aufgefallen?«

Kirby ging zum Fenster und schaute auf den Hof. »Ja, und ich habe sie immer wieder gefragt, wo sie war. Sie sagte, dass sie so durch den Wind sei, dass sie es einfach nicht mehr genau sagen konnte. Ich habe sie richtig in die Mangel genommen, aber schlussendlich habe ich keinerlei Hinweise gefunden, die darauf hindeuteten, dass sie etwas mit dem Verschwinden ihres Mannes zu tun hatte.«

»Und jetzt ist sie nicht mehr auffindbar.« Lynch setzte sich und zog die Tastatur zu sich heran. »Also können wir sie auch nicht bitten, es nochmal zu erklären.«

»Warum ist Tylers Wagen in Jennifer O'Loughlins Lager? Tiefengereinigt und blitz und blank geputzt? Das ist immer noch ein Rätsel.«

»Vielleicht hatte sie mehr mit ihm zu tun, als einfach ein Bild für ihn zu malen.«

»Egal, was da war, Jennifer ist tot, und weil der Wagen dort gefunden wurde, ist es durchaus möglich, dass sie etwas mit seinem Verschwinden zu tun hat.«

»Oder mit dem Mord an ihm«, sagte Lynch.

»Er könnte noch am Leben sein.«

»Glauben Sie das etwa?«

»Nein, nicht wirklich.«

»Kommen Sie, Kirby. Wir müssen Antworten finden. Und einen Mörder.«

»Ja, das auch noch.«

SIEBZIG

Als Lottie wieder auf der Wache eintraf, rief Kirby sie zum Einsatzraum, wo Lynch die Falltafel auf den neuesten Stand gebracht hatte. Sie hatte sie um eine Aufzählung aller Beteiligten ergänzt und fügte nun die gerade erhaltenen Informationen hinzu.

- Jennifer O'Loughlin: Zahnarzthelfern, Nebenbeschäftigung als Künstlerin. Fundort der Leiche: Ballyglass Business Park. Tylers Wagen wurde in ihrem Lager/Atelier gefunden.
- Éilis Lawlor: Raumausstatterin. Hat in Jennifers Haus gearbeitet. Hat den Life After Loss Witwenkreis gegründet. Fundort der Leiche: Ladystown Lake.
- Helena McCaul: Herbal Heaven. Gruppenmitglied. Vermisst seit Samstagmittag. Mutter behauptet, dass sie eine Lügnerin ist und nie verheiratet war.
- Orla Keating: Buchhalterin. Gruppenmitglied. Vermisst seit Samstagmittag. Kein eindeutiges

Datum, wann ihr Mann verschwunden ist. Schwierig, ein wasserfestes Alibi zu finden.
- Amy Corcoran: Dolan's Supermarkt. Zuletzt gesehen Samstagabend.
- Tyler Keating: Buchhalter/nebenberuflich Lehrer. Verschwunden vor zwölf Monaten. Wagen (mit Bleichmittel gereinigt) gefunden in Jennifers Lager. Spielraum von fünf Tagen bei Zeitpunkt seines Verschwindens. Vielleicht können GPS-Daten ausgewertet werden.
- Damien O'Loughlin: Jurist bei Bowen. Jennifers Ehemann. Seit zwei Jahren tot, Todesursache Krebs. Kommunikation auf Tylers Computer. Arbeitsakten in Jennifers Lager.
- Kathleen Foley: pensionierte Krankenschwester. Helenas Mutter. Behauptet, dass Helena lügt.
- Luke Bray: Dolan's Supermarkt; Kollege von Amy Corcoran. Hat Amy belästigt? Verurteilt wegen Körperverletzung.
- Bianca Tormey: Schülerin. Éilis' Babysitterin, arbeitet in den Ferien in Dolan's Supermarkt.
- Frankie Bardon: Zahnarzt. Jennifer war bei ihm als Zahnarzthelferin angestellt. Verheiratet mit Owen Dalton.
- Owen Dalton: edles Yogastudio. Éilis, Jennifer und Orla Mitglieder. Verheiratet mit Frankie Bardon.

Lottie wandte sich von der Tafel ab und fragte: »Ist Amy Corcoran ins SunUp oder zu Smile Brighter gegangen?«

»Ich finde es heraus«, sagte Kirby.

»Nein, Sie sind zu sehr involviert.« Lottie tätschelte seinen Arm. Er zitterte.

»Ihre ganzen Sachen sind noch in ihrem Haus. Sie muss

entführt worden sein. Die Umstände sind denen von Éilis Lawlors Entführung zu ähnlich. Ich muss sie finden.«

»War sie Mitglied bei den Witwen?«

»Sie hat erwähnt, dass sie die Gruppe kannte«, sagte Kirby.

»Aber die haben doch sicher viele Leute gekannt.«

»Das habe ich auch gesagt.« Lynch schloss den Marker energisch. »Es gibt keine eindeutigen Hinweise darauf, dass Orla und Helena entführt worden sind.«

»Außer, dass wir sie nicht finden können«, fügte Kirby mürrisch hinzu.

»Vielleicht haben sie etwas mit den Morden zu tun«, sagte Lynch. »Oder eine davon, und die hat die andere entführt.«

Die Tür wurde nach Innen aufgestoßen, als McKeown mit einem Ausdruck in der Hand hereinkam. »Ich habe herausgefunden, wo Helenas Wagen hingefahren ist.«

Lottie, Kirby und Lynch drehten sich um und schauten zu, wie er zur Falltafel schritt.

»Die automatische Nummernschilderkennung an der M4 Mautstelle hat ihn gestern Abend auf dem Weg Richtung Dublin aufgezeichnet. Und heute Morgen gegen zwei kam er wieder durch.«

»Und wo ist er jetzt?«

»Er wurde wieder bei der Brücke bei Millie's Garage gesehen. Ich habe alle Verkehrsüberwachungskameras überprüft und es sieht so aus, als stünde er wieder auf dem Parkplatz bei der Stadtverwaltung, in der Nähe vom Herbal Heaven. Ich habe mir gerade die Videos von dort angesehen. Er ist dort. Neben eine Mauer am Rand geparkt.«

»Und die beiden Frauen?«

»Ich war noch nicht dort, um nachzusehen.«

»Warum sind Sie dann noch hier?«

McKeown wurde rot bis unter die Haarspitzen. »Alles klar. Ich fahre sofort los.«

»Ich komme mit.« Lottie schnappte sich ihre Tasche. »Behalten Sie diese Tafel gut im Blick. Irgendwann platzt der Knoten. Und Kirby, schauen Sie sich Luke Bray noch etwas genauer an. Lynch, Sie finden heraus, ob es noch etwas im Leben von Bardon oder Dalton gibt, das wir wissen sollten. Aber bevor Sie etwas anderes machen – finden Sie heraus, wo zum Teufel Boyd steckt.«

Lottie und McKeown näherten sich Helenas Wagen vorsichtig. Beide hatten Handschuhe angezogen. Auf der kurzen Fahrt zum Parkplatz hatte sie vergebens versucht, Boyd zu erreichen. Bemüht, sich ihre Frustration nicht anmerken zu lassen, schaute sie durch die Windschutzscheibe ins Auto. McKeown war dicht hinter ihr.

»Leer«, sagte er.

»Das sehe ich auch.« Sie ging zur Fahrertür.

»Es ist nicht abgeschlossen.«

Sie beugte sich ins Innere. Die Sitze waren sauber, und obwohl im Fußraum beim Beifahrersitz ein paar Fastfood Verpackungen herumlagen, schien alles ganz normal zu sein. Hinten lag keinerlei Abfall. War er zu sauber? Sie öffnete den Kofferraum. Leer. Nicht einmal ein Ersatzreifen.

»Sehen Sie sich das Videomaterial nochmal an.« Sie zeigte auf die Kamera bei der Einfahrt. »Ich möchte wissen, wer ihn gefahren und wer ausgestiegen ist.«

»Alles klar.«

»Schauen wir uns kurz bei Helenas Laden um.«

Der Laden war direkt neben dem Parkplatz. Und überrascht sah sie, dass die Rollläden oben waren. Sie schaute zu McKeown, der mit den Schultern zuckte.

Drinnen klingelte das Glöckchen und sie fuhr sich mit der Hand ans Herz, so angespannt war sie. Was, wenn der Mörder Helena entführt und jetzt ihre Leiche grotesk drapiert hatte, damit sie gefunden wurde. Sie hörte ein Geräusch wie von einem Wasserkocher.

»Warten Sie hier«, sagte sie zu McKeown. Sie ging weiter hinein.

»Bin gleich bei Ihnen.« Die Stimme kam von der Tür am hinteren Ende des kleinen Ladens, gefolgt von einer Frau, die eine Tasse in den Händen trug. Lottie stieg der Duft von Kaffee in die Nase.

»Oh, Inspector.« Orla Keating verschüttete etwas Kaffee auf den Boden. Sie stieg über die Pfütze, damit ihre weißen Sneaker nicht nass wurden, aber ein Fleck erschien nichtsdestotrotz auf ihrer rosaroten Leggins. »Wie kann ich Ihnen helfen?«

»Was machen Sie hier?«

»Helena hat mich gebeten, hier für sie zu öffnen. Sie fühlt sich nicht so gut.«

»Und wann hat sie Sie darum gebeten?«

»Heute am frühen Morgen.«

»Wie haben Sie die Schlüssel bekommen?«

»Sie hat Ersatzschlüssel hinter dem Haus deponiert und mir gesagt, wo genau ich sie finden kann.« Orla war zum Verkaufstresen gegangen und hatte sich auf den Hocker dahinter gesetzt. Ihre Stimme war ganz ruhig. »Worum geht es denn?«

»Sind Sie mit Helenas Wagen gefahren?«

»Wann?«

»Orla, verarschen Sie uns nicht. Sie waren gestern Mittag im Fallon's. Wir haben Videomaterial, das zeigt, dass Helenas Auto gestern Abend durch die Mautstelle auf der M4 gefahren ist, und heute Morgen gegen zwei wieder zurück. Und jetzt steht es hier draußen auf dem Parkplatz. Erklären Sie uns das bitte.«

Orla stand da wie eine Statue und führte sich die Tasse an den Mund, aber ihre Augen konnten über ihre Unruhe nicht hinwegtäuschen. Die bernsteinfarbenen Sprenkel hatten sich verfinstert und ließen die Augen fast schwarz erscheinen.

»Okay, in Ordnung. Nachdem wir im Fallon's etwas getrunken haben, wollte sie noch nicht nach Hause. Wir beschlossen, diese beklemmende Stadt für ein paar Stunden hinter uns zu lassen. Ich habe ein Hotel für uns in Ballsbridge gebucht. Dort haben wir gegessen und getrunken, aber dann wurde sie unruhig und wollte doch nach Hause. Ich bin zurück gefahren, und heute Früh hat sie mich angerufen und gebeten, den Laden aufzusperren. Und voilà, hier bin ich.«

Lottie schnaubte. »Sie beide werden mit vollem Aufgebot gesucht.«

»Warum?«

»Weil Sie verschwunden sind, ohne einer Menschenseele etwas davon zu sagen.«

»Wir sind erwachsen.«

»Und Sie beide sind mit zwei Frauen befreundet, die innerhalb der letzten beiden Tage ermordet worden sind.«

»Deshalb wollten wir ja raus. Wir haben ein bisschen Zeit zum Nachdenken gebraucht, um unsere Gedanken zu ordnen.«

»Wie lange kennen Sie Helena schon?«

»Seit ungefähr einem Jahr.«

»Und seit wann kannten Sie Jennifer O'Loughlin?«

»Was hat sie mit mir zu tun?« Orla ging jetzt merklich in die Defensive. Gut, dachte Lottie.

»Kommen Sie schon, Orla, Sie kannten sie doch schon, bevor sie Mitglied bei Life After Loss wurden. Hat nicht ihr Mann, Tyler, ein Bild bei ihr in Auftrag gegeben?«

»Ein Bild? Ich habe keine Ahnung, wovon Sie sprechen.«

Lottie beschloss, Orla nicht mehr mit Samthandschuhen anzufassen. »Hatte Jennifer eine Affäre mit Ihrem Mann? Vielleicht haben Sie sich ja zuerst seiner entledigt, und dann ihrer.«

Die bernsteinfarbenen Sprenkel in Orlas Augen flammten jetzt wie Feuer. Das erste Zeichen von Verärgerung. »Sie machen wohl Witze. Tyler konnte einem schon schöne Augen machen, wenn er wollte, aber er war von mir besessen. Er hatte nichts mit anderen.«

»Sind Sie sich da ganz sicher?«

Sie lehnte sich auf dem Hocker nach hinten und stellte die Tasse auf den Tresen. »Tyler konnte ganz schön anstrengend sein, Inspector. Anfangs war er von mir ganz hingerissen. Das verwandelte sich dann in etwas, das ich jetzt als zwanghaftes Kontrollverhalten erkenne. Ich konnte nichts richtig machen. Er musste immer das Sagen haben. Ich war sozusagen eine Gefangene in meinen eigenen vier Wänden. Ich musste mein Büro in der Stadt aufgeben und in der Mansarde arbeiten. Ich liebe ihn immer noch, und ich glaube, auf seine verdrehte Art hat er mich auch geliebt.«

Lottie stützte sich mit beiden Händen auf den Tresen. »Zwei Frauen sind auf grausamste Art ermordet worden und drei ... nein, zwei Frauen werden jetzt gerade noch vermisst. Ich verliere an Boden gegenüber dem Mörder und ich denke, es ist jetzt langsam Zeit für die Wahrheit.«

»Ich kann Ihnen nichts weiter erzählen, als das, was ich bereits gesagt habe.«

»Wo glauben Sie, dass Tyler sich aufhält?«

»Ich gehe davon aus, dass er tot ist.«

»Hatten Sie irgendetwas mit seinem Verschwinden zu tun?«

Orla sprang vom Hocker auf und schlug die Hand auf den Tresen. »Das ist lächerlich.«

»Menschen sind gestorben. Was wissen Sie, Orla?«

»Ich kann keine weiteren Fragen beantworten. Wenn Sie mir weiter mit ihren lächerlichen Verdächtigungen kommen, rufe ich meinen Anwalt an.«

»Damien O'Loughlin war Tylers Anwalt bei seinem Hauskauf. Was können Sie mir zu ihm sagen?«

Orla stieß einen Seufzer aus. »Damien hat die Verträge und

Ähnliches gemacht, aber das ist schon alles. Ich weiß nicht, was Sie mit diesen Fragen bezwecken, aber ich glaube, Sie sollten jetzt gehen.«

Sie ging an Lottie vorbei zur Tür. McKeown öffnete sie und trat nach draußen.

Lottie trat ganz nahe an Orla heran. »Ich glaube, dass alle diese Morde etwas mit dem zu tun haben, was Sie in dieser Gruppe wirklich gemacht haben. War das nur Fassade für etwas Düsteres?«

»Ich werde keine ihrer lächerlichen Fragen mehr beantworten, Inspector.«

»Vielleicht lebt Tyler und ermordet Frauen, die Sie kannten. Oder vielleicht, nur vielleicht, ermorden *Sie* die Frauen, die *er* kannte. Egal, was davon zutrifft oder nicht, Sie waren vielleicht die letzte, die Helena gesehen hat. Egal wie schlau Sie zu sein glauben, ich bin schlauer. Ich werde durch Ihr Leben fahren wie ein rostiger Rechen durch verrottendes Laub. Auf Wiedersehen.«

Draußen atmete sie die warme Luft ein. Sie schaute zurück und sah, wie Orla ihnen ungläubig mit offenem Mund nachstarrte. Ja, sie hatte eine Grenze der Professionalität überschritten, aber manchmal musste man den dampfenden Kessel einfach so kräftig anheizen, dass er überkochte.«

EINUNDSIEBZIG

Wo war Helena? Lottie hatte jemanden zu ihrem Haus geschickt und gerade Meldung erhalten, dass dort niemand war. Sie dachte noch einmal über ihre Unterhaltung mit Orla nach, aber kam zu keinem Ergebnis. Sie verstand diese Frau nicht. Log sie schlichtweg, oder verdrehte sie die Wahrheit, damit sie in ihre Agenda passte, was auch immer die war? Sie hatten immer noch keinen eindeutigen Verdächtigen, was die Morde betraf. Mit Owen Dalton hatte sie sich schon unterhalten, und ihrer Meinung nach war es jetzt an der Zeit, mit seinem Ehemann zu sprechen. Sie musste etwas tun, nicht nur herumsitzen und darauf warten, dass die Antworten wie von Zauberhand auftauchten.

Sie fuhr zur Canal View. Frankie und Owen wohnten in einem zweistöckigen Mietshaus aus Sandsteinziegeln. Das Gelände lag hinter einem Schiebetor mit Gegensprechanlage. Das Tor stand glücklicherweise offen.

Aus den bunten Blumenkästen an den Fenstern duftete es herrlich. Es gab eine Klingel, aber sie benutzte stattdessen den wie ein Buddha geformten Messingklopfer an der Tür. Die Tür wurde augenblicklich geöffnet, und sie stand Frankie Bardon gegenüber, eine Sonnenbrille auf dem blondierten Haar. Er erinnerte sie an einen australischen Surfer. Als er einen Schritt zurück machte, um sie eintreten zu lassen, schob sie sich an ihm vorbei.

Angenehm von den prallen Kissen überrascht, die überall auf dem Boden herumlagen, sah sie sich nach einem Stuhl um. Fehlanzeige. Der Raum war wie ein Schrein dekoriert; goldene Applikationen schmückten die Bücherregale und Fensterbretter.

Frankie deutete auf ein großes Kissen. Ein Sitzsack, stellte sie fest, als sie sich ungelenk darauf niederließ.

»Vielleicht möchten Sie Ihre Schuhe ausziehen«, sagte er.

Während er ein Kissen aufschüttelte, bemerkte sie, dass er seine Flipflops ausgezogen hatte.

»Entschuldigen Sie, schade ich damit ihrem Fußboden?«

»Nein, aber so ist es bequemer.«

Sie dachte an ihre verschwitzten Füße und sagte: »Ich lasse sie an, wenn es Ihnen nichts ausmacht.«

»Natürlich nicht. Was führt Sie hierher?«

Ja, was?

»Ich habe mich vorhin mit Owen unterhalten. Er hat gesagt, dass Sie beide verheiratet sind.«

»Das stimmt.«

Frankie nahm die Sonnenbrille ab und steckte sie langsam in die Tasche seines knittrigen Leinenhemds, als er sich auf dem Kissen gegenüber von Lottie niederließ. Sie wandte ihre Augen von seinen gebräunten, rasierten Beinen ab und sah ihm stattdessen in sein scharfgeschnittenes Gesicht.

»Ich möchte alles über Jennifer O'Loughlin wissen.«

»Ich habe bereits all Ihre Fragen beantwortet. Was hat ihr Tod mit mir zu tun?«

»Ich spreche ein zweites Mal mit jedem, der sie gekannt hat.« Um ihn aus der Reserve zu locken, fragte sie: »Waren Sie gestern Nacht zu Hause?«

»Ja, war ich. Ich hatte um siebzehn Uhr Feierabend und bin seitdem hier.«

»Wann kam Owen nach Hause?« Sie klammerte sich an Strohhalmen fest, da sie keinerlei Beweise hatte, dass einer der beiden Männer etwas Illegales getan hatte.

»Warum möchten Sie das wissen?«

»Beantworten Sie einfach meine Frage.«

»Nach zehn. Und er war die ganze Nacht hier, bis er gegen halb sieben heute Morgen wieder in sein Studio ist.«

»Und Sie waren ganz sicher auch die ganze Nacht über hier?«

»Das muss ich wohl, sonst wüsste ich ja nicht, dass Owen die ganze Nacht lang da war.«

Klugscheißer, dachte sie sich.

»Kannten Sie Éilis Lawlor?«

»Sie war vielleicht Patientin bei uns. Müsste ich nachsehen.«

Lottie gab etwas in ihr Handy ein und zeigte ihm das Display. »Frischt das ihr Gedächtnis auf?«

»Sie war eine unglaublich hübsche Frau.«

Das war nicht die Antwort, die Lottie hören wollte, und außerdem war sie nicht seiner Meinung. Éilis war hübsch, aber mehr auch schon nicht. »Kannten Sie sie?«

»Ich gehe davon aus, dass sie Patientin bei Smile Brighter war, wenn ich Ihre Fragen richtig deute. Aber ich bin nicht der einzige Zahnarzt dort.«

»Sie haben mir immer noch keine Antwort gegeben.«

Mit einem schiefen Lächeln sagte er: »Sie sind aber ganz schön hartnäckig.«

Lottie funkelte ihn gereizt an.

Er hob seine Hände, bevor er sie wieder auf seinen Schoß fallen ließ. »In Ordnung, ja. Ich glaube, ich habe etwas an ihren Zähnen gemacht. Aber ich weiß nicht, wann ich sie zuletzt gesehen habe. Da muss ich im Büro nachschauen. Sonst noch was?«

»Haben Sie ihr auch Rat gegeben, so wie Jennifer?«

»Ich kann mich nicht einmal an die Frau erinnern, wie soll ich also noch wissen, worüber wir geredet haben?«

»Dann erzählen Sie mir von Orla Keating.«

Zum ersten Mal schien er unruhig zu sein. Er streckte seine Beine aus, dann lehnte er sich in seinem Kissen zurück.

»Hab nur was an ihren Zähnen gemacht.« Er verstummte und schien zu überlegen, wie viel er preisgeben sollte. »Aber ich kannte ihren Mann, Tyler. Der war ein ganz schön anstrengender Typ.«

»War?«

»Er wird immer noch vermisst, oder?«

»Woher kannten Sie ihn?«

»Er war ein Patient.«

»Warum konnten Sie ihn nicht leiden?«

»Ach, das ist mir jetzt unangenehm.« Er wirkte jetzt noch unruhiger als ein paar Augenblicke zuvor.

»Schießen Sie los.«

»Tyler Keating war homophob, wenn Sie es genau wissen wollen. Er hatte von meiner Beziehung zu Owen erfahren und wollte einen anderen Zahnarzt, damit er sich von mir kein AIDS einfängt. Als ob wir hier noch in den Achtzigern leben! Und falls Sie sich das fragen, ich bin nicht HIV-positiv.«

»Das habe ich mich ganz und gar nicht gefragt. Die Zeiten haben sich seit dieser krankhaften Angst in den Achtzigern ziemlich geändert.«

»Aber die Einstellung mancher Leute hat sich nicht geändert.«

»Wurden Sie befragt, als er verschwunden ist?«

»Nein.«

Lottie musste versuchen, später daran zu denken und mit

Kirby zu sprechen. »Hat er einen anderen Zahnarzt zugeteilt bekommen?«

»Ich habe ihm gesagt, dass er doch bitte erwachsen werden soll. Entweder ich oder keiner.«

»Diese Antwort hat ihn bestimmt sehr gefreut.«

Frankie grinste. »Sein Gesichtsausdruck war köstlich. Er hatte unheimliche Schmerzen wegen eines entzündeten Backenzahns, ansonsten wäre er schnurstracks wieder gegangen.«

»Haben Sie ihn öfter als einmal gesehen?«

»Er hatte ein Rezept für Antibiotika bekommen und es wurden einige Termine zur Nachuntersuchung vereinbart. Ich glaube, ich habe ihn dann noch zwei oder drei Mal gesehen. Ich kann –«

»... im Büro nachschauen, wenn Sie dort sind. Machen Sie das. Wo waren Sie, als Tyler verschwunden ist?«

»Das weiß ich nicht genau, aber es war ungefähr vor einem Jahr, also war ich wahrscheinlich gerade in Indien. Ja, das macht Sinn.«

»Können Sie das jetzt nachschauen?«

»Mein Kalender ist auf meinem Arbeitscomputer, Inspector.«

»Rufen Sie mich an, sobald Sie nachgesehen haben.« Sie deutete auf das Zimmer. »Sie haben ein wunderschönes Zuhause. Haben Sie das selbst so gestaltet?«

»Das haben Owen und ich zusammen gemacht. Warum?«

»Sie haben keinen Raumausstatter damit beauftragt?«

»Owen hatte einige großartige Ideen. Mir gefielen fast alle seiner Vorschläge.«

»Aber nicht alle?«

»Sie wissen wirklich, wie man zwischen den Zeilen liest.«

»Das ist mein Beruf.«

»Um Ihre Frage zum Dekor zu beantworten, wir haben uns geeinigt.«

»Ist Owen schon mit Ihnen bei einem Aschram gewesen?«

»Ja. Er behauptet, ich hätte ihn mitgeschleppt.« Er lachte.

»Und Sie haben ihn bekehrt?«

»Das klingt so, als hätte ich ihn dazu gezwungen, Mitglied eines Kults zu werden«, sagte er mit einem halbherzigen Lächeln. »Nein, er hat einfach die Lebensweise akzeptiert, die ich vorgeschlagen habe.«

»War er vor einem Jahr in Indien mit dabei?«

»Nein, ich bin alleine gefahren.«

»Sie sagen, Sie haben ihn dazu gebracht, Ihre Lebensweise zu akzeptieren. War er schon immer Yogalehrer?«

»Nein, wo denken Sie hin. Als wir uns zum ersten Mal getroffen haben, hat er am College in Athlone unterrichtet.«

Lottie war kurz sprachlos. Dann sagte sie: »War er dort mit Tyler Keating bekannt?«

»Das müssten Sie Owen fragen.«

»Ich kann nicht begreifen, dass er diesen Job aufgegeben hat, um Yogalehrer zu werden.«

Frankie stand geschmeidig wie ein Panther auf und streckte ihr eine Hand hin, um ihr aufzuhelfen.

»Inspector, ich kann niemanden dazu zwingen, etwas zu tun, was er nicht will. Owen war in einen Alltagstrott geraten. Er versuchte, sein wunderbares Wissen einem Haufen Schüler zu vermitteln, die keinerlei Interesse daran hatten. Als ich ihn kennengelernt habe, war er kurz davor, sich umzubringen. Er war für alles offen, was ich ihm geben konnte. Einschließlich meiner Liebe. Ich habe ihm dabei geholfen, ein hochmodernes Geschäft aufzubauen.«

Lottie ging in der kleinen Wohnung umher, nahm kleine Statuen von Elefanten und Tigern in die Hand und stellte fest, dass kein einziges Staubkorn zu sehen war. Dann fiel ihr auf, dass alles blitzblank war. Frankie sollte sich vielleicht einmal mit ihren Kindern unterhalten.

»Sie haben gesagt, dass Sie diesen Laden in der Stadt kennen, Herbal Heaven ...«

»Ja, da kaufe ich all meine Vitaminpräparate. Und der Brennnesseltee ist zum Sterben gut.«

»Wann haben Sie die Besitzerin Helena McCaul zum letzten Mal gesehen?« Sein Körper versteifte sich. »Sie ist nicht auch noch tot, oder?«

»Ich hoffe, nicht.«

»Ich war letzte Woche dort. Da schien es ihr gut zu gehen.«

»Hat sie Ihnen ihr Herz ausgeschüttet über Probleme in ihrem Leben?«

»Ich bin kein Psychiater.«

»Sie haben versucht, Jennifer zu helfen. Haben Sie das bei Helena auch versucht?«

»Wir haben nur über Naturheilmittel gesprochen.«

»Als ich kürzlich mit Ihnen gesprochen habe, haben Sie erwähnt, dass Sie jemanden verloren hatten, der Ihnen sehr nahe gestanden hatte. Darf ich fragen, wer das war, und wann?«

»Dürfen Sie nicht, denn das geht Sie nichts an und hat nichts damit zu tun, wer ich heute bin. Ich habe meine Trauer hinter mir gelassen. Aber ich glaube, Sie tragen ihre noch immer mit sich herum, nicht wahr, Inspector?«

»Wie Sie schon sagten, das geht Sie nichts an.«

Sie versuchte, seinen Gesichtsausdruck zu lesen, aber konnte ihn nicht deuten. Da ihr keine weiteren Fragen einfielen, verabschiedete sie sich. An der Tür drehte sie sich um, da ihr doch noch ein Gedanke gekommen war.

»Wussten Sie, dass Jennifer Künstlerin war?«

»Das hat sie nie erwähnt.«

»Sie wussten nichts von Ihrem Atelier?« Ein Lager, dachte sie, kein Atelier.

»Sie hatte ein Atelier? Meine Güte, *wenn* ich das gewusst hätte, dann hätte ich ihr doch geraten, sich ganz auf die Kunst zu konzentrieren. Vielleicht habe ich das große Ganze nicht im Blick gehabt.«

Und Lottie fragte sich, ob sie auch etwas nicht ganz im Blick hatte.

ZWEIUNDSIEBZIG

Lottie holte Boyd in der Wache ab und gemeinsam fuhren sie noch einmal zu Helenas Haus. Mit ihm im Schlepptau marschierte sie zur Haustür.

»Ich verstehe immer noch nicht, warum du mir nicht einfach geschrieben hast, wo du bist, und warum du nach Hause bist. Du kannst nicht einfach so verschwinden.«

»Es war ein Notfall.«

»War es das wirklich?« Sie wusste, dass sie sich unangemessen verhielt, aber, verdammt noch mal, er hatte sie einfach hängen lassen. Jeder andere Inspector würde ihn zur Rechenschaft ziehen.

»Für mich war es einer. Ich kann keine Risiken in Kauf nehmen, sonst könnte ich meinen Sohn verlieren. Verstehst du das?«

»Das tue ich, Boyd, aber da draußen ist ein Mörder unterwegs und wir finden ihn nicht. Bitte gib alles, wenn du hier bist, und zum Teufel nochmal gib mir Bescheid, wenn du weg musst!«

»Es tut mir leid. Ich habe überstürzt gehandelt.«

Die Spurensicherung hatte das Haus am Tag zuvor schon gründlich durchsucht, und jetzt lag es still wie ein Friedhof um Mitternacht da.

»Sie ist nicht hier«, sagte Boyd.

»Ihre Mutter hat gesagt, dass sie sie schon seit über einer Woche nicht gesehen hat, und sie ist nicht in ihrem Laden. Orla hat gesagt, dass sie sie nach Hause gebracht hat. Wo zur Hölle steckt sie?«

»Vielleicht kann sie bei anderen Freunden unterkommen.« Lottie rief Richtung Obergeschoss: »Helena?«

»Wir verschwenden hier unsere Zeit.«

»Es gibt einen Hintereingang.« Sie ging zur Küche, wobei sie sich Mühe gab, nicht auf die Blutflecken zu treten. Die Tür war abgeschlossen. »Helena könnte durchaus unser nächstes Opfer sein, und Orla Keating war die letzte, die sie lebend gesehen hat.«

Sie ging in den Hauswirtschaftsraum und schaute sich um. Leere Weinflaschen im Mülleimer. Volle Flaschen in einem Kühlbehälter. Sie klopfte gegen die Wände.

»Was machst du da?«

»Mich vergewissern, dass hier keine Wandattrappen sind.«

»Lottie, du verlierst den Verstand. Diese Frau ist eine wahnhafte Lügnerin und könnte jetzt überall sein.«

»Oder vielleicht will jemand nur, dass wir das glauben. Sie könnte in Lebensgefahr schweben.«

»Oder sie könnte eine Mörderin sein.«

»Hat sich das Labor schon gemeldet wegen des Bluts, das wir gefunden haben? Gibt es eine DNA-Übereinstimmung?« Sie deutete auf den Boden, wo das Blut inzwischen getrocknet und braun war.

»So schnell sind die nicht.«

»Mach ihnen Dampf.«

Als Boyd davonschlürfte, überkam sie dieses schreckliche

Gefühl, dass Helena ihr nächstes Opfer sein könnte. Sie hatte Angst um die Frau. Natürlich lebte sie eindeutig in einer Fantasiewelt, in der sie einen Sohn und einen Hund hatte, ganz zu schweigen von einem toten Ehemann. War sie das jüngste Opfer dieses verrückten Mörders geworden? So sehr sie sich auch bemühte, Lottie konnte keine Erklärung dafür finden, was der Mörder im Schilde führte. Alles, was sie wusste, war, dass sie Helena und Amy finden musste, bevor es zu spät war.

Kirby durchkämmte die Akte nach den Namen aller, die damals im Zusammenhang mit Tyler Keatings Verschwinden befragt worden waren. Frankie Bardon stand nicht auf der Liste. Damals hatte es keinen Grund gegeben, mit seinem verdammten Zahnarzt zu sprechen.

Und immer noch gab es keine Spur von Amy.

Er hatte versucht, Freunde und Familie ausfindig zu machen, aber er war nicht weitergekommen, und auch auf PULSE hatte er nichts gefunden. Er wusste einfach nicht genug über sie. Er rief im Büro des Supermarktes an und verlangte ihre Bewerbung oder einen Lebenslauf. Doch es war die übliche Leier. Holen Sie sich eine richterliche Verfügung. Er hatte gerade aufgelegt, als das Telefon wieder klingelte.

»Spricht dort Detective Kirby?«

»Ja.«

»Hier ist Shauna. Ich arbeite in Dolan's Personalabteilung. Gerade habe ich gehört, wie Sie mit Mr Cooke gesprochen haben und ich wollte Ihnen sagen, dass ich wirklich Angst um Amy habe.«

»Warum das?«

»Sie steht unter so viel Druck. Wegen Luke.«

»Kennen Sie Amy gut?«

»Nur hier von der Arbeit her. Sie ist ziemlich verschlossen, aber ich weiß, dass sie es eine Zeit lang mit Onlinedating probiert hat. Und dass sie sich nach ihrer Trennung diesem Life After Loss Kreis angeschlossen hat.«

Das war ihm neu. »Wissen Sie, von wem sie sich getrennt hat?«

»Nein, sie hat nie davon gesprochen.«

»Shauna, wäre es irgendwie möglich, dass Sie mir ihr Bewerbungsschreiben emailen könnten, und was sie sonst noch Relevantes über sie finden?«

»Das sollte ich wirklich nicht tun, aber mir machen all diese Morde solche Angst. Ich scanne, was ich finde, und schicke es Ihnen.«

Kirby gab ihr seine E-Mail-Adresse und sagte: »Ich weiß das sehr zu schätzen.«

»Ich möchte einfach nur helfen. Ich hoffe aus ganzem Herzen, dass Amy nicht so endet wie diese anderen armen Frauen.«

Er stimmte ihr zu, aber hatte einen Frosch im Hals. »Bevor Sie auflegen. Hat sie irgendetwas über diese Life After Loss Gruppe gesagt?«

»Die hat sie nur kurz erwähnt. Ich glaube, sie war bei einem oder zwei Treffen. Hat ihr nicht besonders zugesagt, wenn ich mich recht erinnere.«

»Bianca Tormey arbeitet auch mit Ihnen zusammen, richtig?«

»Ja, aber sie ist heute nicht hier.«

»Können Sie mir etwas über sie erzählen?«

»Sie arbeitet im Sommer hier und während der Ferien. Geht immer noch zur Schule. Ein wohlerzogenes junges Mädchen.«

»Und über Luke Bray? Können Sie mir da noch was sagen?«

»Nur, dass er ein Arschloch ist, und man ihm hier viel zu viel durchgehen lässt.«

»Wenn Ihnen noch etwas einfällt, rufen Sie mich sofort an. Und ich warte auf Ihre E-Mail.«

Er legte auf und starrte auf seinen Bildschirm, bis die E-Mail eintraf. Er öffnete die Anhänge und begann zu lesen.

DREIUNDSIEBZIG

Als Lottie den Korridor entlang ging, klingelte ihr Handy. Sie setzte sich auf die Treppe und nahm den Anruf der Rechtsmedizinerin entgegen.

»Hey, Jane, was hast du Neues für mich?«

»Ich bin mit Éilis Lawlors Autopsie fertig. Eine Kleinigkeit, vielleicht ist es nicht mehr als das, aber vielleicht doch.«

»Schieß los.« Sie lehnte sich mit dem Gedanken gegen die Wand, dass sie besser zeitnah wieder anfangen sollte, etwas Sport zu machen. Sonst würde sie bald so keuchen wie Kirby.

»Wie bei deinem ersten Opfer, ist das Kleid Éilis drei Nummern zu groß. Das wusstest du wahrscheinlich schon.«

»Ja.«

»Und es ist offensichtlich, dass der Mörder beide Frauen nach ihrem Tod gewaschen und angezogen hat. Auf Éilis' Kleid habe ich jede Menge Blätter und Zweige gefunden, aber nichts, das einen Hinweis auf den Mörder gibt.«

»Okay. Was *hast* du denn gefunden?« Lottie war klar, dass Jane nicht angerufen hatte, um Smalltalk zu betreiben oder ein Kaffeekränzchen abzuhalten.

»Sie hatte eine ganze Menge Alkohol im Blut, als ich es

getestet habe. Keine Anzeichen von Drogen. Das Labor untersucht das noch näher.«

»Was muss ich sonst noch wissen?«

»Die Todesursache. Herzinfarkt.«

»Was?«

»Wahrscheinlich ausgelöst durch einen Schock. Ihre Glieder waren auf brutalste Art gebrochen worden. Die Augen wurden nach dem Tod entfernt.«

»In diesem Sumpf der Horrors ist das die einzige gute Nachricht. Gibt es schon etwas zu den Teppichfasern, die du gefunden hast?«

»Noch nicht. Da frage ich später nach.« Jane verstummte.

»Die Skulptur, auf der Éilis platziert wurde. Sie stellt Fionn Mac Cumhaill dar.« Sie buchstabierte es für Lottie. »Das wird McCool ausgesprochen.«

»Ich weiß.«

»Vielleicht solltest du dich ein bisschen in irische Mythologie einarbeiten. Ich habe nämlich ein bisschen nachgelesen, und die ganze Gegend um die Stelle herum, an der Jennifers Leiche abgelegt worden ist, ist auf einem alten Manuskript als Standort einer Feenburg ausgewiesen.«

»Wirklich? Heißt es nicht, dass es Unglück bringt, wenn man so eine Stätte stört?« Lottie erinnerte sich an ihre Schultage. »Vielleicht ist der Rummel, der dort stattgefunden hat, jemandem zu weit gegangen.«

»Darüber kann ich nichts sagen, aber die Information hat mich darauf gebracht, mehr über das Entfernen der Augen nachzudenken. Mir ist Ödipus aus der griechischen Mythologie eingefallen.«

»Jetzt komme ich nicht mehr mit.«

»Er hat sich selbst mit zwei goldenen Nadeln geblendet, als Strafe, weil er seinen Vater ermordet und seine Mutter geheiratet hat.«

»Komm schon, Jane, das ist widerlich.«

»Ich weiß. Aber ich glaube, dass dir die Orte, an denen der Mörder die Leichen ablegt, Aufschluss darüber geben können, wer er ist. Und das sagt dir jemand, der an die Wissenschaft glaubt, und nicht an Folklore.«

Lottie musste sich auf den Rand der Stufe quetschen, um zwei Beamte vorbeizulassen.

»Diese Orte haben mir Kopfzerbrechen bereitet. Du hast mir jetzt eine neue Nuss zu knacken gegeben. Danke, Jane.«

VIERUNDSIEBZIG

Kirby war sehr wohl bewusst, dass er keine legale Handhabe hatte, Amys Bewerbung zu lesen. Aber er machte sich Sorgen um ihr Wohl, auch wenn sie noch gar nicht so lange verschwunden war, dass ein derartiges Eindringen in ihre Persönlichkeitsrechte gerechtfertigt wäre. Was sein muss, muss sein, dachte er, als er sich die Dokumente anschaute.

Sie hatte die Standardvorlage ausgefüllt, ein paar der üblichen Gedankenspielfragen beantwortet, bei denen es um Teamwork ging, um den Umgang mit schwierigen Kunden, was sie für ihre Stärken bezogen auf den Job hielt. Das übliche Zeug eben. Nichts, das ihn auf den Schock vorbereitete, den er erfuhr, als er zur Sektion ›Bisherige Arbeitgeber‹ kam.

Ein kurzer Eintrag.

Ein Arbeitgeber.

Amy hatte als Rechtsanwaltsgehilfin bei Bowen Solicitors gearbeitet, in der Kanzlei, in der Jennifer O'Loughlins Mann Damien gearbeitet hatte, bevor er gestorben war. Warum hatte sie ihm das nicht gesagt? Hatte er sie überhaupt danach gefragt? Er zermarterte sich den Kopf, aber er erinnerte sich nur verschwommen an die Unterhaltungen, weil er beide Male angetrunken gewesen war.

War das Zufall? Unwahrscheinlich, wenn man bedachte, dass Amy jetzt wie vom Erdboden verschluckt war. Ein plötzlicher Windstoß rüttelte am Fenster und riss ihn aus seinen Gedanken. Warum hatte sie vor achtzehn Monaten einen guten Job gekündigt, um stattdessen in einem Supermarkt zu arbeiten? Hatte ihre schwierige Trennung sie vielleicht zu diesem Schritt verleitet?

»Alles in Ordnung bei Ihnen?«, fragte Lynch.

»Ja, ja.« Er biss sich auf die Lippe und las sich das Bewerbungsschreiben noch mal genau durch. Vage nahm er wahr, dass Lynch aufstand und sich neben ihn stellte. Am liebsten wäre es ihm gewesen, wenn sie sich einfach verpisst hätte. Er wollte noch mehr über Amy herausfinden, aber ständig kam etwas dazwischen.

»Worauf sind Sie gestoßen?«

»Amy Corcoran, meine Amy, hat als Rechtsanwaltsgehilfin bei Bowen gearbeitet, der Kanzlei, in der auch Damien O'Loughlin gearbeitet hat. Sie hat eine der Teilhaberinnen, Madelene Bowen, als Referenz angegeben.«

»Das ist eine zwar schwache Verbindung zwischen Amy und Jennifer. Aber immerhin etwas.«

»Sehen Sie sich die zweite Referenzperson an. Ich begreife nicht, was ich hier sehe.«

»Tyler Keating!«, rief Lynch und schlug Kirby auf die Schulter. »Was zum Teufel …?«

»Was hat der mit Amy zu tun?«

»Ich weiß es nicht.«

»Sie müssen mit Orla sprechen.«

»Erst brauche ich Nikotin und ein Pint.«

»Nein, kommen Sie schon, wir fahren zusammen.«

»Wohin?«

»Der Boss hat gesagt, dass Orla gerade in Helenas Kräuterladen aushilft. Dort erwischen wir sie.«

»Wir müssen behutsam vorgehen.«

»Kirby? Aus ihrem Mund klingt das wie ein Witz.«

»Ich meine es ernst.« Er stand auf und streckte sich. Etwas knackte in seinen Knien. »Der Boss ist davon ausgegangen, dass dieser Life After Loss Kreis und Tyler Keating der Schlüssel zu dieser ganzen Sache sind. Aber was, wenn es etwas mit Bowen Solicitors zu tun hat?«

»Wir sprechen zuerst mit Orla Keating und schauen, wo uns das hinführt. In Ordnung? Und ich möchte nicht, dass Sie sich wie ein Elefant im Porzellanladen aufführen, also überlassen Sie mir das Reden. Und drucken Sie dieses Formular aus.«

Er drückte auf ›Drucken‹ und während das Gerät in der Ecke surrte, zog er seine Jacke an.

»Der Boss hat kein Glück bei der Suche nach Helena McCaul«, sagte Lynch, die sich ebenfalls zum Aufbruch bereit machte, »und laut ihr war Orla Keating die letzte, mit der sie zusammen war.«

»Das sollte dann wohl ein spannendes Gespräch werden.«

»Aber denken Sie daran, Kirby, überlassen Sie mir das Reden.«

»Das werden wir dann schon sehen.«

Er tat so, als sähe er nicht, wie Lynch die Augen verdrehte. Er musste Amy finden, und er hoffte, dass das ungute Gefühl in seiner Magengegend nicht bedeutete, dass es bereits zu spät war.

Langsam wird es etwas eng. Mit dieser Lottie Parker ist nicht gut Kirschen essen. Aber ich wusste, dass sie eine hervorragende Gegenspielerin abgeben würde. Doch die Sache ist die – ich möchte nicht erwischt werden. Noch nicht. Ich habe noch Dinge zu erledigen. Noch mehr Augen zu sammeln, die mir dabei helfen, die Wahrheit der Welt zu sehen. Ach, dieser Ausdruck schieren Horrors in den Augen, kurz bevor ich deren Besitzer getötet habe. Jennifer war vom Hunger geschwächt und hatte schon fast aufgegeben, aber ein bisschen Widerstand hatte sie noch geleistet. Und dann schien es so, als könnte Éilis zu einer wirklichen Herausforderung werden; bis sie einfach umgekippt und mir vor der Nase weggestorben ist. Eine Schande. In meiner Eile, ihre Leiche loszuwerden, habe ich hoffentlich keine Spuren zurückgelassen. Aber das Wasser aus dem Schlauch müsste eigentlich etwaige belastende Hinweise beseitigt haben. Und dann die letzte. So eine Hetzerei und selbst das wäre mir beinahe vereitelt worden. Ich muss zurück und das zu Ende bringen.

Mir ist klar, dass jeder Kontakt eine Spur hinterlässt, egal, wie gut ich aufpasse. Ich hoffe nur, dass ich den Gardaí so weit voraus bin, dass es, wenn sie etwas finden, nichts mehr ausmacht.

Ich muss einen neuen Ort vorbereiten für einen weiteren Haufen gebrochener Knochen.

Ich gehe zurück zu dem ausgekleideten Wohnzimmer. Durch das Loch in der Türe sehe ich, dass mein neuestes Opfer aufgegeben hat, weiter gegen die festsitzenden Fesseln anzukämpfen. Das bringt nichts. Energieverschwendung. Auf keinen Fall kann man Kabelbinder durchbeißen. Und mit gebrochenen Beinen kann man nicht weglaufen. Ich nehme die Holzlatte fester in die Hand. Es ist Zeit, die Arme zu brechen, und dann kommen wir zu dem erlesenen Teil.

FÜNFUNDSIEBZIG

Lottie saß immer noch auf den Stufen und verdaute, was Jane ihr erzählt hatte, als Kirby und Lynch aus dem Büro geeilt kamen. Die neuen Erkenntnisse der Rechtsmedizinerin waren zwar interessant, aber hatten sie es wirklich mit einem Mörder zu tun, der von einem seltsam verdrehten Mythologiefetisch getrieben wurde? Alles war möglich.

»Wohin sind Sie denn unterwegs?«, fragte sie.

Kirby zeigte ihr den Ausdruck. »Ich habe eine Verbindung zwischen Amy Corcoran und Tyler Keating gefunden.«

»Ganz langsam. Kommen Sie wieder mit rein und erklären Sie mir das in Ruhe.« Sie nahm ihn beim Arm und führte ihn sanft zurück ins Büro.

Als sie saßen, begann Kirby zu berichten, während Lottie sich Amys Bewerbung anschaute.

»Sie wollen mir also erzählen, dass eine Frau, die Sie erst diese Woche kennengelernt haben, eine Verbindung zum Mann unseres ersten Opfers, Jennifer O'Loughlin, hat, und zu einem Mann, der seit einem Jahr vermisst wird?«

»Es ist nicht viel, aber immerhin etwas«, sagte Kirby. »Sie

hat für Bowen Solicitors gearbeitet, aber dass sie Tyler Keating als Referenz angibt, das gibt uns richtig zu denken.«

»Woher kannte sie ihn gut genug, um ihn um eine Referenz zu bitten?« Lotties Kopf pulsierte nur so unter all den neuen Informationen.

»Deshalb waren wir ja gerade auf dem Sprung zu Tylers Frau, um mit ihr zu sprechen. Können wir jetzt los?« Kirby stand auf und ging Richtung Tür.

»Sie bleiben hier.« Sie wusste, dass sie in diesem Fall hart sein musste. Sie wollte nur das Beste für Kirby, und sie konnte es sich nicht leisten, dass er über die Stränge schlug. »Sie müssen daran denken, dass Amy irgendwie in diese Morde verwickelt sein könnte.«

»Das kann nicht sein. In der Nacht, als Jennifers Leiche abgelegt wurde, war ich mit ihr zusammen.«

»Die ganze Nacht?«

»Ja.« Sein Blick war verzweifelt. »Ich glaube schon.«

»Wie, Sie glauben schon?«

Er rieb die Hände so fest aneinander, dass Lottie Hautschuppen durch die Luft fliegen sah. »Es ist so, ich hatte ganz schön was intus, und erinnere mich vielleicht nicht mehr an alles, aber das bedeutet nicht –«

»Das reicht! Sie und Lynch bleiben hier. Sie haben sich die Akten aus dem Lager immer noch nicht richtig angesehen. Die müssen wichtig sein. Boyd und ich werden zu Orla fahren.«

»Er hat beim Labor nachgefragt wegen des Blutes, das in Helena McCauls Haus gefunden worden ist«, sagte Lynch. »Dann ist er los, um nochmal mit ihrer Mutter, Kathleen Foley, zu sprechen.«

»Dann nehme ich Garda Lei oder Garda Brennan mit. Informieren Sie Boyd über Amy und dann fragen Sie bei Bowen Solicitors nach, warum sie nicht mehr dort arbeitet.«

Garda Lei war der Einzige, der gerade anscheinend nichts zu tun hatte, also schnappte sich Lottie ihn, um sie zu Herbal Heaven zu begleiten.

Am Laden angekommen, drückte sie gegen die Tür, froh, sie unverschlossen vorzufinden. Sie hatte befürchtet, dass Orla wieder verschwunden sein könnte.

Das Glöckchen bimmelte, als sie eintrat. Garda Lei folgte dicht hinter ihr.

»Wow, das riecht ja fantastisch«, sagte er. »Sehen Sie sich nur diese ganzen Vitamine an! Ich würde wie auf Wolken gehen, wenn ich nur die Hälfte davon –«

»Das ist toll, aber sie müssen still sein.« Sie bewegte sich schnell vorwärts und merkte sofort, dass das Geschäft leer war. Die Tür am anderen Ende stand leicht offen. Sie schlich weiter.

»Orla, sind Sie hier?«

»Ich glaube nicht, dass sie hier ist«, sagte Lei.

»Das sehe ich selbst.« Sie drückte auf einen Lichtschalter. Licht durchflutete den kleinen Raum mit den Regalwänden und schien den Geruch nach Kräutern noch zu verstärken.

»Das da in dem Mörser mit dem Stößel sieht wie zerstoßene Blätter aus.«

»Woher wissen Sie das?«

»So was weiß ich eben.«

Sie zog ihre Handschuhe an, nahm eine braune Papiertüte aus einem der Regale und roch daran. Der Geruch überlagerte den Geruch des Raumes. Sie hielt sie ihm unter die Nase.

Er atmete den Duft ein. »Lavendel. Wird als Mittel benutzt, um besser schlafen zu können.«

Als sie die kleine Tüte zurück ins Regal legte, fiel ihr eine schmale Tür zwischen zwei Schänken auf.

»Noch ein Lager?«, mutmaßte er.

»Oder ein Ausgang.«

Sie zog am Türgriff. Sie bewegte sich nicht. Dann drückte sie, und die Tür flog auf. Sie trat auf eine schmale Gasse hinaus.

Leer, bis auf zwei Mülltonnen. Eine für Abfall, die andere für Recycling. Sie hob die Deckel an und sah, dass beide ungefähr bis zur Hälfte mit dem gefüllt waren, wofür sie vorgesehen waren. Sie ließ die Deckel fallen und ging am Gebäude entlang auf die Straße zu.

»Jeder könnte so hinein kommen«, sagte Lei hinter ihr.

»Oder hinaus.«

Zurück im Laden suchte sie nach Anzeichen für einen Kampf, aber ihr fiel nichts Ungewöhnliches auf, also versuchte sie, Orla anzurufen. Stille, abgesehen von Leis Atmung. Wahrscheinlich musste er seinen Zwang, ständig etwas zu sagen, irgendwie unter Kontrolle halten.

»Orla ist nicht überstürzt los.« Sie schaute unter dem Verkaufstresen nach. »Weder ihre Tasche noch ihr Handy sind hier.«

»Wo glauben Sie, dass sie ist?«

»Wenn ich das wüsste, dann würde ich doch kaum immer noch hier herumstehen, oder?«

»Wahrscheinlich nicht.«

Sie beobachtete ihn, als er zwischen den Regalen auf und ab ging. Hatte Orla den Laden freiwillig verlassen? Wäre sie einfach gegangen, ohne zuzusperren?

Als sie sich einen Schweißtropfen von der Nase wischte, merkte sie, wie heiß es hier drinnen war. Zurück in dem kleinen Raum suchte sie nach einem Thermostat, um die Temperatur zurückzudrehen. Gleich neben der Tür zu ihrer Rechten war ein Schalter, den sie umlegte. Aus dem Laden hörte sie genau in dem Augenblick ein krachendes Geräusch, als sich vor ihr ein Teil der Wandvertäfelung von der Größe einer kleinen Tür öffnete.

»Lei? Alles in Ordnung?« Sie wollte gar nicht erst wissen, was er angestellt hatte, und der Raum vor ihr sah interessanter aus.

Ohne auf seine Antwort zu warten, machte sie einen

Schritt in die Dunkelheit. Sie fand keinen Lichtschalter. Auf einmal verspürte sie Angst.

»Lei! Schnell. Ich brauche Sie hier.«

Der Klang ihrer eigenen Stimme dämpfte alle Geräusche hinter ihr.

Sie sah das Brett nicht, dass auf ihre Schulter niederging.

Sie fiel einfach zu Boden, tief in die Finsternis.

Boyd hatte von Helenas Mutter nichts erfahren, was er nicht schon gewusst hatte. Er trank gerade seine zweite Tasse Tee, als er eine Nachricht von Lynch bekam, es ging um Amy.

»Mrs Foley –«

»Kathleen, bitte.«

»Kennen Sie eine Amy Corcoran?«

»Ähm, ich bin mir nicht sicher. Vielleicht. Ist sie eine der Toten? Oh, meine Güte, hoffentlich geht es Helena gut.«

Boyd starrte sie an und fragte sich, ob die Erwähnung von Amys Namen dazu geführt hatte, dass sie auf einmal so nervös wirkte.

»Wir suchen nach Helena. Aber zu Amy. Auf mich wirkt es so, als ob Sie sie kennen.«

»Ihr Name kommt mir irgendwie bekannt vor. Arbeitet sie mit Helena zusammen?«

»Sie arbeitet in Dolan's Supermarkt, aber sie war Rechtsanwaltsgehilfin bei Bowen Solicitors, hier in der Stadt.«

»In der Kanzlei habe ich mein Testament machen lassen und auch dieses Haus auf Helena überschrieben, auch wenn sie das nicht weiß. Ich möchte nicht riskieren, dass sie mich mit einem Kissen erstickt, um dieses Haus in ihre Hände zu bekommen und zu Geld zu machen.« Sie lachte, aber Boyd erkannte, dass das mehr als nur ein bedeutungsloser Scherz war.

»Hatten Sie in der Kanzlei einen bestimmten Anwalt?«

»Jetzt, wo sie fragen, ich glaube, er hieß Damien O'Loughlin. Ist der nicht an Krebs gestorben?« Sie schlug sich die Hand vor den Mund.

»Gott im Himmel. War der mit der armen Frau, die ermordet worden ist, mit Jennifer, verwandt?«

»Er war ihr Ehemann.«

»Detective Boyd, was geht hier vor sich?«

»Wir können auf alle Fälle sagen, dass wir jede Menge Verbindungen zwischen einzelnen Parteien finden. Jetzt müssen wir nur noch herausfinden, was genau sie alle verbindet, das sie zu einem Ziel für den Mörder macht.«

Als sie ganz grau im Gesicht wurde und ihre Hand so sehr zitterte, dass sie die Tasse fallen ließ, merkte er, dass er zu weit gegangen war. Die Tasse zersprang auf dem Boden. Sie sprang auf, holte einen Wischlappen und versuchte hektisch, den verschütteten Tee und die Porzellanscherben aufzuwischen und einzusammeln. Der Geruch des schmutzigen Lappens erfüllte die Luft und er hatte das Gefühl, dass der Geruch an seiner Haut kleben blieb.

»Kommen Sie, lassen Sie mich das machen. Setzen Sie sich hin, Kathleen.«

Er nahm den Henkel und sie drückte leicht seine Hand.

»Finden Sie sie, Detective. Finden Sie mein Mädchen, bevor sie so leiden muss wie die anderen.«

Er spürte einen Anflug von Bedauern, als er an das Blut dachte, dass sie in ihrem Haus gefunden hatten. Würden sie Helena rechtzeitig finden?

Bevor er ging, wandte er sich noch einmal an Kathleen. Ihr Lippenstift hatte an Farbe verloren und er konnte sehen, dass ein bisschen davon an ihren Zähnen klebte. Sie stützte sich auf dem Tisch im Flur ab, wobei sie einen Schlüsselbund zu Boden beförderte. Sie sah aus wie eine gebrochene Frau.

»Kathleen, Amy Corcoran wird ebenfalls vermisst.«

Augenblicklich schlug sie sich die Hand über den Mund.

»Oh nein!« Ihre Stimme war ein Flüstern, als sie nach vorne kippte und in Tränen ausbrach.

SECHSUNDSIEBZIG

Kirby stand hinter Lynch, während sie arbeitete. Sie hatte Amys Facebook Profil geöffnet.

»Amy sieht super aus«, sagte sie.

»Das klingt, als könnten Sie nicht glauben, dass sich so jemand für mich interessiert.«

Immerhin, das fiel ihm auf, hatte sie den Anstand, rot zu werden. Ihm war egal, was sie oder jemand anderes dachte, er war sich sicher, dass Amy ihn mochte. Ganz sicher hatte sie keine Hintergedanken. Doch jetzt, wo er darüber nachdachte, kamen ihm Zweifel. Was wollte so eine wunderschöne Frau von ihm? Einem übergewichtigen, verschrobenen, Zigarre rauchenden, zu fast nichts zu gebrauchenden Detective. Er stützte sich auf Lynchs Stuhl auf.

»Glauben Sie, dass sie sich nur wegen meines Jobs mit mir abgegeben hat?«

Sie drehte den Stuhl so schnell herum, dass er beinahe gegen den nächststehenden Schreibtisch geflogen wäre.

»Es tut mir leid, Kirby, aber dieser Gedanke ist mir durchaus durch den Kopf gegangen.«

»Scheiße, Lynch, ich kann es nicht glauben.« Er steckte die

Hände in die Taschen. Seine Finger ertasteten ein zerbröseltes Chicken Nugget.

»Verdammte Scheiße.« Er warf das widerliche Stück Fleisch in den Mülleimer unter ihrem Tisch und ging im Kreis durch das viel zu enge Büro, bis er wieder vor Lynch stand. »Oh Gott, Lynch, ich hoffe, dass es nicht so ist.«

»Ich habe sie auf einer Datingseite gefunden, auf der Sie auch sind. Haben Sie sich so kennengelernt?«

»Nein, sie war kürzlich nur zufällig im gleichen Pub wie ich. Wir sind ins Gespräch gekommen, und eins hat zum anderen geführt.«

»Sie haben sie im Fallon's getroffen, richtig?«

»Ja. Zu dem Zeitpunkt hatte ich wohl schon ein paar intus.« Ihm kam der Gedanke, dass er ›Trinker‹ mit auf seinen Lebenslauf schreiben sollte.

»Sie hat irgendwie mit dem Ganzen hier zu tun«, sagte Lynch. »Wenn nur der Boss endlich von Orla Keating zurückkäme. Wir müssen in diesen Ermittlungen wirklich endlich vorankommen, und zwar schnell.«

»Sie ist schon ganz schön lange weg. Ich rufe sie mal an.«

»Vielleicht befragt sie Orla ja in dem Laden.«

»Oder auch nicht.«

Lynch tippte auf ihrem Handy herum, als Boyd zur Tür hereinkam und seine Anzugjacke auszog.

»Ich hatte eine überaus aufschlussreiche Unterhaltung mit der Mutter von Helena McCaul.«

»Weiß sie, wo sich ihre Tochter vielleicht aufhalten könnte?«, fragte Kirby.

»Nein, aber sie kennt Amy Corcoran. Ist in Tränen ausgebrochen. Anscheinend hat sie sich um Amy gekümmert, als sie noch ein Kind war. Helena war damals unglaublich eifersüchtig auf das Mädchen. Kathleen ist überzeugt davon, dass die Eifersucht in Hass umgeschwungen ist.«

Kirby stand mit offenem Mund da. »Ich kann mich nicht entscheiden, ob das jetzt wichtig ist oder nicht.«

»Kathleen hat auch gesagt, dass sie bei Bowen Solicitors ist. Damien O'Loughlin hat für sie an ihrem Testament und an der Übertragung von Immobilien gearbeitet.«

»Der Boss nimmt nicht ab.« Lynch steckte ihr Handy wieder ein.

»Ich fahre hin und sehe nach, was da los ist«, sagte Kirby.

»Warten Sie noch«, forderte ihn Lynch auf. »Probieren Sie es bei Lei über das Funkgerät.«

»Machen Sie das. Ich muss mich beschäftigen und brauche die frische Luft.«

»Ich komme mit.« Boyd zog seine Jacke wieder an.

»Vielen Dank auch, meine Herren«, sagte Lynch, als die beiden zur Tür hinaus waren.

In ihrem Kopf pochte und dröhnte es, als hätte der Schlagzeuger einer Rockband sich dort eingenistet. Lottie fasste sich mit der Hand an den Nacken und spürte Blut. Ihre Schulter schmerzte schrecklich. Sie blinzelte und blickte in Boyds besorgte Augen.

»Was ist passiert?«, fragte er. Er nahm ihre Hand und half ihr auf die Beine. »Alles in Ordnung?«

»Nein, es ist verdammt nochmal nicht alles in Ordnung!«

»Das muss genäht werden.«

»Später. Bring mir ein Tuch.«

Sie sah ihm zu, wie er widerstrebend aus dem dunklen Raum ging. Schwach erinnerte sie sich an eine Wandvertäfelung, die sich verschoben hatte, und dass sie durch die Öffnung gegangen war. Dann … nichts mehr.

»Was anderes konnte ich nicht finden.«

Sie nahm die zusammengeknüllte Küchenrolle entgegen und wischte sich damit ihren Nacken ab.

»Lass mich das für dich machen«, sagte er.

»Es ist alles in Ordnung, hör auf, so ein Theater zu machen. Wurde Lei auch angegriffen?«

»Und wie. Er hat eine Beule am Kopf, die so groß ist wie Harbour Bridge, aber er sagt, es geht ihm gut. Ich glaube, der freut sich wie ein Schneekönig, dass er mal ein bisschen was erlebt.«

»Warte noch, bis er ein paar mehr über den Schädel bekommen hat, dann wird er ein anderes Lied singen.« Sie sah sich in dem kleinen Raum um. »Was ist das hier?«

»Sieht aus wie ein Kühlraum.«

»Das habe ich mir auch gedacht. Jennifer hatte Erfrierungen. Scheiße, Boyd, glaubst du, dass sie vielleicht hier gefangen gehalten worden ist?«

»Wir lassen besser die Spurensicherung kommen. Komm hier raus.«

»Moment noch. Ich möchte mich noch kurz umsehen. Gibt es hier kein Licht?«

»Nein.« Er schaltete die Lampe an seinem Handy ein und der Raum war mit einem Mal so hell erleuchtete wie ein Weihnachtsbaum. »Heilige Scheiße!«

»Großer Gott, was geht hier vor, Boyd?«

Sie versuchte, das Pochen hinter ihrer Stirn zu ignorieren, als sie weiter in den schmalen Raum hineinging. Sie passte auf, nichts zu berühren, aber sie war zu neugierig, um auf die Spurensicherung zu warten.

Der Raum war wie eine Bordküche gestaltet, mit Schränken zu beiden Seiten und einem schmalen Gang mit Steinfließen dazwischen. Nur, dass hier keine Schränke waren, sondern Tiefkühltruhen. Und am Ende des Ganges war eine weitere Tür. »Was ist das hier für ein Ort? Dieses Gebäude ist ja wie ein Labyrinth aufgebaut«, sagte Boyd.

Lottie blieb still, zum einen, weil sie fürchterliche Kopfschmerzen hatte, zum anderen, weil die Tür mit dicken Stahlriegeln, jeder Menge Schlösser und sogar einem Zahlenschloss versehen war.

»Du glaubst auch nicht, dass Helena da drinnen ihre Brennnesseln aufbewahrt, oder?«

»Das bezweifle ich.« Sie hielt ihr Ohr näher an der Tür, aber es war nichts zu hören. »Was, wenn da jemand drin ist? Denkst du, die Tür ist so massive, dass sie Geräusche komplett abdämpft?«

»Ich weiß gar nicht mehr, was ich denken soll.« Boyd ließ das Handy sinken, und die Tür war nur noch ein dunkler Koloss.

»Hol den ganz großen Schlüssel, damit wir da hinein können, und ich werfe einen Blick in die Kühltruhen.«

»Wie ich schon sagte, wir brauchen die Spurensicherung. Es macht keinen Sinn, einen Rammbock zu benutzen, wenn wir damit vielleicht Beweise –«

»Boyd! Da könnte noch jemand drin sein. Helena und Amy werden vermisst, und Orla scheint spurlos verschwunden zu sein. Jede von den dreien könnte dort drin sein, verletzt oder im Sterben liegend, wenn nicht schon tot.«

»Und jeden von den dreien könnte genauso gut die Mörderin sein.« Er hob sein Handy wieder hoch und ließ den Lichtkegel durch den Raum schweifen. »Es ist kaum zu glauben, dass hier so viel Platz ist. Von außen sieht der Laden winzig aus.«

»Der Laden selbst ist winzig, aber das Gebäude ist wie ein Kaninchenbau.« Sie hob die Hand und schlug gegen die Tür. »Aua. Verdammt, Boyd, die ist hart wie ein Felsen.«

»Warte mal.« Er trat näher an die Tür.

»Was?«

»Ich habe etwas gehört.«

»Von da drinnen?«

»Ja. Nein. Ich weiß es nicht.« Er hielt das Handy hoch über den Kopf und der Lichtstrahl erleuchtete Wände und Decke. »Vielleicht kam es aus einer der Gefriertruhen.«

»Scheiße.«

Sie quetschte sich an ihm vorbei und fing an, Deckel anzuheben. Schicht um Schicht getrockneter Blumen und Kräuter. Schachteln mit grünem Tee. Also war bei weitem nicht alles von Helena mit Mörser und Stößel handgemacht.

»Lottie«, rief Boyd. Er hatte den Deckel der letzten Truhe in der Reihe geöffnet.

»Was denn? Die ist leer.«

»Ja, ich weiß, aber sieh mal dort unten, da rechts in der Ecke.« Er leuchtete hinein. »Das könnte Blut sein.«

»Stimmt. Die Spurensicherung muss es untersuchen. In Helenas Haus haben wir ja auch Blut gefunden. Wir brauchen nur eine DNA-Probe von ihr, um herauszufinden, ob es ihres ist.«

»Du glaubst, dass sie tot ist?«

»Könnte sein. Oder es könnte das Blut eines anderen Opfers sein und Helena ist unsere Mörderin.«

»Dafür müsste sie aber verdammt kräftig sein, um Leichen herumzuschleppen.«

»Da gibt es Mittel und Wege«, sagte sie. »Jemand war jedenfalls kräftig genug, um mich und Lei niederzustrecken. Aber du hast gesagt, dass du etwas gehört hast. Es kam nicht aus einer der Gefriertruhen, also muss das Geräusch aus dem abgesperrten Raum gekommen sein. Hol den großen Schlüssel.«

»Ich denke nicht –«

»Das ist ein Befehl, Boyd. Hol den Rammbock.«

Nachdem Kirby sich vergewissert hatte, dass Garda Lei nicht im Sterben lag, ging er zur Tür zum Lager, um zu hören, was vor sich ging. Der Boss und Boyd lieferten sich einen Schlagabtausch, aber er wusste, wer gewinnen würde.

Draußen ging er ein Gässchen an der Rückseite des Ladens entlang und öffnete ein kleines Tor, das zu einem gepflasterten Hof führte, der von hohen Wänden umgeben war. Er blickte sich um und sah sich dann die rückseitige Wand genauer an. Da war ein Hochbeet, in dem Kräuter und anderes Grünzeug wuchsen. Und ein Pflanzgefäß aus Holz, randvoll mit Erde, die kürzlich bewegt worden sein musste. Warum, fragte er sich. Er fing an, mit seinen Fingern darin herumzustochern, aber das brachte ihm nicht viel mehr als schmutzige Hände ein. Da war nichts darin vergraben, jedenfalls nichts, was er auf die Schnelle finden konnte.

Er wischte sich die Hände an der Hose ab, trat zurück und sah sich das Gebäude an, das direkt hinter dem Laden von Helena lag. Es sah aus wie ein Bürogebäude, aber er wusste nicht genau, welches es sein musste. Räumliches Bewusstsein war nicht gerade eine seiner Stärken. Er machte ein paar Fotos mit dem Telefon.

Als er das Tor öffnete, um den Hof wieder zu verlassen, erregte etwas seine Aufmerksamkeit. Auf dem gepflasterten Boden zu seiner Rechten lag ein langes Stück Holz und so wie es aussah, war an dessen Spitze Blut.

»Verdammt«, sagte er und stieß einen Pfiff aus. »Das Arschloch ist auf diesem Weg geflohen.«

Er wollte nicht riskieren, es zu berühren, aber er schaute sich das Hochbeet mit den Kräutern nochmal genauer an. Und tatsächlich, er fand zwei Fußabdrücke, einer tiefer als der andere, so, als hätte sich jemanden abgestoßen.

Kleine Füße. Sportschuhe. Das Nike Logo zeichnete sich in der weichen Erde ab.

»Da bist du ja«, sagte Boyd.

»Sieh dir das an«, sagte Kirby, als er langsam in dem kleinen Hof herumging. »Er ist hier durchgekommen.«

»Irgendjemand ist hier durchgekommen.«

Kirby hätte Boyd am liebsten eine reingehauen, weil er ihm nicht zutraute, richtig zu schlussfolgern.

»Beim Tor liegt ein blutiges Brett. Fass es nicht an.«

»Hast du es angefasst?«

Jetzt zog Boyd ihn aber wirklich auf. Kirby zeigte auf den Backsteinbau auf der anderen Seite der Mauer. »Was ist das dort?«

»Wohnungen, glaube ich. Läden im Erdgeschoss und überfüllte Wohnungen darüber.«

»Glaubst, du unser Angreifer wohnt vielleicht dort?«

»Vielleicht wollte er auch einfach nicht riskieren, vorne auf der Straße gesehen zu werden. Du hast ganz sicher nichts angefasst?«

Er schüttelte müde den Kopf. Warum traute ihm niemand? »Nur die Erde in dem Topf. Die war frisch verworfen und ich hatte den Verdacht, dass da vielleicht eine Waffe drin vergraben sein könnte.«

»Was gefunden?« Boyd kam herüber, um auch einen Blick darauf zu werfen.

»Nein, ich habe nur ganz oben gesucht, und damit du mir nicht vorwerfen kannst, mögliche Beweise vernichtet zu haben, habe ich sonst nichts angefasst.«

»Wir müssen professionell vorgehen, Kirby.«

»Ist das schon wieder gegen mich gerichtet? Wenn das nämlich so ist, dann kannst du mich mal am Arsch lecken.«

»Du meine Güte! Welche Laus ist dir denn über die Leber gelaufen?«

»Falls du es schon vergessen hast, meine neue Freundin wird vermisst und ich bin mir sicher, dass sie jemand entführt hat.« Er blies seine Backen auf, um seine Emotionen einigermaßen unter Kontrolle halten zu können. »Während wir hier Däumchen drehen, ist sie vielleicht schon tot.«

Er schob sich an Boyd vorbei und passte auf, das Tor nur

mit dem Ärmel aufzustoßen. Scheiße, er hatte es ohne Handschuhe geöffnet. Vielleicht hatte Boyd recht damit, an seinen Fähigkeiten zu zweifeln. Aber er durfte keine Zeit damit verschwenden, sich selbst zu bemitleiden.

Er musste Amy finden.

Das war ganz schön knapp, aber ich muss es hinter mir lassen. Ich muss weitermachen.

Auf und ab stampfe ich am Seeufer und kleine Steine bohren sich durch meine Schuhsohlen. Ich schließe meine Hände zu Fäusten und öffne sie wieder. Auf und zu. Tief durchatmen. Ein und aus. Ein und aus. Ich muss mich beruhigen, wenn ich das hier zu Ende bringen will. Werden Lottie Parker und ihr grotesk zusammengewürfeltes Team es schaffen, mich von der Ausführung meiner Pläne abzuhalten? Vielleicht. Meine einzige Rettung besteht darin, dass sie nicht wissen, wer ich bin. Gott sei Dank habe ich sie erwischt, bevor sie den verschlossenen Raum entdeckt hatte. Ich kann etwas ruhiger atmen, da ich weiß, dass ich alles, womit man mich hätte identifizieren können, fortgeschafft habe. Aber das Geheimnis meiner Identität wird bald gelüftet werden. Ich muss meine Pläne so schnell wie möglich weiter ausführen.

Ich schaue auf das Fass, in das eine Leiche gestopft worden ist. Ich musste auch die Wirbelsäule brechen, zusätzlich zu Armen und Beinen, damit sie hineinpasste. Sogar jetzt kann ich noch den Kopf sehen, genau auf einer Höhe mit dem Rand, lose Haarsträhnen flattern im Wind. Das kann ich auf keinen Fall ganz den Hügel hinauf schleppen. So dumm bin ich nicht, und außerdem brennen meine Muskeln bereits.

Ich kippe das Fass um und rollte es am steinigen Strand entlang, bis es am Fuße des Hügels zum Liegen kommt. Gut, dass graue Wolken diese bildschöne Stelle verdunkeln, sonst wären hier heute vielleicht Familien zum Picknicken oder Schwimmen; Teenager, die sich besaufen und dann herumfahren. In den letzten paar Wochen habe ich mir diese Stelle immer wieder angesehen, und ich weiß, dass sich die meisten Leuten ein paar Kilometer entfernt bei den Sprungbrettern aufhalten.

Hier sollte ich ungestört sein, bis ich mit dem fertig bin, was ich vorhabe. Die, die versucht haben, sich in mein Leben einzumischen, sollen leiden. Dann werden sie verstehen, dass es kein Leben nach dem Verlust gibt.

Hoffentlich gefällt dir das Geschenk, dass ich dir in dem verschlossenen Raum hinterlassen habe, Lottie Parker, denn so hatte ich es vorgesehen. Manchmal muss ich hinnehmen, dass nicht alles so laufen kann, wie ich es mir ausmale.

SIEBENUNDSIEBZIG

Lottie wusste, dass sie knallrot vor Wut war. Sie hatte Kirby zu dem Wohngebäude hinter dem Laden geschickt, aber Boyd ließ sich schön bitten, den großen Schlüssel zu holen und Garda Lei jammerte, als stünde er kurz vorm Sterben. Wenn sie ihr nicht helfen wollten, dann würde sie den Rammbock eben selbst holen.

Sie war kurz davor, den Kofferraum zu öffnen und fragte sich schon, wie sie das schwere Gerät alleine tragen sollte, da kam der Kastenwagen der Technik angefahren und sobald er hinter ihr gehalten hatte, stieg Grainne Nixon aus.

»Ich könnte wirklich eine Pause vertragen. Es nimmt kein Ende«, sagte sie. »Noch eine Leiche?«

»Nicht, wenn Sie Garda Lei nicht mitzählen.«

»Was? Der ist nicht tot, oder?«

»Er tut zumindest so. Können Sie mir hier helfen?« Lottie öffnete den Kofferraum.

»Den hebe ich nicht, vergessen Sie es«, sagte Grainne und ging an ihr vorbei. »Das steht nicht in meiner Tätigkeitsbeschreibung.«

»Jetzt reicht es mir langsam! Sie auch noch?«, jammerte

Lottie. Wenn sie ihn herausheben und auf den Boden legen könnte, dann könnte sie ihn am Boden entlang nach drinnen hinter sich herziehen. Der Rammbock war verdammt schwer, und er fiel ihr fast auf die Zehen, was Gerry, den Fotografen der Spurensicherung, dazu veranlasste, ihr zu Hilfe zu kommen.

»Lasse Sie mich Ihnen helfen«, sagte er.

»Immerhin einen anständigen Menschen gibt es noch auf dieser Welt«, murmelte sie und folgte Grainne, während Gerry sich hinter ihnen abmühte.

»Warum brauchen Sie mich hier?«, fragte Grainne und zog sich die Kapuze ihres Schutzanzuges über die voluminösen roten Haare. »Ich bin immer noch mit dem Fundort am See beschäftigt.«

»In einer der Gefriertruhen scheinen ein paar Tropfen Blut zu sein. Das muss überprüft werden. Ob es von einem Menschen oder einem Tier stammt, ist zu diesem Zeitpunkt völlig offen. Und wir haben dort drinnen eine verschlossene Tür gefunden.«

Grainne schaltete einen große Taschenlampe ein. »Ich schicke Proben ans Labor. Mann, würden da noch mehr Schlösser an diese Tür passen?«

Lottie wartete, bis Gerry den Rammbock an hineingebracht hatte. »Boyd meint, dass er etwas gehört hat.«

»Ich verstehe, dass es eilt.« Gerry war so außer Atem, als hätte er gerade einen Marathon beendet.

»Schaffen Sie das?«

»Tut mir leid. Nein. Man muss darin ausgebildet sein, diese Dinger zu bedienen.«

»Geben Sie her.« Sie nahm ihm das schwere Gerät aus den Händen, gerade als Boyd zu ihnen in den engen Raum trat. Die Tür wurde jetzt von Grainnes Taschenlampe beleuchtet.

»Ich habe einen Schraubenzieher. Wahrscheinlich ist es am besten, wenn wir die Scharniere abschrauben.«

»Und wie lange dauert das?« Lotties Oberteil klebte an

ihrer Haut und wenn sie nicht bald eine Schmerztablette für ihre Kopfschmerzen bekam, würde sie noch selbst zum Serienmörder werden. Und die drei Leute, die um sie herumstanden, würden ihre ersten Opfer sein.

»Okay, lass uns das machen«, sagte Boyd. Die Idee mit dem Schraubenzieher hatte er fallen gelassen.

Er und Gerry manövrierten den Rammbock zwischen sich, und bei drei hing die zerschmetterte Tür nur noch teilweise in ihren Angeln.

Lottie atmete tief ein und trat über die Schwelle in die Dunkelheit.

Detective Sam McKeown ignorierte Lynch gewissenhaft. Ihre Arbeitsbeziehung war wegen seiner Affäre mit Martina Brennan irreparabel zerstört. Und er fühlte sich noch fremder, seit er auch noch herausgefunden hatte, dass der Inspector sich dafür einsetzte, dass er wieder zurück nach Athlone versetzt wurde. Die konnten ihm alle den Buckel runterrutschen, dachte er sich, und schaute sich ein weiteres Überwachungsvideo an. Eins von Dolan's Supermarkt, der ein wenig entfernt vom Herbal Heaven an der Straße lag. Es war früher am Morgen aufzeichnet worden.

Es gab keine Kameras in oder vor dem Kräuterladen, und er hatte sich schon Aufnahmen vom städtischen Parkplatz angeschaut, ohne dass ihm etwas aufgefallen wäre. Er hatte gesehen, wie Orla Keating Helenas Wagen geparkt hatte und dann zum Laden gegangen war. Ansonsten waren nur Leute zu sehen, die einkauften und vom Parkplatz weg oder dorthin gingen. Jetzt konzentrierte er sich auf die Aufnahmen, die vom Eingang des Supermarkts gemacht worden waren. Ein schwarzgekleideter junger Kerl mit Piercings kam heraus und zündete sich eine Zigarette an. Er schien mit jemandem zu reden, den die

Kamera nicht mehr erfasste. Er schaute auf die andere Straßenseite. McKeown sah nach, wie spät es da gewesen war. Eine Stunde, bevor der Boss und Lei bei dem Kräuterladen angekommen waren.

Was interessierte den Kerl da so sehr? Hatte er etwas mit dem Horrorkabinett zu tun, als das sich dieser dunkle Raum zu entpuppen schien? Die ganze Wache sprach inzwischen davon.

McKeown beobachtete ihn weiter. Der Junge trat seine Zigarette aus und stieß sich von der Mauer ab, wobei er aus dem Aufnahmebereich der Kamera trat. Nicht zurück zu seiner Arbeit, sondern die Straße entlang, die er dann überquerte.

McKeown öffnete schnell Google Maps, um zu sehen, was dort außer dem Parkplatz und Herbal Heaven noch war. Ein Wohnblock direkt hinter dem Laden. Seine Finger flogen geradezu über die Tastatur, als er herauszufinden versuchte, ob es dort Überwachungskameras gab. Ein paar auf der Vorderseite, aber keine nach hinten hinaus, in die Richtung, in die der Kerl unterwegs war.

Zurück zum Material des Supermarktes. Er spulte vor und nach fünf Minuten war der Junge wieder da. Er rauchte noch eine, und kurz bevor er durch die automatische Schiebetür wieder hineinging, ließ er die Zigarette zu Boden fallen. Auf dieser Zigarette könnten DNA-Spuren zu finden sein. Vielleicht brachte das nichts, aber vielleicht brachte das auch verdammt viel. Es war schon einige Zeit vergangen, und wahrscheinlich lagen dort inzwischen jede Menge Kippen und Müll herum, aber er konnte es sich nicht leisten, diese Spur zu verlieren.

ACHTUNDSIEBZIG

Der Gestank traf Lottie als Erstes. Menschliche Exkremente. Dann spürte sie, dass Angst und Tod in der Luft lagen. Sie schnappte sich Grainnes Taschenlampe und fuchtelte damit in dem kleinen, feuchten Raum umher.

Boyd trat hinter sie und stöhnte auf. »Oh Gott, nein ...«

Sie war sprachlos und ihr wurde mit einem Schlag schlecht. Ihr Mund war wie ausgetrocknet, die Zunge klebte ihr am Gaumen, und sie musste sich dazu zwingen, etwas zu sagen.

»Ich ... Ich ... Oh Gott, Boyd, was ist hier vor sich gegangen?«

Sie ging auf eine Frau zu, die nackt in einer Lache ihres eigenen Blutes und Exkrementen lag.

»Inspector, bitte kontaminierten Sie den Tatort nicht.« Grainnes Stimme war nicht mehr als schmelzende Schneeflocken, die an ihrem Ohr vorbeiflogen, als sie sich zu der erbärmlichen Figur hinunterbeugte. Sie sah einen Knochen, der aus zerrissenem Fleisch ragte. Die Frau hatte die Arme um ihren Kopf geschlungen. Die Hände waren mit einer blauen Nylonschnur zusammengebunden. Anscheinend waren sie nicht gebrochen.

Lottie gewöhnte sich schnell an den widerlichen Gestank und legte der Frau einen Finger an den Hals. Dann lehnte sie sich weiter vor, um zu hören, ob die Frau noch atmete.

Ein schwacher Puls.

»Sie lebt! Wir brauchen einen Krankenwagen! Notarzt! Schnell! Sofort!«

»Wer ist es?«, fragte Boyd, nachdem er Garda Lei angewiesen hatte, per Funk Hilfe anzufordern. Die Spurensicherung hatte sich vorläufig zurückgezogen, um ihnen mehr Platz zu geben.

»Es ist nicht Helena oder Orla. Also muss es Amy Corcoran sein. Gib mir deine Jacke.«

Sie nahm sie von ihm entgegen und sie bedeckte die nackte Frau damit. Sie hatte den Drang, sie zu wärmen. Sie wusste, dass sie die größte Sünde beging, indem sie möglicherweise Beweise vernichtete, aber ihr erster Instinkt war es, ein Leben zu retten.

»Ihre Augen …?«, flüsterte Boyd.

»Dort ist kein Blut.« Vorsichtig hob sie ein Lid. »Gott sei Dank. Wir brauchen Sanitäter! Sie darf nicht sterben. Und lass Kirby nicht hier rein.«

»Zu spät.« Ihr stämmiger Detective schien in sich zusammenzufallen, als er im Schein der Taschenlampe neben ihr auf die Knie sank.

»Ist das …?« Sie konnte nicht weitersprechen.

»Das ist Amy«, flüsterte er.

»Bitte lassen Sie mich das machen, Kirby. Ich kümmere mich um sie, aber Sie müssen hier raus.«

Er streckte seine behandschuhte Hand aus und berührte Amys Stirn. Dann stemmte er sich hoch, stützte sich auf Lotties Schulter. Er drückte sie und dann war er wieder weg.

»Kirby«, rief sie ihm nach. »Machen Sie nichts Unvernünftiges.«

Lynch war sauer, weil sie wieder im Büro sitzen gelassen worden war, während alle anderen aktiv draußen Dienst betrieben. Aber sie musste ihren Missmut hinter sich lassen – immerhin wurden Frauen vermisst und ermordet. Sie musste einfach tun, was sie konnte, und das war, den Haufen Informationen, der sich auf ihrem Schreibtisch türmte, durchzuarbeiten. Wenn sie sorgfältig arbeitete, würde sie vielleicht die Nadel in diesem Heuhaufen finden.

Martina Brennan beschäftigte sich mit Tyler Keatings Akte, aber blickte auf, als Lynch auf ihre Tastatur einschlug.

»Wir übersehen etwas Entscheidendes«, sagte Lynch und die Worte trieften von Frustration.

»Sagen Sie, was hat Detective Boyd über Kathleen Foley und Amy Corcoran erzählt?«

»Dass Amy Kathleens Pflegekind war, und dass Helena anscheinend unglaublich eifersüchtig war.«

»Könnte Helena hinter all dem stecken?«

»Nun ja«, führte Lynch aus, »laut ihrer Mutter hat Helena einen Sohn, einen Hund und einen verstorbenen Ehemann erfunden. Kathleen behauptet, dass sie möglicherweise unter Verlustängsten leidet, weil ihr biologischer Vater kein Interesse an ihr hatte und ihr Stiefvater verstorben ist.«

»Ich kann nicht nachvollziehen, wie Verlustängste zum Mord an unschuldigen Frauen führen könnten. Aber wir sollten in alle Richtungen denken.«

Lynch konzentrierte sich wieder auf ihre Tastatur und schrieb alles auf, was sie bisher über Helena McCaul wussten. Sie hatte den Namen Foley nicht angenommen, als ihre Mutter geheiratet hatte. Kathleen Foley hatte gegenüber Boyd erwähnt, dass Helenas Stiefvater sie nie offiziell adoptiert hatte.

Laut Kathleen litt ihre Tochter auch unter Wahnvorstellungen. War das wirklich wahr? Sie hatten nur das Wort ihrer

Mutter. Irgendetwas an der Sache war faul. Und dieses etwas starrte ihr ins Gesicht. Aber sie konnte es einfach nicht sehen. Verdammt.

Sie ging zum Einsatzraum und starrte auf die Fotos der toten und vermissten Frauen, und auf das von Tyler Keating. Dann schaute sie auf die Fotos der anderen Personen, die von Interesse waren. Frankie Bardon, Owen Dalton, Luke Bray. Kirby hatte den letzten in der Reihe hinzugenommen, weil er mit Amy zusammenarbeitete und sie angeblich in der Arbeit belästigt hatte.

Dabei fiel ihr ein, dass sie ja bei Bowen Solicitors nachfragen sollte, warum Amy die Kanzlei verlassen hatte.

Und was war mit diesem Luke? Sie blätterte durch ihre Aufzeichnungen, um zu sehen, ob er befragt worden war. Sie wusste zwar, dass Kirby mit ihm gesprochen hatte, aber sie konnte seinen Namen nirgends finden. Vielleicht hatte sie ihn übersehen. Aber es war wahrscheinlicher, dass Kirby vergessen hatte, es aufzuschreiben.

NEUNUNDSIEBZIG

McKeown verschwendete gar nicht erst Zeit damit, sich vorzustellen.

»Ich muss mit Ihnen sprechen, Mr Bray. Draußen. Sofort.«

Sein Tonfall zeigte Wirkung, denn Luke ließ augenblicklich die Orangen, die er gerade drapierte, fallen und folgte McKeown zur Hintertür hinaus.

Der schubste den Jungen gegen die Wand, hielt ihn dort fest und drückte ihm mit seinen Unterarm hart gegen die Brust.

»Wenn Sie mir nicht sagen, was ich wissen will, dann reiße ich Ihnen jedes einzelne Piercing mit einer Zange heraus und dann mache ich mit den Zähnen weiter, Spange hin oder her.«

»Wa... Was wollen Sie von mir, Mann? Reicht es nicht schon, wenn mich der komischer Kauz heute tätlich angreift, muss er jetzt noch jemand anderen schicken?«

McKeown verstärkte seinen Griff und sagte: »Ab jetzt machen Sie nur den Mund auf, wenn ich Ihnen eine Frage gestellt habe, verstanden?«

Luke starrte ihn mit weitaufgerissenen Augen an, aber blieb stumm.

»Sie waren heute Vormittag draußen, um zu rauchen. Nicken Sie, wenn das stimmt.«

Luke nickte.

»Da haben Sie jemanden getroffen.«

Noch ein Nicken.

»Sie sind über die Straße zum Herbal Heaven gegangen.«

Ein kaum wahrnehmbares Schulterzucken.

McKeown hielt ihn ein bisschen weniger fest. »Sie dürfen sprechen.«

Nachdem er ein paarmal geschluckt hatte, sagte Luke: »Das kann ich nicht sagen.«

»Wenn Sie nicht wegen Mordes im Gefängnis landen wollen, dann rücken Sie besser mit der Sprache raus.«

»M... Mord? Hey, vergessen Sie es, Mann. Ich habe niemanden umgebracht.«

»Mit wem haben Sie gesprochen?«

»Das könnte meinen Tod bedeuten.«

»Dieses Risiko müssen Sie wohl auf sich nehmen.« McKeown atmete tief durch. Er wusste, dass das, was er machte, massive Einschüchterung war, aber er hatte gerade erfahren, dass Amy Corcoran um ihr Leben kämpfte.

Luke schüttelte den Kopf, Tränen standen in seinen Augen. »Mann, Sie verurteilen mich zum Tode.«

»Wen zum Teufel haben Sie getroffen?«

»Sie hat gesagt, dass es nichts war. Hat mir fünfzig Euro gegeben. Sie hat gesagt, ich darf es niemandem sagen.«

»Wer?«

»Ich weiß nicht, wer sie war. Fünfzig Euro muss man erst mal haben.«

»Und wofür haben Sie Ihre beschissenen fünfzig Euro bekommen?«

»Ich musste in den Laden gehen und die Hintertür aufsperren. Sonst nichts.«

»Wer war dort, als Sie hineingegangen sind?«

»Niemand. Es war leer. Sie hätte es selbst machen können.«

»Haben Sie Handschuhe getragen?«

Lukes Kinnlade klappte nach unten. McKeown konnte sehen, wie dem Jungen langsam dämmerte, in was für eine Situation er sich gebracht hatte.

»Nein! Scheiße. Was auch immer dort passiert ist, meine Fingerabdrücke sind da überall. Verdammte Scheiße.«

»Doch nicht so clever, oder?«

»Scheiße. Verdammte Scheiße.«

»Ich möchte, dass Sie mir die Frau beschreiben.«

»Auf keinen Fall, Mann. Sie hat gesagt, wenn ich etwas ausplaudere, dann ende ich am Grund vom Lough Cullion. Sie hat gesagt, ihr Boss würde mir erst die Beine brechen, dann die Arme und mir dann die Augen herausreißen. Schauerliches Zeug.«

Jetzt war es McKeown, dem die Kinnlade herunterfiel. Der Kerl hatte die beiden Mordopfer, die gefunden worden waren, beschrieben. Information, die noch nicht mit den Medien geteilt worden war. Er trat zurück und ließ ihn los. »Das hat sie gesagt?«

»Ja. Voll und ganz verrückt, wenn Sie mich fragen.«

»Und trotzdem haben Sie es gemacht?«

»Fünfzig Euro sind …«

»Fünfzig Euro, ich weiß. Sie kommen mit mir mit, um eine Aussage zu machen und sich ein paar Fotos anzuschauen.«

»Was ist mit meiner Schicht?«

»Daran hätten Sie denken sollen, bevor Sie das Blutgeld angenommen haben.«

»Blutgeld? Wovon reden Sie? Ich habe nur eine Scheißtür geöffnet, sonst nichts.«

»Sie haben einem Mörder Zugang gewährt, und jetzt macht wegen Ihnen eine junge Frau vielleicht ihre letzten Atemzüge.«

Immerhin hatte Luke genug Grips, diesmal den Mund zu halten.

»Ihre gute Freundin Amy Corcoran ist halb tot und Sie haben dafür gesorgt, dass der Mörder zu ihr gelangen konnte.«

Er hatte nicht damit gerechnet, dass sich der Junge widersetzen würde, und der Tritt gegen das Schienbein tat weh, aber trotzt des Schocks war McKeown größer und schneller. Er erwischte Luke und legte ihm Handschellen an.

»Jetzt kriege ich Sie dran für Widerstand gegen die Staatsgewalt.«

»Sie haben nicht gesagt, dass Sie mich festnehmen.«

»Sie sind wohl nicht nur dumm, sondern auch taub!«

Und einfach, weil er es konnte, und weil er so richtig sauer war, marschierte McKeown mit Luke durch den ganzen Supermarkt und vorne zur Tür wieder hinaus zu seinem Wagen.

ACHTZIG

Die Luft in Ragmullin schien stillzustehen. Die unbarmherzige Hitze, gefolgt von den sintflutartigen Regenfällen vor ein paar Tagen, hatte ihren Reiz verloren und war jetzt einfach nur noch erdrückend.

Kirby zog seine Jacke aus und stopfte sie sich unter den Arm. Suchte seine Zigarre. Zündete sie an und nahm einen tiefen Zug. Seine Hände zitterten so stark, dass sie ihm beinahe runterfiel.

Warum hatte der Mörder Amy als Opfer auserkoren? Hatte das etwas mit ihrer Anstellung bei Bowen Solicitors zu tun? Oder damit, dass sie das Pflegekind von Helenas Mutter gewesen war? Oder mit Luke Bray? Nein, dieser Flegel hatte nicht genug Grips im Schädel, um so etwas zu planen oder diese Entführungen und brutalen Morde durchzuführen. Aber wenn nicht Luke, wer dann?

Er ging um die Ecke und stellte überrascht fest, dass er schon zurück auf der Wache war. Garda Martina Brennan kam gerade mit Lynch heraus. Die beiden kamen auf ihn zu und umarmten ihn. Also hatten sie es schon gehört.

»Machen Sie keinen Blödsinn, Kirby«, sagte Lynch.

»Das ist das zweite Mal in der letzten halben Stunde, dass das jemand zu mir sagt. Wissen Sie, dass Amy Larry zu mir sagt? Ich habe mich jedes Mal umgedreht, um zu schauen, wer Larry ist.«

Martina lächelte traurig. »Ich kann es gar nicht erwarten, sie kennenzulernen, und ihr ein paar Dinge über Sie zu erzählen. Dann ist sie ganz schnell auf und davon.«

Er erinnerte sich an den Anblick, der sich ihm auf dem Boden im Hinterzimmer des Kräuterladens geboten hatte. Amy würde sehr lange nicht mehr gehen, geschweige denn auf und davon laufen können. Ihm brach beinahe das Herz, als er sich den Anblick wieder ins Gedächtnis rief. Er versuchte, sich abzulenken, indem er weitersprach. »Sie sahen beide gerade so aus, als ob Sie es eilig hätten. Haben Sie etwas Neues herausgefunden?«

Martina sah aus, als hätte er sie bei etwas ertappt. Lynch stellte sich gerade hin und sagte: »Boyd hat angerufen. Hat gesagt, dass der Boss gesagt hat, dass wir Sie suchen und sozusagen festsetzen sollen.«

Kirby ließ sich wie ein Sack Kartoffeln auf die Stufen fallen. Er wollte nicht hinein gehen. Er konnte heute einfach keine Sticheleien von McKeown mehr ertragen. Nicht heute.

»Ich haben sie gesehen, wissen Sie. Sie sah aus wie eine zerbrochene Puppe. So kaputt. Wie kann ein Mensch das einem anderen nur antun?«

»Weil manche einfach abgrundtief böse sind, deswegen.« Martina setzte sich neben ihn und drückte seinen Arm.

Er unterdrückte den Drang, seinen Kopf an ihre Schulter zu lehnen und zu weinen.

»Kommen Sie rauf ins Büro«, sagte Lynch. »Wir haben noch genug für den ganzen Tag zu tun.«

»Warum sind wir dann noch hier draußen. Los geht's!« Er schüttelte sich und stand auf. Dann nahm er Lynchs ausgestreckte Hand und drückte sie fest.

Als sie den Bürotrakt erreichten, kam ihnen McKeown mit rotem Kopf entgegen.

»Ich habe jemanden im Verhörraum, der vielleicht den Mörder getroffen hat.«

Kirby blieb stehen; und dann, bevor Lynch ihn aufhalten konnte, lief er auch schon neben McKeown her. »Den hol ich mir.«

Luke saß in Verhörraum Eins.

Kirby hatte McKeown gefragt, warum er ihn nicht in den moderneren Verhörraum geführt hatte.

Sein großer, kahlgeschorener Kollege hatte gegrinst. »Das kleine Arschloch verdient nichts Angenehmeres.«

Kirby quetschte sich neben McKeown während Luke auf einem Stuhl saß, bei dem die Füllung aus der Polsterung quoll und man die Metallfedern sehen konnte. Er wünschte sich, dass sie dem Arsch ein zweites Loch bohrten. Es gelang ihm nicht, seine Abneigung zu verbergen, als er sagte: »Ich wusste vom ersten Moment an, dass Sie ein schlechter Mensch sind.«

»Sie wissen gar nichts.«

»Ich weiß, dass Sie ein Verbrechen begangen haben; und diesmal kommen Sie nicht mit ein paar Sozialstunden davon, mein Lieber.«

McKeown mischte sich ein, bevor Kirby völlig ausflippen konnte. »Wir werden Ihre Fingerabdrücke an der Tür eines Gebäudes finden, in dem eine abscheuliche Misshandlung begangen worden ist. Sie sehen sich besser diese Fotos an, die ich Ihnen gleich zeigen –«

Kirby unterbrach ihn. »Und wenn Sie uns keine Antwort geben, dann tut es mir nicht leid, Ihnen sagen zu müssen, dass Sie hinter Schloss und Riegel landen werden und ich persönlich den Schlüssel in den Kanal werfen werde.«

»Reden Sie nur, Fettsack. Ich kenne meine Rechte. Ich habe ein Recht auf einen Anwalt.«

Kirby wandte sich an McKeown. »Sind nicht alle Pflichtanwälte heute den ganzen Tag beschäftigt?« Eine rhetorische Frage. Er funkelte Luke böse an. »Sie werden die Nacht in einer Zelle verbringen müssen, während Sie auf einen warten.«

»Okay, okay. Zeigen Sie mir die Fotos.«

McKeown öffnete den dünnen Ordner und legte sechs Bilder vor Luke auf den Tisch, dessen Zahnspange knirschte, als er sich mit der Zunge darüberfuhr.

Kirby beobachtete den Gesichtsausdruck des jungen Mannes ganz genau, als jedes Foto vor ihm auf den Tisch gelegt wurde, und er war sich sicher, dass das Knirschen der Zahnspange bei einem der Bilder lauter wurde.

»Nein. Tut mir leid. Ich kenn keine von denen. Kann ich jetzt gehen?«

Lügner.

»Sehen Sie sie sich ganz genau an. Wir haben Sie schon wegen Beihilfe zum Mord.«

»Wegen was? Kommen Sie, Sie halten mich doch zum Narren. Ich habe gar nichts gemacht.«

»Sie haben einem Mörder die Tür geöffnet. Meiner Meinung nach zählt das als Beihilfe. Was meinen Sie dazu, Detective McKeown?« Kirby war erleichtert, dass McKeown mitspielte.

»Auf jeden Fall.«

»Hey, Sie beide können mich mal.« Luke sprang auf.

»Setzen Sie sich, bevor ich Sie persönlich wieder auf den Stuhl befördere.« Jetzt grinste McKeown nicht mehr.

»Sie haben mich vor dem Supermarkt tätlich angegriffen.« Luke zeigte von einem zum andern. »Was Sie beide hier abziehen, ist polizeiliche Willkür.«

»Und das ist eine Lüge. Zeigen Sie uns das Foto, auf dem die Person zu sehen ist, die Ihnen Ihre heiligen fünfzig Euro gegeben hat. Wenn es diese fünfzig Euro überhaupt gibt. Vielleicht ist das noch eine Lüge, und Sie sind in diese ganze Sache noch viel mehr verwickelt, als wir anfangs dachten.«

»Sie haben meinen Geldbeutel an sich genommen. Sie wissen, wie viel Geld da drin ist.«

»Das könnte da schon die ganze Zeit drin gewesen sein.« Die Scheine wurden gerade im Labor auf forensische Spuren untersucht. »Erkennen Sie jemanden auf diesen Fotografien?«

»Nein.«

»Was ist mit diesem Foto hier?« Kirby war sich bewusst, dass er den Zeugen beeinflusste, als er auf das Foto zeigte, von dem er sicher war, dass es eine Reaktion hervorgerufen hatte.

»Das ist Helena«, sagte Luke schließlich. »Ihr gehört der Kräuterladen, in dem ich immer Magnesium für meine Mam kaufe. Sie war es nicht.«

Scheiße. Kirby zeigte auf Orla.

Luke schüttelte den Kopf mit Nachdruck. Mit zu viel Nachdruck? Kirby war sich nicht sicher.

»Nein. Ich habe es Ihnen schon gesagt. Von denen war es niemand. Das würde ich auf die Bibel schwören.«

McKeown schnaubte und legte sechs weitere Bilder auf den Tisch. Kirby beobachtete Luke. Der Junge versuchte angestrengt, einen neutralen Gesichtsausdruck zu bewahren, doch es gelang ihm überhaupt nicht. Etwas auf dem Tisch hatte alle Farbe aus seinem Gesicht weichen lassen. Seine Hände zitterten, bevor er sie auf seine Knie sinken ließ.

Unter den sechs Fotos waren einige Platzhalter, aber die meisten waren von Leuten, mit denen sie gesprochen hatten. Und McKeown hatte Tyler Keating auch mit dazu genommen.

»Ich glaube, ich warte lieber auf diesen Anwalt.«

»Bis jetzt haben Sie noch keine Anklage am Hals. Sie helfen uns nur bei unseren Ermittlungen.«

»Ich habe nichts mehr zu sagen.«

»Luke, das hier ist keine Krimiserie auf Netflix«, sagte

Kirby. »Das hier ist das echte Leben. Amy liegt im Krankenhaus, kämpft um ihr Leben. Ich glaube, dass Sie die Person getroffen haben, die ihr das angetan hat. Sagen Sie es mir.«

Aber Lukes inzwischen bleiche Lippen blieben stumm.

Und Kirby wusste, dass sie ihn irgendwann würden gehen lassen müssen.

EINUNDACHTZIG

Im Einsatzraum zog sich Kirby einen Stuhl heran und setzte sich zwischen Martina und Lynch.

»Sollen wir es nochmal durchsprechen?«, fragte er, nachdem er ihnen gesagt hatte, dass Luke kein weiteres Wort hatte sagen wollen.

»Ich glaube inzwischen, dass Helena McCaul der Schlüssel zu dieser ganzen Sache sein könnte. Sie könnte sogar die Mörderin sein, oder?«

»Immerhin war es ihr Laden, in dem Amy eingesperrt war«, erwiderte Martina. »Sie muss es sein.«

»Aber heute Vormittag, als der Boss dort war, haben sie nur Orla getroffen.«

»Zu ihr kommen wir gleich«, sagte Lynch. »Der Life After Loss Kreis war eigentlich für Witwen, aber nicht alle Frauen dort waren Witwen. Frauen, sie sich getrennt oder geschieden hatten, waren auch dabei. Éilis Lawlor hat ihn ins Leben gerufen. Jennifer O'Loughlin war Mitglied. Amy Corcoran? Das wissen wir noch nicht, aber Sie haben gesagt, dass sie eine schlimme Beziehung hinter sich hatte, also könnte es schon sein.«

»Das Mädchen im Supermarkt hat gesagt, dass Amy der Gruppe beigetreten ist und vielleicht bei einem oder zwei Treffen war.« Kirby versuchte, sich zu konzentrieren, aber seine Gedanken kehrten ständig zu Amy zurück. Ihr Foto, dass an der Falltafel hing, erinnerte ihn daran, dass sie immer noch in Lebensgefahr schwebte. Und natürlich hatte dieser Schwachkopf Luke dem Mörder entweder die Tür geöffnet oder ihm einen Fluchtweg geschaffen.

»Wir können immer noch kein Motiv für die Morde oder den versuchten Mord finden«, sagte Martina.

»Und wenn wir Life After Loss einmal außer Acht lassen und uns nur auf die Frauen konzentrieren?«, schlug Lynch von. »Vielleicht fällt uns dann etwas anderes auf.«

»Wie was zum Beispiel?«, fragte Kirby.

»Sehen wir uns zuerst Helena McCaul an.«

»In Ordnung.«

»Ihre Mutter, Kathleen Foley, sagt, dass sie unter Wahnvorstellungen leidet. Als sie klein war, war Amy Kathleens Pflegekind. Helena war eifersüchtig. Helena hat sich einen Ehemann ausgedacht, und dann ein Kind und einen Hund erfunden. Wir haben noch keine Heiratsurkunde gefunden, also gehen wir davon aus, dass Kathleen recht haben könnte.«

»Warum hat sie so getan, als wäre sie eine Witwe?«

»Um Zugang zu der Gruppe zu bekommen?«

»Aber warum? Sie ist Herbalistin. Sie führt ihr eigenes Geschäft, das von ihrer Mutter über Wasser gehalten wird. Warum sollte sie andere Frauen umbringen wollen?«

»Um von dem Mord an der einen Frau, die sie wirklich umbringen wollte, nämlich Amy, abzulenken.«

»Das wäre aber ganz schön übertrieben.«

»Vielleicht. Aber wir müssen auch andere Motive in Erwägung ziehen.«

»Welche zum Beispiel?« Kirby hatte keine Lust mehr auf

dieses ganze Gerede. Er sehnte sich nach der Gelegenheit, den Mörder zu finden und ihm oder ihr an die Gurgel zu gehen.

»Aber zuerst noch eine andere Frage«, sagte Lynch. »Warum werden die Augen entfernt? Jane, die Rechtsmedizinerin, hat der Chefin gegenüber Ödipus erwähnt.«

Kirby blickte sie verständnislos an, als sie den griechischen Mythos erklärte.

»Jetzt glauben Sie, dass Helena ihren Vater umgebracht hat, oder wie?«

»Ich weiß nicht, was ich glauben soll. Also, ich habe alles überprüft, welche Personen Überschneidungsflächen haben und ihre Aussagen miteinander verglichen. Einige sind natürlich nur Randnotizen, aber drei interessante Figuren haben sich herauskristallisiert. Orla Keating natürlich, weil ihr Ehemann vor einem Jahr auf unerklärliche Weise verschwunden ist, und weil sie eine Verbindung zu fast allen Frauen hat. Amy hat Orlas Mann Tyler als Referenz in ihrem Lebenslauf und hat für Bowen Solicitors gearbeitet, die gleiche Kanzlei, in der auch Damien O'Loughlin, Jennifers Mann, angestellt gewesen ist. Orla kannte Éilis und Helena aus der Gruppe; sie hat die engsten Verbindungen zu allen Frauen. Außerdem war sie Mitglied im SunUp Yogastudio.«

»Viele Leute machen Yoga, und ich kann mich nicht daran erinnern, dass Helena oder Amy Yoga gemacht haben.«

»Das bringt mich zu der nächsten Figur. Owen Dalton, der Yogalehrer. Er hat erzählt, dass er im Herbal Heaven Vitaminpräparate kauft.«

»Das ist kein Verbrechen.« Kirby fasste an seine Hemdtasche. Er könnte jetzt wirklich eine Zigarre vertragen.

»Dann ist da noch Owens Mann Frankie Bardon, der interessant ist; er kommt gleich nach Orla auf meiner Liste. Zahnarzt bei Smile Brighter, wo Jennifer gearbeitet hat. Er hatte uns Zugang zu seiner Patientenkartei gewährt, und alle Frauen waren bei ihm in der Zahnklinik und –«

»Aber wir haben immer noch nicht den geringsten Hinweis, der den Verdacht auf eine Person lenken würde.« In Kirbys Kopf schien sich alles ständig wieder und wieder im Kreis zu drehen.

»Das weiß ich, aber wenn wir schon keinen passenden Verdächtigen finden, können wir die Sache genauso gut von hinten her aufrollen und uns die Beweise, die wir haben, anschauen.«

»Welche Beweise?«

»Tyler Keatings Wagen war in Jennifer O'Loughlins Lager. Warum? Wer hat ihn dort abgestellt? Ist er schon seit einem Jahr dort? Ich weiß es noch nicht. Wir warten immer noch auf Nachricht, ob man den GPS-Daten etwas entnehmen kann. Haben Sie sich inzwischen alle Akten aus dem Lager angesehen?«

»Ich habe sie einmal überflogen. Da scheint es um Eigentumsübertragungen zu gehen. Ich hatte noch keine Zeit, sie mir gründlicher anzuschauen.«

»Das ist wichtig, Kirby«, sagte Lynch. »Delegieren Sie. Ich habe bei Bowen Solicitors angerufen, um herauszufinden, warum Amy ihren Job dort aufgegeben hat.«

»Was hatten die zu sagen?« Kirby öffnete seinen Hemdkragen. Er wollte ins Krankenhaus fahren. Er wollte wissen, was es Neues über Amys Zustand gab, aber andererseits – je länger er nichts hörte, war das allein eigentlich schon eine gute Nachricht.

»Ich habe mit Madelene Bowen gesprochen. Sie hörte sich völlig verzweifelt an und hat einem Treffen zugestimmt.«

In der nächsten Sekunde stand Kirby an der Tür. »Gehen wir uns mit ihr unterhalten.«

Lynch zögerte. »Ich glaube nicht, dass Sie mitkommen sollten. Sie und Amy –«

»Ich werde dieser Dame einen Besuch abstatten, ob Sie wollen oder nicht.«

»In Ordnung. Sie sind nichts weiter als ein grober Rüpel.«

Kirby starrte sie mit großen Augen an und ließ seine angespannten Schultern erleichtert sinken, als er das Lächeln auf Lynchs Lippen bemerkte.

ZWEIUNDACHTZIG

In ihrer Kanzlei erwartete sie Madelene Bowen an dem wenig geräumigen Empfang. Sie schüttelte herzlich ihre Hände und geleitete sie dann auf einem abgenutzten Teppich in ihr Büro. Bowen Solicitors befand sich in einem im viktorianischen Stil erbauten Haus, das ziemlich plan- und stillos in kleine Büros umgebaut worden war. Es lag in einer kleinen Nebenstraße nicht weit entfernt von Dolan's Supermarkt. Kirby hatte es auf der Hinfahrt gegoogelt und herausgefunden, dass die Fassade wohl irgendwie denkmalgeschützt war. Jetzt fragte er sich, ob etwas ähnliches auch für das Innere galt.

Sie nahmen in dem kleinen, quadratischen Büro Platz. Der Teppich hier musste noch älter sein als der im Flur. Eine Tasse Tee oder Kaffee lehnten sie ab.

Hinter dem Schreibtisch, der zu klobig für den Raum war, wirkte Madelene sehr groß. Der schwarze Lederstuhl, auf dem sie saß, ließ es aussehen, als wären ihr Flügel gewachsen. Ihr platinblondes Haar trug sie streng nach hinten gebunden, und Kirby konnte sich des Eindrucks nicht verwehren, dass sie es im Gerichtssaal mit jedem Widersacher aufnehmen würde.

»Wir sind sehr dankbar, dass Sie Zeit für uns haben, Ms Bowen«, sagte er.

»Bitte, nennen Sie mich Madelene. Mir für Sie Zeit zu nehmen ist das Mindeste, das ich tun kann, nachdem ich von Jennifer und der armen Amy erfahren habe. Wird sie durchkommen? Diese Welt hört nie auf, mich zu verblüffen.«

Ohne auf Ihre Frage einzugehen, sagte Kirby: »Wie lange hat Amy bei Ihnen gearbeitet?«

»Sechs oder sieben Jahre, glaube ich. Sie kam direkt vom College zu uns, und ich muss sagen, sie war die beste Rechtsanwaltsgehilfin, die wir je hatten.«

»Warum ist sie gegangen?«

»Sie hat ihren Schritt nicht begründet. Sie war von einem Tag auf den anderen fort. Dann kam ihre Kündigung und sie nahm ihren Jahresurlaub, was bedeutete, dass sie keinen Tag mehr arbeiten musste. Es war ganz komisch.«

Kirby blickte zu Lynch, die eine Augenbraue hob. »Sie hat keine E-Mail geschrieben oder es Ihnen persönlich mitgeteilt?«

»Es war ganz ungewöhnlich. Wir sind eine eingeschworene, kleine Kanzlei und ich betrachte meine Angestellten als Freunde. Ich war ganz schön schockiert, wenn ich ehrlich bin.«

»Ist Ihnen an ihrem Verhalten in den Wochen vor ihrer Kündigung etwas aufgefallen?«

Madelene schloss die Augen. »Auf jeden Fall. Ihre ganze Persönlichkeit schien sich verändert zu haben.«

Schnell schlug sie die Augen wieder auf und starrte Kirby geradewegs ins Gesicht. In dem Moment wusste er, dass er ganz sicher nicht gerne in den Zeugenstand gerufen werden würde, wenn sie ihn ins Kreuzverhör nehmen würde.

»Inwiefern hat sie sich verändert?«, fragte er.

»Sie war immer ruhig und hat sorgfältig gearbeitet; auf einmal wirkte sie aufgedreht und die Qualität ihrer Arbeit ließ nach. Sie machte ein paar Fehler. Nichts Tragisches, aber mir fiel es eben auf. Ich habe mit ihr gesprochen, und sie kam mir …

Wie soll ich das ausdrücken … Es war, als wäre sie mit dem Kopf in den Wolken. Als wäre sie leicht abwesend. Dann, im nächsten Augenblick, hat sie mich angeschrien. Ganz anders als die Amy, die ich kannte.«

»Haben Sie herausgefunden, was der Grund dafür war?«

»In den Monaten vor ihrer Entlassung hatte sie mit einem unangenehmen Mandanten zu tun. Wegen der Schweigepflicht kann ich keine Details preisgeben, aber vor seinem Tod hat sie mit Damien an einem Testament gearbeitet, das es in sich hatte. Unsere Kanzlei befasst sich mit allen Aspekten, aber Damiens Spezialität waren Testamentssachen und Eigentumsübertragungen. Genauer gesagt, das Übertragen von Rechtsansprüchen auf Grundbesitz. Es gab Streit wegen der Besitzrechte an einem Haus, wenn ich mich recht erinnere, und in den Monaten nach seinem Tod hat sie sich um den Papierkram gekümmert. Dann hat sie gekündigt.«

»Was genau war Amys Rolle hier?«

»Sie war Damiens Rechtsanwaltsgehilfin. Hat sich um seinen Terminkalender gekümmert, Mitschriften angefertigt, Besitzurkunden aufgespürt, sich mit dem Grundbuchamt kurzgeschaltet. Sowas alles.«

»Können Sie mir den Namen dieses unangenehmen Mandanten sagen?«

»Nein, das kann ich nicht. Und ich weiß auch nicht, was unser Mandant mit der Tätlichkeit, die heute Morgen gegen sie ausgeübt worden ist, zu tun haben sollte.«

»Das wissen wir auch nicht, aber wir ermitteln in einigen brutalen Mordfällen. Amy war auch als Opfer auserkoren. Gott sei Dank haben wir sie rechtzeitig gefunden. Jedenfalls hoffen wir, dass wir früh genug gekommen sind –«

Lynch unterbrach ihn. »Madelene, wir versuchen, eine Verbindung zwischen den Frauen zu finden, die uns vielleicht zu ihrem Mörder führen könnte.«

»Ich weiß nicht, wie ich Ihnen da weiterhelfen kann.«

»Kannten Sie Jennifer O'Loughlin?«

»Ja, natürlich. Damien war ein ausgezeichneter Anwalt und sein Tod war ein ungemeiner Verlust für unsere Kanzlei. Die arme Jennifer. Sie war am Boden zerstört, als er starb.«

»Habe Sie sich hin und wieder bei ihr gemeldet?«

»Am Anfang habe ich sie ein paar Mal angerufen. Sie kam ins Büro und hat seine persönlichen Dinge ausgeräumt. Ich hatte sie schon seit Monaten nicht mehr gesehen.«

»Was hat sie aus dem Büro alles mitgenommen?«

Madelene schaute mit hochgezogener Augenbraue von einem zum anderen. »Was meinen Sie?«

»Wissen Sie, was genau sie mitgenommen hat?«

»Ich habe es nicht überprüft. Damien hatte einige Fotos und Ähnliches, also gehe ich davon aus, dass sie die mitgenommen hat.«

»Was ist mit Kopien von Akten?«

»Großer Gott, nein, warum sollte sie? Sie hatte nichts mit der Kanzlei zu tun. Sie war Zahnarzthelferin. Um Himmels willen.«

Kirby überlegte, ob er Madelene von den Schachteln, die er in dem Lagerraum gefunden hatte, erzählen sollte, aber Lynch trat ihm gegen sein Schienbein, also sagte er nichts.

»Kennen Sie irgendwelche Verwandte von Jennifer oder Damien?«

»Damiens Mutter und sein Bruder leben in Donegal. Bei Jennifer weiß ich es nicht.«

»Und kennen Sie eine Éilis Lawlor?«

»Nein, leider nicht.«

»Was ist mit Helena McCaul?«

Sie blinzelte kurz bevor sie sagte: »Wir haben ein paar Dinge für ihre Mutter geregelt.«

»Und Orla Keating?«

Er erkannte sofort, dass Madelene den Namen kannte.

Aber war der nicht in allen Medien zu lesen gewesen, als Tyler verschwunden war?

»Dazu kann ich mich nicht weiter äußern, da ich glaube, dass sie und ihr Mann unsere Mandanten sind.«

»Tyler Keating wird seit mehr als einem Jahr vermisst. Amy hat ihn als Referenz in ihrem Lebenslauf geführt.«

»Ist das eine Frage, Detective?«

»Ich denke nur laut, Madelene, und ich überlege, ob vielleicht Damien O'Loughlin an etwas für Tyler Keating gearbeitet hat und Amy ihn hier kennengelernt hat.«

»Das ist immer noch keine Frage.«

»Warum sollte Amy Tyler Keating als Referenz angeben?«

Madelene blieb stumm.

»Das war eine Frage«, fügte er hinzu, und es klang gereizter, als er es beabsichtigt hatte. Aber verdammt nochmal, Amy wäre fast gestorben, könnte immer noch sterben, und diese Frau hatte Informationen, die ihnen bei den Ermittlungen weiterhelfen würden.

»Vielleicht kannte sie ihn von außerhalb der Kanzlei. Warum ist das wichtig, Detective?«

»Es ist für mich wichtig, weil ...«

Er verstummte, als ihm Lynch auf den Fuß trat, um ihm zum Schweigen zu bringen.

Madelene schaute von einem zum anderen. »Es sieht so aus, als hätten Sie ein persönliches Interesse an dem Fall, Detective. Für mich klingt das nach einem Interessenkonflikt.«

Kirby erwartete, dass sie ein überlegenes Lächeln aufsetzen würde, weil sie diese Schlacht gewonnen hatte, aber ihr Gesicht blieb ausdruckslos.

»Das Leben ist ein einziger Interessenkonflikt, Madelene«, sagte er.

Lynch wollte schon aufstehen, doch dann ließ sie sich zurück auf den Stuhl fallen. »Sie haben gesagt, dass Kathleen

Foley hier Mandantin ist. Wussten Sie, dass Amy ihr Pflegekind war?«

In dem Augenblick sah Kirby, wie sich Madelenes Ausdruck änderte.

Sie öffnete den Mund und ihre Augen verdunkelten sich.

»Was ist los?«

»Mehr kann ich Ihnen nicht sagen. Ich denke, dass Sie jetzt gehen sollten.«

Seine Hände schwitzten inzwischen wie verrückt. Diese Frau hatte Informationen, die ihnen weiterhelfen würden, da war er sich sicher. »Madelene, zu viele Frauen sind schon gestorben. Sie müssen uns helfen.«

»Ich habe alles gesagt, was ich zu sagen habe. Es tut mir leid.«

Kirby wusste, dass er sich geschlagen geben musste. Er stand zusammen mit Lynch auf und überließ Madelene widerwillig ihren Gedanken. Was er dafür geben würde, diese Gedanken lesen zu können.

DREIUNDACHTZIG

Die Wunden an Lotties Nacken und Schultern waren in der Notaufnahme schnell genäht worden, und gemeinsam mit einem Rezept für starke Schmerzmittel und Boyd verließ sie das Krankenhaus.

»Wenn ich in meinem Leben nie wieder ein Krankenhaus von innen sehen muss, dann sterbe ich als glücklicher Mensch.«

»Ich auch.«

»Wo ist Garda Lei?«

»Der ist auch genäht worden. Ich habe ihn heimgeschickt, er soll sich ausruhen.«

»Gibt es was Neues von Amy?«

»Sie ist im Operationssaal, sie arbeiten an ihrem Bein. Laut den Scans gibt es keine inneren Verletzungen. Sie sollte bald wieder vollkommen hergestellt sein.«

»Physisch vielleicht, aber psychisch?«

»Das kann ich nicht beantworten.« Er fuhr aus dem engen Parkplatz heraus, in dem ihn ein anderes Fahrzeug fast zugeparkt hatte. »Ich habe echt gut Lust, dem einen Zettel hinter den Scheibenwischer zu klemmen. Du weißt, welchen … *Nächstes Mal bitte einen Dosenöffner dalassen.*«

»Ich versuche, die zeitliche Reihenfolge nachzuvollziehen.«

»Ich war zuerst hier, und dieses Arschloch hat mich einfach –«

»Ich rede von Amy und der Person, die sie entführt hat. Kirby glaubt, dass das gestern Nacht passiert sein muss. Orla war heute Früh im Laden. Und später war sie nicht mehr dort. Und dann haben wir Amy gefunden. Wo ist Orla? Wo ist Helena? Könnten beide beteiligt sein?«

»Alles ist möglich«, sagte er, »aber die Verletzungen der Opfer ähneln sich so sehr, dass ich davon ausgehe, dass wir es mit einem einzigen Mörder zu tun haben. Er, oder sie, eskaliert.«

»Wir haben noch keinen einzigen richtigen Verdächtigen.«

»Mach die Augen auf!«, schrie Boyd einem Mann, der ihn geschnitten hatte, durchs offene Fenster zu.

»Könntest du dich vielleicht mal etwas beruhigen? So erregt habe ich dich schon lange nicht mehr erlebt.«

»Vielleicht hat es etwas damit zu tun, dass meine Exfrau wieder aufgetaucht ist und mir mit allem möglichen droht.« Er presste seine Lippen zusammen und Lottie wusste, dass er ihr etwas verschwieg.

»Womit droht sie?«

»Nicht jetzt, Lottie. Es steht zu viel auf dem Spiel, als dass wir es uns leisten könnten, jetzt über Privates zu diskutieren. Du hast selbst gesagt, ich soll mich konzentrieren, und das versuche ich. Wir müssen Helena und Orla finden. Eine von ihnen könnte die nächste auf der Liste des Mörders sein.«

»Oder eine davon ist unsere Mörderin.«

Ihr Handy vibrierte in der Tasche und sie nahm es heraus, um die Nachricht zu lesen. »Wir müssen zum Lough Cullion, Boyd. Dreh um.«

Er sah sie an und fuhr fast dem Wagen vor ihnen auf. »Und wie soll ich das machen?«

»Blaulicht und Sirene.«

Eine Gruppe von Teenagern, dick mit etwas eingeschmiert, dass wie Babyöl aussah, hatte sich neben dem Einsatzwagen versammelt. Garda Thornton lehnte an dem Fahrzeug und machte sich Notizen. Unsicheren Schritts ging Lottie auf die Gruppe zu. Sie spürte die Auswirkungen des Schlages gegen ihren oberen Rücken immer noch.

Als er sie sah, straffte Thornton seine Schultern.

»Diese Kids«, sagte er und deutete auf vier Jungen, die unter ihrem Sonnenbrand immer noch blass aussahen, »haben ein Auto mit voller Geschwindigkeit davonschießen sehen. Und dann haben sie das da am Strand entdeckt.«

Sie schaute dahin, wo er hinzeigte. Ein blaues Plastikfass tanzte auf den Wellen. Es lag auf der Seite.

»Schon lange dort?«

»Nicht besonders lange, sonst wäre es weiter hinausgetrieben.«

»Hat schon jemand versucht, es an Land zu ziehen?«

Ein dünner rothaariger Junge, der nicht älter als fünfzehn sein konnte, hob die Hand.

»Und?«

»Wir waren dort drüben beim Bootshaus. Schwimmen und so. Dann haben wir die Reifen eines Autos durchdrehen hören und ein Quietschen, als es davonraste. Und dann haben wir das dort gesehen.«

»Habe ihr versucht, es zu bergen?«

Er kaute auf seiner Lippe herum und nickte.

»Warum konntet ihr es nicht ans Ufer bringen? Sie schaute zu Thornton. Warum hatte er nicht geholfen?

Der Junge sagte: »Da ist etwas drin.«

»Weißt du, was es ist?«

Er schaute nervös seine Freunde an. Die starrten auf ihre Füße.

»Ähm, ich bin mir nicht ganz sicher, aber es sah aus wie Haare.«

Sie folgte Boyd zum Ufer. Er zog seine Schuhe und Socken aus und watete ins flache Wasser. Von dort aus versuchte er, das Fass einzuholen.

»Thornton!«, brüllte er. »Helfen Sie mir!«

Ohne darauf zu warten, dass der Garda endlich in die Gänge kam, zog Lottie ihre Schuhe aus und watete zu Boyd. Zu zweit packten sie das schwere Fass und schafften es, es an Land zu bringen, aufrecht. Aus einem Loch nahe am Boden floss Wasser.

Sie warf einen Blick hinein und sah, was die Jugendlichen gesehen hatten.

Trotz der heißen Sonnenstrahlen zitterte sie. Das war schlimm. Richtig schlimm.

Die Frau ist schlimm anzuschauen. Sogar mich bringt ihr Gebaren aus der Fassung. Ich wusste ja, dass sie etwas angeschlagen war, aber ich hätte nicht gedacht, dass sie so eine wehleidige Heulsuse ist. Wie ich das hasse.

»Du sollst still sein und zuhören.« Sie weinte noch lauter.

Ich sehe mir mein Werk an. Die Nylonschnur schneidet ihr ins Fleisch, gerade fest genug. Ein bisschen Blut. Nicht viel. Das wird sie nicht umbringen. Ich möchte nicht, dass sie mir umkippt, wie ihre Freundin Éilis. Ich habe eine Routine und an die möchte ich mich halten. Und ich muss noch schneller arbeiten als zuvor.

Ich schließe den Reißverschluss an meinem neuen Overall, dann ziehe ich mir die Maske über Mund und Nase und stecke die Kapuze fest. Ich bin vorsichtig. Ich möchte nicht, dass an ihr Spuren gefunden werden. Immerhin wird das Wasser des Sees alles vernichtet haben, was vielleicht noch an der anderen Leiche zu finden gewesen wäre. Ich war zu genervt, um umsichtig zu sein. Vielleicht hätte ich nicht so dreist sein sollen, Amy zurückzulassen, bevor sie tot war. Ich hatte gedacht, dass sie keine Chance mehr aufs Überleben hatte. Das habe ich falsch eingeschätzt, denn es wird berichtet, dass sie noch lebt. Dass sie mit kritischen Verletzungen in Lebensgefahr schwebt. Ich hoffe wirklich, dass sie stirbt. Sie wäre genau dieses eine lose Ende, das mich überführen und festnageln könnte. Und ich möchte nicht, dass das passiert, bevor ich meine Aufgabe erledigt habe.

Ich schenke meine Aufmerksamkeit meiner letzten Gefangenen. Wenn ich mit ihr fertig bin, dann fehlt nur noch ein Opfer, und dann kann ich zur Ruhe kommen.

»So, Schreibaby, du musst jetzt mitarbeiten.«

Ich nehme die blutige Latte in die Hand und gehe auf sie zu. Ihr Weinen geht in hysterisches Schreien über, als sie sieht, was ich in der Hand halte.

Ich kann mir das Grinsen hinter meiner Maske nicht verkneifen.

»Mach dir keine Sorgen, wenn ich mit dir fertig bin, wirst du gar nichts mehr sehen.«

VIERUNDACHTZIG

Im Einsatzraum tippte Lynch gerade ihre Notizen von der Unterhaltung mit Madelene Bowen ab, wobei sie hin und wieder auf die Fotos an der Tafel schaute.

»Viel zu tun?«

»Verdammt, Lei, lassen Sie das.« Sie hatte nicht einmal gemerkt, dass jemand neben ihr stand, bis er den Mund aufgemacht hatte.

»Was?«

»Sich so anzuschleichen. Ich dachte, Sie sind nach Hause, um sich auszuruhen?«

»Um meine vier Wände anzustarren? Ich kann genauso gut hier helfen. Wer ist dieser Typ?«

»Owen Dalton. Ihm gehört ein Yogastudio. Gesund leben und Meditation und so ein Scheiß.«

»Er sieht nicht besonders gesund aus.«

Lynch sah sich Daltons schmales Gesicht an, das von einer Mähne schwarzer Locken umgeben war, und diese Augen. Oh Gott, die sahen aus wie Glasmurmeln, so ein helles Blau. Sie strich sich eine Haarsträhne aus ihren eigenen müden Augen.

Sie wussten so wenig von ihren ganzen möglichen Verdächtigen.

»Wir müssen sein Leben genau durchleuchten, und sein Studio, und seinen Mann, Frankie Bardon.«

»Alles klar.«

Sie öffnete die Website des Studios. Nach ein paar Minuten hatte sie sehr wenig herausgefunden. Alles schien nur Fassade zu sein. Dabei musste sie an Éilis Lawlor denken. Raumausstatterin. Sie öffnete Éilis Website und klickte sich zu den Referenzen durch. Und siehe da, Owen Dalton hatte ihr eine strahlende Bewertung darüber geschrieben, wie sie sein Studio verwandelt hatte. Sie hatte auch in Jennifers Haus gearbeitet. Und Tyler Keatings Wagen war in Jennifers Lager gefunden worden.

»Zu viele Fäden, die sich überkreuzen, und nichts, was sich zu einem soliden Motiv verstricken lässt«, murmelte sie.

»Sehen Sie sich das an«, sagte Lei vom anderen Ende des Zimmers. Liebend gern stand Lynch auf und ging zu ihm hinüber.

»Dalton hat eine Firma gegründet, und seine Konten sind öffentlich zugänglich. Und ich dachte mir, ich sehe mal nach, wie er das finanziert hat.«

Sie beugte sich über seine Schulter und spähte auf den Bildschirm. »Gute Arbeit.«

»Was bedeutet das?«

»Wieder ein neuer Faden, aber irgendwann werden die alle Sinn ergeben.«

Zurück an ihrem Schreibtisch fragte sie sich, warum Tyler Keating wohl einer von Owen Daltons Initialinvestoren gewesen war.

Die sanften Wellen auf dem See machten Lottie ganz schwindelig. Die Leiche war immer noch in dem Fass. Grainne bestand darauf, dass sie auf die Rechtsmedizinerin warteten, bevor sie sie herausnahmen. Ein Zelt war bereits um die Stelle herum errichtet worden.

»Das ist lächerlich, Boyd«, sagte sie. Sie zitterte und die nasse Jeans klebte an ihren Beinen. »Wir müssen die Leiche da herausholen.«

Für ihn hatte Garda Thornton im Kofferraum des Einsatzwagens eine Uniformhose gefunden, und für sie beide blaue Fleecejacken. Die Hose war ihm viel zu kurz und man sah seine nackten Knöchel. Immerhin ist er trocken, dachte Lottie und zitterte immer noch.

»Denke ich auch«, sagte er. »Wir müssen doch wissen, wer es ist.«

»Okay. Dann lass es uns tun.« Sie ging zu Grainne. Bei jedem Schritt überkam sie ein Schwindelgefühl und ihr Schultern schmerzten immer mehr. »Grainne, wir müssen die Leiche aus dem Fass holen.«

»Ich sage immer noch, dass wir auf die Rechtsmedizin warten sollten. Vielleicht sollten Sie zuerst Superintendentin Farrell anrufen.«

»Es ist meine Entscheidung«, sagte Lottie und hoffte, dass es die richtige war.

Sie und Boyd machten sich bereit und sie wies zwei Leute von der Spurensicherung an, die Leiche herauszuholen. Das war nicht einfach. Sie mussten einen Teil des Randes abschneiden, damit sie sie herausziehen konnten.

Lottie stand etwas seitlich und hatte fast Angst, hinzuschauen. Ein nackter Körper rutschte heraus.

Lange dunkle Locken. Das Gesicht totenblass.

Sie war sich absolut sicher gewesen, dass sie Helena oder Orla finden würden.

Es war keine der beiden. »Was zur Hölle?«

FÜNFUNDACHTZIG

McKeown war fast mit seinem Bericht über die Vernehmung von Luke Bray fertig, als eine neue E-Mail auf seinem Bildschirm erschien. Er las sie und sah sich nach jemandem um, dem er davon erzählen konnte. Sein Blick fiel auf Kirby.

»Die Technik hatte endlich Erfolg bei der Rekonstruktion der GPS-Daten. Tyler Keatings Wagen wurde vor vier Wochen in das Lager gebracht.«

»Wirklich? Wo war er vorher?«, fragte Kirby.

»Ich schaue gerade auf Google Maps nach. Das ist ganz in der Nähe von da, wo Helena McCauls Mutter wohnt.«

»Kathleen Foley?«

»Ja.« McKeown massierte seine Schläfen und dehnte seinen Nacken. »Was wissen wir über Mrs Foley?«

»Nicht viel«, schaltete sich Lynch ein. »Pensionierte Krankenschwester. Amy war eine Zeit lang ihr Pflegekind. Sonst nicht viel.«

»Ich schau mal schnell auf PULSE nach.« Kirby tippte energisch auf die Tastatur ein. »Nein, sie ist nie auffällig geworden.«

»Wenn Helena etwas mit Tylers Verschwinden zu tun hat, dann hätte sie seinen Wagen in der Nähe des Hauses ihrer Mutter verstecken können, bis sie ihn in das Lager bringen konnte«, sagte Lynch.

»Aber warum? Ich sehe einfach nicht, wie das alles zusammenpasst.« Kirby lehnte sich in seinem Stuhl zurück. »Jetzt gerade passt rein gar nichts zusammen.«

»Sollen wir ein bisschen Brainstorming machen?«, schlug Lynch vor.

»Lasst uns warten, bis der Boss wieder da ist«, sagte McKeown. »Sie ist am Lough Cullion mit Boyd. Noch eine Leiche.«

»Fremdeinwirkung?«, fragten Lynch und Kirby gleichzeitig.

»Wenn Sie denken, dass bei einem in einen See gerollten Fass, in das eine Leiche gestopft wurde, Fremdeinwirkung vorliegt, dann ja.«

»Der gleiche Mörder?« Kirby lief ein Schauer über den Rücken, als er daran dachte, wie knapp es für Amy gewesen war. Er schlug mit der Faust auf den Tisch. »Wir müssen diesen Arsch fassen.«

»Ich unterstütze diesen Antrag.« Lynch machte mit dem weiter, woran sie vorher gearbeitet hatte. Nämlich nach Leis Entdeckung die Liste der Investoren ins SunUp durchzuarbeiten. Vielleicht war das eine weitere Sackgasse, aber sie wollte die Recherche trotzdem anständig abschließen.

Frankie Bardons Name tauchte auch auf, was sie aber wenig überraschte, da der Zahnarzt ja mit Owen verheiratet war. Warum sollte er auch nicht in das Geschäft seines Ehepartners investieren? Nach einer Viertelstunde rief sie McKeown zu: »Ich habe etwas gefunden. Das SunUp stand anscheinend kurz vor der Pleite. Das Studio hat seit drei Jahren Verluste gemacht. Dalton hat einige Investoren schon ausbezahlt, aber drei bleiben noch übrig.«

»Wer muss noch ausbezahlt werden?«

»Naja, der Ehemann, Frankie Bardon. Tyler Keating. Praktisch, dass der verschwunden ist, oder?«

»Und der dritte?«

»Kathleen Foley.«

Kathleen hob die Dekorationsstücke hoch, eins nach dem anderen. Die schwere Bronzefigur, die ihr Madelene geschenkt hatte, ignorierte sie und nahm stattdessen eine der Lladró-Figuren in die Hand. Sie öffnete die Finger und sah zu, wie sie hinunterfiel und auf dem Boden zerschellte. Dann nahm sie die nächste und tat mit ihr dasselbe. Als der Boden voller Porzellanscherben war, trat sie mit dem Fuß auf alle größeren Scherben, bis nur noch winzige Splitter übrig waren.

»Genau wie mein Leben«, sagte sie in das leere Zimmer. »Zersplittert.«

Sie wusste ganz genau, wann das Ende seinen Anfang genommen hatte. Der Tag, an dem sie Madelene kennengelernt hatte. Der Tag, an dem Amy zu ihr gekommen war, ihre kleine Hand in der einer Sozialarbeiterin.

Geld war damals knapp gewesen, und ein Pflegekind bedeutete ein wöchentliches Einkommen. Aber dafür zahlte sie einen Preis. Helena hatte sich von einem Moment auf den anderen verändert. Sie hatte einfach nicht verstehen können, dass sie auf einmal nicht mehr im Zentrum des Universums ihrer Mutter stand. Und deswegen hatte sich Kathleen auch verändert. Und damit ihr ganzes Leben. Ihr ganzes verdammtes Leben hatte sich verändert. Egal was sie über die Jahre auch versuchte, das wunderbare Gleichgewicht, das zwischen ihr und ihrer Tochter geherrscht hatte, war unwiederbringlich verloren gewesen. Es fühlte sich an, als lebte sie in der Schale einer Waage. Einen Tag ging es nach oben, am nächsten nach unten, und am nächsten, und am nächsten. Jetzt, wo sie so darüber nachdachte, merkte sie, dass es in ihrem Leben nur noch sehr selten nach oben gegangen war, nachdem Amy aufgetaucht war. Sie hatte wirklich gedacht, dass es eine gute Entscheidung war, das Mädchen wieder dem Pflegesystem zu übergeben. Auch das hatte sich als keine gute Entscheidung entpuppt.

In der Unordnung ihres Hauswirtschaftsraumes fand sie einen Besen und eine Kehrblech und begann damit, das zerbrochene Porzellan aufzusammeln.

Sie wollte die Scherben und Splitter gerade in den Abfalleimer werfen, als es an der Haustür klingelte.

Das Meditieren klappte heute überhaupt nicht. Viel zu viele Information gingen ihm unerbeten durch den Kopf. Er sollte duschen und etwas essen, aber er wollte einfach gar nichts tun.

Er hatte heute keine Energie. Er kannte auch den Grund dafür, aber daran wollte er jetzt nicht denken. Er gab das Meditieren auf. Es gab einfach ein paar Dinge, denen er nicht erlauben durfte, an die Oberfläche seines Geistes zu steigen. Dinge, die er so tief unten begraben hatte, dass es eines Tiefseetauchers bedurft hätte, um sie wieder an die Oberfläche zu bringen. Aber er wusste, dass sie sich unkontrolliert aus dem Boden, in dem sie vergraben waren, lösen und wie Blasen zur Oberfläche steigen würden, um ihn in die Knie zu zwingen.

Vielleicht würden ihm einige Wochen in einem Retreat guttun. Um wieder eine gewisse Balance in seinem Leben zu finden. Träge wanderte er in der Wohnung umher und hob Kleidungsstücke auf, die Owen liegengelassen hatte. Er war so unordentlich. Normalerweise störte Frankie sich nicht daran, aber heute schon. Heute störte ihn einfach alles. Als er die Wäsche in die Waschmaschine stopfte, klingelte es an der Tür. Seine ganze Energie fiel auf eine Seite und es haute ihn beinahe um.

Wer auch immer da an der Tür stand, war nicht hier, um ihm gute Nachrichten zu überbringen.

SECHSUNDACHTZIG

Als er in der Tür vor ihr stand, musterte Lottie Frankie Bardon.

»Können wir reinkommen?«, fragte sie.

»Wenn es sein muss«, sagte er. Sein übergroßes Shirt klebte an seinem Körper.

Als er einen Schritt zurücktrat, fiel ihr auf, wie erschöpft er wirkte. Wahrscheinlich hatte er Sport gemacht und noch keine Zeit gehabt, sich zu duschen.

»Können wir woanders als auf dem Boden sitzen?«

»Es ist hier eben so. Sie können stehen bleiben, wenn es Ihnen zu schwer fällt, sich auf den Boden zu setzen.«

Sein Lachen war verflogen, und er schien blasser geworden zu sein. Vielleicht war das falsche Bräune gewesen. Vielleicht war auch alles andere an Frankie Bardon falsch.

»Wie Sie wollen«, murmelte sie und wünschte sich insgeheim einen Stuhl, um ihre müden Glieder ausruhen zu können. Obwohl sie in die Ersatzkleidung aus ihrem Spind geschlüpft war, fühlte sie sich immer noch feucht und schmutzig. »Kann ich zuerst einmal erfahren, wo Sie sich aufgehalten haben, seit ich heute Morgen mit Ihnen gesprochen habe?«

»Ich war für ein paar Erledigungen im Centra. Ich bin

heute dran mit Kochen. Und wo wir gerade vom Essen sprechen, es wird schon spät. Ich mache Idli und muss die Linsen noch einweichen. Hoffentlich kommt Owen spät, sonst bettelt er mich wieder an, dass wir uns was zu essen kommen lassen.«

Boyd stieß Lottie an. Er hörte es auch heraus. Frankie sprach von seinem Mann wie von einem Kind.

»Wann sind Sie in den Laden gegangen und wann waren Sie wieder hier?«

»Das weiß ich nicht genau.«

»Haben Sie die Rechnung? Da würde stehen, wann Sie bezahlt haben.«

»Worum geht es denn?«

»Können Sie meine Frage beantworten?«

»Nicht, bis Sie mit diesem Spiel aufhören.«

»Sind Sie gefahren oder zu Fuß gegangen?« So schnell gab sie nicht auf.

»Ich weigere mich, zu antworten.« Er lehnte sich gegen die Wand und verschränkte die Arme. Durch das feuchte, weiße T-Shirt zeichneten sich seine Bauchmuskeln ab.

»Vielleicht lässt Sie das, was ich zu sagen habe, ein bisschen kooperativer werden.«

Sie verstummte und beobachtete ihn, doch er schien seine Emotionen wieder in den Griff bekommen zu haben. Sogar die Hautfarbe sah wieder gesünder aus. Warum? Fühlte er sich nicht mehr so unter Druck gesetzt? Genoss er es, derjenige zu sein, der den Ton angab? Schauen wir mal, wie du das hier verdaust, dachte sie. »Wir haben vor ungefähr einer Stunde eine Leiche gefunden. Draußen am Lough Cullion.«

Er legte den Kopf schief, was ihn ein wenig kleiner als seine knapp eins neunzig erscheinen ließ. »Deshalb verhören Sie mich so? Ich muss Sie leider enttäuschen, aber ich habe niemandem etwas zuleide getan.«

»Die Person, die wir gefunden haben, ist brutal ermordet und dann in ein Fass gestopft worden. Das dann in den See gestoßen wurde. Ein Loch am Boden des Fasses hat verhindert, dass es weiter als ins flache Wasser abgetrieben ist.« Sie ließ diese Aussage wirken. Hoffentlich hatte Grainne es fertig gebracht, einige Spuren sicherzustellen.

»Und?« Sein blick sprang zwischen ihr und Boyd hin und her. Ihr kam es so vor, als müsste er sich sehr zusammenreißen, damit seine Emotionen nicht die Überhand gewannen. »Was hat das mit mir zu tun?«

»Es tut mir leid, Frankie, aber wir haben Grund zur Annahme, dass es sich bei dem Toten um Owen Dalton handelt. Ihren Ehemann.«

Ihre Worte zeigten augenblicklich Wirkung. Er ließ die Arme fallen und dann rutschte er langsam an der Wand entlang zum Boden.

»Nein! Das kann nicht Owen sein.« Seine Stimme zitterte. »Sie irren sich.« Er sah auf, flehend, seine Lippen bebten.

»Wir irren uns nicht. Er ist es.«

»Aber warum?«

»Ich hatte gehofft, dass Sie uns das sagen könnten.« Es fühlte sich unangenehm an, zu stehen, während er auf dem Boden saß. Aber Lottie wusste, dass sie vielleicht nicht mehr hochkommen würde, wenn sie neben ihm in die Hocke ging.

Boyd musste gespürt haben, wie unbehaglich sie sich fühlte. Er beugte sich vor und streckte dem verzweifelten Mann seine Hand entgegen. »Kommen Sie, Kumpel, Sie müssen aufstehen.«

Frankie ergriff die Hand und Boyd zog ihn hoch. »Ich brauche einen Schluck zu trinken und ich will wissen, was passiert ist.«

Er ging aus dem Zimmer und Lottie folgte ihm in die Küche. Die Ausgestaltung erinnerte sie an Éilis Lawlors Küche.

Als er einen silbernen Becher mit Leitungswasser füllte, fragte sie: »Hat Éilis Lawlor Sie bei der Küchengestaltung beraten?«

»Das weiß ich nicht. Owen hat das alles organisiert. Das kann nicht wahr sein. Er kann nicht tot sein.«

Sie wartete, als er den Becher noch einmal mit Wasser füllte und den Inhalt in der gleichen Geschwindigkeit hinunterkippte, wie den ersten. Sie zog zwei Hocker unter der Anrichte hervor und bedeutete ihm, sich zu setzen. Als sie endlich ihre Beine entlasten konnte, fühlte sie sich sofort besser.

»Was können Sie mir über Owen erzählen, dass jemandem einen Grund gegeben haben könnte, ihn umzubringen?«

»Habe Sie vielleicht einmal darüber nachgedacht, dass Sie es mit einem Psychopathen zu tun haben könnten? Niemand könnte irgendeinen Grund haben, Owen umzubringen.«

»Ich muss das Opfer besser kennen und verstehen, um den Mörder zu finden.«

»Ich kann es nicht glauben ... Ich kann nicht glauben, dass er tot ist. Nicht, bevor ich seine Leiche gesehen habe. Ich verstehe es nicht. Owen war mein ein und alles. Das ist einfach nur verrückt.«

»Gab es in letzter Zeit irgendwelche Auseinandersetzungen? Unzufriedene Kunden? Geldsorgen?«

»Nicht, das ich wüsste. Warum passiert mir das? Erst Jennifer, und jetzt Owen.«

»Sie haben mit ihr zusammengearbeitet und ihre Küche sieht so aus, als ob sie von Éilis Lawlor gestaltet worden ist. Beide sind tot. Eine andere Frau ist schwer verletzt und zwei weitere werden vermisst.«

»Wer?«

»Die eine ist Orla Keating. Sie ist auch Mitglied im SunUp. Sie und ihr Mann, Tyler, waren bei Ihnen in Behandlung. Und dann ist da Helena McCaul, der der Kräuterladen gehört, in dem Sie ihre Vitaminpräparate kaufen. Alle Spuren führen zu Ihnen und Owen.«

»Und jetzt ist Owen tot. Habe ich etwas getan, was das alles ausgelöst hat?«

»Das müssen Sie mir sagen.«

Lottie konnte über so viel Selbstbefangenheit nur den Kopf schütteln. Sein Ehemann war tot. War Frankie Bardon der Mörder? Sie fröstelte und sah sich nach Boyd um, der durch Abwesenheit glänzte. Sie hörte, wie er im Raum nebenan am Telefon mit jemandem sprach. Wenigstens war er in der Nähe.

»Ich kann den Ausdruck auf Ihrem Gesicht lesen, Inspector. Deswegen haben Sie mich gefragt, wo ich vorher war. Sie glauben, dass ich ein Mörder bin.«

»Jeder ist so lange verdächtig, bis er es nicht mehr ist.«

»Ja. Erzählen Sie das den Unschuldigen, die im Todestrakt auf ihre Hinrichtung warten. Ich unterhalte mich jetzt besser nicht weiter mit Ihnen. Ich möchte meine Anwältin anrufen, Madelene Bowen.«

Lottie spürte, dass sie erstaunt ihre Augenbraue hob, aber sie hoffte, dass ihm das nicht aufgefallen war.

»Rufen Sie sie an. Dann kommen Sie mit auf die Wache, um ein paar weitere Fragen zu beantworten. Offiziell.«

»Ich muss duschen und mich umziehen. Kann ich Sie dort treffen?«

»Wir warten hier.«

Sie sah ihm nach, als er mit gebeugtem Haupt unter dem niedrigen Türsturz hindurch aus der Küche ging. Sie sah sich um und entdeckte keine Spur von frisch eingekauften Lebensmitteln auf der Arbeitsplatte. Hatte er nicht gesagt, dass er gerade Abendessen machen wollte? Sie hatte keine Ahnung, was Idli war. Im Kühlschrank war nicht viel zu finden. Auf der Anrichte sah sie sein Handy liegen. Sie berührte das Display und atmete erleichtert aus, als weder eine PIN noch ein Fingerabdruck angefordert wurden. Eine Notizenapp. Darauf war eine Einkaufsliste gespeichert. Sie sah sich noch einmal um und da fiel ihr eine Plastiktüte auf, die randvoll mit frischem Gemüse gefüllt war. Verdammt.

SIEBENUNDACHTZIG

Lynch nahm Garda Lei mit zu Mrs Foley – McKeown machte einen zu einschüchternden Eindruck und Kirby war so angespannt, dass seine Nerven jeden Augenblick reißen konnten. Nach der fünfminütigen Fahrt bereute sie ihre Entscheidung schon wieder fast, weil er ohne Unterlass davon sprach, wie er im Herbal Heaven angegriffen worden war. Meine Güte, so, wie er davon redete, klang es, als wäre noch nie jemand bei der Ausübung seiner Pflicht verletzt worden. Kam er sich jetzt etwa wie ein Held vor? War sie zu hart? Er war jung und unerfahren und sowieso einfach mehr daran gewöhnt, auf dem Fahrrad Streife zu fahren. Sie sollte etwas nachsichtiger mit ihm sein.

Er plapperte immer noch. »Ich könnte eine Gehirnerschütterung haben, aber hoffentlich nicht. Kann ich Entschädigung verlangen, was meinen Sie?«

»Lei, *ich* werde bald Entschädigung verlangen, wenn Sie nicht endlich zu jammern aufhören.«

»Ich jammere doch gar nicht ... Oh, oder etwa doch? Entschuldigung. Das wollte ich nicht. Sie wissen ja, wie das ist.«

»Das weiß ich nicht, aber ich möchte, dass Sie still sind und zuhören, wenn ich mit Mrs Foley spreche.«

»Natürlich. Gar kein Problem. Ich bin nicht der Typ, der zu viel redet. Nicht wahr?«

Anstatt ihm zu antworten, versuchte Lynch, ihr Augenrollen vor ihm zu verbergen und drückte auf die Klingel.

»Ich frage mich, wo wohl Tyler Keatings Wagen gestanden hat. Das GPS hat ja einen Standort ganz in der Nähe ausgespuckt«, sagte sie.

»Weiß Gott«, sagte Lei. »Der Rasen könnte aber auch mal wieder gemäht werden.«

Verstand er wirklich nicht, wann es Zeit war, einfach mal die Klappe zu halten? Nachdem sie ein zweites Mal geklingelt hatte, wurde die limettengrüne Tür geöffnet.

»Mrs Foley? Ich bin Detective Maria Lynch und das ist Garda Lei. Können wir kurz reinkommen?«

»Haben Sie Helena gefunden? Ich mache mir die ganze Zeit solche Sorgen um sie. Kommen Sie rein.«

Die Beengtheit im Wohnzimmer machte Lynch augenblicklich zu schaffen. Sie sah zu Garda Lei und versuchte ihn mit ihren Blicken dazu zu bringen, keinen Kommentar zu der Unordnung abzugeben.

»Schönes Zimmer«, sagte er.

Kathleen nahm einen Korb mit Wäsche von der Couch. »Es ist ganz schön schwierig, in so einem großen Haus alles unter Kontrolle zu haben. Es ist zu groß für mich. Ich überlege, ob ich es verkaufen soll.«

»Wirklich?«, sagte Lei. »Es ist wunderschön.«

Lynch stieß ihm mit dem Ellbogen in die Rippen, bevor sie sich aufs Sofa setzen. »Wir wissen noch nichts Neues von Helena, Mrs Foley. Sie sind sich wirklich ganz sicher, dass Ihnen kein Ort einfällt, an dem sie sich vielleicht aufhalten könnte?«

Die Frau zuckte mit den Schultern und sie sah um einiges

älter aus als ihre gut Fünfzig Jahre. Hatten das die Sorgen verursacht, die sie sich machen musste, weil ihre Tochter schon immer eine Lügnerin gewesen war? Oder kam das, weil sie von den Misshandlungen einer Frau erfahren hatte, die einmal ihr Pflegekind gewesen war?

»Ich weiß nicht, wo sie ist. Es tut mir leid.«

»Wann hat sie sich das letzte Mal bei Ihnen gemeldet.«

»Ich glaube, vorgestern früh. Sie wirkte etwas benommen, als sie angerufen hat. Ich glaube, dass sie da einen riesigen Kater hatte. Es tut mir leid, Ihnen sagen zu müssen, dass ich da einfach aufgelegt habe.«

»Und seitdem haben Sie sie weder gesehen noch von ihr gehört?«

»Korrekt.«

»Kann ich Ihnen Fragen zum SunUp stellen?«

»Was?«

»Das ist dieses edle Yogastudio in der Stadt.«

»Ach ja, natürlich. Das.«

»Kennen Sie Owen Dalton?«

»Wen?«

»Ihm gehört das Studio.«

»Aha.«

»Woher kennen Sie ihn?«

»Ich kenne ihn nicht.«

Lynch verlagerte ihr Gewicht auf der unbequemen Couch. »Mrs Foley ... darf ich Sie Kathleen nennen?«

»Natürlich.«

»Kathleen, wir wissen, dass Sie in Owen Daltons Studio investiert haben.«

»Investiert? Sie müssen sich irren.«

»Wir wissen auch, dass Sie noch nicht wieder ausbezahlt worden sind.«

Foley kaute auf der Innenseite ihrer Backe herum. Lynch

sah, wie sie mit der Zunge an ihren Zähnen entlangfuhr. »Das geht Sie nichts an.«

»Doch, das tut es. Wir ermitteln hier wegen Mordes, nicht wegen eines Bagatelldiebstahls. Uns geht alles etwas an, bis wir den Mörder gefunden haben.«

»Nun«, sagte Kathleen verstimmt, »meine finanziellen Angelegenheiten haben nichts mit Ihren Ermittlungen zu tun. Sie sollten lieber nach meiner Tochter suchen.«

»Was würden Sie sagen, wenn wir ihnen erzählen, dass Owen Dalton gerade ermordet aufgefunden worden ist?«

Kathleens Ausdruck wurde hart, wodurch die scharfen Linien um ihren Mund noch deutlicher zu Tage traten. »Ich würde sagen, gut, dass wir ihn los sind.«

»Ich dachte, Sie kennen ihn nicht?«

»Ich weiß, dass er eine geldschürfende Ratte ist.«

»Warum haben Sie in sein Geschäft investiert?«

Kathleen sah aus, als gäbe sie sich geschlagen. Der Eindruck könnte aber auch durch die Wolke verursacht worden sein, die sich gerade vor sie Sonne geschoben hatte und das Zimmer verdunkelte. Lynch wartete ab und hoffte, dass Lei auch genug Verstand hatte, vorläufig nichts zu sagen.

»Amy hat mich darum gebeten, zu investieren.«

»Amy? Warum würde sie mit so etwas zu Ihnen kommen?«

»Sie wissen ja, dass ich mich ein Jahr lang um sie gekümmert habe, als sie ein Kind war. Wir sind in Kontakt geblieben. Ich konnte ihr nichts abschlagen.«

Lynch war verwundert, dass Kathleen so eine starke Bindung zu einem Mädchen spürte, das nur für kurze Zeit Teil ihres Lebens gewesen war, und das vor dreißig Jahren.

»Was hatte sie mit dem SunUp zu tun?«, fragte Lei.

»Das ... das weiß ich nicht. Fragen Sie Amy. Ich habe gespürt, dass sie Angst hatte. Vielleicht war sie eingeschüchtert worden. Ich weiß es nicht, weil ich sie nicht dazu gedrängt habe, es mir zu erzählen. Sie müssen wissen, dass ich ein schlechtes Gewissen hatte, weil ich sie im Stich gelassen habe. Ich hatte das Gefühl, ihr etwas schuldig zu sein. Sie war nicht das Problem in diesem Haus. Das war Helena. Aber ich konnte ja schlecht meine eigene Tochter rauswerfen, also musste Amy zurück in Pflege.«

»Hat sie Ihnen das vorgehalten, auf ihre Schuldgefühle gesetzt?«, fragte Lynch.

Kathleen biss sich stumm auf die Lippe.

Für Lynch fühlte es sich so an, als wäre die Sache für Kathleen abgeschlossen. »Haben Sie Ihr Geld zurückgefordert?«

Kathleen stöhnte auf. »Ja, das habe ich.«

»Und welche Antwort haben Sie bekommen?«

»Owen meinte, ich würde es schon noch bekommen, wenn er so weit wäre.«

»Und wie haben Sie das aufgenommen?«

Sie presste ihre Lippen zusammen. Dann stand sie auf und fuhr mit ihrem Finger am Kaminsims entlang.

»Ich gebe nicht Owen die Schuld, Detective. Tyler Keating hat dieses ganze Schlamassel verursacht, da bin ich mir ganz sicher.«

Lynch traute ihren Ohren nicht. »Was hat Keating mit dem Ganzen zu tun?«

»Er war ein Betrüger. Kannte Owen noch aus seinen Collegetagen. Ich glaube, dass er mit dem Geld, das Owen gehört hat, durchgebrannt ist. Deshalb ist er verschwunden und niemand kann ihn finden.«

»Damals wurde gründlich ermittelt«, sagte Lynch, obwohl sie sich fragte, ob Kirby Mist gebaut haben könnte.

»Anscheinend nicht gründlich genug, sonst hätte doch jemand herausgefunden, was für eine Art Mensch er war.«

»Wir haben Grund zu der Annahme, dass sein Wagen hier ganz in der Nähe versteckt war. Können Sie sich das erklären?«

Kathleen fiel die Kinnlade herunter und ihre Augen

wurden groß. »Woher haben Sie diese Information? Die übrigens nicht stimmt, muss ich hinzufügen.«

»Ich bin mir sicher, dass sie stimmt.«

»Also ich habe keinen Wagen versteckt. Sehen Sie sich gerne draußen um.«

»Wir wissen, wo er jetzt ist. Haben Sie ihn vor vier Wochen bewegt?«

Kathleen runzelte die Stirn. »Detective, Tyler Keating und sein Wagen haben nichts mit mir zu tun.«

»Warum haben Sie den Wagen bewegt?«

»Wie ich schon sagte, das hat nichts mit –«

»Das hat nichts mit Ihnen zu tun. Okay.« Lei verschränkte die Arme.

Lynch änderte die Vorgehensweise. »Kathleen, wie gut kannten Sie Jennifer O'Loughlin?«

»Ich kannte sie gar nicht. Ich habe ihrem Kollegen, Detective Boyd, schon gesagt, dass ihr Ehemann mein Testament aufgesetzt hat und sich um die Überschreibung dieses Hauses an Helena gekümmert hat, aber Jennifer kannte ich nicht.«

»Da sind Sie sich ganz sicher?«

»Ja, natürlich.«

Lynch schaute sich das Bild über dem Kamin an. »Warum hängt dann eines ihrer Gemälde an Ihrer Wand?«

Kathleen drehte sich, um die abstrakten Farbspritzer sehen zu können. »Ach, dieses Ding. Das hat Helena mir vor Ewigkeiten gegeben. Sie hat gesagt, dass es nicht zu der farblichen Gestaltung in ihrem Haus passt. Ich hasse moderne Kunst, aber sie war in so einer miesen Stimmung, dass ich sie es habe aufhängen lassen.«

Für jede Frage, auf die sie sich gnädigerweise einließ, schien sie eine passende Antwort parat zu haben. Aber Lynch hatte nach wie vor den Eindruck, dass Kathleen Foley ihnen immer noch Informationen vorenthielt.

»Eine Sache noch, Kathleen. Amy hat gesagt, dass sie in

einer schlimmen Langzeitbeziehung gewesen ist. Interessehalber, wissen Sie zufällig, mit wem sie vor der Trennung zusammen war? Und sagen Sie nicht, ich soll sie selber fragen. Amy ist schwerstverletzt.« Es gab da etwas zwischen Kathleen und Amy, das sie dazu brachte, diese Frage zu stellen. Etwas mit dieser Einschüchterung, das Amy dazu gebracht hatte, Kathleen um die Investition ins SunUp zu bitten.

Kathleen stand auf und umfasste die Stuhllehne, ihre Hände waren weiß wie Alabaster.

Nachdem Lynch mit Garda Lei zu Kathleen Foley aufgebrochen war, überließ Kirby den beinahe verdächtig netten McKeown sich selbst und fuhr zu Amy.

Ein Anruf im Krankenhaus, und er wusste, dass die Operation an ihrem Bein erfolgreich gewesen und inzwischen vorbei war. Die Ärzte gingen davon aus, dass sie mit Hilfe von Physiotherapie und Reha eines Tages wieder normal würde gehen können.

Er war erleichtert, als ihm die Stationsschwester Zugang gewährte. Ihre vollen Lippen waren beinahe durchscheinend und die Augen fest geschlossen. Ein Schlauch führte in ihre Nase und eine Reihe von Geräten gaben ständig Pieptöne von sich. Er zog sich einen Stuhl heran und nahm ihre Hand in seine.

»Amy, kannst du mich hören?«

Sie öffnete die Augen und ihre Hand begann vor Schreck zu zittern. Er schaute ihr ins Gesicht und versuchte die stumme Nachricht, die dort geschrieben stand, zu lesen, doch es gelang ihm nicht.

»Du musst nichts sagen, wenn es zu schwer ist.«

»Verzeih mir«, hauchte sie mit leiser Stimme. »Hätte dir … sagen sollen … die Wahrheit.«

Er versuchte, die Anspannung, die sich in ihm breitmachen wollte, im Keim zu ersticken. Steckte sie tiefer in der Sache drin, als er sich eingestehen wollte? Bestimmt nicht.

»Es tut mir leid, dass dir das angetan wurde.«

»Nicht deine Schuld.«

»Du musst jetzt nichts sagen, Amy, aber Orla Keating und Helena McCaul werden immer noch vermisst. Ich brauche deine Hilfe.«

Sie blieb stumm.

»Ich glaube, dass die Person, die dich entführt hat, auch eine von den beiden entführt hat. Kannst du mir etwas über deinen Entführer sagen?«

Sie schüttelte langsam ihren Kopf und eines der Geräte neben dem Bett gab einen lauten Piepton von sich. »Ich habe ... nichts gesehen.«

»Wurdest du direkt in den Laden gebracht?«

Ihre Augen waren müde, die Lider schwer. »Welcher Laden?«

»Herbal Heaven. Dort bist du gefunden worden.«

»Weiß ich nicht mehr. Tut mir leid.«

Er bemerkte, dass sich in ihren Augenwinkeln Tränen sammelten.

»Ich möchte dich nicht aufregen, Amy. Du hast so etwas Schlimmes durchgemacht. Aber ich muss diese zwei Frauen finden. Hat dir eine von denen das angetan?«

»Kann nicht helfen. Verstehe nicht ... was passiert ist.« Jetzt fing eines der Geräte an, lauter als der Rest zu piepen und er bemerkte, dass ihr Blutdruck stieg.

»Alles gut. Mach dir keinen Stress. Du musst wieder gesund werden.«

»Danke, Larry.«

Ein paar Minuten lang sagte er gar nichts, war ganz benebelt von den Geräuschen der Maschinen. Er dachte daran, dass er ihren Lebenslauf gelesen hatte und eigentlich noch weitere

Nachforschungen hatte anstellen wollen, aber dann abgelenkt worden war.

»Kann ich dich etwas Persönliches fragen?«

»Sicher.«

»Weil du dich doch dieser Life after Loss Gruppe angeschlossen hast, habe ich mich gefragt, ob du mir den Namen von deinem Ex sagen würdest. Der, der dir so weh getan hat?«

»Warum?«

Er zuckte mit den Schultern. Er wollte es einfach wissen, weil es so viel gab, was er *noch nicht* über Amy Corcoran wusste. Weil es sein könnte, dass ihre schwierige Beziehung etwas mit dem zu tun hatte, was ihr widerfahren war.

Da fing sie an zu sprechen und ihre Stimme war leise, fast ein Stottern.

Und langsam fügte sich das Puzzle noch etwas mehr zusammen.

ACHTUNDACHTZIG

Lottie ließ Frankie im Verhörraum zurück, wo er auf seine Anwältin wartete, und versuchte, jemanden zu finden, der eine Tasse Grünen Tee für ihn auftreiben konnte. Garda Brennan zog den Kürzeren und ging – eher verzweifelt als hoffnungsvoll – ins Bean Café.

Lynch brachte sie auf den neuesten Stand, was das Gespräch mit Kathleen Foley betraf, und sie fragte sich zum wiederholten Male, wie ein Mann, der vermisst wurde, Tyler Keating, ständig in ihren Mordermittlungen auftauchen konnte. Sie stand neben Detective Lynch im Einsatzraum, wo sie die Falltafel um neue Informationen ergänzte.

»Können wir etwas von dem, was Mrs Foley gesagt hat, untermauern?«

»Amy könnte das vielleicht. Kirby ist gerade bei ihr. Kathleen glaubt, dass sie eingeschüchtert worden ist. Wenn ich herausfinde, welcher Buchhalter sich um Owen Daltons Finanzen gekümmert hat, sind wir möglicherweise schlauer und finden mehr über seine aktuelle finanzielle Situation heraus und auch, warum einige Investoren noch nicht ausbezahlt worden sind. Das könnte ein Motiv sein.«

»Sie könnten sich seine Finanzen auch selbst anschauen.«

»Boss, wir arbeiten Tag und Nacht. Ich habe meinen Mann und meine Kinder schon seit Tagen kaum noch zu Gesicht bekommen.«

»Okay. Tut mir leid, Lynch. Aber wenn wir annehmen, dass Tyler involviert ist, was ist dann mit Orla? Die ist Buchhalterin.«

»Wenn wir sie jemals finden, dann kann ich sie ja fragen«, sagte Lynch leicht gereizt. »Wir müssen dahin, wo das Geld ist.«

»Und wie machen wir das?«

Genau in diesem Moment kam McKeown herein. »Wissen wir, was die Todesursache bei Owen Dalton war?«, fragte er. »Ist er in dem Fass ertrunken?«

»Laut der Aussage der Rechtsmedizinerin am Fundort war er vorher schon tot.«

»Wie konnte sie das ohne eine Autopsie feststellen?«

»Ein Ligatur um seinen Hals herum. Blaue Nylonschnur.«

»Ähnlich der, mit der Jennifer O'Loughlin and Éilis Lawlor gefesselt gewesen sind«, sagte Lynch.

»Und seine Augen sind entfernt worden. Beine und Arme gebrochen. Vielleicht, um ihn in das Fass stopfen zu können, aber –«

»Aber warum?«, fragte Boyd, der dazukam. »Diese schiere Brutalität macht keinen Sinn.«

»Macht sie schon, wenn wir es mit einem Psychopathen zu tun haben.« Lottie fragte sich, was es mit diesem Wort auf sich hatte. Vor nicht einmal einer Stunde hatte Frankie Bardon das genauso ausgesprochen.

»Kathleen hat mir gesagt, dass Amy Corcoran einmal eine Beziehung mit Bardon hatte«, sagte Lynch.

»Was?«, fragte Boyd.

»Ja«, sagte Lottie. »Eine neue Überschneidung unserer Diagramme. Keine dieser Personen war nur ein zufälliges

Opfer. Die hatten alle über einen langen Zeitraum hindurch miteinander zu tun, auf die eine oder die andere Art.«

Boyd ging an der Tafel entlang, an der Gedankenstriche die Fortschritte in ihren Ermittlungen dokumentierten.

»Tyler Keating ist bei den meisten der gemeinsame Nenner. Und er ist entweder tot oder über alle Berge.«

»Kathleen Foley kann ihn gar nicht leiden«, sagte Lynch. »Sie hat ihn einen Betrüger genannt, das aber nicht weiter ausgeführt. Deshalb sage ich, dass wir dahin müssen, wo das Geld ist. Sie hat auch keine Erklärung dafür abgegeben, warum sein Wagen bis vor vier Wochen so nahe an ihrem Haus gestanden hat.«

»Orla Keating ist Buchhalterin«, sagte Boyd. »Wenn sie mit Owen Daltons Konten gearbeitet hat, vielleicht hat sie ja herausgefunden, dass ihr Mann investiert hatte.«

»Augenblick. Ich finde gleich heraus, ob sie Daltons Buchhalterin war.« McKeown ging ans andere Ende des Raums und sprach am Telefon mit seinem Kontakt bei der Finanzbehörde. Er streckte den Daumen hoch und führte seine Unterhaltung auf dem Korridor fort.

»Also«, fuhr Boyd fort, »Orla muss gewusst haben, dass ihr Mann in das Yogastudio investiert hat.«

»Von welchen Beträgen sprechen wir?«, wollte Lottie wissen.

»Jeder zwanzigtausend«, sagte Lynch. »Und Kathleen macht nicht den Eindruck, dass sie zweitausend hat, geschweige denn zwanzig.«

»Und warum sollte überhaupt jemand in so ein schäbiges kleines Yogastudio investieren?«, fragte Boyd.

»Es wird als das Beste vom Besten, als ganz edel beworben«, sagte Lynch. »Und Kathleen hat Einschüchterung erwähnt.«

»Okay, da können wir noch einmal darauf zurückkommen, aber konzentrieren wir uns zuerst auf Orla«, sagte Lottie. »Hat sie herausgefunden, in was ihr Mann noch verwickelt war?

Steckte Damien O'Loughlin auch mit drin? Warum hatte er Kopien von Arbeitsakten in diesem Lager? Und wo zum Teufel bleiben Kirby und sein Bericht zu diesen Akten?« Sie holte tief Luft und sprach im Auf- und Abgehen weiter. »Wenn Tyler ein Betrüger ist, dann könnte er eine ganze Menge Leute ziemlich unzufrieden zurückgelassen haben, vor allem, wenn auch noch Einschüchterung im Spiel war. Bringt Orla alle um, die ihren Mann für Betrug oder Veruntreuung belangen könnten?«, fragte Boyd. »Nur ein paar Investoren haben ihr Geld nicht zurückbekommen. Meiner Meinung nach ist das kein ausreichender Grund für Mord.«

»Leute haben schon für viel weniger gemordet.«

»Wer möchte diesen Schlabber?« Garda Brennan hielt einen Pappbecher mit einer dampfenden Flüssigkeit hoch.

»Ich nehme das«, sagte Lottie. »Frankie Bardon muss mehr wissen, als er uns bis jetzt verraten hat.«

Frankie hatte geweint. Lottie sah Spuren von Tränen auf seinen Wangen.

»Wir versuchen, Ihre Anwältin zu kontaktieren, aber ich muss Ihnen jetzt schon ein paar Fragen stellen. Ich weiß, dass Sie sich Raum wünschen, um zu trauern, aber die Zeit läuft uns davon und ich muss Orla Keating und Helena McCaul finden.«

»Ich kann Ihnen nicht helfen. Ich habe nichts mit denen zu tun. Ich kenne die so gut wie gar nicht.«

»Haben Sie Orla Keating je außerhalb Ihrer Praxis getroffen?«

»Ein paar Mal. In Owens Studio. Sie hat seine Buchhaltung gemacht.«

»Welchen Eindruck hat sie auf Sie gemacht?«

»Nichts Auffälliges, außer, dass sie ein bisschen angespannt war.«

»Haben Sie je ein persönliches Gespräch mit ihr geführt?«

»Wahrscheinlich schon, als ich sie zum ersten Mal in der Klinik getroffen habe. Ich kann eben nicht anders, als mich einzumischen, nicht wahr? Ich vertraue auf meinen Glauben und vielleicht bemühe ich mich manchmal zu sehr, andere auch davon zu überzeugen.«

»Haben Sie das auch bei Orla versucht?«

»Ich habe ihr geraten, mit Yoga anzufangen. Und dann habe ich eines Tages eine Unterhaltung mit ihr am Empfangstresen im SunUp geführt. Sie sollte sich die Unterlagen zusammen mit Aileen, der persönlichen Assistentin, ansehen, aber ich hörte, wie sie weinte. Da habe ich sie gefragt, ob sie ein paar Schritte gehen oder einen Kaffee trinken möchte. Sie sagte ja. Sie sprach über ihre unglückliche Ehe. Ich kann gut mit Leuten. Viele öffnen sich mir.«

»Erzählen Sie weiter.« Auf einmal wusste er eine ganze Menge über Orla, fiel ihr auf.

»Es gibt nichts weiter. Ich habe ihr von meiner Meditation erzählt, und sie sagte, sie habe keinerlei Interesse daran, im Schneidersitz mit geschlossenen Augen und aufgestellten Händen auf dem Boden zu sitzen und ihre Gedanken wandern zu lassen. Das brachte mich zum Lachen. Aber auf alle Fälle wollte sie keine weiteren Ratschläge mehr hören. Sagte, dass er ihr gut ginge. Dass sie nur ein kleines Problemchen gehabt hatte, als sie mit Aileen über etwas gesprochen hatte. Ich bin mit ihr wieder zurück zum Studio gegangen, und dann sind Owen und ich zum Abendessen ausgegangen. Aber dann hat sie mit Yoga angefangen.«

»Hat sie ausgeführt, *warum* ihrer Ehe unglücklich war?«

»Nein. Wir haben über sie geredet, nicht über ihren Ehemann.«

»War sie lange Patientin im Smile Brighter?«

Er zuckte mit den Schultern und trank einen Schluck

seines Grünen Tees. »Ich kann nicht glauben, dass ich meinen Ehemann an einen Mörder verloren habe.«

»Sie hatten erwähnt, dass Sie jemand anderen verloren haben. Wen?«

Nach einem tiefen Seufzer sagte er: »Bevor ich mir selbst eingestanden habe, dass ich schwul bin, war ich mit einer Frau zusammen. Ich dachte, sie wäre die Liebe meines Lebens, aber sie hatte so viele Geheimnisse, dass ich einfach nicht mehr mit ihr zurechtkam.«

»Wer war sie?« Komm schon, du Arschloch, dachte Lottie, sag ihren Namen, das wird dich schon nicht umbringen.

»Sie hat nichts mit dem zu tun, was hier vor sich geht. Das ist schon seit einigen Jahren vorbei. Es war nicht schön. Und es ist vorbei. Das ist alles.«

»Sie möchten doch herausfinden, wer Owen ermordet hat, oder?«

»Ja.«

»Frankie, ich weiß von Ihnen und Amy Corcoran. Sie liegt schwerverletzt im Krankenhaus. Was wissen Sie darüber?«

»Ich habe sie nicht angerührt.« Er wurde blass. »Jedenfalls schon lange nicht mehr. Es hat nicht gepasst zwischen uns. Ich bin nach Indien gegangen, um mich davon zu erholen. Ich möchte wirklich nicht über Amy sprechen.«

»Haben Sie sie eingeschüchtert, um sie so weit zu bekommen, dass sie Kathleen Foley darum bittet, zwanzigtausend Pfund in das Studio ihres Mannes zu investieren?«

»Ich habe seit Jahren nicht mehr mit ihr gesprochen. Wir waren nicht lange zusammen. Sie hat auf die harte Tour erfahren, dass ich mit meiner Sexualität nicht zurechtkam. Ich habe es verleugnet. Es schmerzt mich, zugeben zu müssen, dass ich damals kein guter Mensch gewesen bin. Und sie war auch nicht besonders gut, hinter ihrer Fassade aus lieb und freundlich.« Er brach hemmungslos in Tränen aus. »Auf meine Art habe ich sie geliebt.

Aber dann fand ich Owen und verstand, wen ich in meinem Leben wirklich brauchte. Amy verstand das nicht, und dafür kann ich ihr auch keinen Vorwurf machen. Das Schlimmste ist, dass ich sie, glaube ich, immer noch liebe. Gott, ich bin so erbärmlich.«

Aber auch ein Mörder?, fragte sich Lottie.

Es war so stockfinster, dass sie gar nichts sehen konnte. Ihr wurde bewusst, dass sie schon seit einiger Zeit keine andere Person mehr in dem Raum wahrgenommen hatte.

Mit Atemübungen versuchte sie, die Schmerzen in ihren Beinen unter Kontrolle zu bringen. Eins war gebrochen, da war sie sich sicher, aber das andere schmerzte sogar noch mehr. War ihr Peiniger dieselbe Person, die Jennifer und Éilis getötet hatte? Diesen Gedanken durfte sie sich nicht erlauben, sonst würde sie an Ort und Stelle einfach aufgeben.

Um sich vorstellen zu können, wo sie gefangen gehalten wurde, nutze sie ihre anderen Sinne. Der Raum roch alt und modrig. Schimmelig. Sie lag auf einer Plastikfolie, aber darunter befand sich ein borstiger Teppich, der sie durch das Plastik hindurch piekte. Sie konnte ihre Hände nicht benutzen, weil die gefesselt waren, aber ihre Ohren waren frei. Eine Uhr tickte. In dem Zimmer irgendwo? Wahrscheinlich. Sie hatte das Gefühl, dass sie in einem Zimmer in irgendeinem alten Haus war. Aber wo stand es?

Sie fiel wieder auf die Folie zurück und biss die Zähne zusammen. Sie war nicht geknebelt. Bedeutete das, dass es weit und breit niemanden gab, der sie hören konnte? Sie musste also an einem ganz abgelegenen Ort sein. Irgendwo weit, weit weg von anderen Menschen. Sie weinte aus Frustration, aus Angst, vor Schmerzen. Hoffnungslosigkeit begrub sie unter sich. Niemand würde sie hören. Niemand würde sie finden. Weil –

und das machte sie am traurigsten – niemand nach ihr suchen würde.

Nein, sie würde nicht sterben. Sie konnte weiterkämpfen.

Ihre Trostlosigkeit war nicht endgültig.

Trotz der unsagbaren Schmerzen in ihren Beinen, trotz des Durstes, der immer schlimmer wurde, musste sie konzentriert bleiben.

Wenn sie hier lebend herauskommen wollte, durfte sie die Hoffnung nicht aufgeben.

NEUNUNDACHTZIG

Frankie Bardon hatte nichts mehr gesagt, und Lottie überließ ihn sich selbst, während er auf seine Anwältin wartete.

Kirby kam in den Einsatzraum gestürmt und ließ sich auf einen Stuhl fallen.

»Wie geht es Amy?«, wollte Boyd wissen.

»Sie überlebt es, aber sie ist ein Häufchen Elend. Ich habe etwas herausgefunden, das für den Fall entscheidend ist.« Mit zitternder Hand deutete er auf die Tafel. »Er hat es getan. Er hat sie alle umgebracht. Ich bin mir vollkommen sicher.«

»Frankie Bardon?«, fragte Lottie.

»Wir müssen ihn auf die Wache bringen. Ich breche auf, sobald ich wieder zu Atem gekommen bin.«

»Sie sind in keinem Zustand, um irgendjemanden hierher zu bringen.«

»Frankie Bardon hatte eine Beziehung mit Amy. Er hat sie geschlagen. Sie sagt, dass er sie immer mit einem Stück Holz geschlagen hat. Mit Stuhlbeinen und solchen Sachen.« Kirby war den Tränen nahe.

»Gütiger Gott. Das ist ja schrecklich. Wie geht es ihr?«, fragte Boyd, als das Telefon in seiner Tasche piepte.

Lottie fragte sich, ob das Jackie war, und hoffte, dass er nicht wieder einfach so verschwinden würde.

»Weiß sie, wer sie entführt hat?«

»Nein«, sagte Kirby, »aber ich würde meine Pension darauf verwetten, dass es dieses Arschloch Frankie Bardon war.«

»Er sagt, dass Amy ihm gegenüber gewalttätig war. Sein Mann, Owen Dalton, ist tot und Frankie ist völlig verzweifelt. Wir warten auf seine Anwältin, bevor wir ein offizielles Verhör durchführen.«

»Er ist hier?« Kirby sprang auf und eilte zur Tür. Boyd packte ihn am Ärmel und führte ihn zu seinem Stuhl zurück.

»Das ist völlig verrückt«, schrie Kirby. »Amy ist fast gestorben und ihr dreht Däumchen und verhaftet den Hauptverdächtigen nicht!«

»Entweder bleiben Sie hier in diesem Zimmer, oder sie gehen nach Hause.« Lottie knirschte mit den Zähnen. »Aber Sie werden nicht mal in die Nähe von Frankie Bardon gehen. Haben Sie das verstanden?«

Sie konnte seine Wut nachvollziehen, aber sie musste herausfinden, ob Frankie log oder Amy, und auch, warum. Und hatte das überhaupt etwas mit diesen Morden zu tun?

Madelene Bowen war immer noch nicht aufgetaucht, und Frankie weigerte sich, ohne sie weiter auszusagen. Deshalb rief Lottie das Team zum spontanen Brainstorming zusammen.

»Ich würde sagen, wir setzen Bardon unter Druck«, sagte Kirby.

»Ich dachte, ich hätte Ihnen gesagt, dass Sie sich da raushalten sollen.« Lottie funkelte ihn böse an, bis ihr auffiel, wie kindisch sie klang. Sie lockerte ihre Schultern und ließ sich auf einen Stuhl sinken. »Entschuldigung. Ich weiß, dass wir drei hektische Tage hinter uns haben, aber wir müssen weitermachen. Es gibt drei Mordopfer, einen versuchten Mord, und wir können immer noch weder Orla noch Helena finden.«

»Eine von den beiden könnte die Mörderin sein und die andere gefangen halten«, sagte Boyd.

»Das stimmt, aber bis wir mehr wissen, müssen wir beide als Opfer betrachten«, sagte Lottie erschöpft. »Vielleicht sind sie inzwischen gar nicht mehr am Leben, aber wir müssen positiv denken.«

Lynch meldete sich zu Wort: »Vor ein paar Stunden war ich überzeugt davon, dass Owen Dalton der Mörder war. Er hatte so viele Schulden und seine Investoren mussten ihm ganz schön Druck gemacht haben, um ihr Geld wiederzubekommen.«

»Aber jetzt, wo er tot ist, ist das ziemlich unwahrscheinlich.« McKeown hielt seine Augen gesenkt und tippte auf seinem iPad herum.

»Immer müssen Sie das Offensichtliche aussprechen«, gab Lynch zurück.

»Manchmal muss es einfach laut gesagt werden.« Ohne aufzublicken hob er eine Augenbraue.

»Mein Gott, Sie sind vielleicht ein Typ«, murmelte Lynch.

»Es reicht«, schritt Lottie ein. »Wir sind alle müde, aber wir müssen unsere verbliebene Energie darauf verwenden, diese beiden Frauen zu finden.«

»Wir müssen herausfinden, was das Motiv des Mörders ist«, sagte Boyd.

»Es ist jemand, der gerne Schmerzen zufügt.« Kirby klopfte auf seiner Tasche herum, als wollte er sich eine Zigarre anzünden. »Es muss Frankie sein. Was, wenn wir ihn gehen lassen und ihm dann folgen? Er könnte uns zu den Frauen führen.«

»Er geht nirgendwo hin, bevor ich nicht noch einmal mit ihm gesprochen habe«, sagte Lottie.

»Wo bleibt seine Anwältin eigentlich so lange?«

»Sie war vorhin noch in ihrem Büro«, sagte Lynch. »Etwas

verschlossen, und sobald ich erwähnt habe, dass Amy einst das Pflegekind von Kathleen Foley war, hat sie völlig zu gemacht.«

»Das hat sie definitiv ziemlich verstört«, bemerkte Kirby.

»Ich frage mich, warum?«, überlegte Lottie. »Schauen Sie mal, ob es etwas Interessantes über Amy und Kathleen Foley gibt und ob die beiden eine Verbindung zu Madelene Bowen haben.«

»Damien O'Loughlin hat Kathleen Foleys Testament aufgesetzt«, sagte Lynch, »und sich um die Übertragung der Eigentumsrechte ihres Hauses in Ballinisky an Helena gekümmert. Kathleen beteuert, dass sie Helena noch nicht davon in Kenntnis gesetzt hat.«

»Aber was bedeutet das alles?« Lottie hob die Arme und ließ sie wieder fallen, wobei sie die Hände zu Fäusten ballte.

»Wir wissen es noch nicht, aber wir müssen uns überlegen, was Tyler Keatings Rolle bei dem Ganzen war«, überlegte Lynch.

McKeown sagte: »Sein Wagen wurde in Jennifers Lager gefunden, wohin er vor vier Wochen bewegt worden ist. Die GPS-Daten sagen aus, dass er vorher in der Gegend um Ballinisky gestanden hat, ziemlich nahe bei Kathleen Foleys Haus.«

»Haben wir noch mehr über den Witwenkreis herausgefunden?«, fragte Lottie.

Lynch stand auf und ging an den Fotos an der Tafel entlang. »Ursprünglich dachten wir, die Gruppe wäre ausschließlich für Witwen. Dann haben wir herausgefunden, dass das nicht stimmt.«

»Aber alle weiblichen Opfer, und die, die vermisst werden, waren zu einem Zeitpunkt Mitglieder dieser Gruppe. War das mehr als nur ein soziales Ventil? War das die Fassade, hinter der sich etwas anderes verbarg? Hat Gary noch etwas herausgefunden, als er online weitergegraben hat?«

»Er sagt, dass sie wie jede andere private Facebookgruppe

auch ist«, erklärte Lynch. »Éilis Lawlor war die Administratorin, und um mitzumachen, schickte man ihr einfach eine Anfrage. In den privaten Nachrichten oder den Kommentaren hat er nichts gefunden, das irgendwie auffällig gewesen wäre. Éilis hat die Gruppenseite eröffnet, und Jennifer war das erste Mitglied. Wir haben allerdings keine Ahnung, wer wen wann persönlich getroffen hat.«

»Okay«, sagte Lottie. »Vielleicht kann uns Amy noch mehr verraten. Kirby, ich weiß, dass das als Interessenkonflikt ausgelegt werden könnte, aber vielleicht würde sie mit Ihnen darüber reden.«

»Ich gehe später wieder zu ihr und schaue, was sie sagt.«

Lynch fuhr fort. »Wir haben versucht, dem Geld nachzuspüren, aber der Mord an Owen Dalton hat diesen Gedankengang platzen lassen. Wie ich schon sagte, er schuldete das ursprüngliche Investment noch Kathleen Foley, Tyler Keating und Frankie Bardon.«

»Was Frankie ein Motiv gibt, ihn umzubringen.«

»Es gibt *jemandem* ein Motiv, Tyler Keating aus dem Spiel zu nehmen, aber Frankie und Kathleen sind nicht Opfer des Entführers geworden.« Lottie machte eine Pause. »Frankie und Amy hatten früher eine Beziehung. Sie ist schwer verletzt worden. Er ist jetzt mit Owen verheiratet, unserem neuesten Opfer. Können wir hieb- und stichfeste Verbindungen knüpfen, wann die anderen Frauen was mit ihm zu tun hatten?«

»Sie alle waren Patientinnen im Smile Brighter«, sagte Boyd.

»So wie die halbe Stadt«, bemerkte Kirby.

McKeown sagte: »Nur weil er Ihre neue Freundin irgendwann vielleicht einmal geschlagen hat, bedeutet das nicht, dass er drei Menschen auf dem Gewissen hat.«

Garda Martina Brennan hustete. »Darf ich etwas sagen?«

»Jeder darf etwas sagen«, sagte Lottie.

»Ich habe mir Frankie Bardon noch etwas genauer angeschaut. Er ist in Athlone aufs College gegangen. Ursprünglich studierte er irische Mythologie, aber nach einem Jahr hat er das Fach gewechselt und auf Zahnmedizin umgeschwenkt.«

»Tyler Keating hat in Athlone nebenberuflich unterrichtet«, sagte Kirby.

»Und Owen Dalton hat auch dort unterrichtet, bevor er den Beruf an den Nagel gehängt hat«, sagte Lynch.

Lottie gesellte sich zu ihrem Team, das sich vor der Tafel aufgebaut hatte. »Jane Dore hatte eine Theorie über die Orte, an denen die Leichen abgelegt worden sind. Sie hat Mythologie erwähnt. Aber das reicht noch nicht, um Bardon begründet zu verdächtigen.«

»In Ordnung. Was ist mit den vermissten Frauen?«, fragte Boyd.

»Haben Sie noch irgendetwas über Helena herausgefunden, Martina?«, fragte Lottie.

»Ja! Vor ein paar Minuten kam die Bestätigung, dass sie schon einmal verheiratet gewesen ist. In Las Vegas allerdings. Es wurde hier nie eingetragen.«

Boyd drehte sich um. »Ihre Mutter hat gesagt, dass Sie keinen Ehemann hatte. Dass sie eine wahnhafte Lügnerin ist. Dass sie unsichtbare Freunde erfunden und Amy gehasst hat.«

»Vielleicht ist Kathleen Foley die Lügnerin und nicht ihre Tochter.« Lottie hielt inne. »Holen Sie Mrs Foley auf die Wache. Ich möchte hier mit ihr sprechen und herausfinden, wie sie unter Druck reagiert. Martina, Sie arbeiten mit Detective McKeown zusammen und stellen intensive Nachforschungen über Kathleen und ihre Familie an.«

»Klingt gut«, sagte McKeown.

»Und Kirby, diese Akten aus dem Lager ...«

»Ich habe sie kurz durchgeblättert, aber –«

»Nehmen Sie sich die Zeit dafür«, sagte sie und schnitt seine Ausrede ab.

Garda Lei kam herein. »Inspector, Madelene Bowen möchte Sie sprechen.«

»Gut. Hoffentlich beruft sich Frankie Bardon nicht auf das Kein-Kommentar-Mantra, jetzt, wo seine Anwältin hier ist.«

»Nein, Boss, sie ist mit Kathleen Foley hier.«

NEUNZIG

Boyd hatte regelrecht darum gebettelt, dass er nach Hause gehen durfte. Jackie hatte versucht, ihn anzurufen, aber als er zurückgerufen hatte, hatte sie nicht abgehoben. Immer ein Drama. Obwohl ihr Team in Arbeit versank, und entgegen ihr besseres Wissen, nahm Lottie Kirby mit in den Vernehmungsraum.

Madelene Bowen wirkte recht stattlich, als sie da so neben einer sehr nervösen Kathleen Foley saß.

»Ich dachte, Sie wären Frankie Bardons Rechtsbeistand«, stieg Lottie ohne Umschweife ins Thema ein.

»Ich habe ihm schon mitgeteilt, dass ich ihn nicht vertreten kann, aber ich habe ihm zugesagt, ihn nachher zu beraten«, sagte Madelene. »Kathleen – Mrs Foley – hat mich völlig aufgelöst angerufen, nachdem zwei Ihrer Beamten sie so aufgeregt hatten. Sie ist hier, damit Sie sich entschuldigen können und um zu fragen, warum Sie ihre Tochter immer noch nicht finden konnten. Also lassen Sie uns anfangen.« Resolute Stimme und barsche Intonation. Sie reckte ihr Kinn vor und nickte Kathleen auffordernd zu.

»Meine Tochter wird immer noch vermisst und ich habe Ihnen alles gesagt. Warum können Sie sie nicht finden?«

»Kathleen, wir tun alles, was in unserer Macht steht, um sie zu finden.« Sie zwang sich zu einem liebenswürdigen Lächeln. »Sie müssen vollkommen ehrlich zu mir sein.«

»I-ich war vollkommen ehrlich.«

»Eher etwas spärlich mit der Wahrheit«, sagte Kirby. Lottie fragte sich, ob er es jemals lernen würde, sich zusammenzureißen.

»Das war ein widersinniger Kommentar, Detective«, sagte Madelene.

»Es tut mir leid«, sagte Kirby schnell. Lottie wusste, dass es ihm alles andere als leidtat.

»Ist schon in Ordnung«, sagte Kathleen. »Ihr Detective hat ja recht. Ich war nicht vollkommen ehrlich.«

»Ich höre.« Lottie verschränkte die Arme.

»Helena war verheiratet, als sie einundzwanzig war. Sie war schwanger. Und als sie im sechsten Monat war, hat sie das Kind verloren. Einen kleinen Jungen. Noah hatte sie ihn genannt. Sie ist in eine Art Psychose geschlittert. Hat seinen Tod einfach nicht akzeptiert. Ihr Mann Gerald hat sie verlassen. Er lebt jetzt in New York. Sie hat sich davon nie wirklich erholt.«

»Warum haben Sie uns das nicht gleich erzählt? Sie haben mich explizit darauf hingewiesen, dass sie Wahnvorstellungen hat, ja sogar eine Lügnerin ist, und dass sie sich einen Ehemann und einen Sohn einbildet.«

»Es tut mir leid. Ich habe Panik bekommen. Ich habe mich davor gefürchtet, was sie Ihnen vielleicht erzählen würde. Aber es ist schon lange her, und sie lebt in einer Art Fantasiewelt. Ich habe versucht, ihr dabei zu helfen, diesen Teil ihres Lebens hinter sich zu lassen, aber sie kämpfte dagegen an.«

»Ihre Tochter leidet an einer Form von Depression.« Lottie

konnte nicht glauben, wie unsensibel die Frau war, die ihr hier gegenübersaß. »Sie braucht professionelle Hilfe.«

»Glauben Sie, das habe ich nicht versucht? Ich habe mein ganzes Leben lang hart gearbeitet und habe für die beste Hilfe im ganzen Land bezahlt. Und trotzdem geht es ihr immer schlechter, nicht besser.«

»Kathleen, glauben Sie, dass Helena sich selbst oder andere gefährden könnte?«

»Möge Gott mir verzeihen, aber ja, das glaube ich.«

»War sie Ihnen gegenüber jemals gewalttätig?«

Kathleen schüttelte den Kopf. »Nein, aber sie hat es geschafft, mich ihr zu entfremden. Nach all dem, was ich für sie gemacht habe, wie ich sie und ihren Laden unterstützt habe.«

Madelene beugte sich vor. »Ich denke, das ist genug, Inspector. Meine Mandantin ist verzweifelt.«

»Ich fange gerade erst an.« Lottie warf einen Blick auf Lynchs Aufzeichnungen, bevor sie die nächste Frage stellte. »Warum war Tyler Keatings Wagen fast das ganze letzte Jahr in Ihrer Nachbarschaft geparkt?«

»Es reicht«, wiederholte Madelene.

»Darüber weiß ich nichts«, sagte Kathleen. »Das ist die Wahrheit.«

»Wir werden herausfinden, wo genau er stand.«

»Das hoffe ich, aber das hat nichts mit mir zu tun.«

»Kannten Sie Jennifer O'Loughlin? Soweit ich weiß, hängt eines ihrer Bilder in Ihrem Wohnzimmer.«

»Ich habe sie nie getroffen! Helena hat mir das gegeben. Wie oft muss ich das noch –«

»Wir sind hier fertig«, sagte Madelene und stand auf. Ihre furchterregende Stimme passte gut zu ihrem Erscheinungsbild.

»Ich noch nicht.« Lottie funkelte sie böse an. »Kathleen, Sie haben gesagt, dass Amy Sie darum gebeten hat, in das Yogastudio von Owen Dalton zu investieren. Sie haben auch gesagt, dass Helena Ihren Finanzen schwer zugesetzt hat. Daher meine Frage. Warum haben Sie Geld in ein Unternehmen gesteckt, von dem Sie rein gar nichts wussten?«

Kathleens Blick wurde sanft. »Ich habe Amy geliebt. Und ich habe sie im Stich gelassen. Wahrscheinlich war es teilweise aus Schuldgefühlen, aber sie hat mich auch regelrecht angefleht, zu investieren. Ich musste mir das Geld leihen.«

»Zwanzigtausend Euro sind ganz schön viel Geld. Das steckt man doch nicht in irgendein Projekt, nur wegen eines Mädchens, um das man sich vor dreißig Jahren mal gekümmert hat.«

»Ich habe mich schon damit beschäftigt. Es sollte ein ganz feines, hochmodernes Unternehmen werden.«

»Hat Frankie Bardon Amy bedroht?«, fragte Kirby und schob sich nach vorne, wobei sein Bauch über die Tischkanne quoll.

Etwas an Kathleen veränderte sich fast unmerklich. Aber Lottie fiel auf, das Kathleen jetzt noch mehr auf der Hut zu sein schien.

»Ich glaube schon.«

»Amy hat ihre Stelle bei Ihnen gekündigt, Madelene«, sagte Lottie. »Ein paar Monate, bevor Tyler Keating verschwunden ist. Kathleen, sein Wagen wurde in Ihrer Nachbarschaft gefunden. Was wissen Sie über ihn?«

»Nichts. Nur, dass er Geld genommen hat, das nicht seins war.«

»Und woher wissen Sie das?«

Kathleen schürzte die Lippen und ihr Gesicht verzog sich zu einer Grimasse. »Das weiß ich, weil er mich hintergangen und mich aus meinem früheren Zuhause vertrieben hat, nachdem mein Mann gestorben war.«

»Wie kam es, dass er es auf Sie abgesehen hatte?«

»Kathleen«, sagte Madelene, »lass uns gehen. Du musst nichts mehr sagen.«

Lottie gab nicht auf. »Haben Sie ihn deswegen umgebracht und seinen Wagen in Ihrer Nachbarschaft versteckt?«

Madelene sagte: »Inspector, soweit ich das beurteilen kann, stochern Sie im Nebel herum. Sie haben keine Beweise, dass Tyler Keating tot ist. Und es gibt nichts, das meine Mandantin mit verbrecherischen Aktivitäten inklusive Mord in Verbindung bringt. Mrs Foley ist hierhergekommen, um herauszufinden, was Sie unternehmen, um ihre Tochter zu finden, aber Sie haben sie bedrängt und beleidigt. Komm, Kathleen.«

Lottie hatte nichts gegen die Frau in der Hand und musste sie gehen lassen. Und das machte sie ganz schön wütend, weil sie tief im Innern wusste, dass Kathleen immer noch etwas vor ihnen verbarg. Deckte sie ihre Tochter? Warum hatte sie ihnen Lügen über Helena aufgetischt? Spielte das denn überhaupt eine Rolle?

Sie sah den beiden Frauen nach und hörte, wie Kirby schnaufend vom Stuhl aufstand.

»Als Nächstes Frankie, Boss?«

EINUNDNEUNZIG

Sein Apartment war so klein, dass man sich nirgends verstecken konnte, und sobald er durch die Tür trat, wusste, Boyd, dass es leer war. Es würde nichts bringen, ihre Namen zu rufen. Jackie und Sergio waren nicht da.

Er ließ sich auf die Couch fallen und hob ein Legoteilchen auf, mit dem sein Sohn gespielt hatte. Wut kochte in ihm hoch und überlagerte seine Enttäuschung.

Warum hatte sie nicht auf ihn warten können, um über alles zu reden? Vielleicht wusste sie, dass er ihrer lächerlichen Idee, wieder zusammenzuleben, nie zustimmen würde. Und jetzt hatte er den Sohn, der erst vor wenigen Monaten in sein Leben getreten war, schon wieder verloren. Die Leere in ihm drohte alles zu verschlucken. Hatte Lottie sich so gefühlt, als Adam gestorben war? Boyd wusste, dass er um seinen Sohn trauern würde.

Aber sich in Selbstmitleid zu suhlen würde nichts bringen. Er musste etwas tun. Er musste sich seinen Sohn wieder zurückholen. Dafür brauchte er Lotties Hilfe, aber erst mussten sie diese Mordfälle lösen. Dann könnte er Jackie hinterherjagen und seinen Sohn zurückholen.

Am liebsten hätte er alles in seiner Wohnung kurz und klein geschlagen.

Stattdessen ging er ins Schlafzimmer. Er legte sich aufs Bett und atmete den Duft seines kleinen Jungen ein. Er weinte hemmungslos.

Als die ganzen Gefühle aus ihm herausgebrochen waren, fiel er in einen unruhigen Schlaf.

Nach einem flüchtigen Treffen zwischen Frankie Bardon und einem jungen Anwalt, wusste Lottie, dass sie sich für heute geschlagen geben musste. Sie beobachtete, wie die beiden keine halbe Stunde, nachdem Kathleen Foley und Madelene Bowen gegangen waren, die Wache verließen.

Draußen tummelten sich jeden Tag mehr lästige Medienvertreter. Superintendentin Farrell hielt sie mit Pressemeldungen und Briefings etwas in Schach, aber die Schlagzeilen waren negativ, weil es noch keinerlei Fortschritte gab. Tatsache war, dass ihr Team durchaus Fortschritte erzielt hatte, aber das immer noch Menschen gestorben waren. Nichtsdestotrotz sagte ihr Bauchgefühl ihr, dass sie der Lösung sehr nahe waren, auch wenn es noch keine belastbaren Beweise gab. Ihr Bauchgefühl, ja, das schon wieder. Trotzdem wäre es schön, wenn ihr die Spurensicherung etwas auf dem Silbertablett präsentieren würde. Einen DNA-Treffer oder einen Fingerabdruck zum Beispiel. Irgendetwas, das einen Verdacht unterstützen könnte. Bis jetzt war alles noch ein verworrener Faden. Ein Faden mit Anfang und Ende. Sie musste nur das Knäuel, das dazwischen lag, entwirren.

Aber bevor sie weitermachen konnte, musste sie erst einmal nach Hause, etwas essen und schlafen.

ZWEIUNDNEUNZIG

Sie schlang eine Hühnchenbrust und zwei Kartoffeln hinunter, die Chloe gemacht hatte, bevor sie nach ihrer Mutter sah.

Rose lag auf dem Bett, das sie im Wohnzimmer für sie aufgestellt hatten, und starrte mit leeren Augen an die Decke. Lottie stellte sich neben sie. Ihr Mutter starrte weiterhin zur Decke. Erschrocken rüttelte sie Rose leicht an der Schulter. Die Frau zitterte, erschrak, und bewegte ihren Kopf von rechts nach links, als müsste sie sich ihrer Umgebung erst wieder bewusst werden.

»Warum weckst du mich einfach so auf?«

»Ich dachte, du schläfst noch nicht. Hast du was gegessen?«

Rose tat sich schwer damit, sich aufzusetzen, und Lottie griff ihr unter die Arme, damit sie auf dem provisorischen Bett in ein aufrechte Position rutschen konnte. Warum war sie nicht vernünftig gewesen und hatte Lotties Schlafzimmer bezogen? Sie lernte schnell, dass bei Demenz nichts einer Vernunft folgte. Die große Frau mit dem kurzen, silberfarbenen Haar gab es nicht mehr. Lottie brach das Herz, wenn sie sie so sah und trotz der Lügen und Enthüllungen von vor ein paar Jahren, wollte sie ihrer Mutter helfen. Aber wie?

»Ich habe schon zu Abend gegessen«, sagte Rose. »Glaube ich. Was für ein Tag und wie spät ist es? Ich fühle mich wie bei *Und täglich grüßt das Murmeltier*. Wenn ich in meinem eigenen Haus wäre, würde es mir viel besser gehen.«

Diese klaren Momente waren es, die Lottie Hoffnung gaben.

»Ich habe dich auf die Liste eines Pflegedienstes setzen lassen. Wenn das durch ist, dann kannst du nach Hause.«

»Ich brauche niemanden. Ich kann sehr wohl alleine leben und auf mich selbst aufpassen.«

Aber Lottie sah, dass ihre Mutter irgendwo tief in ihrem wie mit Wolken verhangenem Kopf wusste, dass diese Worte Lügen waren. Und das machte sie nur noch trauriger.

Ohne groß darüber nachzudenken, platzte es aus ihr heraus. »Was wäre, wenn Chloe bei dir wohnen würde? Dann könnten wir herausfinden, wie es dir in deinen eigenen vier Wänden geht.« Ihre Tochter würde ihr den Kopf dafür waschen, dass sie das nicht vorher mit ihr besprochen hatte, aber Lottie erwartete sowieso nicht, dass Rose das Angebot in Erwägung ziehen würde.

»Würde sie das tun? Glaubst du, dass das gehen würde? Mein Zuhause fehlt mir wirklich, Lottie. Dort ist mir alles vertraut. Vielleicht würde das meinem Kopf helfen, wieder klarer zu denken.«

»Ich spreche mit Chloe, sie wird sich sicher sehr freuen.« Hinter ihrem Rücken überkreuzte sie die Finger. Sie hegte keine große Hoffnung, dass diese Unterhaltung ein positives Ergebnis liefern würde, aber zur Not würde sie einfach selbst eine Zeit lang mit Rose dort wohnen. Und sich ein Paar von Seans Kopfhörern mit Geräuschunterdrückung ausleihen. Dann würde es weniger Streit geben.

»Ich fühle mich jetzt schon besser.« Rose legte sich wieder hin und zog sich die Decke bis ans Kinn. »Ich glaube, ich mache jetzt ein Nickerchen. Auch wenn wir nie einer Meinung waren, bist du doch ein braves Mädchen. Schick mir deinen Vater herein, wenn er nach Hause kommt.«

Lottie ließ ihre Mutter allein, damit sie sich ausruhen konnte.

Und stellte sich auf eine unangenehme Unterhaltung mit ihrer zweitältesten Tochter ein.

»Das kannst du doch wohl nicht ernst meinen!« Chloe tappte barfuß in der Küche umher. »Und wo sind überhaupt meine Schuhe? Wenn Katie die schon wieder genommen hat, dann kann ich wirklich für gar nichts mehr –«

»Es war nur ein Vorschlag. Eine Möglichkeit, deiner Großmutter zu helfen.« Lottie klopfte mit dem Löffel gegen die Tischplatte und zählte leise in ihrem Kopf vor sich hin, um nicht zu explodieren.

Chloe blieb stehen. Sie hatte einen Schuh neben der Tür zum Keller gefunden. »Jetzt benutzt du schon emotionale Erpressung, oder was? Ich muss in die Arbeit und ich finde nur einen Schuh.«

»Ich habe den anderen im Wohnzimmer gesehen.«

»Wie um alles in der Welt ... Ach, vergiss es. Ich komme zu spät, aber das ist dir ja egal. Nachdem ich Braten zum Abendessen gemacht habe und überhaupt.«

Lottie zog die Schultern ein in der Erwartung, dass gleich die Tür ins Schloss geworfen werden würde, aber Chloe schloss sie langsam, als sie hinausging.

Sie sollte sich hinlegen. Wenn sie noch länger wach blieb, dann wäre sie am nächsten Morgen völlig im Eimer.

In eine Wolke von Parfüm gehüllt trat Katie in die Küche. »Louis schläft. Wenn er aufwacht, gib ihm einfach Saft und er schläft sicher gleich wieder ein.«

»Wo gehst du hin?«

»Das habe ich dir doch gesagt, als ich gefragt habe, ob du auf Louis aufpassen kannst. Ich habe ein Date.« Katie hauchte einen Kuss auf Lotties Stirn und nahm ihre Handtasche vom Stuhl. »Bis morgen Früh.«

»Hey, du bleibst aber nicht irgendwo über Nacht, oder?«

Mit einem Augenzwinkern antwortete Katie: »Träumen wird man ja noch dürfen.«

In der Stille der Küche versuchte Lottie sich daran zu erinnern, wann sie zugestimmt hatte, heute das Babysitten zu übernehmen. Sie wusste es nicht mehr. Die Ermittlungsarbeit war alles, an was sie denken konnte; und dort ging es auf allen Ebenen rasend schnell weiter, aber immer noch war keine Lösung in Sicht.

Sie musste schlafen.

Als sie nach oben ging, hoffte sie noch, dass Louis nicht aufwachen würde. Aber natürlich tat er das. Sie nahm ihn mit zu sich ins Bett, wo er in einen leichten Schlaf fiel. Lange noch lag sie wach und betrachtete seine geschlossenen Augen und die langen Wimpern, während sie darüber nachdachte, was Foley und Bardon gesagt hatten. Was steckte hinter diesen Morden und Entführungen? War es wirklich das einfachste Allerweltmotiv? Ging es um Geld?

Und wenn ja, warum dann dieses ganze Theater mit gebrochenen Knochen und Opfern, denen die Augen entfernt wurden? Da musste etwas viel Teuflischeres als Geld dahinterstecken. Und wenn sie herausfand, was das war, dann würde sie auch diesen mordenden Dämon aufspüren.

DREIUNDNEUNZIG

Als die Tür sich knarzend öffnete, war sie zu schwach, um sich zu bewegen. Wenn er sie jetzt umbringen wollte, dann wäre sie froh, endlich von ihrem Leid erlöst zu werden.

Stille. Keine Konversation. Nur das Rascheln von einmal-Kleidung. Und das Knistern der Plastikfolie auf dem Fußboden.

Sie fühlte keine Schmerzen mehr. Ihr Körper war ganz taub. Sie konnte ihrem Geist nicht erlauben, genauso stumpf zu werden. Sie musste versuchen, einen Weg hier heraus zu finden. An seine Güte appellieren. Ach, jemand, der mordet, trägt keinen Funken Güte in sich, dachte sie. Aber nein, sie konnte nicht zulassen, dass diese Gedanken ihre Entschlossenheit ins Wanken brachten.

»Wenn Sie mich gehen lassen, werde ich nichts sagen, zu niemandem. Ich behaupte einfach, dass ich zu Hause die Treppe hinuntergefallen bin und gehe ins Krankenhaus, um behandelt zu werden. Bitte lassen Sie mich frei. Ich will hier weg.«

»Natürlich kannst du hier weg. Sobald ich mit dir fertig bin. Allerdings, und das tut mir leid für dich, wirst du nicht hinausgehen können.«

Ihr Stuhl wurde gerade gerückt und sie lag nicht länger auf dem Boden. »Was wollen Sie von mir?«

»Ich will, dass du zugibst, welche Rolle du bei allem, was ihr getan habt, gespielt hast. Wie ihr meinen Untergang geplant habt. Wie ihr mich demütigen wolltet.«

»Ich verstehe nicht.«

»Ich glaube schon. Ich glaube schon, dass du mich verstehst.« Diese Stimme. Sie kannte sie.

In diesem Augenblick wurde ihr bewusst, dass sie sich in allem, in absolut allem getäuscht hatte. Das war ihr letzter Gedanke, bevor etwas Hartes gegen ihr Bein geschlagen wurde. Nicht einmal die Taubheit könnte den Schmerz lindern. Sie verlor ihren letzten Halt in der Wirklichkeit und versank rasend schnell in den schäumenden Fluten der Dunkelheit.

Ich bin erschöpft.

Ich hatte nicht damit gerechnet, dass mir dieses ganze Planen und Ausführen so viel abverlangen würde. Dieses Herumhetzen. Wie ich physisch immer schwächer werde. Die mentale Belastung. Es ist schwierig, mich nach außen hin so brav zu geben, während in meinem Bauch ein Dämon wie ein schwarzer Aal herumschlängelt.

Ich hatte eigentlich gedacht, dass ich inzwischen Meister der Täuschung bin, aber jetzt, da die Obrigkeit der Wahrheit immer näher kommt, fühle ich mich etwas verloren. Haltlos. Nein, ich kann nicht zulassen, dass Zweifel jetzt mein endgültiges Ziel vereitelt. Sie alle müssen bezahlen, einige schneller als andere. Zwei gleichzeitig hier zu haben ist anstrengend, aber ich muss beide leiden lassen, bevor mir die Zeit davonläuft.

Wenn ich damit fertig bin, habe ich noch ein Ziel. Sie wird meine Rolle in dieser Sache würdigen müssen. Ich darf sie nicht am Leben lassen.

Ich denke die ganze Zeit, dass ich einen Fehler gemacht habe. Irgendwo habe ich eine Spur zurückgelassen. Vielleicht ein Stück Holz. Ich hatte es in dem kleinen Innenhof hinter dem Laden versteckt. Ist es das? Ich habe Handschuhe getragen. Das sollte in Ordnung sein. Aber eine ungewöhnliche Traurigkeit nagt an mir.

Owen.

Er hatte es auf die falsche Person abgesehen, also musste er gehen. Ich hoffe, dass die Detectives durch Owen auf die falsche Spur gelenkt werden und ich mit meiner Mission weitermachen kann.

Bis dahin finde ich keine Ruhe.

TAG VIER

VIERUNDNEUNZIG

Boyd saß in Lotties Büro und teilte ihr gerade mit, dass Jackie und Sergio nicht mehr da waren.

»Verdammt, Boyd, damit musst du doch nicht alleine fertig werden. Warum hast du mich denn nicht angerufen?«

»Das hat mir den Boden unter den Füßen weggerissen. Ich versuche, es zu verarbeiten. Ich bin fix und fertig. Sergio ...«

»Du musst gut auf dich aufpassen, Boyd. Sie geht also immer noch nicht ans Telefon?«

»Die Leitung ist tot. Wahrscheinlich hat sie es weggeworfen und sich ein neues gekauft. Jackie weiß, wie man verschwindet.«

»Scheiß drauf. Zusammen finden wir sie schon, und deinen Kleinen auch. Du musst gerade die Hölle durchmachen.«

»Das tu ich. Trotzdem danke. Wir werden sie finden. Aber zuerst müssen wir diesen Mörder aufspüren.«

Sie brachte ihn auf den neuesten Stand bezüglich der zwei Vernehmungen vom Vorabend.

»Ich setze auf Kathleen Foley oder ihre Tochter«, sagte er. »Helena wurde nicht mehr gesehen, seit Orla mit ihr in ihrem Wagen weggefahren ist.«

»Seit ich gestern früh mit Orla im Herbal Heaven gesprochen habe, wurde die auch nicht mehr gesehen. Und dann haben wir Amy genau dort gefunden, misshandelt und mit gebrochenen Knochen. Sowohl Orla als auch Helena könnten der Mörder sein. Oder sogar Frankie Bardon. Er ist noch nicht aus dem Schneider, auch wenn die Uhrzeit auf der Supermarktrechnung bedeutet, dass er nicht am See gewesen sein kann, als die Leiche seines Mannes dort abgeladen wurde. Ich stimme dir zu, dass wir auch Kathleen Foley auf dem Schirm behalten müssen.«

»Glaubst du, sie würde ihrer eigenen Tochter wehtun?«

»Ich bin mir nicht sicher. Aber wer weiß, wozu sie fähig ist.«

»Motiv?«

»Geld? Helena hat es so schnell verloren, als hätte sie es durch ein Sieb geworfen. Kathleen hatte vielleicht die Schnauze voll davon, sie ständig wieder aus finanziellen Schwierigkeiten retten zu müssen. Owen Dalton hat ihr auch Geld geschuldet. Sie musste sich etwas leihen, um investieren zu können. Und jetzt ist er tot.«

»Vielleicht«, sagte Boyd skeptisch, »aber das erklärt die anderen Toten nicht. Jennifer und Éilis haben in den Finanzangelegenheiten, über die wir bisher gestolpert sind, keine Rolle gespielt. Ich glaube eher, dass jemand etwas wusste, was er nicht wissen sollte. Hat es vielleicht der falschen Person erzählt und musste zum Schweigen gebracht werden.«

»Kompliziert, aber auch eine Möglichkeit.« Lottie überlegte einen Moment lang. »Wir brauchen einen Durchsuchungsbefehl für Kathleens Haus.«

»Mit welcher Begründung?«

»Das GPS zeigt an, dass Tyler Keatings Wagen nicht weit entfernt von ihrem Grundstück stand, bis er vor vier Wochen in Jennifer O'Loughlins Lager gebracht worden ist. Und sie wurde irgendwann in einem Kühlraum gefangen gehalten, was wir wissen, weil an ihrem Körper Erfrierungen gefunden worden sind.«

Boyd schien sich das durch den Kopf gehen zu lassen. »Im Herbal Heaven waren Gefriertruhen, aber mir ist nichts dergleichen in Kathleens Haus aufgefallen.«

»Hat sie nicht erwähnt, dass Tyler sie um das Haus betrogen hat, in dem sie wohnte, bevor sie umgezogen ist? Das könnte auch eine Lüge sein. Vielleicht gehört es ihr noch.«

»Das ist aber ein *ganz* schön weit hergeholtes *Vielleicht*.«

»Erzähl mit etwas, das ich noch nicht weiß, Boyd. Und sag Kirby, dass ich einen ausführlichen Bericht über die Akten aus dem Lager möchte. Ich weiß, dass er gesagt hat, dass sie auf den ersten Blick nicht auffällig erscheinen, aber warum waren sie versteckt?«

»Ich gehe ihm zur Hand.«

»Glaubst du, dass Tyler Keating etwas mit der ganzen Sache zu tun hat?«

Boyd schüttelte den Kopf. »Er ist bestimmt tot, ansonsten wäre er doch inzwischen aufgetaucht.«

»Wenn man die entsprechenden Ressourcen hat und die richtigen Leute kennt, ist es nicht allzu schwer, seine Identität zu wechseln und zu verschwinden. Wie du durch Jackie gelernt hast.«

»Ja, aber seine Konten wurden nicht angerührt. Nur seine Frau hat damit ganz normale Kosten abgedeckt. Kirby hat das überprüft.«

»Das sind die Konten, von denen wir wissen. Laut Kathleen Foley hat er eine ganze Menge Leute betrogen. Er könnte überall Konten haben ... auf den Caymaninseln ... sogar eine Briefkastenfirma. McKeown soll sich das anschauen.«

»Sag ich ihm.«

»Kathleen hat auch gesagt, dass sie glaubt, Amy könnte vielleicht von Frankie Bardon bedroht worden sein, damit sie sie um Geld für ein Investment bittet. Frankie hat angedeutet, dass

Amy gewalttätig ihm gegenüber war. Aber wenn man Amy Glauben schenkt, dann war *er* der Täter. Aber ist er unser Mörder?«

»Du hast gerade gesagt, dass er –«

»Dass er Owens Leiche nicht hätte ablegen können? Ich weiß.«

»Wo ist er jetzt? Steht er unter Beobachtung?«

»Wir konnten ihm nichts zur Last legen. Keinerlei Beweise, die ihn mit den Orten in Verbindung bringen, an denen die Leichen abgelegt wurden. Verdammt, wir haben nichts, was wir irgendjemandem zur Last legen können, und heute ist schon der vierte Tag, seit Jennifers Leiche gefunden wurde.«

Lottie fühlte sich so erschöpft, wenn sie daran dachte, was sie alles noch nicht wussten. »Wir brauchen bald etwas. Der Mörder drückt aufs Gas.«

Ihr Handy klingelte und sie sah nach, wer anrief. Dann warf sie Boyd einen Blick zu.

»Das ist Jane. Bitte, lieber Gott im Himmel, mach, dass sie Hinweise für mich hat.«

Madelene Bowen saß hinter dem alten Schreibtisch und sah sich mit einem Dilemma konfrontiert. Ihr Gewissen war zwiegespalten. Einerseits schuldete sie es ihren Mandanten, ihre Angelegenheiten vertraulich zu behandeln. Damien O'Loughlin, der eine Mensch, auf den sie sich beim Entscheidungen treffen immer hatte verlassen können, war tot.

Für sie war jetzt die Zeit gekommen, sich zu positionieren. Sie musste sich entscheiden, was richtig und was falsch war. Damit hatte sie sich seit einer Weile beschäftigt, aber nicht besonders geradlinig. Aber sie hatte immer daran geglaubt, dass das, was sie tat, einem übergeordneten Wohl diente, was auch immer genau das in einer korrupten Welt war.

Sie rieb sich die Augen, lehnte sich in ihrem Stuhl zurück und überlegte, welchen legalen Weg es aus ihrem Dilemma heraus gab. Aber natürlich wusste sie, dass es letztendlich um Moral, nicht um Legalität gehen würde.

Sie stand auf, massierte ihre Arme und bemitleidete sich, weil sie ihre Sportrunde am Morgen hatte ausfallen lassen müssen. Sie ging auf dem ausgetretenen Teppich hin und her. Wenigstens eine logische Vorgehensweise musste sie sich überlegen. Das zumindest war sie Kathleen Foley schuldig.

FÜNFUNDNEUNZIG

Lottie legte auf und schaute auf ihren vollgekritzelten Notizblock, als Lynch und Kirby sich zu ihr gesellten.

»Jane hat einen vorläufigen Autopsiebericht für Owen Daltons Leiche erstellt. Und sie hat Spuren für uns.«

»Wie? Er war doch im Wasser«, sagte Kirby.

»Seine Knochen waren gebrochen, so wie die der anderen Opfer auch«, fuhr Lottie fort, ohne auf ihn einzugehen. »Und die Augen wurden mit einem chirurgischen Instrument entfernt. Wir können daraus schließen, dass alle drei Opfer vom selben Täter getötet worden sind.«

»Frankie Bardon wüsste, wie man mit einem chirurgischen Instrument umgehen muss«, knurrte Kirby.

»Und Kathleen Foley ist eine pensionierte Krankenschwester«, sagte Lynch. »Was sagt das Labor?«

»Die blaue Nylonschnur, mit der die Opfer gefesselt wurden, ist Standard. Kann man überall kaufen.«

»Was begeistert dich so? Sag es uns«, drängte Boyd sie.

»Jane hat einige Ergebnisse vom Labor bekommen. Jennifers Kleid ist zur forensischen Analyse eingeschickt worden.

Am Saum wurde eine Faser gefunden, die sich dort verfangen hatte.«

»Okay.«

»An dem Stück Holz, das Kirby hinter Helenas Laden gefunden hat, waren Blutspuren.«

»Von Amy?«, fragte Kirby.

»Ja.«

»Also wurde es dazu benutzt, ihre Knochen zu brechen«, sagte Boyd. »Was ist mit dem Blut in den Gefriertruhen.«

»Kein menschliches. Vielleicht hatte Helena da einfach Fleisch gelagert«

»Und weiter?«

»In einem Splitter war eine nicht identifizierte Faser.«

»Ich nehme an, die ist nicht länger nicht identifizierbar?« Boyd atmete erleichtert aus.

Lottie nickte. »Die Faser passt zu der Faser, die in Jennifers Kleid entdeckt wurde. Sie passt auch zu einer anderen, die Jane tief in einer der Wunden an den Beinen von Éilis Lawlor gefunden hat.«

»Was für eine Art Faser ist es denn?«, fragte Lynch aufgeregt.

»Teppichfaser. Von einem orangefarbenen Teppich, laut Jane. Ein Labortechniker hat herausgefunden, dass sie zu einem Axminster Design aus den Siebzigern passt.«

»Darüber muss man jetzt aber nicht besonders begeistert sein«, sagte Boyd und ließ die Schultern hängen.

»Diese Teppichfasern beweisen, dass alle drei Opfer irgendwann an dem gleichen Ort waren. Wenn wir den alten orangefarbenen Teppich aufspüren können, finden wir vielleicht heraus, wo das war.«

Lynch trat einen Schritt nach vorne. »Einen Augenblick. Ich war kürzlich irgendwo, wo es im ganzen Gebäude alte Teppiche gab. Lassen Sie mich nachdenken.«

Lottie betrachtete die Fotos auf der Falltafel. »War es in einem der Häuser der Opfer?«

»Ich weiß es wieder!«, rief Lynch und ihre Augen wurden groß vor Aufregung. »Scheiße, Boss, das werden Sie nicht glauben.«

Das viktorianische Gebäude schien sich ihnen krumm und buckelig entgegen zu beugen. Lottie ignorierte die baufällige Fassade und stürmte durch die Tür.

»Wir müssen mit Madelene Bowen sprechen.« Sie knallte ihren Dienstausweis auf den Tisch.

Ganz außer Fassung nahm die Rezeptionistin den Hörer zur Hand.

»Vergessen Sie das«, sagte Lynch, »Ich kenne den Weg.«

Lottie ging hinter ihrem Detective den schmalen Korridor entlang auf eine offenstehende Tür am Ende des Ganges zu. Sie betrachtete den Teppich, auf den sich Lynch wohl bezog. Eine leise Stimme irgendwo in ihrer Erinnerung flüsterte ihr zu, dass sie den kürzlich noch woanders gesehen hatte, aber sie kam nicht drauf. Noch nicht.

»Ich habe nicht mit Besuch gerechnet«, sagte Madelene, die aufstand, großgewachsen und majestätisch.

»Wir sind nicht aus Höflichkeit hier«, sagte Lottie und fühlte sich für einen kurzen Moment entmutigt. Wenn sie wirklich beweisen konnten, dass die Teppichfasern aus diesem Gebäude stammten, wie hätte dann diese Frau die brutalen Morde ausgeführt und die Leichen zu den verschiedenen Ablageorten gebracht haben sollen? Den gebrochenen Körper eines erwachsenen Mannes in ein Fass zu stopfen, das erfordere Kraft. Andererseits, wenn man den Willen hatte, zu töten, dann war man vielleicht zu allem in der Lage. Allerdings wurde dieses Gebäude von vielen Leuten besucht, darunter, vermutete sie, auch von einigen der Opfer oder anderen, die eine Verbindung zu dem Fall hatten.

»Bitte setzen Sie sich«, sagte Madelene bestimmt. Sie war daran gewohnt, einen ganzen Raum herumzukommandieren, dachte Lottie. »Ich wollte Sie gerade anrufen, um Ihnen mehr Informationen zu geben.«

»Tatsächlich?« Lottie stützte ihre Hände auf die Rückenlehne eines Stuhls und starrte die Anwältin an, um sie dazu zu bewegen, etwas zu sagen.«

»Zuerst sagen Sie mir, wie Sie dazu kommen, hier so in mein Büro zu stürmen.«

Sie spielte mit der Idee, Madelene dazu zu zwingen, ihre Karte zuerst zu spielen, aber sie hatte keine Zeit für Spielchen. Sie strich mit dem Schuh über den Teppich. »Das ist ein alter Teppichboden. Axminster, oder?«

»Ich bin mir sicher, dass Sie nicht hier sind, um mit mir über das veraltete Dekor in meinem Büro zu sprechen.«

»Tatsächlich wollten wir genau darüber sprechen.«

Ihre Aussage brachte Madelene dazu, eine Augenbraue zu heben. »Hat das etwas mit neuen Beweismitteln zu tun?«

»Ich kann nichts preisgeben, was mit den laufenden Ermittlungen zu tun hat.«

»Sie haben etwas an den Leichen gefunden?«

»Ich möchte Ihre Erlaubnis, dass die Spurensicherung eine Probe Ihres Teppichbodens nehmen darf, aus Vergleichsgründen.«

»Ich bin nicht die Einzige, die Zugang zu diesem Gebäude hat.«

»Ich kann mir einen Durchsuchungsbeschluss holen.« Lottie war sich nicht sicher, ob sie damit bei einem Richter durchkommen würde.

»Dann besorgen Sie sich einen.«

Verdammt. Sie hatte das völlig falsch angestellt. »Worüber wollten Sie sprechen, Madelene?«

»Wenn ich mir so ansehe, wie Sie hier in mein Büro gepoltert sind, überlege ich mir das noch einmal. Sie scheinen mich für eine Mordverdächtige zu halten.«

»Noch nicht, aber ich bin geneigt, anzunehmen, dass Sie wissen, wen wir suchen.«

Madelene sagte so lange nichts, dass es Lottie daran erinnerte, wie Rose mit offenen Augen geschlafen hatte. Mit Worten stupste sie die Anwältin an.

»Zwei Frauen werden vermisst und befinden sich in Lebensgefahr, wenn sie nicht bereits tot sind.«

Die Frau richtete ihren Blick erst auf Lynch, dann auf Lottie. »Ich möchte mit Ihnen allein sprechen, Inspector.«

Lottie nickte Lynch zu, die aus dem Zimmer ging und die Tür hinter ihr schloss.

»Sie dürfen sich setzten.«

Lottie stellte sich auf eine lange und ausführliche Erklärung in bestem Anwaltsjargon ein. Sie war überrascht, als Madelene sich nach vorne beugte und auf verschwörerische Art flüsterte.

»Ich muss klarstellen, dass ich rein gar nichts mit diesen Morden zu tun habe.«

»Weiter.«

»Ich glaube, dass alles mit Tyler Keating angefangen hat.«

»So weit bin ich auch schon.«

»Ich schäme mich zutiefst, dass meine Kanzlei mit diesem Debakel in Verbindung gebracht werden könnte und ich würde es willkommen heißen, wenn Sie meine Namen aus der Sache heraushalten.«

»Ich kann nichts dergleichen garantieren, wie Sie sehr wohl wissen.« Lottie fragte sich, wie jemand Mord als ein Debakel bezeichnen konnte.

Madelene seufzte. »Tylers Frau hatte vor Jahren kurz als Buchhalterin für einige unserer Mandanten gearbeitet, und er hat unsere Dienste in Anspruch genommen, um sein Haus zu kaufen. Damien stellte die Verträge und Registrierungen für den Kauf zusammen. Amy war Damiens Sekretärin. Dann, letztes Jahr, verschwand Tyler.«

»Was versuchen Sie mir zu sagen?«

»Ich konnte nichts beweisen, aber ich glaube inzwischen, dass Tyler korrupt war. Und das hat rein gar nichts mit Bowen Solicitors zu tun.«

»Wie kommen Sie dazu, so eine Aussage zu machen? Haben Sie Beweise?«

»Nachdem er gestorben ist, habe ich in Damiens Büro Kopien von Akten gefunden. Ich habe sie in Schachteln gepackt und wollte sie zerstören, kam aber nie dazu. Jennifer kam dann irgendwann, um seine Sachen abzuholen. Ich war an dem Tag im Gericht. Ich glaube, dass sie die Akten mitgenommen hat. Haben Sie sie gefunden?«

Wenn sie zurück auf die Wache kam, würde Lottie Kirby erwürgen. »Wovon sprechen wir? Betrug? Diebstahl?«

Die Frau mit dem platinblonden Haar nickte. »Ich glaube nicht, dass Damien etwas Kriminelles gemacht hat, aber vielleicht war er einfach unprofessionell. Ich glaube, dass Tyler ihn benutzt hat. Er konnte so charmant sein, wenn er wollte. Von dem, was ich bisher herausgefunden habe, hatte er es vor allem auf trauernde Witwen abgesehen.«

»Also bestätigen Sie, dass Tyler von Witwen gestohlen hat?«

»Von solchen, die Grundbesitz und Geld hatten? Das ist möglich.«

»Und Orla Keating hätte Zugang zu den Finanzen dieser Mandanten gehabt?«

»Eventuell war sie die Buchhalterin für die Leute, die Tyler dann angepeilt und betrogen hat.«

»Warum haben Sie nichts gesagt?«

»Ich wusste es nicht. Damien war ja für Mandanten zuständig, bei denen es um Grundbesitz ging.«

»Ich habe Orla kennengelernt. Ich verstehen nicht, wie sie in so etwas verstrickt sein –«

»Inspector, Tyler Keating war vielleicht in der Öffentlichkeit recht charmant, aber meinem Eindruck nach war er ein absoluter Kontrollfreak. Und seine Frau kontrollierte er genau so, wie alles andere in seinem Leben. Aber ich glaube, dass er eine Person zu viel verärgert hat, und dass sich diese Person gewehrt hat. Und deshalb können Sie ihn nicht finden.«

»Wenn es also nicht Tyler ist, der hier Unschuldige umbringt …«

»Das ist Ihr Job, Inspector. Ich habe keine Ahnung.«

Lottie ging in ihrem Kopf durch, was sie herausgefunden hatten, seit Jennifers Leiche entdeckt worden war. Wer profitierte von diesen Morden? Eine betrogene Witwe? Eine Person stach aus alle anderen als besonders geschädigt hervor.

»Kathleen Foleys Tochter hatte Sorgen, Probleme. Kathleen ist Witwe. War sie eine von Tylers Geschädigten?«

»Kathleen ist eine sehr enge Freundin. Sie hat mir vor Kurzem erzählt, dass sie zu dem Zeitpunkt sehr fragil war, als dieser betrügerische Charmeur sie übers Ohr gehauen hat. Sowohl sie als auch Helena haben sehr unter dieser Erfahrung gelitten.«

»Glauben Sie, dass Helena dazu fähig ist, Morde zu begehen?« Aber noch während sie die Frage stellte, konnte sich Lottie schwer vorstellen, welches Motiv die junge Frau haben könnte. Aber als Fakt blieb bestehen, dass sie so getan hatte, als hätte sie einen kleinen Sohn, und jetzt war sie unauffindbar.

»Diese Frage kann ich nicht beantworten, Inspector. Sie kamen hierher und wollten über den Teppich unter unseren Füßen sprechen. Tyler ist in den Besitz einer ganzen Menge alter Gebäude gelangt. Einige davon konnte er noch nicht abstoßen, bevor er verschwunden ist. Vielleicht kommt die Spur von einem von denen?«

»Ich habe nicht genug Beweise, um Durchsuchungsbeschlüsse zu rechtfertigen, mit denen ich Anwesen auseinandernehmen könnte, die vielleicht gar nichts mit meiner Ermittlung zu tun haben.«

Madelene saß aufrecht da, ihre Haare schimmerten wie ein Heiligenschein. Sie hob ihre Aktentasche auf ihre Knie und wollte sie gerade öffnen, als Lynch den Kopf durch die Tür steckte.

»Boss? Wir brauchen sie. Es wurde eine Leiche gefunden.«

SECHSUNDNEUNZIG

»Von dem Moment an, an dem er gefunden wurde, hat mir dieser Wagen Kopfzerbrechen bereitet«, sagte Kirby zu Garda Lei, als sie in der Gegend herumgingen, in der das GPS Tyler Keatings Hyundai geortet hatte. Er blickte auf sein Handy. Er hatte eine Seite aus einer der Akten aus dem Lager gescannt.

»Haben Sie zu dem Zeitpunkt, als Keating verschwunden ist, alle relevanten Suchen durchgeführt?«, fragte Garda Lei. »Ich weiß, dass es sich nicht um eine Mordermittlung gehandelt hat, aber gewisse Protokolle müssen –«

»Erklären Sie mir nicht, wie ich meinen Job zu machen habe.«

»Ich meinte ja nur ... Glauben Sie, dass wir das Verschwinden von Tyler Keating aufklären müssen, um herauszufinden, warum Menschen getötet und entführt und misshandelt werden? Warum war der Wagen in der Nähe von Kathleen Foleys Haus abgestellt? Ist sie in Verbindung mit Tylers Verschwinden vernommen worden?«

»Lei? Halten Sie den Mund.«

»Vielleicht ist die Tochter die Verbindung.«

»Helena?« Kirby kratzte sich am Kopf und Schuppen

stoben vor seinen Augen auf. »Vielleicht betrachte ich das aus dem falschen Blickwinkel. Was, wenn das GPS manipuliert worden ist, um uns hierher zu leiten?«

Lei blieb abrupt stehen und drehte sich zu Kirby um. »Geht das denn?«

»Woher soll ich das wissen?« Er schaute auf das Bild auf seinem Telefon.

»Kathleen Foley hat hier in der Nähe mal ein Haus gehört. Das sind die Koordinaten von der Karte des Grundbuchamtes. Es muss hier irgendwo sein.«

»Dann ist sie ja nicht besonders weit weg gezogen.«

»Sieht so aus.«

»Also wurde das GPS nicht manipuliert?«

»Das spielt gerade keine Rolle. Kommen Sie.«

Sein Handy klingelte. Garda Brennan.

»Scheiße, Lei«, sagte Kirby. »Noch eine Leiche.«

McKeown war fest entschlossen, der Held in diesem Fall zu werden. Die zermürbende Arbeit, die Aufnahmen der Videoüberwachungskameras durchzugehen, war etwas weniger geworden, und da Boyd ihn darum gebeten hatte, sich Tyler Keatings Finanzen anzuschauen, nahm er die Herausforderung gerne an. Er war sich sicher, dass Tyler Keatings Verschwinden zu den aktuellen Morden geführt hatte. Aber wie? Und noch wichtiger, warum?

Er suchte überall nach Spuren der Finanzen des Mannes. Tätigte Telefonanrufe. Durchforstete das Internet. Als letztes Mittel rief er wieder seine Freundin in der Finanzbehörde an. Sie stellte ihn zum Criminal Assets Bureau durch. Da erfuhr er endlich etwas, von dem er sofort wusste, dass es wichtig war.

Vor zwei Monaten, nach einem Anruf von einer anonymen Quelle, die als glaubwürdig eingestuft worden war, hatte das

CAB Ermittlungen zu Tyler Keatings finanziellen Tätigkeiten aufgenommen. Sie stünden noch ganz am Anfang, sagte sie, aber sie hatten herausgefunden, dass er vor fünfzehn Jahren eine Firma gegründet hatte. McKeown kam zu dem Schluss, dass Keating zu dem Zeitpunkt noch ein Student gewesen war und wohl schon auf Jahre im Voraus kalkuliert hatte.

Er wartete geduldig, bis die Informationen ihm auf sicheren Kanälen zugemailt wurden.

Boyd nahm den Anruf von Garda Brennan in dem Moment entgegen, als McKeown hereinkam.

»Kommen Sie mit mir mit, Sam.«

Boyd fuhr, damit er sich auf etwas anderes konzentrieren konnte und nicht nur McKeown zuhören musste, der sich abfällig über seine Frau ausließ.

»Ich kann mir nicht erklären, warum sich der Mörder ausgerechnet die Gegend um Loman in Ragmullin als nächsten Fundort für eine Leiche ausgesucht hat«, sagte McKeown, nachdem er mit der Schimpftirade auf seine Ehe fertig war. »Dort sind so viele Geschäfte und Wohnblöcke.«

»Martina hat gesagt, dass die Leiche bei einer alten Mühle nahe der neuen Brücke ist.«

»Da gibt es auch sehr viele Straßenlaternen«, sagte McKeown. »Ich habe etwas Interessantes über Tyler Keating herausgefunden. Das CAB hat angefangen, Nachforschungen über ihn anzustellen. Er hat vor Jahren diese Firma gegründet, eine Briefkastenfirma, und –«

»Später.« Boyd parkte hinter einem Einsatzwagen, dessen Türen offenstanden und bei dem das Licht noch brannte.

Martina hatte Verstärkung angefordert, und die Brücke war von beiden Seiten abgesperrt worden. Niemand durfte passieren, weder Fahrzeuge noch Fußgänger.

»Wer hat die Leiche gefunden?«, fragte Boyd.

»Der Typ dort drüben.« Martina zeigte auf einen schmächtigen Jugendlichen im Trainingsanzug. »Er war Joggen. Und dann hat er etwas gelbes im Wind flattern sehen. Er ist mit den Nerven völlig am Ende.«

»Also kein Verdächtiger?«

»Das bezweifle ich. Der Kerl ist fix und fertig.«

»Gehen Sie voran.«

Sie gingen an der Brücke entlang nach unten und auf ein Feld. Der Untergrund war weich, obwohl es in den letzten Tagen wenig geregnet hatte. Boyd schaute gen Himmel, wo sich dunkle Wolken bedrohlich auftürmten. Er war froh, dass er seine robusten Schuhe trug, denn McKeowns feine Lederslipper waren bereits voller Schlamm.

Unter den Trägern und Stützpfeilern der Brücke sah er den gelben Stoff mit eigenen Augen im Wind flattern, an einer Leiche, die knapp über dem Boden hing.

»Wir brauchen die Spurensicherung und die Rechtsmedizin«, sagte McKeown.

»Ich habe beide schon verständigt«, erwiderte Martina unwirsch.

Boyd ging einen Schritt vor, in dem Bewusstsein, dass sie noch nicht in die obligatorischen Schutzanzüge geschlüpft waren. Aber er musste sehen, wer es war. Das gelbe Kleid umwehte eindeutig gebrochenen Gliedmaßen. Kurze blonde Haare flatterten im Wind. Das Gesicht hatte keine Augen mehr.

»Oh nein! Verdammte Scheiße. Was zum Teufel soll das bedeuten?«

Alle drei starrten die Gestalt mit offenen Mund an, die Arme hingen ihnen schlapp herab. Keiner von ihnen konnte etwas für das Opfer tun.

In diesem Moment kamen Lottie und Lynch dazu, die die Böschung mehr herunterfielen und -schlitterten als gingen.

»Gott im Himmel«, fluchte Lottie. »Ich hatte solche Angst, dass es sich um Orla oder Helena handelt.«

»Das ist keine der beiden«, sagte Martina.

»Nein, außer einer von ihnen ist ein Penis gewachsen«, sagte McKeown. Boyd musste sich zusammenreißen, um ihm keine reinzuhauen.

Lottie drehte sich um und bohrte einen Finger in McKeowns Oberkörper. »Gehen Sie mir aus den Augen. Sofort.«

»Wagen Sie es nicht, mich anzufassen.«

Da versuchte Boyd tatsächlich, ihn zu schlagen, seine Faust touchierte das Kinn des Detectives. Lottie seufzte laut auf.

Diese Morde gingen ihnen alle nahe. Aber sie bewegten sich verdammt nochmal immer noch im Kreis.

Genauso wie die Leiche von Frankie Bardon, die an einem Seil knapp über dem Boden unter der neuesten und längsten Brücke von Ragmullin hing.

SIEBENUNDNEUNZIG

Kirby stand neben Lei und betrachtete die Karte auf seinem Handy. Er war froh gewesen, als Boyd gesagt hatte, dass sie ihn am neuesten Verbrechensschauplatz nicht brauchten, denn gerade prickelten seine Nerven in einer Art Vorahnung. Es fühlte sich so an, als kämen sie der Lösung dieser mörderischen Affäre endlich näher.

Sie folgten der Karte und gingen über ein Feld, bis sie bei einem zweistöckigen Haus ankamen, neben dem eine verfallene Garage stand. Sie befanden sich ungefähr einen Kilometer von Kathleen Foleys aktueller Adresse entfernt. Das GPS hatte Tyler Keatings Wagen hier ganz in der Nähe ausgemacht. Da man es von der Straße aus nicht sehen konnte, wäre es ziemlich schwer gewesen, das Haus ohne die Karte zu finden. Ein alter Eisenbahncontainer stand in der Nähe. War der Wagen die ganze Zeit über hier gewesen?

»Das Haus sieht etwas verfallen aus«, sagte Lei.

»Sie sind ein Meister der Untertreibung.« Kirby ging weiter. »Seien Sie still und halten Sie sich im Hintergrund. Da könnte jemand drin sein und uns erwarten.«

»Wir hätten die Kevlarwesten anziehen sollen. Haben Sie Ihre Waffe dabei?«

»Ich bin doch nicht blöd.« Er war sehr wohl blöd. Er hatte keinen Gedanken an persönlichen Schutz verschwendet.

Lei musste die Besorgnis in seinem Gesicht gesehen haben. »Es sieht sowieso ziemlich verlassen aus.«

»Kluges Kerlchen. Wer würde überhaupt daran denken, sich diesen Ort genauer anzusehen?«

»Wir?«

Kirby seufzte. Wenn man es von außen betrachtete, war klar, dass das Haus unbedingt renoviert werden musste. Efeu schlang sich entlang der Dachrinnen und Abflussrohre. Aus dem Kamin wuchs ein Busch. Er ging vorsichtig weiter und bedeutete Lei, weit hinter ihm zu bleiben. Dann versuchte er durch eins der Fenster im Erdgeschoss zu schauen, aber der Schmutz jahrelanger Vernachlässigung hatte die Scheiben schwarz werden lassen.

Er trat einen Schritt zurück und erschrak, weil Lei direkt neben ihm stand. »Die Fenster sind von innen mit irgendetwas zugehängt.«

»Damit neugierige Leute nicht hineinschauen können?«

»Vielleicht. Oder, falls jemand da drinnen gegen ihren Willen festgehalten wird, dann könnte das da sein, damit es sie desorientiert.« Er blickte den jungen Garda an, der immer noch von dem Zwischenfall im Herbal Heaven gezeichnet war. »Fordern Sie über Funk Verstärkung an und erwarten Sie sie an der Straße.«

»Sie gehen da aber nicht alleine rein, oder? Das ist Selbstmord. Das ist ... dumm!«

»Völlig egal, da drin könnte jemand sein, der verletzt ist. Oder tot. Vielleicht Helena oder Orla. Ich muss nachsehen.«

»Kann ich nicht von hier aus Unterstützung anfordern?«

»Gehen Sie zurück zur Straße, Lei.« Er konnte den Neuling

auf keinen Fall einer solchen Gefahr aussetzen. Er sah Lei zu, wie er einsam durch das lange Gras zurückstampfte, dann ging er auf die Rückseite des Gebäudes, um nachzusehen, ob es noch einen anderen Weg in das Haus gab als nur durch die Eingangstür.

ACHTUNDNEUNZIG

Laut Jane Dore war Frankie Bardon noch nicht lange tot. Höchstens sechs Stunden. Also seit dem frühen Morgen, schätzte Lottie. Er musste wohl kurz vor der Dämmerung getötet und aufgehängt worden sein, denn um diese Zeit war noch niemand unterwegs. Der Untergrund war sumpfig und jetzt ganz zertreten; Fußabdrücke zu nehmen war zwecklos. Allerdings wies Grainne sie auf Reifenspuren hin. Sie meinte, dass sie von einem kleinen Handwagen stammen könnten.

Sie versuchten herauszufinden, was Frankie getan hatte, nachdem er die Wache am Abend zuvor verlassen hatte, aber das war schwierig. Niemand in der Gegend von Canal View, wo er wohnte, konnte sich daran erinnern, ihn gesehen zu haben.

»Du weißt, dass du McKeown nicht hättest schlagen sollen«, sagte Lottie.

»Er hat es darauf angelegt. Und es hat sich verdammt gut angefühlt. Nach Jackie und Sergio ... Ich weiß nicht ... In mir brodelt diese Wut und –«

»Und es hat gut getan, das rauszulassen? Das verstehe ich,

aber obwohl du ihn kaum berührt hast, wird er den Vorfall bei der Superintendentin melden.«

»Das ist mit scheißegal, wenn ich ehrlich bin.«

»Sag das nicht so leichtfertig. Das könnte deiner Karriere schaden. Du brauchst diesen Job, um deinen Sohn ernähren zu können, wenn er wieder bei dir ist.«

Boyd zuckte mit den Schultern und ging schweigend weiter. Ihn so zu sehen, tat ihr von Herzen weh.

Im Einsatzraum konzentrierte sie sich wieder auf die Teppichfasern. Das war die einzige Spur, die sie hatten. Sie war sich sicher, dass sie diese Art Teppich noch irgendwo anders als in Madelenes Büro gesehen hatte. Nachdenken! Mit den Fingern massierte sie sich die Schläfen und versuchte, sich jedes Haus, in dem sie in den letzten Tagen gewesen war, vor Augen zu rufen. Dann fiel es ihr ein. Éilis Lawlors Büro. Die Muster an der Wand.

Sie eilte zur Tafel und schaute sich die Fotos genau an, die in dem Büro im Garten aufgenommen worden waren. Da, eines der Materialmuster war der orangefarbene Axminster Teppich. Kam der aus einem Haus, an dem Éilis gearbeitet hatte? Sie erinnerte sich daran, dass die Frau ein Büro in der Stadt genutzt hatte, bevor sie es in ihr Zuhause verlegt hatte. Kam der Teppich von dort? Sie holte sich die Akte und suchte nach Hinweisen auf die Adresse. Das Gebäude hatte Éilis und Oisín Lawlor gehört. Ein Jahr nach seinem Tod war es in den Besitz einer Firma, die sich Widow Island nannte, gekommen.

Was zum Teufel bedeutete das?

In ihrem Gehirn tobte ein Sturm von Informationen und sie konnte nicht klar sehen. Und so ziemlich im Zentrum des Sturms baumelte Frankies Leiche unter der Brücke, grässlich verunstaltet und nackt unter einem gelben Kleid.

Sie schüttelte sich um konzentriert zu bleiben und ging noch einmal all ihre Notizen über Éilis durch.

»Boyd, hör mir mal zu.«

»Okay.«

»Éilis hat in Jennifer O'Loughlins Haus gearbeitet. Sie hat auch Owens edles Studio entworfen. Ich vermute, dass sie auch an seiner und Frankies Küche gearbeitet hat; die ist der in ihrem Haus sehr ähnlich und –«

»Geht es hier um den Axminster Teppich?«

»Ja. Was, wenn sie Muster aus anderen Häusern mitgenommen hat, aber noch nicht dazu gekommen ist, dort zu arbeiten. In ihren Aufzeichnungen habe ich nichts gefunden, das darauf schließen lassen würde. Was, wenn sie versehentlich auf etwas gestoßen ist, dass dazu geführt hat, dass sie umgebracht wurde? Und warum gehört ihr altes Bürogebäude jetzt dieser Widow Island Firma?«

»McKeown hat etwas über eine Firma herausgefunden, die Tyler Keating gegründet hat ...«

»Es sieht so aus, als ob Damien O'Loughlin und Tyler Keating in illegale Grundstückgeschäfte verwickelt waren. Vielleicht hat Éilis ihr Büro in der Stadt unter Druck an diese Firma verkauft.«

Boyd seufzte. »Das ist alles reine Spekulation. Wir brauchen Beweise.«

»Irgendwas muss in diesen Akten zu finden sein, die Kirby sich angeschaut hat.

»Mit denen hat er sich beschäftigt, bevor er mit Lei los ist. Die hatten es ganz schön eilig. Aber sie haben nicht gesagt, wo sie hin wollten.«

»Wenn er eine Spur gefunden hat, dann hilft uns das vielleicht.«

Hoffentlich, denn sie war am Ende ihrer Weisheit angelangt.

NEUNUNDNEUNZIG

Das wuchernde Gras raschelte unter Kirbys Schritten. Aber das alte Haus, das einmal den Foleys gehört hatte, hüllte sich in Schweigen. Auf der Rückseite des Hauses angelangt, legte er seine Hand auf die Klinke der Hintertür und hielt den Atem an, als er sie nach unten drückte. Die Tür öffnete sich.

Er setzte einen Fuß über die Schwelle und bedeckte schnell Nase und Mund mit seinem Unterarm. Aber er war nicht schnell genug. Der Gestank von Fäkalien und Blut füllte seine Atemwege und er würgte in seinen Ärmel.

War es hier gewesen, wo Amy einige dunkle Stunden lang festgehalten worden war, während ein krankes Arschloch fast das Leben aus ihr herausgeprügelt hatte und sie dann in Helena McCauls Laden dem Tod überlassen hatte? Wut kochte in ihm hoch.

Es musste einen Grund geben, warum Amy in dem Laden gelassen worden war. Hatte dieser mordende Perversling gewollt, dass man sie findet? Hatte er vorgehabt, die Schuld auf Helena zu schieben? Oder war Helena die Mörderin?

Er ging durch die Küche. Es gab Hinweise darauf, dass sie vor Kurzem benutzt worden war. Eine umgekippte Schachtel

Müsli, Cornflakes, die eine ganze Armee aus Ameisen auf dem zerkratzten Holztisch angezogen hatten. Ungespültes Geschirr füllte das Spülbecken und eine weitere Armee von Insekten, die sich die Speisereste auf den Tellern schmecken ließen. Er hob den Deckel des Mülleimers an und ihm blieb beinahe das Herz stehen. Blutdurchtränkte Tatortschutzbekleidung.

»Allmächtiger! Verdammt!«, fluchte er.

Er trat in den geräumigen Hauswirtschaftsraum und atmete eiskalte Luft ein. Hier war es kalt wie in einer Kühlbox. Er ging zurück in die Küche und dann in den Flur. In seiner Tasche fand er Handschuhe. Er blies sie auf und steckte seine schwitzigen Finger umständlich hinein.

Dann blieb er stehen und lauschte.

Alles war still, außer dem Knarren der alten Bodendielen und dem Geräusch des Windes, der draußen langsam anhob. Eine Spur aus Schweißtropfen bahnte sich ihren Weg seinen Nacken hinunter und sammelte sich in seinem Kragen. Plötzlich bekam er furchtbare Angst und fragte sich, ob es Narrheit gewesen war, alleine hier hereinzukommen. Vielleicht sollte er doch Lei holen? Nein, der musste draußen aufpassen. Es könnte ja jemand zurückkommen.

Die Tür zu seiner Rechten war mit einem Schloss versehen. Er brauchte einen Bolzenschneider. Dann kam ihm ein Gedanke und er fuhr mit seiner Hand die Oberseite des Türstocks entlang.

Ein Schlüssel.

Er steckte ihn in das Schloss. Drehte ihn um. Die Tür ging nach innen auf, doch stockte, als würde etwas darunter festklemmen. Er sah nach unten. Dicke Plastikfolie, an einiges Stellen waren Löcher oder Schnitte. Sollte er sofort Bericht erstatten? Oder Lei als Zeugen dazu rufen? Als Zeugen von was auch immer *das* hier war. Aber mit dem Bild von Amys Verletzungen vor Augen ging er weiter in das Zimmer hinein, ohne auf die offizielle Vorgehensweise Rücksicht zu nehmen.

»Heilige Maria.« Seine Stimme war nur noch ein ungläubiges Flüstern.

Der Boden war von blutbeflecktem Plastik bedeckt. Die Wände waren mit Kissen und Packungen bedeckt. Schalldämmung? Damit die Geräusche den Raum nicht verließen? Seine wild umherblickenden Augen wurden von einer zusammengesunkenen Gestalt angezogen, die in einer Ecke des Zimmers auf einem Stuhl festgebunden war.

Gebrochen. Blutüberströmt. Still.

Er ging auf die Gestalt zu. Es war schwierig, zu sagen, ob sie männlich oder weiblich war, weil sie so voller Blut war. Gebrochene Knochen durchbohrten die Haut. Das Haar war feucht und verfilzt.

Er ließ sich auf die Knie sinken und lauschte. Er spürte einen leichten, langsamen Atemhauch auf seinem Gesicht. Am Leben. Eine Frau. Seine Finger machten sich ungeschickt an den Knoten der dicken blauen Nylonschnur zu schaffen. Er brachte es nicht über sich, in ihr Gesicht zu schauen, löste sich für einen Augenblick von der Realität der furchtbaren Verletzungen, die sie hatte erleiden müssen.

Ein Geräusch. Eine Tür schlug. Ein Schrei.

Seine Finger erstarrten mitten in den blutigen Knoten. Garda Lei stolperte in den Raum.

»Ich habe es gemeldet und ... Oh mein Gott«, rief Lei. »Was ... Oh Gott. Was ist das für ein Ort hier?«

»Der Mörder könnte zurückkommen. Passen Sie draußen auf und rufen sie einen Rettungswagen.«

»Ja. Ja. Natürlich. Oh Gott. Was zum ...« Lei hantierte mit dem Funkgerät herum und ging aus dem Zimmer.

Kirby wandte seine Aufmerksamkeit wieder den Knoten zu. Er traute sich nicht, zu genau hinzusehen, um herauszufinden, ob die Augen der Frau bereits entfernt worden waren. Er spürte ihren Atem nicht mehr. War sie tot?

»Konzentrier dich«, rügte er sich selbst mit zittriger Stimme.

Als er den Knoten bei den verletzten Fußknöcheln löste und Knochen herausragten, stöhnte die Frau auf. Kirby hielt den Atem an und schaute in ihr vor Schlägen geschwollenes Gesicht.

Orla Keating kippte um und ließ ihren Kopf auf seine Schulter sinken.

Es ist fast vorbei. Sie sind ganz nahe. Ich kann sie riechen, so, als würden ihre Ermittlungen einen brennenden Pfad hinterlassen. Ich dachte, ich hätte mein Werk beendet, bevor sie eintreffen. Aber dieses ganze Herumrennen, dieses immer an zwei Orten gleichzeitig sein müssen, hat mich erschöpft.

Aber wissen sie, wer ich bin? Warum ich das alles mache? Muss ich es ihnen wirklich unter die Nase reiben? Nein, die werden schon von selbst darauf kommen. Irgendwann.

Und dann kommt mir die Erkenntnis, als ich die Sirenen höre und die Autos und Krankenwägen auf der Hügelkuppe auftauchen. Es ist bereits zu spät.

Immer war ich ihnen voraus. So muss es auch bleiben. Die eine, die ich in dem Haus zurückgelassen habe, wird nicht überleben, aber ich bedauere die Tatsache, dass ich bei ihrem Tod nicht zugegen sein kann. Ich schaue auf meinen Rucksack mit den anderen verräterischen Augenpaaren, die in ihren Gläsern schwimmen. Ihre hätte ich mir auch holen sollen, aber dafür war es zu spät. Ich habe getan, was ich tun musste. Und jetzt habe ich noch eine Aufgabe vor mir. Eine letzte Person, die ich treffen muss. Um ihr zu sagen, dass ich das alles nur für sie gemacht habe.

Dann bin ich fertig.

Ich werde ins Nichts verschwinden, genau wie der Mann, der Tyler Keating war.

EINHUNDERT

Orla Keating wurde auf schnellstem Wege ins Krankenhaus gebracht. Sie war lebensbedrohlich verletzt und würde so schnell keine Aussage machen können. Also teilte Lottie Damiens Akten aus Jennifers Lager unter dem Team auf. Irgendwo in diesen braunen Manilaordnern mussten Beweise zu finden sein, die zum Mörder und seinem Motiv führten.

Helena wurde immer noch vermisst. Könnte diese traurige, angeschlagene junge Frau wirklich die Mörderin sein?

McKeown kam herein. Er schien Boyds Schlag unbeschadet überstanden zu haben. Um den Streit würden sie sich später kümmern.

»Was haben Sie über die Firma herausgefunden, die Tyler Keating gegründet hat?«

»Das CAB hat nach einem Hinweis vor relativ kurzer Zeit Ermittlungen aufgenommen. Sie sind auf eine Firma namens Widow Island gestoßen. Die hat Verbindungen zu einer Stiftung, die Kindern hilft, die ihre Eltern verloren haben. Soweit wir wissen, ist das reiner Bullshit.«

Während sie die Akte, die vor ihr lag, durchblätterte, fragte sich Lottie, wie Tyler Keating Damien O'Loughlin dazu gebracht hatte, sich auf diese Korruption einzulassen. Wahrscheinlich Geld und Gier, vermutete sie. Tyler war nebenberuflich Lehrer und konnte wohl sehr überzeugend sein. Wenn sie die Informationen, die sie vom CAB erhalten hatten mit dem verglichen, was Madelene gesagt hatte, schien es so, als hätten die beiden die Stiftung benutzt, um von ahnungslosen, trauenden Witwen Geld in Form von Immobilien zu erzwingen.

»Alles, was ich mir bis jetzt angesehen habe«, sagte sie, »und auch alles, was Kirby herausgefunden hat, hat mit trauernden Witwen zu tun, die einen Teil ihres Besitzes an Tyler Keatings Firma überschrieben haben. Und in jedem Fall war Damien O'Loughlin der zuständige Rechtsanwalt.«

»Und Orla Keating war bestimmt in der Lage, die Bücher dementsprechend zu frisieren«, sagte Kirby.

»Ihr Name taucht in diesen Akten nicht auf«, sagte Lottie, »aber wir wissen, dass Tyler ebenfalls Buchhalter war. Das können wir weiterverfolgen, wenn wir den Mörder haben.«

»In der Akte, die mich zu dem Haus geführt hat, in dem Orla gefangen gehalten wurde, war auch eine Überlassungsurkunde, die zeigt, dass Kathleen das Haus auf diese Widow Island überschrieben hat.«

»Okay. Noch mal von vorne.« Lottie ging auf und ab. »Könnte Jennifer etwas davon mitbekommen haben, was ihr Ehemann so trieb, weil sie in der Klinik zufällig etwas gehört hatte? Oder hat sie es herausgefunden, als sie die Akten von Damiens Büro mitgenommen hat?«

Boyd sagte: »Es spielt keine Rolle, wie sie es entdeckt hat. Die Tatsache, dass alle diese Geschäfte trauernde Witwen betroffen haben, muss Éilis und Jennifer dazu inspiriert haben, diesen Life After Loss Kreis zu gründen.«

»Warum sollten sie dann Orla in die Gruppe mit aufnehmen«, fragte McKeown, »wenn sie doch Teil der Intrige war?«

»Vielleicht war sie ja keine willige Beteiligte an dem Betrug«, überlegte Lottie. »Ich glaube, dass die Witwengruppe gegründet worden ist, um Unterstützung zu erhalten und Informationen auszutauschen, um diese korrupten Geschäfte aufzudecken.«

Kirby kratzte sich am Kinn. »Vielleicht hat Orla sich ihnen angeschlossen, um ihnen zu helfen, nachdem ihr Ehemann verschwunden ist.«

Lottie verschränkte entschlossen die Arme. »Oder sie wollte beobachte, was sie vorhatten. Die Frauen, die diese Woche getötet oder misshandelt worden sind, haben vielleicht darauf hingearbeitet, den Betrug zu enttarnen, aber sie wurden die Opfer von jemandem, der nicht wollte, dass er enttarnt wird.«

Boyd stimmte zu. »Wer also hatte so viel zu verlieren, dass er oder sie sich nicht mehr anders zu helfen wusste als mit diesen grausamen Morden?«

Lottie war genauso verwirrt wie der Rest des Teams. »Wenn das tatsächlich das Szenario ist, verstehe ich nicht, warum Frankie und Owen ermordet wurden.«

»Der Gedanke gefällt mir nicht, aber ich glaube, dass Helena McCaul die Mörderin sein muss«, sagte Lynch. »Wir wissen immer noch nicht, wo sie ist, und sie hatte möglicherweise Zugang zu dem alten Haus ihrer Mutter, wo Orla gefunden wurde.«

»Aber wenn sie es ist, warum sollte ihr daran liegen, den Betrug nicht aufzudecken?«, fragte Lottie. »Es könnte sogar ihre Mutter gewesen sein.«

Mit einem lauten Klopfen betrat Garda Lei den Raum. »Luke Bray ist unten. Er scheint ziemlich nervös zu sein. Fragt nach Detective Kirby. Er möchte diese Fotos noch einmal sehen.«

Kirby stand auf und Lottie bedeutete ihm mit einem Kopfnicken, dass er gehen konnte. »Geht es Ihnen gut, Garda Lei?«, fragte sie.

»Ich fühle mich pudelwohl, danke. Dieses Haus war so ein fürchterliches vor Blut triefendes Loch. Diese armen Opfer.

Wie können Sie nachts schlafen, nachdem Sie solche Gräuel mitanschauen mussten, Inspector?«

»Nicht besonders gut«, sagte Lottie.

Luke Bray trug seine Arbeitskleidung. Der Schweiß stand ihm auf der Stirn und tropfte von seinem Augenbrauenpiercing.

»Ich hätte Ihnen das früher sagen müssen, aber ich hatte Angst. Aber nachdem ich darüber nachgedacht hatte, was mit Amy geschehen ist, habe ich sie im Krankenhaus angerufen.«

»Ja klar, das können Sie jemandem anderen weismachen«, sagte Kirby. Er versuchte, höhnisch zu grinsen, aber sogar dafür war er zu erschöpft.

»Sie können von mir denken, was Sie wollen. Das ist mir egal. Ich möchte Ihnen sagen, wer mir das Geld gegeben hat, um die Hintertür von Herbal Heaven zu öffnen.«

Kirby öffnete den Ordner, der mit Fotos von allen, die etwas mit dem Fall zu tun zu haben schienen, auf den neuesten Stand gebracht worden war. Er breitete sie auf dem Tisch aus.

»Sie.« Sobald Kirby es auf den Tisch gelegt hatte, deutete Luke auf das Foto.

Kirby beugte sich vor und starrte das Bild überrascht an. »Sind Sie sich sicher?«

»Einhundert Prozent. Ich kenne sie.«

Das würde der Diskussion, die sie gerade im Einsatzraum geführt hatten, einen Knüppel zwischen die Beine werfen. Sie hatten sich grundlegend getäuscht.

EINHUNDERTEINS

Wolken zogen düster vor der Abendsonne auf. Der Himmel ging in einem grellen Blitz unter, dem dröhnender Donner folgte. Dann kam der Regen, eine wahre Sintflut.

Nachdem sie vergeblich darauf gewartet hatten, dass es zu regnen aufhörte, beschloss Lottie, dass es an der Zeit war, endlich loszulegen. Sie sprang aus dem Wagen, schloss ihre Kevlarweste fest, zog sich die Kapuze über und machte den Reißverschluss ihrer Jacke so gut es ging zu. Sie flüsterte ihrem Team Anweisungen zu, bevor sie auf das Haus zueilte.

Das lag in Dunkelheit da, bis auf ein wenig Licht, das durch einen Spalt im Vorhang vor einem Fenster im Erdgeschoss fiel. Lottie schloss die Augen, um sich vorstellen zu können, wie der Grundriss war. Sie legte kurz den Zeigefinger an die Lippen und bedeutete ihrem Team, sich auf ihre Positionen zu begeben, bevor sie auf die Haustür zuging und laut klopfte. Sie waren schon bei dem Haus der Person gewesen, die Luke identifiziert hatte, aber dort war niemand gewesen. Das Haus der Freundin war ihre letzte Hoffnung.

Die Tür blieb geschlossen. Die Stille wurde wiederum von einem Donner unterbrochen und es regnete unablässig weiter. Sie klopfte noch einmal, dann drückte sie auf die Klingel.

»Kathleen? Machen Sie auf. Wir müssen reden.«

Immer noch keine Antwort. Sie trat zur Seite, als zwei Polizisten mit dem Rammbock auf die Tür losgingen. Das Holz zerbarst, die alten Scharniere brachen.

Boyd war dicht hinter ihr, als sie über das zersplitterte Holz durch die Tür traten. Taschenlampen erleuchteten den Flur über ihre Schultern hinweg. Sie ging auf die Tür zu ihrer Linken zu, genau in dem Moment, als Kirby und McKeown aus der Küche kamen. Die beiden waren durch die Hintertür ins Haus gelangt. Sie nickte ihnen zu und öffnete die Tür zum Wohnzimmer.

»Stopp«, kam eine Stimme aus dem Inneren. »Kommen Sie nicht rein.«

Lottie blinzelte, ihre Augen mussten sich erst an das Halbdunkel in dem Zimmer gewöhnen, das nur von einer gewöhnlichen Lampe neben dem Fenster beleuchtet wurde. Drei Personen hielten sich in dem Zimmer auf. Eine Frau lag teilnahmslos auf der Couch.

»Es geht ihr nicht gut«, stellte Lottie fest. »Sie muss ins Krankenhaus gebracht werden.«

»Sie wird nirgendwo hingebracht.« Die Stimme klang scharf, aber müde.

Das bereitete Lottie Sorge. Menschen, die am Ende ihrer Kräfte waren, waren unvorhersehbar, am allergefährlichsten.

»Können wir reden? Ich glaube, ich weiß, was passiert ist. Jennifer und Éilis haben zusammen daran gearbeitet, den Betrug zu enttarnen, was Ihr Geschäft in den Ruin stürzen würde. Da kann ich Ihnen ehrlich keinen Vorwurf machen. Da würde ich selbst auch verrücktspielen.« Falsche Wortwahl, wurde ihr bewusst, aber es war zu spät.

»Wie können Sie es wagen! Ich bin nicht verrückt. Ich habe in meinem ganzen Leben noch nie klarer gesehen. Die nackte

Gier, die zu dieser Korruption geführt hat. Die waren diejenigen, die hier verrückt waren. Sie alle haben versucht, mich und mein Lebenswerk da mit hineinzuziehen. Sie haben mich dazu gebracht, dass ich überhaupt erst daran gedacht habe, mich rächen zu wollen.«

»Wollen Sie sich setzen und mit mir darüber sprechen?«, versuchte Lottie ihr Glück.

»Ich habe genug geredet. Jetzt ist es Zeit für meine letzte Tat. Kommen Sie herein und sehen Sie es mit an.«

Lottie atmete tief durch und ging einen Schritt vor. Sie fühlte, wie sie jemand an der Jacke zog: Boyd, der hinter ihr war, versuchte sie davor zu bewahren, in ein Schlangennest zu treten. Sie schüttelte sich los.

»Nur Sie, Inspector«, rief die Stimme. »Sie können gehen, Detective. Schließen Sie die Tür hinter sich.«

»Ist schon in Ordnung, Boyd«, sagte Lottie, die die Situation schnell abwog.

Das Haus war umstellt. Sie war in Sicherheit, oder? Die Frau stand stolz aufgerichtet da, mit dem Rücken zum Kamin, und hielt eine kurze Klinge, ähnlich einem Skalpell, in einer Hand. Es müsste ihr doch gelingen, sie zu entwaffnen?

Kathleen saß in einem Sessel und Helena lag bewegungslos auf der Couch, die Augen geschlossen, blass und nur schwach atmend. Lottie sah kein Blut und hoffte, dass die junge Frau lediglich betäubt und nicht geschlagen worden war.

Sie hörte, wie die Tür hinter ihr ins Schloss fiel, und wartete.

Die Frau am Kamin starrte sie an, das platinblonde Haar war in dem trüben Licht fast farblos. »Setzten Sie sich, Inspector.«

»Ich stehe lieber. Warum, Madelene? Warum all diese Toten?

Was haben Sie damit erreicht?«

»Möchten Sie Tee? Kathleen hat vorhin noch eine Kanne für mich gemacht.«

Lottie schaute Kathleen Foley an. Eine silberne Teekanne und Porzellantassen standen auf einem kleinen Tisch vor ihr. In den Händen hielt sie eine alte Keksdose und ein Foto. Sie zitterte, und ihr Blick schweifte rastlos von ihrer Tochter zu Madelene und wieder zurück. Wollte sie Lottie etwas mitteilen? Oder war sie einfach nur zu Tode erschrocken?

»Keinen Tee, danke, Madelene«, sagte Lottie und versuchte, einigermaßen neutral zu klingen. »Ich weiß, was Sie hier vorhaben.«

Madelene wandte sich Kathleen zu und sprach sie direkt an.

»Meine Liebe, mir ist es so lange gelungen, unsere Beziehung geheim zu halten, und ich wusste, dass ich diffamiert wäre, wenn diese Schlampen sie öffentlich machen. Du hast Fotos bekommen, die beweisen, dass jemand von uns wusste. Du hättest mir das sagen müssen, denn ich habe die doch auch bekommen. Also vielleicht ist es auch meine Schuld, weil ich mich dir nicht anvertraut habe.«

»Was haben ein paar Fotos mit dem Ganzen hier zu tun?«, fragte Lottie ehrlich verwirrt.

Madelene redete immer noch auf Kathleen ein, wobei sie mit der flachen Seite der Klinge immer wieder gegen ihr Hosenbein klopfte. »Ich könnte nicht mit der Scham leben, wenn das bekannt werden würde. Du weißt, wie ich darüber denke. Vielleicht bin ich da etwas altmodisch, aber geoutet zu werden ... das würde mich zerstören.«

Lottie fiel es schwer, Madelenes Gedankengängen zu folgen. Man musste sich doch nicht schämen, lesbisch zu sein. Wie konnte das diese Frau dazu bringen, Menschen umzubringen?

Madelene fuhr mit monotoner Stimme fort. »Und sie haben damit gedroht, mich für die Korruption der anderen verantwortlich zu machen. Du warst meine Freundin, Kathleen. Du bist ein Opfer von Damiens und Tylers gierigen Plänen geworden. Trauende Witwen betrügen. Ich schwöre dir, ich wusste nicht, was da vor sich ging. Aber als Jennifer nach Keatings Verschwinden zu mir kam, hat sie mir erzählt, dass sie Beweise für die Intrige hat und Wiedergutmachung leisten wollte für die Taten ihres Mannes. Dummes Mädchen. Das hat mich in Panik versetzt. Ich habe ihr gesagt, dass sie noch warten soll, dass ich erst darüber nachdenken muss.«

»Was haben Sie dann getan, Madelene?«, unterbrach Lottie sie sanft.

Die Frau wandte den Blick von Kathleen ab und ihre schwarzen Pupillen fokussierten sich auf Lottie.

»Ich dachte, dass Jennifer es so sehen würde wie ich; aber offensichtlich habe ich mich getäuscht. Ich habe alle meine Optionen abgewogen, und ich wusste, dass nichts davon öffentlich werden durfte. Sie wollte es zur Anzeige bringen. Das hätte meine Kanzlei zerstört. Die Leute hätten zwei und zwei zusammengezählt und wären auf zehn gekommen.« Sie schaute wieder Kathleen an. »Dann bekam ich die Fotos. Jemand wusste von uns. Ich vermutete, dass Jennifer die unter Damiens Sachen entdeckt hat. Der Bastard hat mich ausspioniert. Hatte sich schon etwas zurechtgelegt, um mich zu erpressen, falls seine Fehltritte je aufgedeckt werden würden. Wenn diese Fotos öffentlich würden und die Leute von unserer Beziehung erfahren ... Wie könnte ich mit dieser Scham leben? Ich musste auch an dich denken, Kathleen.«

Da war wieder dieses Word. Scham. Lottie lief es eiskalt den Rücken hinunter.

»Wie hat Jennifer von dieser Intrige erfahren?« Sie machte sich Vorwürfe, dass sie nicht heimlich ihr Handy eingeschaltet hatte, um das alles aufzunehmen.

»Die Schlampe hat behauptet, dass sie Tyler und Frankie Bardon in der Klinik darüber sprechen gehört hat. Sie hat gesagt, dass sie Damien darauf angesprochen hat, aber der hat alles abgestritten. Aber dann ist er gestorben und sie hat Éilis Lawlor davon erzählt. Die haben diese dumme kleine Witwengruppe ins Leben gerufen. Ich gehe davon aus, dass sie dort überlegt haben, wie sie mich und meinen Ruf zerstören können.«

Lottie wartete, während Madelene Luft holte. War ihr Geschichtenerzählen eine Verzögerungstaktik? Der boshafte Glanz in ihren Augen sagte ihr, dass hinter ihrem Rücken noch etwas anderes vor sich ging. Aber was? Sie behielt das Messer im Blick und sie Stille hielt so lange an, dass sie fragte: »Was haben Sie getan?«

»Zuerst gar nichts. Dieser fiese Keating war verschwunden. Damit habe ich leider nichts zu tun. Dann, vor einem Monat, kam Jennifer wieder zu mir. Nahm den Mund zu voll mit ihrer kleinen Gruppe. Sie hat erzählt, dass Helena Probleme hat, weil ihre Mutter Geld in dieses verdammte Yogastudio investiert hat und ihren Laden nicht mehr länger finanzieren konnte. Ich war so erzürnt. Du hättest das mir damals sagen sollen, Kathleen. Ich hätte nie zugelassen, dass die Dinge derart außer Kontrolle geraten.«

Ein hinterhältiges Grinsen breitete sich auf Madelenes Gesicht aus, als sie Lottie ansah. »Meine Freundin und ihre Tochter haben genug erleiden müssen, Verlust über Verlust. Noch bevor sich unsere Beziehung zu mehr als Freundschaft entwickelt hatte, habe ich ihr schon etwas geschuldet, Inspector. Habe ich ihr richtig viel geschuldet.«

»Wofür haben Sie ihr etwas geschuldet?«

»Für die süße kleine Amy natürlich. Meine Kanzlei hatte sich mit ihrem Fall beschäftigt. Sie hat eine brutale Kindheit hinter sich. Verlassen im Pflegesystem. Verloren und anonym. Ich habe versucht, ein paar Beziehungen spielen zu lassen, aber ich war alleinstehend und kinderlos, also durfte ich damals kein Pflegekind aufnehmen. Und ich wollte das so sehr. Ich sprach mit Kathleen, und sie willigte ein, sie aufzunehmen. Sie hat dazu beigetragen, das Kind zu der Frau zu formen, die sie heute ist. Im Stillen habe ich über die Jahre viele Stellen für Amy finanziert und sie direkt aus dem College heraus, das ich für sie bezahlt habe, eingestellt. Ich habe dieses Mädchen geliebt.«

Madelene kannte die Bedeutung dieses Wortes nicht, dachte Lottie. »Wenn Sie sie geliebt haben, warum haben Sie dann versucht, sie zu töten?«

»Sie hat ohne Erklärung gekündigt. Sie hat sich diesem dämlichen Kreis angeschlossen. Ich habe befürchtet, dass sie das, was Jennifer wusste, untermauern konnte. Sie kam kein einziges Mal zu mir. Ich habe gewartet. Alles, was sie für mich übrig hatte, war Schweigen. Ich hätte alles für dieses Mädchen getan, aber am Schluss hat sie mich im Stich gelassen.«

Verzerrte Liebe?, fragte sich Lottie. Nein, keine Liebe. Kontrolle.

»Sie haben Ihren Opfern die Augen genommen. Sie haben Ihre Knochen gebrochen. Sie haben sie umgebracht und ihre Leichen an düsteren Orten aufgebahrt. Warum haben Sie Amy am Leben gelassen?«

»Ich wollte sie töten, aber es wurde alles zu kompliziert.«

Mit kompliziert kenne ich mich aus, dachte Lottie. Ihr Kopf brummte.

Madelene sprach weiter. »Sie sind aufgetaucht.«

»Sie haben mich und einen jungen Garda angegriffen.«

»Ich habe versucht, die Wasser zu trüben.«

»Luke Bray?«

»Als er achtzehn war, hatte ich ihn in seiner Anklage wegen Körperverletzung vertreten. Er bekam Sozialstunden, so eine gute Anwältin bin ich. Ich sah, wie er vor Dolan's Supermarkt stand und rauchte und habe ihn bezahlt, damit er die Hintertür aufsperrt und überall seine Fingerabdrücke hinterlässt. In gewisser Weise war ich froh, dass sie zu Amy gelangt sind, bevor ich wieder zu ihr zurück konnte.«

»Ist Amy mit Ihnen verwandt?«

»Oh Gott, nein. Alles, nur das nicht. Ihre Eltern waren cracksüchtig und haben sie benutzt und misshandelt. Ich habe sie gerettet, als sie drei war. Dann hat sie mich verraten, als sie ohne Erklärung gegangen ist.«

»Sagen Sie mir, warum Owen und Frankie sterben mussten.«

»Das ist leicht. Owen zahlte Kathleens Investment nicht zurück. Sein Neuestes vom Neuesten war alles andere als das. Er verprasste das Geld, das Kathleen ihm wegen Amys Hartnäckigkeit geliehen hatte. Ich glaube, dass Frankie von Tyler und Damien wusste. Wenn er etwas gesagt hätte, wäre der Ruf meiner Kanzlei schwer geschädigt worden. Ich wäre gedemütigt. Letztendlich war meine Loyalität meiner Kanzlei und Kathleen gegenüber mehr wert, es ihre Leben je gewesen wären. Sie haben ihr Schicksal verdient.«

»Und Tyler? Wo ist er?«

»Ich vermute, dass er irgendwo ist, wo man glaubt, dass er das Salz der Erde wäre.«

»Warum diese ganzen mythologischen Andeutungen an den Stellen, an denen Sie die Leichen abgelegt haben?«

»Frankie Bardon hat einmal Mythologie studiert. Ich wollte Ihnen ein Rätsel zum Lösen geben. Eines der Dinge, mit denen ich falsch lag.«

»Womit lagen Sie noch falsch?«

»Mit Ihnen, Inspector. Ich dachte, ich könnte meine Mission beenden, bevor sie mich enttarnten.«

Lottie machte sich Sorgen darüber, was der letzte Akt dieser Mission sein würde. Sie schaute zu Helena. Sie tat sich schwer, zu atmen. »Darf ich wissen, was es mit den gelben Kleidern auf sich hat?«

»Verstehen Sie das nicht? Gelb ist die Farbe der Feigheit. Sie waren alle Feiglinge. Einige hatten es auf wehrlose Witwen abgesehen, die anderen wollten mich in den Dreck ziehen und alles zerstören, wofür ich gearbeitet habe. Mein brillanter Geist war ihnen und allen Intrigen, die sie aushecken konnten, haushoch überlegen.«

Lottie wollte fragen, warum sie auch Orla anvisiert hatte, aber inzwischen wusste sie, wie Madelenes Gehirn funktionierte. Sie hätte gesagt, dass Orla Tyler und Damien bei ihren betrügerischen Geschäften behilflich und außerdem Teil der Gruppe gewesen war.

Madelene stellte sich gerader hin und spannte die Muskeln in ihrem Arm an. »Was werden Sie nun tun, Inspector?«

»Ich werde Sie festnehmen und Helena zu einem Arzt bringen.«

»Sie leiden genauso unter Wahnvorstellungen, genau wie sie! Sie können nichts von dem, was ich gesagt habe, gegen mich verwenden.«

»Ich habe Beweise, unter anderem DNA aus dem Haus, in dem wir Orla gefunden haben.« Lottie konnte sehen, wie sich Madelenes Blick verdunkelte. »Was haben Sie Helena gegeben?«

»Jede Menge Alkohol, den sie sich ganz willig selbst verabreicht hat.«

»Und was war ihr Plan für Kathleen?«

Madelenes Griff um den Griff er Klinge verstärkte sich. »Wenn es Sie nicht stört, möchte ich jetzt eine Tasse Tee. Meine Kehle ist vom vielen Reden ganz ausgetrocknet.«

In einem hatten sie recht behalten, dachte Lottie. Der Mörder war arrogant.

Als sich Madelene nach vorne beugte, um entweder ihre Teetasse zu nehmen oder ihre Waffe zu benutzen, fielen Lottie die Ornamente auf dem Kaminsims auf. Gläser mit Augen, die in irgendeiner Flüssigkeit schwammen. Sie legten nach dem Tod noch Zeugnis ab. Jetzt verstand sie, warum Kathleens Gesicht eine Maske des Schreckens gewesen war.

Lottie hatte keine Zeit, um wegen der Gläser erschrocken

zu sein. Kathleen schreckte aus ihrer Benommenheit auf. Die Keksdose fiel scheppernd zu Boden und die Fotos flogen umher. In ihrer Hand hielt sie ein kleines Ornament aus Bronze, mit dem sie fest ins Gesicht der Anwältin schlug. Das Skalpell flog hoch in die Luft, als Madelene zu Boden fiel und den Tisch mit sich riss. Das Geräusch veranlasste Boyd und Kirby, ins Zimmer gestürmt zu kommen.

Lottie überließ es ihnen, sich um die beiden älteren Frauen zu kümmern, und ging auf die Couch zu.

»Helena? Ich bringe Sie ins Krankenhaus. Können Sie sich aufsetzen?«

Die junge Frau öffnete die Augen und nickte schwach.

Lottie legte ihr eine Hand hinter den Kopf und die andere um ihren Rücken, unter ihrem Arm hindurch, und half ihr in eine sitzende Position.

»Sie sind jetzt in Sicherheit.«

Helena schaute zu ihrer Mutter. Kathleen nickte stumm, als sie von Kirby aus dem Zimmer geführt wurde. Boyd hatte Madelene aufgesetzt und ihr Handschellen angelegt. Sie blutete an der Schläfe.

»Warum?«, flüsterte Helena.

»Life After Loss«, stöhnte Madelene. Dann wurde ihre Stimme wieder fester. »Ein Schlupfwinkel für Geheimnisse. Diese Geheimnisse preiszugeben hätte mich zerstört, und meine Kanzlei, und meine Beziehung zu deiner Mutter. Diese betrügerischen Machenschaften durften nie ans Licht der Welt kommen. Ich musste sie aufhalten. Verstehst du das nicht?«

Helena schüttelte ihren Kopf.

Lotties Blick war auf die Gläser mit den Augen gerichtet. Sie war sprachlos.

EINHUNDERTZWEI

Es war schon spät und dunkel im Krankenhaus, als Kirby aus dem Lift im dritten Stock trat. Amy schlief, also setzte er sich einfach an ihr Bett. Er war kurz davor, einzunicken, als sie aufwachte.

»Du bist zurückgekommen, Larry.«

»Das bin ich.«

»Es tut mir so leid.«

»Was tut dir leid?« Er spürte, wie sich seine Bauchmuskeln verkrampften. Jetzt kam es. Das Geständnis. Wie sie ihn dazu benutzt hatte, an Informationen zu gelangen. Er mochte sie wirklich gerne, und gleich würde sie das bisschen Glück, das sie in sein Leben gebracht hatte, wieder zerstören.

»Dass ich nicht von Anfang an ehrlich zu dir war.«

»Darüber, dass Frankie Bardon dein Ex war?«

»Ich dachte nicht, dass das für uns beide eine Rolle spielt. Nein, der Rest …«

Kirby kratzte sich nervös am Kinn. »Du musst darüber nicht jetzt reden.«

»Das muss ich schon, wenn wir einen Chance haben sollen …«

»Was für eine Chance?« Vielleicht war doch noch nicht alles verloren.

»Für uns. Eine Beziehung.«

»Okay, in Ordnung. Hast du dich nur mit mir getroffen, um an Informationen zu kommen?«

Sie sah ihm fest in die Augen. Was für eine starke Frau.

»Nicht wirklich. Ich habe dir nicht nachgestellt oder so, aber ich wusste, dass du ein Detective bist. Ich kannte dich aus dem Fernsehaufruf, der letztes Jahr wegen Tyler Keating ausgestrahlt worden ist. Weil das ja fast genau ein Jahr her war, dachte ich mir, ich würde versuchen, dich kennenzulernen, um zu sehen, ob ich mutig genug bin, dir zu sagen, was ich herausgefunden hatte.«

»Und was wäre das gewesen?« Seine Stimme bebte. Steckte sie tiefer in der Sache drin, als Madelene zugegeben hatte? War die süße Amy der Grund, warum Tyler immer noch verschwunden war?

»Ich wusste über einige Dinge Bescheid, in die er verwickelt war, bevor er verschwand. Wegen ihm habe ich einen guten Job gekündigt. Ich war zu Tode verängstigt, meinen Mund aufzumachen und über die Immobilien zu sprechen, wegen denen er trauernde Witwen hinters Licht geführt hat. Orla behauptete, dass er sie gezwungen hatte, und hat die Gruppe zur Geheimhaltung verpflichtet. Ich hatte ein bisschen Angst vor ihr, also vielleicht war sie von vornherein an den Taten beteiligt.«

»Warum hast du dich nicht zu dem Zeitpunkt gemeldet, als Tyler verschwunden ist?«

»Ich hatte solche Angst. Ich dachte, wenn ich den Mund aufmache, dann wäre er hinter mir her.«

»Hast du nicht geglaubt, dass er tot war oder schon längst außer Landes?«

»Ich wusste nicht, was ich glauben sollte. Und als ich so weit war, mit dir zu sprechen, haben die Morde angefangen.«

»Du hast gedacht, dass er zurückgekommen ist, um sie zu begehen?«

»Entweder das oder dass er tot war und jemand anderes auf Rachefeldzug ging.«

»Um Rache an denen zu nehmen, die geschwiegen haben?«

»Oder jemand, der wollte, dass die Wahrheit nicht ans Licht kommt.«

»Du hättest mit mir sprechen sollen.«

»Es tut mir leid. Ich habe es mir einfach gemacht, als ich bei Bowen gekündigt habe. Ich hatte wegen Frankie schon so viel durchgemacht ... und auch, als ich ein Kind war. Hör zu, ich möchte kein Mitleid.«

»Kathleen Foley sagt, dass du sie gebeten hast, in Owens Studio zu investieren. Warum hast du das gemacht?«

»Frankie wusste, dass ich als Kind bei Kathleen in Pflege gewesen bin. Er dachte, dass sie sehr reich war. Irgendwoher wusste er, dass ihr zwei Immobilien gehörten, obwohl Tyler schon eine von ihr gestohlen hatte. Er sagte, wenn ich sie nicht überzeuge, dann würde ich dafür bezahlen. Ich wusste, was er damit meinte, also habe ich sie angefleht. Es tut mir leid, Larry. Ich hätte früher etwas sagen sollen.«

»Ist schon okay.« Er lehnte sich im Stuhl zurück.

»Als Jennifer ermordet wurde, dachte ich wirklich, dass Tyler zurückgekehrt ist. Sie wusste über den Betrug Bescheid. Als sie den Schreibtisch ihres Mannes bei Bowen ausgeräumt hat, hat sie schachtelweise Akten gefunden, Kopien, die seine und Tylers Korruption belegten. Sie hat geglaubt, dass der Druck, dem er wegen der ganzen Sache ausgesetzt war, zu Damiens Krebs geführt hat.«

»Du hättest mir das alles wirklich sagen sollen.« Er fügte nicht hinzu, dass das vielleicht Leben gerettet hätte. In ihren blutunterlaufenen Augen konnte er lesen, dass sie das bereits wusste.

»Hasst du mich?«

»Nein, Amy.«

»Hast du jeden Respekt für mich verloren?«

»Auch das nicht. Irgendwo tief in mir drinnen wusste ich, dass es zu schön war, um wahr zu sein.«

Er sah, dass sich ihre Augen mit Tränen füllten, und ein kleines Stück seines Herzens zerbrach.

»Es tut mir so leid, Larry. Dass ich dir weh getan habe, dass ich ein hinterhältiges Miststück gewesen bin.«

Er drückte ihre Hand und stand auf, um zu gehen.

»Glaubst du, wir können noch einmal von vorne anfangen?«

Er blieb stehen. Könnten sie das? Könnte er ihr falsches Spiel vergessen? Ach, zum Teufel! Natürlich könnte er das! Jeder hatte irgendwann in einer Beziehung einmal Geheimnisse. Man musste sich ja nur Madelene und Kathleen ansehen. Nichts war immer nur geradlinig. Niemand war immer brav und ehrlich. Er war sich sicher, dass Orla Keating das bestätigen konnte. Er selbst schleppte genug Ballast mit sich herum, um jede Waage zum Kippen zu bringen.

»Ich kann es, wenn du es kannst«, sagte er sanft. »Willst du es wirklich noch einmal mit mir versuchen?« Hatte er das wirklich gesagt? Das musste er wohl getan haben, denn ein Lächeln breitete sich über Amys Gesicht aus.

»Oh Gott, Larry, ja. Das will ich.«

»Wenn du hier raus kommst, dann fahren wir für eine Woche in ein schönes, lauschiges Hotel. Wir lernen uns richtig kennen, und ab jetzt sind wir ehrlich zueinander. Abgemacht?«

Sie lächelte schief, ihr Gesicht war noch von den Misshandlungen gezeichnet, die sie hatte erleiden müssen. »Abgemacht.«

Er hatte keine Ahnung, wie er auch nur eine Nacht in einem Hotel bezahlen sollte, geschweige denn eine ganze Woche, aber von Geldknappheit würde er sich gerade nicht seine Träume ruinieren lassen. Geld und Gier hatten genug Schmerzen, Horror und Tod für eine Woche verschuldet. Aber konnte er Amy jetzt wirklich vertrauen? Er wollte ihr wenigsten eine Chance geben.

Sie nahm seine Hand und zog ihn zu sich, und jeder letzte Zweifel löste sich auf.

EINHUNDERTDREI

Am See war es Nacht geworden und die Schatten hatten sich auch auf Farranstown House gelegt, als Lottie mit Boyd im Schlepptau zu Hause eintraf. Er wollte nicht zurück in seine leere Wohnung, in der überall Spuren von den Monaten, die er dort mit seinem Sohn verbracht hatte, zu finden waren. Sobald die Formalitäten der Ermittlungen abgeschlossen waren, würde sie ihm helfen, dieses Miststück von Exfrau ausfindig zu machen und Sergio zurückzuholen. Seinen Kummer mitanzusehen war unerträglich.

In der Küche roch es nach Essen, und im Ofen war ein Pyrexbräter mit den Resten eines Eintopfs. Aber zuerst wollte sie eine Tasse Tee. Sie schaltete den Wasserkocher an.

Boyd öffnete eine Flasche Merlot, die er gekauft hatte, und suchte nach einem sauberen Weinglas.

»Es ist so still«, sagte Lottie besorgt. »Mach du den Tee und ich schaue nach Mutter.«

Im Wohnzimmer waren Rose und Chloe damit beschäftigt, Kleidungsstücke zusammenzulegen und in einen alten Koffer zu packen.

»Was geht denn hier vor sich?«

»Ach, da bist du ja, Lottie. Die liebe Chloe hat gesagt, dass sie eine Weile bei mir wohnen wird. Nur so lange, bis du merkst, dass ich auf mich alleine auspassen kann.«

Chloe rollte hinter dem Rücken ihrer Großmutter mit den Augen. »Gran ist eine strenge Vorgesetzte. Hat den ganzen Tag auf mich eingeredet. Ich habe sogar meine Schicht heute Abend getauscht, damit ich ihr beim Packen helfen kann. Stimmt's, Gran?«

»Du bist ein liebes Mädchen«, sagte Rose. »Ganz anders als deine Mutter, die nur mit offenem Mund herumstehen kann. Genau wie ihr Vater. Hast du meine Hausschuhe gesehen?«

»Die sind an deinen Füßen«, sagte Lottie, als ihr der Mund schließlich nicht mehr wie der eines Goldfisches, der nach Luft schnappte, offenstand. »Ihr könnt nicht mehr heute Abend weg. Es ist spät, und dein Haus muss erst einmal anständig durchgelüftet werden, bevor du heim gehst.«

»Ich mag vielleicht alt sein und auch etwas dement, aber ich bin noch nicht komplett senil«, sagte Rose streng. »Wir gehen morgen, nicht war, Chloe? Jetzt sei ein braves Mädchen, Lottie, und mach uns eine Tasse Tee. Ich bin am Verdursten. Eine Scheibe Vollkorntoast mit dick Marmelade drauf wäre auch nicht schlecht. Was möchtest du denn, mein Schatz?« Sie schaute Chloe an.

»Für mich bitte dasselbe, Mam.« Chloe zwinkerte ihr zu, und dieses Mal rollte Lottie mit den Augen, bevor sie zurück zu Boyd in die Küche ging.

»Das glaubst du mir nicht.« Sie nahm die Tasse Tee von ihm entgegen, wobei sie das Traubenaroma aus dem Glas in seiner anderen Hand einatmete.

»Schauen wir mal.«

Sie berichtete ihm von Rose und Chloe.

»Das ist doch das, was du wolltest, oder?«, fragte er und trank einen Schluck, der seine Lippen rot färbte.

»Ja. Nein. Ich weiß es nicht. Scheiße, Boyd, ich möchte Chloes Leben nicht ruinieren. Rose ist nicht einfach.«

»Ich glaube, Chloe ist selbstbewusst genug, um ihre eigenen Entscheidungen zu treffen. Ganz wie ihre Mutter.« Er zwinkerte ihr zu.

»Aber ich habe sie schon dazu gedrängt, oder?«

»Sie wird nichts machen, was sie nicht machen will, also hör auf, dir Vorwürfe zu machen. Wenn es nicht funktioniert, dann funktioniert es eben nicht. Du kannst es sowieso nicht ändern.«

»Danke, du alte, weise Eule.«

»Ein bisschen weniger von dem alt, bitte.«

Sie goss Milch in ihren Tee, damit er schneller abkühlte, und gemeinsam setzten sie sich an den Tisch. Ihre Schultern berührten sich.

»Er fehlt mir wirklich«, sagte Boyd und unterdrückte ein Schluchzen.

»Komm her.« Sie nahm seine Hände in ihre. »Jackie ist ein durchtriebenes Miststück. Sie benutzt Menschen. Auch deinen Sohn. Und wenn wir die ganze Welt auf den Kopf stellen, wir holen ihn zurück.«

»Sie hat einen größeren Anspruch auf ihn als ich.«

»Nicht, wenn wir das Wissen nutzen, das wir über sie haben. Denk einfach an die tollen Monate, die ihr miteinander verbracht habt, und plane eure gemeinsame Zukunft.«

Er küsste sie sanft aus die Stirn.

»Es gibt immer noch ein paar Dinge, die ich nicht verstehe«, sagte sie. »Warum hatte Madelene Bowen Zugang zu dem alten Haus, das Kathleen gehört hat?«

»Vielleicht hatte sie wegen ihrer langjährigen Beziehung noch einen Schlüssel. Oder sie hat ihn Tyler abgenommen, bevor sie ihn getötet hat.«

»Sie hat nicht zugegeben, ihm etwas angetan zu haben. Sie hat die Morde und Entführungen gestanden, aber besteht felsenfest darauf, mit seinem Verschwinden nichts zu tun zu haben.«

»Vielleicht hat er wirklich das Weite gesucht und lässt es sich irgendwo mit neuer Identität gut gehen.«

»Das würde mich nicht überraschen«, sagte Lottie. »Und warum hat sie seinen Wagen zu dem Lager gebracht?«

»Nachdem Jennifers Leiche gefunden worden ist, wollte sie vielleicht, dass wir denken, Jennifer hätte ihn auf dem Gewissen.« Boyd leerte das Glas und griff nach der Flasche.

»Vielleicht.« Aber sie war nicht überzeugt. »Diese Akte aus Madelenes Aktentasche enthält eine Liste, auf der Damiens Mandanten mit den Leuten abgeglichen sind, für die Orla die Buchhaltung erledigt hat. Ich werde sie dem CAB übergeben, vielleicht nützt sie bei ihren weiteren Ermittlungen zu Tylers betrügerischen Geschäften.«

»Orla hatte mehr mit dem Ganzen zu tun, als sie uns glauben machen will«, sagte Boyd und trank noch einen Schluck Wein.

»Ganz bestimmt. Bleibst du über Nacht?«

»Ist das eine Einladung?«

»Ja, du alte Eule, ich würde mich über deine Gesellschaft freuen.«

»Möchten Sie sich nur unterhalten, Mrs Parker?«

Sie beugte sich zu ihm und küsste seine weinbeträufelten Lippen. »Wer hat denn etwas von unterhalten gesagt?«

EPILOG

ZWEI WOCHEN SPÄTER

Jimmy Grennan war dieses Jahr so spät dran mit dem Einbringen des Torfs aus dem Moor, dass er sich nicht sicher war, ob es den Aufwand überhaupt noch wert war. Er ging den sumpfigen, sich schlängelnden Weg entlang zu seinem Stück Land und zog den Handwagen mit den Düngemittelsäcken hinter sich her. Den Traktor und den Anhänger hatte er schon weiter vorne stehen lassen müssen, weil der Untergrund von dem Sturm vor zwei Wochen immer noch ganz aufgeweicht war. Er bezweifelte, dass er noch etwas von seinem Torf bergen konnte. Trotzdem war er dankbar, dass die Sonne heute die Wolken durchbrach.

»Verdammt und zugenäht«, schimpfte er, als sein Gummistiefel in einem Sumpfloch steckenblieb.

Er zog sein Bein aus dem schmutzig braunen Wasser heraus und versprach sich hoch und heilig, sich später ein cremiges Pint Guinness im Cafferty's zu gönnen. Dieser Gedanke sollte ihn die nächsten paar Stunden eigentlich bei Laune halten.

Er schritt langsam über die aufgewühlte Erde auf die Torfstapel zu. Die Stücke an den Rändern waren nass, aber er stellte fest, dass die unteren trocken waren.

»Gott im Himmel, ich danke dir«, rief er aus und machte sich an die Arbeit.

Er lud den Handwagen mit einer ersten Fuhre voll und schob ihn zum Anhänger. Als er wieder auf dem Weg zurück zu seinem Stück Moor war, fiel ihm an der Stelle, an der sein Stiefel stecken geblieben war, etwas auf.

Ein Stück Stoff? Nein, es sah eher wie Leder aus. Seit die Preise für die Müllabfuhr ins Unermessliche gestiegen waren, versenkten die Leute ständig ihren Abfall im Moor.

Er beugte sich vor und zog daran, versuchte, es vom Boden zu lösen. Er ließ die Düngemittelsäcke fallen. Das war ein Ärmel von einer Jacke, und darin entdeckte er eine knöchrige braune Hand, mit brauner, ledriger Haut.

Eine uralte Moorleiche, fragte er sich. Nein, das konnte nicht sein. Die würde doch bestimmt keine braune Lederjacke tragen, oder?

Er setzte sich auf seine Hacken, wobei er aufpasste, sich nicht mit dem Hosenboden in das modrige Wasser zu setzen, und starrte mit wässrigen Augen auf seinen Fund. An einem der Finger steckte ein Ring. Silber. Er schob mehr Torf zur Seite und stellte fest, dass die Regenfälle der letzten Zeit die arme Seele wohl aus ihrem sumpfigen Grab gespült hatten. Er kramte in seiner Erinnerung und war sich ziemlich sicher, dass er wusste, um wen es sich handelte.

Über dem Moor hörte man den Schrei eines Brachvogels und ein kühler Wind kam auf.

Als er mit seinen Fingern mehr feuchte Erde wegwischte, kam erst der Rest des Ärmels zum Vorschein. Dann ein Hemdkragen. Ein ledriger Hals. Haut wurde vom Moor schnell braun gefärbt.

Er hatte eine Moorleiche gefunden. Aber sie war nicht Jahrhunderte alt. Sie war erst vor zwölf Monaten vergraben worden.

Jimmy Grennan wusste, dass er manchmal einige Zeit brauchte, um bestimmte Sachen zu verstehen, vor allem nach ein paar Pints, aber in diesem Fall hatte er recht. Er erinnerte sich an die Aufrufe, die er vor einem Jahr gesehen hatte. Das Foto des Mannes an Straßenlaternen. Die Frau, die trockenen Auges vor laufenden Kameras um Informationen zu ihrem vermissten Ehemann gebeten hatte.

Er wühlte in seiner Hosentasche herum, zog sein Handy heraus und wählte den Notruf.

Dann bekreuzigte er sich langsam und stellte sich darauf ein, zu warten. Jimmy hatte keine Eile, und Tyler Keating bestimmt auch nicht, dachte er sich.

Das Krankenhaus riecht zu sehr nach Krankenhaus, denkt Orla. Die Luft ist zu sauber nach dem Gestank an dem Ort, an dem sie festgehalten worden war. Ihre Augen sind verbunden, um sie vor dem grellen Licht zu schützen. Narbengewebe auf ihrer Netzhaut, hervorgerufen durch die Misshandlungen, die ihr zugefügt wurden, hatte der behandelnde Arzt gesagt.

Die Nachrichten im Fernsehen sind zu laut. Wenn das nur jemand ausschalten würde. Sie könnte den Garda rufen, der vor der Tür sitzt. Der ist dort platziert, damit sie nicht fliehen kann. Als ob ihr das mit zwei gebrochenen Beinen gelingen würde. Sie möchten sie vernehmen, wenn sie so weit ist. Sie weiß, was sie herausgefunden haben. Aber sie wissen nicht alles. Vom größten und waghalsigsten Verbrechen haben sie keine Ahnung. Beteiligt am Diebstahl an ein paar Witwen? Nein, etwas viel Schlimmeres. Ein Verbrechen, das nie entdeckt werden wird. Da ist sie sich völlig sicher.

Der Nachrichtensprecher erwähnt etwas von einer Moorleiche.

Orla versucht, sich aufzusetzen. Sie kann sich nicht bewegen. Ist in ihrem eigenen Körper eingesperrt. Das Geräusch des

Trolleys auf dem Flur ist zu laut. Der Fernseher ist jetzt, wo sie zuhören will, nicht laut genug.

»Psst«, sagt sie.

Der Nachrichtensprecher berichtet der Welt von einer männlichen Leiche in einer Lederjacke, die ein Mann beim Torfstechen entdeckt hat.

»Örtliche Gardaí sind vor Ort. Unsere Reporterin Sinead Healy ist auch am Ort des Geschehens. Was können Sie uns heute Abend berichten, Sinead?«

»Ich habe gerade mit Superintendentin Farrell von der Wache in Ragmullin gesprochen. Sie hat bestätigt, dass es sich bei der Leiche nicht um eine uralte Moorleiche handelt. Eine Einsatzzentrale ist errichtet worden und es wird Mordermittlungen geben. Ortsansässige vermuten, dass es sich um die Leiche von Tyler Keating handeln könnte, der vor knapp einem Jahr verschwunden ist. Seine Frau befindet sich derzeit im Krankenhaus, wo sie sich von schweren Verletzungen erholt, die ihr mutmaßlich von der unter Verdacht stehenden Serienmörderin Madelene Bowen zugefügt worden sind. Zurück ins Studio.«

Orla seufzt schwer und überlegt, welche Fehler sie gemacht hat. Einer der schwersten Fehler war es gewesen, seinen Wagen zu bewegen. Nachdem Jennifer verschwunden war, hatte sie Panik bekommen und gedacht, sie könnte die Schuld auf sie schieben, indem sie den Wagen in ihrem Lager versteckte. Dummes GPS. Daran hatte sie nicht gedacht. Sie hätte ihn einfach in dem alten Eisenbahncontainer lassen sollen, in der Nähe von dort, wo Kathleen Foley früher gewohnt hatte. Dann wären Kathleen und Madelene verdächtigt worden, die sie mit expliziten Fotos anvisiert hatte. Die Fotos hatte sie von Jennifer gestohlen, nachdem Tyler *verschwunden* war. Aber nicht einmal das letzte, das sie vor Kathleens Tür abgelegt hatte, hatte etwas gebracht. So eine Schande, wirklich.

Alles umsonst, denkt sie erschöpft. Das CAB stellt Ermittlungen über Tyler an. Jennifer oder die dumme Éilis mussten sie kontaktiert haben. Orlas Rolle in den Machenschaften wird bald aufgedeckt werden. Ach, und sie ist machtlos, jemanden davon zu überzeugen, dass Tyler sie dazu gezwungen hat.

Sie kneift die Augen unter dem Verband zu. Verkrampft ihre Hände zu Fäusten.

Nicht einmal begraben konnte er bleiben.

Sie spürt, wie sich seine Hand nach ihr ausstreckt und sie mit sich in die schmutzige Tiefe zieht.

MEHR VON BOOKOUTURE DEUTSCHLAND

Für mehr Infos rund um Bookouture Deutschland und unsere Bücher melde dich für unseren Newsletter an:

deutschland.bookouture.com/subscribe/

Oder folge uns auf Social Media:

facebook.com/bookouturedeutschland
x.com/bookouturede
instagram.com/bookouturedeutschland

EIN BRIEF VON PATRICIA

Hallo liebe Leser:innen,

ich danke euch von Herzen, dass ihr *Drei Witwen*, meinen zwölften Lottie Parker Roman, gelesen habt. Wenn ihr erfahren möchtet, wann etwas Neues von mir erscheint, dann registriert euch einfach unter folgendem Link.

deutschland.bookouture.com/subscribe/

Eure E-Mail-Adresse wird mit niemandem geteilt, und ihr könnt euch jederzeit wieder abmelden.

Ich hoffe, *Drei Witwen* zu lesen hat euch Spaß gemacht. Wenn es euch gefallen hat, dann würde es mich sehr freuen, wenn ihr auf Amazon eine Rezension posten könntet, oder auch auf jeder anderen Website, über die ihr das E-Book, das Taschenbuch oder das Hörbuch bezogen habt. Das würde mir viel bedeuten. Und vielen, vielen Dank für die Rezensionen, die schon erschienen sind.

Denen von euch, die alle anderen elf Bände schon gelesen haben – *Die vergessenen Kinder, Die geraubten Mädchen, Das verlorene Kind, Nie in Sicherheit, Sag nichts, Tödlicher Verrat, Zerrissene Seelen und Begrabene Engel, Schweigende Stimmen, Kleine Knochen, Die schuldigen Mädchen* – danke ich von ganzem Herzen für eure Unterstützung und eure Kritiken. Und wenn *Drei Witwen* eure erste Begegnung mit Lottie war, dann wünsche ich mir, dass ihr die vorangegangenen Bücher genauso genießt.

Ihr könnte euch mit mir über meine Facebook Autorinnenseite, Instagram oder Twitter in Verbindung setzen.

Noch einmal danke, dass ihr *Drei Witwen* gelesen habt.

Und ich freue mich schon darauf, euch im Buch dreizehn der Reihe wieder zu begegnen.

Herzliche Grüße,

Patricia

facebook.com/trisha460

x.com/trisha460

instagram.com/patricia_gibney_author

DANKSAGUNG

Zunächst möchte ich mich bei euch bedanken, die ihr *Drei Witwen* gelesen habt, und allen, die Lotties Reise folgen. Und danke an eine meiner Leserinnen, Orla Machin (geborene Keating), die bei der Everyday Kindness Auktion für Shelter Charity das höchste Gebot abgegeben hat, damit ihr Name in diesem Buch auftaucht.

Viele Leute haben dazu beigetragen, dass *Drei Witwen* das Licht der Welt erblickt, und euch möchte ich hier ganz besonders danken. Meine Agentin Ger Nichol vom Book Bureau gibt mir unentwegt Zuspruch und hat immer ein offenes Ohr für mich. Danke an Hannah Whitaker von Rights People für die Vermittlung meiner Bücher an ausländische Verlage, die diese übersetzen lassen.

Ich kann mich glücklich schätzen, Lydia Vassar-Smith als meine Lektorin zu haben. Vielen Dank an Kim Nash, ich danke dir für deine Freundschaft, deinen Rat und was du für mich tust, und gratuliere dir zu deiner Beförderung zum Digital Publicity Director bei Bookouture. Danke auch an Sarah Hardy, Jess Readett und Noelle Holten für all eure PR-Arbeit und an Mark Walsh von Plunkett PR in Verbindung mit Hachette Ireland.

Danke auch allen, die bei Bookouture direkt mit meinen Büchern arbeiten: Alex Holmes (Herstellung), Alex Crow, Mel Price, Occy Carr und Ciara Rosney (Marketing). Danke an Tom Feltham für das hervorragende Lektorat.

Jane Selley werde ich für ihre Lektoratsfähigkeiten auf ewig dankbar sein. Sie findet alle Fehler, die ich völlig übersehe.

Vielen Dank an Sphere Books und Hachette Ireland, die meine Bücher im Taschenbuchformat veröffentlichen, und an alle meine ausländischen Übersetzungsverlage dafür, dass sie meine Bücher den Leser:innen in ihren Muttersprachen zugänglich machen. Und danke an alle Übersetzer für die tolle Arbeit, die sie leisten.

Michele Moran gehört die unglaubliche Stimme, die die Hörbücher all meiner Bücher spricht und Lottie in den Ohren der Hörer:innen zum Leben erweckt. Danke, Michele, und danke auch deinem Team bei 2020 Recordings.

Meine Schwester, Marie Brennan, hilft mir bei der Überarbeitung der Texte, ich danke dir so sehr für deine Hilfe.

Danke an Buchläden und Büchereien, die das Wissen um meine Bücher weitertragen und das Herz jeder Stadt sind.

Als Autorin weiß ich, wie wichtig Rezensionen für meine Bücher sind, und ich danke jedem Leser, der sich die Zeit nimmt, eine Rezension zu schreiben. Buchblogger:innen und Rezensenten:innen: Vielen Dank für die Zeit und den Aufwand, den ihr betreibt. Ich danke euch für eure Zeit.

Ohne die Unterstützung und die Ermutigung meiner Familie könnte ich diese Bücher nicht schreiben. Meine Kinder, Aisling, Orla und Cathal, sind die stärksten, fleißigsten und liebevollsten jungen Menschen, die ich kenne. Meine Kinder und Enkelkinder erfüllen mich mit Liebe und Dankbarkeit.

Ich widme dieses Buch meinem Onkel Louis, der leider am 1. November 2022 von uns gegangen ist. Er war Golfspieler, Künstler und ein Familienmensch und wird uns fehlen.

Und schließlich seid ihr, liebe Leser:innen, der Lohn für die ganzen Mühen. Gerade schreibe ich am nächsten Buch in der Serie (Buch dreizehn), also sollte es nicht zu lange dauern, bis ihr seht, wie es in der Welt von Lottie, Boyd und, natürlich,

Kirby weitergeht! Vielen Dank, dass ihr mich auf dieser Reise begleitet.

Anmerkung: Ich fiktionalisiere viele Vorgehensweisen der Polizei, um meiner Geschichte den nötigen Schwung zu verleihen. Ungenauigkeiten sind ganz alleine von mir verursacht.

Printed in Poland
by Amazon Fulfillment
Poland Sp. z o.o., Wrocław

51637461R00319